SIR ARTHUR CONAN DOYLE

Das Fiasko von Los Amigos

GESAMMELTE ABENTEUERGESCHICHTEN

HERAUSGEGEBEN, ÜBERSETZT
SOWIE MIT EINEM NACHWORT
VON
REINHARD HILLICH

HAFFMANS VERLAG

Die Geschichten
Das Geheimnis des Sasassatals,
Schrecken in der Landeinsamkeit, Los Nr. 249,
J. Habakuk Jephsons Bericht, Drei Korrespondenten,
Die neue Katakombe, Das Abenteuer vor dem
Außenministerium und *Die gestreifte Truhe*
sind zuerst im Band
»Abenteuer aller Art«
(Haffmans, 1993)
erschienen.
Die anderen Geschichten
erscheinen hier zum ersten Mal.

Veröffentlicht als
Haffmans-Kriminalgeschichten Nr. 27, Sommer 2000
Umschlagillustration: Wolfgang Herrndorf

ISBN 3 251 30127 6

Inhalt

DAS GEHEIMNIS DES SASASSATALS

Ob ich weiß, warum Tom Donahue nur »Glückspilz Tom« genannt wird? Jawohl, und das können neun von zehn Leuten, die ihn so anreden, nicht von sich behaupten. Ich habe mich ziemlich herumgetrieben in meinem Leben und allerhand seltsame Sachen gesehen, aber das Seltsamste war, wie Tom zu seinem Glück und zu diesem Spitznamen kam. Denn ich war dabei damals.

Ich soll erzählen? Gewiß doch, aber die Geschichte ist nicht gerade kurz und äußerst seltsam; am besten, Sie füllen sich Ihr Glas noch mal und stecken sich eine neue Zigarre an. Eine merkwürdige Sache, wirklich, sie übertrifft manches Märchen, das mir zu Ohren gekommen ist; aber wahr, Sir, jedes Wort! Es leben noch Leute in der Kapkolonie, die sich daran erinnern und alles bestätigen können, was ich erzähle. Die Geschichte hat die Runde gemacht am Feuer in den Burenhütten, vom Oranjestaat bis nach Griqualand; ja, und auch draußen im Busch und auf den Diamantenfeldern.

Man sieht es mir nicht mehr an, Sir, aber ich habe mal die Universität besucht und Jura studiert. Tom war einer meiner Kommilitonen – leider, muß ich sagen, denn wir beide hatten dort eine stürmische Zeit, bis unser Geld verjubelt war. So mußten wir unser sogenanntes Studium aufgeben und uns nach einem Fleckchen Erde umsehen, wo junge Kerle mit starken Armen und kräftiger Konstitution es zu etwas bringen konnten. Damals hatte die Auswanderungswelle nach Afrika noch gar nicht richtig begonnen, deshalb rechneten wir uns die besten Chancen unten in der Kapkolonie aus. Nun, um es kurz zu machen: Wir setzten Segel und landeten schließlich in Kapstadt, mit weniger als fünf Pfund in den Taschen; dort trennten wir uns. Jeder versuchte sein Glück in vielerlei Dingen, erlebte Erfolge und Rückschläge.

Als wir uns nach drei Jahren zufällig im Hinterland wieder begegneten, ging es uns fast so dreckig wie bei der Ankunft.

Also keine Spur von dem Aufstieg, den wir uns erträumt hatten; wir waren ziemlich entmutigt, so entmutigt, daß Tom davon sprach, nach England zurückzukehren und einen Posten als Bürodiener anzunehmen. Wissen Sie, damals ahnten wir nicht, daß wir erst unsere Luschen ausgespielt hatten und noch nicht die Trümpfe. Wir dachten, wir hätten durchweg schlechte Karten. Es war eine sehr einsame Gegend, wo wir uns damals aufhielten, nur vereinzelt von Farmern bewohnt, deren Häuser mit Palisaden und Zäunen bewehrt waren, zum Schutz gegen die Kaffern. Tom Donahue und ich lebten in einer kleinen Hütte weit draußen im Busch; doch weil wir als Habenichtse und flinke Revolverschützen bekannt waren, brauchten wir kaum etwas zu befürchten. Wir hingen herum, machten hier und da mal Gelegenheitsarbeiten und hofften, daß sich irgend etwas ergeben würde. Und tatsächlich, nach ungefähr einem Monat geschah eines Abends etwas, wodurch sich das Blatt für uns wendete; und von diesem Abend erzähle ich Ihnen jetzt, Sir.

Ich erinnere mich genau. Der Wind heulte um die Hütte, und der Regen klatschte so heftig gegen unsere grob gezimmerten Fenster, daß wir um die Scheiben fürchteten. Im Herd prasselte und knackte ein kräftiges Holzfeuer. Ich saß davor und flickte eine Peitsche, während Tom auf seiner Pritsche lag und verzweifelt mit dem Schicksal haderte, das ihn in diese gottverlassene Gegend geführt hatte.

»Kopf hoch, Tom«, sagte ich. »Niemand weiß, was die Zukunft noch alles bringt.«

»Pech, nichts als Pech, Jack«, antwortete er. »Ich war immer schon ein Pechvogel. Jetzt bin ich drei lange Jahre in diesem verdammten Land und noch immer so arm wie bei meiner Ankunft. Andere Engländer sind kaum angekommen – schon klimpert Geld in ihren Taschen. Weißt du, Jack, wenn du deinen Kopf über Wasser halten willst, mußt du dein Glück ohne mich versuchen.«

»Unsinn, Tom! Du bist deprimiert heute abend. Doch horch! Da kommt jemand! Dick Wharton, dem Schritt nach zu urteilen. Wenn einer dich aufmuntern kann, dann er.«

Ich hatte noch nicht zu Ende gesprochen, als die Tür aufflog und der gute Dick Wharton reinkam, triefend vor Nässe, und sein gutmütiges rotes Gesicht schien durch den Dunst wie der Vollmond im Herbst. Er schüttelte sich, grüßte und hockte sich gleich ans Feuer, um sich aufzuwärmen.

»Was denn, in einer solchen Nacht noch auf den Beinen?« sagte ich. »Wenn du nicht besser auf deine Gesundheit achtest, wird dir das Rheuma bald mehr zu schaffen machen als eine ganze Horde Kaffern.«

Dick sah ungewöhnlich ernst aus, fast eingeschüchtert würde man sagen, wenn man ihn nicht kannte. »Ich mußte gehen«, erwiderte er. »Mußte gehen. Eins von Madisons Rindern ist ins Sasassatal gelaufen, und natürlich traut sich keiner von unseren Schwarzen bei Nacht in *jenes* Tal. Und hätten wir bis zum Morgen gewartet, wäre das Biest schon im Kaffernland gewesen.«

»Warum wollen sie nachts nicht ins Sasassatal?« fragte Tom.

»Aus Angst vor Kaffern wahrscheinlich«, sagte ich.

»Vor *Geistern*«, sagte Dick.

Tom und ich mußten lachen.

»Aber einem so nüchternen Kerl wie dir haben sich die Geister wohl nicht gezeigt, was?« sagte Tom von seiner Pritsche her.

»Doch«, sagte Dick ernst. »Wirklich. Ich habe gesehen, wovon die Schwarzen reden, und ich sage euch, Leute, einmal langt mir!«

Tom setzte sich im Bett auf. »Quatsch, Dick, du willst uns wohl verkohlen, Mann! Na los, erzähl schon. Zuerst die Sage und dann dein Erlebnis. Reich ihm die Flasche rüber, Jack.«

»Nun denn, nach einer alten Überlieferung der Schwarzen«, begann Dick, »spukt ein böser Geist im Sasassatal. Jäger und Wanderer haben schon öfter seine glühenden Augen im Schatten der Klippen gesehen, wenn sie durch die Schlucht kamen. Und es heißt, wen dieser böse Blick trifft, der findet in seinem Leben nach dem Tode keine Ruhe. Ob's wahr ist oder nicht«, setzte Dick niedergeschlagen hinzu, »werde ich ja selbst erleben.«

»Weiter, Dick, weiter!« rief Tom. »Erzähl uns, was du gesehen hast.«

»Also, ich steige in das Tal hinunter und suche nach Madisons Rind. Etwa auf halber Höhe, wo eine schwarze, spitze Klippe von rechts über den Hohlweg ragt, bleibe ich stehen, um mir einen Schluck zu genehmigen. Ich hatte diese vorspringende Klippe gerade im Blick und bemerkte nichts Ungewöhnliches. Wie ich aber meinen Flachmann ansetze und dabei ein oder zwei Schritte vorwärts mache, da ist es auf einmal am Fuß des Felsens, in etwa zwei Metern Höhe und vielleicht hundert Meter von mir entfernt: ein merkwürdiges, unheimliches Glühen, das flackert, größer und kleiner wird, langsam verschwindet und dann wiederkommt. – Nein, nein, ich habe schon jede Menge Glühwürmer und Leuchtkäfer gesehen – nichts von der Art. Da glüht es also vor sich hin, und ich starre es wohl volle zehn Minuten an und zittere am ganzen Körper. Dann mache ich einen Schritt vorwärts, und plötzlich ist es weg – weg, wie wenn man 'ne Kerze ausbläst. Ich trete wieder zurück, doch es dauert eine Weile, bis ich den genauen Punkt wieder finde, von wo ich es gesehen hatte. Und schließlich flackert dieses unheimliche rötliche Licht wieder wie zuvor. Ich nehme meinen ganzen Mumm zusammen und gehe auf die Klippe zu. Der Boden ist da ziemlich rauh, so daß ich nicht geradewegs draufzusteuern kann. Ich gehe bis an den Fuß der Klippe, suche ihn sogar in der ganzen Breite, ab – nichts! Da habe ich mich schleunigst aus dem Staub gemacht, Jungs, und ich schwöre euch, von dem Regen habe ich auf dem ganzen Weg nichts bemerkt, sondern erst, als ihr davon anfingt. – Nanu, was ist denn mit Tom los?«

Ja, was war los mit Tom? Er hatte die Beine über den Pritschenrand geschwungen, saß nun kerzengerade da, und sein Gesicht verriet eine derart heftige Aufregung, daß es beinahe schmerzlich verzogen wirkte. »Ein Geist dürfte zwei Augen haben. Wie viele Lichter hast du gesehen, Dick? Los, sag schon!«

»Nur eines.«

»Hurra, Volltreffer!« schrie Tom. Er schleuderte seine Decke mitten ins Zimmer und begann mit langen, hektischen Schritten auf und ab zu gehen. Unvermittelt blieb er vor Dick stehen und legte ihm die Hand auf die Schulter: »Sag mal, Dick, schaffen wir's noch vor Sonnenaufgang zum Sasassatal?«

»Kaum«, meinte Dick.

»Hör mal, Dick Wharton, wir sind doch alte Freunde, du und ich. Also verrate ja keinem anderen Menschen, was du uns erzählt hast, wenigstens eine Woche lang nicht. Du versprichst mir's doch, nicht?«

Während Dick einwilligte, war seinem Gesicht abzulesen, daß er den armen Tom für verrückt hielt, und auch mir kam sein Benehmen reichlich seltsam vor. Andererseits hatte mein Freund schon oft scharfen Verstand und eine flinke Auffassungsgabe bewiesen. Ich traute ihm durchaus zu, einen Sinn in Whartons Bericht entdeckt zu haben, der mir verborgen geblieben war.

Den ganzen Abend war Tom Donahue mächtig aufgeregt, und als Wharton schließlich ging, bat er ihn, sein Versprechen ja nicht zu vergessen, und er entlockte ihm auch die genaue Beschreibung des Punktes, von wo aus er die Erscheinung gesehen hatte, sowie den Zeitpunkt, zu welchem sie aufgetreten war. Nach Dicks Weggang, so etwa gegen vier Uhr morgens, legte ich mich auf meine Pritsche und beobachtete Tom, wie er am Feuer saß und zwei Stöcke zusammenfügte, bis mir die Augen zuklappten.

Ich schlief wohl gute zwei Stunden, doch als ich aufwachte, saß Tom immer noch da und bastelte. Er hatte die beiden Stecken zu einem beweglichen ›T‹ zusammengefügt und brachte nun in ihrem Winkel eine kleinere Schrägstütze an, für die er mehrere Kerben in den senkrechten Stock schnitzte. Auf diese Weise ließ sich der waagerechte Stock in jede beliebige Neigung bringen und mit Hilfe der Stütze befestigen.

»Sieh mal, Jack!« rief er, als er sah, daß ich wach war. »Komm her und sag mir deine Meinung. Angenommen, ich visiere mit dieser Vorrichtung einen bestimmten Punkt an, fixiere sie mit dieser kleinen Stütze und lasse sie so stehen, dann müßte ich den Punkt doch wiederfinden, wenn ich wollte – nicht wahr, Jack – glaubst du nicht auch?« setzte er nervös hinzu und packte mich am Arm.

»Nun, das hängt ganz davon ab, wie weit der Punkt weg ist und wie genau du ihn angepeilt hast«, antwortete ich. »Für größere Entfernungen könnte man Kimme und Korn auf dem oberen Stock anbringen. Wenn du dann vorn eine Schnur befestigst und in der Visierlinie spannst, müßtest du den gesuchten Punkt ziemlich genau wiederfinden. Sag bloß, Tom, du willst auf diese Weise das Gespenst orten!«

»Wart's ab, alter Freund, du wirst es heute abend sehen. Ich geh damit ins Sasassatal. – Du borgst dir bei Madison eine Brechstange aus und kommst mit. Aber denke dran: Niemandem verraten, wohin du willst und wozu du sie brauchst!«

Den ganzen Tag über lief Tom in der Hütte auf und ab oder beschäftigte sich eifrig mit dem Apparat. Seine Augen funkelten, seine Wangen waren hektisch gerötet, und auch sonst zeigte er alle Symptome eines Fieberkranken.

»Hoffentlich hat Dick nicht recht mit seiner Diagnose«, dachte ich, als ich mit dem Brecheisen zurückkam. Aber je näher der Abend rückte, desto mehr griff die Erregung auch auf mich über.

Gegen sechs sprang Tom auf und schulterte seine Stöcke. »Ich halt's nicht länger aus, Jack«, rief er. »Schnapp dir das Brecheisen, und auf zum Sasassatal! Heute abend, alter Junge, geht's um alles oder nichts. Steck deinen Sechsschüssigen ein, für den Fall, daß wir auf Kaffern stoßen. Meinen lasse ich lieber zu Hause, Jack«, fuhr er fort und legte mir beide Hände auf die Schultern, »denn wenn meine Pechsträhne auch heute abend anhält, weiß ich nicht, was ich damit alles anstellen könnte.«

Wir stopften Proviant in unsere Taschen und stiefelten los.

Während des mühsamen Marsches zum Sasassatal versuchte ich mehrmals, Tom etwas über seine Absichten zu entlocken. Aber seine Antwort war nur: »Beeilen wir uns, Jack. Wer weiß, wie vielen Leuten Wharton sein Abenteuer schon erzählt hat. Beeilen wir uns, sonst sind wir nicht die ersten dort.«

Nun Sir, wir kraxelten also ungefähr zehn Meilen durchs Gebirge, und schließlich, nach einem steilen Abstieg, öffnete sich vor uns eine Schlucht, die so finster und unheimlich war wie der Eingang zum Hades selbst. Klippen, an die hundert Meter hoch, säumten den mit Felsbrocken übersäten Hohlweg, der hinunter ins Gespenstertal und weiter ins Kafferngebiet führte. Der hinter den Klippen aufgehende Mond ließ die wild gezackten Felsspitzen darüber reliefartig hervortreten, doch unten war alles dunkel wie der Erebus.

»Das Sasassatal?« fragte ich.

»Ja«, sagte Tom.

Ich schaute ihn an. Er wirkte nun ganz ruhig, alles Hektische und Fahrige war von ihm abgefallen, er bewegte sich langsam und bedächtig. Dennoch erkannte ich an einer gewissen maskenhaften Starre seines Gesichts und dem Glitzern seiner Augen, daß der entscheidende Moment gekommen war.

Wir betraten die Schlucht und bewegten uns zwischen den großen Felsblöcken stolpernd vorwärts. Plötzlich ein kurzer Aufschrei von Tom. »Da ist die Klippe!« rief er und deutete auf eine hohe Wand, die in der Dunkelheit vor uns aufragte. »Jetzt aufpassen wie ein Luchs, Jack! Wir dürften etwa hundert Meter von der Klippe entfernt sein. Du gehst langsam nach links, ich nach rechts. Wenn du etwas siehst, bleib stehn und rufe. Mach kleine Schritte, nicht größer als dreißig Zentimeter, und halte den Blick immer auf den Fuß der Klippe gerichtet. Fertig?«

»Ja.« Ich war mittlerweile aufgeregter als Tom. Was hatte er vor? Ich begriff nur, daß er die Stelle an der Klippe, von der das Licht kam, bei Tage untersuchen wollte. Dennoch beeindruckten mich die romantische Situation und die mühsam gezügelte Erregung meines Freundes; ich spürte, wie mir das Blut durch die Adern jagte und in den Schläfen pochte.

»Los!« rief Tom, und wir gingen los, er nach rechts, ich nach links, jeder die Augen fest auf den Fuß der Klippe gerichtet. Ich hatte mich etwa zwanzig Meter weit bewegt, als es plötzlich aufblitzte: Ein rötlich glühender Lichtpunkt schimmerte in der zunehmenden Dunkelheit, wurde heller und schwächer, größer und kleiner, und mit jeder Veränderung mutete er unheimlicher an. Der alte Aberglaube der Kaffern kam mir in den Sinn, und ein kalter Schauer überlief mich. Unwillkürlich wich ich einen Schritt zurück – augenblicklich war das Licht weg und hinterließ nichts als schwarze Finsternis. Aber als ich wieder vorwärts ging, setzte das rötliche Glühen am Fuß der Klippe sofort wieder ein.

»Tom!« rief ich. »Tom!«

»Ja! Ja!« antwortete er und kam zu mir geeilt.

»Dort ist es – dort an der Klippe.«

Tom stand neben mir. »Ich sehe nichts«, sagte er.

»Na dort, dort, Mann, genau vor dir!« Ich trat zur Seite, während ich sprach. Sofort verschwand das Licht.

Aber Toms Freudenschrei bewies, daß er es nun von meinem ursprünglichen Standort aus sehen konnte. »Jack!« rief er, wandte sich um und schüttelte mir überschwenglich die Hand. »Jack, wir beide brauchen uns nie wieder über Fortuna zu beklagen. Häufe ein paar Steine aufeinander, wo wir stehen. – So, und nun stecken wir meinen Richtungsweiser darin fest. Na bitte, den bläst kein Wind um; er muß ja auch nur bis morgen früh halten. O Jack, Junge, wenn man sich das vorstellt: Noch gestern war ich drauf und dran, Bürodiener zu werden, und du sagtest, niemand wisse, was das Schicksal für einen bereithält. Jack, was für eine herrliche Story das abgeben würde!«

Wir verkeilten den senkrechten Stab fest zwischen zwei großen Steinen, dann bückte sich Tom und spähte dem waagerechten entlang. Eine volle Viertelstunde lang hob und senkte er ihn, bis er schließlich, zufrieden seufzend, die kleine Stütze in einer Kerbe einrastete und aufstand. »Schau mal drüber, Jack«, sagte er. »Du hast ein scharfes Auge und kannst zielen wie kaum einer, den ich kenne.«

Ich schaute drüber. Das rötliche, flimmernde Pünktchen lag haargenau in der Visierlinie; ja, es schien geradezu am vorderen Ende des Stockes selbst zu sitzen. »Jetzt essen wir erst einmal Abendbrot«, sagte Tom, »und dann legen wir uns aufs Ohr. Heute nacht gibt's nichts mehr zu tun für uns, aber morgen werden wir unsere ganze Konzentration und Kondition brauchen. Hol Reisig und mach hier ein Feuer, so behalten wir unseren Apparat im Auge und können achtgeben, daß in der Nacht nichts mit ihm passiert.«

Gesagt, getan, Sir. Wir machten ein Lagerfeuer und aßen etwas, während das Auge des Sasassa-Dämons die ganze Nacht lang vor uns rollte und glühte. Allerdings nicht immer an derselben Stelle, denn als ich nach dem Abendbrot einmal zu unserer Zielvorrichtung ging und nachsah, war es weg. Das schien Tom aber überhaupt nicht zu beunruhigen. Er murmelte nur: »Der Mond ist weitergewandert, nicht das Ding«, rollte sich zusammen und schlief ein.

Schon beim ersten Morgengrauen waren wir wieder auf den Beinen und spähten über unseren Richtungsweiser zur Klippe. Es ließ sich jedoch nichts ausmachen, außer einer kahlen, schiefergrauen Wand, die an der bewußten Stelle wohl einige Unebenheiten, aber sonst nichts Besonderes zeigte.

»Jetzt zu deiner Idee, Jack!« sagte Tom Donahue und wikkelte eine lange, dünne Schnur ab, die er sich um die Hüfte gewunden hatte. »Binde sie fest und dirigiere mich.« Mit diesen Worten nahm er ein Ende der Schnur und marschierte los in Richtung Klippe. Ich legte die Schnur in die Visierkerbe des Stockes, band sie am Ende fest und hielt den kleiner werdenden Rest straff. Auf diese Weise konnte ich Tom nach rechts oder links lenken, bis unsere Schnur über Kimme und Korn genau auf den Zielpunkt an der Felswand wies, der in etwa zweieinhalb Metern Höhe lag. Um diesen Punkt zog Tom einen Kreidekreis von einem Meter Durchmesser, dann rief er mich zu sich. »Wir haben die Sache gemeinsam angefangen, Jack«, sagte er, »also werden wir auch gemeinsam nachsehen, was es hier zu finden gibt.« Der Kreis umschloß ein Stück Fels, das glatter war als der Rest, nur in der Mitte gab es einige rauhe, hervorstehende Höcker. Tom deutete auf einen von ihnen und schrie auf vor Freude. Ein bräunlicher, faustgroßer, wie schmutziges Glas wirkender Klumpen stak in der Felswand. »Das ist er!« jubelte Tom. »Das ist er!«

»Das ist was?«

»Ein Diamant, Mensch! *Ein Diamant*, und zwar ein so großer, daß jeder Monarch Europas Tom Donahue darum beneiden würde. Her mit deinem Brecheisen – damit treiben wir den Dämon des Sasassatals ein für allemal aus!«

Ich war in dem Moment so verblüfft, daß ich mit offenem Mund dastand und mich nicht rührte, sondern nur den Schatz anstarrte, der uns so unerwartet in die Hände gefallen war.

»Nun gib schon das Brecheisen her«, wiederholte Tom. »Sieh mal, wenn ich es hier ansetze und diese kleine, hervorstehende Knolle da als Drehpunkt benutze, kann ich ihn vielleicht heraushebeln. – Ja, er kommt. Ich hätte nie gedacht, daß er so leicht herausgeht. Jetzt nichts wie zurück zur Hütte, Jack. Und dann auf nach Kapstadt – je eher, desto besser!«

Wir wickelten unseren Schatz ein und machten uns auf den Heimweg durch das Gebirge. Unterwegs erzählte mir Tom, wie er einmal, noch während der Zeit seines Jurastudiums, an der Universität ein verstaubtes Pamphlet eines gewissen Jan von Hounym in der Bibliothek fand, in dem von einem ähnlichen Abenteuer wie dem unseren die Rede war. Es sei dem ehrenwerten Holländer gegen Ende des 17. Jahrhunderts widerfahren und habe zur Entdeckung eines funkelnden Diamanten geführt. Dieser Bericht war Tom in den Kopf gekommen, als er die Geistergeschichte des ehrlichen Dick Wharton hörte; das Mittel, um die Richtigkeit der Vermutung zu überprüfen, hatte sein findiger irischer Geist selbst ersonnen.

»Wir bringen ihn nach Kapstadt«, fuhr Tom fort, »und wenn wir ihn dort nicht vorteilhaft verscheuern können, macht er eben mit uns die Schiffsreise nach London. Wir sollten uns jedoch zuerst mit Madison beraten; er versteht etwas von solchen Sachen und kann vielleicht sagen, was ein fairer Preis für unseren Schatz wäre.«

Also bogen wir ab, bevor wir zu unserer Hütte kamen, und folgten dem schmalen Pfad, der zu Madisons Farm führte. Der Hausherr war beim Mittagessen, als wir eintraten; und sogleich mußten wir uns dazusetzen und genossen die südafrikanische Gastfreundschaft.

»Nun«, sagte er, als die Diener gegangen waren, »was habt ihr auf dem Herzen? Ich sehe euch doch an, daß ihr etwas von mir wollt. Was ist es?«

Tom holte den Klumpen hervor und wickelte ihn feierlich aus seinem Taschentuch. »Hier«, sagte er und legte ihn auf den Tisch, »was meinen Sie, was man dafür verlangen könnte?«

Madison nahm ihn, untersuchte ihn eingehend, legte ihn dann zurück auf die Tischplatte und meinte lakonisch: »Im Rohzustand ungefähr zwölf Schilling pro Tonne.«

»Zwölf Schilling!« rief Tom und sprang auf. »Sehen Sie denn nicht, was das ist?«

»Steinsalz.«

»Stein, Quatsch – ein Diamant ist es!«

»Kostet mal«, sagte Madison.

Tom führte den Brocken an die Lippen. Mit einem wüsten Fluch schleuderte er ihn zu Boden und rannte aus dem Zimmer.

Auch ich war ungeheuer enttäuscht und niedergeschmettert. Aber als mir einfiel, was Tom über seinen Revolver gesagt hatte, sprang ich auf, verließ Madison, der mir offenen Mundes nachstarrte, und eilte zu unserer Hütte. Ich fand Tom auf seiner Pritsche liegend vor. Er hatte sich mit dem Gesicht zur Wand gedreht und war offensichtlich zu niedergeschlagen, um auf meine Tröstungsversuche zu reagieren. Ich verwünschte Dick und Madison, den Dämon des Sasassatals und alles andere, ging hinaus und erholte mich bei einem Pfeifchen von unserem anstrengenden Abenteuer. Ich war etwa fünfzig Meter von der Hütte entfernt, als von dort ein Laut kam, den ich am allerwenigsten erwartet hätte. Seufzer oder Flüche wären mir ganz natürlich vorgekommen, doch der Laut, bei dem ich stehenblieb und die Pfeife aus dem Mund nahm, war ein herzhaftes Lachen! Im nächsten Augenblick trat Tom vor die Tür. Sein Gesicht strahlte vor Freude. »Machst du noch einmal den Zehnmeilenmarsch mit, Kumpel?«

»Was! Um noch einen Klumpen Steinsalz zu holen, für zwölf Schilling die Tonne?«

»Diesmal kein Steinsalz, mein Lieber. Du wirst mir noch auf Knien dafür danken.« Tom grinste fröhlich. »Hör zu, Jack. Wir sind Hornochsen gewesen und haben uns von einer Kleinigkeit irreführen lassen. Setz dich mal fünf Minuten auf diesen Baumstumpf. Die Sache ist nämlich sonnenklar. Du hast doch schon so manchen Steinsalzklumpen im Fels stecken sehen, genau wie ich. Mit diesem haben wir uns geirrt, zugegeben. Aber Jack, hast du schon einmal Steinsalz gesehen, das im Dunkeln heller leuchtet als ein Glühwürmchen?«

»Nein, ich könnte nicht behaupten, daß es das überhaupt tut.«

»Ich sage dir: Wenn wir bis zum Abend warten würden – was ich nicht vorhabe –, könnten wir das Licht immer noch dort zwischen den Felsen schimmern sehen. Kurzum, wir haben mit diesem wertlosen Salz den falschen Kristall erwischt. In dieser Gegend sind schon öfter Diamanten neben Steinsalzeinschlüssen gefunden worden, weniger als einen halben Meter voneinander entfernt. Der Klumpen sprang uns ins Auge, vor Aufregung waren wir blind für alles andere – und so *haben wir den echten Stein übersehen.* Verlaß dich drauf, Jack, der Sasassa-Stein steckt noch dort in der Felswand, in unserem magischen Kreidekreis. Los, stopf dir noch eine Pfeife, und hol deinen Revolver. Wir machen uns auf die Socken, bevor der alte Madison Zeit hat, zwei und zwei zusammenzuzählen.«

Ich kann nicht sagen, daß ich diesmal besonders begeistert gewesen wäre. Der Diamant erschien mir mittlerweile wie eine wahre Plage. Dennoch wollte ich Toms Optimismus nicht dämpfen und erklärte mich aufbruchbereit. Was für ein Marsch!

Tom war schon immer ein guter Bergwanderer gewesen, aber an dem Tag schien ihm seine Begeisterung Flügel zu verleihen. Ich keuchte hinterher, so schnell ich konnte. Eine halbe Meile vor der Felsklippe fiel er in Trab und hielt nicht eher, als bis er vor dem weißen Kreis an der Felswand stand. Armer alter Tom! Als ich bei ihm ankam, war seine Stimmung erneut umgeschlagen, er hatte die Hände in den Taschen vergraben und starrte abwesend zu Boden, sein Gesicht spiegelte maßlose Enttäuschung.

»Sieh selbst nach!« murmelte er und wies zur Klippe. Da war nicht das geringste, was nach einem Diamanten aussah. Im Kreis nur glatter, schiefergrauer Fels mit einem großen Loch, wo wir den Steinsalzbrocken herausgelöst hatten, und einigen kleineren Vertiefungen. Von dem Edelstein keine Spur. »Ich habe jeden Zoll abgesucht«, sagte der arme Tom. »Er ist nicht mehr da. Jemand muß den Kreis gesehen und den Stein mitgenommen haben. Gehn wir nach Hause, Jack; mir langt's. Warum muß ausgerechnet ich soviel Pech haben!«

Ich wandte mich zum Gehen, warf aber noch einen letzten Blick auf die Felswand. Tom war schon zehn Schritte entfernt.

»Nanu!« rief ich. »Irgend etwas ist im Kreis anders als heute morgen.«

»Wieso?« fragte Tom.

»Fehlt denn nicht etwas?«

»Das Steinsalz?« fragte Tom.

»Das meine ich nicht«, sagte ich, »sondern den kleinen, knolligen Vorsprung, den wir als Auflage für das Brecheisen benutzten. Wir müssen ihn bei der Arbeit abgebrochen haben. Sehen wir mal nach, woraus er besteht.«

Wir suchten im Geröll am Fuß der Klippe.

»Hier ist er, Jack! Wir haben es doch noch geschafft! Wir sind gemachte Männer!«

Ich drehte mich um. Freudestrahlend hielt Tom ein kleines schwarzes Stückchen Fels in der Hand. Auf den ersten Blick sah es ganz normal aus, wie ein beliebiger Felssplitter, aber an seiner Unterseite ragte ein Objekt hervor, auf das Tom begeistert zeigte. Man hätte es für ein Glasauge halten können, doch diese Klarheit und Brillanz konnte Glas nie erreichen. Diesmal war kein Irrtum mehr möglich: Wir hatten ein Juwel von großem Wert gefunden. Fröhlich verließen wir das Tal, und mit uns verschwand der »böse Geist«, der dort so lange geherrscht hatte.

Das war's, Sir. Meine Geschichte ist ein bißchen lang geraten und hat Sie vielleicht ermüdet. Wissen Sie, wenn ich anfange, von den alten Zeiten zu erzählen, sehe ich die kleine Hütte vor mir, den Bach daneben, jeden Baum und Strauch, und ich meine, Toms ehrliche Stimme wieder zu hören. Viel mehr bleibt jetzt nicht zu berichten. Mit dem Stein sind wir wohlhabende Leute geworden. Tom ließ sich in dieser Stadt nieder, wie Sie wissen, und lebt hier als angesehener Bürger. Auch mir geht's gut, ich besitze eine Farm in Afrika und züchte dort Strauße. Ehrensache, daß wir dem guten alten Dick Wharton halfen, sich geschäftlich zu etablieren. Er ist jetzt einer meiner nächsten Nachbarn. Sollten Sie einmal in unsere Gegend kommen, Sir, müssen Sie mich unbedingt besuchen. Fragen Sie einfach nach Jack Turnbull – Jack Turnbull von der Sasassa-Farm.

SCHRECKEN IN DER LANDEINSAMKEIT

Hoch über dem Bodensee, eingeschmiegt in einen kleinen Winkel der Tiroler Alpen, liegt das stille Städtchen Feldkirch. Erwähnung verdient es eigentlich nur wegen einer großen, gut geführten Jesuitenschule und der außergewöhnlichen Schönheit seiner Lage. Einen anmutigeren Flecken gibt es in ganz Vorarlberg nicht. Von den Hügeln hinter der Stadt kann man, etwa fünfzehn Meilen entfernt, den großen Bodensee wie ein breites Quecksilberband glitzern sehen. Unten in der Ebene fließen Rhein und Donau flink und fröhlich dahin, noch ohne die behäbige Würde, die sie annehmen, wenn sie vom Flüßchen zum Strom werden. Vom Feldkircher Hochplateau blickt man auf fünf wichtige Länder oder Fürstentümer: die Schweiz, Österreich, Baden, Württemberg und Bayern.

Feldkirch bildet das Zentrum einer ausgedehnten idyllischen Hügellandschaft. Die Hauptstraße verläuft durch die Stadtmitte und geht dann weiter nach Anspach, wo sie sich gabelt. Die größere Abzweigung führt durch die Täler des österreichischen Tirols und anschließend ins eigentliche Tirol, bis zur Großstadt Innsbruck, glaube ich. Die kleinere Straße schlängelt sich etwa acht oder zehn Meilen weit durch wilde Felsenschluchten bis zu dem Dorf Laden, wo sie sich in ein Netz von Schafspfaden auflöst. In diesem einsamen Nest verbrachte ich, John Hudson, fast zwei Jahre meines Lebens – vom Juni 1865 bis zum März 1867. Zu dieser Zeit ereigneten sich jene Vorfälle, die dem verschlafenen Dörfchen während einiger Wochen zu trauriger Berühmtheit verhalfen und seinen Namen zum ersten- und wahrscheinlich letztenmal in die Zeitungen Europas brachten. Der kurze Bericht, der über diese Vorkommnisse in der englischen Presse erschien, war recht ungenau und irreführend; im übrigen zog damals der schnelle Vormarsch der Preußen, der zur Schlacht bei Sadowa führte, die Aufmerksamkeit der Öffentlichkeit auf sich. So ging ein Ereignis unter, das in weniger bewegten Zeiten für höchste Aufregung gesorgt hätte. Ich halte es für angebracht, den Fall, der der Mehrheit der Leser unbekannt ist, ausführlich zu dokumentieren, zumal ich als unmittelbar Beteiligter des Dramas sprechen und viele Fakten anführen kann, die noch nie erwähnt wurden.

Zuerst einige Worte zu meinem Aufenthalt in jenem entlegenen Winkel. Als die große Aktiengesellschaft Sprynge, Wilkinson & Spragge Konkurs anmeldete und ihren Anteilseignern weniger als achtzehn Pennies für das Pfund zurückzahlte, waren einige ihrer kleineren Geschäftspartner völlig ruiniert, so auch ich. In meinem Falle existierten jedoch ein paar Vertragsklauseln, die mich, verglichen mit den andern Gläubigern, zur Ausnahme machten und mittels derer ich die vollständige Rückerstattung meiner Kapitaleinlage durchzusetzen hoffte. Während das Prüfungsverfahren lief, stand mir nur eine äußerst geringe Summe für den Lebensunterhalt zur Verfügung.

Deshalb beschloß ich, meine Zelte vorübergehend im Ausland aufzuschlagen; dort konnte ich sparsamer leben und demütigende Begegnungen mit Leuten vermeiden, die mich aus besseren Tagen kannten. Ein Freund hatte mir Laden schon vor Jahren als den einsamsten Ort beschrieben, der ihm je untergekommen war, und da Einsamkeit und Sparsamkeit Synonyme sind, beherzigte ich seinen Hinweis. Nebenbei bemerkt, ich befand mich in einer ziemlich zynischen Stimmung und wollte mit meinen Mitmenschen so wenig wie möglich zu tun haben. Armut und eine gewisse Misanthropie führten mich also nach Laden, wo meine Ankunft beträchtliches Aufsehen unter den einfachen Dorfbewohnern erregte. Die Sitten und Gewohnheiten des rotbärtigen Engländers, seine langen Spaziergänge, sein karierter Anzug und die Gründe, die ihn zum Verlassen seines Vaterlandes bewogen hatten – all das lieferte willkommenen Gesprächsstoff für die Zecher im ›Grünen Mann‹ und im ›Schwarzen Bären‹, den beiden Wirtshäusern des Dorfes.

Ich fühlte mich sehr wohl in Laden. Die Umgebung gefiel mir ausgezeichnet. Zwanzig Jahre Brixton hatten meine Empfänglichkeit für die Schönheiten der Natur gesteigert, etwa wie der herbe Geschmack der Olive das Bukett eines Weines hervorhebt. In meiner Jugend hatte ich eifrig Deutsch gelernt, und so war ich schon nach wenigen Monaten in Laden imstande, mich mit dem neuen Pfarrer der Gemeinde auch über wissenschaftliche und ganz entlegene Themen zu unterhalten.

Diesen Priester betrachtete ich als wahres Gottesgeschenk, denn er war ein Gelehrter und brillanter Unterhalter zugleich. Pfarrer Verhagen – so hieß er – hatte sich als kaum Vierzigjähriger mit einer glänzenden Monographie über die ersten Päpste einen Namen gemacht. Führende Kritiker stellten diese Abhandlung noch über von Rankes Werk. Ich gehe wohl nicht fehl in der Annahme, daß Verhagen wegen einiger recht unorthodoxer Thesen seines Buches in das hinterwäldlerische Laden verbannt worden war. Er äußerte sich stets ultraliberal, hatte als hitziger Jugendlicher sogar versucht, seine Ansichten praktisch durchzusetzen; eine tiefe Narbe über seinem Kinn, von einem Dragonersäbel bei einem gescheiterten Aufstand in Berlin verpaßt, zeugte davon. Alles in allem ein interessanter Mann, wenngleich von Natur aus etwas kühl und reserviert, mit dem ich bald näheren Umgang pflegte.

Auf Anstand und Sitte wurde in Laden ungemein viel Wert gelegt. Die Posten von Wachtmeister Wurms und seinen Trabanten galten seit vielen Jahren als einträgliche Ruheämter. Das Fernbleiben vom Gottesdienst an einem Sonn- oder Feiertag war so etwa das schwärzeste Verbrechen, dessen sich die Unerschrockensten unter den Dorfbewohnern erdreisteten. Es kam schon gelegentlich vor, daß ein grobschlächtiger Fritz oder Andreas abends bezecht vom bayrischen Bier heimkehrte und seine Angetraute verprügelte, weil sie ihm Vorhaltungen machen wollte. Aber solche Fälle waren selten, und wenn sie doch einmal eintraten, betrachteten die Ladener den Unhold eine gewisse Zeit lang halb bewundernd, halb verabscheuend als jemanden, der sich mit einer verruchten Sünde seine Individualität ertrotzt hatte.

Ausgerechnet in diesem friedlichen Dörfchen begann plötzlich eine Serie von Verbrechen, die ganz Europa in Erstaunen versetzte und an Grausamkeit und Rätselhaftigkeit alles übertraf, was ich je gehört oder gelesen hatte. Ich werde versuchen, einen umfassenden Bericht über diese Vorfälle zu geben, und zwar genau in der Reihenfolge, in der sie sich ereigneten. Dabei kommt mir der Umstand zugute, daß ich mein Leben lang regelmäßig Tagebuch geführt habe – ich blättere gerade darin.

Ich sehe, es war der 16. Mai 1866, ein schöner Frühlingsmorgen, ich trank gerade meine morgendliche heiße Schokolade, als meine ältliche Wirtin, Frau Zimmer, hereingestürzt kam und berichtete, im Dorf sei ein Mord geschehen. Zuerst wollte ich das kaum glauben, da sie aber die Nachricht beschwor und einen äußerst verschreckten Eindruck machte, setzte ich meinen Hut auf und ging hinaus, um mehr herauszufinden. Ich folgte einigen Männern, die die Dorfstraße entlangeilten, und stieß vor dem kleinen Rathaus – einem scheunenartigen Gebäude, das für öffentliche Versammlungen aller Art benutzt wurde – auf eine erregte Menschenmenge. Die Leute drängten sich um die Leiche eines gewissen Maul, der Steward auf einem der zwischen Lindau und Friedrichshafen verkehrenden Bodenseedampfer gewesen war, ein harmloser, friedfertiger Mensch, beliebt im Dorf und, soweit man wußte, ohne einen Feind auf der Welt. Maul lag auf dem Gesicht, seine Finger im Todeskampf in die Erde gekrallt, sein Haar ganz verklebt von Blut, das auch über den Kragen seines Mantels gelaufen war. Man hatte die Leiche vor fast zwei Stunden schon gefunden, aber niemand schien zu wissen, was man damit tun oder wohin man sie schaffen sollte. Erst das Erscheinen von mir und dem Priester, der fast gleichzeitig eintraf, brachte Bewegung in die Menge. Auf unser Geheiß trug man den Körper die Treppe des Rathauses hinauf und legte ihn auf die Dielen. Nachdem wir uns vergewissert hatten, daß kein Leben mehr in ihm war, machten wir uns, gemeinsam mit dem inzwischen auch herbeigeeilten Polizeiwachtmeister Wurms, daran, die Wunden zu untersuchen. Mauls friedlicher Gesichtsausdruck verriet, daß er bis zu dem tödlichen Hieb nichts von einer Gefahr geahnt hatte. Uhr und Geldbörse trug er noch bei sich. Nachdem wir das geronnene Blut vom Hinterkopf gewaschen hatten, kam eine dreieckige Wunde zum Vorschein, die durch den Schädelknochen tief ins Gehirn führte. Sie war offensichtlich durch einen heftigen Hieb mit einem langen, pyramidal zugespitzten Instrument verursacht worden. Wenn ich mich recht erinnere, verdankten wir Pfarrer Verhagen den Hinweis, es könne eine kleine Spitzhacke oder eine Bergpicke gewesen sein, wie man sie hier überall in den Alphütten findet. Mit bewundernswürdiger Promptheit schaffte der Wachtmeister solch ein Werkzeug herbei, hieb damit auf eine Kohlrübe ein und produzierte ein Loch ganz wie das im Schädel des armen Maul. Wir spürten, daß wir das erste Glied der Indizienkette in der Hand hatten, die uns zu dem Täter führen würde. Es dauerte gar nicht lange, und die Lösung schien vor uns zu liegen.

Noch am Nachmittag desselben Tages wurde eine Art Beweisaufnahme veranstaltet, bei der Bürgermeister Pfiffor den Vorsitz führte, während der Pfarrer, der Wachtmeister, Postvorsteher Freckler und ich als Untersuchungskomitee fungierten. Wir luden jeden Dörfler, der etwas zur Klärung des Falles beitragen oder über Mauls Aufenthalt am Abend zuvor Auskunft geben konnte, zur Teilnahme ein. Wir hatten eine ziemliche Anzahl von Zeugen zu vernehmen, und alsbald schälten sich einige Fakten und Zusammenhänge heraus. Um halb acht hatte Maul das Wirtshaus ›Grüner Mann‹ betreten und einen Krug Bier bestellt. Zu der Zeit saßen im Schankraum Waghorn, der Fleischer des Ortes, und ein italienischer Hausierer namens Cellini, der alle vier Monate mit billigem Schmuck und anderem Tand nach Laden kam. Unmittelbar nach Mauls Ankunft setzte sich der Wirt zu seinen Gästen und verbrachte den Abend mit ihnen, was er bei gewöhnlichen Dörflern nicht zu tun pflegte. Nach übereinstimmender Aussage von Waghorn und Wirt, beide höchst angesehene und vertrauenswürdige Männer, brach kurz nach neun Uhr ein hitziger Streit zwischen Maul und dem Hausierer aus. Es fielen Kraftausdrücke, schließlich sprang der Italiener auf, schrie, er werde nicht länger mit anhören, wie man sein Heimatland beleidige, und verließ den Raum. Maul blieb noch fast eine Stunde, und vor lauter Freude, seinen Kontrahenten aus dem Felde geschlagen zu haben, trank er mehr als sonst. Ein Zeuge hatte den stark Bezechten heimwärts torkeln gesehen. Ein anderer war dem Opfer sogar noch unmittelbar vor dem Tatort begegnet. Die Aussage dieses Mannes spielte eine entscheidende Rolle. Er schwor nämlich, beim Passieren des Rathauses, noch vor der Begegnung mit Maul, eine im Schatten des Gebäudes stehende Gestalt gesehen zu haben. Und er fügte hinzu, diese Person sei, soweit sich das bei der Dunkelheit beurteilen ließ, dem Italiener nicht unähnlich gewesen.

In diesem Stadium verfügten wir über zwei gesicherte Erkenntnisse. Erstens: Der Italiener hatte den ›Grünen Mann‹ vor Maul und mit zornigen Worten auf den Lippen verlassen. Zweitens: Ein Unbekannter hatte dem Ex-Steward auf dem Heimweg aufgelauert. Ein dritter, äußerst wichtiger Punkt kam hinzu, als die Zimmerwirtin des Italieners aussagte, ihr Mieter sei erst gegen halb elf heimgekehrt – eine ungewöhnlich späte Uhrzeit für Laden. Wo war er zwischen dem Verlassen des Wirtshauses kurz nach neun und dem Eintreffen in seinem Quartier um halb elf gewesen? Die Sache sah tatsächlich schlecht aus für den Hausierer.

Es ließ sich allerdings nicht leugnen, daß einige Umstände sogar zu seinen Gunsten sprachen und daß der Verdacht gegen ihn vollständig auf Indizien beruhte. Zum einen befanden sich weder Spitzhacken noch ähnliche Gerätschaften im Warenangebot des Italieners. Es ließ sich auch nicht erklären, wie er in den Besitz einer solchen Mordwaffe gelangt sein sollte, denn er war zwischen dem Zeitpunkt des Streites und seiner späten Heimkehr nicht zu Hause gewesen. Außerdem – auch darauf wies der Pfarrer hin: Woher sollte Cellini als Fremder im Dorf

Mauls Heimweg kennen? Dieser Einwand wurde jedoch von der Köchin des Ermordeten entkräftet, die aussagte, der Händler habe tags zuvor seine Waren vor Mauls Haus feilgeboten. Er konnte ihn also durchaus am Fenster gesehen haben. Der Festgenommene reagierte anfangs trotzig und auch etwas spöttisch auf die Anschuldigung, doch als er begriff, wieviel Belastungsmaterial gegen ihn vorlag, bekam er es offensichtlich mit der Angst zu tun; er benahm sich unterwürfig, rang pathetisch die Hände und beteuerte lauthals seine Unschuld. Zu seiner Verteidigung brachte er vor, er habe, nachdem er das Wirtshaus verlassen hatte, einen langen Spaziergang auf der Straße nach Anspach unternommen, um seinen Ärger abzukühlen, und das sei der Grund seines späten Heimkommens gewesen. Über den Mord an Maul wisse er gerade soviel wie ein neugeborenes Baby.

Ich habe die Umstände dieses Falles so ausführlich behandelt, weil sie durch die Verbindung mit späteren Ereignissen besondere Bedeutung erlangen. Nun greife ich auf mein Tagebuch zurück, das ich damals, wie überhaupt während meines gesamten Exils, sehr sorgfältig führte. Das erspart mir die Mühe des häufigen Zitierens und garantiert Genauigkeit der Fakten.

20. Mai. Alle Gedanken und Gespräche drehen sich nur um den Mord. Man hat den umliegenden Wald und den Bach nach der Tatwaffe abgesucht – vergebens. Je länger ich darüber nachdenke, desto fester glaube ich, Cellini ist der Mörder. Der Umstand, daß das Geld nicht angerührt wurde, deutet auf ein Verbrechen aus Rache hin – und wer hegte mehr Groll gegen den armen, ahnungslosen Maul als der nachtragende, hitzige Italiener, den er kurz zuvor beleidigt hatte? Habe am Abend mit Pfiffor gespeist. Er teilt meine Ansicht über den Fall völlig.

21. Mai. Noch nicht die geringste Klärung in diesem rätselhaften Mordfall in Sicht. Der arme Maul wurde heute mittag um zwölf auf dem hübschen kleinen Dorffriedhof beigesetzt.

Der Pfarrer zelebrierte die Andacht mit viel Gefühl, und die Trauergemeinde, bestehend aus der gesamten Dorfbevölkerung, unterbrach seine Predigt mehrfach mit Schluchzern und Klagerufen. Nach der schmerzlichen Zeremonie machten der gute Pfarrer und ich einen kurzen Spaziergang. Seine ohnehin leicht erregbare Natur war von den jüngsten Ereignissen beträchtlich mitgenommen. Ihm zitterten die Hände, sein Gesicht war bleich.

»Mein Freund«, sagte er und ergriff meine Hand im Gehen, »Sie verstehen doch etwas von Medizin.« (Ich habe zwei Jahre am Londoner Guy's Hospital gearbeitet.) »Es geht mir in letzter Zeit gar nicht gut.«

»Diese traurige Sache belastet Sie, nicht wahr?«

»Das meine ich nicht«, antwortete er, »sondern einen Schmerz, der sich schon vorher eingestellt hat, in letzter Zeit aber besonders schlimm geworden ist. Er geht von hier nach hier.« Und er führte beide Hände an die Schläfen. »Würde ich von einem Blitz getroffen, könnte der Schlag nicht schlimmer sein. Schließe ich dann die Augen, sehe ich auch wirklich Blitze zucken, und in den Ohren saust es fortwährend. Manchmal weiß ich nicht mehr, was ich machen soll. Ich befürchte, einmal während der heiligen Messe umzufallen.«

»Sie sind überarbeitet«, sagte ich, »brauchen Ruhe und stärkende Mittel. Sie schreiben doch gerade an einem Buch, nicht wahr? Wie viele Stunden pro Tag?«

»Acht«, antwortete er. »Manchmal zehn, auch zwölf, wenn es dieser Schmerz im Kopf zuläßt.«

»Reduzieren Sie auf vier Stunden«, legte ich autoritär fest.

»Sie sollten sich täglich ein wenig Bewegung verschaffen. Ich lasse Ihnen nachher etwas Chinin bringen, das ich in meinem Koffer habe. Davon nehmen Sie morgens und abends soviel, wie es braucht, um einen Gulden zu bedecken, aufgelöst in einem Glas Milch.«

Er versprach, meine Anordnungen zu befolgen, und verabschiedete sich.

Vom Bürgermeister habe ich erfahren, daß vier Gendarmen

von Anspach herüberkommen und Cellini in ein sichereres Gefängnis bringen sollen.

22. Mai. Von Verblüffung zu reden wäre eine Beschönigung meines geistigen Zustandes. Ich bin verwirrt, schockiert, über alle Maßen entsetzt. Ein weiteres, noch schrecklicheres Verbrechen ist in der Nacht verübt worden. Man hat Freckler tot in seinem Haus gefunden – eben den Freckler, der noch vor wenigen Tagen mit mir im Untersuchungsausschuß saß. Ich schreibe dies nach einem langen Tag angespannter Arbeit, an dem ich mich nach Kräften bemüht habe, die Polizei zu unterstützen. Bei den Dorfbewohnern hat dieser neuerliche Beweis für die Anwesenheit eines Mörders unter ihnen lähmende Furcht ausgelöst, die nur durch unser entschiedenes Auftreten nicht in allgemeiner Panik endete. Freckler, offenbar ein Mensch mit sonderlingshaften Gewohnheiten, lebte allein in einem ziemlich abgelegenen Haus. Aufmerksam wurde man erst heute früh, als er nicht zur Arbeit erschien und auch bei ihm zu Hause alles still blieb. Es bildete sich ein Menschenauflauf, schließlich wurde die Haustür aufgebrochen. Man fand den Unglücklichen im oberen Stockwerk in seinem Schlafzimmer, mit dem Kopf im Kamin liegend. Die Todesursache war eine Wunde, haargenau wie die bei Maul, diesmal jedoch in der Stirn. Seine Fäuste waren geballt, seine Gesichtszüge widerspiegelten unbeschreibliches Entsetzen und, wie ich meine, auch Überraschung. Auf der Treppe fand man lehmige Schuhspuren, die von dem hinaufsteigenden Täter stammen mußten, denn Freckler hatte Pantoffeln angezogen, als er sich ins Schlafzimmer begeben hatte. Die Spuren waren leider zu stark verwischt, um daraus einen verläßlichen Umriß der Schuhe zu gewinnen. Sie befanden sich auf jeder dritten Treppenstufe, was auf die ungewöhnliche Schnelligkeit hindeutet, mit der dieser Tiger in Menschengestalt seinem Opfer nachgestellt haben mußte. Freckler hatte eine beträchtliche Summe Geldes im Haus, doch es fehlte kein Heller, und auch die Schlafzimmerschränke waren offensichtlich nicht durchsucht worden.

Die schaurige Neuigkeit machte schnell die Runde, und alsbald fand sich die gesamte Dorfbevölkerung vor dem Haus ein – angezogen nicht so sehr von bloßer Neugier, glaube ich, sondern dem Bedürfnis nach Gemeinschaft, das aus der Furcht entsteht. Jeder blickte mißtrauisch auf seinen Nachbarn. Die meisten schwiegen, und wer sprach, tat es flüsternd, als sei es gefährlich, die Stimme zu heben. Keiner durfte das Haus betreten, während wir, die aufgeklärteren Mitglieder der Gemeinde, das Grundstück genauestens inspizierten. Es fanden sich jedoch nicht die geringsten Hinweise auf die Person des Täters. Außer der Tatsache, daß er ein sportlicher Mensch sein muß – was aus der Art des Erstürmens der Treppe hervorgeht –, bietet diese zweite Tragödie keine Aufschlüsse. Wachtmeister Wurms meinte, der ausgestreckte Arm des Toten könne bedeuten, daß Freckler seinen späten Besucher gekannt habe und begrüßen wollte. Doch dies halte ich für eine recht kühne Hypothese. Wenn etwas das Schreckliche des Ereignisses noch steigern konnte, dann war es die Entdeckung, daß das Verbrechen am frühen Abend gegen halb neun verübt wurde. Diese Zeit zeigte eine kleine Kuckucksuhr an, die Freckler bei seinem Fall heruntergerissen hatte.

Offenbar hat niemand etwas gehört oder eine verdächtige Person beim Betreten oder Verlassen des Hauses beobachtet. Der Mord wurde zielstrebig, schnell und lautlos ausgeführt – zu einer Zeit, da mehrere Leute in unmittelbarer Nähe waren. Den armen Pfiffor und unseren bedauernswerten Pfarrer nimmt diese böse Sache besonders arg mit, und auch ich fühle mich nun, da die erste Aufregung vorbei ist, ziemlich deprimiert. Heute abend lassen sich nur wenige Leute auf der Straße blicken, aber von überall ertönt das Geräusch des Hämmerns. Die Bauern befestigen Riegel und Sperrhaken an den Türen und Fenstern ihrer Häuser. An den meisten gab es nichts dergleichen – und war bisher auch nicht notwendig gewesen. Frau Zimmer hat eine klobige Sperrvorrichtung angebracht, die man sicher urkomisch finden würde, wenn einem zum Lachen zumute wäre.

Gegen Abend hieß es, Cellini sei wieder auf freiem Fuß.

Natürlich, es gibt ja nun keinen plausiblen Grund mehr, ihn länger festzuhalten. Außerdem wurden alle umliegenden Ortschaften aufgefordert, jeden entbehrlichen Polizisten hierher zu schicken.

Ich bin so aufgeregt, daß ich schon die halbe Nacht kein Auge zugetan, sondern bei Kerzenlicht gesessen und in Gordons Übersetzung des Tacitus gelesen habe. Für alle Fälle liegt mein frisch geölter Armeerevolver griffbereit neben mir.

23. Mai. Die Polizeitruppe ist durch drei Männer von Anspach und zwei vom jenseits des Gebirgskamms gelegenen Thalstadt verstärkt worden. Wachtmeister Wurms hat ein ausgeklügeltes System von Patrouillen eingeführt, das uns ein gewisses Maß an Sicherheit gewährleisten dürfte. Neue Aufschlüsse über die Morde gab es heute nicht. Die allgemeine Meinung im Dorf ist, sie seien von einem Fremden verübt worden, der sich im Wald verbirgt. Man argumentiert damit, daß sich alle Dorfbewohner untereinander von Kindheit an kennen und niemandem solche brutalen Handlungen zuzutrauen wären. Ein paar von den mutigeren Männern haben heute die Kiefernwälder abgesucht – aber ohne Erfolg.

24. Mai. Die Ereignisse überschlagen sich. Kaum haben wir uns von einem Schrecken erholt, gibt es die nächste Aufregung, die die allgemeinen Ängste erneut anfacht. Glücklicherweise handelt es sich diesmal nicht um einen weiteren Mord, doch die Nachricht ist ernst genug.

Man hat den Mörder gesehen – und zwar auf offener Straße! Das beweist, daß sein Blutdurst noch nicht gestillt ist und die Verstärkung unserer Polizei bei weitem nicht ausreicht, um unsere Sicherheit zu garantieren. Ich habe soeben mit angehört, wie Andreas Murch sein Erlebnis erzählte. Der arme Kerl ist freilich noch derart durcheinander, daß sein Bericht recht unzusammenhängend ausfiel. Er befand sich auf dem Heimweg, als es passierte. Da im Gebirge Nebel herrschte, erreichte er erst gegen dreiundzwanzig Uhr die Hauptstraße, einige Meilen vom Dorf entfernt. Er bekennt, daß es ihm angesichts der jüngsten Ereignisse nicht geheuer war, so spät noch unterwegs zu sein. Aber als sich der Nebel schließlich lichtete und der Mond hell schien, schritt er munter aus. Ungefähr eine Viertelmeile vor dem Dorf macht die Straße eine scharfe Biegung. Murch war fast dort angelangt, als er plötzlich in der nächtlichen Stille rasche Schritte hörte, die aus der Kurve kamen. Vor Angst sprang er in den Straßengraben, duckte sich dort reglos in den Schatten und spähte über den Rand. Die Schritte kamen näher und näher, dann bog eine große dunkle Gestalt federnden Ganges um die Ecke, passierte die Stelle, wo der Mond auf das schreckensbleiche Gesicht des Bauern schien, blieb ungefähr zwanzig Meter weiter stehen und stocherte mit einem Instrument, das Andreas Murch zu seinem Entsetzen als eine langstielige Bergpicke erkannte, im Schilf des Grabens herum. Nach etwa einer Minute vergeblichen Suchens stützte sie sich auf ihre Waffe und verharrte still, als vermutete sie, daß sich jemand dort versteckte, denn sie schien Schritte vernommen zu haben. Murch beschrieb die Person als einen hochgewachsenen, schlanken Mann, der dunkle Kleidung trug. Eine Art Schal verdeckte den unteren Teil seines Gesichts, und das wenige, was darüber zu sehen war, wirkte geisterhaft bleich. Murch erkannte zuwenig von seinen Gesichtszügen, um ihn identifizieren zu können, ist aber der Meinung, daß er diesen Menschen nie zuvor in seinem Leben gesehen hat. Der Mann mit der Bergpicke blieb eine Weile stehen, dann marschierte er eilig weiter in die Dunkelheit, als wolle er den Geflüchteten einholen. Murch verlor keine Zeit, wie man sich vorstellen kann, sondern eilte ins Dorf und alarmierte die Polizei. Drei mit Karabinern bewaffnete Gendarmen machten sich sofort auf den Weg, bemerkten aber nicht das geringste von dem Schurken. Es besteht natürlich die Möglichkeit, daß manches an Murchs Geschichte stark übertrieben ist, weil seine Einbildungskraft ihm einen Streich gespielt hat. Dennoch sollte man den Vorfall nicht unterbewerten; der schreckliche Dämon, der uns verfolgt, ist offensichtlich immer noch aktiv.

Es gibt hier einen übel beleumdeten Burschen namens

Hiedler, der in einer Hütte am Hang des Spiegelbergs wohnt und seinen Lebensunterhalt mit der Wilderei auf Gemsen beziehungsweise als Fremdenführer für die wenigen Touristen verdient, die sich hierher verirren. Der Verdacht der Dorföffentlichkeit fällt nun auf ihn – eigentlich nur, weil er ein hochgewachsener, dürrer Mann und zudem als grob und brutal verschrien ist. Man hat seine Hütte heute durchsucht, jedoch nichts von Bedeutung gefunden. Dennoch wurde er verhaftet und in denselben Raum gesperrt, der schon als Arrestzelle für Cellini gedient hatte.

An dieser Stelle folgt eine Lücke von einer Woche in meinem Tagebuch. Ich machte keine Eintragungen, weil in dieser Zeit der Strom der Schreckensnachrichten, der uns zuletzt so in Atem gehalten hatte, plötzlich abriß. Manche erklärten das mit der Annahme, der furchtbare Unbekannte habe sich ein neues, weniger bewachtes Operationsgebiet gesucht. Andere meinten, wir hätten mit dem Vagabunden Hiedler den richtigen Mann verhaftet. Den wahren Grund will ich dahingestellt sein lassen; auf jeden Fall herrschten wieder Friede und Eintracht im Dorf. Sieben Tage genügten, um den Albdruck der Angst von der Brust der Dorfbewohner zu nehmen – und das, obwohl die verstärkte Polizeipräsenz anhielt. Es begann die Saison der Schützenfeste, und Laden hatte, wie jedes Dorf in Tirol, einen eigenen Schießstand. Manchmal dauerte die Knallerei den ganzen Tag lang. Diese tirolischen Bauern sind wahre Scharfschützen auf Entfernungen bis zu vierhundert Meter. In ihren heimatlichen Bergen könnten sie sich mühelos gegen jede reguläre Truppe behaupten.

Mit meinem Freund Verhagen, dem Pfarrer, und Pfiffor, dem Bürgermeister, ging ich an den Nachmittagen hinunter zum Schießplatz, um den Wettbewerben zuzusehen. Dem Geistlichen hatte das Chinin sehr gutgetan und auch wieder einen gesunden Appetit verschafft. Wir fühlten uns verpflichtet, das Amüsement der Dorfbevölkerung sichtbar zu unterstützen, damit sie die leidigen Vorfälle möglichst schnell vergäße. Waghorn, der Fleischer, gewann den vom Bürgermeister gestifteten Preis. Er traf bei sechs Schüssen auf einhundert Meter fünfmal glatt ins Schwarze, einmal riß er das Schwarze an, wie es bei den Schützen heißt. In England würde er mit solch einer Leistung Meisterschaftsmedaillen erringen.

2. Juni. Wer hätte gedacht, daß ein Tag, der so gut begann, derartig schlimm enden würde? Heute morgen brachte mir der Postbote einen Brief von meinem Rechtsanwalt. Er teilt mir mit, Spragge & Co. seien nunmehr bereit, meine Forderungen in voller Höhe anzuerkennen, wollten das Geld aber erst in einigen Monaten auszahlen. Das bedeutet für mich immerhin vierhundert Pfund mehr jährlich – keine Kleinigkeit, wenn man schon siebenundvierzig Jahre alt ist.

Doch nun zu den Hauptereignissen des Tages: meiner Begegnung mit dem blutdürstigen Vampir, dessen Attentat auf Frau Bischoff, die Wirtin des ›Grünen Manns‹ – ganz zu schweigen davon, wie knapp unser guter Pfarrer mit dem Leben davonkam. Die Art, wie dieser Unhold seine mörderischen Umtriebe dreist und unbehelligt fortsetzt, scheint beinahe etwas Übernatürliches zu haben.

Der wahre Grund liegt freilich in der schlechten Beleuchtung im Ort – genauer gesagt dem Fehlen jeglicher Straßenlaternen. Auch der Umstand, daß sich beiderseits des Dorfes dichter Wald bis zu den Häusern erstreckt, begünstigt den flüchtenden Verbrecher. Trotzdem ist er heute abend zweimal nur knapp entkommen – zuerst meinem Revolver, dann den Gendarmen. Ich werde diese Nacht wohl kaum schlafen, also kann ich getrost ein halbes Stündchen meinem Tagebuch widmen und die seltsamen Geschehnisse festhalten. Ich bin wahrhaftig kein Feigling, aber das Leben in Laden wird mir allmählich zu gefährlich. Wahrscheinlich wird es noch soweit kommen, daß die gesamte Bevölkerung auswandert.

Nun also zu meinem Erlebnis. Trotz der angenehmen Nachricht vom Vormittag fühlte ich mich heute abend niedergeschlagen und einsam. Gegen neun Uhr – es begann gerade dunkel zu werden – beschloß ich, den Pfarrer zu besuchen. Ich hoffte, ein kleines intellektuelles Gespräch würde mich aufmuntern. Ich steckte meinen Revolver ein – eine Vorsichtsmaßnahme, die ich mir zur Regel gemacht habe – und brach auf, obwohl mir die gute Frau Zimmer dringend davon abriet. Wie ich wohl schon vor Monaten in diesem Tagebuch erwähnt habe, steht das Pfarrhaus etwas außerhalb des Dorfes, auf dem Kamm eines kleinen Hügels. Dort angekommen, stellte ich fest, daß Verhagen ausgegangen war. Damit hätte ich eigentlich rechnen müssen, schließlich hatte ich ihm selbst zu abendlichen Spaziergängen geraten, als er über Schlaflosigkeit klagte. Seine freundliche Haushälterin ließ mich trotzdem ein, zündete eine Lampe im Arbeitszimmer an und versorgte mich mit einigen Büchern, damit ich mir die Zeit vertriebe, bis der Hausherr zurückkam.

So saß ich wohl eine halbe Stunde und blätterte in einer seltenen Ausgabe von Klopstocks Gedichten, als mich eine plötzliche instinktive Regung zum Aufblicken veranlaßte. Ich bin in meinem Leben schon in manchen bedrohlichen Situationen gewesen, doch nie zuvor durchfuhr mich solch ein Schreck wie in diesem Moment. Selbst jetzt noch, Stunden danach, läßt mich die bloße Erinnerung daran erschauern. Hinter der unteren Fensterscheibe befand sich ein Gesicht, das aus dem nächtlichen Dunkel in das erleuchtete Zimmer starrte – das Gesicht eines Mannes, nahezu verdeckt von einem Halstuch und einem Schlapphut. Erkennbar waren eigentlich nur ein raubtierhaftes Augenpaar und eine weiße, gegen die Glasscheibe gepreßte Nase. Auch ohne Andreas Murchs Beschreibung begriff ich sofort, daß ich den Mann mit der Picke vor mir hatte. In seinen wilden Augen funkelte Mordlust. Eine Sekunde lang war ich hilflos vor Verblüffung, doch in der nächsten spannte ich den Revolver und feuerte direkt auf die finstere Fratze. Leider einen Augenblick zu spät, denn im selben Moment, da ich auf den Abzug drückte, tauchte der Kopf unter, und da klirrten auch schon die Scherben der durchschossenen Scheibe zu Boden. Ich eilte zum Fenster, dann zur Haustür. Draußen war alles ruhig, keine Spur von dem Besucher. Offenbar hatte er es auf den Pfarrer abgesehen und wollte durch das angelehnte Fenster einsteigen, wovon ihn auch nichts abgehalten hätte, wenn er nicht auf einen Bewaffneten gestoßen wäre.

Noch während ich, mit der verängstigten Haushälterin neben mir, in der kühlen Nachtluft stand und lauschte, erhob sich ein Lärm unten im Dorf. Mittlerweile kannten wir dergleichen leider zur Genüge und wußten, was es bedeutete. Ein neues Unglück mußte geschehen sein. Diese Nacht schien eine Nacht des Schreckens zu werden. Vielleicht brauchte man meine Hilfe im Dorf. Ich machte mich sofort auf den Weg und nahm die zitternde Frau mit, die sich strikte weigerte, allein im Pfarrhaus zu bleiben. Vor dem ›Grünen Mann‹ stießen wir auf eine Menschenansammlung. Ein Dutzend erregte Stimmen redeten gleichzeitig auf den kurz vor uns eingetroffenen Pfarrer ein und suchten ihm das Geschehene zu erklären. Es war, wie ich vermutet hatte, nur meine schlimmste Befürchtung bewahrheitete sich zum Glück nicht. Frau Bischoff, die Ehefrau des Wirtshausinhabers, war etwa zwanzig Minuten zuvor vor die Tür zur nur wenige Meter entfernten Pumpe gegangen und dabei plötzlich von einem hochgewachsenen Vermummten angefallen worden, der mit einer Waffe auf sie einhieb. Glücklicherweise rutschte der Angreifer dabei aus, so daß sie sein Handgelenk fassen, weitere Schläge verhindern und um Hilfe rufen konnte. Sofort kamen ein paar Leute herbeigeeilt, die sich in der Nähe aufhielten. Der Unhold riß sich los und flüchtete in den Wald. Zwei unserer Gendarmen nahmen sofort die Verfolgung auf. Es besteht jedoch wenig Hoffnung, daß sie ihn in diesem finsteren Labyrinth einholen oder aufspüren werden. Frau Bischoff behauptet, ihm bei ihrer verzweifelten Gegenwehr tiefe Kratzspuren am rechten Handgelenk beigebracht zu haben. Dies ist allerdings eine bloße Vermutung, denn um diese Zeit war es kaum noch hell genug, um etwas zu erkennen. Die Gesichtszüge des Mannes vermag sie ebensowenig zu beschreiben wie ich. Glücklicherweise blieb sie völlig unverletzt. Der Pfarrer war entsetzt, als ich ihm von dem Vorfall in seinem Haus berichtete. Er wiederum erzählte mir, er sei gerade von seinem Spaziergang zurückgekehrt, als er Schreie im Dorf hörte, denen er unverzüglich folgte. Den anderen gegenüber habe ich nichts von meinem Abenteuer erwähnt; die Beunruhigung unter den Dorfleuten ist ohnehin schon groß genug.

Wie ich bereits sagte: Wenn man diesen mysteriösen und blutgierigen Schurken nicht bald faßt, wird das Dorf noch veröden. Normale Menschen aus Fleisch und Blut halten solch einer Bedrohung auf die Dauer nicht stand. Entweder handelt es sich um einen mordlustigen Misanthropen, der sich an der gesamten menschlichen Rasse rächen will, oder einen entlaufenen Irrenhäusler. Offensichtlich ist er nach dem fehlgeschlagenen Angriff auf Frau Bischoff unverzüglich zum Pfarrhaus gerannt, dessen einsame Lage ihn wohl hoffen ließ, seinen Blutdurst ungefährdet stillen zu können. Hätte ich doch gleich aus der Manteltasche auf ihn gefeuert!

Im selben Moment, da er die schimmernde Waffe bemerkte, war er auch schon weg.

3. Juni. Heute vormittag wußte bereits jeder über den gestrigen Mordanschlag auf den Pfarrer Bescheid. Eine ziemliche Menschenmenge versammelte sich vor seinem Haus, um ihm zu seinem Glück zu gratulieren. Als ich hinzukam, stimmte man Hochrufe auf den »tapferen Engländer« an. Wie es aussieht, ist dem Verbrecher gestern der Schreck heftig in die Glieder gefahren, denn man fand einen dicken Wollschal neben dem Pfad, der zum Dorf führt. Später, es war schon Nachmittag, wurde unweit dieser Stelle auch die als Mordwaffe benutzte Bergpicke entdeckt. Der Schurke hat diese Dinge wohl weggeworfen, als er Reißaus nahm. Durchaus möglich, daß ihn der Schreck ganz und gar aus unserer Gegend vertrieben hat. Wollen wir es hoffen!

4. Juni. Ein ruhiger Tag – gegenwärtig in den Annalen dieses Dorfes etwas so Seltenes wie ein aufregender Tag andernorts. Wurms hat gründliche Nachforschungen angestellt, konnte aber den Besitzer von Picke und Schal nicht ermitteln.

Er ließ eine genaue Beschreibung beider Fundstücke unter den Bauern in Anspach und in den umliegenden Dörfern verteilen, in der Hoffnung, daß irgend jemand einen Hinweis liefern kann. Am kommenden Sonntag soll ein Dankgottesdienst für die wunderbare Errettung unseres Pfarrers und Martha Bischoffs abgehalten werden. Pfiffor hat mir verraten, daß Herr von Weißendorf, einer der tüchtigsten Detektive Wiens, sich auf dem Weg nach Laden befindet. Aus den englischen Zeitungen, die ich mir kommen lasse, ersehe ich, daß die Kunde von den hiesigen Tragödien sogar bis zu uns nach Hause gedrungen ist, wenngleich in verstümmelter und zum Teil sinnentstellter Form.

Wie gut ich mich an jenen Sonntag nach den beschriebenen Ereignissen erinnere! Es war ein strahlender Morgen, wie man ihn eigentlich nur im Tirol findet. Am blauen Himmel stand kein einziges Wölkchen, eine sanfte Brise wehte frischen Kieferndurft zum offenen Fenster herein, von den fernen Bergwiesen drang das melodiöse Gebimmel der Kuhglocken herüber, das dann vom dröhnenden Klang der Kirchenglocken übertönt wurde, der die Gläubigen zur Messe rief. Blickte man die friedliche kleine Straße mit den hübschen altmodischen Holzhäusern hinab, fiel es schwer zu glauben, daß in diesem Ort eine Serie finsterer Verbrechen geschehen war, die in ganz Europa Entsetzen hervorgerufen hatte. Ich saß am Fenster und beobachtete die Bauern, die mit ihren fein herausgeputzten Frauen und Töchtern zur Kirche gingen. Wie in katholischen Gegenden üblich, bekreuzigten sie sich ehrerbietig vor Frecklers Haus und an der Stelle, wo Maul das Schicksal ereilt hatte. Als das Läuten aufhörte und die gesamte Gemeinde in der Kirche war, ging ich hinterher, denn ich habe es mir zur Gewohnheit gemacht, den religiösen Zeremonien der Leute, unter denen ich mich aufhalte, beizuwohnen.

Als ich die Kirche betrat, hatte der Gottesdienst bereits begonnen. Ich stieg die Empore hinauf und nahm neben der Orgel Platz, von wo ich die Gemeinde gut überblicken konnte.

Ganz vorn saß Frau Bischoff, deren wunderbarer Errettung die Messe galt, flankiert von ihrem würdigen Herrn Gemahl und dem Bürgermeister. Feierliche Stille breitete sich im Kirchenraum aus, als der Priester den Altar verließ und die Kanzel bestieg. Eine so ergreifende Predigt habe ich selten gehört. Pfarrer Verhagen war schon immer ein brillanter Redner, doch an diesem Tag übertraf er sich selbst. Er wählte als Thema das Bibelzitat »Nun muß ich zu des Totenreiches Pforten fahren in der Mitte meines Lebens« und führte uns eindringlich vor Augen, welch dünner Schleier uns von der Ewigkeit trennt und wie unerwartet dieser zerreißen kann, so daß er die erschütterten Zuhörer bald in seinen Bann geschlagen hatte. Dann sprach er mit leichter Ergriffenheit in der Stimme von den Freunden, die so plötzlich und unerwartet aus unserer Mitte abberufen worden waren, woraufhin seine Worte im Schluchzen der Frauen nahezu untergingen. Und schließlich schlug er einen Bogen, indem er den ewigen Frieden der Toten in einem besseren Land mit dem düsteren Schicksal des hoffnungslosen, blutbesudelten Verbrechers verglich, der weder in dieser noch in einer anderen Welt etwas zu hoffen habe – ein Mann, einsam unter seinen Mitmenschen, ohne Frau, die ihn liebt, ohne ein Kind, das auf seinem Schoß plappert, mit nichts als nagenden Schuldgefühlen, die ihn ohne Unterlaß peinigen und plagen. Er predigte so feurig und mitreißend, daß am Ende jeder den gnadenlosen Bösewicht aufs lebhafteste bedauerte.

Die Andacht war vorbei, der Priester verließ mit seinen beiden Meßdienern den Altar, wandte sich aber vor dem Auszug noch einmal zur Gemeinde, um den Segen zu erteilen. Diesen Anblick werde ich nie vergessen. Die Sommersonne schien schräg in das einzige bunt verglaste, schmale Fenster, das die kleine Kirche schmückte. Das Licht fiel als gelber Schimmer auf des Pfarrers wachsames, intellektuelles Gesicht mit den düsteren, hageren Zügen, während seine hoch erhobene Rechte in einen wabernden roten Schein getaucht war, der durch das purpurne Gewand einer Figur auf dem bemalten Fenster entstand. Atemlose Stille, als die Gläubigen die Köpfe senkten, um den Segen ihres Priesters zu empfangen – und plötzlich ein überraschter Aufschrei einer Frau, die in der vorderen Bankreihe aufsprang und wild gestikulierend auf Pfarrer Verhagens erhobenen Arm deutete. Es hätte der Erklärungen von Frau Bischoff nicht bedurft, denn dort – deutlich sichtbar für die gesamte Gemeinde – prangten am weißen Handgelenk des Priesters frische Kratzspuren, wie sie nur von den Fingernägeln einer verzweifelten Frau herrühren konnten, jener Frau Bischoff, die sich zwei Tage zuvor so wacker gegen den Mörder gewehrt hatte!

Ich bezweifle nicht, daß der bedauernswerteste Mensch in dieser schrecklichen Angelegenheit der arme Verhagen selbst war. In einer Stadt mit ordentlicher medizinischer Versorgung hätte man das Entstehen seiner psychopathischen Mordlust, die bestimmt aus dem Zusammenspiel von Überarbeitung und Hirnstörungen resultierte und derart monströse Formen annahm, sicherlich rechtzeitig erkannt und behandelt. Damit wären ihm auch die fürchterlichen Gewissensbisse erspart geblieben, die ihn in den klarsichtigen Intervallen zwischen den Anfällen gepeinigt haben müssen – wenn es denn solche klaren Phasen überhaupt gab. Wie hätte ich mit meinen oberflächlichen Medizinkenntnissen und insbesondere aufgrund der vagen Symptombeschreibung aus dem Mund des Kranken die Diagnose einer derart schrecklichen und heimtückischen Form des Wahnsinns stellen können? In der Rückschau fallen einem jetzt viele kleine Begebenheiten auf, die uns auf die richtige Fährte hätten setzen können, doch hinterher klug zu sein ist einfach. Ich wäre wirklich traurig, wenn ich mir in dieser Hinsicht etwas vorzuwerfen hätte.

Wir fanden nie heraus, woher er sich das Mordwerkzeug beschafft und wo er es zwischen seinen Anfällen verborgen hatte. Mein Erlebnis bewies, daß er sein Arbeitszimmer durch das Fenster verließ und wieder betrat, ohne daß seine Haushälterin davon etwas merkte. Nach dem Mordversuch an Frau Bischoff war er sofort nach Hause geeilt, doch als er zu seiner Überraschung jemanden in seinem Zimmer vorfand, blieb ihm nichts anderes übrig, als Picke und Schal wegzuwerfen und sich im Dorf unter die Leute zu mischen. Einem kräftigen und behenden Mann wie ihm, der die Waldpfade gut kannte, war es ein leichtes, sich jeglicher Verfolgung zu entziehen.

Unmittelbar nach Verhagens Verhaftung erreichte seine Krankheit ein akutes Stadium, und man brachte ihn nach Feldkirch in die Nervenklinik. Monate später soll er einen seiner Wärter attackiert und dann anschließend Selbstmord begangen haben. Aber dafür kann ich mich nicht verbürgen, ich hörte es nur zufällig, als Reisende im Zug davon sprachen.

Ich selbst blieb noch einige Monate in Laden, dann erreichte mich die erfreuliche Mitteilung meines Anwalts, daß mein Geld in voller Höhe zurückgezahlt worden war. Obwohl ich Tragisches dort erlebt hatte, behielt ich das kleine Tiroler Dorf in angenehmer Erinnerung und besuchte es später noch zweimal. Dabei frischte ich meine Bekanntschaft mit dem Bürgermeister, dem Wachtmeister und all den alten Freunden auf. Wir saßen bei langen Pfeifen und manchem Humpen Bier beisammen und unterhielten uns mit grimmigem Vergnügen über den schrecklichen Monat in dem stillen Dörfchen in Vorarlberg.

LOS NR. 249

WAHRSCHEINLICH wird man nie mit letzter Sicherheit feststellen, was zwischen Edward Bellingham und William Monkhouse Lee vorgefallen ist und Abercrombie Smith so verstört hat. Zwar existiert ein ausführlicher, präzise formulierter Bericht aus der Feder jenes Smith, den sogar der Hausdiener Thomas Styles, der am Old College unterrichtende Theologe Plumptree Peterson sowie mehrere andere zufällige Augenzeugen in einigen Punkten bestätigen. Was jedoch den Kern der merkwürdigen Geschichte anbetrifft, sind wir ausschließlich auf Smiths Angaben angewiesen. Und so wird wohl die Mehrzahl der Leser einen kleinen Webfehler in diesem äußerlich ganz vernünftig wirkenden Menschen, eine falsche Windung in seinem strapazierten Hirn, für wesentlich wahrscheinlicher halten als die Vorstellung, naturgesetzliche Zusammenhänge seien am hellichten Tage und ausgerechnet an solch einem Hort der Wissenschaften und der Aufklärung wie der Universität zu Oxford außer Kraft gesetzt worden. Doch wenn wir bedenken, wie eng und verschlungen die Wege der Natur sind, wie schlecht wir sie zu erkennen vermögen trotz aller wissenschaftlichen Erleuchtung und wie viele ungeahnte, schreckliche Möglichkeiten sich in der Finsternis ringsum verbergen, dann braucht es wahrlich einen mutigen und überzeugten Mann, um die merkwürdigen Bahnen, die der menschliche Geist einschlagen kann, in Grenzen zu halten.

In einem gewissen Flügel eines zur Oxforder Universität gehörenden Colleges – nennen wir es Old College – steht ein uralter Eckturm. Der mächtige Bogen über seinem offenen Eingang hat sich unter der Last der Jahre in der Mitte gesenkt; dichtverzweigte Efeuranken umspannen seine grauen, flechtenverkrusteten Steinblöcke, als wolle Mutter Natur das Bauwerk höchstpersönlich vor Wind und Wetter beschützen. Vom Eingang führt eine steinerne Wendeltreppe drei Stockwerke hinauf. Die Füße vieler Generationen Wissensdurstiger haben ihre Stufen abgewetzt und ausgetreten. Wie Wasser ist das Leben über diese gewundene Treppe geströmt und hat dort genauso glatt ausgewaschene Rinnen hinterlassen. Was für ein mächtiger, ungestümer Strom jungen englischen Lebens, angefangen bei den pedantischen, in lange Gewänder gehüllten Scholaren aus den Tagen der Plantagenets bis hin zu den ausgelassenen Studenten späterer Zeiten! Und was blieb von all dem Hoffen, dem Streben, der heißblütigen Energie, außer da und dort auf einem alten Friedhof ein paar verwitterte Buchstaben auf einem Grabstein und vielleicht eine Handvoll Staub im morschen Sarg? Nur die stille Treppe und die mit eingeritzten Schlingen, Andreaskreuzen und anderen heraldischen Symbolen bedeckten grauen Mauern stehen noch immer, wie groteske Schatten längst vergangener Tage.

Im Mai des Jahres 1884 bewohnten drei junge Männer die auf den oberen Stockwerken gelegenen separaten Studentenquartiere, zu denen die alte Wendeltreppe den gemeinsamen Zugang bildete. Jede dieser Unterkünfte bestand lediglich aus einem Wohnzimmer und einer Schlafkammer. Von den entsprechenden Räumen im Erdgeschoß wurde der eine als Kohlenlager genutzt, im anderen wohnte der Hausdiener Thomas Styles, zu dessen Obliegenheiten es gehörte, den drei jungen Herren aufzuwarten. In den Gebäuden ringsum befanden sich überwiegend Büros und Seminarräume, was den Bewohnern des Turms eine gewisse Abgeschiedenheit bescherte und die Quartiere unter den etwas strebsameren Studenten sehr begehrt machte. Die drei gegenwärtigen Mieter – Abercrombie Smith zuoberst, Edward Bellingham darunter und William Monkhouse Lee auf der ersten Etage – gehörten zu dieser Kategorie.

Es war zehn Uhr, ein heller Frühlingsabend, und Abercrombie Smith lehnte in seinem Sessel, die Füße gegen das Kamingitter gestützt, eine Bruyèrepfeife zwischen den Lippen. In einem ähnlichen Sessel auf der anderen Seite des Kamins räkelte sich ebenso behaglich sein alter Schulfreund Jephro Hastie. Beide Studenten trugen Trainingsanzüge, denn sie hatten den Nachmittag auf dem Fluß zugebracht. Mehr noch als ihre Kleidung verrieten die scharfgeschnittenen Gesichtszüge mit dem hellwachen Ausdruck, daß diese Männer den Aufenthalt im Freien liebten – abgehärtete Burschen, die natürlicherweise alles Männliche und Robuste bevorzugten. Hastie war Schlagmann seines Collegebootes, Smith sogar ein noch besserer Ruderer, aber eine bevorstehende Prüfung warf ihre Schatten voraus und fesselte ihn an seine Bücher, von denen er sich nur wenige Stunden in der Woche losriß, gerade soviel, wie für sein Wohlbefinden erforderlich. Der Wirrwarr von medizinischen Nachschlagewerken, Knochen, Modellen und anatomischen Tafeln auf seinem Tisch verriet sowohl den Gegenstand als auch den Eifer seiner Studien, während Kricketschläger und ein Paar Boxhandschuhe über dem Kaminsims auf die weniger zeitaufwendigen, intensiveren Sportarten verwiesen, mittels derer er sich – gemeinsam mit Hastie – körperliche Bewegung zu verschaffen pflegte. Sie kannten sich gegenseitig sehr gut – so gut, daß sie jetzt in jenem gelassenen Schweigen beieinander sitzen konnten, welches die höchste Form von Kameradschaft charakterisiert.

»Einen Whisky?« stieß Abercrombie Smith schließlich zwischen zwei Tabakwolken hervor. »In der Karaffe ist schottischer, in der Flasche irischer.«

»Danke, nein, ich versuche mich gerade als Skuller. Ich rühr grundsätzlich keinen Schnaps im Training an. Und du?«

»Ich auch. Hab noch ein ziemliches Pensum zu lesen.«

Hastie nickte, und sie überließen sich wieder ihrem gemütlichen Schweigen.

»Übrigens, Smith«, begann Hastie nach einer Weile, »hast du dich schon mit den beiden unter dir bekannt gemacht?«

»Wir grüßen uns auf der Treppe. Das ist alles.«

»Hm. An deiner Stelle ließe ich es dabei bewenden. Ich habe einiges über sie gehört. Nicht viel, aber es reicht. Halt sie dir vom Leibe. Gegen Monkhouse Lee habe ich eigentlich nichts – «

»Du meinst den schmächtigen?«

»Genau. Ein anständiger Kerl, dem ich kaum etwas Gemeines zutraue. Aber er steckt dauernd mit Bellingham zusammen.«

»Mit dem dicken?«

»Richtig. Und mit dem würde ich mich lieber nicht einlassen.«

Abercrombie Smith hob die Augenbrauen und blickte zu seinem Freund hinüber.

»Weshalb?« fragte er. »Alkohol? Karten? Glücksspiel? Du warst doch früher nicht so moralisch.«

»Ah – so kann nur einer fragen, der ihn wirklich nicht kennt. Der Kerl hat etwas Tückisches, Unberechenbares an sich, wie ein Reptil. Ich kriege Beklemmungen, wenn ich ihn bloß sehe. Er ist jemand mit geheimen Lastern – ein ganz falscher Fuffziger, wenn du mich fragst. Aber nicht dumm, im Gegenteil. Er soll einer der besten Studenten seiner Fachrichtung sein, die sie je am College hatten.«

»Medizin oder Geisteswissenschaften?«

»Er hat Sprachen des Nahen Ostens belegt. Muß wirklich ein As sein. Chillingworth traf ihn in den letzten Semesterferien am Nil, irgendwo oberhalb der zweiten Stromschnelle, und war ganz baff, wie dieser Bursche mit den Ägyptern schwatzte – als wäre er da geboren und aufgewachsen. Er parlierte koptisch mit den Kopten, hebräisch mit den Juden und arabisch mit den Beduinen, und das Merkwürdigste: Die benahmen sich so, als wollten sie ihm jeden Moment den Saum seines Gewandes küssen. Es gibt dort in der Gegend ein paar Eremiten – komische alte Käuze, die auf Felsblöcken hocken und jeden Fremden finster angucken, manchmal auch anspucken. Stell dir vor: Dieser Bellingham brauchte bloß drei, vier Worte zu murmeln – schon lagen sie vor ihm auf dem Bauch und krochen. Chillingworth sagt, er hätte so was noch nie gesehen. Bellingham schien das ganz selbstverständlich zu finden, stolzierte herum und redete herablassend zu ihnen wie ein reicher Onkel. Nicht schlecht für einen einfachen Studenten, was?«

»Wieso steckt Lee immer mit ihm zusammen?«

»Weil Bellingham mit seiner Schwester Eveline verlobt ist. Ein prima Mädchen, Smith! Ich kenne auch ihre Familie ganz gut. Es ist widerlich, diesen Kotzbrocken mit ihr zu sehen, ich muß dabei immer an eine Kröte und eine Taube denken.«

Abercrombie Smith griente und klopfte seine Pfeife am Kaminrost aus.

»Man kann dir leicht in die Karten gucken, alter Junge«, sagte er. »Außer ein paar Vorurteilen aus Neid und Eifersucht hast du nichts gegen den Burschen?«

»Unsinn, ich kenne sie von klein auf und sehe sie nicht gern in ihr Unglück rennen. Und er ist ihr Unglück, glaub mir. Er sieht nicht nur häßlich aus, sondern hat auch so einen Charakter. Er kann ausgesprochen giftig werden. Du erinnerst dich doch an seinen Streit mit Long Norton?«

»Nein; du vergißt ständig, daß ich das erste Jahr hier bin.«

»Stimmt, das war ja im letzten Winter. Natürlich. Die Sache passierte unten am Fluß, auf dem Treidelpfad am Ufer. Ein paar Studenten gingen dort spazieren, allen voran Bellingham. Auf einmal kommt ihnen ein altes Marktweib entgegen. Es hatte geregnet – du weißt, wie sehr dort der Boden bei Regen aufweicht –, und sie begegneten sich an einer Stelle, wo zwischen dem Flußufer und einer Riesenpfütze nur noch ein schmales Stück passierbar war. Was glaubst du, was dieses Schwein tut? Er bleibt stur auf dem Pfad und schubst die Alte beiseite, die mitsamt ihrer Ware im Schlamm landet und schrecklich zu Schaden kommt. Eine unglaubliche Gemeinheit, und Long Norton, ein einmalig feiner Kerl, hat ihm auch gleich ordentlich die Meinung gesagt. Ein Wort ergab das andere und führte schließlich dazu, daß Norton ihm eins mit dem Spazierstock überbriet. Es gab einen Heidenspektakel deswegen, und wenn Bellingham jetzt Norton sieht, zieht er eine finstere Miene, die absolut bühnenreif ist. Mein Gott, Smith, schon fast elf Uhr!«

»Keine Hektik. Genehmigen wir uns noch ein Pfeifchen.«

»Ohne mich. Ich muß Trainingsdisziplin halten. Eigentlich sollte ich längst im Bett liegen, statt dessen hocke ich hier und schwatze. Ich borge mir mal deinen Schädel, ja? Williams hat meinen schon seit einem Monat und gibt ihn nicht zurück. Ich nehme auch deine Innenohrknochen, wenn du sie nicht brauchst. Vielen Dank. Nein, eine Tasche ist nicht nötig, ich kann alles bequem unterm Arm tragen. Gute Nacht, mein Freund, und denk daran: Vorsicht vor deinen Nachbarn!«

Während Hastie mit den anatomischen Anschauungsstücken die Wendeltreppe hinabstieg, klopfte Abercrombie Smith seine Pfeife aus, rückte den Sessel näher zur Lampe und vertiefte sich in einen dicken, grün eingebundenen Wälzer mit großen Farbtafeln der merkwürdigen Innenwelt, deren hilflose und hüllenlose Herrscher wir selbst sind. Obwohl das erste Jahr in Oxford, war er kein Studienanfänger, sondern hatte bereits vier Jahre an den Universitäten von Glasgow und Berlin hinter sich und bereitete sich nunmehr auf das Abschlußexamen vor. Sein energischer Mund, die breite Stirn und die scharf gezeichneten, etwas groben Gesichtszüge verrieten einen Mann, der zwar nicht mit besonderen Gaben brillierte, aber doch so beharrlich, ausdauernd und stark war, daß er auch wesentlich glänzendere Kontrahenten aus dem Feld schlagen konnte. Ein Mann, der sich unter Schotten und Norddeutschen zu behaupten weiß, sollte nie unterschätzt werden. Smith hatte sich in Glasgow und Berlin durch Fleiß und Zielstrebigkeit einen Namen gemacht und war dabei, dies in Oxford zu wiederholen.

Er hatte etwa eine Stunde gesessen und gelesen, die Zeiger des geräuschvoll tickenden Weckers auf dem Tisch näherten sich der Zwölf, als ihn ein plötzlicher Laut aufhorchen ließ – ein scharfer, fast schriller Laut wie das zischende Einatmen eines vor heftiger Erregung keuchenden Menschen. Smith ließ sein Buch sinken und lauschte. Das konnte nur der Mieter ein Stockwerk tiefer gewesen sein, den Hastie als so unangenehm beschrieben hatte. Smith kannte ihn lediglich als einen schlaff wirkenden, bleichgesichtigen Mann von ruhigem Auftreten, der eifrig studierte; manchmal, wenn Smith seine Lampe löschte, drang aus dem Turmfenster unter ihm noch ein gelber Schein in die Dunkelheit. Diese Gemeinsamkeit in späten Nachtstunden hatte ein gewisses unsichtbares Band zwischen ihnen entstehen lassen. Wenn Stunde um Stunde verstrich und es schon zu dämmern begann, war es für Smith eine Beruhigung, noch einen Menschen in unmittelbarer Nähe zu wissen, der dem Schlaf ebenso wenig Wert beimaß wie er. Auch jetzt, als Smith seine Aufmerksamkeit auf den Mann im zweiten Stockwerk richtete, fühlte er Sympathie für ihn. Hastie war ein guter Kerl, aber etwas grob, ungehobelt, ohne Phantasie und Einfühlungsvermögen. Natürlich konnte man von ihm wenig Toleranz erwarten, denn Hastie verabscheute und mied Leute, die nicht seinem eigenen Männlichkeitsideal entsprachen. Ließ sich jemand nicht mit dem Maßstab der strengen Privatschulen messen, war er für Hastie jenseits der Grenzen des Erlaubten. Wie viele robuste Menschen setzte er Konstitution mit Charakter gleich und betrachtete als Charakterschwäche, was vielleicht nur eine Kreislaufschwäche war. Der klügere Smith durchschaute die Ansichten seines Freundes und relativierte sie, während er auf den Nachbarn unter sich lauschte.

Der merkwürdige Laut wiederholte sich nicht, und Smith wollte sich erneut seiner Arbeit zuwenden, als plötzlich ein heiserer Schrei die nächtliche Stille zerriß – ein deutlich vernehmbarer Hilfeschrei eines fassungslosen, zu Tode erschrockenen Mannes. Smith schnellte aus dem Sessel, sein Buch polterte zu Boden. Er war kein furchtsamer Mensch, doch in diesem unbeherrschten, plötzlichen Schreckensschrei lag etwas, das ihm Kälteschauer über den Rücken jagte. Ort und Zeit taten ein übriges, um tausend phantastische Möglichkeiten vor seinem geistigen Auge entstehen zu lassen. Sollte er hinuntereilen und nachsehen oder lieber abwarten? Wie jeder gute Brite haßte er Szenen; außerdem kannte er seinen Nachbarn zu wenig, um sich ungebeten in dessen Angelegenheiten zu mischen. Noch während er unschlüssig verharrte und überlegte, hallten schnelle

Schritte auf der Treppe, die Tür flog auf und herein stürzte der junge Monkhouse Lee, in hastig übergeworfener Kleidung und mit kalkweißem Gesicht.

»Bitte, kommen Sie schnell!« stieß er hervor. »Bellingham braucht Hilfe.«

Abercrombie Smith folgte ihm sogleich die Treppe hinab ins Wohnzimmer, das unter seinem eigenen lag, und wenn auch seine Aufmerksamkeit ganz der dringlichen Angelegenheit galt, so mußte er sich doch beim Eintreten erstaunt umschauen. Ein Zimmer wie dieses hatte er noch nie gesehen. Es glich eher einem Museum als einer Studentenbude. Wände und Decke waren dicht behängt mit merkwürdigen altägyptischen und orientalischen Kultgegenständen. Ein unheimlicher Fries, der an den Wänden rings um den Raum verlief, zeigte stolzierende, hochgewachsene, eckige Gestalten, die Waffen oder Lasten trugen. Auf dem oberen Sims des Frieses standen Statuetten mit Stierköpfen, Storchenköpfen, Katzenköpfen, Eulenköpfen, Büsten mandeläugiger Könige mit Schlangenkronen, dazwischen Darstellungen käferähnlicher Gottheiten aus blauem ägyptischem Lapislazuli. Horus, Isis und Osiris lugten aus jeder Nische und jedem Regal hervor, während ein echter Sohn des Nils in zwei von der Decke herabhängenden Seilschlingen schwebte – ein riesiges Krokodil mit aufgerissenem Maul.

In der Mitte des erstaunlichen Raumes stand ein großer quadratischer Tisch, überhäuft mit Papieren, Flaschen und getrockneten Blättern einer zierlichen, palmenartigen Pflanze. Man hatte den Wust zur Seite geschoben, um Platz zu schaffen für einen Mumiensarg, der nun den vorderen Teil des Tisches einnahm, vorher jedoch aufrecht an einer Wand gestanden haben mußte, wie aus einer Lücke dort zu schließen war. Die Mumie selbst, ein furchtbares, schwarzes, vertrocknetes Ding, wie eine knorrige Wurzel mit einem verkohlten Schädel, lag mit dem Oberkörper auf dem Sargrand, ihre klauenartigen Hände und knochigen Unterarme ruhten auf dem Tisch. Vor einer schräg an den Sarg gestellten alten gelben Papyrusrolle saß der Bewohner des Raumes in einem hölzernen Lehnstuhl. Sein Kopf war hintenübergesunken, seine weit aufgerissenen Augen starrten unverwandt auf das Krokodil über ihm, seine dicken bläulichen Lippen formten jedesmal ein lautes blubberndes Keuchen, wenn er ausatmete.

»Mein Gott, er stirbt!« rief Monkhouse Lee außer sich.

Er war ein schlanker, ansehnlicher Bursche mit Olivenhaut und dunklen Augen, der eher wie ein Spanier als ein Engländer aussah und sich auch durch sein lebhaftes keltisches Temperament kraß von dem phlegmatischen Angelsachsen Abercrombie Smith unterschied.

»Nur eine Ohnmacht, glaube ich«, sagte der Medizinstudent. »Fassen Sie mit an. Nehmen Sie die Beine. Jetzt aufs Sofa mit ihm. Räumen Sie mal diese hölzernen Teufelchen dort weg. Was für ein Krempel! So, nun öffnen wir ihm den Kragen und geben ihm etwas Wasser, dann kommt er wieder zu sich. Wie ist denn das passiert?«

»Ich weiß es nicht. Als ich ihn schreien hörte, rannte ich nach oben. Wir kennen uns näher, wissen Sie. Sehr freundlich von Ihnen, daß Sie gleich gekommen sind.«

»Sein Herz schlägt wie ein Paar Kastagnetten«, sagte Smith, der seine Hand auf die Brust des Ohnmächtigen gelegt hatte. »Mir scheint, er steht unter einem starken Schock. Bespritzen Sie ihn mit Wasser! Er sieht ja zum Fürchten aus!«

Es war in der Tat ein furchterregendes, abstoßendes Gesicht, das in Farbe und Form völlig vom Normalen abwich. Auf ihm lag nicht die übliche Schreckensblässe, sondern ein absolut blutleeres Weiß. Bellingham war sehr fett, schien aber einst noch weitaus fetter gewesen zu sein, denn seine Gesichtshaut bestand ganz aus Runzeln, herabhängenden Säckchen und Falten. Aus seinem borstigen braunen Haar, das er kurzgeschnitten trug, ragten lappige, welke Ohren hervor. Seine hellgrauen Augen waren immer noch geöffnet, die Pupillen erweitert, die Augäpfel hervorgequollen, starr und blicklos. Als er so auf ihn runterschaute, schien es Smith, als hätte er noch nie die Warnsignale der Natur so deutlich an einem Menschen gesehen wie jetzt, und seine Gedanken kehrten ernsthafter zur Warnung zurück, die ihm Hastie vor einer Stunde gegeben hatte.

»Was kann ihn nur so erschreckt haben?« fragte er.

»Die Mumie.«

»Diese Mumie? Wie das?«

»Keine Ahnung. Sie ist scheußlich und morbid. Wenn er doch bloß die Finger davon lassen würde! Das ist schon das zweite Mal, daß er mir so einen Schrecken einjagt. Genau wie im letzten Winter. Damals fand ich ihn genau so wie jetzt, und dieses schreckliche Ding lag vor ihm.«

»Was will er denn mit der Mumie?«

»Oh, er ist einfach verrückt nach solchen Sachen – ein leidenschaftlicher Sammler, wissen Sie. Er versteht davon mehr als jeder andere Mensch in England. Aber ich wünschte, dem wäre nicht so. Ah, er kommt wieder zu sich.«

Eine schwache Spur Farbe war in Bellinghams bleiches Gesicht zurückgekehrt, seine Lider zitterten wie Segel nach einer Flaute. Er ballte und öffnete die Hände, tat einen langen, zischenden Atemzug durch die geschlossenen Zähne, hob plötzlich ruckartig den Kopf und blickte verwirrt um sich. Als er die Mumie sah, sprang er vom Sofa auf, ergriff die Papyrusrolle, stopfte sie in eine Schublade, drehte den Schlüssel um und wankte dann zum Sofa zurück.

»Was ist los?« fragte er. »Was wollt ihr hier?«

»Du hast geschrien und warst unendlich aufgeregt«, sagte Monkhouse Lee. »Wäre unser Nachbar nicht gewesen – ich hätte nicht gewußt, was ich mit dir hätte anstellen sollen.«

»Ah, Sie, Abercrombie Smith«, sagte Bellingham nach einem kurzen Seitenblick. »Sehr freundlich von Ihnen, daß Sie sich herbemühten. Was war ich für ein Idiot! O mein Gott, was für ein Idiot!«

Er schlug die Hände vors Gesicht und begann, stoßweise und hysterisch zu lachen.

»Schluß damit! Keine Fisimatenten!« Smith packte ihn an der Schulter und rüttelte ihn derb.

»Ihr Nervenkostüm hält das nicht aus. Lassen Sie diese Mitternachtsspielchen mit der Mumie, sonst landen Sie demnächst im Irrenhaus. Sie sind bereits auf dem besten Weg dorthin.«

»Wer weiß, ob Sie so ruhig wären wie ich, wenn Sie erlebt hätten ...«

»Was denn?«

»Ach nichts. Ich wollte sagen: ob Sie nächtelang wach bleiben könnten mit einer Mumie zur Gesellschaft, ohne Ihre Nerven aufzureiben. Aber ich gebe Ihnen vollkommen recht. Ich habe mich in letzter Zeit wohl etwas verausgabt. Jetzt geht es mir schon viel besser. Aber bitte, gehen Sie noch nicht. Warten Sie noch ein paar Minuten, bis ich mich wieder ganz erholt habe.«

»Ziemlich stickig hier«, bemerkte Lee, während er das Fenster öffnete und kühle Nachtluft hereinließ.

»Balsamkraut«, sagte Bellingham. Er nahm eines der trockenen gefingerten Blätter und hielt es über die Glasglocke der Petroleumlampe. Dicke Rauchschwaden stiegen auf und erfüllten den Raum mit durchdringendem, stechendem Geruch. »Die heilige Pflanze – die Pflanze der Priester«, setzte er hinzu. »Verstehen Sie etwas von den Sprachen des Orients, Smith?«

»Nicht das geringste.«

Diese Antwort schien den Ägyptologen ungemein zu erleichtern.

»Übrigens«, fuhr er fort, »wie lange war ich ohne Besinnung?«

»Nicht lange. Vielleicht vier oder fünf Minuten.«

»Das dachte ich mir«, sagte Bellingham und atmete tief durch. »Eine seltsame Sache, so eine Ohnmacht! Es fehlt jedes Zeitgefühl. Nach meinem Empfinden könnte ich nicht sagen, ob es Sekunden oder Wochen waren. Wahrscheinlich hätte der Herr da auf dem Tisch, der in den Tagen der elften Dynastie, also etwa vor viertausend Jahren, eingewickelt wurde, dieselben Schwierigkeiten. Wenn er seine Zunge wiederfände, würde er vielleicht meinen, nur ein Augenblick, die Zeitspanne zwischen dem Schließen und Öffnen der Lider, sei vergangen. Eine bemerkenswert gut erhaltene Mumie, nicht wahr?«

Smith trat an den Tisch und betrachtete die schwarze, gekrümmte Gestalt fachmännisch. Das Gesicht war schrecklich verfärbt, aber völlig unversehrt, selbst zwei haselnußartige Augen steckten noch in den tiefen schwarzen Höhlen. Fleckige Haut umspannte die Gesichtsknochen straff von einer Erhebung zur anderen. Auf dem Schädel ein struppiger schwarzer Haarschopf, der die Ohren bedeckte. Zwei dünne Vorderzähne, ähnlich denen einer Ratte, ragten über die geschrumpfte Unterlippe. Die wie zum Kriechen angewinkelten Arme und der seitwärts gewendete Kopf verliehen dem starren Körper etwas Dynamisches, Geschmeidiges, vor dem es Smith unwillkürlich schauderte. Der Brustkorb mit den dünnen Rippen und der pergamentähnlichen Haut war entblößt, ebenso die eingesunkene, bleigraue Bauchdecke, in der der Einbalsamierer seinen langen Schnitt als Markenzeichen hinterlassen hatte; die Beine steckten jedoch noch in groben gelben Stoffbinden. Kleine Myrrheknollen und Bröckchen zerbröselter Zimtrinde lagen überall auf dem Körper und im Innern des Sarges.

»Ich kenne nicht einmal seinen Namen«, sagte Bellingham und strich mit der Hand über den zusammengeschrumpften Mumienschädel. »Der äußere Sarkophag mit den Inschriften fehlt nämlich. Ich nenne ihn einfach ›Los Nr. 249‹, wie es dort auf dem Sarg aufgedruckt ist. Das war die Bezeichnung, unter der ich ihn auf einer Auktion erstand.«

»Er muß zu seinen Lebzeiten ein ziemlich stattlicher Bursche gewesen sein«, bemerkte Abercrombie Smith.

»Ein Hüne! Selbst als Mumie mißt er noch über einen Meter neunzig. Demnach dürfte er ein wahrer Herkules gewesen sein, zumal die Menschen dort nie von der robusteren Art waren. Fühlen Sie mal diese dicken Armknochen. Mit dem Kerl könnten selbst Sie es kaum aufnehmen.«

»Vielleicht haben seine Hände die Steinblöcke der Pyramiden bewegt«, meinte Monkhouse Lee und blickte angewidert auf die schmuddeligen, zu Klauen gekrümmten Finger.

»Ausgeschlossen. Dieser Herr wurde in Natron gelegt und mit allen Finessen der Totenkosmetik behandelt. So etwas war für einfache Arbeiter unerschwinglich; die mußten sich mit Salz und Bitumen begnügen. Man hat errechnet, daß die Kosten dieser Konservierungsart etwa dem heutigen Geldwert von siebenhundertdreißig Pfund entsprechen. Unser Freund hier war also mindestens ein Edelmann. Was halten Sie von der kleinen Inschrift am Fußende des Sarges, Smith?«

»Ich sagte Ihnen doch, ich beherrsche keine Sprache des Orients.«

»Ach ja, richtig. Das ist der Name des Einbalsamierers, wenn ich nicht irre. Ein sehr gewissenhafter Arbeiter, der Mann. Wie viele Meisterwerke von heute werden wohl viertausend Jahre überdauern?«

Er bemühte sich, leichthin und beiläufig zu plaudern, doch Abercrombie Smith sah genau, wie tief die Angst noch in ihm saß. Er erkannte es am Zittern der Hände und der Unterlippe. Wohin Bellingham auch schaute, sein Blick kehrte sogleich wieder zu seinem schauerlichen Zimmergenossen zurück. Seine Redeweise und sein Auftreten verrieten jedoch neben Furcht auch so etwas wie heimlichen Triumph. Seine Augen blitzten, und er durchmaß das Zimmer mit raschen, energischen Schritten. Er wirkte wie ein Mensch, der zwar noch unter dem Eindruck durchlebter Gefahr steht, aber durch sie sein Ziel erreicht hat.

»Sie wollen doch nicht schon gehen?« rief er, als Smith sich vom Sofa erhob.

Die Aussicht auf erneutes Alleinsein schien seine Angst wiederzubringen, er streckte einen Arm aus, um ihn zurückzuhalten.

»Doch, ich muß. Habe noch eine Menge zu büffeln. Sie sind ja wieder auf dem Damm. Aber jemand mit einem derartig schwachen Nervenkostüm wie Sie sollte sich nicht mit solchen morbiden Sachen beschäftigen.«

»Ich bin sonst nicht so zartbesaitet, und das ist auch nicht die erste Mumie, die ich auswickle.«

»Aber du bist schon zum zweitenmal dabei ohnmächtig geworden«, entgegnete Monkhouse Lee.

»Nun ja, freilich. Ich muß mir wohl ein Nerventonikum verschreiben lassen oder eine Behandlung mit Elektrizität. Aber du bleibst doch noch, Lee?«

»Ganz wie du möchtest, Ned.«

»Am besten, wir gehen hinunter zu dir, und ich mache es mir ein Weilchen auf deinem Sofa bequem. Gute Nacht, Smith. Tut mir leid, daß ich Ihnen mit meinem Blödsinn solche Umstände gemacht habe.«

Sie schüttelten einander die Hände, und während der Medizinstudent die unregelmäßigen Stufen der Wendeltreppe erklomm, hörte er das Abschließen einer Tür und die Schritte seiner neuen Bekannten, die zum ersten Stock hinabstiegen.

Auf diese merkwürdige Weise begann die Bekanntschaft zwischen Edward Bellingham und Abercrombie Smith – eine Bekanntschaft, die letzterer zunächst gar nicht zu vertiefen wünschte. Bellingham jedoch schien an dem geradlinigen Wesen seines Nachbarn Gefallen zu finden und erwies ihm Aufmerksamkeiten, die abzulehnen grobe Unhöflichkeit erfordert hätte. Zweimal erschien er bei Smith, um ihm für seine Hilfe zu danken, dann kam er öfter, brachte ein Buch, eine Zeitschrift oder andere Kleinigkeiten vorbei, mit denen sich studierende Wohnungsnachbarn gelegentlich aushelfen. Smith stellte bald fest, daß Bellingham ein äußerst belesener Mensch mit universalen Interessen und einem ungewöhnlichen Gedächtnis war. Auch wußte er sein abstoßendes Äußeres durch ein zuvorkommendes, liebenswürdiges Auftreten wettzumachen. Für einen erschöpften, gequälten Studenten war er ein unterhaltsamer Gesprächspartner, und bald begann Smith, seine Besuche zu erwarten und sogar zu erwidern.

Obwohl der Medizinstudent nicht Bellinghams außerordentliche Klugheit bezweifelte, glaubte er manchmal, Anzeichen von Wahnsinn an ihm zu entdecken. Bellingham verfiel gelegentlich in eine herrische, geschwollene Redeweise, die in krassem Widerspruch zur Bescheidenheit seines Lebensstils stand.

»Es ist ein wunderbares Gefühl«, rief er aus, »wenn einem die Mächte des Bösen und des Guten gleichermaßen gehorchen – der Schutzengel ebenso wie der Racheengel!« Ein andermal meinte er über Monkhouse Lee: »Lee mag ein guter Kerl sein, ein ehrlicher Bursche, aber ihm gebricht es an Kraft und Ehrgeiz. Für jemanden, der etwas Großes anstrebt, wäre er nicht der geeignete Partner. Ich jedenfalls betrachte ihn nicht als den mir ebenbürtigen Partner, den ich brauche.«

Auf solche versteckten Angebote und Aufforderungen pflegte Smith gleichmütig zu reagieren: Er paffte schweigend weiter an seiner Pfeife, oder er hob einfach die Augenbrauen, schüttelte den Kopf und gab kleine medizinische Weisheiten wie »Früher zu Bett gehen!« und »Mehr frische Luft!« von sich.

Nach einiger Zeit entwickelte Bellingham eine Angewohnheit, die Smith als häufigen Vorboten geistigen Verfalls kannte: Er begann, endlose Selbstgespräche zu führen. Spät nachts, wenn es ringsum still war und kein Besucher mehr bei Bellingham sein konnte, drangen seine halblauten, fast geflüsterten Monologe bis zu Smiths Stockwerk herauf. Das monotone Gebrabbel störte und belästigte den Studenten, so daß er seinen Nachbarn mehrmals deswegen zur Rede stellte. Bellingham wurde jedesmal rot, leugnete jedoch heftig, Selbstgespräche zu führen, und ereiferte sich weit mehr als dem Anlaß angemessen.

Abercrombie Smith wollte schon an seinem Gehör zweifeln, da erhielt er eine Bestätigung für die Richtigkeit seiner Wahrnehmungen. Tom Styles, der schmächtige, runzelige Mann, der schon Generationen von Turmmietern betreut hatte, beklagte sich über dieselbe Sache.

»Verzeihung, Sir«, begann er eines Morgens beim Aufräumen der oberen Wohnung, »glauben Sie, daß mit Mr. Bellingham alles in Ordnung ist?«

»Wie bitte, Styles?«

»Ob er noch ganz richtig im Kopf ist, meine ich, Sir.«

»Weshalb sollte er das nicht sein?«

»Ich weiß nicht, Sir, aber in letzter Zeit kommt er mir irgendwie merkwürdig vor – so verändert. Er ist nicht mehr wie früher, obwohl ich ihn nie für einen Gentleman von der Art wie Mr. Hastie oder Sie gehalten habe, wenn ich mir die Bemerkung erlauben darf. Jetzt murmelt er abends dauernd vor sich hin. Das muß Ihnen doch auch auf die Nerven gehen. Ich werde nicht schlau daraus.«

»Was kümmert Sie das überhaupt, Styles?«

»Nun, man macht sich so seine Gedanken, Mr. Smith. Vielleicht geht es mich nichts an, aber ich bin nun einmal so. Ich fühle mich verantwortlich für meine jungen Herren, bin für sie Vater und Mutter zugleich. Wenn etwas schiefgeht und die Angehörigen kommen, bleibt alles an mir hängen. Aber noch einmal zu Mr. Bellingham, Sir. Ich frage mich, wer in seiner Wohnung herumläuft, wenn er ausgegangen und seine Tür von außen abgeschlossen ist.«

»Jetzt reden Sie aber wirklich Unsinn, Styles.«

»Vielleicht, Sir, aber ich habe es mehr als einmal mit eigenen Ohren gehört.«

»Einbildung, Styles!«

»Wie Sie meinen, Sir. Klingeln Sie, wenn Sie mich brauchen.«

Abercrombie Smith gab wenig auf das Geschwätz des alten Hausdieners, doch wenige Tage danach ereignete sich ein kleiner Vorfall, der ihn unangenehm berührte und Styles' Worten plötzlich Gewicht verlieh.

Bellingham war spät abends noch nach oben gekommen und erzählte sehr interessant von den Felsengräbern von Beni Hassan im oberen Ägypten, als Smith mit seinem beneidenswert scharfen Gehör vernahm, wie ein Stockwerk tiefer eine Tür geöffnet wurde.

»Jemand hat soeben Ihre Wohnung betreten oder verlassen«, bemerkte er.

Bellingham sprang auf, verharrte dann aber unschlüssig.

Auf seinem Gesicht spiegelte sich eine Mischung von Ungläubigkeit und Angst.

»Aber ich habe doch abgeschlossen. Ich bin fast sicher, daß ich die Tür abgeschlossen habe«, stammelte er. »Also kann sie auch niemand öffnen.«

»Und doch kommt dieser Niemand jetzt die Treppe herauf«, sagte Smith.

Bellingham stürzte zur Tür, schlug sie heftig hinter sich zu und rannte die Treppe hinab. Smith hörte, daß er auf halbem Wege stehenblieb, und glaubte, einen geflüsterten Wortwechsel zu vernehmen. Einige Augenblicke später klappte unten die Tür, ein Schlüssel wurde quietschend im Schloß herumgedreht, erneut ertönten Schritte auf den Stufen, dann betrat Bellingham, bleich und mit dicken Schweißperlen auf der Stirn, wieder den Raum.

»Alles in Ordnung«, sagte er und ließ sich in einen Sessel fallen. »Es war dieser verrückte Hund. Er hat die Tür aufgedrückt. Ich muß wohl vergessen haben, sie abzuschließen.«

»Ich wußte gar nicht, daß Sie einen Hund besitzen«, entgegnete Smith und betrachtete aufmerksam das aufgewühlte Gesicht seines Besuchers.

»Ja, ich habe ihn noch nicht lange und werde ihn mir bald wieder vom Hals schaffen müssen. Er stellt einfach zuviel Unfug an.«

»Offensichtlich, wenn es schon so schwierig ist, ihn einzusperren. Normalerweise genügt bei einem Hund das Einklinken der Wohnungstür, ohne daß sie abgeschlossen werden müßte.«

»Ich will nicht, daß der alte Styles ihn versehentlich hinausläßt. Er ist ziemlich wertvoll, wissen Sie, und es wäre schade, wenn er davonliefe.«

»Zufällig bin ich auch ein Hundeliebhaber«, sagte Smith und beobachtete seinen Nachbarn aus den Augenwinkeln sehr genau. »Vielleicht darf ich ihn mir einmal ansehen?«

»Gewiß. Aber im Augenblick geht es leider nicht. Ich habe noch eine Verabredung heute abend. Stimmt Ihre Uhr? Dann müßte ich ja schon seit einer Viertelstunde weg sein! Sie entschuldigen mich bitte.«

Er griff nach seiner Mütze und eilte davon. Jedoch nicht zu seiner Verabredung, wie Smith sehr wohl hörte, sondern zurück in seine Wohnung, die er von innen abschloß.

Diese Episode machte auf den Medizinstudenten einen denkbar unangenehmen Eindruck. Bellingham hatte ihn angelogen, und zwar so plump und dreist, daß ihm offenbar jedes Mittel recht gewesen war, um die Wahrheit zu verbergen. Smith wußte, sein Nachbar besaß keinen Hund. Er wußte auch, daß die Schritte auf der Treppe von keinem Tier stammten. Aber wer konnte es gewesen sein? Der Beobachtung des alten Styles zufolge lief jemand in Bellinghams Räumen umher, wenn der Wohnungsinhaber nicht zu Hause war. Eine Frau? Anfangs neigte Smith zu dieser Ansicht. Wenn die Universitätsleitung etwas davon erfuhr, bedeutete das für Bellingham Relegation mit Schimpf und Schande. Das konnte seine Furcht und seine Unehrlichkeit erklären. Andererseits war es praktisch unmöglich, eine Frau auch nur einen Tag lang in einer Studentenbude wie dieser zu verbergen; schon nach wenigen Stunden würde man sie entdecken. Was immer auch die Erklärung sein mochte, etwas war faul an der Sache, fand Smith, und während er sich wieder seinen Büchern zuwandte, beschloß er, künftig den Umgang mit seinem glattzüngigen, häßlichen Nachbarn zu meiden.

Aber Unterbrechungen seiner Arbeit schienen an jenem Abend die Regel zu sein. Kaum hatte er den Faden wieder aufgenommen, als jemand geräuschvoll die Treppe heraufstürmte, mit jedem Satz drei Stufen nehmend. Die Tür flog auf, und Hastie, in Blazer und Trainingsanzug, stürzte herein.

»Immer noch beim Büffeln!« sagte er und ließ sich in seinen gewohnten Sessel plumpsen. »Dein Sitzfleisch möchte ich haben. Ich glaube, selbst wenn ein Erdbeben Oxford heimsuchte, würdest du vollkommen ungerührt zwischen den Ruinen hocken und in deinen Büchern blättern. Ich will dich auch nicht lange aufhalten. Nur einen kleinen Knösel, dann bin ich wieder weg.«

»Was gibt's Neues?« fragte Smith, während er mit einem Zeigefinger eine Tabakfüllung in seine Bruyèrepfeife stopfte.

»Nicht viel. Wilson hat beim Vergleich erstes gegen elftes Semester siebzig Punkte gemacht. Es heißt, sie wollen ihn für Buddicomb in die Auswahlmannschaft nehmen, weil Buddicomb klar außer Form ist. Er hatte mal einen ganz ordentlichen Wurf, aber was er jetzt macht, kann man nicht mit ansehen.«

»Genau!« bestätigte Smith mit jenem eifrigen Ernst, der englische Studenten beim Thema Universitätssport überkommt.

»Er geht zu schnell runter und muß dann mit den Beinen nachdrücken. Dabei hebt sich die Hand natürlich um sieben bis acht Zentimeter. Keine Spur mehr von seiner alten Gefährlichkeit. Ach übrigens, hast du das mit Long Norton schon gehört?«

»Was denn?«

»Er ist überfallen worden.«

»Überfallen?«

»Ja, gerade als er aus der High Street bog, keine hundert Meter hinter dem College-Tor.«

»Aber wer –«

»Tja, damit sind wir wohl schon beim Merkwürdigsten. ›Was?‹ statt ›Wer?‹ sollte man wohl eher fragen, um der Sache näherzukommen. Norton schwört nämlich steif und fest, daß es kein menschliches Wesen war, und so wie die Kratzer an seinem Hals aussehen, muß ich ihm sogar recht geben.«

»Was denn sonst? Ein Gespenst etwa?«

Abercrombie Smith, ganz Naturwissenschaftler, schnaubte verächtlich.

»Nein, das meine ich nicht. Sollte mich nicht wundern, wenn sich herausstellt, daß hier in der Gegend ein großer Affe vom Rummelplatz ausgerissen ist. Norton geht dort, wo es geschah, jeden Abend etwa zur selben Zeit vorbei. Es gibt an der Stelle einen Baum, dessen Äste tief über den Weg hängen – die große Rüster in Rainy's Garten. Norton glaubt, der Angreifer stürzte sich aus dem Geäst auf ihn. Jedenfalls wurde er von hinten umgerissen und gewürgt. Norton sagt, es waren Arme, so dünn und stark wie Stahlseile. Er sah nichts außer diesen komischen Armen, die ihm immer mehr die Luft abdrückten. Glücklicherweise konnte er noch schreien, ein paar Jungs kamen auch gleich gerannt, und das Biest verschwand flink wie eine Katze über eine Mauer. Er hat es die ganze Zeit nicht einmal richtig sehen können. Die Sache hat ihn recht mitgenommen, sage ich dir. Diese Art Luftveränderung verträgt man nicht besonders.«

»Ein Straßenräuber, höchstwahrscheinlich«, sagte Smith.

»Auch möglich. Norton verneint das zwar, aber darauf kann man nichts geben. Sicher ist nur, daß der Angreifer lange Fingernägel hatte und klettern konnte wie ein Affe. Übrigens, dein gutaussehender Nachbar wird entzückt sein, wenn er davon erfährt. Er hat einen Rochus auf Norton, und nach allem, was ich von ihm weiß, ist er nicht der Mann, der so etwas vergißt. He, was hast du, alter Junge?«

»Nichts«, antwortete Smith unwirsch.

Er war zusammengezuckt und machte ein Gesicht, als sei ihm etwas Unangenehmes eingefallen.

»Habe ich was Falsches gesagt? Übrigens höre ich, du hast inzwischen Bekanntschaft mit Mr. B. geschlossen. Monkhouse Lee hat's mir erzählt.«

»Ja, aber nur flüchtig. Er war ein- oder zweimal hier.«

»Tja, du bist groß und häßlich genug, um selber auf dich aufzupassen. Du weißt, ich halte ihn für keinen besonders empfehlenswerten Umgang, obwohl er sicher mächtig klug und belesen ist und so. Aber du wirst es bald selbst merken. Lee ist ganz patent – ein grundanständiger Kerl. Also mach's gut, alter Junge. Übrigens rudere ich nächste Woche am Mittwoch gegen Mullins um den Pokal des Vizekanzlers. Du kommst doch? Also vergiß es nicht, falls wir uns vorher nicht mehr sehen.«

Schwerfällig legte Smith die Pfeife beiseite und machte sich einmal mehr an seine Bücher. Aber auch mit größter Willensanstrengung gelang es ihm nicht, sich auf die Arbeit zu konzentrieren. Seine Gedanken schweiften zu Bellingham und dem Geheimnis, das dessen Wohnung umgab. Dann dachte er an den seltsamen Überfall, der ausgerechnet jemandem zustieß, dem Bellingham nicht grün war. Diese beiden Gedanken kehrten hartnäckig immer wieder, als bestünde eine unmittelbare, enge Verbindung zwischen ihnen. Ein leiser Verdacht regte sich in ihm, noch so vage und unbestimmt, daß er sich nicht in Worte fassen ließ.

»Verdammter Kerl!« rief Smith und stieß sein Pathologiebuch so heftig von sich, daß es durchs Zimmer segelte. »Ich schaffe nichts mehr heute abend. Und schon das ist Grund genug, ihm künftig aus dem Weg zu gehen!«

Die nächsten zehn Tage vertiefte sich der Medizinstudent so konsequent in seine Arbeit, daß er von den beiden anderen Turmbewohnern weder etwas sah noch hörte. Zu den Zeiten, da Bellingham zu erscheinen pflegte, schloß er ab, und obwohl es mehrmals klopfte, antwortete er nicht. Eines Nachmittags jedoch, er ging gerade die Treppe hinab, flog Bellinghams Tür auf und der junge Monkhouse Lee kam heraus, mit funkelnden Augen und vor Zorn geröteten Wangen. Ihm folgte Bellingham, sein fettes, ungesundes Gesicht zuckte vor wütender Erregung.

»Dummkopf!« zischte er. »Das wirst du bereuen!«

»Na wenn schon!« rief der andere. »Es ist aus und vorbei – merk dir das! Und dabei bleibt es!«

»Denk an dein Versprechen!«

»Das halte ich, keine Sorge. Ich schweige. Aber meine kleine Evi würde ich lieber tot sehen als verheiratet mit dir. Ein für allemal: Es ist aus zwischen euch. Evi hört auf mich. Wir wollen nichts mehr mit dir zu tun haben!«

Soviel mußte Smith unfreiwillig mit anhören, doch er eilte weiter, um nicht in den Streit verwickelt zu werden. Offenbar hatte es ein ernstes Zerwürfnis zwischen den beiden gegeben, und Lee wollte seine Schwester dazu bewegen, die Verlobung zu lösen. Smith dachte an Hasties Vergleich mit Kröte und

Taube und war erleichtert. Das Gesicht des wutentbrannten Bellingham hatte gefährlich ausgesehen. Solch einem Mann konnte man kein unschuldiges Mädchen anvertrauen. Träge fragte sich Smith beim Gehen, was wohl den Streit verursacht hatte und was für ein Versprechen Monkhouse Lee abgegeben haben mochte, um das Bellingham so besorgt war.

Es war der Tag des Ruderwettkampfes zwischen Hastie und Mullins, und ein langer Zug Schaulustiger bewegte sich hinab zu den Ufern der Isis. Eine helle Maisonne schien, und die Schatten der großen Rüstern lagen wie schwarze Balken über der gelben Chaussee. Zu beiden Seiten der Straße, etwas abseits, die grauen Colleges, die altehrwürdigen Ziehmütter des Geistes, die aus ihren hohen, mullverhangenen Fenstern auf den Strom jungen Lebens schauten, der so fröhlich an ihnen vorüberzog. Schwarzgekleidete Tutoren, Würdenträger in vornehmen Roben, bleichgesichtige Examenskandidaten, gebräunte Athleten in weißen Jerseys und bunten Blazern und mit Strohhüten auf dem Kopf – sie alle pilgerten zu dem blauen Flüßchen, das sich windungsreich durch die Wiesen von Oxford schlängelte.

Mit der Intuition des erfahrenen Ruderers wählte Abercrombie Smith seinen Standort in einem Abschnitt, in dem sich der Zweikampf – vorausgesetzt, es kam zu einem – aller Wahrscheinlichkeit nach entscheiden würde. Er hörte in der Ferne aufbrandendes Geschrei, das den Start verkündete; es schwoll an beim Näherkommen, begleitet vom Getrampel rennender Menschen und den Rufen der Zuschauer in den Booten in seiner Nähe. Eine Gruppe halbnackter, schnaufender Läufer eilte vorbei, und er mußte sich recken, um über sie hinweg zur Flußmitte zu sehen, wo Hastie mit gleichmäßiger sechsunddreißiger Schlagzahl eine gute Bootslänge vor seinem hektischer ziehenden Konkurrenten lag. Smith feuerte seinen Freund an, dann zog er seine Uhr hervor und wollte zur Studierstube zurückkehren, als ihn jemand an der Schulter berührte. Der junge Monkhouse Lee stand neben ihm.

»Verzeihung – ich habe schon nach Ihnen gesucht«, begann

er in seiner zurückhaltenden, schüchtern wirkenden Art. »Ich muß Sie unbedingt sprechen. Hätten Sie ein halbes Stündchen Zeit? Ich hause jetzt in der Hütte dort drüben, gemeinsam mit Harrington vom King College. Bitte kommen Sie. Ich mache uns einen Tee.«

»Ich habe nicht viel Zeit«, sagte Smith, »muß noch eine Menge pauken. Aber für ein paar Minuten komm ich gerne mit. Ich wäre normalerweise gar nicht hergekommen. Es ist nur, weil ich mit Hastie befreundet bin.«

»Genau wie ich. Hervorragend, sein Stil, nicht wahr? Dagegen sah Mullins schwach aus. Bitte, treten Sie ein. Es ist ein bißchen eng, aber in den Sommermonaten kann man hier sehr gut arbeiten.«

Es war ein kleines, quadratisches, weißgetünchtes Häuschen mit grünen Türen und Fensterläden und einer Veranda aus gitterförmig angeordneten Latten, etwa fünfzig Meter vom Flußufer entfernt. Im Innern ein zentraler Raum, der als spartanisches Arbeitszimmer eingerichtet war – es gab einen rohen Brettertisch, ungestrichene Regale mit Büchern und an den Wänden ein paar billige Öldrucke. Der Wasserkessel summte schon auf einem Spirituskocher, die übrigen Tee-Utensilien standen auf einem Tablett auf dem Tisch bereit.

»Nehmen Sie diesen Stuhl. Dort sind Zigaretten – bedienen Sie sich. Darf ich Ihnen eine Tasse Tee einschenken? Ich bin Ihnen dankbar, daß Sie meiner Einladung gefolgt sind, zumal Ihre Zeit knapp ist, wie ich weiß. Ich wollte Ihnen folgendes sagen: Wenn ich Sie wäre, würde ich unverzüglich die Wohnung wechseln.«

»Wie bitte?«

Verblüfft erstarrte Smith, das brennende Streichholz in einer Hand haltend, die noch nicht angezündete Zigarette in der anderen.

»Ich weiß, es muß Ihnen sehr merkwürdig vorkommen. Und das schlimmste: Ich kann Ihnen nicht einmal die Gründe nennen, aus denen ich Ihnen das rate. Ich habe nämlich einen heiligen Eid geschworen, über diese Sache zu schweigen. Immerhin darf ich soviel sagen, daß man in Bellinghams Nähe nicht sicher ist. Ich werde in der nächsten Zeit so oft wie möglich hier draußen campieren.«

»Nicht sicher? Was meinen Sie?«

»Das eben darf ich nicht sagen. Aber befolgen Sie meinen Rat, und ziehen Sie um! Wir hatten heute eine heftige Auseinandersetzung. Sie müssen uns gehört haben, als Sie die Treppe herunterkamen.«

»Es sah nach einem ernsten Krach aus.«

»Er ist ein furchtbarer Kerl, Smith; ein anderes Wort gibt es für ihn nicht. Ich hatte einen bestimmten Verdacht seit jenem Abend, als er ohnmächtig wurde und ich Sie holte, erinnern Sie sich? Heute nun sagte ich ihm auf den Kopf zu, was ich vermutete, und er stritt nichts ab, sondern brüstete sich mit noch schlimmeren Dingen, bis mir die Haare zu Berge standen. Er wollte mich zu seinem Komplizen machen. Ich bin nicht zimperlich, aber als Sohn eines Pfarrers widerstreben mir einige Dinge zutiefst. Ich danke Gott, daß ich ihn noch rechtzeitig entlarven konnte. Er wollte in meine Familie einheiraten, wissen Sie.«

»Das ist ja alles gut und schön, Lee«, unterbrach ihn Abercrombie Smith. »Aber entweder sagen Sie viel zuviel oder viel zuwenig.«

»Ich will Sie warnen.«

»Sollte es dafür einen triftigen Grund geben, wären Gelöbnisse nicht mehr bindend. Wenn ich zum Beispiel jemanden sehe, der ein Haus mit Dynamit in die Luft jagen will, dann hält mich kein Schwur davon ab, es zu verhindern.«

»Ich kann leider nichts verhindern, sondern Sie nur warnen.«

»Ohne zu sagen, wovor!«

»Vor Bellingham.«

»Das ist doch lächerlich. Weshalb sollte ich ausgerechnet vor ihm Angst haben?«

»Darüber darf ich nicht sprechen. Aber ich beschwöre Sie: Suchen Sie sich ein neues Quartier. Im jetzigen sind Sie nicht sicher. Ich behaupte nicht, daß Bellingham etwas gegen Sie im Schilde führt. Aber es könnte passieren, denn er ist gerade jetzt unberechenbar.«

»Vielleicht weiß ich mehr, als Sie ahnen«, sagte Smith und blickte fest in das besorgte Jungengesicht seines Gegenübers. »Angenommen, ich sage Ihnen, daß sich noch jemand in Bellinghams Wohnung aufhält.«

Monkhouse Lee sprang erregt vom Stuhl auf.

»Sie wissen es also?« keuchte er.

»Eine Frau.«

Mit einem Seufzer ließ sich Lee wieder auf den Stuhl sinken.

»Meine Lippen sind versiegelt«, sagte er. »Ich muß schweigen.«

»Ganz wie Sie meinen«, entgegnete Smith und erhob sich. »Ich bin mit meiner Wohnung sehr zufrieden, und es fällt mir nicht im Traum ein, meine Sachen zu packen, nur weil Sie in höchst nebulöser Weise andeuten, Bellingham könnte mir etwas Böses antun. Ich gedenke zu bleiben, wo ich bin, und das Risiko auf mich zu nehmen. Und nun entschuldigen Sie mich; wie ich sehe, ist es schon fast fünf Uhr.«

Er verabschiedete sich mit knappen Worten von dem jungen Studenten und machte sich auf den Rückweg. Während er durch den herrlichen Frühlingsnachmittag lief, fühlte er sich halb verwirrt, halb belustigt – eine typische Empfindung bei starken, phantasiearmen Menschen, die der Schatten einer unbestimmbaren Gefahr gestreift hat.

Eine kleine regelmäßige Abwechslung gönnte sich Abercrombie Smith, wie sehr ihn sein Arbeitspensum auch drückte. Zweimal wöchentlich, jeden Dienstag und Freitag, besuchte er Dr. Plumptree Peterson im etwa anderthalb Meilen von Oxford entfernten Farlingford. Peterson war ein enger Freund von Smiths älterem Bruder Francis, und da er als recht wohlhabender Junggeselle über einen guten Weinkeller und eine noch bessere Bibliothek verfügte, war sein Haus das ideale Ziel für einen Studenten, der einen ordentlichen Spaziergang brauchte. Zweimal in der Woche also marschierte der Medizinstudent über die abenddunkle Landstraße und verbrachte eine vergnügliche Stunde in Petersons gemütlichem Arbeitszimmer, wo man sich bei einem Glas alten Portweins über den neuesten Universitätsklatsch oder die jüngsten Entwicklungen von medizinischer Forschung und Chirurgie unterhielt.

Einen Tag nach dem Gespräch mit Monkhouse Lee klappte Smith seine Wälzer um Viertel nach acht zu, der gewohnten Zeit seiner Spaziergänge. Beim Verlassen der Wohnung fiel sein Blick auf ein Buch, das Bellingham ihm geliehen hatte, und er verspürte Gewissensbisse, es immer noch nicht zurückgegeben zu haben. Mochte der Mann ihm auch zuwider sein – es war kein Grund, ihn unhöflich zu behandeln. Er nahm das Buch mit und klopfte eine Etage tiefer bei seinem Nachbarn. Er erhielt keine Antwort, aber als er auf die Klinke drückte, fand er die Tür unverschlossen. Erfreut, eine Begegnung zu vermeiden, ging er hinein und legte das Buch mit seiner Visitenkarte auf den Tisch.

Die Lampe war halb heruntergedreht, doch Smith unterschied die Einzelheiten des Raumes deutlich genug. Alles war wie früher – der Fries, die tierköpfigen Götter, das schwebende Krokodil, der mit Papieren und getrockneten Pflanzenblättern bedeckte Tisch. Der Sarg stand aufrecht an der Wand, nur die Mumie selbst fehlte. Nichts in dem Zimmer deutete auf einen zweiten Bewohner, und während Smith die Tür von außen zuzog, überlegte er, daß er Bellingham wahrscheinlich Unrecht getan hatte. Jemand, der etwas Kompromittierendes zu verbergen hatte, würde wohl kaum seine Wohnung so offen lassen, daß alle Welt hereinspazieren konnte.

Auf der Wendeltreppe herrschte pechschwarze Finsternis. Während Smith langsam die unregelmäßigen Stufen hinabstieg, hatte er plötzlich den Eindruck, daß jemand in der Dunkelheit an ihm vorbeihuschte. Er bemerkte ein leises Geräusch und einen schwachen Lufthauch; etwas streifte leicht, kaum wahrnehmbar, seinen Ellbogen. Er blieb stehen und lauschte, doch außer dem Wind, der draußen das raschelnde Efeulaub zauste, hörte er nichts.

»Sind Sie es, Styles?« rief er.

Keine Antwort. Auf den Stufen über ihm blieb alles still. Es mußte wohl ein plötzlicher Windstoß gewesen sein, denn in diesem alten Gemäuer gab es Risse und Spalten. Und doch hätte er schwören mögen, Schritte neben sich gehört zu haben. Noch immer mit der merkwürdigen Sache beschäftigt, trat er hinaus auf den quadratischen Hof vor dem Turm, als jemand über den kurzgeschorenen Rasen auf ihn zu geeilt kam.

»Smith?«

»Hallo Hastie!«

»Komm schnell, um Gotteswillen! Der junge Lee ist ertrunken! Harrington von King's hat mich verständigt. Der Arzt ist nicht zu Hause. Wir brauchen dich, komm mit! Vielleicht kann man ihn noch retten!«

»Habt ihr Brandy?«

»Nein.«

»Ich hole welchen. Auf meinem Tisch steht eine Flasche.«

Smith sprang die Treppe hinauf, immer drei Stufen auf einmal nehmend, packte die Flasche und eilte hinunter, als er auf Bellinghams Etage etwas bemerkte, was ihn keuchend innehalten und genauer hinsehen ließ.

Die Tür, die er hinter sich geschlossen hatte, stand nun offen und gab den Blick frei auf den vom Lampenlicht beschienenen Sarg. Vor drei Minuten noch war er leer gewesen, das konnte Smith beschwören. Nun lehnte der unheimliche, verdorrte Mumienkörper darin, mit dem schwarzen, zur grimmigen Fratze geschrumpften Gesicht zur Tür. Die Gestalt war starr und leblos, doch als Smith genauer hinsah, schien ihm, als glimme da noch ein Fünkchen Leben, ein schwacher Schimmer von Bewußtsein in den kleinen tiefliegenden Augen. Vor Erstaunen und Erschütterung wie gebannt, starrte Smith auf die hohe, ausgezehrte Gestalt, und erst die Stimme seines Freundes erinnerte ihn an sein Anliegen.

»Komm schon, Smith!« brüllte Hastie. »Es geht um Leben oder Tod. Beeilung! Los«, fügte er hinzu, als der Medizinstudent aus dem Turm kam, »machen wir 'nen Sprint. Es ist weniger als eine Meile, das schaffen wir in fünf Minuten. Diesmal geht's nicht um einen läppischen Pott, sondern um ein Menschenleben!«

Schulter an Schulter preschten sie durch die Dunkelheit und gönnten sich keine Verschnaufpause, bis sie, keuchend und völlig erschöpft, die kleine Hütte am Fluß erreichten. Der junge Lee lag schlaff und nässetriefend wie eine ausgerissene Wasserpflanze auf dem Sofa, etwas Entengrütze im schwarzen Haar, einen weißen Schaumrand um seine bleigrauen Lippen. Davor kniete sein Hausgenosse Harrington und versuchte, den regungslosen Körper warmzureiben.

Smith legte eine Hand an den Hals des Jungen. »Ich glaube, es ist noch Leben in ihm«, sagte er. »Halt mal deine Uhr an seine Lippen. Ja, das Glas beschlägt. Nimm den anderen Arm, Hastie, und mach es mir genau nach. Wir werden ihn schon wieder hinkriegen.«

Die nächsten zehn Minuten arbeiteten sie wortlos, den Brustkorb des Ohnmächtigen im Wechsel dehnend und zusammenpressend. Endlich lief ein Schauer durch Lees Körper, seine Lippen zitterten, er schlug die Augen auf. Ein unbändiger Jubel erfaßte die drei Studenten, sie lärmten durcheinander.

»Aufgewacht, alter Junge! Hast uns einen schönen Schreck eingejagt!«

»Hier, nimm einen Schluck Brandy. Am besten gleich aus der Flasche.«

»Das ist ja noch mal gutgegangen!« sagte Harrington. »Leute, ihr könnt euch gar nicht vorstellen, was ich für Ängste ausgestanden habe. Ich war hier beim Lesen, er wollte einen kleinen Spaziergang am Fluß machen, aber kaum ist er weg, höre ich auch schon einen Schrei und dann das Hineinplumpsen ins Wasser. Ich bin sofort hingerannt, aber bis ich ihn gefunden und rausgefischt hatte, war er schon wie tot. Dann wollte ich Simpson nach einem Arzt schicken, aber das ging nicht, weil er ein verstauchtes Bein hat. Also mußte ich mich selbst auf die Socken machen, doch nun war kein Arzt aufzutreiben. Zum Verrücktwerden! Ich weiß nicht, was ich ohne euch getan hätte, Leute. So ist es richtig, mein Junge. Setz dich auf.«

Monkhouse Lee hatte den Oberkörper auf die Arme gestützt und blickte wild um sich.

»Was ist los?« fragte er. »Warum ist hier alles so naß? Ach ja, ich erinnere mich.«

Ein ängstlicher Ausdruck erschien auf seinem Gesicht, und er bedeckte es mit den Händen.

»Wie konntest du bloß in den Fluß fallen?«

»Ich bin nicht gefallen.«

»Sondern?«

»Man hat mich gestoßen. Ich stand am Ufer, jemand packte mich von hinten, hob mich hoch wie eine Feder und warf mich hinein. Ich habe nicht das geringste gehört oder gesehen. Trotzdem weiß ich, wer es war.«

»Ich auch«, flüsterte Smith.

Lee blickte überrascht auf.

»Sie wissen also Bescheid? Und was halten Sie jetzt von meinem Rat?«

»Ich glaube, ich werde ihn beherzigen.«

»Was zum Teufel habt ihr da zu tuscheln?« rief Hastie. »Harrington, stecken Sie Lee sofort ins Bett. Über das Wie und Warum diskutieren wir später, wenn er sich erholt hat. Und wir lassen die beiden jetzt allein, Smith. Gehn wir zurück zum College. Wir können uns ja unterwegs noch unterhalten.«

Doch es kam keine rechte Unterhaltung auf dem Heimweg zustande. Die merkwürdigen Ereignisse des Abends gingen Smith nicht aus dem Kopf: das Fehlen der Mumie aus der Wohnung seines Nachbarn, die Schritte auf der Treppe, das gespenstische, völlig unerklärliche Wiederauftauchen des grausigen Dings, und vor allem der Anschlag auf Lee, unmittelbar nach einem ähnlichen Mordversuch an einem Mann, der sich ebenfalls Bellinghams Haß zugezogen hatte. Alle diese Ungereimtheiten begannen sich nunmehr zu einem Bild zu ordnen, zusammen mit den vielen kleinen Einzelheiten, durch die ihm Bellingham so unangenehm geworden war, und die besonderen Umstände, unter denen er erstmals zu ihm gerufen worden war. Aus einem unbestimmten Verdacht, einer vagen phantastischen Vermutung, formte sich eine Gewißheit, eine grimmige Tatsache, die er nicht mehr aus seinem Gedächtnis streichen konnte.

Eine unglaubliche Sache – beispiellos, monströs, mit den Grundsätzen der normalen menschlichen Erfahrung völlig unvereinbar! Jeder Außenstehende, sogar der Freund, der neben ihm ging, würde ihm sagen, daß er einfach nicht richtig hingesehen habe, daß die Mumie die ganze Zeit dagewesen sei, daß Lee aus Unachtsamkeit in den Fluß fiel und daß bei Leberbeschwerden die blauen Pillen am besten helfen. Er wußte, er würde dasselbe sagen, wenn er selbst dieser Außenstehende wäre. Und doch bestand für ihn nicht der geringste Zweifel, daß Bellingham die Mordanschläge veranlaßt und sich dabei eines Mordwerkzeuges bedient hatte, das in den finsteren Annalen des Verbrechens noch nie zuvor aufgetaucht war.

Hastie war verärgert und mit einigen mißbilligenden Bemerkungen über die Ungeselligkeit des Freundes zu seiner Unterkunft abgebogen, und als Abercrombie Smith nun den quadratischen Vorhof betrat, verspürte er auf einmal eine heftige Abneigung gegen seine Wohnung und die damit verbundenen Assoziationen. Er beschloß, sich umgehend eine neue Bleibe zu suchen. Wie konnte man studieren, wenn man ständig mit einem Ohr auf jedes Gemurmel und jeden Schritt unter sich achten mußte? Beim Überqueren des Rasens sah er noch Licht in Bellinghams Zimmer, und als er die Treppe hinaufstieg, ging die Tür auf, und der dicke Mann schaute heraus. Mit seinem feisten, verschlagenen Gesicht wirkte er wie eine fette Spinne, die soeben ihr tödliches Netz fertiggestellt hat.

»Guten Abend!« sagte er. »Wollen Sie nicht einen Augenblick hereinkommen?«

»Nein!« erwiderte Smith schroff.

»Nein? Wie immer keine Zeit? Ich wollte Sie nur wegen Lee fragen. Zu meinem Bedauern hörte ich, daß ihm etwas zugestoßen sein soll.«

Sein Gesichtsausdruck wirkte besorgt, doch in seinen Augen schimmerte verstohlene Freude. Smith sah es und hätte ihn dafür niederschlagen mögen.

»Ihr Bedauern wird noch zunehmen, wenn Sie hören, daß Monkhouse Lee putzmunter und außer Lebensgefahr ist«, antwortete er. »Ihre teuflischen Tricks haben diesmal nicht funktioniert. Oh, Sie brauchen gar nicht so scheinheilig zu tun. Ich weiß alles.«

Bellingham wich eilig einen Schritt zurück und schloß halb die Tür, als wollte er sich vor dem wütenden Studenten in Sicherheit bringen.

»Sie sind verrückt«, sagte er. »Ich weiß gar nicht, was Sie meinen. Wollen Sie etwa behaupten, daß ich etwas mit Lees Unfall zu tun habe?«

»Jawohl!« donnerte Smith. »Sie und dieser Knochensack da hinter Ihnen; ihr beide steckt dahinter. Ich sage Ihnen ganz genau, was ich meine, Herr Bellingham. Heutzutage verbrennt man Leute wie Sie zwar nicht mehr, aber wir haben immer noch einen Henker, und Gnade Ihnen Gott, wenn jemand an diesem College umkommt, solange Sie hier sind. Dann sorge ich dafür, daß Sie baumeln. Ihr schmieriger ägyptischer Hokuspokus nützt Ihnen hier in England nichts!«

»Sie sind ja völlig übergeschnappt«, sagte Bellingham.

»Na schön. Schreiben Sie es sich hinter die Ohren, sonst werden Sie merken, daß ich Wort halte!«

Bellingham warf die Tür zu, und der zornige Smith stieg zu seiner Wohnung hinauf, wo er von innen abschloß und die halbe Nacht damit verbrachte, beim Qualm seiner alten Bruyèrepfeife über die seltsamen Ereignisse des Abends nachzudenken.

Am nächsten Morgen hörte Abercrombie Smith nichts von seinem Nachbarn. Nachmittags kam Harrington vorbei und berichtete, Lee sei schon fast wieder der alte. Smith vergrub sich den ganzen Tag in seine Bücher, doch am Abend beschloß er, den tags zuvor versäumten Besuch bei Dr. Peterson nachzuholen. Ein ordentlicher Spaziergang und ein freundliches Gespräch würden seinen strapazierten Nerven guttun.

Diesmal blieb Bellinghams Tür zu, als er vorbeiging, doch als er sich auf dem Hof noch einmal umdrehte, sah er die dunkle Silhouette eines Kopfes an Bellinghams erleuchtetem Fenster: Sein Nachbar preßte offenbar das Gesicht gegen die Scheibe und spähte hinaus ins Dunkle. Wie gut, seiner Nähe entronnen zu sein, wenn auch nur für ein paar Stunden! Smith schritt munter aus und sog die milde Frühlingsluft in seine Lungen. Der Mond hing im Westen zwischen zwei gotischen Turmspitzen und warf den Schatten der steinernen Verzierungen als bizarres Muster auf die silbrige Straße. Es wehte eine frische Brise, am Himmel trieben leichte, flauschige Wölkchen rasch dahin. Das Old College lag direkt am Stadtrand, und fünf Minuten später hatte Smith die Häuser hinter sich gelassen und bog, umgeben von Maiduft, in eine von Hecken gesäumte Landstraße, wie man sie häufig in Oxfordshire antrifft.

Es war eine einsame, selten benutzte Straße, die zum Anwesen seines Freundes führte. Obwohl es noch nicht spät am Abend war, begegnete Smith unterwegs keiner einzigen Seele. Er marschierte zügig, bis er ein eisernes Tor erreichte, hinter dem eine lange, kiesbestreute Allee die Zufahrt nach Farlingford bildete. Hinter dem Laub der Bäume sah er das anheimelnde, rötliche Licht der Fenster schimmern. Er hielt inne und blickte, die Hand noch auf der eisernen Klinke des Tores, auf die Landstraße zurück. Etwas kam von dort rasch näher.

Es bewegte sich lautlos und verstohlen im Schatten der Hecke – eine dunkle, gebückte Gestalt, fast unsichtbar gegen den schwarzen Hintergrund. Smith hatte Mühe, sie im Blick zu behalten, da sie im nächsten Moment immer schon zwanzig hurtige Schritte näher herangehuscht war; der Abstand zwischen ihnen schmolz rapide. Und plötzlich erkannte er doch etwas in der Dunkelheit: einen dürren Hals und gespenstisch leuchtende Augen, die ihn zeitlebens im Traum verfolgen würden. Vor Schreck stieß er einen Schrei aus, machte kehrt und rannte um sein Leben. Vor ihm, kaum mehr als einen Steinwurf entfernt, blinkten die Sicherheit verheißenden rötlichen Lichter. Er war schon immer ein ausgezeichneter Sprinter gewesen, doch an dem Abend unterbot er alle seine Bestzeiten.

Er hörte, wie das schwere Schwingtor hinter ihm ins Schloß fiel, jedoch von seinem Verfolger gleich wieder aufgestoßen wurde. Unter Aufbietung aller Kräfte hetzte er durch die Nacht, hörte hinter sich flinke, leichte Schritte auf dem knirschenden Kies näher kommen, sah bei einem angstvollen Blick über die Schulter, daß das Scheusal mit Tigersätzen aufholte und im Laufen einen knochigen Arm ausstreckte. Gott sei Dank – die Haustür war nur angelehnt. Er erkannte es an dem schmalen Lichtstreifen, der aus der erleuchteten Diele fiel. Die leichtfüßigen Sprünge waren jetzt sehr nah. In seinem Nacken ertönte ein heiseres Gurgeln. Mit einem Aufschrei warf er sich gegen die Tür, schlug sie von innen zu, riegelte ab und ließ sich halb ohnmächtig auf einen Stuhl in der Diele fallen.

»Mein Gott, Smith, was ist mit Ihnen?« Peterson stand in der Tür seines Arbeitszimmers.

»Geben Sie mir einen Brandy!«

Peterson verschwand und kehrte sofort mit Glas und Karaffe zurück.

»Sie scheinen ihn dringend zu brauchen«, sagte er, während sein Besucher das vollgeschenkte Glas gierig leerte. »Mann, Sie sehen ja käseweiß aus!«

Smith stellte das Glas ab, stand auf und tat einen tiefen Atemzug.

»Es geht schon wieder«, sagte er. »Ich hätte nie gedacht, daß man mich so erschrecken kann. Wenn Sie erlauben, Peterson, ich würde gern heute bei Ihnen übernachten, denn auf diese Landstraße traue ich mich erst wieder bei Tageslicht. Selbst wenn Sie mich für feige halten – ich kann es nicht ändern.«

Peterson schaute seinen Besucher sehr fragend an.

»Natürlich können Sie hier schlafen, wenn Sie es wünschen. Ich werde gleich Mrs. Burney Bescheid sagen, damit sie Ihnen ein Bett herrichtet. Wo wollen Sie denn jetzt hin?«

»Kommen Sie mit zum Fenster im Treppenhaus. Ich möchte, daß Sie sehen, was ich gesehen habe.«

Sie stiegen hinauf zu dem Fenster, das Ausblick über die Zufahrt bot. Still lagen die Allee und die Wiesen zu beiden Seiten des Weges im friedlichen Mondlicht, nichts regte sich.

»Also wirklich, Smith«, setzte Peterson an, »wenn ich Sie nicht besser kennen würde, müßte ich annehmen, daß Sie einen über den Durst getrunken haben. Worüber sind Sie so erschrocken?«

»Einen Augenblick, ich erzähle es Ihnen gleich. Wo kann es nur geblieben sein? Ah, da – sehen Sie? Hinter dem Tor, wo die Straße eine Biegung macht?«

»Ja doch, Sie brauchen mir nicht in den Arm zu kneifen. Ich habe jemanden um die Ecke biegen sehen. Einen Mann, würde ich sagen, ziemlich dünn und groß, sehr groß sogar. Was ist mit ihm? Und was mit Ihnen? Sie zittern ja immer noch.«

»Der Teufel wollte mir an den Kragen, das ist mit mir. Gehn wir ins Arbeitszimmer. Dort erzähle ich Ihnen die ganze Geschichte.«

Und das tat er. Im anheimelnden Licht der Lampe, ein Glas Wein auf dem Tischchen neben sich, vor sich die stattliche Gestalt und das staunende Gesicht des älteren Freundes, schilderte er nacheinander alle die kleinen oder gewichtigeren Vorfälle, die sich in so merkwürdiger Folge ereignet hatten, angefangen bei dem Abend, als er Bellingham ohnmächtig vor dem Mumiensarg vorfand, bis zu seinem haarsträubenden Erlebnis vor dem Pfarrhaus.

»So, nun kennen Sie die ganze finstere Geschichte«, sagte er zum Schluß. »Ich weiß, sie klingt monströs und unglaublich, aber sie ist wahr.«

Dr. Plumptree Peterson schwieg eine Weile und machte ein sehr bekümmertes Gesicht.

»So etwas habe ich in meinem ganzen Leben noch nicht gehört!« meinte er schließlich. »Nun gut, Sie haben die Fakten aufgezählt. Verraten Sie mir jetzt Ihre Schlußfolgerungen.«

»Die können Sie selbst ziehen.«

»Aber mich interessieren Ihre. Sie haben über die Sache nachgedacht, ich nicht.«

»Im Detail ist alles noch etwas vage, doch die wichtigsten Punkte scheinen mir recht klar zu sein. Bellingham muß bei seinen orientalischen Studien auf ein teuflisches Geheimnis gestoßen sein, wie man eine Mumie – oder vielleicht nur diese besondere Mumie – zeitweilig zum Leben erwecken kann. Er machte den entscheidenden Versuch an jenem Abend, als er ohnmächtig wurde. Offenbar war der Anblick der sich bewegenden Kreatur zuviel für seine Nerven, obwohl er so etwas erwartet hatte. Erinnern Sie sich, gleich beim Erwachen nannte er sich einen Idioten. Später wurde er abgebrühter und stand die Prozedur ohne Ohnmacht durch. Er konnte der Mumie offenbar nur für eine kurze Dauer Leben einhauchen, denn ich habe sie regelmäßig in ihrem Sarg gesehen, und da war sie so tot wie dieser Tisch. Als er das offenbar recht komplizierte Verfahren schließlich beherrschte, kam ihm die Idee, die Kreatur als sein Werkzeug zu benutzen – als eine Waffe, die nicht nur über Kraft, sondern auch über Intelligenz verfügt! Aus irgendeinem Grunde zog er Lee ins Vertrauen, doch der als gläubiger Christ wollte nichts damit zu tun haben. Dann kam es zu einem Streit, und Lee drohte, seine Schwester über Bellinghams wahren Charakter aufzuklären. Bellingham versuchte, dies zu verhindern – und hätte es auch fast geschafft –, indem er ihm die Mumie auf den Hals hetzte. Er hatte die Waffe bereits vorher gegen einen anderen Mann erprobt, diesen Norton, dem er etwas heimzahlen wollte. Es ist reiner Zufall, daß er nicht zwei Morde auf dem Gewissen hat. Als ich ihm die Sache auf den Kopf zu sagte, mußte er mich beseitigen, bevor ich mein Wissen jemandem mitteilte. Die Gelegenheit ergab sich heute, als er mich weggehen sah. Da er meine Gewohnheiten kennt, wußte er, wohin. Wenn ich dem knochigen Kerl nicht eben noch entwischt wäre, hätten Sie morgen früh meine Leiche vor Ihrer Tür gefunden. Sie wissen, ich bin kein Hasenfuß. Daß man mich so in Todesfurcht versetzen kann wie heute abend, hätte ich selbst nie für möglich gehalten.«

»Mein lieber Junge, Sie nehmen das alles viel zu ernst«, sagte sein Gegenüber. »Sie sind überarbeitet, Ihre Nerven spielen Ihnen einen Streich. Wie kann eine Mumie in den Straßen von Oxford herumlaufen – und sei es auch nur nachts –, ohne gesehen zu werden?«

»Man hat sie sehr wohl gesehen, hält sie aber für einen ausgebrochenen Affen. Angst geht um in der Stadt. Überall redet man davon.«

»Zugegeben, die Vorfälle, von denen Sie berichten, sind merkwürdig. Trotzdem, mein Junge, könnte man jeden einzelnen auf ganz natürliche Weise erklären.«

»Was? Auch den von heute abend?«

»Gewiß. Sie kommen hierher, abgespannt, den Kopf voll von Ihrer Theorie. Ein dürrer, halbverhungerter Landstreicher schleicht Ihnen nach, und als er Sie wegrennen sieht, wird er mutig und verfolgt Sie. Ihre Angst und Ihre Phantasie besorgen den Rest.«

»Nein, Peterson, Sie machen es sich zu einfach.«

»Und was den Sarg angeht, den Sie einmal ohne und dann wieder mit Inhalt sahen: Das war bei halb heruntergedrehter Lampe, wie Sie selbst sagen. Zudem hatten Sie keine besondere Veranlassung, genau hinzusehen. Vielleicht lag die Mumie im Sarg, und Sie haben sie übersehen.«

»Nein, nein, völlig ausgeschlossen.«

»Lee könnte aus Unachtsamkeit in den Fluß gestürzt und Norton von einem Räuber überfallen worden sein. Die Anschuldigungen, die Sie gegen Bellingham erheben, sind schwerwiegend, aber wenn Sie damit zur Polizei gehen, lacht man Sie aus.«

»Ich weiß. Und darum werde ich die Sache auch selbst in die Hand nehmen.«

»So?«

»Jawohl, im öffentlichen Interesse – und zu meiner eigenen Sicherheit. Oder soll ich mich von diesem Gerippe vom College jagen lassen? Ich könnte mir selbst nicht mehr in die Augen sehen. Ich weiß jetzt, was ich zu tun habe. Dürfte ich wohl für ein Stündchen Ihr Papier und Schreibzeug benutzen?«

»Selbstverständlich. Sie finden alles, was Sie brauchen, auf dem kleinen Tisch dort.«

Abercrombie Smith nahm vor einem Stapel Schreibpapier Platz. Eine Stunde und eine weitere Stunde lang tanzte seine Feder über die Seiten. Blatt für Blatt wurde vollgeschrieben und beiseite gelegt, während Peterson gemütlich in seinem Sessel lag und geduldig und auch etwas belustigt zuschaute. Schließlich sprang Smith mit einem zufriedenen Laut auf, ordnete die Manuskriptseiten und legte das letzte Blatt vor Peterson auf den Tisch.

»Unterschreiben Sie bitte als Zeuge.«

»Was soll ich bezeugen?«

»Daß meine Unterschrift und das Datum echt sind. Das Datum ist das wichtigste. Mein Leben könnte davon abhängen, Peterson.«

»Mein lieber Smith, Sie wissen nicht, was Sie reden. Kommen Sie, ich zeige Ihnen Ihr Bett.«

»Ganz im Gegenteil – ich habe mir meine Worte noch nie so genau überlegt wie jetzt. Und ich gehe sofort zu Bett, wenn Sie unterschreiben.«

»Was ist das?«

»Ein genauer Bericht dessen, was ich Ihnen heute abend erzählt habe. Sie sollen lediglich bezeugen, daß er soeben von mir verfaßt wurde.«

»Wenn es weiter nichts ist«, sagte Peterson und setzte seinen Namen unter den seines Gastes. »Bitte schön. Und was soll das Ganze?«

»Ich vertraue Ihnen das Manuskript an. Sollte ich verhaftet werden, übergeben Sie es bitte der Polizei.«

»Verhaftet? Weswegen?«

»Wegen Mordes. Kann durchaus passieren. Ich will ganz sichergehen. Mir bleibt nur ein Weg offen. Und den nehme ich.«

»Um Gottes willen, tun Sie nichts Unvernünftiges!«

»Glauben Sie mir, es wäre weit unvernünftiger, nichts zu tun. Ich hoffe, ich muß Sie nicht bemühen. Es beruhigt mich jedoch zu wissen, daß Sie diese Aufzeichnungen besitzen, denen man gegebenenfalls meine Motive entnehmen kann. Und nun befolge ich Ihren Rat und gehe zu Bett, denn morgen früh muß ich in Bestform sein.«

Einen Abercrombie Smith zum Gegner zu haben war eine ziemlich ungemütliche Sache. Mochte er auch sonst ruhig und äußerst bedächtig sein – wenn er in Zorn geriet, wurde er gefährlich. Auf die gleiche Weise, wie er studierte, verfolgte er alle anderen Lebensziele: planmäßig, resolut und unbeirrbar. Er beschloß, seine Prüfungsvorbereitungen einen Tag ruhen, die Zeit jedoch nicht ungenutzt verstreichen zu lassen. Ohne seine Absicht Peterson gegenüber mit auch nur einem Wort zu erwähnen, machte er sich gegen neun Uhr auf den Rückweg nach Oxford.

In der High Street betrat er Cliffords Waffenhandlung und kaufte einen großen Trommelrevolver, dazu eine Schachtel mit Patronen. Sechs davon schob er in die Kammern, spannte den Hahn und steckte die Waffe in die Manteltasche. Dann ging er zu Hasties Unterkunft. Der hünenhafte Ruderer war gerade beim Frühstück und las die ›Sporting Times‹, die er gegen die Kaffeekanne gelehnt hatte.

»Hallo – wo brennt's denn?« begrüßte er ihn. »Willst du einen Kaffee?«

»Nein, danke. Ich will, daß du mitkommst und genau das tust, was ich dir sage.«

»Zu Befehl!«

»Und nimm einen dicken Knüppel mit.«

»Wie bitte?« Hastie starrte ihn an. »Eine Jagdpeitsche hätte ich anzubieten, mit der man einen Ochsen fällen kann.«

»Gut. Und noch eins: Du besitzt doch einen Satz Amputiermesser. Gib mir das längste davon.«

»Bitte sehr. Du scheinst ja mächtig auf dem Kriegspfad zu sein. Noch etwas?«

»Nein, das genügt.« Smith verstaute das Messer in der Brusttasche seines Mantels, dann brachen sie auf zu seiner Wohnung. »Wir sind beide keine Feiglinge«, sagte Smith unten im Hof, »ich könnte die Sache auch allein regeln, aber ich möchte dich vorsichtshalber dabeihaben. Ich muß mit Bellingham ein ernstes Wörtchen reden. Wenn ich es nur mit ihm zu tun habe, brauche ich deine Hilfe natürlich nicht. Sollte ich jedoch schreien, dann kommst du und haust mit deiner Peitsche um dich. Verstanden?«

»Alles klar – ich komme, wenn du brüllst.«

»Gut, bleib hier. Es kann ein Weilchen dauern. Werde nicht ungeduldig.«

»Ich rühre mich nicht von der Stelle.«

Smith stieg die Treppe hinauf, öffnete Bellinghams Tür und trat ein. Bellingham saß am Tisch und schrieb. Neben ihm, inmitten des seltsamen Plunders, stand der aufrecht an die Wand gelehnte Sarg mit der gut sichtbaren Auktionsnummer 249 auf seiner Längsseite, und darin die scheußliche Mumie, die steif und ausdruckslos in den Raum starrte. Smith sah sich sehr aufmerksam um und schloß die Tür. Dann trat er an den Kamin, riß ein Streichholz an und setzte die aufgeschichteten Scheite in Brand. Bellingham verfolgte alles stumm, mit einer Mischung aus Verblüffung und Wut auf seinem aufgedunsenen Gesicht.

»Also wirklich – Sie scheinen sich ja wie zu Hause zu fühlen!« brachte er schließlich keuchend hervor.

Smith nahm bedächtig Platz, legte seine Uhr auf den Tisch, zog den Revolver hervor, entsicherte ihn und legte ihn griffbereit auf seinen Schoß. Dann zog er das lange Amputiermesser aus der Brusttasche und warf es vor Bellingham hin.

»Los, schneiden Sie die Mumie in Stücke!«

»Ach, darum geht es?« schnaubte Bellingham verächtlich.

»Genau darum. Ich habe mir sagen lassen, daß man Ihnen gesetzlich nichts anhaben kann. Deshalb formuliere ich jetzt ein ganz eigenes Gesetz: Wenn Sie nicht binnen fünf Minuten mit dem Messer bei der Arbeit sind, dann – so wahr mir Gott helfe – schieße ich Ihnen eine Kugel durchs Gehirn.«

»Sie würden mich kaltblütig ermorden?«

Bellingham hatte sich halb erhoben, sein Gesicht war aschgrau.

»Ja.«

»Weshalb?«

»Damit Ihre Teufeleien aufhören. Eine Minute ist um.«

»Aber was habe ich denn getan?«

»Ich weiß es, und Sie wissen es.«

»Sie bluffen nur.«

»Zwei Minuten sind um.«

»Können Sie Gründe anführen? Nein! Sie sind ja verrückt und gefährlich dazu. Warum sollte ich meinen Besitz zerstören? Das ist eine sehr wertvolle Mumie.«

»Ich will, daß Sie sie zerstückeln und verbrennen.«

»Ich denke nicht daran.«

»Vier Minuten sind um.«

Smith ergriff den Revolver und fixierte Bellingham entschlossen. Als der Sekundenzeiger die Zwölf erreichte, hob er den Arm, sein Zeigefinger krümmte sich um den Abzug.

»Halt! Halt! Ich mache es!« schrie Bellingham.

Hastig bückte er sich nach dem Messer und begann, hektisch auf den Rumpf der Mumie einzuhacken, immer mit einem verstohlenen Seitenblick zu dem schrecklichen Besucher, der unverwandt die Waffe im Anschlag hielt. Die Mumie knisterte und knackte jedesmal, wenn die scharfe Klinge sie traf. Dichter gelber Staub wallte auf, Spezereien und getrocknete Essenzen rieselten zu Boden. Plötzlich gab die Wirbelsäule mit einem lauten Knirschen nach, und die Mumie sackte armschlenkernd zu einem braunen Haufen zusammen.

»Nun ins Feuer damit!« sagte Smith.

Die Flammen loderten hell auf, als die zundertrockenen Trümmer der Mumie hineingeworfen wurden. Das kleine Zimmer wirkte wie ein Feuerungsraum eines Dampfers. Schweiß rann den beiden Männern übers Gesicht, und immer noch arbeitete der eine gebückt am Kamin, während der andere das Geschehen mit unbewegtem Gesicht verfolgte. Dichter, fetter Qualm quoll aus dem Kamin, es roch durchdringend nach verbranntem Harz und versengtem Haar. Nach einer Viertelstunde war von »Los Nr. 249« außer einigen verkohlten Knochenstückchen und Asche nichts mehr übrig.

»Sind Sie nun zufrieden?« knurrte Bellingham und wandte sich seinem Peiniger zu. In seinen kleinen grauen Augen mischten sich Haß und Angst.

»Nein, ich will Ihr gesamtes Material. Jetzt wird klar Schiff gemacht. Wir dulden hier keinen Hokuspokus mehr. Hinein mit allen diesen komischen Blättern. Wahrscheinlich haben sie etwas damit zu tun.«

»Und nun?« fragte Bellingham, nachdem er die Blätter ins Feuer geworfen hatte.

»Jetzt die Papyrusrolle, die Sie damals an jenem Abend auf dem Tisch hatten. Ich glaube, sie befindet sich in der Schublade da.«

»Nein!« rief Bellingham, »Nein! Verbrennen Sie die nicht! Mann, Sie wissen ja nicht, was Sie anrichten! Das ist ein einzigartiges Schriftstück; es enthält Weisheiten, die man nirgendwo anders finden kann.«

»Heraus damit!«

»Seien Sie doch vernünftig, Smith. Ich mache Ihnen ein Angebot: Ich teile das Wissen mit Ihnen. Ich lehre Sie alles, was dort steht. Oder warten Sie, lassen Sie mich wenigstens eine Abschrift machen, bevor Sie es verbrennen!«

Smith stand auf und schloß selbst die Schublade auf. Er nahm die gelbe, an den Rändern gewellte Papyrusrolle, warf sie in den Kamin und drückte sie mit dem Absatz in die Glut. Bellingham kreischte und grapschte danach, doch Smith stieß ihn zurück und wartete so lange, bis das Schriftstück zu einem unförmigen Ascheklumpen verglüht war.

»Damit dürfte ich Ihnen die Giftzähne wohl gezogen haben, Herr B.«, sagte er. »Sollte ich erfahren, daß Sie Ihre alten Spielchen fortsetzen, komme ich wieder. Und nun guten Tag – ich habe noch zu tun.«

Soweit Abercrombie Smith' Version der merkwürdigen Ereignisse, die sich im Frühling des Jahres 1884 im Old College von Oxford zutrugen. Da Bellingham gleich darauf die Universität verließ und nach Sudan verschwand, gibt es keinen unmittelbar Beteiligten, der sie widerlegen könnte. Doch die Erkenntnisse des Menschen sind winzig und die Wege der Natur wunderbar – und wer kann wissen, welche dunklen Dinge jemand finden mag, der nach ihnen sucht?

J. HABAKUK JEPHSONS BERICHT

Im Dezember des Jahres 1873 lief das britische Schiff *Dei Gratia* in den Hafen von Gibraltar ein, im Schlepptau die verlassene Brigantine *Marie Céleste*, die auf 38° 40′ Breite und 17° 15′ westlicher Länge aufgebracht worden war. Einiges am Zustand und Aussehen des herrenlosen Seglers erregte damals beträchtliches Aufsehen und schürte eine allgemeine Neugier, die freilich nie befriedigt wurde. Worin die Merkwürdigkeiten bestanden, faßt ein ausführlicher Artikel der ›Gibraltar Gazette‹ zusammen. Wer will, kann ihn dort – in der Ausgabe vom 4. Januar 1874, wenn ich nicht irre – finden. Für diejenigen aber, die keinen Zugang zur betreffenden Zeitung haben, gebe ich einige Auszüge wieder, die die charakteristischen Merkmale des Falles aufzeigen.

»Wir haben die verwaiste *Marie Céleste* persönlich in Augenschein genommen«, schreibt der anonyme Berichterstatter der ›Gazette‹, »und auch die Offiziere der *Dei Gratia* eingehend nach allem befragt, was Licht in die Angelegenheit bringen könnte. Sie sind der Meinung, das Schiff sei schon mehrere Tage oder gar Wochen vor seinem Auffinden verlassen worden. Dem offiziellen Logbuch zufolge, das man in der Kajüte des Kapitäns fand, lief die Brigantine am 16. Oktober von Boston mit Kurs auf Lissabon aus. Darüber hinaus jedoch bieten die sporadisch geführten Aufzeichnungen wenig Aufschluß. Rauhes Wetter wird nicht erwähnt, und in der Tat schließt der Zustand von Rumpfanstrich und Takelage die Annahme aus, man habe das Schiff aus solch einem Grunde aufgegeben. Es gibt weder Lecks noch sichtbare Spuren von Kampf oder Gewalt, und auch sonst nichts, was das Verschwinden der Besatzung erklären könnte. Einige Anzeichen sprechen dafür, daß sich eine Frau an Bord aufgehalten hat. In der Kapitänskajüte fand man eine Nähmaschine und Damenkleidung. Wahrscheinlich gehörte das der Ehefrau des Kapitäns, die im Logbuch als Mitreisende erwähnt wird. Als Beweis für das milde Wetter kann eine Spule mit Nähseide angesehen werden, die auf der Nähmaschine stand und schon beim geringsten Seegang heruntergefallen wäre. Die Rettungsboote waren intakt und ordnungsgemäß an den Auslegern befestigt, von der Ladung, die aus amerikanischen Standuhren und Talg bestand, fehlte nichts. Ein altmodisches Schwert sonderbarer Machart wurde im Vorschiff zwischen einigem Gerümpel entdeckt. Dem Vernehmen nach soll seine Klinge dunkle Längsspuren aufweisen, als sei Blut von ihr abgewischt worden. Die Polizei hat die Waffe beschlagnahmt und dem Sachverständigen Dr. Monaghan zur genaueren Untersuchung übergeben. Das Ergebnis der Analyse liegt noch nicht vor. Wir dürfen schließlich noch hinzufügen, daß Kapitän Dalton von der *Dei Gratia,* ein intelligenter und fähiger Seemann, der Ansicht ist, die *Marie Céleste* könnte weitab von dem Punkt, an dem man sie sichtete, verlassen worden sein. Er verweist auf eine starke Strömung, die von der afrikanischen Küste zu diesem Breitengrad führt. Aber auch er sieht sich außerstande, eine Hypothese zu entwerfen, die alle erwähnten Fakten des Falles einbezieht. Angesichts des völligen Fehlens von Ansätzen für eine plausible Erklärung ist zu befürchten, daß das Schicksal der Menschen von der *Marie Céleste* zu den zahllosen Geheimnissen der Meerestiefen gehört, die erst am Jüngsten Tage gelüftet werden, wenn die See ihre Opfer freigibt. Sollte, wie vielfach vermutet, ein Verbrechen vorliegen, so besteht wenig Hoffnung, die Schuldigen jemals vor Gericht zu bringen.«

Ich ergänze diesen Auszug aus der ›Gibraltar Gazette‹ durch eine telegraphische Meldung aus Boston, die damals durch sämtliche englischen Tageszeitungen ging. Es handelt sich um eine Zusammenstellung aller verfügbaren Informationen über die *Marie Céleste:* »Die Brigantine besitzt eine Ladekapazität von 170 Tonnen. Eigentümer ist die ortsansässige Weinimportfirma White, Russel & White. Kapitän J. W. Tibbs, seit Jahren im Dienste der Firma, galt als erprobter und erfahrener

Schiffsführer. Er wurde begleitet von seiner einunddreißigjährigen Frau und ihrem jüngsten Kind, fünf Jahre alt. Die Mannschaft bestand aus sieben Matrosen, darunter zwei Farbige, und einem Schiffsjungen. An Bord befanden sich drei zahlende Passagiere. Einer davon war der bekannte Spezialist für Lungenheilkunde Dr. Habakuk Jephson, der sich von Anfang an leidenschaftlich für die Abolitionsbewegung engagiert und bereits vor dem Krieg mit seinem Pamphlet ›Wo ist dein Bruder?‹ die öffentliche Meinung gegen die Sklaverei mobilisiert hat. Die anderen Passagiere waren J. Harton, als Buchhalter bei der Firma tätig, und ein dunkelhäutiger Herr namens Septimius Goring aus New Orleans. Alle Nachforschungen über den Verbleib der vierzehn Personen verliefen erfolglos. Das Verschwinden Dr. Jephsons dürfte in politischen und wissenschaftlichen Kreisen mit Bedauern registriert werden.«

Mit diesen Zitaten aus alten Dokumenten habe ich zugleich für meine Leser den neuesten Stand der Erkenntnis zum Fall *Marie Céleste* umrissen, denn in den vergangenen zehn Jahren wurden keine weiteren Aufschlüsse über die rätselhafte Angelegenheit gewonnen. Nunmehr setze ich die Feder an, um alle mir bekannten Einzelheiten dieser unglückseligen Reise zu enthüllen. Ich tue dies aus einem Gefühl der Verantwortung gegenüber der Allgemeinheit, aber auch, weil mir nicht mehr viel Zeit bleibt: Nur zu gut kenne ich die Symptome, die mir sagen, daß meine Zunge und meine Hand binnen weniger Monate die Fähigkeit verlieren werden, Mitteilungen zu formulieren. Einleitend zu meinem Bericht darf ich mich selbst vorstellen – ich bin Joseph Habakuk Jephson, Doktor der Medizin der Universität Harvard und Ex-Konsultant des Samariter-Hospitals von Brooklyn.

Zweifellos werden viele fragen, weshalb ich mich nicht schon früher zu Wort gemeldet und dem Entstehen vieler Gerüchte und Vermutungen so tatenlos zugesehen habe. Wenn der Gerechtigkeit durch die Preisgabe meines Wissens in irgendeiner Weise gedient worden wäre, hätte ich keinen Augenblick gezögert. Da dies jedoch meiner Überzeugung nach nicht der Fall war und ich damals, gleich nach dem Ereignis, beim Versuch, einem englischen Beamten alles zu erklären, auf beleidigende Skepsis gestoßen war, beschloß ich, mich nie wieder solch einer entwürdigenden Situation auszusetzen. Die Unhöflichkeit des Liverpooler Magistratsbeamten erscheint mir noch relativ geringfügig, denke ich an die Behandlung, die mir von seiten meiner engsten Verwandten widerfuhr. Sie, die meinen aufrichtigen, über jeden Zweifel erhabenen Charakter kennen, quittierten meinen Bericht mit herablassendem Lächeln, als spotteten sie über die Wahnvorstellung eines Irren. Dieses ehrabschneiderische Verhalten führte zu einem Zerwürfnis zwischen mir und meinem Schwager John Vanburger und bestärkte mich in meinem Entschluß, die ganze Sache der Vergessenheit zu überantworten – ein Vorsatz, den ich erst jüngst auf dringenden Rat meines Sohnes revidiert habe. Zum besseren Verständnis meines Berichts muß ich zunächst etwas ausholen und einige biographische Umstände schildern, die die nachfolgenden Ereignisse erhellen.

Mein Vater, William K. Jephson, war Prediger der Sekte der sogenannten Plymouth-Brüder, zudem einer der angesehensten Bürger von Lowell. Wie die meisten Puritaner Neu-Englands lehnte er die Sklaverei entschieden ab. Er vermittelte mir diese Grundüberzeugung, die all mein Handeln bestimmen sollte. Schon während meines Medizinstudiums an der Universität von Harvard tat ich mich als entschlossener Abolitionist hervor, und auch als ich dann nach meinem Examen ein Anteilsdrittel an der Praxis von Dr. Willis in Brooklyn erwarb, opferte ich, trotz erheblicher beruflicher Verpflichtungen, jede freie Minute der Sache, die mir ans Herz gewachsen war. So entstand mein Pamphlet »Wo ist dein Bruder?« (Swarburgh, Lister & Co., 1859), das beträchtliche Aufmerksamkeit erregte.

Bei Kriegsausbruch verließ ich Brooklyn und stellte mich dem 113. New Yorker Regiment als Feldscher zur Verfügung. Ich habe die zweite Schlacht bei Bull's Run und die Schlacht um Gettysburg mitgemacht. Schließlich wurde ich vor Antietam verwundet und wäre wahrscheinlich auf dem Feld verblutet, wenn mich nicht ein freundlicher Herr namens Murray aufgelesen, zu sich nach Hause geschafft und bestens versorgt hätte. Seiner Hochherzigkeit und der Pflege seiner schwarzen Diener verdanke ich es, daß ich schon bald darauf am Stock über die Plantage humpeln konnte. Und in dieser Zeit meiner Genesung geschah etwas, das eine enge Verbindung zu meinem Bericht besitzt.

Unter den beflissensten der Negerinnen, die mich während meines Krankseins pflegten, gab es eine gewisse Alte, die beträchtliche Autorität über die anderen auszuüben schien. Sie war mir gegenüber außerordentlich aufmerksam, und aus den wenigen Worten, die wir wechselten, entnahm ich, daß sie mir dankbar war für meinen Einsatz für ihr unterdrücktes Volk.

Eines Tages – ich saß gerade allein auf der Veranda, sonnte mich und überlegte, ob ich wieder zu Grants Armee stoßen sollte – kam die alte Negersklavin zu meiner Überraschung zu mir geschlurft. Sie schaute vorsichtig nach allen Seiten, ob wir allein wären, dann faßte sie in den Ausschnitt ihrer Bluse und zog einen kleinen Beutel aus Sämischleder hervor, der an einer weißen Schnur an ihrem Hals hing.

»Massa«, flüsterte sie mir ins Ohr, »ich bin 'ne alte Frau. Sterbe bald. Habe nich mehr viel Zeit auf Massa Murrays Plantage, o nein.«

»Du kannst noch sehr lange leben, Martha«, erwiderte ich. »Ich bin Arzt, wie du weißt. Wenn du krank bist, sag mir, was dir fehlt, und ich werde dich heilen.«

»Will nich mehr leben – will sterben. Ich gehe nach Hause zu meinem Herrn im Himmel.« Sie verfiel in jenen halbheidnischen Singsang, den Neger so lieben. »Aber, Massa, ich habe etwas, das bleibt hier, wenn ich gehe. Kann es nich mitnehmen über den Jordan, o nein. Ist sehr wertvoll, viel mehr wertvoll und heilig als alles auf der Welt. Ich alte schwarze Frau besitze das, ja! Ist von meinen Leuten im alten Land, die waren sehr mächtig. Ihr versteht das nicht wie wir. Mein Vater gibt es mir, und vorher sein Vater gibt es ihm, aber wem soll ich es geben? Arme Martha hat kein Kind, keinen Verwandten nich. Ich schaue auf schwarze Männer hier, aber alle ganz schlecht. Schwarze Frauen sehr dumm. Finde keinen würdigen Menschen nich für den Stein. Und so sage ich: Hier ist Massa Jephson, der schreibt Bücher und kämpft für farbige Leute – muß ein guter Mensch sein. Soll er ihn haben, obwohl er ist ein weißer Mann und kann niemals nich verstehn, was er bedeutet oder woher er kommt.« Hierbei nestelte sie an dem Lederbeutelchen und entnahm ihm einen flachen schwarzen Stein mit einem Loch in der Mitte. »Hier, nehmt ihn, Massa Jephson«, sagte sie und drückte ihn mir in die Hand. »Bei Guten tut er nichts Böses, o nein. Bewahrt ihn gut auf und verliert ihn niemals nich!« Und mit einer mahnenden Geste stahl sich die Alte so vorsichtig davon, wie sie gekommen war, ständig von einer Seite zur anderen spähend, ob man uns beobachtet hätte.

Ich war von dem feierlichen Gehabe der alten Frau eher belustigt als beeindruckt. Wenn ich ihre Litanei nicht mit meinem Lachen unterbrach, so nur, um sie nicht zu beleidigen. Nachdem sie verschwunden war, nahm ich den Stein genau in Augenschein. Er war tiefschwarz, sehr hart und von ovaler Form – genau solch einen Stein würde man am Strand auflesen, um ihn weit zu werfen. Er maß etwa drei Zoll in der Länge, halb soviel in der Breite und hatte abgerundete Enden. Das Auffälligste an ihm waren einige deutlich herausgearbeitete halbkreisförmige Linien, die ihm frappierende Ähnlichkeit mit einem menschlichen Ohr verliehen. Alles in allem war ich an meinem neuen Besitztum doch sehr interessiert und beschloß, den kuriosen Stein bei nächster Gelegenheit Schroeder vom Geologischen Institut in New York zu zeigen und seine Meinung einzuholen. Zunächst jedoch steckte ich ihn in die Tasche, erhob mich von meinem Liegestuhl, machte einen kurzen Spaziergang im Garten und vergaß die Angelegenheit.

Meine Wunde war zu dieser Zeit fast verheilt, wenig später verließ ich Mr. Murray. Unsere Armeen siegten überall und stießen gegen Richmond vor, so daß meine Hilfe nicht benötigt wurde. Ich kehrte nach Brooklyn zurück. Dort nahm ich meine Praxis wieder auf und heiratete die zweite Tochter des bekannten Holzschnitzers Josiah Vanburger. Innerhalb weniger Jahre hatte ich mich gut etabliert und mir den Ruf eines versierten Lungenspezialisten erworben. Den alten schwarzen Stein trug ich ständig in meiner Tasche und erzählte manchmal, unter welch dramatischen Umständen er in meinen Besitz gelangt war. Wie beabsichtigt, legte ich ihn auch Professor Schroeder vor, der sowohl die Anekdote wie den Stein bemerkenswert fand. Er erklärte, es handele sich um ein Stück von einem Meteoriten. Außerdem machte er mich darauf aufmerksam, daß die Ähnlichkeit mit einem Ohr nicht zufällig entstanden, sondern das Ergebnis sorgfältiger Bearbeitung sei. Seiner Meinung nach zeugten einige anatomische Details von der genauen Beobachtung und der technischen Fertigkeit des Bildhauers. »Es würde mich nicht wundern«, sagte der Professor, »wenn dies ein abgebrochenes Stück von einer großen Statue wäre. Ich verstehe allerdings nicht, wie man ein derart hartes Material so perfekt bearbeiten konnte. Wenn das Ohr tatsächlich von einer Statue stammt, würde ich diese gern sehen!« So dachte auch ich damals, doch inzwischen habe ich meine Meinung geändert.

Die nächsten sieben oder acht Jahre meines Lebens verliefen ruhig und ereignisarm. Sommer folgte auf Frühling, und Frühling löste den Winter ab, ohne daß sich in meinem beruflichen Alltag irgend etwas wesentlich veränderte. Die Praxis vergrößerte sich, und so nahm ich J. S. Jackson als Partner mit einem Viertel Gewinnbeteiligung auf. Der ständige Streß griff meine Gesundheit an. Schließlich fühlte ich mich so unwohl, daß ich auf Drängen meiner Frau einen Kollegen vom Samariter-Hospital konsultierte. Dr. Kavanagh Smith diagnostizierte eine angegriffene, jedoch im Zustand der Konsolidierung befindliche linke Lungenspitze und empfahl mir eine Heilkur und eine lange Seereise.

Bei meinem etwas ruhelosen Temperament sagte mir der zweite Teil des Ratschlags natürlich besser zu. Endgültig entschieden wurde die Sache erst dadurch, daß mir der junge Russel von der Firma White, Russel & White eine Passage auf einem Schiff seines Vaters anbot, das demnächst von Boston auslaufen sollte. »Die *Marie Céleste* ist ein tüchtiges kleines Schiff«, sagte er, »und Tibbs, der Kapitän, ein prima Kerl. Für einen Kranken gibt es nichts Besseres als eine Reise auf einem Segler.« Dieser Meinung war ich auch, und so nahm ich auf der Stelle an.

Ursprünglich hatte ich geplant, meine Frau mitzunehmen. Da sie jedoch Seereisen schon immer schlecht vertrug und sich damals gerade in einem Zustand befand, in dem sie keine Risiken eingehen durfte, einigten wir uns darauf, daß sie zu Hause bliebe. Ich bin zwar weder religiös noch besonders überschwenglich, aber heute danke ich Gott dafür! Es fiel mir nicht schwer, die Praxis meinem Partner Jackson anzuvertrauen, der sich als verläßlicher und arbeitsamer Mann erwiesen hatte.

Am 12. Oktober 1873 traf ich in Boston ein und begab mich unverzüglich in das Büro der Firma, um mich für das freundliche Anerbieten zu bedanken. Als ich dort im Kontor saß und darauf wartete, vorgelassen zu werden, hörte ich jemand den Schiffsnamen *Marie Céleste* nennen. Ich blickte mich um und sah einen hochgewachsenen, hageren Mann, der an einem Schalter aus poliertem Mahagoniholz lehnte und vom Angestellten dahinter Auskünfte verlangte. Das mir halb zugewandte Gesicht des Kunden verriet einen stark negroiden Einschlag; ich hielt ihn für einen Mulatten, einen Quarteronen vielleicht. Seine gebogene Habichtsnase und sein gerades glattes Haar zeugten vom weißen Erbteil, während die dunklen, unruhigen Augen, der sinnliche Mund und die schimmernden weißen Zähne eindeutig auf seine afrikanische Abstammung hinwiesen. Seine Haut sah gelblich und ungesund aus, und da sein Gesicht mit tiefen Blatternnarben übersät war, wirkte sein Äußeres unangenehm, nahezu abstoßend. Er sprach jedoch mit weicher, melodiöser Stimme und wußte seine Worte wohl zu wählen – unverkennbar ein Mann von Bildung.

»Ich hätte gern einige Auskünfte über die *Marie Céleste*«, wiederholte er und beugte sich über den Tresen. »Sie läuft übermorgen aus, sagten Sie?«

»Ganz recht, Sir«, erwiderte der junge Angestellte ungewöhnlich höflich, da ihm das Funkeln eines großen Brillanten auf der Krawatte des Kunden Respekt einflößte.

»Mit welchem Ziel?«

»Lissabon.«

»Wie groß ist die Besatzung?«

»Sieben Mann, Sir.«

»Gibt es Passagiere?«

»Ja, zwei. Einen jungen Mitarbeiter unserer Firma und einen Arzt aus New York.«

»Sind Herren aus dem Süden an Bord?« fragte der Fremde gespannt.

»Nein, Sir.«

»Haben Sie Platz für einen weiteren Passagier?«

»Wir können noch drei unterbringen«, antwortete der Mann am Schalter.

»Gut«, sagte der Mulatte entschlossen, »dann buche ich gleich eine Passage. Notieren Sie bitte: Mr. Septimius Goring aus New Orleans.«

Der Angestellte füllte ein Formular aus, reichte es dem Kunden und deutete auf die freie Stelle unten, wo dieser unterschreiben sollte. Als Mr. Goring sich über das Blatt beugte, bemerkte ich zu meinem Entsetzen, daß vier Finger seiner rechten Hand fehlten; er hielt die Feder zwischen Daumen und Handfläche. Ich habe im Krieg Tausende von Getöteten gesehen und bei allen möglichen Operationen assistiert, doch ich erinnere mich nicht, daß mich jemals ein Anblick so abstieß wie dieser große braune schwammige Handteller mit dem abstehenden Daumen. Er wußte jedoch geschickt damit umzugehen, kritzelte flink seine Unterschrift auf das Papier, nickte dem Mann am Schalter zu und verließ das Kontor. Im selben Moment teilte man mir mit, Mr. White könne mich nunmehr empfangen.

Noch am gleichen Abend ging ich hinunter zur *Marie Céleste* und besichtigte meine Kabine. Trotz der geringen Größe des Schiffes war sie erstaunlich komfortabel eingerichtet. Für Mr.

Goring, den ich am Vormittag gesehen hatte, war die angrenzende Kabine vorgesehen. Auf der gegenüberliegenden Seite befanden sich die Kapitänskajüte nebst einer kleinen Koje, die Mr. John Harton bekommen sollte, ein Herr, der im Auftrag der Firma reiste. Diese Unterkünfte lagen zu beiden Seiten der Treppe, die vom Hauptdeck zum Salon führte. Letzterer erwies sich als ein gemütlicher Raum mit geschmackvoller Täfelung aus Eiche und Mahagoni, einem dicken Brüsseler Teppich und bequemen Polsterbänken. Ich war angenehm überrascht von dem Komfort und auch von Kapitän Tibbs, einem rauhen Seebären mit lauter Stimme und herzlichem Auftreten. Er begrüßte mich mit Überschwang und bestand darauf, mit mir eine Flasche Wein in seiner Kajüte zu leeren. Dabei erzählte er, daß seine Frau und sein jüngstes Kind ihn auf der Reise begleiteten und man Lissabon mit etwas Glück in drei Wochen zu erreichen hoffe. Wir hatten eine angeregte Unterhaltung und schieden als beste Freunde. Er ermahnte mich eindringlich, meine Reisevorbereitungen bis zum nächsten Morgen abzuschließen, da die Ladung an Bord sei und er mit der Mittagsflut auszulaufen gedenke. Ich kehrte zum Hotel zurück, wo ich einen Brief von meiner Frau vorfand, und nach einem erfrischenden Schlaf ging ich am nächsten Morgen an Bord. Von nun an kann ich auf das Tagebuch zurückgreifen, das ich führte, um die Monotonie der langen Seereise etwas zu durchbrechen. Wenn es auch stellenweise etwas trocken oder dürftig ist, so können wir uns doch wenigstens auf die Genauigkeit der Details verlassen, denn ich zwang mich zu täglichen, gewissenhaften Eintragungen.

16. Oktober. Wir machten um halb drei die Leinen los und wurden hinaus in die Bucht geschleppt, wo uns der kleine Schleppdampfer verließ. Nach dem Setzen aller Segel nahmen wir gleichmäßige Fahrt auf, mit etwa neun Knoten pro Stunde. Ich stand am Heck und beobachtete, wie die niedrige Silhouette des amerikanischen Festlandes allmählich hinter dem Horizont versank und schließlich im abendlichen Dunst ver-

schwand. Nur ein einzelnes rotes Signalfeuer leuchtete melancholisch hinter uns her und warf einen langgezogenen Widerschein auf das Wasser, der wie eine Blutspur aussah. Selbst jetzt, während ich dies schreibe, kann ich es noch blinken sehen, winzig wie ein Staubkorn. Der Kapitän ist mißgelaunt, weil zwei seiner Matrosen ihn im letzten Augenblick im Stich ließen und er ein paar Neger anheuern mußte, die am Kai herumlungerten. Er versteht die Welt nicht mehr, denn bei den beiden Fehlenden handelt es sich um erfahrene, verläßliche Männer, mit denen er schon mehrere Reisen gemacht hatte. Da eine siebenköpfige Besatzung auf einem Schiff dieser Größenordnung unbedingt gebraucht wird, fällt der Verlust der beiden natürlich sehr ins Gewicht. Die Neger können zwar das Ruder führen und das Deck schrubben, doch bei rauhem Wetter dürften sie kaum von Nutzen sein. Unser Koch ist ebenfalls ein Schwarzer, außerdem hat Mr. Septimius Goring einen kleinen dunkelhäutigen Diener mitgebracht – wir sind also eine bunt zusammengewürfelte Gesellschaft. Von John Harton, dem Buchhalter, verspreche ich mir eine echte Bereicherung; dieser junge Mann ist stets munter und zu Späßen aufgelegt. Seltsam, wie wenig Reichtum mit Fröhlichkeit zu tun hat! Er muß erst noch etwas aus sich machen und sucht sein Glück in einem fernen Land, und doch scheint er so zufrieden, wie man es nur sein kann. Goring ist reich, wenn ich nicht irre, und auch ich bin nicht unvermögend, doch ich habe es mit der Lunge, während Goring offenbar von einem noch tieferen Gram geplagt wird. Wie arm nehmen wir uns gegenüber dem unbeschwerten Büroangestellten aus, der keinen Penny besitzt!

17. Oktober. Frau Tibbs erschien heute zum erstenmal auf Deck – eine freundliche, aber resolute Dame mit einem niedlichen kleinen Kind, das eben erst anfängt zu gehen und zu plappern. Der junge Harton schnappte es sich sofort und schleppte es in seine Kabine, wo er zweifellos den Grundstock für künftige Verdauungsstörungen des Kleinen legen wird. Wie einen der medizinische Beruf doch zum Zyniker macht! Immer noch ausgezeichnetes Wetter, es weht eine frische Brise

aus Westsüdwest. Das Schiff läuft so ruhig, daß man die Bewegung kaum merken würde, wären nicht das knarrende Tauwerk, das Knattern der Segel und die lange weiße Schaumspur im Kielwasser. Bin heute den ganzen Tag mit dem Kapitän auf dem Achterdeck herumgelaufen. Glaube, die scharfe Seeluft tut meiner Atmung gut, denn trotz der Anstrengung ermüdete ich kaum. Tibbs ist ein bemerkenswert intelligenter Mann. Wir hatten eine kleine Kontroverse über Maurys Theorie der Ozeanströmungen, gingen sogar hinunter in seine Kajüte, um den strittigen Punkt durch Nachschlagen im nämlichen Werk zu klären. Dort stießen wir zu unserer Überraschung auf Goring. Passagiere dürfen das Allerheiligste des Kapitäns eigentlich nur betreten, wenn sie dazu aufgefordert werden. Der Eindringling entschuldigte sich jedoch mit seiner Unkenntnis der Gepflogenheiten auf einem Schiff, und der gutmütige Seemann lachte nur über den Vorfall. Er bat Goring sogar, zu bleiben und uns Gesellschaft zu leisten. Goring deutete auf die Chronometer, deren Glaskasten er geöffnet hatte, und sagte, er habe sie bewundert. Er scheint etwas von diesen mathematischen Instrumenten zu verstehen, denn er konnte auf Anhieb bestimmen, welches von den dreien am zuverlässigsten geht, und schätzte den Kaufpreis bis auf wenige Dollar genau. Er diskutierte mit dem Kapitän über die Abweichung des Kompasses, und als wir auf das Thema der ozeanischen Strömungen zurückkamen, bewies er genaue Kenntnis auch dieser Materie. Insgesamt macht er einen wesentlich vorteilhafteren Eindruck, wenn man ihn näher kennenlernt, denn dann erweist er sich entschieden als Mann von Kultur und Bildung. Seine Stimme und seine Konversation sind angenehm, ganz im Gegensatz zu seinem Gesicht und seiner allgemeinen Erscheinung.

Die Mittagspeilung ergab, daß wir zweihundertzwanzig Meilen zurückgelegt haben. Gegen Abend frischte der Wind auf, und der Erste Maat ließ in Erwartung einer stürmischen Nacht einige der Mars- und Bramsegel reffen. Das Barometer ist auf neunundzwanzig gefallen. Hoffentlich gibt es kein Unwetter, ich werde ja so leicht seekrank, außerdem würde eine stürmische Fahrt meiner Gesundheit eher schaden als nützen. Ich habe größtes Vertrauen in die Fähigkeiten des Kapitäns und die Seetüchtigkeit unseres Schiffes. Mit Mrs. Tibbs nach dem Abendessen Karten gespielt. Harton gab uns dabei Kostproben seines Könnens auf der Violine.

18. Oktober. Die schlimmen Befürchtungen von gestern abend bewahrheiteten sich nicht, denn der Wind ließ wieder nach und hörte sogar ganz auf. Wir schaukeln nun in einer trägen Dünung. Ab und zu foppt uns ein leichtes Lüftchen, das kaum die Segel füllt. Es ist kälter als gestern. Ich mußte einen der dicken Pullover anziehen, die mir meine Frau gestrickt hat. Harton kam heute vormittag auf eine Zigarre in meine Kabine. Er meint, er habe Goring schon einmal gesehen, und zwar 1869 in Cleveland, Ohio. Auch damals sei der Mulatte keiner sichtbaren Beschäftigung nachgegangen und habe äußerst geheimnisvoll getan. Mich interessiert der Mann als Objekt psychologischer Studien. Heute beim Frühstück hatte ich plötzlich ein ungemütliches Gefühl, wie es manchen befällt, wenn er angestarrt wird, und als ich rasch aufschaute, begegnete ich dem Blick Gorings, der mich intensiv, ja nahezu grimmig musterte. Doch schon im nächsten Moment lächelte er und machte eine belanglose Bemerkung über das Wetter. Komisch, Harton berichtet von einem ähnlichen Erlebnis, gestern auf Deck. Ich sehe Goring immer wieder mit den Farbigen sprechen, wenn er umherspaziert – ein Zug, den ich an ihm bewundern muß, denn es ist ja allgemein bekannt, wie oft Mischlinge ihre farbige Abstammung verleugnen und sich hochmütiger gegenüber ihren schwarzen Verwandten verhalten als mancher Weiße. Sein kleiner Page hängt regelrecht an ihm, was ganz offensichtlich eine gute Behandlung verrät. Insgesamt scheint mir dieser Mann aus einer merkwürdigen Mischung gegensätzlicher Eigenschaften zu bestehen. Wenn mich nicht alles täuscht, wird er mir reichlich Stoff für psychologische Studien während der Reise bieten.

Der Kapitän schimpft über seine Chronometer, die alle eine

andere Zeit angeben. Er meint, es sei überhaupt das erste Mal, daß sie stark voneinander abwichen. Da es trüb ist, konnte er keine Mittagspeilung vornehmen. Grob geschätzt, haben wir in den letzten vierundzwanzig Stunden etwa hundertsiebzig Meilen zurückgelegt. Die Prophezeiung des Skippers erweist sich als richtig: Die beiden farbigen Matrosen taugen nicht viel. Immerhin können sie das Steuerrad richtig bedienen, und so werden sie abwechselnd als Rudergänger eingesetzt, während die erfahreneren Matrosen die gesamte Arbeit an den Segeln verrichten. Ich weiß, es sind banale Kleinigkeiten, die ich hier festhalte, doch sie bilden nun einmal den Gesprächsstoff an Bord. Für Aufregung sorgte heute abend das Auftauchen eines Wals. Dem spitzen Rücken und der gegabelten Schwanzflosse nach zu urteilen, handelte es sich um einen Finnwal, einen »Finner«, wie die Fischer sagen.

19. Oktober. Schneidend kalter Wind. Blieb vorsichtshalber den ganzen Tag in der Kabine, ging nur hinaus, um die Mittagsmahlzeit einzunehmen. Wenn ich auf meiner Pritsche liege, kann ich ohne aufzustehen alles Nötige erreichen: Bücher, Pfeife und so weiter – ein Vorzug meines kleinen Appartements. Meine alte Wunde begann heute ein wenig zu schmerzen, das liegt wahrscheinlich an der Kälte. Montaignes *Essais* gelesen und mich gepflegt. Harton kam am Nachmittag mit Doddy, dem kleinen Sohn des Kapitäns, und gleich darauf schaute auch der Skipper herein; es gab ein regelrechtes Gedränge.

21.–22. Oktober. Immer noch diese Kälte, dazu jetzt Nieselregen, der nicht aufhören will. Konnte die Kabine nicht verlassen. Das Liegen und die Enge machen mich matt und niedergeschlagen. Bekam Besuch von Goring, aber seine Gesellschaft munterte mich wenig auf, da er nur maulfaul herumsaß und mich in seiner merkwürdigen, ziemlich irritierenden Art anglotzte. Er stand dann auf und stahl sich aus der Kabine, ohne sich zu verabschieden. Vermutlich hat er nicht alle Tassen im Schrank. Wie wohl bereits erwähnt, grenzt seine Kabine an meine. Die hölzerne Trennwand hat viele Risse und Ritzen, an manchen Stellen sind sie so groß, daß ich, während ich hier auf meiner Pritsche liege, unfreiwillig nahezu alle Bewegungen im Nachbarraum wahrnehme. Ohne ihm nachspionieren zu wollen, sehe ich, wie er sich immer wieder über eine Karte beugt und mit Bleistift und mehreren Kompassen hantiert. Ich hatte bereits Gelegenheit, sein lebhaftes Interesse für navigatorische Fragen festzustellen, aber daß er sich die Mühe macht, unseren Kurs zu bestimmen, erstaunt mich doch. Andererseits ist es ja eine harmlose Beschäftigung. Sicher vergleicht er seine Berechnungen mit denen des Kapitäns.

Vielleicht sollte ich meinem Nachbarn nicht so viel Aufmerksamkeit schenken. Hatte in der Nacht vom 20. einen Albtraum: Meine Kabine war ein Sarg, man legte mich hinein, und Goring nagelte den Deckel zu, während ich von unten verzweifelt dagegendrückte. Auch nach dem Aufwachen brauchte ich einige Zeit, um mir klarzuwerden, daß ich nicht im Sarg lag. Als Mediziner weiß ich natürlich, daß ein Albtraum einfach durch eine Gefäßverengung in gewissen Hirnbezirken entsteht, und doch bin ich in meinem geschwächten Zustand nicht in der Lage, mich von den Todesahnungen zu befreien, die er hervorgerufen hat.

22. Oktober. Ein herrlicher Tag heute, kaum eine Wolke am Himmel, eine frische Brise aus Südwest treibt uns flott voran. Ganz in unserer Nähe muß ein Unwetter getobt haben, denn der Seegang ist beträchtlich. Unser Schiff stampft so heftig, daß das Bugspriet fast das Wasser berührt. Machte gerade einen kleinen Spaziergang auf dem Achterdeck, obwohl ich noch etwas wacklig auf den Beinen bin. Ein paar kleine Vögel – Buchfinken, glaube ich – sitzen in der Takelage.

16.40 Uhr. Während ich heute früh auf Deck war, hörte ich einen Knall, der aus der Richtung der Kabinen kam. Ich eilte hinunter und stellte fest, daß es um ein Haar einen schrecklichen Unfall gegeben hätte. Goring hatte seinen Revolver gereinigt, wobei sich aus der vermeintlich entladenen Waffe ein Schuß löste. Die Kugel durchschlug die Trennwand zwischen unseren Kabinen und bohrte sich in meine Pritsche – genau dort, wo mein Kopf immer liegt. Ich habe schon zuviel Beschuß erlebt, um mich über Kleinigkeiten aufzuregen, doch es besteht kein Zweifel: Ich wäre jetzt mausetot, wenn ich auf der Pritsche gelegen hätte. Goring, der nicht ahnte, daß ich an Deck gegangen war, muß einen Riesenschreck bekommen haben. Der arme Kerl! Ich habe noch nie ein so fassungsloses Gesicht gesehen wie seines, als er aus seiner Kabine stürzte, den rauchenden Revolver in der Hand, und im Gang auf mich prallte. Natürlich entschuldigte er sich immer wieder und wollte kein Ende finden, obwohl ich über den Zwischenfall nur lachte.

23 Uhr. Etwas Unerwartetes, Furchtbares ist geschehen, ein Unglück, neben dem mein Beinahe-Unfall von heute früh zur Bedeutungslosigkeit schrumpft. Mrs. Tibbs und ihr Kind sind spurlos verschwunden. Ich bringe es kaum über mich, die traurigen Details zu beschreiben. Gegen halb neun kam Tibbs mit kalkweißem Gesicht in meine Kabine gestürzt und fragte, ob ich seine Frau gesehen hätte. Ich mußte es verneinen. Daraufhin rannte er in den Salon und begann, in allen Ecken herumzustöbern. Ich folgte ihm und versuchte ihn vergeblich davon zu überzeugen, daß seine Angst unbegründet sei. Wir durchsuchten das Schiff anderthalb Stunden lang, ohne auf eine Spur der Vermißten zu stoßen. Der arme Tibbs rief unaufhörlich nach ihnen und verlor darob schließlich seine Stimme. Auch die Matrosen – hartgesottene Burschen, die kaum etwas aus der Fassung bringt – waren tief erschüttert, als sie mit ansahen, wie er barhäuptig und völlig konfus auf dem Deck umherrannte, fieberhaft in die unmöglichsten Winkel kroch und bald darauf mit mitleiderregender Hartnäckigkeit wiederkehrte, um erneut dort nachzuschauen. Zuletzt gesehen wurde Frau Tibbs gegen sieben Uhr, als sie mit Doddy zum Heck ging. Der Junge sollte noch etwas frische Luft schnappen, ehe er ins Bett gesteckt wurde. Zu diesem Zeitpunkt befand sich nur der schwarze Rudergänger an Deck. Dieser behauptet allerdings, niemanden gesehen zu haben. Die ganze Sache ist sehr mysteriös. Ich vermute, daß Mrs. Tibbs mit dem Kind auf

dem Arm an der Reling stand, der Kleine durch eine heftige Bewegung über Bord stürzte und sie ihm beim verzweifelten Versuch, ihn zu fangen oder zu retten, nachfolgte. Ich sehe keine andere Erklärung für das gleichzeitige Verschwinden der beiden. Durchaus möglich, daß der Mann am Steuer nichts von der Tragödie bemerkte, denn es war zu der Zeit schon recht dunkel, zudem versperren die hochgeklappten Lichtluken des Salons die Sicht auf einen großen Teil des Achterdecks. Wie sich das Ganze auch zugetragen haben mag, es ist eine furchtbare Katastrophe, die unsere Reise völlig überschattet. Der Maat hat sofort das Schiff wenden lassen, doch natürlich besteht so gut wie keine Hoffnung, sie noch aufzufischen. Der Kapitän liegt in stuporösem Zustand in seiner Kabine. Ich habe ihm eine ordentliche Dosis Opium mit seinem Kaffee eingeflößt, um seine Qual wenigstens für ein paar Stunden zu unterbrechen.

23. Oktober. Wachte mit einem dumpfen Gefühl der Beklemmung und Niedergeschlagenheit auf, brauchte eine ganze Weile, bis mir das Unglück von gestern abend wieder einfiel. Als ich an Deck kam, sah ich den armen Skipper am Heck stehen. Er blickte zurück über die Wasserwüste, die alles verschlungen hatte, was ihm auf Erden lieb gewesen war. Ich sprach ihn an, doch er wandte sich brüsk ab und begann ziellos umherzuwandern, das Kinn gegen die Brust gedrückt. Selbst jetzt, da an dem schrecklichen Geschehen kein Zweifel mehr besteht, kann er an keinem Boot, keinem Ballen Segeltuch vorbeigehen, ohne darunterzuschauen. Seit gestern ist er dem Aussehen nach um zehn Jahre gealtert. Harton, der den kleinen Doddy ins Herz geschlossen hatte, kann sich überhaupt nicht beruhigen. Auch Goring scheint die Sache an die Nieren zu gehen. Zumindest hat er sich heute den ganzen Tag in seiner Kabine eingeschlossen. Als ich ihn einmal zufällig durch die Ritzen sah, saß er melancholisch brütend am Tisch und hatte den Kopf in die Hände gestützt. Ich glaube, wir sind die traurigste Reisegesellschaft, die sich jemals an Bord eines Seglers befand. Wie schockiert meine Frau sein wird, wenn sie von

unserem Unglück erfährt! Der Seegang hat nun nachgelassen. Wir laufen etwa acht Knoten bei vollständig gesetzten Segeln und lebhaftem Wind. Hyson hat praktisch das Kommando über das Schiff übernommen. Tibbs reißt sich zwar mannhaft zusammen und versucht sein Bestes, doch zu ernsthafter Arbeit ist er nicht fähig.

24. Oktober. Liegt ein Fluch auf dem Schiff? Gab es je eine Reise, die so heiter begann und dann einen derartig bestürzenden Verlauf nahm? Tibbs hat sich heute nacht mit einem Kopfschuß umgebracht. Gegen drei Uhr morgens wurde ich von einem Knall geweckt, sprang sofort auf und eilte hinüber zur Kapitänskajüte, eine ungute Ahnung in der Brust. Goring war jedoch noch schneller, denn er beugte sich bereits über den Toten, als ich dort eintraf. Ein schrecklicher Anblick! Tibbs' Gesicht fehlte fast vollständig, der kleine Raum schwamm förmlich im Blut. Die Pistole lag neben ihm auf dem Boden, so wie sie ihm aus der Hand gefallen war. Er hatte offenbar den Lauf in den Mund geschoben und dann den Abzug betätigt. Wir hoben ihn vorsichtig an und legten ihn aufs Bett. Nach und nach fand sich die gesamte Crew in der Kajüte ein. Die sechs Weißen von der Stammbesatzung, die schon seit Jahren mit ihm fuhren, zeigten offen ihre Bestürzung. Es gab jedoch auch ängstliche Blicke und Gemurmel, und einer meinte, der Klabautermann spuke auf dem Schiff. Harton half mir, den Toten herzurichten und in Segeltuch einzunähen. Um zwölf Uhr mittags übergaben wir ihn von der Fockrahe aus der Tiefe; Goring las dazu die Totenmesse der Kirche von England. Der Wind hat aufgefrischt, schon den ganzen Tag laufen wir zehn Knoten, manchmal sogar zwölf. Je eher wir Lissabon erreichen und dieses verhexte Schiff verlassen, desto besser. Ich fühle mich wie auf einem schwimmenden Sarg. Kein Wunder, daß unter den einfachen Seeleuten Aberglauben entsteht, wenn selbst ich, ein gebildeter Mann, auf solche Gedanken komme.

25. Oktober. Machen den ganzen Tag volle Fahrt. Fühle mich schlapp und mutlos.

26. Oktober. Goring, Harton und ich unterhielten uns am Vormittag auf dem Deck. Harton versuchte Goring ein wenig auszuhorchen, doch der Mulatte parierte alle Fragen nach seinem Beruf und dem Zweck seiner Europareise geschickt und verriet nicht das geringste. Hartons Neugier schien ihn sogar ein wenig zu ärgern, denn er ging hinunter in seine Kabine. Möchte bloß wissen, wieso dieser Mann uns beide so beschäftigt! Wahrscheinlich ist es die Mischung von auffälligem Äußerem und Reichtum, die unser Interesse erregt. Harton hält ihn für einen Detektiv, der inkognito nach Portugal reist, um einen Verbrecher, der sich dorthin abgesetzt hat, überraschend zu stellen. Ich finde diese Vermutung ziemlich weit hergeholt, doch Harton stützt sie auf eine Mappe, die Goring einmal an Deck liegenließ. Harton konnte nicht widerstehen und warf einen Blick hinein. Es war wohl so etwas wie eine Materialsammlung und enthielt eine Menge Zeitungsberichte. Die ausgeschnittenen Artikel handelten alle von Morden, die in den letzten rund zwanzig Jahren in den Staaten geschehen waren. Das Seltsame bestand darin, sagt Harton, daß es sich nur um Morde handelte, bei denen nie ein Täter gefaßt werden konnte. Obwohl kein Fall dem anderen in den Einzelheiten glich – Tötungsarten und sozialer Status der Opfer wiesen keine Gemeinsamkeiten auf –, endete jeder Artikel mit der stereotypen Formel, der Täter befinde sich noch auf der Flucht, die Polizei sei ihm jedoch auf der Spur und werde ihn in Kürze verhaften. Gewiß, das alles scheint zu Hartons Theorie zu passen, doch es könnte sich ebensogut um ein harmloses Hobby von Goring handeln. Vielleicht sammelt er Material für ein Buch, das De Quinceys Werk in den Schatten stellen soll? Auf jeden Fall geht es uns nichts an.

27.–28. Oktober. Immer noch günstiger Wind, wir kommen gut voran. Merkwürdig, wie rasch eine Gemeinschaft die Lücken schließt, die durch den Verlust einzelner Mitglieder entstanden sind. Tibbs wird kaum noch erwähnt. Hyson ist in seine Kabine eingezogen, und alles geht wieder seinen gewohnten Gang. Stünde Mrs. Tibbs' Nähmaschine nicht noch da auf dem Tischchen, wir würden glatt vergessen, daß es die bedauernswerte Familie je gab. Wieder ist ein Unfall an Bord geschehen, diesmal glücklicherweise ohne tödlichen Ausgang. Einer unserer weißen Matrosen wollte in den hinteren Frachtraum klettern, um eine Rolle Tau zu holen, als plötzlich die schwere Ladeluke über ihm zufiel. Er rettete sein Leben, indem er geistesgegenwärtig zur Seite sprang, doch ein Fuß wurde ihm schlimm gequetscht. Der Seemann dürfte für den Rest der Reise ausfallen. Er gibt seinem dunkelhäutigen Kollegen, mit dem er die Luke angehoben hatte, die Schuld an dem Unfall. Dieser wiederum schiebt alles auf das Rollen des Schiffs. Was auch immer die Ursache gewesen sein mag, unsere ohnehin schon knappe Besatzung wird um einen weiteren Mann reduziert. Dieses anhaltende Pech, das uns verfolgt, scheint selbst Harton zu deprimieren. Er hat seine Fröhlichkeit und seinen Optimismus verloren. Der einzige, der seine gute Laune behält, ist Goring. Ich sehe ihn in seiner Kabine immer noch mit der Karte hantieren. Seine nautischen Kenntnisse könnten uns sehr von Nutzen sein, falls Hyson etwas zustoßen sollte – was Gott verhüten möge!

29.–30. Oktober. Laufen noch immer vor frischer Brise. Alles ruhig, nichts Nennenswertes passiert.

31. Oktober. Meine kranke Lunge und die entsetzlichen Zwischenfälle während der Reise haben meine Nerven derart zerrüttet, daß mich schon banale Kleinigkeiten aufregen. Und dabei habe ich doch einst vor Antietam unter heftigem Gewehrfeuer eine äußere Darmbeinarterie vernäht, eine Operation, die höchste Präzision verlangt. Jetzt bin ich schreckhaft wie ein Kind. Gestern nacht, zum Beispiel: Es war etwa vier Glasen, in der mittleren Wache, ich döste vor mich hin und versuchte vergeblich, in einen erfrischenden Schlaf zu kommen. Ich hatte kein Licht in meiner Kabine, nur der Mond schien durch das Bullauge und warf einen silbrigen, flackernden Kreis an die Tür. Ich lag ruhig da und schaute auf diesen Kreis, merkte, wie er vor meinem schläfrigen Blick zu verschwimmen begann, doch auf einmal zuckte ich zusammen

und war hellwach: Ein kleiner dunkler Fleck bewegte sich mitten in der Lichtscheibe. Ich hielt den Atem an und verfolgte ihn. Er wurde allmählich größer und deutlicher, und dann erkannte ich, daß es eine Hand war, die sich vorsichtig durch den Spalt der angelehnten Tür schob – eine schreckliche Hand ohne Finger. Die Tür schwang langsam auf, der Hand folgte Gorings Kopf. Er geriet in die bleiche Scheibe Mondlicht, die ihn wie ein gespenstischer, undeutlicher Heiligenschein umgab und jeden seiner Züge deutlich hervortreten ließ. Mir schien, als hätte ich niemals einen grausameren und gnadenloseren Ausdruck auf dem Gesicht eines Menschen gesehen. Seine Augen waren weit aufgerissen und starr, die Lippen so verzerrt, daß sie die weißen Eckzähne entblößten, sein gerades schwarzes Haar sträubte sich über seiner niedrigen Stirn wie die Kappe einer Kobra. Das plötzliche und gespenstisch lautlose Auftauchen des Mannes jagte mir solch einen Schreck ein, daß ich mich am ganzen Leibe zitternd im Bett aufrichtete und nach meinem Revolver griff. Ich war allerdings aufs äußerste beschämt über meine Panikreaktion, als er mir in wohlgesetzten Worten den Grund seines Eindringens erklärte. Er hatte Zahnschmerzen, der Arme, und da er wußte, daß ich Medikamente in meinem Arzneiköfferchen hatte, wollte er um etwas Laudanum bitten. Was sein bösartiges Aussehen anbetrifft, müssen mir meine Nerven und das wechselnde Mondlicht etwas Schreckliches vorgegaukelt haben; sicher trug auch der Umstand dazu bei, daß er nicht gerade eine Schönheit ist. Ich gab ihm zwanzig Tropfen, und er trollte sich unter mannigfaltigen Beteuerungen seiner Dankbarkeit. Kaum zu glauben, wie sehr mich dieser triviale Zwischenfall mitgenommen hat. Fühle mich den ganzen Tag wie zerschlagen.

An dieser Stelle übergehe ich die Aufzeichnungen einer Woche, da in dieser Zeit nichts Bedeutendes geschah und überwiegend Belanglosigkeiten die nächsten Seiten meines Bordtagebuchs füllen.

7. November. Harton und ich verbrachten heute den ganzen Vormittag auf dem Achterdeck, denn mit dem Erreichen südlicher Breiten ist es sehr warm geworden. Wir schätzen, daß zwei Drittel der Reise hinter uns liegen. Wie froh werden wir sein, wenn wir die grünen Ufer des Tejos sehen und das verfluchte Schiff für immer verlassen können. Ich versuchte Harton aufzuheitern und gab einige Erlebnisse aus meinem bisherigen Leben zum besten. Unter anderem erzählte ich ihm, wie ich zu dem schwarzen Stein kam; schließlich kramte ich in der Seitentasche meiner alten Jagdjoppe und förderte den besagten Gegenstand zutage. Wir beugten uns darüber, und während ich Harton die hervorstehenden Konturen zeigte, fiel plötzlich ein Schatten auf uns. Wir wandten uns um. Hinter uns stand Goring und blickte wie gebannt auf den Stein. Aus irgendeinem Grunde war er maßlos erregt, versuchte sich jedoch zu beherrschen und die Gemütsbewegung zu verbergen. Er deutete mehrmals mit seinem Daumen auf den Stein, ehe er sich soweit gefaßt hatte, daß er fragen konnte, was das sei und woher ich es hätte. Er stieß die Fragen beleidigend barsch hervor, doch ich nahm es ihm nicht übel, ich kenne ihn ja schon als seltsamen Kauz. Ich wiederholte noch einmal die Geschichte, die ich Harton erzählt hatte. Er hörte sehr aufmerksam zu und fragte dann, ob ich wüßte, was es mit dem Stein auf sich habe. Ich verneinte und sagte, mir sei lediglich bekannt, daß er von einem Meteoriten stamme. Er wollte wissen, ob ich jemals seine Wirkung auf Neger erprobt hätte. Auch das mußte ich verneinen. »Geben Sie mal her«, sagte er, »ich möchte sehen, was unser schwarzer Freund am Steuer davon hält.« Er nahm den Stein und ging hinüber zu dem Seemann, der ihn einer eingehenden Prüfung unterzog. Ich sah, wie er gestikulierte und heftig zustimmend nickte, während sein Gesicht äußerstes Erstaunen und auch Ehrfurcht ausdrückte. Goring kam zurück mit dem Stein in der Hand. »Er sagt, er sei wertlos«, erklärte er, »und man könne ihn ebensogut über Bord werfen.« Dabei hob er die Hand zum Wurf, und mein Talisman wäre sicherlich auf Nimmerwiedersehen verschwunden,

wenn der schwarze Seemann nicht herzugesprungen wäre und Gorings Handgelenk von hinten gepackt hätte. Goring war gegen den Griff machtlos, er ließ den Stein fallen und stahl sich würdelos davon, noch bevor ich ihm meine Empörung über seinen Vertrauensbruch kundtun konnte. Der Schwarze hob den Stein auf und überreichte ihn mir mit einer tiefen Verbeugung und allen Anzeichen echter Ehrerbietung. Die ganze Sache ist mir rätselhaft. Immer häufiger denke ich, daß Goring ein Irrer ist oder zumindestens am Rande des Wahnsinns steht. Wenn ich jedoch das Verhalten des schwarzen Seemanns mit den geheimnisvollen Andeutungen Marthas auf der Plantage vergleiche und Gorings fassungsloses Staunen beim ersten Anblick des Steins berücksichtige, so gelange ich zu dem Schluß, daß ich einen mächtigen Talisman besitze, der von der gesamten schwarzen Rasse verehrt wird. Goring darf ihn nie wieder in die Hand bekommen.

8.–9. November. Das Wetter meint es wirklich gut mit uns! Abgesehen von einem kleinen Sturmtief hatten wir die ganze Reise über nur günstige Brisen. In den letzten zwei Tagen machten wir noch mehr Fahrt als zuvor. Herrlich, die sprühende Gischt zu beobachten, wenn unser Kiel die Wellen durchschneidet. Das Sonnenlicht bricht sich darin und produziert viele kleine Regenbogen – »Sonnenhunde« nennen sie die Seeleute. Habe heute mehrere Stunden am Bug gestanden und dem herrlichen prismatischen Farbenspiel zugesehen. Der Rudergänger hat offenbar den anderen Schwarzen von meinem wundersamen Stein erzählt, denn alle behandeln mich mit großem Respekt. Da ich gerade von optischen Phänomenen rede – Hyson machte mich gestern abend auf ein sehr merkwürdiges aufmerksam. Es war das Auftauchen eines klar umrissenen hohen, dreieckigen Objekts am nördlichen Horizont. Er meinte, von fern sähe es genau wie die Bergspitze von Teneriffa aus – doch diese mußte zu jenem Zeitpunkt mindestens fünfhundert Meilen südlich von uns liegen. Vielleicht hat uns eine Wolke getäuscht oder eine dieser seltsamen Luftspiegelungen, von denen man manchmal liest. Es ist sehr warm.

Der Maat meint, er habe so eine Hitze auf diesem Breitengrad noch nie erlebt. Abends mit Harton Schach gespielt.

10. November. Es wird wärmer und wärmer. Ein paar Landvögel ließen sich heute in der Takelage nieder, obwohl wir noch ziemlich weit von unserem Ziel entfernt sind. Die Hitze macht uns träge. Wir liegen an Deck, rauchen und können uns kaum zu etwas anderem aufraffen. Goring kam heute zu mir und wollte noch einiges über meinen Stein wissen, aber ich fertigte ihn recht kurz ab. Habe ihm seinen unverschämten Versuch, ihn über Bord zu werfen, noch nicht verziehen.

11.–12. November. Kommen immer noch gut voran. Hatte keine Ahnung, daß Portugal solch ein heißes Klima hat. Vielleicht ist es an Land kühler. Hyson schüttelt darüber den Kopf, auch die Matrosen wundern sich.

13. November. Etwas äußerst Seltsames, nahezu Unerklärliches ist geschehen. Entweder stimmen Hysons Kursberechnungen überhaupt nicht oder irgendein magnetischer Einfluß hat die Instrumente gestört. Kurz vor Morgengrauen rief die Bugwache, Brandungsgeräusche seien voraus zu hören, und Hyson glaubte, die dunkle Silhouette von Land zu sehen. Das Schiff drehte bei, und obschon keine Lichter zu sehen waren, zweifelte niemand daran, daß wir die portugiesische Küste etwas eher als erwartet erreicht hatten. Doch was für eine Szenerie bot sich unseren erstaunten Blicken, als der Tag heraufdämmerte? So weit das Auge reichte, dehnte sich zu beiden Seiten das breite Band der Brandung, in der große grüne Wogen rollten und sich in schaumigen Wirbeln brachen. Und hinter der Brandung – was war das? Weder die grünen Ufer noch die Steilküste Portugals, sondern eine ausgedehnte Sandwüste, die sich bis an den Horizont erstreckte. Einerlei, ob man nach rechts oder links schaute, nichts als gelber Sand, an einigen Stellen zu phantastischen, mehrere hundert Fuß hohen Dünen aufgetürmt, dann wieder meilenweit so eben wie ein Billardtisch. Harton und ich – wir waren gemeinsam an Deck gegangen – wechselten verdutzte Blicke, dann begann Harton lauthals zu lachen. Hyson ärgerte sich gewaltig und behauptete, jemand

habe die Instrumente verstellt. Es besteht kein Zweifel, daß dies das afrikanische Festland ist. Demnach war es tatsächlich die Bergspitze von Teneriffa gewesen, was wir vor einigen Tagen am nördlichen Horizont bemerkt hatten. Als wir die Landvögel sichteten, müssen wir eine der Kanarischen Inseln passiert haben. Wenn wir den Kurs beibehielten, dürften wir uns jetzt nördlich von Cape Blanco befinden, nahe dem unerforschten Gebiet, das an die Sahara grenzt. Wir können nur unsere Instrumente neu justieren und wieder Kurs auf Portugal nehmen.

20.30 Uhr. Liegen den ganzen Tag in einer Flaute. Die Küste ist jetzt etwa anderthalb Meilen von uns entfernt. Hyson hat alle Navigationsinstrumente überprüft, fand aber keinen ersichtlichen Grund für ihre merkwürdige Abweichung.

Hier endet mein Tagebuch, und ich muß mich beim Schluß meines Berichts auf die Erinnerung verlassen. Es besteht allerdings kaum die Gefahr, daß ich Tatsachen durcheinanderbringe, die sich mir ins Gedächtnis eingebrannt haben. Noch in derselben Nacht entlud sich das Unheil, das sich seit langem über uns zusammengebraut hatte, und ich erfuhr, worauf alle die kleinen Vorfälle, die ich so ahnungslos beschrieben hatte, abzielten.

O ich blinder Narr, daß ich es nicht eher erkannte! Aber ich will nun der Reihe nach berichten, was geschah, und zwar so genau ich kann.

Gegen halb zwölf zog ich mich in meine Kabine zurück und wollte gerade zu Bett gehen, als jemand an die Tür klopfte. Ich öffnete. Draußen stand der kleine schwarze Page Gorings, der mir ausrichtete, sein Herr wolle mich an Deck sprechen. Ich wunderte mich zwar über diesen Wunsch zu so später Zeit, stieg jedoch unverzüglich nach oben. Kaum hatte ich den Fuß auf das Achterdeck gesetzt, als man mich von hinten packte, umriß und mir ein Tuch in den Mund stopfte. Ich wehrte mich so gut ich konnte, doch im Nu hatte man ein Tau fest um mich gezurrt und mich an einen der Bootsausleger gefesselt. Da saß ich nun, vollkommen hilflos und unfähig, etwas zu tun oder zu sagen. Ein drohend an meine Kehle gedrücktes Messer bedeutete mir, jeden Widerstand aufzugeben. Es war pechfinster. Ich hatte die Angreifer noch nicht erkennen können. Erst als sich meine Augen an die Dunkelheit gewöhnten und der Mond kurz hinter den Wolken hervortrat, stellte ich fest, daß mich die beiden schwarzen Matrosen, der Koch und mein Mitpassagier Goring umringten. Ein weiterer Mann lag zu meinen Füßen auf den Decksplanken, aber da er im Schatten blieb, sah ich nicht, wer er war.

Alles war ungeheuer schnell gegangen; kaum eine Minute nach dem Betreten des Decks fand ich mich gefesselt und geknebelt wieder. Von dem überraschenden Angriff wie betäubt, begriff ich weder, was geschah, noch was es bedeutete. Die um mich kauernde Bande flüsterte sich kurze, hastige Worte zu, und ein Instinkt sagte mir, daß es um mein Leben ging. Goring sprach zornig und befehlend, die anderen antworteten mürrisch, als ob sie sich seinen Anweisungen widersetzten. Dann zogen sie sich gemeinsam zur gegenüberliegenden Seite des Decks zurück, wo ich sie weiter flüstern hörte; die Oberlichtluken des Salons versperrten mir jedoch die Sicht.

Währenddessen drangen die ganze Zeit vom anderen Ende des Schiffs deutlich vernehmbare Stimmen lachender und schwatzender Matrosen an mein Ohr. Ich konnte die Männer sogar auf dem Vorderdeck in einem Grüppchen beieinanderstehen sehen. Sie ahnten nichts von den finsteren Vorgängen, die sich dreißig Schritte von ihnen entfernt abspielten. Oh, hätte ich sie doch warnen können; selbst um den Preis meines Lebens hätte ich es getan! Aber es war unmöglich. Manchmal kam der Mond hinter den Wolken hervor und tauchte die Brandung und die weite Einöde der Wüste mit ihren bizarren Sandhügeln in silbriges Licht. Als ich nach unten sah, bemerkte ich, daß die dunkle Gestalt immer noch zu meinen Füßen lag. Ich starrte sie an, und plötzlich fiel ein flackernder Strahl Mondlicht auf ihr nach oben gewandtes Gesicht. Gütiger Himmel! Selbst jetzt noch, zwölf Jahre später, zittert mir die Hand, während ich schreibe, daß ich den Liegenden trotz seiner verzerrten Gesichtszüge und hervorgequollenen Augen nur zu genau erkannte: Es war Harton, der fröhliche junge Angestellte, mit dem ich mich während der Reise angefreundet hatte. Man mußte kein Mediziner sein, um zu sehen, daß er nicht mehr lebte. Ein um seinen Hals gedrehtes Taschentuch und ein Knebel in seinem Mund verrieten die lautlose Methode, mit der ihn die Höllenhunde getötet hatten. Während ich auf die Leiche des armen Harton starrte, ging mir plötzlich ein Licht auf Ich verstand auf einmal, wer hinter den vielen vermeintlichen Unfällen dieser Reise steckte. Wenn auch noch manches dunkel und unerklärt blieb, ich fühlte genau, daß ich den Schlüssel zur Wahrheit in der Hand hielt.

Hinter den Deckslukem wurde ein Streichholz angerissen, dann richtete sich die hohe, schlanke Gestalt Gorings an der Reling auf. Er hielt eine abgeblendete Laterne in der Hand. Er hob sie kurz über die Bordwand, und zu meinem unaussprechlichen Erstaunen antwortete sofort ein Aufblitzen aus den Dünen am Strand. Ich hätte es wahrscheinlich gar nicht wahrgenommen, wenn ich nicht Gorings Blick gefolgt wäre. Wieder senkte er die Laterne außerbords, und wieder kam eine Antwort vom Ufer her. Dann trat er zurück, rutschte dabei aus und verursachte ein lautes Gepolter. Mein Herz hüpfte, weil ich hoffte, die Wachen würden aufmerksam werden und nachsehen kommen. Doch ich hoffte vergebens. Es herrschte Windstille, und das Schiff machte keine Fahrt, daher bestand kein Grund zu besonderer Wachsamkeit. Hyson, der seit Tibbs' Tod die doppelte Arbeit zu leisten hatte, war nach unten gegangen, um sich ein paar Stunden Schlaf zu gönnen. Der diensthabende Bootsmann stand bei den beiden Matrosen am Fockmast. Machtlos, stumm, mit Stricken gefesselt, die sich in mein Fleisch schnürten, den Ermordeten zu meinen Füßen – so erwartete ich den nächsten Akt der Tragödie.

Die vier Schufte erhoben sich jetzt auf der anderen Seite des Decks. Der Koch war mit einem Küchenbeil bewaffnet, die anderen trugen Messer, Goring hatte einen Revolver. Sie lehnten sich auf die Reling und blickten hinaus aufs Wasser, als warteten sie auf etwas. Ich sah, wie der eine den Arm eines anderen berührte und nach draußen deutete, wo ein dunkler Umriß sich rasch dem Schiff näherte. Bald unterschied ich einen riesigen Einbaum, dicht besetzt mit Eingeborenen und angetrieben von mindestens zwanzig Paddeln. Als er unter unser Heck schoß, bemerkten ihn die Wachen, schlugen Alarm und kamen nach hinten gerannt. Doch zu spät! Eine Schar riesiger Neger kletterte an Bord und ergoß sich, angeführt von Goring, wie eine unaufhaltsame Woge über alle Decks. Rasch war jeder Widerstand gebrochen, man schlug die unbewaffneten Wachen nieder und fesselte sie, zerrte die Schläfer aus ihren Kojen und verfuhr mit ihnen ebenso. Hyson versuchte, den schmalen Gang zu den Kabinen zu verteidigen. Ich hörte das Getümmel und seine Stimme, die nach Hilfe rief. Doch da war niemand mehr, der ihm helfen konnte, und man brachte ihn mit einer heftig blutenden Stirnwunde aufs Achterdeck. Er wurde gefesselt und geknebelt wie die anderen. Dann beratschlagten die Neger über unser Schicksal. Ich sah, wie unsere schwarzen Matrosen auf mich deuteten und eine Erklärung abgaben, die von den Eingeborenen mit erstauntem, ungläubigem Geraune aufgenommen wurde. Einer von ihnen kam zu mir, steckte seine Hand in meine Tasche, nahm den schwarzen Stein heraus und hielt ihn in die Höhe. Dann überreichte er ihn einem Mann, der ein Häuptling zu sein schien. Dieser betrachtete ihn so eingehend, wie es das fahle Mondlicht zuließ, murmelte ein paar Worte und übergab ihn dem Krieger neben sich, der ihn ebenfalls beäugte und weiterreichte, bis der Stein, von Hand zu Hand wandernd, die Runde gemacht hatte. Der Häuptling sagte dann etwas in seiner Sprache zu Goring, worauf der Mulatte sich an mich wandte. Ich sehe jede Einzelheit der Szene noch genau vor mir: die hohen Schiffsmasten, an denen das Mondlicht herabzurinnen schien, die silbrig schimmernden Rahen, das filigrane, sich hart dagegen abzeichnende Netzwerk der Takelage; die düstere Gruppe der auf ihre Speere gelehnten Krieger, der Tote zu meinen Füßen, die Reihe blaßgesichtiger Gefangener, und vor mir der schurkische Mulatte im eleganten weißen Leinenanzug, ein merkwürdiger Kontrast zu seinen Verbündeten.

»Ihnen dürfte kaum entgangen sein«, begann er in wohlgesetzten Worten und mit sanfter Stimme, »daß ich nicht zur Partei derer gehöre, die Ihnen das Leben schenken wollen. Ginge es nach mir, müßten Sie sterben wie die anderen. Ich hege durchaus keinen persönlichen Groll gegen Sie oder die anderen, sondern habe mein Leben der Vernichtung der weißen Rasse geweiht. Sie sind der erste, der sich in meiner Macht befindet und verschont wird. Das verdanken Sie einzig und allein Ihrem Stein. Diese armen Teufel verehren ihn, und wenn er wirklich das ist, wofür sie ihn halten, haben sie auch Grund dazu. Sollte sich freilich an Land herausstellen, daß es sich um einen Irrtum handelt, die Ähnlichkeit von Form und Material also nur zufällig entstand, kann nichts Ihr Leben retten. Vorläufig jedoch sollen Sie gut behandelt werden. Sie dürfen sogar von Ihrer persönlichen Habe mitnehmen, was Sie wollen.« Er gab den wartenden Eingeborenen ein Zeichen, worauf diese mich losbanden, nicht jedoch meinen Knebel entfernten. Man führte mich hinunter in meine Kabine, wo ich mir ein paar Wertsachen, einen kleinen Kompaß und mein Reisetagebuch in die Taschen stopfte. Meine Bewacher schoben mich alsdann über die Bordwand, setzten mich in ein kleines Kanu hinab, das neben dem großen Einbaum lag, stießen ab und begannen in Richtung Küste zu paddeln. Wir waren etwa hundert Meter von der *Marie Céleste* entfernt, als der Mann am Steuer die Hand hob. Die Paddler hielten inne und lauschten. In der Stille der Nacht hörte ich dumpfe, stöhnende Laute, dann plumpste es ein paarmal, als würden schwere Gegenstände ins Wasser geworfen. Das ist alles, was ich über das Schicksal meiner armen Schiffskameraden weiß. Gleich darauf legte auch der Einbaum ab und folgte uns. Das verlassene Segelschiff trieb hilflos dahin – ein trauriger, ja gespenstischer Anblick. Die Eingeborenen hatten nichts mitgenommen.

Die gesamte finstere Aktion war gemessen und feierlich abgelaufen, wie eine religiöse Zeremonie.

Im Osten zeigte sich bereits das erste Grau des Tageslichts, als wir die Brandung durchquerten und das Ufer erreichten. Man ließ sechs Mann als Wache bei den Booten zurück. Der Rest der Eingeborenen formte eine Kolonne, nahm mich in die Mitte – man behandelte mich sehr höflich und respektvoll –, und los ging der Marsch durch die hügelige Wüste. Es war ein beschwerliches Vorwärtskommen, weil man bei jedem Schritt bis über die Knöchel im feinen Flugsand versank. Als endlich das Eingeborenendorf vor uns lag – eigentlich war es mehr eine Stadt, der beträchtlichen Ausdehnung nach –, fühlte ich mich völlig ausgepumpt. Die konischen Hütten ähnelten Bienenkörben; sie bestanden aus gewundenem Seetang, den man mit einer Art groben Mörtels bestrichen hatte, denn in dieser Küstenregion gab es im Umkreis von mehreren hundert Meilen weder Steine noch Bäume. Bei unserem Einzug in die Stadt strömte eine riesige Menge Eingeborener beiderlei Geschlechts herbei, man begrüßte uns mit dröhnenden Tomtoms, Geheul und Geschrei. Als sie mich sahen, schrien sie noch lauter und nahmen eine drohende Haltung ein. Sie beruhigten sich aber sofort nach einigen lauten Rufen meiner Eskorte. Das Kriegsgeschrei verstummte, ein Raunen der Verwunderung ging durch die dichte Menge, und wir zogen gemeinsam die breite Hauptstraße der Stadt hinab.

Diejenigen Leser, die mich nicht kennen, mögen das bisher Berichtete bereits in Frage stellen. Doch was nun kommt, mutet so seltsam an, daß selbst mein Schwager meinte, mich durch offen geäußerte Zweifel an meiner Aufrichtigkeit beleidigen zu müssen. Ich kann den Vorgang nur in einfachen Worten wiedergeben und im übrigen darauf hoffen, daß sich zu gegebener Zeit die Wahrheit erweisen wird. Mitten auf der Hauptstraße stand ein großes Gebäude, ähnlich primitiv gebaut wie die Hütten, diese jedoch weit überragend. Es war umgeben von einem Palisadenzaun aus herrlich polierten Ebenholzpfählen. Zwei mächtige Elefantenstoßzähne, die in den Boden eingegraben waren und sich mit den Spitzen oben berührten, bildeten ein Tor, dessen Öffnung ein mit reichen Goldstickereien verziertes

Gewebe verschloß. Wir marschierten auf das imposante Bauwerk zu. Beim Palisadentor angekommen, blieb die Menge stehen und hockte sich auf die Erde, während ich von einigen Häuptlingen oder Ältesten des Stammes ins Innere der Umzäunung geführt wurde. Goring begleitete uns, ich hatte sogar den Eindruck, daß er den Ablauf des Geschehens dirigierte. Vor dem Vorhang am Eingang des Tempels – um ein solches Gebäude handelte es sich offensichtlich – nahm man mir Hut und Schuhe ab und schob mich hinein. Ein ehrwürdiger alter Neger ging voran, meinen schwarzen Stein in der Hand, den man mir ja aus der Tasche genommen hatte. Das Innere wurde bloß durch das tropische Sonnenlicht erhellt, das durch einige lange Schlitze in der Kuppel hereindrang und breite goldene Streifen auf dem Lehmfußboden bildete, unterbrochen von dunklen Zwischenräumen.

Die Halle war größer, als man von außen vermutete. An den Wänden hingen Teppiche, Muscheln und andere Verzierungen, doch in der Mitte des sonst völlig leeren Raumes befand sich nur ein einziges Objekt: die Figur eines kolossalen Negers. Ich hielt sie zuerst für einen lebenden König oder Hohepriester von gigantischer Größe, doch beim Nähertreten verriet mir die Art, wie das Licht reflektiert wurde, daß es sich um eine meisterlich aus pechschwarzem Stein gehauene Statue handelte. Man führte mich zu diesem Götzenbild – ein solches schien es darzustellen –, und ich bemerkte, daß es bei aller Perfektion einen Schönheitsfehler aufwies: Ein Ohr war abgebrochen. Der grauhaarige Neger stieg mit meinem Talisman in der Hand auf einen kleinen Schemel, reckte den Arm und setzte Marthas schwarzes Steinohr an die betreffende Stelle am Kopf der Statue. Das Experiment beseitigte alle Zweifel. Die Bruchflächen paßten so gut zusammen, daß das Ohr, als er es losließ, ein paar Sekunden haftenblieb, bevor es in seine geöffnete Hand fiel. Die Gruppe der Umstehenden warf sich sogleich mit einem Ausruf der Ehrfurcht zu Boden, während die Menge draußen, der man das Ergebnis zurief, in ein wildes Freudengeheul ausbrach.

Von einem Moment auf den anderen fand ich mich vom Gefangenen zum Halbgott verwandelt. Man führte mich im Triumphzug durch die Stadt, die Eingeborenen drängten sich heran, um meine Kleidung anzufassen und den Staub aufzusammeln, den mein Fuß berührt hatte. Man gab mir eine der größten Hütten und veranstaltete ein Festbankett, auf dem man mich mit allen einheimischen Delikatessen verwöhnte. Und doch hatte ich nicht das Gefühl, ein freier Mann zu sein, denn vor dem Eingang meiner Hütte wurden mehrere Speerträger postiert. Den ganzen Tag gingen mir Fluchtpläne im Kopf herum, aber keiner schien mir auch nur im geringsten durchführbar. Auf der einen Seite lag die riesige wasserlose Sandwüste, die sich bis Timbuktu erstreckte, auf der anderen eine Wasserwüste, fernab vom Schiffsverkehr. Je länger ich über das Problem nachdachte, desto mehr überkam mich Hoffnungslosigkeit. Ich ahnte nicht, wie nah die Lösung war.

Die Nacht brach herein, allmählich ließ das Lärmen der Eingeborenen nach. Ich lag auf einem Lager aus Fellen, das man für mich hergerichtet hatte, und meditierte immer noch über meine Zukunftsaussichten, als Goring in die Hütte geschlichen kam. Mein erster Gedanke war: Er will den Massenmord komplett machen und dich als letzten Überlebenden auch noch beseitigen! Ich sprang auf, entschlossen, mich bis zuletzt zu verteidigen. Er lächelte, als er meine Anstalten sah, und bedeutete mir, wieder Platz zu nehmen. Er selbst setzte sich auf die andere Seite des Bettes.

»Wofür halten Sie mich?« war die erstaunliche Frage, mit der er unser Gespräch eröffnete.

»Wofür ich Sie halte?« Ich schrie fast. »Für den übelsten, widerwärtigsten Schuft, der jemals die Luft verpestete. Wenn wir nicht bei Ihren schwarzen Teufeln wären, würde ich Sie eigenhändig erwürgen!«

»Nicht so laut!« sagte er, ohne sich im mindesten aufzuregen. »Ich möchte nicht, daß unser kleines Gespräch zu Ende ist, bevor es begann. Also erwürgen würden Sie mich, sieh mal einer an!« fuhr er mit amüsiertem Lächeln fort. »Ich dagegen vergelte Böses mit Gutem, denn ich bin gekommen, um Ihnen zur Flucht zu verhelfen.«

»Sie?« keuchte ich ungläubig.

»Jawohl, ich«, bestätigte er. »Oh, ich tue es nicht aus Großmut. Ich bin nur konsequent. Es gibt keinen Grund, weshalb ich es vor Ihnen verheimlichen sollte: Ich will König dieses Stammes werden – keine großartige Ambition, sicher, aber Sie kennen doch Cäsars Ausspruch, wonach es besser ist, in einem gallischen Dorf der erste Mann zu sein, als in Rom der zweite. Nun, dieser unselige Stein hat Ihnen nicht nur das Leben gerettet, sondern denen auch völlig die Köpfe verdreht. Sie glauben, Sie kämen vom Himmel, was meinen Einfluß zunichte macht. Ich muß Sie aus dem Weg haben. Da ich Sie nicht töten kann, verhelfe ich Ihnen zur Flucht.« All das brachte er in normalem Plauderton hervor, als handele es sich um ganz selbstverständliche, alltägliche Überlegungen.

»Sie würden mir für Ihr Leben gern einige Fragen stellen«, begann er nach einer Pause erneut, »aber Sie beherrschen sich, weil Sie zu stolz sind. Macht nichts, ich wollte Ihnen ohnehin ein paar Dinge erklären, von denen ich möchte, daß die Weißen sie erfahren, wenn Sie heimkommen – falls Sie das unverschämte Glück haben sollten, dort anzukommen. Die Sache mit Ihrem verflixten Stein, zum Beispiel. Die Neger hier waren ursprünglich Mohammedaner – zumindest besagen das ihre Legenden. Noch zu Lebzeiten Mohammeds gab es eine Spaltung unter seinen Anhängern, und der kleinere Teil verließ Arabien und wanderte ins Innere Afrikas. Die Abtrünnigen nahmen eine kostbare Reliquie ihres alten Glaubens mit ins Exil: ein Stück von dem Schwarzen Stein von Mekka. Dieser Stein – meteoritischer Herkunft, wie Sie ja wissen – war beim Aufschlagen auf die Erde in zwei Teile gebrochen. Ein Stück befindet sich immer noch in Mekka. Der größere Teil wurde zu den Berbern geschafft, wo ihm ein berühmter Bildhauer die Form gab, die Sie heute sahen. Diese Menschen sind also die Nachfahren der frühesten Anhänger Mohammeds. Das sorgsam gehütete Götzenbild begleitete sie auf allen ihren

Wanderungen, bis sie hier in dieser seltsamen Region endgültig siedelten, wo die Wüste sie vor ihren Feinden schützt.«

»Und das Ohr?« entfuhr es mir unwillkürlich.

»Damit hat es eine ähnliche Bewandtnis. Ein Teil des Stammes zog vor einigen hundert Jahren nach Süden weiter, und um sich Glück für die Reise zu sichern, schlich sich einer unter ihnen nachts in den Tempel und nahm ein Ohr von der Statue mit. Seitdem hieß es unter den Negern, das Ohr werde eines Tages zurückkehren. Der Bursche, der es bei sich trug, wurde offenbar von Sklavenjägern gefangen und nach Amerika verschleppt – und so gelangte es in Ihren Besitz. Ihnen fiel die Ehre zu, die Prophezeiung zu erfüllen.«

Er pausierte einige Minuten und stützte den Kopf in beide Hände; offenbar erwartete er, daß ich etwas sagen würde. Als er wieder aufschaute, hatte sich seine Miene völlig verändert. Seine Züge wirkten hart und entschlossen. Auch seine Redeweise war wie ausgewechselt; nun plauderte er nicht mehr jovial, sondern stieß die Worte heftig, fast grimmig hervor.

»Übermitteln Sie der weißen Rasse, der großen herrschenden Rasse, die ich hasse und verachte, eine Botschaft. Sagen Sie denen, daß ich sie zwanzig Jahre lang zur Ader gelassen habe; daß ich sie abgeschlachtet habe, bis aus der Freude, die ich einst dabei empfand, Überdruß wurde; daß mein Tun unentdeckt blieb, ja nicht einmal der geringste Verdacht auf mich fiel, obwohl man mich mit allen Mitteln aufzuspüren suchte, die ihre Kultur aufzubieten wußte. Es gibt keine Genugtuung, wenn der Widersacher nicht weiß, wer ihm den Schaden zugefügt hat. Deshalb bin ich eigentlich ganz froh, Sie als Boten zurückschicken zu können. Es wäre sinnlos, Ihnen erklären zu wollen, wie dieser große Haß in mir entstand. Sehen Sie her!« Er hob seine verstümmelte Hand. »Das stammt vom Messer eines weißen Mannes. Mein Vater war ein Weißer, meine Mutter eine Sklavin. Als er starb, wurde sie verkauft, und ich, damals noch ein kleines Kind, mußte mit ansehen, wie sie zu Tode gepeitscht wurde, weil man ihr das bißchen Stolz und Würde austreiben wollte, das sie sich bei ihrem ehemaligen

Herrn angewöhnt hatte. Und auch meine junge Frau – oh, meine junge Frau – –« Ein Schauder durchlief seinen Körper. »Genug davon! Ich schwor meinen Eid und hielt ihn. Von Maine bis Florida und von Boston bis San Francisco kann man meine Spur an Hand der ungeklärten plötzlichen Todesfälle verfolgen, die der Polizei Kopfzerbrechen bereiteten. Ich kämpfte gegen die gesamte weiße Rasse, um ihr etwas von dem zu vergelten, was sie seit Jahrhunderten uns Schwarzen antut. Wie gesagt, schließlich wurde ich des Blutvergießens müde. Da mir aber weiterhin der bloße Anblick eines weißen Gesichts unerträglich war, beschloß ich, mich mit einem stolzen und freien schwarzen Volk zu verbünden, seine natürlichen Anlagen zu kultivieren und den Kern einer großen Nation der Farbigen zu formen. Diese Idee erfüllte mich ganz, ich reiste fast zwei Jahre lang durch die Welt und suchte nach dem geeigneten Partner. Am Ende zweifelte ich schon, ihn jemals zu finden. Bei den Sudanesen, die selbst Sklavenhandel treiben, war es aussichtslos, ebenso bei den verkommenen Fantis und den amerikanisierten Negern von Liberia. Dann endlich, schon auf der Rückreise, entdeckte ich diesen prächtigen Stamm von Wüstenbewohnern und beschloß, mein Schicksal mit ihnen zu teilen. Doch zuvor trieb mich mein alter Racheinstinkt zu einem letzten Besuch der Vereinigten Staaten, von dem ich mit der *Marie Céleste* zurückkehrte.

Was die Reise selbst angeht, so dürfte Ihnen Ihr Verstand bereits gesagt haben, daß die Kompasse und die Chronometer dank meiner Manipulation unzuverlässige Werte anzeigten. Nur ich konnte den Kurs mit meinen eigenen Instrumenten korrekt bestimmen, und den gab ich meinen schwarzen Freunden am Steuer. Ich stieß Tibbs' Frau über Bord. Was? Sie staunen? Sie sind fassungslos? Aber das müßten Sie doch inzwischen erraten haben! An jenem Tag wollte ich Sie mit einem Schuß durch die Trennwand töten, nur leider waren Sie nicht in Ihrer Kabine. Später versuchte ich es noch einmal, doch Sie wurden wach. Ich erschoß Tibbs. Geschickt, wie ich alles arrangierte, daß es nach Selbstmord aussah, nicht wahr? Als wir dann die Küste erreichten, war der Rest natürlich einfach. Ich stimmte dafür, alle an Bord umzubringen, nur Ihr Stein machte mir einen Strich durch die Rechnung. Ich stimmte auch gegen jede Plünderung. Niemand wird sagen können, wir seien Piraten. Wir haben uns von Prinzipien und nicht von irgendwelchen niedrigen Motiven leiten lassen.«

Erstaunt lauschte ich der Liste von Verbrechen, die dieser seltsame Mensch wieder mit ruhiger und beiläufiger Stimme aufzählte, als spreche er von Kleinigkeiten, die jeden Tag passieren. Mir ist, als sähe ich ihn noch immer wie ein gräßliches Gespenst am Fußende meines Lagers hocken, während flackerndes Licht von einer einzelnen primitiven Lampe auf seine häßliche Fratze fällt.

»Heute nacht«, fuhr er fort, »ist die Gelegenheit zur Flucht günstig. Meine einfältigen Adoptivkinder werden glauben, Sie seien zum Himmel zurückgekehrt, von wo Sie kamen. Es herrscht ablandiger Wind. Ich habe ein Boot für Sie vorbereiten lassen, wohlausgerüstet mit Proviant und Wasser. Mir liegt sehr viel daran, Sie loszuwerden, deshalb können Sie mir glauben, daß für alles gesorgt und nichts vergessen wurde. Stehen Sie auf und folgen Sie mir!«

Ich tat, wie mir geheißen, und trat aus der Hütte. Entweder waren die Wachen abgezogen worden, oder Goring hatte sich mit ihnen arrangiert. Wir gelangten unangefochten aus der Stadt und durch die Sandebene. Wieder hörte ich das Donnern der Brecher und sah das lange, weiße Band der Brandung. Zwei Gestalten standen am Ufer und machten sich an einem kleinen Segelboot zu schaffen. Es waren die beiden schwarzen Matrosen von der *Marie Céleste*.

»Bringt ihn durch die Brandung!« befahl Goring. Die beiden Männer schoben das Boot ins Wasser, kletterten hinein und zerrten mich hinterher. Mit Großsegel und Klüver liefen wir landab und durchquerten sicher die Brandung. Dann sprangen meine beiden Begleiter ohne ein Wort des Abschieds über Bord. Eine Weile konnte ich noch ihre Köpfe als schwarze Punkte im weißen Schaum ausmachen, während sie zur Küste zurückschwammen und ich in die Dunkelheit der Nacht fuhr. Als ich mich noch einmal umdrehte, sah ich Goring zum letztenmal. Er stand auf dem Kamm einer Sanddüne. Im Gegenlicht des aufgehenden Mondes wirkte seine hagere, eckige Gestalt wie ein Scherenschnitt. Er schwenkte beide Arme heftig hin und her; möglicherweise winkte er mir aufmunternd nach, aber damals empfand ich die Geste als eine Drohung. Je mehr ich darüber nachdenke, desto entschiedener neige ich zu der Ansicht, sein alter, wilder Blutdurst sei wieder erwacht, als ihm bewußt wurde, daß ich seiner Macht entronnen war. Wie dem auch immer gewesen sein mag, es war das letzte, was ich von Septimius Goring sah, und ich hoffe, dabei bleibt es.

Ich spare mir die Schilderung meiner einsamen Fahrt. So gut ich konnte, hielt ich auf die Kanarischen Inseln zu und wurde am fünften Tag von der *Monrovia,* einem Dampfer der Britisch-Afrikanischen Dampfschiffahrtsgesellschaft, aufgenommen. Ich möchte an dieser Stelle noch einmal Kapitän Stornoway und seinen Offizieren aufrichtig Dank sagen für die freundliche Behandlung, die sie mir bis zu unserer Landung in Liverpool erwiesen. Dort half man mir, ein Ticket für ein Linienschiff nach New York zu bekommen.

Seit dem Tag, da ich zu meiner Familie zurückgekehrt bin, habe ich kaum über meine Erlebnisse gesprochen. Die Erinnerung daran schmerzt mich immer noch sehr, zudem wurde das wenige, das ich erwähnte, in Zweifel gezogen.

Nunmehr jedoch unterbreite ich die Vorgänge der Öffentlichkeit, genau in der Reihenfolge, in der sie geschahen, und ohne Rücksicht darauf, wieweit man mir Glauben schenken wird. Ich tue es einfach, weil meine Lunge schwächer wird und ich die Verpflichtung fühle, meinen Frieden mit dieser Welt zu machen. Ich begnüge mich nicht mit vagen geographischen Angaben. Man nehme eine Karte Afrikas zur Hand. Dort, oberhalb von Cape Blanco, wo sich das Land in nördlicher und südlicher Richtung vom westlichsten Punkt des Kontinents aus erstreckt, dort herrscht Septimius Goring wohl noch über seine schwarzen Untertanen, falls sie ihn nicht gestürzt haben; und dort, wo die langen grünen Wogen auf das Land zurollen, sich donnernd in der Brandung brechen und zischend den heißen gelben Ufersand belecken, liegen Harton, Hyson und die anderen armen Männer, die auf der *Marie Céleste* umgebracht wurden.

DREI KORRESPONDENTEN

Es gab nur dieses kleine Grüppchen zerzauster Palmen in der weiten Einöde aus schwarzem Fels und orangenem Sand. Es stand auf dem hohen Steilufer, und unten eilte der braune Nil, jeden aus dem Wasser ragenden Felsbrocken mit einem kleinen Schaumkragen umgebend, geschäftig den Stromschnellen von Ambigole entgegen. Vom wolkenlosen Himmel sandte die Sonne sengende Strahlen auf den Sand, die von dort reflektiert und wie glühende Funken aus einem Hochofen unter die Tropenhelme der Reiter geworfen wurden. Sie stand bereits so hoch, daß die Schatten der Pferde kaum größer als die Tiere selbst waren.

»Uff!« stöhnte Mortimer und wischte sich über die Stirn. »Für so was mußt du im türkischen Bad fünf Schillinge blechen.«

»Stimmt«, sagte Scott, »bloß behängt man sich dort nicht wie ein Christbaum mit Feldstecher, Wasserflasche und all dem anderen Zeug und reitet zwanzig Meilen. Das Treibhaus von Kew läßt sich zwar vorzüglich als Wintergarten nutzen, aber nicht als Halle für Reckübungen. Ich bin dafür, wir rasten dort unter den Palmen bis zur Dämmerung.«

Mortimer erhob sich in den Steigbügeln und spähte aufmerksam nach Süden. Überall die gleichen schwarzgebrannten Felsen und das dunkle Orange des Sandes. Die wild zerklüfteten Felsausläufer, die bis zum Fluß hinabreichten, waren nur an einer Stelle durch einen geraden Einschnitt unterbrochen – das alte Gleisbett der Eisenbahn. Die Araber hatten die Schienen längst zerstört, mittlerweile waren die vorrückenden Ägypter jedoch dabei, sie wieder instand zu setzen. Andere Spuren menschlichen Wirkens gab es in dieser trostlosen Gegend nicht.

»Zu den Palmen; wir haben keine Wahl«, sagte Scott.

»Na, dann müssen wir wohl. Bedauerlicherweise verzögert sich dadurch unsere Ankunft bei der Front um Stunden. Was würden unsere Chefs sagen, wenn wir zu spät zur Schlacht kämen?«

»Unsinn! Ein alter Hase wie Sie sollte eigentlich wissen, daß heutzutage kein vernünftiger General angreift, bevor die Presse da ist.«

»Im Ernst?« mischte sich der junge Anerley ein. »Ich dachte, sie fühlen sich von uns belästigt.«

»›Zeitungskorrespondenten, Reisende und der ganze Schwarm unnützer Drohnen‹, wie Lord Wolseley so schön in seinem *Taschenbuch des Soldaten* schreibt«, rief Scott spöttisch. »Wir wissen Bescheid, Anerley!« Er zwinkerte hinter seinen blauen Brillengläsern. »Stünde eine Schlacht bevor, wäre längst eine Kavallerie-Eskorte hier, um uns schleunigst hinzuschaffen. Ich war fünfzehnmal dabei, und nie hat ein Tisch für die Reporter gefehlt.«

»Schön und gut, nur könnte der Feind weniger umsichtig sein.«

»Der ist nicht stark genug, um eine Schlacht zu erzwingen.«

»Und wie steht's mit einem Scharmützel?«

»Ich halte Stoßtruppunternehmen im Rücken der Armee für wahrscheinlicher. In dem Fall wären wir genau am richtigen Platz.«

»Und der Mann von Reuter bei der Vorhut hätte das Nachsehen! Satteln wir ab und gönnen wir uns ein Biwak unter den Palmen.«

Es waren drei Korrespondenten, jeder unterwegs für eine der großen Londoner Tageszeitungen. Reuter hatte dreißig Meilen Vorsprung, während zwei Abendblätter auf Kamelen zwanzig Meilen hinter ihnen herschaukelten. Alle zusammen stellten sie die Augen und Ohren der Öffentlichkeit dar – der schweigenden Millionen und Abermillionen von Steuerzahlern, die alles finanzierten und schließlich auch erfahren wollten, was mit ihrem Geld geschah.

Es waren bemerkenswerte Leute, diese Laufburschen der

Presse, zwei von ihnen offensichtlich Routiniers, die sich im Felde auskannten, der dritte zum erstenmal dabei und voller Bewunderung für seine berühmten Kollegen.

Der soeben von seinem braunen Polopony stieg, war Mortimer von der ›Intelligence‹ – ein hochgewachsener Mann mit sehr straffer, aufrechter Haltung und einem Raubvogelgesicht. Er trug eine khakifarbene Militärbluse, Reithosen, verstaubte Gamaschen und einen roten Kummerbund. Sonne und Wind hatten seiner Haut das Rotbraun eines Kiefernstammes verliehen, Moskitos und Sandflöhe für dunkle Flecke darin gesorgt. Der andere – klein, flink, quecksilbrig, mit blauschwarzem, gekräuseltem Vollbart und ebensolchem Haar, in der linken Hand eine Fliegenklatsche, die ständig hin und her zuckte – war Scott vom ›Courier‹. Er hatte Gefahren erlebt und zu packenden Reportagen verarbeitet wie kaum einer seiner Zunft, Chandler ausgenommen, der aber nun zu alt war, um noch ins Feld zu ziehen. Ein eigenartigerer Kontrast als Mortimer und Scott ließ sich kaum denken, doch in der Verschiedenheit der beiden lag das Geheimnis ihrer engen Freundschaft. Jeder ergänzte den anderen. Die Schwäche des einen war die Stärke des anderen. Gemeinsam bildeten sie eine perfekte Einheit. Mortimer war Angelsachse – langsam, gewissenhaft und zielstrebig; Scotts keltische Abstammung äußerte sich in Flinkheit, sonnigem Gemüt und Brillanz. Mortimer wirkte solide, Scott anziehend. Mortimer war der gründlichere Denker, Scott der bessere Redner. Obwohl sie ständig die Kriegsschauplätze bereisten, hatten sich ihre Wege bisher nie gekreuzt, ein merkwürdiger Zufall. Die Berichterstattung der beiden umfaßte sämtliche militärischen Auseinandersetzungen der jüngsten Zeit. Zu Scotts Missionen gehörten Plevna, Shibchah, die Zulu-Aufstände, die Feldzüge in Ägypten und Suakim; Mortimer hatte den Burenkrieg mitgemacht, aus seiner Feder stammten Berichte über den Krieg in Chile, den bulgarisch-serbischen Konflikt, den Entsatz Gordons, die indische Front, die Rebellion in Brasilien und über Madagaskar. An ihrer Art zu reden merkte man, daß sie beide gründlich Bescheid wußten. Sie verzichteten auf jegliche vagen Vermutungen und Informationen aus zweiter Hand, die unsere Alltagsgespräche so sehr bestimmen; alles war konkret und unumstößlich formuliert, mit der Sicherheit des Sachkundigen, der die Dinge mit eigenen Augen gesehen und sich ein festes Urteil gebildet hat.

Ihre Freundschaft hinderte die beiden Männer freilich nicht, beruflich als schärfste Rivalen aufzutreten. Persönlich hätte sich jeder geopfert, um dem anderen zu helfen. Doch um der eigenen Zeitung zu helfen, hätte jeder den anderen geopfert. Inbrünstiger als der Jockey, der dem Siegesritt entgegenfiebert, wünschte sich jeder eine ganzseitige Sensationsmeldung in der Morgenausgabe, während sie in jedem anderen Blatt fehlte. Daraus machten sie durchaus kein Geheimnis. Jeder gab offen zu, den anderen übertreffen zu wollen. Wechselseitig billigten sie einander das Recht zu, die journalistische Pflicht über alle persönliche Belange zu stellen.

Der dritte war Anerley von der ›Gazette‹ – ein junger, noch unerfahrener Korrespondent, der überdies recht einfältig aussah. Seine herabhängende Unterlippe verlieh ihm etwas Törichtes, was aber keineswegs seinem Wesen entsprach, wie seine engeren Freunde wohl wußten. Er blickte so ungemein träge und schläfrig um sich, daß man meinen konnte, er verstelle sich. Die Besitzer der ›Gazette‹ hatten den am Militärwesen interessierten jungen Mann zweimal zu den alljährlichen Herbstmanövern geschickt und, angetan von seinen farbig geschriebenen Reportagen, beschlossen, ihn als Kriegsberichterstatter zu erproben. Scott und Mortimer fanden den unbeholfenen Anerley rührend. Sie schüttelten den Kopf über seine Naivität und schmunzelten in der beruhigenden Gewißheit, von diesem Gefährten keine Konkurrenz befürchten zu müssen. Seit dem Tag, da sie die Telegraphenstation von Sarras hinter sich gelassen hatten, waren sie ihm aus einem weiteren Grund überlegen: Sie ritten die schnellsten Polopferde von ganz Gezireh – Anerley hingegen hockte auf einem armseligen Gaul, dessen Kaufpreis er von fünfzehn auf dreizehneinhalb Guineen hatte herunterhandeln können.

Die drei waren abgesessen und führten ihre Tiere zu dem willkommenen Rastplatz. Im grellen Sonnenlicht warfen die Palmwedel harte schwarze Schatten, vor denen die Männer unwillkürlich die Füße hoben, als müßten sie Hindernisse überschreiten.

»Palmen eignen sich ausgezeichnet als Garderobenständer«, sagte Scott, während er Revolver und Wasserflasche an die kleinen, borstig nach oben abstehenden Stielreste hängte. »Als Schattenspender kann man sie aber glatt vergessen. Komisch, daß die Evolution nichts Vernünftigeres für die Tropen zustande gebracht hat.«

»Wie den indischen Feigenbaum etwa.«

»Oder die prächtigen Hartholzbäume in Aschantiland. In deren Schatten konnte ein ganzes Regiment Picknick machen.«

»Der Teakbaum in Burma ist auch nicht schlecht. Verflixt, mein Tabak hat sich in der Satteltasche selbständig gemacht. Was soll's, Langschnitt brennt in diesem Klima sowieso viel zu heiß. Ist Nachschub in Sicht, Anerley?«

»Wird in fünf Minuten hier sein.«

Hinter ihnen, auf dem gewundenen Pfad, der zwischen den Felsen hindurchführte, bewegte sich die kleine Karawane der Lastkamele gemächlich vorwärts. Der geziert wirkende wogende Schritt der Tiere ließ an hochnäsige Damen denken, ebenso die Art, wie sie die Köpfe langsam von einer Seite zur anderen drehten. An der Spitze ritten drei als Diener angeheuerte Berber auf Eseln. Dahinter folgten die arabischen Kameltreiber. So zogen sie schon seit Mondaufgang dahin, neun Stunden lang, immer im gleichförmigen Kameltrott von zweieinhalb Meilen pro Stunde. Doch nun, beim Anblick der Palmen und der reiterlosen Pferde, wurden die Bewegungen von Mensch und Tier lebhafter. Binnen weniger Minuten waren die Lasten abgeladen und die Tiere angebunden, es wurde ein Feuer entfacht und frisches Wasser vom Fluß heraufgeholt. Jedes Kamel bekam seine Heuration auf einem ausgebreiteten Tuch, ohne das sich kein wohlerzogenes arabisches Wüstenschiff zum Fressen niederläßt. Die blendende Helligkeit ringsum, das Dämmerlicht des Rastplatzes, das sich gegen den tiefblauen Himmel abzeichnende Grün der Palmwedel, die geräuschlos umherhuschenden arabischen Diener, das Knacken des Reisigs, der Rauch des aufzüngelnden Lagerfeuers, die hochmütigen Köpfe der Kamele – wer das je erlebt hat, vergißt es nie.

Scott schlug Eier in die Pfanne und brummte in volltönendem Baß ein Liebeslied. Anerley steckte mit Kopf und Armen in einer Transportkiste und wühlte sich durch die Schichten von Suppenkonserven, gepökeltem Rindfleisch, eingemachtem Geflügel und Sardinen, um an die Konfitüre zu gelangen, die natürlich ganz unten lag. Der gewissenhafte Mortimer hatte sein Notizbuch auf den Knien und schrieb auf, was ihm tags zuvor der Ingenieur auf der Gleisbaustelle gesagt hatte. Plötzlich blickte er auf und sah den nämlichen Mann auf seinem kastanienbraunen Pony über die wellige Ebene heransprengen.

»Seht mal, da kommt Merryweather!«

»Und wie sein armer Fuchs schäumt. Er muß ihn stundenlang gehetzt haben. Hallo Merryweather, hallo!«

Der Ingenieur, ein kleiner untersetzter Mann mit einem spitzen rötlichen Vollbart, hatte offenbar ohne Aufenthalt an ihrem Rastplatz vorüberreiten wollen. Doch nun schwenkte er ein, ließ sein Pferd in Schritt fallen und kam auf sie zu.

»Etwas zu trinken, schnell!« krächzte er. »Die Zunge klebt mir am Gaumen.«

Mortimer kam mit dem Wasserkanister, Scott mit der flachen Whiskyflasche und Anerley mit einem Blechbecher angerannt. Der Ingenieur trank, bis ihm die Luft knapp wurde.

»Danke, muß weiter«, sagte er und strich sich die Tropfen aus dem roten Bart.

»Gibt's etwas Neues?«

»Sitzen fest mit dem Gleis. Ich muß den General sprechen. Zum Teufel, daß es noch keinen Telegraphen gibt!«

»Können wir etwas berichten?« Drei Notizbücher wurden gezückt.

»Fragt noch mal, wenn ich mit dem General gesprochen habe.«

»Derwische?«

»Nicht mehr als sonst. Vorwärts, Jinny! Wiedersehen!«

Schneller Hufschlag – dumpf auf dem Sand und hell zwischen den Felsen –, das müde Pony wurde weitergehetzt.

»Ob es was Ernstes ist?« meinte Mortimer, dem Reiter nachblickend.

»Etwas verdammt Ernstes – die Spiegeleier sind angebrannt!« rief Scott. »Nein, noch mal gerettet, ich hab sie umgedreht. Bringen Sie die Kiste mit, Anerley. Notizbuch wegstecken, Mortimer! Jetzt ist die Gabel mächtiger als die Feder. Na, keinen Hunger, Anerley?«

»Doch, ich überlegte nur, ob diese Episode eben ein Telegramm wert wäre.«

»Über den Wert der Information entscheiden die Zeitungsbesitzer. Unsereins braucht sich um schnöde finanzielle Aspekte gottlob nicht zu kümmern. Wir drahten alles – und sei es nur, um zu beweisen, daß man uns die Khakihemden und Gamaschen nicht umsonst bezahlt hat.«

»Aber was könnte man in diesem Fall melden?«

Mortimers langes ernstes Gesicht verzog sich zu einem Lächeln; die Naivität des Jüngeren belustigte ihn. »In unserer Branche sind Tips zwar nicht üblich, doch ausnahmsweise dürfen Sie mein Telegramm lesen, das ich eben geschrieben habe. Ich würde es Ihnen natürlich nicht zeigen, wenn es auch nur die geringste Bedeutung hätte.«

Anerley nahm das Blatt und las: Merryweather Schwierigkeiten stop Reise Beratung General stop Art Probleme später stop Gerücht Derwische – »Das ist ziemlich komprimiert«, sagte er und runzelte die Stirn.

»Komprimiert?« rief Scott. »Sündhaft geschwätzig nenne ich das. Wenn ich meinem Alten solch ein Telegramm schicke, brüllt er, daß die Lampenschirme platzen. Ich würde es um die Hälfte kürzen, zum Beispiel ›Reise‹, ›Art‹ und ›Gerücht‹ rausschmeißen. Mein Alter könnte daraus immer noch eine Zehn-Zeilen-Meldung machen.«

»Wirklich?«

»Passen Sie auf, ich zeige Ihnen, wie das geht. Geben Sie mal den Stift her.« Eine Minute lang kritzelte er eifrig in sein Notizbuch. »Das Ganze würde etwa folgendermaßen lauten: ›Die Fertigstellung der strategisch wichtigen Eisenbahnlinie von Sarras zur Front bereitet dem verantwortlichen Bauleiter Charles H. Merryweather mehr Schwierigkeiten als erwartet.‹ – Natürlich weiß der Alte, wer Merryweather ist und was er tut, also genügt das Wort ›Schwierigkeiten‹ völlig. ›Heute sah sich der renommierte Ingenieur gezwungen, 40 Meilen zu Pferd zurückzulegen, um mit dem kommandierenden General über die notwendigen Schritte zur zügigen Fortsetzung der Arbeiten zu beraten. Weitere Einzelheiten über die Art der aufgetretenen Probleme werden zu einem späteren Zeitpunkt bekanntgegeben. Die Bahnlinie, die den Nachschub für die Armee gewährleisten soll, ist bisher nicht angegriffen worden, obwohl sich die gewohnten Gerüchte über Derwische im Ostteil der Wüste hartnäckig halten. *Von unserem Sonderkorrespondenten.*‹ Na, wie finden Sie das?« rief Scott triumphierend und ließ weiße Zähne hinter seinem schwarzen Bart aufblitzen. »So füttert man die gute alte Öffentlichkeit.«

»Und Sie meinen, das interessiert sie?«

»Oh, alles interessiert sie. Die Leute wollen jede Kleinigkeit wissen. Und daß da jemand für hundert Pfund pro Monat unterwegs ist, der sie sammelt, schmeichelt ihnen sehr.«

»Sehr freundlich von Ihnen, daß Sie mir das alles erklären.«

»Etwas ungewöhnlich ist es schon, schließlich sind wir als Konkurrenten hier und haben uns nach Möglichkeit gegenseitig auszustechen. Bedaure, keine Eier mehr da. Sie müssen sich mit Konfitüre begnügen. Natürlich ist dieses Telegramm, wie Mortimer schon sagte, ziemlich belanglos; es beweist unseren Chefs lediglich, daß wir tatsächlich im Sudan sind und nicht in Monte Carlo. Aber bei echten Nachrichten heißt es: Jeder für sich.«

»Muß das so sein?«

»Selbstverständlich.«

»Wenn wir drei uns zusammentäten, unser Material gemeinsam sammelten und auswerteten, dann hätten wir doch mehr Erfolg als jeder für sich allein. Und außerdem wäre es wesentlich bequemer.«

Die beiden älteren, jeder ein Konfitürebrot in der Hand, erstarrten. Ihre Gesichter zeigten den Ausdruck ehrlichen Abscheus.

»Wegen Bequemlichkeit sind wir nicht hier«, sagte Mortimer und warf einen scharfen Blick durch seine Brillengläser. »Das einzige Wohl, um das wir uns kümmern, ist das unserer Zeitungen. Wie sollen sie miteinander konkurrieren, wenn wir es nicht tun? Wollten wir alles zusammenschmeißen, könnten wir gleich zu Reuter gehen.«

»Der Reiz unseres Berufs wäre völlig dahin!« pflichtete Scott ihm bei. »Gegenwärtig macht der Tüchtigste das Rennen, indem er als erster am Draht ist und sein Zeug durchgibt. Täten wir uns zusammen, fühlte sich keiner bemüßigt, seinen Grips besonders anzustrengen.«

»Der Mann mit der besten Ausrüstung hat natürlich einen gewissen Vorteil«, bemerkte Mortimer mit einem Blick hinüber zu den seidig glänzenden Polopferden und dem billigen syrischen Grauschimmel. »Und zu Recht, denn so zahlen sich Weitsicht und Einsatz aus. Jeder für sich – der Beste gewinne.«

»Genau. Nur so stellt sich heraus, wer der Beste ist. Nehmen wir Chandler, zum Beispiel. Ohne sein höchst eigenwilliges Vorgehen hätte er nie etwas aus sich machen können. Sie kennen doch die Geschichte, wie er ein gebrochenes Bein vortäuschte, seinen Kollegen nach einem Arzt schickte und so als erster die Telegraphenstation erreichte.«

»Halten Sie denn so etwas für legitim?«

»Alles ist legitim. Köpfchen – darauf kommt's an!«

»Ich nenne solch ein Verhalten unehrenhaft.«

»Nennen Sie es, wie Sie wollen. Jedenfalls brachte Chandlers Blatt den Kriegsbericht, das des anderen nicht. Seitdem ging es bergauf mit Chandlers Karriere.«

»Oder denken Sie an Westlake«, sagte Mortimer, während

er seine Pfeife stopfte. »He, Abdul, du kannst das Geschirr abräumen! Westlake war schneller als seine Konkurrenten, weil er sich als Regierungskurier ausgab und auf jeder Poststation ein frisches Pferd verlangte. Die Auflage seiner Zeitung stieg auf eine halbe Million.«

»Das soll auch erlaubt sein?« fragte Anerley nachdenklich.

»Warum nicht?«

»Es sieht ein bißchen nach Betrug und Pferdediebstahl aus.«

»Für einen Exklusivbericht in einer Londoner Tageszeitung würde auch ich ein bißchen lügen und Pferde stehlen. Und Sie, Scott?«

»Ich würde alles riskieren – außer Mord.«

»Nicht einmal diese Einschränkung glaube ich Ihnen.«

»Zumindest den Mord an einem Zunftgenossen schließe ich mit Bestimmtheit aus; das wäre ein eklatanter Verstoß gegen unser Berufsethos. Aber wenn sich ein Fremder zwischen einen hoch geladenen Reporter und den elektrischen Draht stellt, begibt er sich in Gefahr. Mein lieber Anerley, eines sage ich Ihnen ganz offen: Wenn Sie sich von vornherein mit Skrupeln belasten wollen, hätten Sie ebensogut in der Fleet Street bleiben können, statt in den Sudan zu kommen. Unser Leben verläuft nun einmal nicht in vorhersehbaren Bahnen. Für unsere Arbeit lassen sich keine Regeln aufstellen. Sicher wird sich das eines Tages ändern, doch vorläufig sind wir noch weit davon entfernt. Deshalb mein Rat: Seien Sie der erste am Draht, egal wie. Und wenn Sie das nächstemal ins Feld ziehen, bringen Sie das beste Pferd mit, das für Geld zu haben ist. Mich kann nur Mortimer schlagen, oder ich schlage ihn – auf jeden Fall wissen wir, daß wir die schnellsten Ponys dieser Gegend besitzen. Wir haben an alles gedacht.«

»Da bin ich mir nicht so sicher«, sagte Mortimer langsam. »Natürlich laufen unsere Pferde schneller als jedes Kamel – aber nur auf den ersten zwanzig Meilen. Bei dreißig liegt das Kamel vorn.«

»Was, eins von den Kamelen da?« rief Anerley erstaunt.

Die beiden Älteren lachten.

»Nein, aber ein reinrassiges Trabkamel – die Sorte, die die Derwische gewöhnlich bei ihren Überfällen reiten.«

»Schneller als ein galoppierendes Pferd?«

»Insgesamt schon, wegen seiner Ausdauer. Es trabt in gleichbleibendem Tempo, braucht weder Rast noch Wasser und bewältigt rauhes Gelände leichter als ein Pferd. In Halfa hat man früher Langstreckenrennen veranstaltet. Die dreißig Meilen gewann immer das Kamel.«

»Trotzdem haben wir uns kein Versäumnis vorzuwerfen, Scott. Wir brauchen ja keine Meldung dreißig Meilen weit zu transportieren. Nächste Woche soll der Feldtelegraph fertig sein.«

»Schon, aber gegenwärtig – –«

»Freilich, alter Junge, aber es besteht ja kein Anlaß dazu. Aufbruch um fünf; wir können uns noch drei Stunden aufs Ohr hauen. Schon was von den Abendblättern zu sehen?«

Mortimer richtete sein Fernglas auf den nördlichen Horizont. »Nein.«

»Die bringen es fertig und reiten in der Mittagshitze; denen ist jeder Unfug zuzutrauen. Vorsicht mit dem Streichholz, Anerley. Diese Palmen fackeln ab wie ein Pulvermagazin, wenn sie Feuer fangen. Bis nachher!« Scott und Mortimer krochen unter ihre Moskitonetze, und wie jene, die das Leben im Freien gewöhnt sind, schliefen sie rasch ein.

Der junge Anerley lehnte am Stamm einer Palme, sog an seiner Bruyèrepfeife und dachte über die Ratschläge nach, die er erhalten hatte. Immerhin stammten sie von Starjournalisten, und ihm, dem Neuling, stand es nicht zu, an ihren Methoden zu rütteln. Wenn sie ihren Zeitungen auf diese Weise dienten, mußte er es ihnen gleichtun. Er konnte froh sein, daß sie ihm so freimütig die Spielregeln des Geschäfts erläutert hatten. Was ihnen recht war, sollte ihm billig sein.

In der brütenden Nachmittagshitze sahen die dünnen Schaumränder an den schwarzen, glänzenden Felsbrocken im Fluß verlockend kühl und frisch aus. Doch ein Bad um diese Tageszeit war zu gefährlich. Über der glühenden Fläche aus

Sand und Fels flirrte die Luft. Kein Windhauch regte sich. Das Summen und Zirpen der Insekten wirkte einschläfernd. Irgendwo rief ein Wiedehopf. Anerley klopfte die Asche aus der Pfeife und wollte sich zu seinem Lager wenden, als er eine Bewegung im Süden der Wüste gewahrte.

Es war ein Berittener, der auf sie zuhielt, so schnell es das rauhe Gelände erlaubte. Ein Kurier der Armee, dachte Anerley bei sich. Als aber plötzlich das Sonnenlicht den Kopf des Reiters seitlich streifte und dessen Kinn rötlich aufleuchtete, begriff er: Es konnte nur einen Reiter geben mit solch einem Bart, und das war Merryweather, der Ingenieur. Er kam zurück? Weshalb, um Himmels willen? Obwohl er unbedingt den General sprechen wollte, hatte er unverrichteter Dinge kehrtgemacht. War sein Pony erschöpft? Wohl kaum, es schien noch ganz munter zu laufen. Anerley bückte sich und nahm Mortimers Fernglas. Ein heftig die Peitsche gebrauchender Reiter auf einem schaumbedeckten Pferd erschien im Blickfeld. Aber nichts verriet den Grund von Merryweathers rätselhafter Rückkehr.

Dann tauchten Pferd und Reiter in eine Senke und verschwanden. Anerley konnte ausmachen, daß dort eine jener schmalen Schluchten lag, die zum Fluß hinabführten. Er erwartete das sofortige Wiederauftauchen Merryweathers und setzte das Glas nicht ab, aber Minute um Minute verstrich, und nichts geschah. Die enge Schlucht schien Roß und Reiter verschlungen zu haben. Plötzlich puffte ein kleines graues Wölkchen zwischen den Felsen auf und zerfloß als langer dunstiger Schleier über der Wüste. Im nächsten Augenblick war Anerley bei Scott und Mortimer und rüttelte sie heftig aus dem Schlaf.

»Aufwachen!« rief er. »Ich glaube, Derwische haben Merryweather erschossen.«

»Und Reuter ist nicht hier!« war die Antwort der Veteranen, die eifrig ihre Notizbücher zückten. »Merryweather erschossen! Wo? Wann? Wie?«

In wenigen Worten erklärte Anerley, was er gesehen hatte.

»Gehört haben Sie nichts?«

»Nein.«

»Zwischen den Felsen verliert sich der Knall eines Schusses leicht. Dort, sehen Sie die Bussarde!«

Zwei große braune Vögel segelten am blauen Himmel. Während Scott sprach, gingen sie kreisend in die kleine Schlucht nieder.

»Klare Sache«, meinte Mortimer und beugte sich über sein Büchlein. »›Überfall hinter Front stop Merryweather abgeschnitten stop Hinterhalt Derwische stop Umkehr stop erschossen verstümmelt‹. Noch Fragen?«

»Sie meinen, man hat Merryweather den Weg abgeschnitten?«

»Wäre er sonst umgekehrt?«

»Dann müssen mehrere kleine Trupps beteiligt gewesen sein – einer schnitt ihm den Weg ab, der andere legte den Hinterhalt.«

»Das sehe ich auch so.«

»Aber wieso ›verstümmelt‹?«

»Ich habe schon gegen Araber gekämpft.«

»Wo wollen Sie jetzt hin?«

»Zurück nach Sarras.«

»Bin mit von der Partie«, meinte Scott.

Verwundert beobachtete Anerley, wie vollkommen unpersönlich seine Gefährten auf die Situation reagierten. Offenbar ließ ihr journalistischer Eifer sie ganz vergessen, daß sie und alle, die im Schatten der Palmen Rast hielten, genauso in Lebensgefahr schwebten. Doch während sie noch diskutierten, ertönte von den Felsen her das harte, durchdringende Rat-tat-tat einer unregelmäßigen Gewehrsalve, und Kugeln pfiffen über ihre Köpfe hinweg. Ein Palmwedel flatterte ihnen vor die Füße. Zugleich kamen die sechs verängstigten Diener gerannt und suchten Schutz.

Kaltblütig organisierte Mortimer die Verteidigung, denn Scott mit seinem keltischen Temperament war von der Aussicht auf so viel »Material« derart hingerissen, daß er keine vernünftigen Befehle erteilen konnte. Mortimer, dessen strenger Gesichtsausdruck noch durch seine Brille verstärkt wurde, hatte die Diener bald im Griff.

»*Tali henna! Egri!* Zum Teufel, wovor habt ihr Angst? Schafft die Kamele hierher, zwischen die Bäume. So, ja. Legt ihnen Kniefesseln an. *Qies!* Habt ihr noch nie Kugeln pfeifen gehört? Bringt jetzt die Esel her. Wir brauchen ringsum Deckung. Halt, mein Pferd nicht! Schafft die Gäule nach hinten, zur Flußseite. Dort kann ihnen nichts passieren. Die Burschen schießen ja noch höher als anno 1885.«

»Trotzdem hat einer getroffen«, sagte Scott, als sie ein patschendes Geräusch hörten, wie von einem Stein, der in weichen Schlamm fällt.

»Wen hat's erwischt?«

»Das braune Kamel, das gerade wiederkäut.«

Während Scott sprach, ließ das Tier, dessen Unterkiefer noch immer mahlte, seinen langen Hals zu Boden sinken und schloß die großen dunklen Augen.

»Dieser Treffer kostet mich fünfzehn Pfund«, sagte Mortimer seufzend. »Wie viele sind es Ihrer Meinung nach?«

»Vier, glaube ich.«

»Ich höre auch nur vier Remington-Gewehre. Vielleicht sind noch ein paar Speerträger dabei.«

»Kaum anzunehmen. Solche kleinen Angriffstrupps bevorzugen Gewehre. Übrigens, Anerley, waren Sie schon einmal unter Beschuß?«

»Nein«, antwortete der junge Journalist, der eine seltsam freudige Erregung in sich aufsteigen fühlte.

»Liebe, Armut und Krieg – ohne diese Erfahrungen ist kein erfülltes Leben denkbar. Reichen Sie mir die Patronen. Sie bekommen eine harmlose Feuertaufe. Hinter diesen Kamelen sitzen Sie so sicher wie im Hinterzimmer des Autorenklubs.«

»Aber kaum so gemütlich«, meinte Scott. »Ein großes Glas mit gespritztem Weißwein könnte ich jetzt außerordentlich gut gebrauchen. Was haben wir für ein Glück, Mortimer! Der General wird schäumen, wenn er erfährt, daß das erste Scharmützel dieses Krieges von der Presse ausgetragen wurde. Und

Reuter langweilt sich seit einer Woche an der Front zu Tode! Und die Abendblätter kommen eine Idee zu spät und verpassen den Spaß! Oh, die Kugel hat mir freundlicherweise einen Moskito von der Haut gefegt.«

»Einen Esel hat's erwischt!«

»Wahrlich sündhaft! Wenn das so weitergeht, müssen wir unser Gepäck selbst nach Khartum schleppen.«

»Macht nichts, alter Junge, läßt sich alles als Material verwerten. Ich sehe schon die Schlagzeilen vor mir: ÜBERFALL IM HINTERLAND – MORD AN BRITISCHEM INGENIEUR – JOURNALISTEN ANGEGRIFFEN. Herrlich, nicht?«

»Kommt darauf an, wie die nächste lautet«, brummte Anerley.

»UNSER SONDERKORRESPONDENT VERWUNDET!« rief Scott und rollte sich auf den Rücken. »Nichts Ernstes«, fuhr er fort und richtete sich wieder auf, »nur ein Streifschuß am Knie. Langsam wird's ungemütlich. Zugegeben, das Hinterzimmer des Autorenklubs wäre mir jetzt entschieden lieber.«

»Ich habe Heftpflaster dabei.«

»Später. Die Brüder tun uns den Gefallen und rüsten zum Sturmangriff. Hoffentlich spannen sie uns nicht zu lange auf die Folter.«

»Sie kommen näher.«

»Mein Revolver hier ist ganz hervorragend, zieht nur verteufelt nach oben. Wenn ich damit jemandes Verdauung anregen will, muß ich auf seine Füße zielen. O Gott, unser Kessel ist hin!«

Mit einem Geräusch, das einem Gongschlag ähnelte, hatte eine Kugel den Wasserkessel durchlöchert. Eine Dampfwolke stieg zischend vom Feuer auf. Von den Felsen über ihnen ertönte ein wilder Schrei.

»Die Idioten glauben, sie hätten uns in die Luft gejagt. Jetzt greifen sie sicher gleich an. Wir werden sie mit Blei empfangen. Wo ist Ihr Revolver, Anerley?«

»Ich habe nur diese doppelläufige Jagdflinte.«

»Sehr vernünftig. Die beste Waffe für solche groben Angelegenheiten. Was für Patronen?«

»Vogelschrot.«

»Damit kommen Sie zurecht. Ich verlasse mich auf diese großkalibrige Doppellaufpistole. Wer Burschen wie die da drüben mit einem Armeerevolver stoppen will, richtet kaum mehr aus als mit einem Kinderspielzeug.«

»Es gibt gewisse Möglichkeiten – zumal die Genfer Konvention in diesen Breiten nicht gilt«, widersprach Scott. »Auch kleinkalibrige Geschosse können verheerend wirken, wenn man ihre Spitze etwas präpariert. Als ich damals bei der versprengten Einheit in Tamai – –«

»Moment mal«, unterbrach ihn Mortimer, der durch seinen Feldstecher schaute und an der Schärfeeinstellung drehte. »Ich glaube, jetzt kommen sie.«

»Die genaue Zeit« – Scott ließ den Deckel seiner Taschenuhr aufspringen – »ist siebzehn Minuten nach vier.«

Anerley lag hinter einem Kamel und starrte interessiert, ja nahezu fasziniert auf die Felsen gegenüber. Da und dort puffte ein kleines wattiges Rauchwölkchen auf, aber von den Schützen sah er nichts. Für ihn hatten die unsichtbaren Männer, die ihnen zielstrebig näherrückten, etwas Gespenstisches; sie waren bedrohlich und unwirklich zugleich. Er hatte ihr Triumphgeheul wegen des zerstörten Kessels gehört. Wenig später brüllte ihnen eine ungewöhnlich kräftige Stimme etwas zu, was Scott mit Schulterzucken und der Bemerkung quittierte: »Dazu müßten sie uns erst haben!« Anerley fand, es sei besser für seine Nerven, wenn er nicht nach einer Übersetzung fragte.

Den Beschuß, der aus einigen hundert Metern Entfernung begonnen hatte, konnten sie mit ihren leichten Waffen nicht erwidern. Hätten die Angreifer diese Distanz beibehalten, wären den Verteidigern nur zwei Möglichkeiten geblieben: entweder einen verzweifelten Ausfall zu wagen oder so lange in der Deckung auszuharren, bis vielleicht jemand den Lärm hörte und ihnen zu Hilfe kam. Doch es war ihr Glück, daß sich der Afrikaner nie so recht mit dem Gewehr angefreundet hat; sein instinktiver Drang, die Nähe des Gegners zu suchen, ist zumeist stärker als jede strategische Erwägung. Die Angreifer arbeiteten sich immer weiter heran, und nun entdeckte Anerley auch ein Gesicht, das über einen Felsrand spähte: Langsam schob sich der mächtige Schädel eines reinrassigen Negers höher, silberner Ohrschmuck blitzte auf, ein kräftiges Kinn wurde sichtbar. Der Mann reckte einen Arm hoch und schüttelte drohend sein Remington-Gewehr.

»Soll ich schießen?« fragte Anlerley.

»Nein, zwecklos, auf diese Entfernung wäre die Streuung des Schrots viel zu groß.«

»Ein Schurke wie aus dem Bilderbuch«, sagte Scott. »Können Sie ihn mit der Kamera erwischen? Dort ist noch einer!«

Ein braunhäutiger Araber mit feinen Gesichtszügen und schwarzem Spitzbart lugte hinter einem anderen Felsblock hervor. Er trug den grünen Turban, der ihn als Hadschi auswies. Ein religiöser Fanatiker, seiner leuchtenden Miene nach zu urteilen.

»Eine bunt zusammengewürfelte Truppe«, murmelte Scott.

»Der zweite gehört zu dem kriegerischen Stamm der Baggara«, erklärte Mortimer. »Der ist wirklich gefährlich.«

»Er sieht ziemlich gemein aus. Dort, noch ein Neger!«

»Zwei sogar. Dingas, glaube ich. Solche Burschen haben wir in unseren schwarzen Bataillonen. Sobald es ums Kämpfen geht, interessiert es sie nicht, für wen sie es tun. Wenn sie nur ein bißchen Grips hätten, würden sie begreifen, daß die Araber ihre Erbfeinde sind, wir jedoch, historisch betrachtet, ihre Freunde. Seht doch diese Idioten – fletschen die Zähne gegen Vertreter der Nation, die den Sklavenhandel abgeschafft hat.«

»Den Irrtum sollten Sie ihnen erklären.«

»Werde ich auch, wenn sie etwas näher kommen – und zwar mit meiner Pistole. Jetzt aufgepaßt, Anerley, sie sind aufgesprungen!«

Tatsächlich, sie waren bereits in vollem Lauf. Der braune Mann mit dem grünen Turban führte den Sturmangriff an. Dicht hinter ihm rannte der Neger mit den silbernen Ohrringen – ein wahrer Herkules –, in kurzem Abstand gefolgt von den beiden anderen. Als sie, einer nach dem anderen, über die

Felsen sprangen, fühlte sich Anerley an den Hürdenlauf beim Schulsportfest erinnert, bei dem er früher oft das Zielband gehalten hatte. Der wilde Eifer faszinierte ihn – das Flattern der gemusterten Galabejas, das Schimmern von Stahl, der Schwung schwarzer Arme, die verzerrten Gesichter, das rasche Trappeln der Füße. Der junge Reporter, wie jeder gesetzestreue Brite zur heiligen Ehrfurcht vor dem menschlichen Leben erzogen, begriff nur mühsam, daß diese Leute fest entschlossen waren, ihn zu töten, was ihm wiederum das gute Recht gab, dasselbe mit ihnen zu tun. Er lag reglos da und starrte, als sei dies eine Zirkusvorstellung und er ein Zuschauer.

»Jetzt, Anerley, jetzt! Nehmen Sie den Araber!« rief jemand.

Er hob die Büchse und sah das braune, wilde Gesicht in der Visierlinie auftauchen. Er drückte auf den Abzug, aber das Gesicht wurde größer und drohender mit jedem Satz. Wieder und wieder drückte er. Ein Revolver knallte dicht neben ihm, dann noch einmal, und ein roter Punkt erschien auf der braunen Brust des Arabers. Dennoch kam er immer näher.

»Schieß doch, Esel, schieß!« schrie Scott.

Wieder betätigte er den Abzug – vergebens. Zwei Pistolenschüsse krachten. Der riesige Neger stürzte, richtete sich wieder auf und brach dann zusammen.

»Hähne spannen, Idiot!« brüllte jemand wütend, doch schon im nächsten Augenblick übersprang der Araber mit einem Satz das tote Kamel und landete mit seinen nackten Füßen auf Anerleys Brust. Wie in einem Traum rang Anerley mit jemandem, rollte mit ihm auf dem Boden hin und her, dann folgte eine gewaltige Explosion vor seinem Gesicht, und damit war für ihn der erste Kampf des Krieges beendet.

»Machen Sie's gut, mein Junge. Kopf hoch, es wird schon wieder werden. Sie brauchen nur ein bißchen Ruhe.« Das war Mortimers Stimme. Undeutlich nahm Anerley ein längliches, bebrilltes Gesicht wahr und fühlte eine schwere Hand auf seiner Schulter.

»Tut mir leid, aber wir müssen Sie zurücklassen. Wenn wir

uns beeilen, schaffen wir noch die Morgenausgabe.« Scott schnallte seinen Gürtel enger, während er sprach.

»Wir werden in unseren Depeschen erwähnen, daß Sie verwundet wurden. Ihre Leute wissen dann, weshalb nichts von Ihnen kommt. Wenn Reuter oder die Abendblätter auftauchen, nichts verraten! Abbas wird sich um Sie kümmern. Morgen nachmittag sind wir zurück. Auf Wiedersehen!«

Anerley hörte alles, brachte aber nicht die Energie auf, zu antworten. Dann, während sein Blick den in Khaki gekleideten Reitern auf ihren glänzenden braunen Pferden folgte, die allmählich zwischen den Felsen verschwanden, lichtete sich plötzlich seine Erinnerung, und er begriff, daß ihm die erste große journalistische Chance seines Lebens entglitt. Es war nur ein kleiner Kampf gewesen, aber immerhin der erste des Krieges, und zu Hause lechzte ein Millionenpublikum nach Neuigkeiten. Der ›Courier‹ würde sie bringen, die ›Intelligence‹ auch – und kein Wort in der ›Gazette‹! Der Gedanke brachte ihn auf die Beine. Er mußte den Stamm einer Palme umarmen, weil sein Kopf davonschwimmen wollte.

Dort vorn lag der große Neger, wo er zusammengebrochen war, sein mächtiger Brustkorb übersät von Einschußlöchern, jede der Wunden von einem Kranz Fliegen umlagert. Nur wenige Schritte von Anerley entfernt ausgestreckt – der tote Araber. Seine Hände umklammerten das furchtbare Ding, das einmal sein Kopf gewesen war. Quer über der Leiche lag Anerleys Schrotflinte, ein Lauf abgefeuert, der Hahn des anderen Laufs in Bereitschaft.

»Scott Effendi genommen Ihr Gewehr und geschossen«, sagte jemand. Es war Abbas, sein Diener, der ein wenig Englisch sprach.

Anerley stöhnte auf vor Scham. Er hatte total den Kopf verloren und vergessen, die Hähne zu spannen. Aber nicht aus Angst, das wußte er, vielmehr hatte ihn seine Neugier abgelenkt. Er betastete seinen Schädel und stellte fest, daß man ihm ein feuchtes Taschentuch um die Stirn gebunden hatte.

»Wo sind die beiden anderen Derwische?«

»Fortgerannt. Einer Arm kaputt.«

»Was ist mit mir passiert?« fragte Anerley.

»Effendi hat Säbel auf Kopf bekommen. Effendi bösen Mann festgehalten und Scott Effendi geschossen. Gesicht verbrannt, sehr schlimm.«

Anerley wurde plötzlich gewahr, daß seine Gesichtshaut spannte und irgend etwas durchdringend nach verbranntem Haar stank. Er tastete nach seinem Schnauzbart. Weg! Die Augenbrauen auch? Er konnte sie nicht finden. Natürlich, sein Kopf und der des Arabers waren dicht nebeneinander gewesen, als sie am Boden lagen und kämpften. Die Verbrennungen rührten vom Schuß aus seiner eigenen Flinte her. Nun ja, er hatte Zeit; bis er die Fleet Street wiedersah, würden die Haare nachgewachsen sein. Die Schnittwunde war wohl schlimmer. War sie so schlimm, daß er die Telegraphenstation von Sarras nicht erreichen konnte? Die Frage ließ sich nur durch einen Versuch beantworten.

Aber er hatte ja nur seinen armseligen kleinen Grauschimmel. Dort stand er im Licht der untergehenden Sonne, den Kopf gesenkt, eine Vorderhand angewinkelt, noch sichtlich gezeichnet von den Strapazen des Vormittags. Einen Gewaltritt von fünfunddreißig Meilen durch rauhes Gelände hielt der nicht mehr aus. Schon für die hervorragenden Polopferde seiner Kollegen mußte die Belastung enorm sein – und sie waren die schnellsten und ausdauerndsten Reittiere, die es hier gab. Die ausdauerndsten? Ein Tier besaß noch mehr Ausdauer: ein echtes Trabkamel. Wenn er eins hätte, könnte er doch noch als erster bei der Telegraphenstation sein. Hatte Mortimer nicht behauptet, es schlage jedes Pferd, wenn es über dreißig Meilen gehe? Ja, wenn er ein echtes Trabkamel hätte! Und dann fielen ihm plötzlich Mortimers Worte ein: »Die Sorte, die die Derwische gewöhnlich bei ihren Überfällen reiten.«

Die Tiere, die die Derwische reiten! Und was hatten die getöteten Derwische geritten? Unverzüglich machte er sich daran, einen Felsbleck zu erklimmen; unten schimpfte Abbas. Hatten die Fliehenden alle Kamele mitgenommen oder nur daran gedacht, die eigene Haut zu retten? Sein Blick fiel auf blinkendes Messing im Sand – Patronenhülsen. Dort hatte der Feind gelegen. Und dann – er hätte schreien mögen vor Freude – die Entdeckung: Aus einer Senke, nicht weit dahinter, ragten der lange, anmutige weiße Hals und der elegante Kopf eines Kamels. Solch ein herrliches Tier hatte er noch nie zuvor gesehen. Es erinnerte an einen Schwan. Zwischen ihm und den plumpen, schwerfälligen Lastkamelen bestand derselbe Unterschied wie zwischen Ackergaul und Rennpferd.

Das Tier ruhte im Schatten eines Felsens, an seiner Schulter hingen Futtersack und Wasserschlauch, seine Vorderbeine waren auf arabische Art in Kniehöhe gefesselt. Anerley schwang ein Bein über den vorderen Höcker und hieß Abbas, den Koppelstrick zu lösen. Augenblicklich flog er gegen den Hals des Kamels, kippte sofort wieder nach hinten, dann, während er noch verzweifelt mit den Armen ruderte, um das Gleichgewicht zu wahren, kam ein Ruck, der alle seine Eingeweide durcheinanderschüttelte und ihn erneut nach vorn schleuderte. Aber der Wüstenrenner stand nun, und der junge Journalist saß noch immer im Sattel. Solche flinken Bewegungen hätte Anerley dem sanft wirkenden Tier nicht zugetraut. Bedächtig wiegte es seinen langen Hals und blickte mit großen braunen Augen in die Runde, während Anerley mit den Beinen den Höcker umklammerte und nach dem gekrümmten Kamelstock langte, den Abbas ihm hinaufreichte. Anstelle von Zügeln waren zwei Leinen vorhanden. Eine führte zu den Nüstern, die andere zum Hals. Er erinnerte sich an Scotts Bemerkung, der Kamelreiter ziehe die Klingel am Dienstboteneingang, nicht am Hauptportal, also ergriff er die untere. Dann berührte er den langen, wogenden Hals mit dem Stock. Im nächsten Augenblick tanzten schwarze Felsen und gelber Sand an ihm vorüber, und Abbas' Abschiedsrufe verklangen in der Ferne.

Er saß zum erstenmal auf dem Rücken eines Kamels, und anfangs fand er das unregelmäßige, ruckartige Schaukeln nicht unangenehm. Da es weder Steigbügel noch einen anderen festen Halt für die Füße gab, konnte er das Auf und Ab nicht ausgleichen. Er hielt sich mit den Knien fest, so gut er konnte, und versuchte, vor- und zurückzuschwingen, wie er es bei den Arabern gesehen hatte. Dabei vollführte er in dem großen, tief ausgehöhlten Sattel, in dem er etwa soviel Halt hatte wie eine Billardkugel auf einem Tablett, unfreiwillige Hopser. Er mußte sich mit beiden Händen seitlich abstützen, um das Gleichgewicht zu wahren. Das Kamel war in einen schwingenden, raumgreifenden Trab gefallen. Geräuschlos berührten seine weichen Sohlen den groben Sand. Anerley lehnte sich zurück, stemmte beide Arme gegen die Rückseite des Sattels und feuerte das Tier durch Rufe an.

Die Sonne war bereits hinter der Kette schwarzer vulkanischer Felsspitzen versunken, die wie Abraumhalden eines Bergbaureviers aussahen. Am westlichen Himmel erschienen die zarten hellgrünen und blaßrosa Schleier, die den Abend am Nil so herrlich machen. Auch der wilde braune Fluß, der gurgelnd zwischen seinen schwarzen Felsufern dahinströmte, schmückte sich mit einem Abglanz des himmlischen Farbenspiels. Die gleißende Helligkeit war verschwunden, und mit ihr die Hitze. Das Insektengesumm war völlig verstummt. Trotz seines schmerzenden Kopfes empfand Anerley ein starkes körperliches Wohlbehagen. Er hätte vor Freude jauchzen mögen, während sein flinker Renner so durch die Dämmerung preschte und der frische Nordwind sein brennendes Gesicht kühlte.

Er sah auf die Uhr und begann zu kalkulieren. Nach sechs hatte er das Lager verlassen. Mehr als sieben Meilen pro Stunde waren in unwegsamem Gelände kaum zu schaffen, in schwierigen Abschnitten sicher noch weniger, in guten etwas mehr. Soweit er sich an die Strecke erinnerte, bestand sie hauptsächlich aus schwierigen. Demnach konnte er Sarras bestenfalls zwischen zwölf und ein Uhr erreichen. Die Übermittlung dauerte gute zwei Stunden, weil die Depeschen in Kairo aufgenommen und kopiert wurden, ehe man sie weiterleitete. Mit etwas Glück würde sein Bericht zwischen zwei und drei

Uhr morgens in der Fleet Street eintreffen. Er konnte es schaffen, wenn auch nahezu alles dagegensprach. Redaktionsschluß für die Morgenausgabe war gewöhnlich gegen drei Uhr. Wenn er die verpaßte, war seine Chance vertan. Überhaupt hatte nur der erste am Telegraph eine Chance, das wußte Anerley, und er wollte reiten wie der Teufel, um dieser erste zu sein. So schlug er wieder und wieder leicht auf den schwanenartigen Hals, und jeder Schlag ließ die langen, schlenkernden Beine des Tieres schneller fliegen. Wo die Felsausläufer bis zum Nilufer reichten, würden Pferde einen Umweg machen müssen, während ein Kamel solche Abschnitte bewältigen konnte. Anerley fühlte, daß der Vorsprung seiner Konkurrenten immer mehr zusammenschmolz.

Aber das Triumphgefühl mußte teuer bezahlt werden. Verschiedentlich hatte er davon gehört, daß man bei einem langen Kamelritt ›platzen‹ könne und die Araber deshalb ihren Körper mit breiten Stoffbahnen fest bandagierten. Anfangs, beim Trab durch die Ebene, war ihm das unnötig und lächerlich vorgekommen, doch auf der felsigen Strecke begriff er den Sinn solcher Vorkehrungen. Seine Haltung wechselte ständig. Der Oberkörper schwang ruckartig nach vorn und gleich darauf wieder heftig zurück, und jede Pendelbewegung endete in einem stechenden Schmerz. Bald tat ihm vom Genick bis zu den Knien alles weh. Der Schmerz wütete in den Schultern, entlang der Wirbelsäule, in der Nierengegend. An den unteren Rippenbögen verspürte Anerley ein dumpfes Pochen. Er begann, da und dort mit einer Hand die verspannten Muskeln zu massieren, was aber wenig half. Er änderte den Sitz, indem er die Knie mehr anzog. Er biß die Zähne zusammen und schwor durchzuhalten, und wenn es ihn umbringen sollte. Der Kopf wollte ihm zerspringen, sein wundes Gesicht brannte, jedes Gelenk schmerzte wie ausgerenkt. Aber er vergaß das alles, als er beim Aufgehen des Mondes Hufgeklapper hörte, das vom Uferpfad herauftönte. Da wußte er, daß er seine ahnungslosen Konkurrenten, die ihn nicht sehen konnten, bereits überholt hatte. Aber erst die Hälfte der Strecke war geschafft, und die Uhr zeigte bereits elf.

In der kleinen rostigen Blechhütte von Sarras, die als Telegraphenstation diente, hatten die Nadeln pausenlos den ganzen Tag getickt. Wie unscheinbar der Raum mit den kahlen Wänden und dem Mobiliar aus Transportkisten auch aussah – er war im Augenblick einer der wichtigsten Punkte des Erdballs. Was dort so hell und hartnäckig tickte, war gewissermaßen das Uhrwerk des Schicksals. Einflußreiche Leute waren am andern Ende des Drahtes gewesen und hatten den uniformierten Telegraphisten ins Schwitzen gebracht. Der französische Premierminister hatte Zusicherungen verlangt, ein englischer Marquis die Forderung dem kommandierenden General übermittelt und angefragt, inwieweit diese die strategische Lage verändere. Chiffrierte Meldungen hatten den Telegraphisten fast zur Verzweiflung getrieben, denn von allen verrückten Tätigkeiten ist das Aufnehmen verschlüsselter Nachrichten ohne Kenntnis des Codes die schlimmste. Den ganzen Tag über hatten ranghohe Diplomaten europäischer Regierungen hinter verschlossenen Türen konferiert, und ihre Beschlüsse waren dieser kleinen rostigen Blechbude zugeflüstert worden. Gegen zwei Uhr morgens hatte der ermattete Telegraphist eine ellenlange Depesche endlich geschafft. Er öffnete die Tür und wollte sich an der kühlen Luft ein Pfeifchen genehmigen, als er ein Kamel in den Staub plumpsen sah. Ein Mann, offenbar im letzten Stadium der Betrunkenheit, kam auf ihn zugetorkelt.

»Wie spät ist es?« rief er. Seine Stimme schien das einzig Nüchterne an ihm zu sein.

›Zeit zum Schlafengehen für Sie‹, wollte der Telegraphist antworten. Doch in Kriegszeiten riskierte man es besser nicht, einem Mann in Khaki schnippisch zu kommen. So begnügte er sich mit der sachlichen Mitteilung, es sei kurz nach zwei.

Deren Wirkung war vernichtender als die jedes ausgeklügelten Zungenschlags. Die Stimme wurde auch betrunken, der Mann mußte sich am Türpfosten festhalten.

»Zwei Uhr! Alles umsonst!« lallte er. Seine Stirn war mit einem blutigen Taschentuch umwickelt. Sein Gesicht glühte feuerrot. Die Beine knickten ihm ständig ein, als sei alle Kraft seines Körpers verbraucht. Der Telegraphist begann zu ahnen, daß etwas Außergewöhnliches geschehen war.

»Wie lange braucht eine Meldung bis London?«

»Ungefähr zwei Stunden.«

»Jetzt ist es zwei Uhr. Dann wäre sie gegen vier dort.«

»Gegen drei.«

»Vier.«

»Nein, drei.«

»Sie sagten doch eben: zwei Stunden.«

»Richtig, aber wir haben eine geographische Zeitverschiebung von mehr als einer Stunde.«

»Himmel, dann schaffe ich es ja noch!« rief Anerley. Er wankte zu einer Transportkiste und begann, seine berühmte Depesche zu diktieren.

Und so kam es, daß die ›Gazette‹ einen sensationell aufgemachten Bericht vom Kriegsschauplatz brachte, während die Seiten der ›Intelligence‹ und des ›Courier‹ so leer blieben wie die Gesichter ihrer Chefredakteure. Und so erklärte sich auch das seltsame Verhalten der beiden erschöpften Männer, die gegen vier Uhr morgens vor der Telegraphenstation von Sarras von ihren lahmgerittenen Pferden stiegen: Sie blickten einander stumm an und entfernten sich schweigend, jeder mit der Erkenntnis beschäftigt, daß es gewisse Situationen gibt, die auch der erfahrenste Reporter nicht in Worte fassen kann.

DIE NEUE KATAKOMBE

»Hör mal, Burger«, sagte Kennedy, »mir kannst du doch vertrauen.«

Die beiden prominenten Archäologen saßen in Kennedys behaglichem Wohnzimmer, das Ausblick auf den Corso bot. Es war ein kalter Abend, und die beiden hatten ihre Lehnstühle zu dem unzulänglichen italienischen Öfchen gerückt, das eher eine Hitzeglocke als Wärme produzierte. Draußen, unter einem hellen, winterlichen Sternenhimmel, lag das moderne Rom – mit langen Doppelreihen elektrischer Straßenlaternen, hell erleuchteten Cafés, schnellen Droschken, dichten Fußgängerströmen auf den Bürgersteigen. Doch drinnen, in der luxuriösen Wohnung des reichen jungen Archäologen aus England, war nur das alte Rom zu sehen. Rissige, verwitterte Friese hingen an den Wänden, graue alte Büsten von Senatoren und behelmten Soldaten blickten grimmig aus den Zimmerecken. Auf dem Tisch in der Mitte, in einem Wust von Schriftrollen und Scherben mit Ornamenten, stand Kennedys famoses Rekonstruktionsmodell der Caracalla-Thermen, das jüngst auf einer Ausstellung in Berlin Aufsehen und Bewunderung erregt hatte. Amphoren hingen an der Decke, eine Vielzahl kleiner Fundstücke lag auf dem dicken roten Orientteppich ausgebreitet. Zweifel an der Echtheit, Seltenheit und Kostbarkeit all dieser Objekte erübrigten sich, denn Kennedy, obwohl kaum älter als dreißig Jahre, galt in ganz Europa als Experte für altrömische Geschichte. Zudem verfügte er von Hause aus über eine dicke Brieftasche – ein Umstand, der sich entweder nachteilig auf den Forscherdrang auswirkt oder, wenn der Betreffende seine Aufgabe ernst nimmt, den Weg zu Anerkennung und Ruhm ungemein erleichtert. Oft genug hatte sich Kennedy durch eine Laune oder durch Vergnügungen von seinen Studien ablenken lassen, aber er besaß einen überaus scharfen Verstand, den er lange und konzentriert auf eine Aufgabe richten konnte; hernach ergab er sich genießerisch dem Müßiggang. Sein gutgeschnittenes Gesicht mit der hohen weißen Stirn, der aggressiv hervorspringenden Nase und dem ziemlich vollen, sinnlichen Mund verriet wie ein verläßlicher Spiegel die Stärken und Schwächen seines Charakters.

Von ganz anderem Schlag war sein Gegenüber, Julius Burger. Von einem deutschen Vater und einer italienischen Mutter abstammend, verband er auf eigenartige Weise die Robustheit des Nordens mit südländischer Grazie. Teutonisch blaue Augen funkelten in seinem sonnengebräunten Gesicht, seine rechteckige, massive Stirn war von einem Saum kleiner gelbblonder Locken umgeben, markant sprang sein glattrasiertes Kinn hervor. Kennedy hatte ihn schon öfter mit der Bemerkung geneckt, er ähnele frappierend jenen altrömischen Büsten, die aus dem Dunkel der Zimmerecken hervorlugten. Hinter seiner plumpen germanischen Derbheit schien sich italienische Gerissenheit zu verbergen, doch sein Lächeln war so ehrlich und sein Blick so offen, daß man dies seiner Abstammung und nicht seinem Charakter zuschrieb. An Alter und Ansehen seinem englischen Kollegen gleich, hatte er sich jedoch in seinem Leben wie in seiner Arbeit stets durchboxen müssen. Vor zwölf Jahren war er als armer Student mit einem kleinen Forschungsbeitrag der Universität Bonn nach Rom gekommen. Langsam, aber zäh und unbeirrbar, mit erstaunlicher Ausdauer und Zielstrebigkeit hatte er Sprosse um Sprosse die Stufenleiter des Erfolgs erklommen, war mittlerweile bereits Mitglied der Akademie der Wissenschaften zu Berlin, und seine Berufung an einen Lehrstuhl der größten deutschen Universität galt allgemein als sicher. Durch immensen Fleiß hatte er sich beruflich auf eine Stufe mit dem wohlhabenden, talentierten Engländer stellen können, doch in jeder anderen Hinsicht blieb er ihm hoffnungslos unterlegen. Er hatte sich bei seinen Studien nie die Zeit gegönnt, die feine Lebensart zu pflegen. Nur wenn er von seiner Archäologie sprach, sprühte er vor Leben und Begeisterung, sonst schwieg er und wirkte verschüchtert; er war sich seiner

Unzulänglichkeit auf anderen Gebieten allzusehr bewußt und im übrigen auch nicht zu belangloser Konversation bereit, zu der Leute gewöhnlich Zuflucht nehmen, wenn sie überhaupt keine Gedanken mitzuteilen haben.

Dennoch herrschte zwischen diesen grundverschiedenen Rivalen schon seit Jahren ein kollegiales Verhältnis, das allmählich zur Freundschaft zu reifen schien. Der Ursprung lag in der Tatsache, daß jeder im anderen den einzigen jüngeren Fachmann weit und breit fand, der ihn verstehen und anregen konnte. Ihre gemeinsamen Interessen und Forschungsziele hatten sie zusammengeführt, jeder war vom Wissen des anderen beeindruckt. Dann kam nach und nach noch etwas anderes hinzu. Kennedy fühlte sich von der Offenheit und Einfachheit seines Konkurrenten angezogen; der wiederum war fasziniert vom Charme und von der Gewandtheit, die Kennedy zum Liebling der feinen Gesellschaft Roms gemacht hatten. Ich sage ›hatten‹, denn im Augenblick war der junge Engländer etwas in Ungnade gefallen. In einer Liebesaffäre, über die nie nähere Einzelheiten bekannt geworden waren, hatte er sich äußerst herzlos und kaltschnäuzig verhalten und damit viele seiner Freunde schockiert. Allerdings gibt es in den Kreisen lediger Wissenschaftler und Künstler, in denen er hauptsächlich verkehrte, keinen strengen Moralkodex in dieser Hinsicht, und obwohl hier und da ein Kopf geschüttelt und eine Schulter gezuckt wurde, wenn die Rede darauf kam, daß er kurz nach der Entführung des Mädchens allein zurückgekehrt war, brachte die allgemeine Haltung eigentlich mehr Neugier und vielleicht auch eher Neid als Tadel zum Ausdruck.

»Hör mal, Burger«, sagte Kennedy und sah seinem Gegenüber fest ins gleichmütige Gesicht, »mir kannst du doch vertrauen.«

Bei diesen Worten deutete er mit der Hand auf einen Teppich, auf dem ein länglicher, flacher Fruchtkorb aus dünnem Weidengeflecht stand, wie man ihn in der Campagna benutzt. Darin türmten sich verschiedene Gegenstände – Ziegel mit

Schriftzeichen, zerbrochene Inschriften, gesprungene Mosaiksteine, zerrissene Papyrusrollen, rostige Metallornamente –, die der Laie sicherlich als Müll bezeichnet, jeder Fachmann aber auf Anhieb als einzigartige Objekte erkannt hätte. Das Häufchen Krimskrams in dem flachen Weidenkorb lieferte genau eines jener fehlenden Verbindungsglieder der Sozialgeschichte, nach denen Altertumsforscher mühsam suchen. Der Deutsche hatte es mitgebracht; der Engländer betrachtete es mit hungrigen Augen.

»Ich will dir deine Fundstelle nicht streitig machen, aber ich würde gern Näheres darüber erfahren«, fuhr er fort, während Burger sehr bedächtig eine Zigarre anrauchte. »Hier handelt es sich eindeutig um eine Entdeckung ersten Ranges. Diese Inschriften werden eine Sensation in ganz Europa auslösen.«

»Von jedem Stück, das du hier siehst, liegen dort noch Millionen andere«, sagte der Deutsche. »Es sind so viele, daß ein Dutzend Gelehrter ihr Leben lang damit zu tun haben würden. Und jeder könnte sich dabei eine wissenschaftliche Reputation aufbauen, die so solide ist wie die Engelsburg.«

Kennedy überlegte; seine schöne Stirn war dabei gerunzelt, und seine Finger spielten mechanisch an seinem langen blonden Schnauzbart.

»Du hast dich verraten, Burger«, sagte er schließlich. »Deine Worte können nur eines bedeuten: Du hast eine neue Katakombe entdeckt!«

»Ich dachte, du würdest das schon aus diesen Fundstücken schließen.«

»Freilich, sie deuteten stark darauf hin, aber erst deine letzte Bemerkung gab mir Gewißheit. Nur eine Katakombe kann einen so großen Fundus an Relikten bieten, wie du ihn beschreibst.«

»Ganz recht, und das verheimliche ich auch gar nicht. Ich habe tatsächlich eine neue Katakombe entdeckt.«

»Wo?«

»Ja, das ist mein Geheimnis, lieber Kennedy. Nur soviel: Die Stelle liegt so gut versteckt, daß die Chance, auf sie zu stoßen, weniger als eins zu einer Million beträgt. Diese Katakombe stammt aus einer anderen Zeit als alle bisher entdeckten und wurde nur für die Bestattung hoher christlicher Würdenträger genutzt. Daher unterscheiden sich die dortigen Gegenstände und Gebeine völlig von dem, was man bislang kennt. Wenn ich nicht um dein Wissen und deine Energie wüßte, mein Freund, würde ich dir unter dem Siegel der Verschwiegenheit alles erzählen. Aber wie die Dinge liegen, muß ich erst meinen Bericht zu Papier bringen, bevor ich einen so gefährlichen Konkurrenten wie dich zulasse.«

Kennedy hing an seiner Wissenschaft mit einer nahezu manischen Liebe – einer Liebe, der er, allen Ablenkungen zum Trotz, die sich einem wohlhabenden und etwas liederlichen jungen Mann anbieten, treu blieb. Er besaß Ehrgeiz, aber mehr noch trieb ihn echte Wißbegier; ihn faszinierte alles, was mit dem Leben und der Geschichte des alten Rom zusammenhing. Er brannte darauf, diese neue Unterwelt zu sehen, die sein Freund entdeckt hatte.

»Hör mal, Burger«, wiederholte er eindringlich, »du kannst mir in der Sache bedingungslos vertrauen. Mein Wort darauf, daß ich ohne deine ausdrückliche Erlaubnis nichts verlauten lassen werde. Ich verstehe deine Bedenken, finde sie auch ganz natürlich, aber von mir hast du nicht das geringste zu befürchten. Andererseits, wenn du dich weigerst, werde ich selbst eine systematische Suche organisieren und die Katakombe finden. Dann brauche ich freilich keine Rücksicht mehr auf dich zu nehmen.«

Burger lächelte nachdenklich über seiner Zigarre.

»Mir ist aufgefallen, mein Freund«, sagte er, »daß du nicht immer besonders entgegenkommend bist, wenn ich eine Auskunft von dir benötige.«

»Wann habe ich dir schon jemals etwas abgeschlagen? Erinnere dich zum Beispiel an das Material, das ich dir für deine Abhandlung über den Tempel der Vestalinnen gab.«

»Ach, das war doch nichts Besonderes. Aber wenn ich nach etwas fragte, was du gern für dich behalten möchtest – würde ich eine Antwort bekommen? Wohl kaum! Diese neue Katakombe ist für mich ein kostbares Geheimnis. Wenn ich es preisgeben soll, müßtest du mir schon im Gegenzug einen echten Vertrauensbeweis liefern.«

»Ich habe keine Ahnung, worauf du anspielst«, sagte der Engländer, »aber wenn du mir eine Frage stellen möchtest, bevor du meine nach der Katakombe beantwortest – in Ordnung.«

»Dann«, sagte Burger, lehnte sich gemütlich im Sessel zurück und blies blaue Rauchkringel senkrecht in die Luft, »erzähl mir alles über die Sache mit Miss Mary Saunderson.«

Kennedy richtete sich ruckartig in seinem Lehnstuhl auf und starrte sein gelassenes Gegenüber wütend an.

»Zum Teufel!« rief er. »Was ist denn das für eine Frage? Wenn das ein Witz sein soll, dann hast du schon bessere gemacht.«

»Nein, ich meine es ernst«, entgegnete Burger einfach. »Die Einzelheiten dieser Sache interessieren mich wirklich. Ich weiß zu wenig über die Welt, den Umgang mit Damen, Gesellschaft und so weiter. Deshalb hat diese Geschichte für mich den Reiz des Unbekannten. Ich kenne dich, und ich kannte sie vom Sehen, habe sogar ein- oder zweimal mit ihr gesprochen. Nun würde ich gern von dir persönlich hören, was genau zwischen euch vorgefallen ist.«

»Von mir erfährst du kein Wort!«

»Na schön. Ich wollte nur einmal testen, ob du so ohne weiteres ein Geheimnis preisgibst, wie du es von mir verlangst. Du denkst nicht daran, und ich habe nichts anderes erwartet. Warum also solltest du etwas anderes von mir verlangen? Ich höre, es schlägt zehn von Sankt Johannes. Höchste Zeit für mich, nach Hause zu gehen.«

»Nein, warte noch, Burger«, sagte Kennedy. »Dies ist ein ziemlich lächerlicher Einfall von dir. Ich soll die Einzelheiten einer Liebschaft, die schon seit Monaten vorbei ist, noch einmal durchkauen. Im übrigen gilt bei uns in England ein Mann, der genießt und plaudert, als ausgemachter Schuft.«

»Freilich«, sagte der Deutsche und hob den Korb mit den Antiquitäten auf, »aber nur, wenn es sich um eine Beziehung handelt, von der niemand etwas wußte. Eure Affäre war damals Stadtgespräch in ganz Rom. Insofern wäre es keine Indiskretion, mir die Angelegenheit mit Miss Mary Saunderson zu erklären. Aber schön, ich respektiere deine Skrupel. Gute Nacht!«

»So warte doch, Burger«, sagte Kennedy und legte dem anderen eine Hand auf den Arm. »Diese Sache mit der Katakombe interessiert mich sehr, ich kann sie nicht so einfach sausenlassen. Verlange eine andere Gegenleistung von mir – eine nicht ganz so ausgefallene.«

»Nein, du hast abgelehnt, und damit gut«, sagte Burger, seinen Korb im Arm. »Sicher hast du deine guten Gründe, und ich habe meine. Also noch einmal: Gute Nacht, mein lieber Kennedy!«

Der Engländer sah Burger nach, wie der das Zimmer durchquerte, doch als dieser die Hand auf die Türklinke legte, sprang er auf. Es war die Geste eines Mannes, der sich widerstrebend in etwas Unvermeidliches schickt.

»Bleib, alter Junge«, sagte er. »Du benimmst dich wirklich unmöglich, doch wenn dies deine Bedingung ist, muß ich sie wohl akzeptieren. Es geht mir zwar gegen den Strich, über ein Mädchen zu plaudern, aber wie du sagtest, ist die Sache längst in ganz Rom herum. Wahrscheinlich kann ich dir gar nichts sagen, was du nicht ohnehin schon weißt. Was willst du wissen?«

Der Deutsche kehrte zum Ofen zurück, setzte den Korb ab und ließ sich wieder in seinen Lehnstuhl sinken.

»Ich darf mir doch noch eine Zigarre nehmen?« fragte er. »Besten Dank. Wenn ich arbeite, rauche ich nie, aber ein Gespräch unter Tabakeinfluß schätze ich um so mehr. Nun zu der bewußten jungen Dame, mit der du dieses kleine Abenteuer hattest. Was ist aus ihr geworden?«

»Sie lebt jetzt zu Hause bei ihren Eltern.«

»Soso – in England?«

»Ja.«

»Wo denn – in London?«

»Nein, in Twickenham.«

»Verzeih meine Neugier, lieber Kennedy, halte sie meiner totalen Unkenntnis in solchen Dingen zugute. Sicher ist es für dich ein leichtes, eine junge Dame dazu zu bringen, mit dir für drei Wochen oder so durchzubrennen und sie dann zu ihrer Familie zurückzuschicken nach – wie hieß der Ort?«

»Twickenham.«

»Richtig – nach Twickenham. Nur vermag ich mir beim besten Willen nicht vorzustellen, was dich zu der Sache bewogen hat. Ich meine, wenn du das Mädchen geliebt hättest, wäre deine Liebe kaum innerhalb dreier Wochen verschwunden. Also kann es von deiner Seite keine Liebe gewesen sein. Aber wenn du sie nicht liebtest – wozu dann dieser Skandal, der dir geschadet und sie ruiniert hat?«

Kennedy starrte melancholisch in das rote Feuerloch des Ofens.

»Das ist sicherlich eine logische Sicht der Dinge«, sagte er. »Liebe ist ein großes Wort, ein Oberbegriff für eine ganze Reihe unterschiedlicher Gefühle. Ich mochte sie, und wie du weißt, sah sie auch ganz reizend aus. Doch rückblickend würde ich zugeben, daß ich sie nie wirklich geliebt habe.«

»Und weshalb dann das ganze Theater, alter Freund?«

»Der Reiz des Abenteuers hatte eine Menge damit zu tun.«

»Was denn – du bist auf Abenteuer aus?«

»Ohne sie gäbe es doch keine Abwechslung im Dasein! Ich suchte ein Abenteuer, deshalb bändelte ich mit ihr an. Ich habe in meinem Leben schon viel Wild gehetzt, aber die Jagd auf eine schöne Frau ist am aufregendsten. Eine pikante Schwierigkeit bestand darin, daß sie als Gesellschafterin von Lady Emily Rood praktisch fast nie allein anzutreffen war. Es gab noch eine Reihe anderer Hindernisse, die mich reizten, aber das wichtigste war, daß sie mir gleich bei unserem Kennenlernen sagte, sie sei verlobt.«

»Mein Gott! Mit wem denn?«

»Seinen Namen nannte sie nicht.«

»Ich glaube, von der Verlobung weiß bis heute niemand. Also die hat das Abenteuer besonders verlockend für dich gemacht?«

»Ja, sie gab ihm die rechte Würze, verstehst du?«

»Nicht ganz; ich bin leider recht unbedarft auf diesem Gebiet.«

»Mein Lieber, die geklauten Äpfel aus Nachbars Garten sind immer süßer als die, die vom eigenen Baum fallen. Und dann stellte ich fest, daß ich ihr nicht gleichgültig war.«

»Was denn – sofort?«

»O nein, die Festung mußte drei Monate lang belagert und unterminiert werden. Aber schließlich nahm ich sie ein. Ich erklärte ihr, in Scheidung zu leben, weshalb ich nicht sofort um ihre Hand anhalten könne – aber sie kam trotzdem mit, und wir verlebten eine herrliche Zeit.«

»Und ihr Verlobter?«

Kennedy zuckte mit den Schultern. »Der Beste gewinnt«, sagte er. »Er kann nicht viel getaugt haben, sonst hätte sie ihn nicht verlassen. Wechseln wir das Thema, ich habe genug davon.«

»Nur noch eins: Wie bist du sie nach drei Wochen wieder losgeworden?«

»Nun, wir hatten uns beide ein bißchen abgekühlt, verstehst du. Sie wollte auf keinen Fall nach Rom zurück, weil sie ihren Bekannten dort nicht in die Augen sehen konnte. Für mich ist Rom allerdings unverzichtbar, und ich sehnte mich bereits wieder nach meiner Arbeit. Das war der eine Trennungsgrund. Dann tauchte ihr alter Vater in unserem Hotel in London auf, und es kam zu einer Szene. Die ganze Sache wurde so unerfreulich, daß ich mich nur allzu gern aus dem Staube machte, obwohl ich sie anfangs schrecklich vermißte. So – und wehe, du erzählst irgend etwas davon weiter!«

»Sei unbesorgt, lieber Kennedy, daran würde ich nicht einmal im Traum denken. Sehr aufschlußreich, dein Bericht. Er zeigt mir, daß du manche Dinge völlig anders siehst als ich – aber mir fehlt eben die Erfahrung. Und jetzt zu meiner neuen Katakombe. Ich könnte beschreiben, wo sie liegt, und trotzdem würdest du sie nicht finden. Es bleibt mir nur eine einzige Möglichkeit: dich hinzuführen.«

»Wunderbar!«

»Wann wäre es dir recht?«

»Je eher, desto besser. Ich platze vor Neugier!«

»Eine herrliche Nacht heute, wenn auch ein wenig kalt. Ich schlage vor, wir brechen in einer Stunde auf. Wir müssen die Sache aber wirklich für uns behalten. Schon wenn man uns gemeinsam losziehen sieht, könnte das Aufmerksamkeit erregen.«

»Wir können nicht vorsichtig genug sein«, stimmte Kennedy zu. »Ist es weit?«

»Ein paar Meilen.«

»Doch nicht zu weit zum Laufen?«

»O nein, wir schaffen es bequem zu Fuß.«

»Sehr gut. Denn auch ein Droschkenkutscher könnte erraten, was los ist, wenn er uns mitten in der Nacht an einem einsamen Ort absetzt.«

»Genau. Treffen wir uns um Mitternacht am Tor zur Via Appia. Ich muß erst nach Hause, um ein paar Sachen zu holen – Streichhölzer, Kerzen und so weiter.«

»Abgemacht, Burger! Wirklich sehr anständig von dir, daß du mich in dein Geheimnis einweihst. Ich werde keine Zeile darüber schreiben, bevor du deinen Bericht publiziert hast – Ehrenwort. Also dann, bis nachher. Um zwölf bin ich am Tor.«

Melodiöse Glockenschläge von nahen und fernen Kirchturmuhren erfüllten die frostklare Luft, als Burger, in einen weiten italienischen Umhang gehüllt und mit einer Laterne in der Hand, den Treffpunkt erreichte. Aus dem Schatten des Tores trat Kennedy auf ihn zu.

»In der Liebe und bei der Arbeit bist du eifrig!« sagte der Deutsche und lachte.

»Ja, ich warte schon fast eine halbe Stunde.«

»Du hast hoffentlich niemandem gesagt, wohin du gehst?«

»Wo denkst du hin! Ich bin schon ordentlich durchgefroren. Komm, Burger, laufen wir uns warm!«

Ihre Schritte klangen hell und laut auf dem holprigen Pflaster, dem enttäuschenden Rest der berühmtesten aller Hauptstraßen der Welt. Dabei begegneten sie nur einem oder zwei von der Weinschenke heimwärts strebenden Zechern und ein paar Karren mit Obst und Gemüse, die zum Stadtzentrum fuhren. Sie schritten kräftig aus. Dunkelheit umgab sie. Rechts und links tauchten die Umrisse großer Grabstätten auf. Bald hatten sie die Katakomben des Sankt Calixtus erreicht, dann erblickten sie beim Aufgehen des Mondes die hohe runde Bastion des Grabmals der Caecilia Metella vor sich. Burger blieb stehen und stemmte seine Hände gegen die Hüften.

»Du hast längere Beine und bist das Laufen mehr gewöhnt als ich«, sagte er lachend. »Ich glaube, hier ist irgendwo die Stelle, wo wir abbiegen müssen. Ja, dort an der Ecke, hinter der Trattoria. Der Weg wird sehr schmal, deshalb gehe ich am besten voran, und du bleibst dicht hinter mir.«

Er zündete seine Lampe an, und in ihrem Licht folgten sie einem schmalen, gewundenen Pfad, der sich durch die sumpfige Campagna schlängelte. Das große römische Aquädukt lag wie eine monströse Raupe quer in der mondhellen Landschaft. Ihr Weg führte unter einem der riesigen Stützbögen hindurch und vorbei an einem Rund aus zerbröckelnden Ziegeln – der Ruine der alten Arena. Schließlich machte Burger vor einem einzeln stehenden hölzernen Kuhstall halt und zog einen Schlüssel aus der Tasche.

»Da soll eine Katakombe drin sein?« rief Kennedy aus.

»Nein, aber ihr Eingang. Einen besseren Schutz gegen das Entdecktwerden kann man sich nicht wünschen.«

»Weiß der Besitzer davon?«

»Nein. Er fand ein paar kleinere Objekte, die mich vermuten ließen, daß der Stall auf einem Zugang zu einer Katakombe steht. Also mietete ich ihn und fing an zu graben. Komm rein und schließ die Tür.«

Es war ein längliches leeres Gebäude mit Futterkrippen an einer Wand. Burger setzte die Lampe ab und umhüllte sie so mit dem Umhang, daß das Licht nur nach vorn austrat.

»Es würde auffallen, wenn jemand einen Lichtschein in dieser Einöde bemerkte«, sagte er. »Hilf mir, die Bohlen hochzuheben.«

In einer Ecke waren die Holzplanken des Fußbodens lose. Die Forscher nahmen eine nach der anderen heraus und lehnten sie gegen die Wand. Darunter wurden eine rechteckige Öffnung und alte Steinstufen sichtbar, die in die Eingeweide der Erde führten.

»Sieh dich vor!« rief Burger, als der ungeduldige Kennedy die Treppe hinabeilte. »Dort unten ist es verwinkelt wie in einem Kaninchenbau. Wenn du dich da verläufst, stehn deine Chancen, das Tageslicht wiederzusehen, hundert zu eins. Warte, bis ich mit der Lampe komme.«

»Wie findest du dich zurecht, wenn es so kompliziert ist?«

»Anfangs habe ich mich selbst ein paarmal tüchtig verirrt. Erst nach und nach lernte ich, mich zu orientieren. Es steckt ein gewisses System dahinter, das man aber im Dunkeln natürlich nicht entschlüsseln kann. Ich selbst benutze immer noch eine Schnur, wenn ich weit in die Katakombe vorstoße. Du wirst gleich sehen, wie verwirrend es ist. Jeder dieser Gänge gabelt sich etwa ein dutzendmal auf hundert Meter.«

Sie waren etwa zwanzig Fuß tief hinabgestiegen und standen nun in einer würfelförmigen Kammer, die in weichen Tuff gehauen war. Die Laterne warf ein flackerndes, nach oben hin schwächer werdendes Licht auf rissige, braune Wände. Ringsum gähnten schwarze Öffnungen von Gängen, die strahlenförmig von diesem Zentrum wegführten.

»Halte dich dicht hinter mir, mein Freund«, sagte Burger. »Bleib nirgends stehen, laß dich durch nichts aufhalten unterwegs. Der Ort, den ich dir zeigen werde, bietet alles, was du sehen willst, und zwar im Überfluß. Wir sparen Zeit, wenn wir direkt dorthin gehen.«

Er steuerte auf eine der Öffnungen zu, der Engländer folgte ihm auf den Fersen. Immer wieder gabelte sich der Gang, aber Burger marschierte unbeirrt weiter, ohne einmal zu zögern oder stehenzubleiben. Offenbar folgte er geheimen

Markierungen, die er selbst angebracht hatte. Überall in den Wandnischen lagen dichtgedrängt, wie Passagiere in den Kojen eines Auswandererschiffs, die Christen des alten Rom. Der gelbe Lichtschein huschte über verschrumpelte Mumiengesichter und Rundungen blanker Schädel, ließ lange weiße, über fleischlosen Brustkörben gekreuzte Armknochen hell aufschimmern. Und überall fiel Kennedys gieriger Blick auf Inschriften, Totengefäße, Bilder, Gewänder und andere Utensilien. Alles lag noch genau so da, wie es von frommen Händen vor vielen Jahrhunderten angeordnet worden war. Selbst im raschen Vorübergehen erkannte Kennedy, daß es sich um die älteste und schönste der bisher entdeckten Katakomben handelte. Sie war ein regelrechtes Warenhaus für altrömische Relikte. Nie zuvor hatte er eine solche Menge an einem Ort gesehen.

»Was ist, wenn unser Licht ausgeht?« fragte er, während sie eilig vorwärtsstrebten.

»Ich trage noch eine Kerze und eine Streichholzschachtel in der Tasche. Übrigens, Kennedy, hast du Streichhölzer bei dir?«

»Nein. Gib mir ein paar, zur Vorsicht.«

»Ach, nicht nötig. Wir bleiben ja zusammen.«

»Wie weit ist es noch? Mich dünkt, wir sind mindestens schon eine Viertelmeile gelaufen.«

»Mehr, glaube ich. Diese Grabgewölbe scheinen kein Ende zu nehmen – zumindest habe ich noch keins finden können. Hier wird es ziemlich schwierig. Ich muß zur Schnur greifen.«

Er befestigte ein Ende an einem hervorspringenden Stein und ging dann weiter, die Schnur von dem Knäuel abrollend, das er in seiner Brusttasche trug. Kennedy sah, daß diese Vorsichtsmaßnahme durchaus berechtigt war, denn die Gänge wurden immer verzweigter und gewundener – sie bildeten ein wahres Labyrinth von Kreuzungen und Gabelungen. Schließlich gelangten sie in eine große, runde Halle. An ihrem Rand lag ein quaderförmiger Block aus Tuff, der eine Marmorplatte trug.

»Beim Zeus!« rief Kennedy verzückt, als Burger die Lampe

über der Platte schwenkte. »Ein christlicher Altar – wahrscheinlich der erste, den es je gab! Hier an der Ecke ist das kleine Einweihungskreuz eingemeißelt. Dieser runde Raum diente offenbar als Kirche.«

»Ganz recht«, sagte Burger. »Wenn ich mehr Zeit hätte, würde ich dir alle Toten einzeln zeigen, die hier in den Wandnischen bestattet sind. Es handelt sich nämlich um die ersten Päpste und Bischöfe der Kirche. Sie liegen da im vollen Ornat, mit Mitra und Hirtenstab. Sieh dir nur einmal den dort drüben an!«

Kennedy ging hinüber und starrte auf einen grausigen Schädel, der lose auf den Fetzen einer vermoderten Mitra lag.

»Äußerst interessant«, sagte er, und seine Stimme hallte in dem kuppelförmigen Gewölbe wider. »Meines Wissens ist das einmalig. Bring die Laterne her, Burger, ich will auch all die anderen sehen.«

Doch der Deutsche hatte sich entfernt und stand in einem gelben Lichtkreis auf der anderen Seite der Halle.

»Weißt du, wie viele falsche Abzweigungen zwischen hier und der Treppe liegen?« fragte er. »Mehr als zweitausend! Zweifellos wurden sie von den Christen zum eigenen Schutz angelegt. Wer von hier nach draußen will, hat nur eine Chance von eins zu zweitausend, selbst wenn er eine Lampe besitzt. Im Dunkeln wäre es allerdings noch weitaus schwieriger.«

»Das glaube ich auch.«

»Und Dunkelheit ist etwas Furchtbares. Ich habe es selbst ausprobiert. Machen wir das Experiment noch einmal.« Er bückte sich zu der Laterne, und unmittelbar darauf war es Kennedy, als legten sich unsichtbare Hände schwer auf seine Augen. Niemals hätte er geahnt, daß Dunkelheit so wirken könnte. Sie schien ihn zusammenzupressen und nahm ihm den Atem. Er meinte, in einer dicken Masse zu stecken, die ihn bewegungsunfähig machte. Er streckte die Arme aus, um sie von sich wegzuschieben.

»Es reicht, Burger«, sagte er. »Mach wieder Licht.«

Der aber begann zu kichern. In dem runden Raum schien der Laut von allen Seiten gleichzeitig zu kommen.

»Wird dir ungemütlich, mein Freund?«

»Los, zünde die Kerze an!« rief Kennedy ungeduldig.

»Komisch, Kennedy, deine Stimme verrät mir absolut nicht, wo du stehst. Weißt du, wo ich bin?«

»Nein, du könntest überall sein.«

»Ohne diese Schnur in meiner Hand wüßte ich nicht, welche Richtung ich einschlagen muß.«

»Das glaube ich auch. Aber nun mach Licht, Mensch! Schluß mit dem Unsinn!«

»Wenn ich mich recht erinnere, Kennedy, reizen dich zwei Dinge besonders: Abenteuer und ordentliche Hindernisse. Nun, dein nächstes Abenteuer wird die Suche nach einem Weg aus dieser Katakombe sein. Als Hindernisse biete ich dir die Dunkelheit und zweitausend falsche Abzweigungen, die das Ganze etwas schwieriger und aufregender machen. Aber du brauchst dich nicht zu beeilen, du hast sehr viel Zeit. Und wenn du dann und wann einmal eine Pause machst, um dich auszuruhen, dann denke bitte an Miss Mary Saunderson und überlege, ob du sie anständig behandelt hast.«

»Du Teufel, was meinst du?« brüllte Kennedy. Er lief kleine Kreise und tastete mit ausgestreckten Armen in der dichten Dunkelheit.

»Leb wohl!« tönte die höhnende Stimme, bereits aus einiger Entfernung. »Deine Erklärungen überzeugen mich nicht, Kennedy. Ich bin immer noch der Meinung, daß du dich schuftig benommen hast. Bloß eine Kleinigkeit ist dir entgangen: Miss Saunderson war mit einem armen, tolpatschigen Wissenschaftler namens Julius Burger verlobt.«

Irgendwo raschelte und polterte es; Burgers Fuß mußte gegen einen Stein gestoßen sein. Dann erfüllte Stille den alten Kirchenraum – eine träge, schwere Stille, die Kennedy umschloß wie Wasser einen Ertrinkenden.

Etwa zwei Monate später ging folgende Meldung durch die europäische Presse:

»Die Entdeckung einer weiteren Katakombe in Rom, östlich

der berühmten Gewölbe des Sankt Calixtus, stellt eines der interessantesten wissenschaftlichen Ereignisse der letzten Jahre dar. Gefunden wurde diese außergewöhnlich reich ausgestattete Begräbnisstätte aus frühchristlicher Zeit dank der Energie und des Scharfsinns des jungen deutschen Archäologen Dr. Julius Burger, der sich damit zum führenden Experten für altrömische Geschichte profilieren konnte. Obwohl Dr. Burger als erster einen Bericht über den Fund publizierte, hatte er einen weniger glücklichen Vorgänger. Bereits Monate zuvor war Dr. Kennedy, der angesehene englische Altertumswissenschaftler, spurlos aus seiner Wohnung am Corso verschwunden. Damals vermutete man, seine Verwicklung in einen gesellschaftlichen Skandal habe ihn bewogen, Rom zu verlassen. Nun stellt sich heraus, daß der fanatische Wissenschaftler seinem ungestümen Forscherdrang zum Opfer gefallen ist, dem er seinen ausgezeichneten Rang unter den lebenden Gelehrten verdankte. Sein Leichnam wurde im Zentrum der neuen Katakombe gefunden. Nach dem Zustand seiner Stiefel und Füße zu schließen, muß er tagelang durch die verwirrend angeordneten Gänge geirrt sein, die die Erforschung solcher unterirdischer Grabanlagen so gefährlich machen. Der Verstorbene war auf unbegreiflich leichtsinnige Weise, wahrscheinlich sogar ohne Kerzen und Streichhölzer, in das Labyrinth vorgedrungen. Folglich dürfte sein trauriges Ende seiner eigenen Verwegenheit zuzuschreiben sein. Die Angelegenheit ist um so tragischer, als Dr. Julius Burger ein enger Freund des Verblichenen war. Seine Freude über die glückliche, außerordentliche Entdeckung wurde durch das furchtbare Schicksal seines Freundes und Kollegen schmerzlich getrübt.«

DAS ABENTEUER VOR DEM AUSSENMINISTERIUM

VIELE Leute haben Alphonse Lacour nur als alten Mann gekannt. Etwa seit der Zeit der 48er Revolution bis zu seinem Tod im zweiten Jahr des Krimkrieges konnte man ihn allabendlich in derselben Ecke des Café de Provence am Ende der Rue Saint Honoré antreffen. Gewöhnlich kam er gegen neun und ging, wenn er keinen Gesprächspartner mehr fand. Zuhörer des alten Diplomaten brauchten einigermaßen gute Nerven, denn seine Geschichten klangen ganz unglaublich; zudem bemerkte er geringste Anzeichen von Belustigung oder Skepsis sofort. Dann richtete er seinen riesigen, gebeugten Rücken auf, schob angriffslustig das Kinn vor und ließ seine R rollen wie Paukenwirbel. Wenn er Ausrufe wie »Ah, monsieur r-r-r-rit!« oder »Vous ne me cr-r-r-royez pas donc!« hervorstieß, war es ratsam, sich daran zu erinnern, daß man eine Karte für die Oper in der Tasche hatte.

Da war zum Beispiel seine Geschichte von Talleyrand und den fünf Austernschalen. Oder der haarsträubende Bericht vom zweiten Besuch Napoleons in Ajaccio. Er konnte auch äußerst weitschweifig davon erzählen (was er nie tat, bevor seine zweite Flasche entkorkt war), wie der Imperator von Sankt Helena floh und ein Jahr lang in Philadelphia lebte, während der ihm sehr ähnlich sehende Graf Herbert de Bertrand als sein Double in Longwood agierte. Am häufigsten aber dürfte er seinen Zuhörern die Geschichte mit dem Koran und dem Boten des Außenministeriums zugemutet haben. Allerdings sollte sich später, als Monsieur Otto seine Memoiren veröffentlichte, herausstellen, daß gerade diese phantastisch anmutende Erzählung des alten Lacour nicht aus der Luft gegriffen war.

»Sie müssen wissen, Monsieur«, pflegte er zu beginnen, »ich

verließ Ägypten nach dem Attentat auf Kléber. Ich wäre gern länger dort geblieben, zumal ich mich damals gerade mit einer Übersetzung des Korans befaßte. Unter uns, ich erwog sogar, zum mohammedanischen Glauben überzutreten, denn seine weisen Ansichten über die Ehe beeindruckten mich zutiefst. Nur dieser Kardinalfehler mit dem Wein – das war etwas, was der Mufti trotz allem Bekehrungseifer mir nie plausibel machen konnte. Als Kléber dann starb und Menou an die Spitze kam, mochte ich nicht länger bleiben. Ich will nicht mit meinen Fähigkeiten prahlen, Monsieur, aber das Maultier soll den Reiter tragen, nicht umgekehrt – Sie verstehen. So packte ich also den Koran und meine Papiere ein und folgte Monsieur Otto nach London. Unser Erster Konsul hatte ihn dorthin geschickt, um einen Friedensvertrag vorzubereiten, denn beide Nationen hatten nach zehn Jahren Krieg die Nase voll. Monsieur Otto schätzte die Unterstützung ungemein, die ich ihm mit meinen Kenntnissen der englischen Sprache und meiner sozusagen angeborenen Gewandtheit geben konnte. Ach, es war eine schöne Zeit damals, als ich am Bloomsbury Square wohnte! Das Klima Ihres Landes ist zugegebenermaßen ziemlich scheußlich, doch andererseits wachsen im Regen die Blumen besonders gut; schauen Sie sich nur die Frauen dort an.

Unser Botschafter Otto bastelte also eifrig an diesem Vertrag, und wir in seinem Stab mußten arbeiten bis zum Umfallen. Gott sei Dank hatten wir es nicht mehr mit Pitt zu tun. Ein schrecklicher Mann, dieser Pitt! Wo auch immer ein paar Feinde Frankreichs die Köpfe zusammensteckten, konnte man diesen spitznasigen Kerl in ihrer Mitte finden. Die britische Regierung war jedoch vernünftig genug gewesen, ihn aus dem Amt zu entfernen. Sein Nachfolger hieß Addington. Außenminister war Lord Hawkesbury. Mit ihm mußten wir die Bedingungen des Vertrages aushandeln.

Das war kein Kinderspiel, wie Sie verstehen werden. Schließlich hatte jede Seite in diesen zehn Jahren Gebiete des Gegners oder seiner Verbündeten erobert. Was sollte zurückgegeben werden, was behalten? Konnte man die Insel X gegen die Halbinsel Y eintauschen? Wenn wir dies in Venedig tun, tut ihr das in Sierra Leone? Falls wir Ägypten dem Sultan überlassen, gebt ihr dann das Kap der Guten Hoffnung frei, das ihr unseren holländischen Verbündeten abgenommen habt? So ging das Tauziehen hin und her und wollte kein Ende nehmen. Manchmal kehrte Monsieur Otto so erschöpft zur Botschaft zurück, daß ihn sein Sekretär und ich auf dem Weg von der Kutsche zur Couch stützen mußten. Aber schließlich einigte man sich doch, und es kam der Abend, da der Vertrag unterzeichnet werden sollte.

Wissen Sie, wir hatten einen starken Trumpf in der Hand, den wir immer und immer wieder ausspielten, und das war Ägypten. Die dortige Präsenz unserer Truppen machte die Engländer nervös. Sehen Sie, wir hatten damit auch einen Fuß auf der anderen Seite des Mittelmeeres. Man befürchtete, unser wunderbarer kleiner Napoleon könnte dieses Territorium als Aufmarschgebiet für einen Angriff auf Indien nutzen. Jedesmal, wenn Lord Hawkesbury eine unserer Forderungen nicht akzeptieren wollte, brauchten wir nur zu erwidern: ›In dem Falle sehen wir uns außerstande, Ägypten zu räumen!‹, und gleich wurde er vernünftig. Mit Ägypten als Faustpfand erreichten wir ungemein vorteilhafte Konditionen, vor allem zwangen wir die Engländer zur Aufgabe des Kaps der Guten Hoffnung und beraubten sie damit der Möglichkeit, in Südafrika Fuß zu fassen: Schließlich hat uns die Geschichte gelehrt, wie schnell aus einem britischen Stützpunkt eine Kolonie werden kann. Nicht vor eurer Armee oder Marine muß man sich schützen, Monsieur; die eigentliche Gefahr sind eure tatendurstigen jungen Männer. Wenn wir Franzosen ein Gebiet in Übersee gewonnen haben, sitzen wir gemütlich in Paris und freuen uns darüber. Bei euch ist es anders. Ihr nehmt Frau und Kind und zieht los, um dort euer Glück zu finden. Danach könnte man ebensogut versuchen, euch den alten Bloomsbury Square wegzunehmen.

Also, am ersten Oktober sollte der Vertrag endlich unterzeichnet werden. Am Morgen gratulierte ich Monsieur Otto zum glücklichen Abschluß seiner Arbeit. Er war ein kleiner, blasser Mann, aber quicklebendig und immer nervös. Vor Freude über den nahen Erfolg vermochte er kaum stillzusitzen, er rannte im Zimmer auf und ab, lachte und redete unaufhörlich. Ich hingegen nahm mir ein Kissen und hockte mich in eine Ecke, wie ich es im Orient gelernt hatte. Plötzlich trat ein Bote mit einem Brief aus Paris herein. Monsieur Otto überflog das Schreiben, wurde sehr still, dann gaben seine Beine nach, und er sank ohnmächtig zu Boden. Ich eilte zu ihm, der Bote ebenso, und gemeinsam trugen wir ihn zur Couch. Er sah aus wie ein Toter, aber ich spürte sein Herz schlagen.

›Was ist los?‹ fragte ich.

›Ich habe keine Ahnung‹, antwortete der Bote. ›Monsieur Talleyrand sagte mir, ich solle mich beeilen wie nie zuvor und diesen Brief Monsieur Otto aushändigen. Gestern mittag war ich noch in Paris.‹

Man mag mich tadeln, doch ich konnte nicht anders – ich nahm den Brief aus der Hand des Ohnmächtigen und las ihn. Mein Gott, es traf mich wie ein Schlag! Ich verlor zwar nicht das Bewußtsein, aber ich mußte mich setzen und brach in Tränen aus. Die kurze Mitteilung besagte, daß unsere Truppen Ägypten geräumt hatten. Unser Vertrag war damit hinfällig. Der Hauptgrund, der die Gegenseite zu so weitreichenden Zugeständnissen veranlaßt hatte, existierte nicht mehr. Zwölf Stunden später wäre die Nachricht bedeutungslos gewesen. Aber noch war der Vertrag nicht unterzeichnet. Die Engländer würden das Kap behalten und auch auf Malta nicht verzichten. Außer Ägypten hatten wir nichts zum Tausch anzubieten.

Aber wir Franzosen geben uns so leicht nicht geschlagen. Ihr Engländer schätzt uns falsch ein. Weil wir nicht unsere Gefühle unterdrücken wie ihr, meint ihr, wir seien schwach und weibisch. Ein Blick in die Geschichte müßte euch eigentlich eines Besseren belehren. Monsieur Otto kam bald wieder zu sich. Wir berieten, was zu tun sei.

›Es hat gar keinen Sinn, zu Lord Hawkesbury zu gehen, Alphonse‹, sagte er. ›Er wird mich auslachen, wenn ich ihn zur Unterschrift auffordere.‹

Mir kam plötzlich eine Idee. ›Mut!‹ rief ich. ›Wissen wir denn, ob die Engländer bereits informiert sind? Vielleicht unterschreiben sie, ehe sie davon erfahren.‹

Monsieur Otto sprang auf und flog mir in die Arme.

›Alphonse‹, rief er, ›das wäre die Rettung! Wie sollten sie es denn wissen? Unsere Nachricht ging von Toulon nach Paris und dann direkt nach London. Deren Meldungen müssen per Schiff durch die Straße von Gibraltar befördert werden. Im Augenblick weiß nicht einmal in Paris jemand etwas davon, außer Talleyrand und dem Ersten Konsul natürlich. Wenn wir unser Geheimnis wahren, bekommen wir die Unterschrift!‹

O Monsieur, stellen Sie sich die furchtbare Ungewißheit vor, in der wir den Tag zubrachten! Nie, nie werde ich die endlos lang erscheinenden Stunden vergessen, als wir beisammensaßen und bei jedem Ruf von der Straße erschraken vor lauter Furcht, die Nachricht habe London erreicht und löse Freudenkundgebungen aus. Monsieur Otto alterte an jenem Tag zusehends, er wurde zum Greis. Ich ziehe es vor, der Gefahr ins Auge zu blicken, anstatt sie untätig zu erwarten. Gegen Abend machte ich mich auf und klapperte verschiedene Orte ab. Ich war im Fechtsaal von Monsieur Angelo, in Monsieur Jacksons Boxhalle, im Brooks Club und im Stammlokal der Parlamentsabgeordneten, doch nirgends hörte ich etwas von der Neuigkeit. Trotzdem war es möglich, daß Lord Hawkesbury sie inzwischen erfahren hatte. Sein Amtssitz lag in der Harley Street. Dort sollte der Friedensvertrag um acht Uhr abends unterzeichnet werden. Bevor wir aufbrachen, nötigte ich Monsieur Otto, zwei Glas Burgunder zu trinken. Sein bleiches Gesicht und seine zitternden Hände hätten bei den Engländern unweigerlich Verdacht erregt.

Also, wir fuhren in unserer Botschaftskarosse gegen halb acht dort vor. Monsieur Otto ging hinein, und unter dem Vorwand, seine Mappe zu holen, kam er gleich wieder heraus, um mich zu unterrichten. Seine Wangen glühten vor Freude.

›Er weiß nichts‹, flüsterte er. ›Oh, wäre die nächste halbe Stunde doch schon vorüber!‹

›Geben Sie mir ein Zeichen, sobald die Unterschrift geleistet ist.‹

›Warum?‹

›Weil kein Kurier Sie vorher stören soll. Darauf gebe ich Ihnen mein Wort – ich, Alphonse Lacour.‹

Er umschloß meine ausgestreckte Rechte mit beiden Händen. ›Ich werde unter irgendeinem Vorwand einen Kerzenständer auf den Tisch am Fenster stellen‹, sagte er und eilte wieder hinein. Ich blieb neben unserem Wagen zurück und wartete.

Also, wenn es mir gelang, eine halbe Stunde lang jede Störung von der Unterzeichnungszeremonie fernzuhalten, hatten wir gewonnen. Ich besaß noch keine klaren Vorstellungen, wie ich das machen wollte, als ich bereits die Lichter einer Kutsche sah, die sich rasch von der Oxford Street her näherte. Wenn das der Kurier war! Was sollte ich tun? Ich war entschlossen, ihn zu töten – jawohl, zu töten. Auf keinen Fall wollte ich zulassen, daß unser Werk im letzten Augenblick zunichte gemacht wurde. Tausende sterben, und man spricht von einem glorreichen Krieg. Warum sollte nicht ein Mensch für einen glorreichen Frieden sterben? Und wenn es mich an den Galgen brachte? Einerlei – ich war bereit, mich für mein Land zu opfern. Ich trug einen kleinen türkischen Krummdolch im Gürtel. Meine Hand lag am Griff, doch die gefürchtete Kutsche ratterte vorbei.

Jeden Moment konnte aber eine weitere kommen. Ich mußte vorbereitet sein. Vor allem durfte unsere Botschaft nicht kompromittiert werden. Ich schickte unsere Karosse in eine Seitenstraße und rief eine Droschke. Dem Mann auf dem Bock erklärte ich, es handle sich um eine besondere Angelegenheit, und gab ihm eine Guinee. Er verstand.

›Sie bekommen noch eine Guinee, wenn Sie genau das tun, was ich Ihnen sage‹, fügte ich hinzu.

›In Ordnung, Sir‹, entgegnete er gleichmütig und streifte

mich mit einem trägen Blick, der nicht die leiseste Spur von Aufregung oder Neugier verriet.

›Sobald ich mit einem Herrn einsteige, fahren Sie los, immer die Harley Street rauf und runter. Achten Sie nicht darauf, was Ihnen mein Begleiter zuruft. Wenn ich ausgestiegen bin, fahren Sie den anderen Gentleman zum Watier's Club in der Bruton Street.‹

›In Ordnung, Sir‹, wiederholte er.

So stand ich also vor dem Außenministerium. Wie oft schaute ich hinauf zu dem Fenster, in der Hoffnung, die Kerze dort flackern zu sehen! Fünf Minuten vergingen, und nochmals fünf. Wie langsam sie verstrichen! Es war eine typische Oktobernacht, rauh und kalt. Weißer Nebel kroch über das nasse, glänzende Kopfsteinpflaster und dämpfte das trübe Licht der Öllaternen. Man sah keine fünfzig Schritt weit. Ich horchte angestrengt nach Hufschlag und Räderrattern. Monsieur, selbst bei schönstem Sonnenschein wirkt die Harley Street nicht gerade heiter. Die Häuser da sind sehr solide und ordentlich, aber feminine Verspieltheit fehlt dieser Architektur gänzlich. Man könnte meinen, die Stadt sei nur von Männern bewohnt. An jenem nebligen, naßkalten Abend, von banger Erwartung erfüllt, konnte ich mir keine trostlosere Umgebung vorstellen. Ich lief auf und ab, schlug die Hände zusammen, um sie warm zu halten, und lauschte. Und dann hörte ich das Geräusch, das sich aus dem brodelnden Verkehrslärm der Oxford Street löste und schnell lauter und deutlicher wurde. Zwei gelbe Lichter blinkten im Nebel. Ein leichtes Kabriolett preschte auf das Gebäude des Außenministeriums zu. Noch vor dem Halten sprang ein junger Mann heraus und eilte zur Eingangstreppe. Der Kutscher wendete sogleich, und das Gefährt verschwand wieder rasselnd im Nebel.

Monsieur, rasches Handeln war schon immer meine Stärke. Sie sehen mich hier im Café de Provence sitzen und gemütlich meinen Wein trinken und können sich das wahrscheinlich gar nicht vorstellen. Aber glauben Sie mir, in dem Moment, als es um die Früchte eines zehnjährigen Krieges ging, übertraf ich mich selbst. Ich hatte die letzte Schlacht der Franzosen als General und Armee in einer Person zu schlagen.

›Sir‹, sagte ich und berührte ihn am Arm, ›sind Sie der Bote für Lord Hawkesbury?‹

›Ja‹, sagte er.

›Ich warte schon seit einer halben Stunde auf Sie‹, sagte ich. ›Folgen Sie mir unverzüglich. Er ist beim französischen Botschafter.‹

Ich sprach so bestimmt, daß er keinen Augenblick zögerte. Als er in die Droschke stieg und ich ihm mit einem Satz folgte, durchzuckte mich eine unbändige Freude – ich hätte laut singen mögen. Er war ein schmächtiges Bürschchen, dieser Bote des Außenministeriums, kaum größer als Monsieur Otto. Ich dagegen – Monsieur, sehen Sie meine Pranken, dann können sie sich vorstellen, welche Kräfte ich als Siebenundzwanzigjähriger besaß.

Nun, da ich ihn in der Droschke hatte, drängte sich die Frage auf, was ich mit ihm machen sollte. Ich wollte ihn nach Möglichkeit nicht verletzen.

›Es ist sehr dringend‹, sagte er. ›Ich muß die Depesche schnellstens übergeben.‹

Unsere Droschke ratterte die Harley Street hinunter, wendete dann, wie verabredet, und fuhr zurück.

›He‹, sagte er. ›Was soll das?‹

›Was denn?‹ fragte ich.

›Wir sind umgekehrt. Wo ist Lord Hawkesbury?‹

›Wir sind gleich bei ihm.‹

›Halt!‹ rief er. ›Hier stimmt etwas nicht. Kutscher, anhalten! Ich will aussteigen!‹

Er wollte den Schlag öffnen, ich stieß ihn auf den Sitz zurück. Er rief um Hilfe. Ich hielt ihm den Mund zu. Er biß mir in die Handkante. Ich griff nach seiner Krawatte und knebelte ihn damit. Er stöhnte und röchelte, aber die Laute wurden vom Rattern der Räder übertönt. Wir passierten das Außenministerium – keine Kerze im Fenster.

Eine Weile blieb der Bursche reglos sitzen. Ich sah nur das

Glitzern seiner Augen, während er mich aus dem Dunkel anstarrte. Ich glaube, er war etwas benommen von der Heftigkeit, mit der ich ihn auf die Polster geschleudert hatte. Und wahrscheinlich überlegte er, was er tun sollte. Er zerrte sich die Krawatte vom Mund.

›Ich gebe Ihnen meine Uhr und meine Brieftasche, wenn Sie mich gehen lassen‹, sagte er.

›Sir‹, erwiderte ich, ›ich bin ein Ehrenmann wie Sie.‹

›Wie heißen Sie?‹

›Mein Name tut nichts zur Sache.‹

›Was wollen Sie von mir?‹

›Es handelt sich um eine Wette.‹

›Eine Wette? Dieser Scherz kann übel für Sie ausgehen. Begreifen Sie doch, ich stehe im Dienste der Regierung – und Sie folglich mit einem Bein im Gefängnis!‹

›Das Risiko gehört dazu. Gewettet ist nun einmal gewettet‹, sagte ich.

›Die flotten Sprüche werden Ihnen bald vergehen, warten Sie nur!‹ rief er. ›Was ist das überhaupt für eine verrückte Wette?‹

›Ich habe gewettet, daß ich dem ersten Menschen, der mir in dieser Straße begegnet, ein Kapitel aus dem Koran vortrage.‹ Ich weiß selbst nicht, wie ich darauf kam – vielleicht durch die Übersetzung, die mir ständig im Kopf herumging. Er hechtete zum Türgriff, ich mußte ihn zurückwerfen.

›Wie lange dauert es?‹ keuchte er.

›Das hängt von der Länge des jeweiligen Kapitels ab‹, antwortete ich.

›Dann ein kurzes – es eilt!‹

›Nein, das wäre nicht korrekt‹, widersprach ich. ›Ein Kapitel heißt nicht ein kurzes Kapitel, sondern eins von durchschnittlicher Länge, nicht wahr?‹

›Hilfe! Hilfe! Hilfe!‹ schrie er, und ich sah mich genötigt, ihn erneut zu knebeln.

›Nun haben Sie doch ein wenig Geduld‹, sagte ich, ›sonst dauert es ja noch länger. Ich überlasse es Ihnen, welches Kapitel Sie hören möchten. Sie müssen zugeben, daß ich Ihnen die Sache so angenehm wie möglich mache.‹

Er befreite seinen Mund. ›Schnell doch, schnell!‹ stöhnte er.

›Die Sure mit dem Kamel vielleicht?‹ schlug ich vor.

›Ja! Ja!‹

›Oder die mit den flinken Rossen?‹

›Ja doch! Fangen Sie endlich an!‹

Wir fuhren an dem Fenster vorüber – noch immer stand keine Kerze darin. Ich setzte mich und begann das Kapitel vom Hengst zu rezitieren.

Vielleicht kennen Sie den Koran nicht so gut, Monsieur. Ich kannte ihn auswendig, könnte ihn heute noch Zeile für Zeile hersagen. Der Stil ist etwas anstrengend für jemanden, der es eilig hat. Aber die Menschen im Osten, für die er gedacht ist, kennen keine Eile. Und so deklamierte ich mit dem Ernst und der Würde, die das heilige Buch verlangt, während der junge Engländer zappelte und stöhnte:

Da zur Abendzeit die Rosse vorgeführt wurden, die auf drei Hufen standen und mit der vorderen Hufkante des vierten Fußes den Boden scharrten, sprach er: ›Siehe, geliebt habe ich das Gute ob dem Gedächtnis meines Herrn, bis sich die Sonne hinter dem Schleier verbarg; bringt die Rosse zu mir.‹ Und als man sie ihm brachte, begann er, ihre Schenkel und Hälse zu zerhauen – –

Genau bei dieser Stelle sprang mich der junge Engländer an: Mein Gott, wie wenig ich von den nächsten Minuten weiß! Er war ein Boxer, dieser schmächtige Bursche. Er hatte das Zuschlagen gelernt. Ich wollte seine Hände festhalten. Peng, peng, bekam ich Schwinger auf Nase und Augen. Ich zog meinen Kopf ein und versuchte einen Rammstoß in seinen Bauch. Peng, kam ein Haken von unten. Aber ach, ich war zuviel für ihn. Ich warf mich über ihn. Gegen meine Masse kam er letztlich nicht an. Er fiel rücklings auf die Polster, und ich setzte mich mit meinem ganzen Gewicht auf ihn, bis ihm die Luft ausging.

Dann suchte ich etwas, womit ich ihn fesseln konnte. Ich zog die Schnürsenkel aus meinen Schuhen. Den einen knotete ich um seine Handgelenke, mit dem anderen band ich ihm die Füße. Dann zurrte ich die Krawatte über seinem Mund wieder fest. Jetzt lag er da und konnte mich nur noch wütend anfunkeln. Als das alles getan war und ich das Blut gestillt hatte, das mir aus der Nase tropfte, schaute ich aus der Droschke. Und das erste, was ich erblickte, Monsieur, war die Kerze. Die langerwartete, liebe kleine Kerze leuchtete im Fenster des Außenministeriums. Ganz allein, mit diesen beiden Händen, hatte ich die Kapitulation einer Armee wettgemacht und den Verlust einer Provinz verhindert. Jawohl, Monsieur, Abercrombies Sieg, errungen mit fünftausend Mann an der Küste von Abukir, wurde von mir eigenhändig in einer Droschke in der Harley Street zunichte gemacht.

Nun war keine Zeit zu verlieren, denn jeden Augenblick konnte Monsieur Otto herauskommen. Ich entlohnte den Kutscher mit der zweiten Guinee und schickte ihn weiter zum Watier's Club. Kaum war ich in die Karosse unserer Botschaft gesprungen, als auch schon die Tür des Außenministeriums aufging. Lord Hawkesbury geleitete Monsieur Otto die Treppe hinab, so sehr ins Gespräch vertieft, daß er barhäuptig mit ihm bis zu unserer Karosse ging. Als sie vor dem geöffneten Schlag standen, ertönte das Rasseln von Rädern, ein Mann kam gerannt.

›Eine wichtige Botschaft für Lord Hawkesbury!‹ rief er.

Zu meiner Erleichterung war es nicht mein Kurier, sondern ein zweiter. Lord Hawkesbury nahm das Schreiben entgegen, las es im Schein der Wagenlaterne und wurde weiß wie diese Tischplatte hier.

›Monsieur Otto‹, rief er, ›wir haben den Vertrag unter falschen Voraussetzungen geschlossen. Ägypten befindet sich in unserer Hand!‹

›Was!‹ entgegnete Monsieur Otto. ›Unmöglich!‹

›Doch, es ist so. Abercrombie hat es schon im vergangenen Monat eingenommen.‹

›In dem Fall‹, sagte Monsieur Otto, ›betrachte ich es als ein wahres Glück, daß der Vertrag unterzeichnet ist.‹

›Ja, Glück für Sie, Sir‹, knurrte Lord Hawkesbury und ging zurück zum Haus.

Am nächsten Tag, Monsieur, waren die Bow Street Runners hinter mir her, aber über Salzwasser konnten sie nicht rennen, und Alphonse Lacour nahm die Glückwünsche von Monsieur Talleyrand und dem Ersten Konsul entgegen, noch ehe seine Verfolger Dover erreicht hatten.«

DIE GESTREIFTE TRUHE

»Was halten Sie davon, Allardyce?« fragte ich.

Mein Zweiter Maat stand neben mir auf dem Achterdeck, seine kurzen, stämmigen Beine gegrätscht, denn der Sturm hatte die See so aufgewühlt, daß die anrollenden Wogen noch immer fast bis zu unseren beiden Rettungsbooten hinaufschlugen. Er drückte sein Fernrohr gegen die Besanwanten und richtete es beharrlich auf das unglückselige fremde Schiff, das in gleichmäßigen Abständen auf einem Wellenkamm erschien und für Sekunden dort balancierte, um wieder nach unten zu tauchen. So tief lag es im Wasser, daß ich nur manchmal einen schmalen Streifen seines erbsengrünen Rumpfes sah.

Es war eine Brigg, deren Großmast etwa zehn Fuß über dem Deck umgeknickt war. Offensichtlich hatte niemand versucht, die Trümmer wegzuräumen und die Segel und Rahen zu kappen, die wie der gebrochene Flügel einer Möwe im Wasser nachgeschleift wurden. Der Fockmast stand noch, aber Vormarssegel und Vorsegel flatterten lose wie lange weiße Fahnen im Wind. Ein so übel zugerichtetes Schiff hatte ich noch nie gesehen.

Doch wir wunderten uns nicht. Schließlich hatten wir in den zurückliegenden drei Tagen selbst Augenblicke durchlebt, in denen es uns fraglich schien, ob unsere Bark jemals wieder Land sehen würde. Sechsunddreißig Stunden waren wir vor Topp und Takel gelaufen, und wenn meine *Mary Sinclair* nicht eine der seetüchtigsten Barken gewesen wäre, die je am Clyde gebaut wurden, hätten wir uns nicht behauptet. So aber waren wir noch einmal davongekommen, hatten lediglich unser Beiboot und ein Stück vom Steuerbordschanzkleid eingebüßt. Als der Sturm sich legte, waren wir durchaus nicht verwundert, daß andere weniger Glück gehabt hatten. Die schwer angeschlagene Brigg taumelte auf dem blauen Wasser unter einem wolkenlosen Himmel hin und her, hilflos wie ein vom Blitz Geblendeter – ein Bild des erlittenen Schreckens.

Allardyce, der ruhige, bedächtige Schotte, musterte das Schiff lange und eingehend, während unsere Matrosen an der Reling standen oder in die Fockwanten kletterten, um das fremde Schiff zu betrachten. Auf 20 Grad Breite und 10 Grad Länge – das etwa war unsere Position – möchte man schon etwas genauer wissen, wem man begegnet; schließlich befindet man sich abseits der großen atlantischen Handelsrouten nach Norden. Wir waren zehn Tage gesegelt, ohne ein Schiff zu sichten.

»Ein Geisterschiff, glaube ich«, sagte der Zweite Maat.

Ich war zum selben Schluß gelangt, denn drüben auf Deck ließen sich keine Anzeichen von Leben erkennen, und auch das Winken der Matrosen blieb unbeantwortet. Wahrscheinlich hatte die Besatzung das havarierte Schiff bereits verlassen.

»Lange hält sie sich nicht mehr«, fuhr Allardyce in seiner überlegten Art fort. »Könnte jede Minute ihre Nase senken und den Achtersteven heben. Das Wasser schlägt schon bis an die Reling.«

»Welche Flagge führt sie?« fragte ich.

»Versuche es eben auszumachen, aber das Ding hat sich zwischen den Fallen vertörnt. Doch, jetzt sehe ich es deutlich. Die brasilianische Flagge, aber verkehrt herum aufgezogen.«

Also hatte die Mannschaft das Notsignal gegeben, bevor sie von Bord ging. Vielleicht war dies erst vor kurzem geschehen? Ich nahm das Fernrohr des Maats und suchte die tiefblaue aufgewühlte, noch immer mit weißen Schaumadern und -pickeln bedeckte Fläche des Ozeans nach den Schiffbrüchigen ab. Aber außer uns gab es keine Menschenseele hier.

»Vielleicht sind noch Überlebende an Bord«, meinte ich.

»Oder wir können etwas bergen«, murmelte mein Zweiter. »Wir laufen sie von der Leeseite an und drehen bei.«

Als wir uns auf etwa hundert Yards genähert hatten, legten wir die Fockrahe herum, und die beiden Schiffe schaukelten längsseits. Sie hüpften und schwankten wie zwei tanzende Clowns.

»Ein Rettungsboot abfieren!« rief ich. »Mr. Allardyce, Sie nehmen vier Mann und inspizieren das Wrack.«

In diesem Augenblick kam mein Erster Offizier, Mr. Armstrong, an Deck, um die nächste Wache zu übernehmen, denn es hatte soeben vier Glasen geschlagen. Es reizte mich, selbst das verlassene Schiff und seine Ladung zu besichtigen. Also rief ich Allardyce zu, er möge warten, schwang mich über die Reling, kletterte das Fallreep hinunter und nahm im Heck des kleinen Bootes Platz.

Wir brauchten ziemlich lange, um die geringe Entfernung zurückzulegen. Die See ging so heftig, daß wir oft weder unsere Bark noch die Brigg sahen, auf die wir zusteuerten. In den Wellentälern, die von den Strahlen der sinkenden Sonne nicht erreicht wurden, war es dunkel und kalt. Doch die nächste Woge hob uns wieder hinauf in die Wärme und das Licht. Jedesmal, wenn wir auf einem gischtweißen Kamm über zwei dunklen Tälern schwebten, gelang mir ein kurzer Blick auf den langgestreckten erbsengrünen Rumpf und den nickenden Vormast der Brigg. Ich hielt auf ihr Heck zu, damit wir uns die beste Seite zum Entern aussuchen konnten. Als wir sie erreichten, sahen wir auf der triefenden Gillung des Hinterschiffs den Namen *Nossa Senhora da Vittoria.*

»Am besten zur Wetterseite, Sir«, meinte der Zweite Maat. »Zimmermann, Bootshaken bereithalten!« Wenig später kletterten wir über die Reling, die nur wenig höher als unser Boot lag, und standen an Deck des verlassenen Seglers.

Als erstes trafen wir Vorsichtsmaßnahmen für den Fall, daß uns das Schiff unter den Füßen wegsacken sollte – wonach es ganz aussah. Zwei Matrosen machten unser Boot für einen eiligen Rückzug bereit, indem sie es an Leinen festhielten und mit Bootshaken von der Bordwand des Wracks wegdrückten. Der Zimmermann wurde nach unten geschickt, um nachzusehen, wie hoch das Wasser im Rumpf stand und ob es weiter stieg, während der dritte Matrose, Allardyce und ich eilig Schiff und Ladung inspizierten.

Auf dem Deck lagen zwischen den Trümmerstücken Hühnerkäfige, in denen die toten Tiere hin und her gespült wurden. Die Rettungsboote fehlten, bis auf eins mit geborstenem Kiel. Demnach hatte die Besatzung das Schiff aufgegeben. Die Kapitänskajüte befand sich in einem Deckshaus, dessen eine Seite von der schweren See eingedrückt worden war. Allardyce und ich gingen hinein und fanden den Kartentisch des Kapitäns so vor, wie er ihn verlassen hatte: bedeckt mit Büchern und Papieren – alles in Spanisch oder Portugiesisch – und Häufchen von Zigarettenasche überall. Nach dem Logbuch suchte ich allerdings vergeblich.

»Hat wahrscheinlich gar keins geführt«, meinte Allardyce. »Die typische Schlamperei auf den südamerikanischen Handelsschiffen! Man tut nur das Nötigste. Falls doch eins da war, hat er es sicher mitgenommen.«

»Ich würde gerne alle diese Bücher und Papiere mitnehmen«, sagte ich zum Matrosen. »Fragen Sie den Zimmermann, wieviel Zeit uns bleibt.«

Die Antwort fiel beruhigend aus. Der Kielraum stand zwar unter Wasser, doch da ein Teil der Ladung schwimmfähig war, bestand keine unmittelbare Gefahr des Sinkens. Möglicherweise würde das Wrack nie ganz untergehen, sondern als eines jener tückischen, unbezeichneten Riffs umherdriften, die schon so manches stolze Schiff auf den Grund gesandt haben.

»Dann können Sie sich ja in aller Ruhe unter Deck umschauen, Mr. Allardyce«, sagte ich. »Stellen Sie fest, wieviel sich von der Ladung bergen läßt. Ich sehe unterdessen diese Papiere durch.«

Aus den Ladepapieren sowie einigen anderen Unterlagen und Briefen, die ich auf dem Tisch fand, ging hervor, daß die brasilianische Brigg *Nossa Senhora da Vittoria* einen Monat zuvor von Bahia ausgelaufen war. Der Kapitän hieß Texeira, doch eine Mannschaftsliste existierte nicht. Als Bestimmungshafen war London angegeben. Bereits ein flüchtiger Blick in die Frachtpapiere sagte mir, daß es für uns kaum etwas Lohnendes zu holen gab. Die Ladung bestand aus Nüssen, Ingwer und Holz – letzteres in Form riesiger wertvoller Stämme, wie sie nur in den Tropen wachsen. Ohne Zweifel hatten diese das Schiff vor dem Sinken bewahrt, aber ihre Größe verhinderte auch, daß wir sie bergen und übernehmen konnten. Es gab außerdem noch einige kleinere Frachtgüter, zum Beispiel Putzwarenartikel wie Bänder mit aufgestickten Vogelmustern oder etwa hundert Kisten mit Obstkonserven. Während ich die Frachtliste überflog, stieß ich auf eine Randnotiz in englischer Sprache, die mich stutzen ließ.

»Besonders darauf achten«, hieß es dort, »daß die einmaligen altspanischen und indianischen Kostbarkeiten aus der Sammlung von Santarém, bestimmt für die Firma Prontfoot & Neumann in London, Oxford Street, an einem sicheren Platz verwahrt und gegen Beschädigung geschützt werden. Das gilt in erster Linie für die Schatztruhe des Don Ramirez di Leyra. Unter keinen Umständen darf sie an einem Platz stehen, zu dem Unbefugte Zugang haben!«

Die Schatztruhe des Don Ramirez di Leyra! Einmalige altspanische und indianische Kostbarkeiten! Hier gab es also doch noch etwas zu bergen! Mit der Liste in der Hand sprang ich auf. In diesem Augenblick erschien mein schottischer Maat in der Tür.

»Auf dem Kahn stimmt was nicht, Sir«, sagte er. Sein gleichmütiges Gesicht verriet kaum jemals Gefühlsregungen, doch jetzt sah ich ihm an, daß ihn etwas heftig erschüttert hatte.

»Was meinen Sie?«

»Mord, Sir. Da drüben liegt ein Mann, dem man den Schädel eingeschlagen hat.«

»Vielleicht ein Unfall während des Sturms?«

»Vielleicht, Sir. Würde mich aber wundern, wenn Sie das immer noch glauben, nachdem Sie ihn gesehen haben.«

»Wo ist er?«

»Dort drüben, Sir, im großen Deckshaus.«

Die Brigg besaß offenbar keine Kabinen unter Deck, sondern lediglich das rückwärtige Deckshaus des Kapitäns, ein geräumigeres für die Kombüse, unmittelbar neben der Hauptluke zum Laderaum gelegen, und im Vorschiff ein drittes für die Mannschaft. Der Maat führte mich zu dem mittleren. Innen ging es rechts zur Kombüse, wo Töpfe und Pfannen in heillosem Durcheinander herumlagen, links befand sich ein Abteil mit zwei Schlafpritschen für die Offiziere. Von dort aus gelangte man in eine Kammer, etwa zwölf auf zwölf Fuß groß, in der Flaggen und Ersatzsegel aufbewahrt wurden. Rings an den Wänden hingen in grobe Leinwand eingeschlagene und sorgfältig verschnürte Pakete. Hinten in einer Ecke stand eine mit roten und weißen Streifen bemalte Truhe. Der rote Lack war freilich stark verblaßt und abgeplatzt und das Weiß so schmuddelig, daß man die Farben nur an einer Stelle erkannte, auf die ein Strahl Tageslicht fiel. Die klobige Truhe maß, wie wir später feststellten, vier Fuß drei Zoll in der Länge, drei Fuß zwei Zoll in der Höhe und drei Fuß in der Breite, war also beträchtlich größer als eine Seemannskiste.

Aber nicht der Truhe galt meine Aufmerksamkeit beim Betreten der Abstellkammer. Auf dem Boden lag, rücklings ausgestreckt über einen Haufen zerwühlter Flaggen, ein kleiner dunkelhäutiger Mann mit einem kurzen, gekräuselten Kinnbart. Er befand sich keineswegs in der Nähe der Truhe, sondern so weit von ihr entfernt, wie es der Raum zuließ. Seine Füße zeigten zur Truhe. Auf dem weißen Stoff, auf dem sein Kopf ruhte, hatte sich ein dunkelroter Fleck gebildet. Von seinem braunhäutigen Hals verliefen dünne Blutspuren zum Boden, doch eine Verletzung sah ich nicht. Das Gesicht des Toten wirkte friedlich wie das eines schlafenden Kindes.

Erst als ich mich über ihn beugte, bemerkte ich die Wunde und richtete mich erschrocken auf. Offenbar war er mit einem Enterbeil oder etwas Ähnlichem von hinten erschlagen worden. Der furchtbare Hieb hatte die Schädeldecke zertrümmert und war tief in das Gehirn gedrungen. Der Tod mußte auf der Stelle eingetreten sein. Das erklärte den friedlichen Ausdruck seiner Gesichtszüge. Die Lage der Wunde bewies, daß er seinen Mörder nicht gesehen hatte.

»Halten Sie das für einen Unfall, Captain Barclay?« fragte mein Zweiter Maat ernst.

»Sie haben völlig recht, Mr. Allardyce. Dieser Mann wurde ermordet, mit einer scharfen, schweren Waffe von hinten erschlagen. Aber wer war er, und warum hat man ihn umgebracht?«

»Er war ein einfacher Matrose, Sir«, sagte der Maat. »Das sieht man an seinen Händen.« Während er sprach, leerte er die Taschen des Toten aus und brachte einen Packen Spielkarten, ein Stück geteerter Schnur und einen Beutel mit brasilianischem Tabak zum Vorschein.

»Nanu, was haben wir denn da?« rief er und deutete auf ein neben der Leiche liegendes großes Schnappmesser. Die Klinge war blank und glänzend, demnach handelte es sich nicht um die Tatwaffe. Allerdings deutete der Fundort des Messers darauf hin, daß der Seemann es in der Hand gehalten hatte, als er den tödlichen Schlag empfing.

»Mir scheint, Sir, er wußte, daß ihm Gefahr drohte. Deshalb hielt er das Messer bereit. Jedenfalls können wir dem armen Teufel nicht mehr helfen. Aus den Paketen an den Wänden werde ich nicht recht schlau. Da scheinen Götzenbilder, indianische Waffen und anderer Krimskrams drin zu sein.«

»Ich weiß«, sagte ich. »Laut Frachtliste ist das der einzige Posten der Ladung, dessen Bergung sich lohnt. Signalisieren Sie der Bark, sie sollen das andere Rettungsboot flottmachen und uns beim Abtransport helfen.«

Während der Abwesenheit von Allardyce besichtigte ich den merkwürdigen Plunder, den uns der Zufall beschert hatte. Die Kuriositäten waren so dick verpackt, daß sich nur ungefähre Schlüsse auf den Inhalt ziehen ließen. Einzig die gestreifte Truhe, die gerade in einem günstigen Licht stand, bot sich für eine genauere Inspektion an. Auf ihrem mit metallenen Ecken und Beschlägen versehenen Deckel prangte ein pompöses, eingraviertes Wappen. Darunter befand sich eine spanische Inschrift, die ich entziffern konnte: »Schatztruhe des Don Ramirez di Leyra, Ritter des Ordens des Heiligen Jakob, Gouverneur und Oberbefehlshaber von Terra Firma und der Provinz Veraquas.« In einer Ecke stand die Jahreszahl 1606, daneben klebte ein großer weißer Zettel mit dem Vermerk »Achtung! Unter keinen Umständen öffnen!« in englischer und spanischer Sprache. Das wuchtige, offenbar sehr komplizierte Stahlschloß trug auf seiner ziselierten Außenseite ein lateinisches Motto, das für einen einfachen Seemann wie mich allerdings zu hoch war.

Kaum hatte ich diese Untersuchung der merkwürdigen Truhe beendet, als auch schon das andere Boot mit Mr. Armstrong, dem Ersten Offizier, anlegte. Wir beluden es unverzüglich mit den verschiedenen verpackten Kuriositäten, die es als einzige noch wert schienen, vom verlassenen Schiff gerettet zu werden, und schickten es zurück zur Bark. Danach schaffte ich gemeinsam mit Allardyce, dem Zimmermann und einem Matrosen die gestreifte Truhe als letztes in unser Boot. Wir mußten sie genau ausgerichtet auf die beiden mittleren Ruderbänke stellen, andernfalls hätte ihr Gewicht dem leichten Fahrzeug eine gefährliche Neigung gegeben. Den Toten ließen wir zurück, wo wir ihn gefunden hatten.

Der Theorie des Maats zufolge hatte der Bursche zu plündern begonnen, statt sich an den Vorbereitungen zum geordneten Verlassen des Schiffs zu beteiligen, und war vom Kapitän, der die Disziplin aufrechterhalten wollte, mit einem Beil oder einem anderen schweren Werkzeug niedergeschlagen worden. Das klang plausibler als alle anderen Erklärungen, überzeugte mich aber auch nicht ganz. Doch auf dem Meer geschehen viele mysteriöse Dinge, und so begnügten wir uns damit, das Schicksal des toten Matrosen von der brasilianischen Brigg in die lange Liste unerklärlicher Begebenheiten einzureihen, von denen jeder Seemann zu berichten weiß.

Mit Tauen wurde die schwere Truhe an Deck der *Mary Sinclair* gehievt und von vier Matrosen hinunter in die Offiziersmesse transportiert, wo zwischen dem Tisch und den Wandschränken gerade noch genug Platz für sie war. Dort stand sie während unseres Abendessens. Nach dem Mahl leisteten mir die Maate noch etwas Gesellschaft; wir diskutierten bei einem Glas Grog die Ereignisse des Tages. Mr. Armstrong war ein hochaufgeschossener, dürrer, geierartig wirkender Mensch – ein exzellenter Seemann, jedoch berüchtigt wegen seiner Knauserigkeit und Habsucht. Unsere geborgenen Schätze hatten ihn in helle Aufregung versetzt. Mit glänzenden Augen spekulierte er bereits darüber, wieviel Geld jeder beim Aufteilen des Erlöses bekommen mochte.

»Wenn in den Frachtpapieren von einmaligen Stücken die Rede ist, kann man allerhand dafür verlangen, Mr. Barclay. Sie ahnen ja nicht, welche Traumpreise reiche Sammler zahlen! Tausend Pfund sind ein Klacks für die! Diese Reise wird jedem von uns ein hübsches Extrasümmchen einbringen, glauben Sie mir!«

»Ich glaube es nicht«, entgegnete ich. »Meiner Ansicht nach unterscheidet sich der ganze Plunder kaum von den üblichen südamerikanischen Kuriositäten.«

»Meinen Sie, Sir? Ich habe vierzehn Reisen dorthin gemacht, aber noch nie etwas Ähnliches wie diese Truhe gesehen. Allein wie sie dort steht, ist sie eine Menge Geld wert. Außerdem enthält sie, ihrem Gewicht nach zu urteilen, kostbare Dinge. Denken Sie nicht auch, wir sollten sie öffnen und nachsehen?«

»Sobald man sie aufbricht, wird sie beschädigt und in ihrem Wert gemindert«, warf der Zweite Maat ein.

Armstrong kauerte sich vor der Truhe nieder und neigte den Kopf seitwärts; seine lange dünne Nase berührte dabei fast das Schloß.

»Das Eichenholz ist im Laufe der Zeit ein wenig geschrumpft«, sagte er. »Mit einem Meißel oder einem stabilen Messer könnte ich die Verriegelung zurückdrücken, ohne irgend etwas zu beschädigen.«

Die Erwähnung eines Messers ließ mich an den toten Matrosen auf der Brigg denken.

»Vielleicht wollte er gerade die Truhe öffnen, und jemand erwischte ihn dabei«, meinte ich.

»Keine Ahnung, Sir, aber eins weiß ich hundertprozentig: Ich kriege das Schloß auf. Dort im Schrank liegt ein Schraubenzieher. Halten Sie die Lampe, Allardyce. Das werden wir gleich haben!«

»Halt!« sagte ich, denn er beugte sich bereits ungeduldig und mit gierig leuchtenden Augen über den Deckel. »Es besteht kein Grund zur Eile. Außerdem haben Sie den Zettel gelesen, der das Öffnen untersagt. Dieses Verbot mag etwas bedeuten oder auch nicht, auf jeden Fall fühle ich mich verpflichtet, es zu beachten. Schließlich läuft uns der Inhalt der Schatztruhe nicht davon. Sollte es sich dabei wirklich um Kostbarkeiten handeln, werden diese noch genausoviel wert sein, wenn wir die Truhe im Büro ihres Besitzers öffnen wie hier in der Messe der *Mary Sinclair*.«

Für den Ersten war meine Entscheidung eine herbe Enttäuschung.

»Sie sind doch nicht etwa abergläubisch«, murrte er und verzog seine schmalen Lippen verächtlich. »Wenn wir die Truhe aus der Hand geben, ohne zu wissen, was drin ist, betrügt man uns um unseren Anteil; außerdem – «

»Genug, Mr. Armstrong!« unterbrach ich ihn abrupt. »Ich garantiere Ihnen, daß Sie Ihren rechtmäßigen Anteil bekommen werden, aber die Truhe bleibt zu!«

»Übrigens beweist der aufgeklebte Zettel, daß Europäer den Inhalt schon untersucht haben«, fügte Allardyce hinzu. »Nur weil es eine Schatztruhe ist, muß sie nicht unbedingt Schätze enthalten. Seit den längst vergangenen Tagen des Gouverneurs von Terra Firma haben bestimmt schon eine Menge Leute ihre Nase dort hineingesteckt.«

Armstrong warf den Schraubenzieher auf den Tisch und zuckte mit den Schultern.

»Ganz wie Sie meinen«, sagte er, doch obwohl wir dann den Rest des Abends über ganz andere Dinge sprachen, sah ich seinen gierigen Blick immer wieder zu der alten gestreiften Truhe wandern.

Und nun komme ich zu dem Teil der Geschichte, der mich noch heute mit Grauen erfüllt, wenn ich daran zurückdenke. Die Schlafkabinen der Offiziere gingen direkt von der Messe ab, nur meine lag etwas abseits, am Ende eines kleinen Ganges, über den man zur Treppe gelangte. Ich pflegte, außer in Gefahrensituationen, keine festen Wachen einzuteilen. Meine drei Maate machten das gewöhnlich unter sich aus. An jenem Abend übernahm Armstrong die mittlere Wache, die morgens um vier Uhr endet; danach sollte ihn Allardyce ablösen. Ich habe einen ziemlich tiefen Schlaf; meistens muß man mich an der Schulter rütteln, um mich aufzuwecken.

Jedoch in jener Nacht, oder besser gesagt im ersten Morgengrauen, erwachte ich. Es war genau halb fünf auf meinem Chronometer, als ich mich hellwach und verstört auf meiner Pritsche aufsetzte. Ich glaubte, eine Art Krachen und einen anschließenden menschlichen Schrei gehört zu haben. Ich lauschte, doch nun war alles still. Dennoch konnte ich mir diesen gräßlichen Schrei nicht eingebildet haben – zu deutlich klang er mir noch im Ohr. Er mußte aus unmittelbarer Nähe gekommen sein. Ich sprang aus der Koje, schlüpfte in ein paar Kleidungsstücke und tappte hinüber in die Offiziersmesse.

Zuerst bemerkte ich dort nichts Ungewöhnliches. Alles sah im kalten grauen Morgenlicht unverändert aus: der Tisch mit der roten Tischdecke, die sechs Drehstühle, die Wandschränke aus Walnußholz, das Schleuderbarometer, die große gestreifte Truhe in der Ecke. Ich wollte mich schon umwenden, um an Deck zu gehen und den Zweiten Maat zu fragen, ob er etwas gehört habe, als mein Blick plötzlich auf etwas Längliches fiel, das unter dem Tisch hervorragte. Es war ein Bein – ein Bein mit einem langen Seemannsstiefel. Ich bückte mich. Unter dem Tisch lag ein Mensch in gekrümmter Haltung, das Gesicht nach unten, die Arme nach vorn geworfen. Ein Blick genügte, um festzustellen, daß Armstrong, mein Erster Maat, tot war. Im ersten Moment verschlug es mir den Atem. Dann hastete ich nach oben, rief Allardyce und kehrte mit ihm in die Messe zurück.

Gemeinsam zogen wir den armen Kerl unter dem Tisch hervor. Als wir seinen blutenden Schädel sahen, blickten wir einander stumm an. Ich weiß nicht, wer von uns beiden blasser aussah.

»Genau wie bei dem brasilianischen Matrosen«, sagte ich.

»Haargenau! Gott stehe uns bei! Das war die verfluchte Truhe. Sehen Sie das da, in Armstrongs Hand!«

Er hob die rechte Hand des Offiziers an – und richtig, sie hielt noch den Schraubenzieher umklammert, den er am Abend zuvor hatte benutzen wollen.

»Er muß sich an der Truhe zu schaffen gemacht haben, Sir. Er wußte, daß ich auf Deck war und Sie schliefen. Er kniete sich davor nieder und drückte mit dem Schraubenzieher den Riegel des Schlosses zurück. Dann passierte etwas, er schrie und weckte Sie auf.«

»Allardyce«, flüsterte ich, »was ist passiert?«

Der Zweite Maat faßte mich am Ärmel und zog mich in seine Kabine.

»Hier können wir reden, Sir. Weiß man, wer uns sonst belauscht? Was meinen Sie, was sich in der Kiste befindet, Captain Barclay?«

»Bei meiner Seele, Allardyce – ich habe nicht die geringste Ahnung!«

»Nun, ich sehe nur eine einzige Möglichkeit, zu der alle Fakten passen. Erstens, die Größe der Kiste. Zweitens, die vielen Schnitzereien und Beschläge, die jede Menge Löcher verbergen können. Drittens, das immense Gewicht. Vier Mann mußten beim Transport der Truhe zupacken. Und das Entscheidende. – Zwei Männer versuchten, sie zu öffnen, und wurden dabei getötet. Was kann das also nur heißen?«

»Sie meinen, daß ein Mann darin sitzt?«

»Aber natürlich! Sie wissen, wie es in diesen südamerikanischen Staaten zugeht, Sir. Eine Palastrevolution – und schon wird der Mann, der eben noch Präsident war, gejagt wie ein Hund. Ständig sind Leute auf der Flucht, um ihr nacktes Leben zu retten. Meiner Meinung nach hockt solch ein Desperado dort drin, der bewaffnet und zum Äußersten entschlossen ist. Er bringt jeden um, der ihn entdeckt.«

»Aber er muß doch essen und trinken!«

»Die Truhe ist geräumig, Sir, da paßt auch Proviant hinein.

Möglicherweise hatte er einen Vertrauten unter der Besatzung der Brigg, der ihn mit dem Nötigsten versorgte.«

»Sie glauben also, der Zettel, der das Öffnen der Truhe verbietet, wurde zu seinem Schutz angebracht?«

»Jawohl, Sir, davon bin ich überzeugt. Oder sehen Sie eine andere Möglichkeit, die Fakten miteinander zu verbinden?«

Das mußte ich verneinen.

»Dann stellt sich die Frage, was wir tun sollen«, sagte ich.

»Der Mann ist ein gefährlicher Verbrecher, der vor nichts zurückschreckt. Am besten, wir legen ein Tau um die Truhe und schleppen sie eine halbe Stunde längsseits. Dann können wir sie beruhigt aufmachen. Vielleicht reicht es auch, wenn wir sie fest zubinden und den da drin verdursten lassen. Oder der Zimmermann könnte sie rundherum teeren und alle Luftlöcher verstopfen.«

»Hören Sie auf, Allardyce«, sagte ich ärgerlich. »Glauben Sie im Ernst, eine ganze Schiffsmannschaft müßte vor einem einzigen Mann in einer Kiste zittern? Wenn dort jemand drin hockt, hole ich ihn heraus!« Ich ging in meine Kabine und kehrte mit meinem Revolver in der Hand zurück. »Also los, Allardyce«, sagte ich. »Öffnen Sie das Schloß. Ich gebe Ihnen Feuerschutz.«

»Um Himmels willen, Sir! Bedenken Sie, was Sie riskieren!« rief der Maat. »Zwei Männer sind dabei umgekommen, und das Blut des einen, dort auf dem Teppich, ist noch nicht einmal trocken!«

»Ein Grund mehr, ihn zu rächen.«

»Sir, lassen Sie mich wenigstens den Zimmermann dazuholen. Einen kräftigen Mann können wir noch brauchen. Schließlich sind drei besser als zwei.«

Allardyce ging und ließ mich mit der gestreiften Truhe allein in der Messe. Ich bin eigentlich kein ängstlicher Mensch, aber ich behielt den Tisch zwischen mir und diesem unheimlichen Überbleibsel aus der spanischen Kolonialzeit. Im zunehmenden Morgenlicht wurde das rot-weiße Streifenmuster sichtbar. Man unterschied die Schnecken- und Girlandenmotive auf den Beschlägen und die verspielten Muster der Schnitzereien, die von der liebevollen Mühe kunstfertiger Hände zeugten. Endlich kehrte der Maat mit dem Zimmermann zurück. Letzterer hielt einen Hammer in der Hand.

»'ne schlimme Sache ist das, Sir«, brummte er kopfschüttelnd, als er die Leiche des Maats betrachtete. »Und Sie glauben, jemand versteckt sich in der Kiste?«

»Daran besteht kein Zweifel«, sagte Allardyce. Er nahm dem Toten den Schraubenzieher aus der Hand und schob das Kinn vor – ganz wie jemand, der sich selbst Mut machen will. »Also gut, ich drücke jetzt die Verriegelung zurück, und ihr seid bereit. Wenn er auftaucht, hauen Sie ihm mit dem Hammer auf den Kopf, Zimmermann. Sir, schießen Sie sofort, sobald er auch nur die Hand hebt. Achtung, es geht los!«

Er kniete sich vor der gestreiften Truhe nieder und führte nun die flache Spitze des Werkzeugs in die Ritze unter dem Deckel. Mit einem scharfen Klicken gab der Riegel nach. »Aufgepaßt!« rief der Maat und hievte den massiven Deckel mit einem kräftigen Schwung hoch. Als dieser schwerfällig nach oben klappte, wich ich, mit dem Revolver im Anschlag, genau wie der Zimmermann, der den Hammer hoch erhoben hielt, unwillkürlich ein Stück zurück. Dann, da nichts geschah, traten wir näher und spähten hinein. Die Truhe war leer.

Allerdings nicht ganz, denn in einer Ecke lag ein altmodischer, mit verschnörkelten Gravuren geschmückter Kerzenständer, der ebensoalt zu sein schien wie die Truhe selbst. Der gelbe Glanz des Metalls und die kunstvolle Form deuteten darauf hin, daß es sich um eine sehr wertvolle Antiquität handelte. Doch darüber hinaus befand sich nichts Schwereres oder Wertvolleres als Staub in der alten Schatztruhe.

»Das kann doch nicht sein!« rief Allardyce, verwirrt hineinstarrend. »Wo kommt denn bloß das Gewicht her?«

»Sehen Sie sich die Dicke der Wände an, des Deckels vor allem. Donnerwetter, er ist mindestens fünf Zoll stark. Außerdem sitzt an seiner Unterseite eine ziemlich kräftige Zugfeder aus Stahl.«

»Die soll wohl den geöffneten Deckel halten«, meinte der Maat. »Ja, sehen Sie, er fällt nicht zurück. Hier am Innenrand steht noch eine Inschrift, eine deutsche, wenn ich mich nicht irre.«

»Sie besagt, daß die Truhe von dem Augsburger Meister Johann Rothstein im Jahre 1606 angefertigt wurde.«

»Eine sehr solide Arbeit, zweifellos. Trotzdem wissen wir immer noch nicht, was hier passiert ist, Captain Barclay. Der Kerzenständer scheint aus Gold zu sein. Dann war unsere Mühe also doch nicht ganz umsonst.«

Er beugte sich vor, um ihn herauszunehmen. Seit jenem Moment weiß ich, daß es Vorahnungen gibt, denn ich packte ihn blitzschnell am Kragen und riß ihn zurück. Mag sein, daß mir in diesem Augenblick eine Erzählung über das Mittelalter in den Sinn kam, vielleicht hatte mein Blick etwas Rotes, das kein Rost war, am oberen Teil des Schlosses wahrgenommen – doch für mich und Allardyce wird meine prompte Reaktion stets das Werk einer Eingebung bleiben.

»Da steckt eine Teufelei dahinter«, sagte ich. »Bringen Sie mir den Krückstock aus der Ecke her.«

Es war ein gewöhnlicher Spazierstock. Ich führte den gekrümmten Griff über den Kerzenhalter und zog ein wenig. Wie Blitze schossen spitze, polierte Stahlfänge unter dem Deckel hervor, die große gestreifte Truhe schnappte nach mir wie ein Raubtier. Rumms! fiel der schwere Deckel wieder zu. Die Erschütterung ließ die Gläser im Wandschrank klirren. Allardyce taumelte gegen die Tischkante und zitterte wie ein verängstigtes Pferd.

»Sie haben mir das Leben gerettet, Captain Barclay!« stieß er hervor.

Das also war das Geheimnis der gestreiften Schatztruhe des Don Ramirez di Leyra. Nun wußten wir, wie er seine erräuberten Schätze aus Terra Firma und der Provinz Veraquas gesichert hatte. Mochte der Dieb noch so schlau sein, den vergoldeten Kerzenständer unterschied er nicht von den anderen Kostbarkeiten. Sobald er ihn berührte, wurden ihm von der gespannten Feder mörderische Stahlspieße in den Kopf getrieben. Da die hervorschnellenden Spieße das Opfer zurückstießen, konnte sich die Truhe wieder schließen. Wie viele Menschen, fragte ich mich, mochten der listigen Erfindung des Mechanikus aus Augsburg schon zum Opfer gefallen sein? Und als ich mir vorstellte, welches Unheil die unselige Truhe noch anrichten würde, war mein Entschluß rasch gefaßt.

»Zimmermann, holen Sie drei Leute und schaffen Sie sie an Deck!«

»Wollen Sie sie über Bord werfen, Sir?«

»Jawohl, Mr. Allardyce. Sie wissen, ich bin in der Regel nicht abergläubisch, aber es gibt Dinge, denen ein einfacher Seemann nicht gewachsen ist.«

»Kein Wunder, daß die Brigg mit diesem Teufelsding an Bord in ein Unwetter geriet. Das Barometer fällt auch jetzt wieder sehr rasch, Sir. Wir dürfen keine Zeit verlieren!«

So warteten wir nicht einmal auf die Matrosen, sondern erledigten die Sache gleich selbst. Mit vereinten Kräften schleppten der Maat, der Zimmermann und ich die Truhe nach oben und stießen sie über die Reling. Ein weißer Schaumkreis spritzte auf, dann war sie verschwunden. Dort unten liegt sie nun, die gestreifte Truhe, in gut eintausend Faden Tiefe, und sollte einst, wie es heißt, der Grund der See zu trockenem Land werden, bedauere ich jetzt schon den Menschen, der die alte Kiste findet und auf ihren Inhalt neugierig ist.

DAS FIASKO VON LOS AMIGOS

DAMALS war ich der angesehenste Arzt von Los Amigos. Natürlich hat jeder schon von den riesigen Anlagen zur Stromerzeugung gehört, die wir dort haben. Sie müssen neben dem ausgedehnten Stadtgebiet auch noch Dutzende von umliegenden Dörfern und Kleinstädten versorgen, deshalb ist das Elektrizitätswerk sehr groß. Wir Leute von Los Amigos halten es für das größte der Welt, aber dafür halten wir fast alles in Los Amigos. Außer dem Gefängnis und der Sterblichkeitsrate. Die sollen am kleinsten sein, heißt es.

Nun, angesichts einer derart hervorragenden Stromquelle schien es uns eine sündhafte Verschwendung von Hanf, die Verbrecher von Los Amigos auf altväterliche Weise ins Jenseits zu befördern. Dann hörten wir von den ersten elektrischen Hinrichtungen in den Oststaaten, bei denen der Tod nicht so plötzlich wie erhofft eingetreten war. Unsere Ingenieure im Westen hoben die Augenbrauen, als sie lasen, welche lächerlich geringen Stromstöße man den Delinquenten verabreicht hatte, und sie schworen, falls ihnen ein Todeskandidat in die Hände fiele, würden sie ihn anständiger behandeln und alle Dynamos auf einmal anschließen. Ohne Reserve, sagten die Ingenieure, er sollte alles kriegen, was sie hatten. Die Wirkung wußte niemand genau vorherzusagen, nur daß sie absolut vernichtend und tödlich sein würde, galt allgemein als sicher. Man wollte den Mann so mit Elektrizität vollpumpen, wie es noch nie zuvor versucht worden war. Eine geballte Ladung wie von zehn Blitzen sollte ihn erschlagen. Manche prophezeiten ein Verbrennen, andere die Auflösung und das vollständige Verschwinden des Verurteilten. Alle warteten ungeduldig darauf, die Streitfrage durch ein praktisches Experiment zu entscheiden. Und in dieser Situation kam ihnen Duncan Warner gerade recht.

Warner war schon seit Jahren vom Gesetz gesucht worden – und von niemandem sonst. Ein Desperado, Mörder, Eisenbahn- und Straßenräuber, der keine Gnade kannte. Er hatte ein Dutzend Tode verdient. Daher fanden es die Leute von Los Amigos fast ungerecht, daß ihm ein so leichter vergönnt sein sollte. Auch er selbst schien sich dieses Vorzugs unwürdig zu fühlen, denn er unternahm zwei energische Fluchtversuche. Er war ein kräftiger, muskulöser Mann mit einer wahren Löwenmähne aus schwarzen Ringellocken und mit einem mächtigen Bart, der seine breite Brust bedeckte. Bei der Verhandlung stellte er die stattlichste Erscheinung im überfüllten Gerichtssaal dar, wobei es ja nichts Neues ist, daß man die beeindruckendsten Gesichter auf der Anklagebank findet. Aber sein gutes Aussehen konnte seine schlechten Taten nicht wettmachen. Sein Anwalt tat sein Bestes, doch die Fakten sprachen gegen ihn, und so wurde Duncan Warner der Barmherzigkeit der großen Dynamos von Los Amigos preisgegeben.

Ich war dabei, als das eigens zu diesem Zweck gebildete Komitee zusammentrat und die Angelegenheit besprach. Unser Stadtrat hatte vier Experten bestimmt, die sich um die technische Vorbereitung kümmern sollten. Drei davon verfügten unbestreitbar über praktische Kompetenz: Joseph M'Connor, der Konstrukteur der Dynamos, dann Joshua Westmacott, seines Zeichens Präsident der Elektrizitätsgesellschaft von Los Amigos, und ich, der medizinische Sachverständige. Als vierten hatten wir schließlich einen alten Deutschen namens Peter Stulpnagel bei uns. Er war von den Abgeordneten der starken deutschstämmigen Bevölkerungsgruppe unserer Stadt einstimmig gewählt und als ihr Vertreter in das Komitee entsandt worden. Es hieß zwar, er verstehe eine Menge von Elektrizität und hantiere zu Hause ständig mit Drähten, Isolatoren und Leidener Flaschen, doch da er dabei offenbar noch nie nützliche oder publizierbare Resultate erzielt hatte, hielten wir ihn für einen harmlosen Spinner, der Wissenschaft als sein Hobby betrieb. Wir drei Praktiker lächelten nur, als wir hörten, daß man ihn zu unserem Kollegen ernannt hatte, und in der Sitzung des Komitees machten wir alles unter uns aus, ohne den alten Knaben besonders zu beachten, der zudem recht schwerhörig war und beide Hände hinter seine Ohrmuscheln legen mußte, um überhaupt etwas mitzubekommen. Er hatte etwa soviel Einfluß auf das Verfahren wie die Presseleute, die hinten in den Bänken saßen und alles in ihre Notizbücher kritzelten.

Wir brauchten nicht lange, um die Einzelheiten festzulegen. In New York hatte man ungefähr zweitausend Volt benutzt und keinen sofortigen Tod erzielt. Also war das zuwenig gewesen. Diesen Fehler wollten wir in Los Amigos nicht wiederholen. Wir kamen überein, die Spannung auf das Sechsfache zu erhöhen und dadurch ihre Wirksamkeit entsprechend zu vergrößern. Logisch, nicht wahr? Auf Duncan Warner sollte die gesamte, konzentrierte Leistung der mächtigen Dynamos losgelassen werden.

So beschlossen wir es und erhoben uns zum Zeichen, daß die Sitzung beendet sei, doch da machte unser schweigsamer Kollge zum erstenmal den Mund auf.

»Meine Herren«, sagte er, »mir scheint, Sie bekunden völlige Unkenntnis der Materie. Sie haben nicht einmal die Grundprinzipien des Wirkens von Elektrizität auf den menschlichen Körper begriffen.«

Die Mehrheit der Komiteemitglieder setzte zu einer zornigen Erwiderung auf diesen brüsken Kommentar an, doch der Präsident der Elektrizitätsgesellschaft beschwichtigte, indem er verstohlen seinen Zeigefinger an die Stirn führte und so an die Unzurechnungsfähigkeit des Alten erinnerte.

»Dann verraten Sie uns bitte, Sir«, sagte er mit einem ironischen Lächeln, »was Ihrer Meinung nach an unseren Überlegungen falsch ist.«

»Die Annahme, daß eine hohe Dosis den Effekt einer kleinen Dosis einfach steigern müsse! Ist es für Sie nicht vorstellbar, daß ein ganz anderes Resultat möglich wäre? Wissen Sie denn aus Experimenten, wie die Wirkung solcher gewaltiger Energiemengen aussieht?«

»Wir können sie aus Analogien ableiten«, entgegnete der

Präsident gewichtig. »Alle Drogen steigern ihre Wirkung, wenn man die Dosis erhöht; zum Beispiel – zum Beispiel –«

»Whisky«, sagte Joseph M'Connor.

»Ganz recht. Whisky. Daran können Sie es sehen.«

Peter Stulpnagel lächelte und schüttelte den Kopf.

»Ihr Argument taugt nicht viel«, widersprach er. »Als ich noch Whisky trank, regte mich das erste Glas gewöhnlich an, aber beim sechsten schlief ich ein, und das ist schließlich das glatte Gegenteil, nicht wahr? Angenommen, die Wirkung von Elektrizität schlägt bei einer gewissen Menge ebenfalls ins Gegenteil um – was dann?«

Wir drei Praktiker prusteten vor Lachen. Daß unser Kollege verschroben war, hatten wir geahnt, aber nicht, wie sehr.

»Was dann?« wiederholte Peter Stulpnagel.

»Dieses Risiko nehmen wir auf uns«, sagte der Präsident.

»Bedenken Sie bitte«, begann Stulpnagel von neuem, »daß Arbeiter, die bei Unfällen mit Drähten in Berührung kamen und elektrische Schläge von nur wenigen hundert Volt erhielten, auf der Stelle starben. Diese Tatsache ist allgemein bekannt. Dagegen konnte ein Verbrecher in New York, bei dem man eine viel höhere Spannung benutzte, eine gewisse Zeit widerstehen. Ja, sehen Sie denn nicht, daß die kleinere Dosis die tödlichere ist?«

»Meine Herren, ich denke, wir haben lange genug diskutiert«, entschied der Präsident und erhob sich erneut. »Der Vorschlag, Duncan Warner am Dienstag mit der gesamten Leistung der Dynamos von Los Amigos zu exekutieren, wurde von der Mehrheit der Komiteemitglieder gebilligt. Ist dem so oder nicht?«

»Ich stimme zu«, sagte Joseph M'Connor.

»Ich stimme zu«, sagte ich.

»Und ich protestiere«, sagte Peter Stulpnagel.

»Damit ist der Antrag beschlossen, und Ihr Einspruch wird ordnungsgemäß im Protokoll vermerkt«, verkündete der Präsident und hob die Sitzung auf.

Der Elektrokution wohnten nur wenige Personen bei. Zugegen waren natürlich wir vier Komiteemitglieder als Weisungsberechtigte des Vollstreckungsbeamten, der unter unserer Leitung die Exekution durchzuführen hatte. Außer uns nahmen der Marshal, der Gefängnisdirektor, der Kaplan und drei Vertreter der Presse teil. Das Ganze fand in einem kleinen Ziegelbau neben der zentralen Elektrostation statt, den man früher als Wäscherei genutzt hatte. An einer Seite standen noch Ofen und Kessel, sonst befand sich weiter nichts in dem Raum – außer dem Stuhl für den Verurteilten natürlich. Vor dem Stuhl lag eine Metallplatte für seine Füße, zu der ein dickes, isoliertes Kabel führte. Von der Decke hing ein anderes Kabel herab, das mit dem feinen Metallstift an der Kappe verbunden werden mußte, die man ihm auf den Kopf setzen wollte. Sobald dieser Kontakt geschlossen war, war Duncan Warners Stunde gekommen.

Feierliche Stille lag in dem Raum, während wir auf den Gefangenen warteten. Die beiden Ingenieure sahen ein wenig blaß aus und fummelten nervös an den Kabeln herum. Selbst der hartgesottene Marshal fühlte sich unbehaglich, denn ein einfaches Aufknüpfen war eine Sache, dieses Verschmoren von Fleisch und Blut jedoch eine ganz andere. Die Gesichter der Reporter wirkten weißer als das Schreibpapier vor ihnen. Der einzige, dem die Vorbereitungen offenbar nichts ausmachten, war der kleine schrullige Deutsche. Er spazierte von einem zum anderen und griente hinterhältig. Mehr als einmal brach er sogar in lautes Gelächter aus, bis ihn der Kaplan wegen dieser unangebrachten Heiterkeit scharf zurechtwies.

»Wie können Sie sich soweit vergessen, Mr. Stulpnagel«, zischte er, »und in der Gegenwart des Todes lachen?«

Doch der Deutsche reagierte recht unverfroren.

»Wäre ich in der Gegenwart des Todes, würde ich nicht lachen«, sagte er, »doch da ich dies keineswegs bin, tue ich, was mir gefällt.«

Die schnippische Antwort schien den Geistlichen zu einem weiteren, noch heftigeren Tadel zu reizen, doch da wurde die Tür aufgestoßen, und zwei Wärter führten Duncan Warner herein. Mit entschlossener Miene blickte er in die Runde, trat resolut vor und setzte sich auf den Stuhl.

»Schaltet ein!« sagte er.

Es wäre barbarisch gewesen, ihn warten zu lassen. Der Kaplan murmelte ihm ein paar Worte ins Ohr, ein Wärter setzte ihm die Kappe auf den Kopf, und dann – wir hielten alle den Atem an – wurde der Kontakt zwischen Kabel und Metall hergestellt.

»Großer Gott!« schrie Duncan Warner.

Er machte einen Satz auf dem Stuhl, als der gewaltige Schlag seinen Körper durchfuhr. Aber er war nicht tot. Im Gegenteil, seine Augen glänzten munterer als zuvor. Nur etwas hatte sich auffällig verändert: Wie ein Schatten, der aus einer Landschaft verschwindet, war die Schwärze aus seinem Haar und Bart gewichen. Beides war nun schneeweiß. Doch andere Anzeichen von körperlichem Verfall zeigten sich nicht. Seine Haut wirkte glatt, straff und rosig wie die eines Kindes.

Der Marshal blickte vorwurfsvoll zu uns Komiteemitgliedern.

»Hier scheint etwas nicht zu stimmen, meine Herren«, sagte er.

Wir drei Praktiker schauten einander stumm an.

Peter Stulpnagel lächelte bedeutungsvoll.

»Ich denke, ein weiterer Stromstoß dürfte genügen«, sagte ich.

Wieder wurde der Kontakt geschlossen, und wieder hüpfte und schrie Duncan Warner, doch wäre er nicht an den Stuhl gefesselt gewesen, hätte ihn niemand von uns wiedererkannt. Mit einem Schlag waren sämtliche Kopf- und Barthaare von ihm abgefallen; der Raum sah aus wie ein Barbierladen an einem Samstagabend. Da saß er, immer noch mit glänzenden Augen und einer Haut, die vor Gesundheit förmlich strahlte, nur sein Skalp war kahl wie ein holländischer Käse, und auch sein Kinn wies nicht den geringsten Flaum auf. Er begann eine Schulter zu bewegen, zuerst zögernd, dann mit wachsendem Selbstvertrauen.

»Dieses Rheuma«, sagte er, »hat die Hälfte der Ärzte an der Pazifikküste ratlos gemacht. Weg! Die Schulter ist wie neu und so geschmeidig wie eine Haselrute!«

»Sie fühlen sich wohl, nicht wahr?« fragte der alte Deutsche.

»Wie in meinem ganzen Leben nicht!« bestätigte Duncan Warner fröhlich.

Eine peinliche Situation. Der Marshal schaute finster zum Komitee. Peter Stulpnagel feixte und rieb sich die Hände. Die Ingenieure kratzten sich am Kopf. Der glatzköpfige Delinquent ließ seine Schulter kreisen und blickte zufrieden in die Runde.

»Ich glaube, wenn wir noch einmal –« begann der Präsident der Elektrizitätsgesellschaft.

»Nein, Sir«, entgegnete der Marshal, »mir reicht dieses Herumgealbere für heute. Wir sind wegen einer Hinrichtung hergekommen, und eine Hinrichtung muß stattfinden.«

»Was schlagen Sie vor?«

»Sehen Sie den Haken dort an der Decke? Beschaffen Sie mir einen Strick, dann bringen wir die Sache hinter uns.«

Die beiden Wärter wurden losgeschickt, um einen Strick zu holen. Eine unangenehme Verzögerung entstand. Peter Stulpnagel ging zu Duncan Warner, beugte sich zu ihm nieder und flüsterte ihm etwas ins Ohr. Der Desperado blickte überrascht auf.

»Wirklich?« fragte er.

Der Deutsche nickte.

»Was denn – überhaupt nicht?«

Stulpnagel schüttelte den Kopf. Daraufhin begannen die beiden ausgelassen zu lachen, wie über einen guten Witz.

Der Strick wurde gebracht, und der Marshal legte die Schlinge eigenhändig um den Hals des Verbrechers. Dann zog er mit seinem Gehilfen und den beiden Wärtern den Todeskandidaten hinauf bis unter die Decke und ließ ihn dort – ein furchtbarer Anblick – eine halbe Stunde lang hängen. Danach holten sie ihn in feierlichem Schweigen herunter. Ein Wärter ging nach draußen, um Bescheid zu sagen, daß man den Sarg hereinbringen könne. Doch man kann unser Erstaunen nicht beschreiben – kaum hatte Duncan Warner den Boden berührt, als er auch schon seine Hände zum Hals führte, die Schlinge lockerte und tief durchatmete.

»Paul Jeffersons Laden geht sehr gut«, bemerkte er. »Konnte 'ne Menge Kunden von da oben sehen.« Er deutete hinauf zur Decke.

»Noch einmal hoch mit ihm!« bellte der Marshal. »Wir werden ihm schon irgendwie das Leben austreiben!«

Im nächsten Augenblick baumelte Duncan Warner wieder am Haken.

Sie ließen ihn dort eine volle Stunde, doch als er wieder unten ankam, hielt er keineswegs den Mund.

»Den alten Plunket zieht's mächtig in Arcadys Saloon«, sagte er. »Dreimal war er drin in dieser Stunde. Ein Mann mit Familie! Er sollte sich wirklich das Saufen abgewöhnen.«

Es war monströs und unglaublich, wir konnten es kaum fassen. Aber auch wenn es uns nicht in den Kopf gehen wollte: Der Mann, der eigentlich längst tot sein müßte, redete immer noch. Sprachlos standen wir um ihn herum und starrten ihn an. Doch US-Marshal Carpenter gab sich nicht so leicht geschlagen. Er bedeutete den anderen, sich auf eine Seite zu begeben, so daß der Verbrecher allein stand.

»Duncan Warner«, sagte er langsam, »Sie haben hier Ihre Rolle zu spielen, und ich die meine. Ihre Absicht ist es, am Leben zu bleiben. Meine besteht darin, die Todesstrafe zu vollstrecken, die das Gesetz über Sie verhängt hat. Bei der Elektrizität konnten Sie uns besiegen. Der Punkt ging an Sie. Und auch beim Hängen konnten Sie uns schlagen, weil Sie eine unverschämte Glückssträhne haben. Doch jetzt bin ich am Zuge und gedenke meine Pflicht zu erfüllen!«

Bei diesen Worten zog er seinen Sechsschüssigen aus dem Mantel und feuerte sechsmal auf die Brust des Verurteilten. Der Raum war ganz voller Rauch, so daß wir zuerst überhaupt nichts sahen, doch als er sich verzog, stand Duncan

Warner noch immer. Empört betrachtete er die Vorderseite seiner Jacke.

»Kleider müssen billig sein, wo Sie herkommen«, sagte er. »Dreißig Dollar hat mich dieses gute Stück gekostet, und sehen Sie es sich jetzt an! Die sechs Löcher vorn sind schon schlimm genug, aber hinten sind vier Kugeln wieder rausgekommen. Das muß böse aussehen.«

Dem Marshal glitt der Revolver aus der Hand, er hob die Arme und ließ sie gegen seine Hüften fallen – ein geschlagener Mann.

»Vielleicht kann mir jemand von Ihnen verraten, was hier vorgeht, meine Herren«, murmelte er und blickte hilflos von einem Komiteemitglied zum anderen.

Peter Stulpnagel trat vor.

»Ich werde Ihnen alles erklären«, sagte er.

»Sie scheinen der einzige zu sein, der etwas weiß.«

»Ich *bin* der einzige, der etwas weiß und habe versucht, meine Kollegen zu warnen. Aber da sie nicht auf mich hören wollten, sollten sie sich selbst überzeugen. Die Sache ist die: Durch die überdimensionierte Dosis Elektrizität wurde die Vitalkraft dieses Mannes so gesteigert, daß er dem Tod jahrhundertelang widerstehen kann.«

»Jahrhunderte!«

»Jawohl, es wird Hunderte von Jahren dauern, bis sich die enorme Energie abbaut, mit der Sie ihn geladen haben.

Elektrizität ist Leben, und damit haben Sie ihn randvoll gepumpt. Vielleicht können Sie ihn in fünfzig Jahren hinrichten, aber selbst darauf würde ich mich nicht verlassen.«

»Teufel noch mal, was soll ich denn noch alles mit ihm anstellen?« schrie der unglückliche Marshal.

Peter Stulpnagel zuckte mit den Schultern.

»Mir scheint, im Augenblick spielt es keine große Rolle, was Sie mit ihm anstellen. Nützen wird es sowieso nichts.«

»Vielleicht können wir die Elektrizität wieder aus ihm herauskriegen? Fließt sie ab, wenn wir ihn beispielsweise an den Füßen aufhängen?«

»Nein, nein, ausgeschlossen.«

»Nun, jedenfalls bekommt er keine Gelegenheit mehr, Unheil in Los Amigos anzurichten«, sagte der Marshal mit Nachdruck. »Ich stecke ihn hinter Gitter. Das neue Zuchthaus wird ihn schon kleinkriegen.«

»Im Gegenteil«, sagte Peter Stulpnagel. »Ich halte es für wahrscheinlicher, daß er das Zuchthaus überlebt.«

Es war ein ziemliches Fiasko, das wir jahrelang nach Möglichkeit nicht oder nur hinter vorgehaltener Hand erwähnten, doch jetzt ist es kein Geheimnis mehr, und ich dachte mir, Sie würden die Fakten vielleicht gern in Ihrem Notizbuch festhalten.

DAS UNGEHEUER VON BLUE JOHN GAP

Den folgenden Bericht fand man unter den Papieren des Dr. James Hardcastle, der am 4. Februar 1908 in seiner Wohnung in South Kensington, Upper Coventry Flats 36, an Tuberkulose starb. Menschen aus seiner näheren Bekanntschaft sahen sich zwar außerstande, den Inhalt seiner Aufzeichnungen zu beurteilen, schildern ihn jedoch übereinstimmend als einen nüchternen, wissenschaftlich denkenden Mann ohne jeglichen Hang zur Übertreibung oder Phantasterei. Das Manuskript steckte in einem Umschlag mit der Aufschrift »Ein kurzer Bericht der Begebenheiten, die sich im Frühling des vergangenen Jahres nahe Miss Allertons Farm in North-West Derbyshire zutrugen«. Der Umschlag war versiegelt. Auf der Rückseite stand mit Bleistift geschrieben:

> »Lieber Seaton!
> Es mag Dich interessieren und womöglich schmerzlich berühren zu erfahren, daß die Ungläubigkeit, die Du meiner Geschichte entgegengebracht hast, mich davon abgehalten hat, je wieder darüber zu reden. Ich hinterlasse diese Aufzeichnungen. Vielleicht findet sich nach meinem Tode ein Fremder, der mir mehr Vertrauen schenkt als Du, mein Freund.«

Trotz intensiver Nachforschungen ließ sich dieser Seaton nicht ausfindig machen. Hingegen konnte zweifelsfrei festgestellt werden, daß sich Hardcastle tatsächlich auf Allertons Farm aufgehalten hat. Und auch die allgemeine Art der Aufregung von damals ist verbürgt, mit Ausnahme seiner eigenen Erklärung. Mit dieser Vorbemerkung übergebe ich das Manuskript genau so der Öffentlichkeit, wie er es hinterlassen hat. Es ist in Tagebuchform abgefaßt, einige Eintragungen sind nachträglich durch Zusätze erweitert, andere stellenweise ausradiert worden.

17. April. Ich merke schon, wie mir die herrliche Gebirgsluft gut tut. Die Farm der Allertons liegt fast fünfhundert Meter über dem Meeresspiegel, das erklärt die stärkende Wirkung des Klimas. Abgesehen von dem morgendlichen Husten habe ich kaum Beschwerden, und bei der frischen Milch und dem Hammelbraten aus eigener Zucht dürfte ich bald zunehmen. Saunderson wird mit mir zufrieden sein.

Die Farm gehört zwei liebenswürdigen älteren unverheirateten Schwestern, die kräftig mit anpacken. Ein bißchen drollig sind sie schon, aber überaus herzlich. Alle Fürsorge, die sie dem Ehemann und den Kindern geschenkt hätten, bekomme nun ich, der kranke Fremde. So ein älteres Fräulein ist ja eigentlich eine überaus wichtige Person; sie bildet in jedem Gemeinwesen so etwas wie eine stille Reserve. Es heißt, Junggesellinnen seien übriggeblieben, aber was wäre der übriggebliebene Junggeselle ohne ihre warmherzige Zuwendung? Übrigens haben sie mir in schöner Offenheit gleich verraten, weshalb Saunderson ihre Farm empfahl. Der Professor hat selbst ganz unten angefangen und hier als Junge bloß Krähen von den Feldern verscheucht.

Eine höchst einsame Ecke, aber mit äußerst pittoresken Wanderwegen. Die Farm besteht aus Weideland, das in einem unregelmäßig geformten Tal liegt. Ringsum ragen phantastische Kalksteinfelsen auf, deren Gestein so weich ist, daß man es mit den Fingern zerbröseln kann. Der Boden ist überall hohl. Schlüge man mit einem gigantischen Hammer drauf, würde er wie eine Trommel dröhnen oder einbrechen und in einen riesigen unterirdischen See stürzen. Es muß einen solchen See geben, denn alle Wasserläufe verschwinden im Gebirge, kommen aber nicht wieder zum Vorschein. Überall zwischen den Felsen findet man Öffnungen. Kriecht man hinein, gelangt man in geräumige Gänge, die windungsreich ins Erdinnere führen. Mit meiner kleinen Blendlaterne bin ich schon einige Male in diese unheimlichen, einsamen Höhlen vorgedrungen. Herrlich, diese glitzernden Reflexionen und das Spiel der Schatten, wenn der Lichtstrahl die von den hohen Gewölben herabhängenden Stalaktiten streift. Die Blende heruntergeschoben, und schwärzeste Finsternis umgibt einen. Wieder herauf, und man wähnt sich an einem Schauplatz von Tausendundeiner Nacht.

Eine dieser seltsamen Öffnungen interessiert mich besonders, denn sie ist nicht natürlich entstanden, sondern von Menschenhand angelegt worden. Bevor ich in diese Gegend kam, hatte ich noch nie etwas von Blue John gehört. So nennt man hier den blauen Flußspat, ein besonderes Mineral von herrlicher rotblauer Farbe, das nur an wenigen Plätzen der Erde vorkommt und daher so kostbar ist, daß schon eine einfache Vase daraus ein Vermögen wert wäre. Die Römer, mit ihrem außerordentlich sicheren Gespür für diese seltenen Fundstellen, trieben einen horizontalen Schacht in die Flanke des Berges. Diese alte Mine wird Blue John Gap genannt. Ihr Eingang ist ein präzise in den Fels gehauener Bogen, ganz von Büschen überwachsen. Der geräumige Stollen der römischen Bergleute kreuzt mehrere der vom Wasser ausgewaschenen Höhlen. Wer da hineingeht, tut gut daran, seinen Weg genau zu markieren und einen ordentlichen Vorrat an Kerzen mitzunehmen, sonst findet er nicht wieder zurück ans Tageslicht. Ich habe mich bisher nicht weit hineingewagt, aber als ich heute wieder einmal am Eingang des gewölbten Tunnels stand und in die Finsternis hineinstarrte, faßte ich einen Entschluß: Sobald meine Gesundheit wieder einigermaßen hergestellt ist, würde ich ein paar Urlaubstage opfern, um diese mysteriösen Tiefen zu erkunden und nachzusehen, wie tief sich die Römer in das Gebirge von Derbyshire gebohrt haben.

Komisch, wie abergläubisch diese Landleute sind! Beim jungen Armitage hätte ich so etwas am wenigsten erwartet, hielt ihn eigentlich für einen aufgeschlossenen, gebildeten Menschen mit ganz vernünftigen Ansichten. Als ich am Eingang zu Blue John Gap stand, kam er quer über die Wiese auf mich zu.

»Na, Doktor«, sagte er, »Sie scheinen ja gar keine Angst zu haben.«

»Angst?« antwortete ich. »Wovor sollte ich Angst haben?«

»Vor dem da«, erwiderte er und wies mit dem Daumen auf das schwarze Loch, »vor dem Ungeheuer dort drinnen in Blue John Gap.«

Märchen entstehen in abgelegenen Landstrichen ungemein leicht. Ich fragte nach den Gründen seiner seltsamen Ansicht. Offenbar verschwinden von Zeit zu Zeit Schafe von der Weide, fortgeschleppt von dem Ungeheuer, behauptete Armitage. Daß sie selbst ausbrechen und sich im Gebirge verirren, hielt er für völlig ausgeschlossen. Einmal habe man eine Blutlache und ein paar Wollbüschel gefunden. Auch das lasse sich ganz natürlich erklären, war meine Meinung. Ferner seien die Schafe stets nur in besonders finsteren, mondlosen Nächten verschwunden, wenn der Himmel bedeckt war. Ich hingegen fand es ganz einleuchtend, daß jeder vernünftige Schafdieb genau solche Nächte für seine Unternehmungen nutzen würde. Einmal habe eine breite Lücke in einem Steinwall geklafft, die Steine seien in beträchtlichem Umkreis verstreut gewesen. Wieder von Menschenhand, war meine Entgegnung. Schließlich spielte Armitage seinen größten Trumpf aus, indem er behauptete, er habe das Ungeheuer selbst gehört – ja, jeder könne es hören, der lange genug am Höhleneingang verweile. Es sei ein fernes, sehr voluminöses Brüllen. Darüber konnte ich nur schmunzeln, denn ich weiß, welche seltsamen Geräusche unterirdisch strömendes Wasser in den Hohlräumen des Kalksteins erzeugen kann. Mein Unglaube verärgerte Armitage sichtlich, er machte abrupt kehrt und ging davon.

Und nun kommt das Verrückteste an der ganzen Geschichte. Während ich noch am Eingang zur Höhle stand und überlegte, wie leicht sich Armitages Behauptungen entkräften ließen, drang plötzlich aus den Tiefen des Stollens ein ganz seltsamer Laut. Wie soll ich ihn beschreiben? Erstens schien er aus großer Distanz, von weit unten aus dem Erdinneren zu kommen. Zweitens wirkte er trotz dieser beträchtlichen Entfernung sehr laut. Drittens war es durchaus kein Krachen oder Dröhnen, das sich auf tosendes Wasser oder einen stürzenden Felsblock zurückführen ließe, sondern ein hohes, vibrierendes Kreischen, das an- und abschwoll, etwa wie das Wiehern eines Pferdes. Ich muß zugeben, daß mich das merkwürdige Geräusch aufs höchste beeindruckte und mir Armitages Worte für den Augenblick in einem anderen Licht erscheinen ließ. Ich wartete noch eine gute halbe Stunde vor Blue John Gap, doch da sich das Geräusch nicht wiederholte, machte ich mich ziemlich verwirrt auf den Rückweg zur Farm. Auf jeden Fall werde ich diese Höhle erkunden, sobald ich wieder bei Kräften bin. Natürlich ist Armitages Erklärung zu absurd, um als Möglichkeit in Betracht zu kommen, aber dieser Laut war wirklich sehr seltsam. Er klingt mir noch in den Ohren, während ich dies schreibe.

20. April. Ich war in den letzten Tagen ein paarmal bei Blue John Gap, bin sogar ein Stück hineingegangen, aber meine Laterne ist so klein und schwach, daß ich mich damit nicht sehr weit wage. So etwas muß systematischer vorbereitet werden. Gehört habe ich nichts mehr. Fast möchte ich glauben, das Opfer von Halluzinationen gewesen zu sein, vielleicht ausgelöst durch Armitages Geschwätz. Natürlich ist das Ganze absurd! Und doch muß ich zugeben, daß die geknickten Zweige im Buschwerk vor der Höhle ganz so aussehen, als habe sich ein riesiges Tier hindurchgezwängt. Die Sache beginnt mich wirklich zu interessieren. Meinen Wirtinnen gegenüber erwähnte ich von all dem nichts, sie sind ohnehin schon abergläubisch genug. Ich habe jedoch schon ein paar Kerzen gekauft und will mir nun Klarheit verschaffen.

Heute morgen entdeckte ich unter den zahlreichen Wollbüscheln, die im Gebüsch vor der Höhle herumlagen, ein blutbeschmiertes. Natürlich sagt mir mein Verstand, daß Schafe, die an solchen felsigen Stellen herumklettern, sich leicht verletzen können, aber irgendwie jagten mir diese roten Spritzer einen Schreck ein, und ich wich für einen Moment ängstlich von dem alten römischen Schacht zurück. Ein stinkender Hauch schien aus der schwarzen Tiefe zu strömen, als ich hineinstarrte. Sollte etwa doch eine namenlose, schreckliche Bestie dort unten lauern? Normalerweise lasse ich mich nicht so leicht täuschen, doch bei angeschlagener Gesundheit wird man leichter nervös und phantasiereich.

Ich war drauf und dran, meinen Plan aufzugeben und das Geheimnis der alten Mine – wenn es eins gibt – auf sich beruhen zu lassen. Aber heute abend habe ich mich beruhigt, und meine Neugier ist wieder da. Ich gedenke, morgen der Sache auf den Grund zu gehen.

22. April. Ich will versuchen, mein außergewöhnliches Erlebnis von gestern so genau wie möglich festzuhalten. Am Nachmittag machte ich mich auf und marschierte zu Blue John Gap. Zugegeben, die Beklommenheit stellte sich wieder ein, als ich davorstand und in die Tiefe spähte, und nur zu gern hätte ich einen Begleiter an meiner Seite gehabt. Schließlich kehrte meine Entschlossenheit zurück, ich zündete eine Kerze an, zwängte mich durch das Dornengestrüpp und stieg in den felsigen Schacht.

Er führte etwa fünfzehn Meter weit schräg nach unten; der abschüssige Boden war mit Gesteinsbrocken bedeckt. Dann begann ein langer gerader Stollen, der in massiven Fels gehauen war. Ich bin zwar kein Geologe, aber dieses Material kam mir wesentlich härter vor als Kalkstein. An einigen Stellen entdeckte ich sogar Spuren, die von den römischen Bergleuten bei ihren Grabungen hinterlassen worden waren. Sie wirkten so frisch, als stammten sie von gestern. Während ich diesem uralten Stollen stolpernd folgte, verbreitete die schwache Kerze einen trüben Lichtkreis, der die Finsternis vor mir noch undurchdringlicher und bedrohlicher machte. Schließlich erreichte ich eine Stelle, wo der römische Tunnel in eine vom Wasser ausgehöhlte Kaverne mündete. Es war ein riesiges Gewölbe, und lange weiße Kalkablagerungen hingen wie Eiszapfen von der Decke. Von dieser zentralen Kammer gingen, wie ich undeutlich erkannte, mehrere von unterirdischen Strömen ausgespülte Gänge ab und wanden sich in die Tiefe. Ich stand da und überlegte noch, ob ich mich in dieses gefährliche Labyrinth wagen oder besser umkehren sollte, als ich direkt vor meinen Füßen etwas entdeckte, das mir höchst merkwürdig vorkam.

Während sonst überall Steine und Kalkkrusten den Boden bedeckten, hatte dort eine Tropfstelle von weit oben eine runde Fläche aus weichem Schlamm entstehen lassen. Darin, genau in der Mitte, war eine Art Abdruck – wie ein riesiger Klecks, unregelmäßig und ohne scharfe Konturen, aber tief, als wenn ein großer Felsbrocken dort aufgeschlagen wäre. Es lag aber keiner in der Nähe, und es gab auch sonst nichts, was diese Vertiefung hätte erklären können. Mir erschien der Abdruck viel zu groß, um von irgendeinem Tier zu stammen. Außerdem war es nur einer, und in mir sträubte sich alles gegen die Vorstellung, daß ein Tier in der Lage sein sollte, diese große Schlammfläche mit nur einem Schritt zu überqueren. Als ich mich nach der Inspektion dieses merkwürdigen Eindrucks aufrichtete und in die Finsternis ringsum schaute, wurde mir auf einmal sehr mulmig. Ich muß gestehen, daß die Kerze in meiner ausgestreckten Hand zitterte.

Bald jedoch hatte ich mich wieder in der Gewalt. Ich sagte mir, daß es ganz absurd wäre, einen so großen und formlosen Abdruck als Fußspur eines Tieres zu deuten. Selbst ein Elefant hätte solch eine Spur nicht verursachen können. Also beschloß ich, mich nicht länger mit unsinnigen vagen Vermutungen zu ängstigen, sondern meine Expedition fortzusetzen. Bevor ich weiterging, prägte ich mir eine markante Felsformation an der Wand ein, anhand derer ich die Öffnung zum alten römischen Tunnel wiederfinden konnte. Diese Vorsichtsmaßnahme war dringend nötig, denn soweit ich sah, mündete eine Vielzahl von Gängen in die große Kammer. Nachdem ich mich orientiert und den Kerzenvorrat überprüft hatte, wagte ich mich langsam weiter. Der Boden der Kaverne war karstig und sehr uneben.

Und nun komme ich zu meinem plötzlichen schlimmen Mißgeschick. Ein Wasserlauf, an die sechs Meter breit, kreuzte meinen Weg. Ich folgte ihm ein Stück weit und suchte eine geeignete Stelle, um ihn trockenen Fußes zu überqueren. Schließlich fand ich einen flachen Stein, der fast in der Mitte lag und mit einem großen Schritt zu erreichen war. Er muß jedoch unterspült gewesen sein, denn als ich drauftrat, kippte er zur Seite, und ich fiel ins eiskalte Wasser. Die Kerze verlosch, und ich plantschte wild in vollkommener Dunkelheit umher.

Ich rappelte mich wieder auf, eher amüsiert als erschreckt über den Zwischenfall. Die Kerze war mir aus der Hand geglitten und von der Strömung fortgetragen worden. Das machte aber nichts, da ich noch zwei andere in der Tasche hatte. Ich nahm eine heraus und tastete nach meinen Streichhölzern. Erst da erfaßte ich meine Lage. Die Schachtel war bei meinem Sturz in das Flüßchen naß geworden. Die Zündhölzer ließen sich nicht anreiben.

Eine eiskalte Hand schien mir das Herz zusammenzupressen, als mir die Konsequenzen klarwurden. Die Dunkelheit war undurchdringlich und schrecklich. Sie war so dicht, daß man die Hände vors Gesicht hob, um sie von sich wegzuschieben wie etwas Festes. Ich blieb stehen und konnte mit Mühe meiner Erregung Herr werden. Zunächst rief ich mir in Erinnerung, was ich vom Boden der Kammer zuletzt gesehen hatte, und versuchte daraus eine Karte zu rekonstruieren. Doch leider befanden sich die wichtigsten Anhaltspunkte, die ich mir gemerkt hatte, oben an der Wand, und waren durch Tasten nicht zu erreichen. Immerhin wußte ich ungefähr, wie die Seitenwände der Kammer lagen. Wenn ich mich an ihnen entlangtastete, mußte ich irgendwann die Öffnung des römischen Stollens wiederfinden. Mit dem Mut der Verzweiflung machte ich mich auf. Langsam, immer wieder gegen Felsblöcke stoßend, schob ich mich vorwärts.

Doch bald begriff ich, daß es so nicht ging. In der schwarzen, samtigen Dunkelheit verlor man sofort jede Orientierung. Schon nach wenigen Schritten wußte ich überhaupt nicht mehr, in welche Richtung ich ging. Das Plätschern des Wassers war der einzige Anhaltspunkt, der mich zu dem Flüßchen zurückbrachte. Doch sobald ich mich davon entfernte, war ich gänzlich hilflos. Den Rückweg bei völliger Dunkelheit durch dieses Kalksteinlabyrinth zu finden, erwies sich als unmöglich.

Ich setzte mich auf einen Stein und überdachte meine üble Lage. Da ich niemandem etwas von meiner beabsichtigten Expedition in die Blue-John-Mine erzählt hatte, war mit einem Rettungstrupp kaum zu rechnen. Ich mußte mir selbst aus diesem Schlamassel heraushelfen. Meine einzige Hoffnung bestand darin, daß die Streichhölzer trockneten. Beim Sturz in den Fluß war ich nicht völlig naß geworden. Die linke Schulter war über dem Wasser geblieben. Ich schob also die Schachtel mit den Streichhölzern in die linke Achselhöhle. Vielleicht reichte meine Körperwärme aus, um sie zu trocknen, was aber bei der hohen Luftfeuchtigkeit in der Höhle viele Stunden dauern würde – viele Stunden ohne Licht. Ich konnte nichts anderes tun als warten.

Glücklicherweise hatte ich beim Verlassen des Farmhauses etwas Gebäck eingesteckt. Das verschlang ich nun gierig und spülte es mit einem Schluck aus jenem verfluchten Fluß hinunter, dem ich mein Mißgeschick verdankte. Dann tastete ich nach einem bequemen Sitzplatz zwischen den Steinen, und als ich eine Stelle gefunden hatte, wo ich den Rücken anlehnen konnte, streckte ich die Beine aus und wartete. Ich war jämmerlich durchnäßt und fror, tröstete mich aber mit dem Gedanken, daß die moderne Medizin bei meiner Krankheit offene Fenster und Spaziergänge bei jedem Wetter empfiehlt. Allmählich, eingelullt vom Gurgeln des strömenden Wassers und der absoluten Dunkelheit, sank ich in einen unruhigen Schlummer.

Wie lange er dauerte, weiß ich nicht. Es mag eine Stunde gewesen sein, vielleicht waren es auch mehrere. Plötzlich schreckte ich hoch und saß kerzengerade auf meinem Steinsofa, jeder Nerv gespannt, alle Sinne in Alarmbereitschaft. Ich hatte ganz deutlich etwas gehört, das sich vom Plätschern des Wassers unterschied. Es war schon wieder vorbei, hallte mir aber noch im Ohr. Eine Rettungsmannschaft? Die hätten bestimmt nach mir gerufen. Nein, das vage Geräusch, das mich geweckt hatte, war anders gewesen, mit menschlichen Stimmen überhaupt nicht zu vergleichen. Mir klopfte das Herz, ich wagte kaum zu atmen. Da war es wieder! Und wieder! Jetzt kamen die Geräusche in regelmäßiger Folge. Es waren Schritte – ja, unzweifelhaft Schritte irgendeiner Kreatur. Aber was für Schritte das waren! Ich hatte den Eindruck, daß weiche Sohlen den wuchtigen Tritt eines Kolosses auffingen. Der Lärm war gedämpft, doch unüberhörbar. So undurchdringlich die Finsternis auch war, das massige Tappen kam stetig und entschieden näher. Und zweifellos kam es genau auf mich zu.

Meine Haut wurde kalt, mir sträubten sich die Haare, als ich diesen regelmäßigen, gewichtigen Schritten lauschte. Es gab hier also tatsächlich eine unbekannte Kreatur, die, nach der Geschwindigkeit ihrer Bewegungen zu urteilen, im Dunkeln sehen konnte. Ich duckte mich auf meinem Fels und versuchte mit ihm zu verschmelzen. Die Schritte kamen näher, immer näher. Dann brachen sie ab, und ich hörte lautes Schmatzen und Schlürfen. Das Tier trank am Fluß. Dann wieder Stille, unterbrochen durch langes Schnüffeln und ungeheuer kraftvolles Schnauben. Hatte es mich gewittert? Ich jedenfalls konnte seine üblen Ausdünstungen riechen – ein widerwärtiger, fauler Gestank. Wieder Schritte, jetzt auf meiner Seite des Flusses. Wenige Meter vor mir knirschte Geröll. Mit angehaltenem Atem schmiegte ich mich an meinen Felsen. Dann entfernten sich die Schritte. Plantschend durchquerte das Tier wieder den Fluß, und der Lärm verklang in der Richtung, aus der er gekommen war.

Gelähmt vor Schreck, blieb ich noch lange liegen. Ich dachte an das Brüllen, das ich am Mineneingang gehört hatte, an Armitages Furcht, an den Fußabdruck im Schlamm. Und nun hatte ich die unwiderlegbare Bestätigung, daß das Gerücht von dem unbeschreiblichen und schrecklichen nicht-irdischen Monster stimmte, das im Innern des Berges lauerte. Sein Aussehen vermochte ich mir beim besten Willen nicht vorzustellen, ich wußte nur, daß es gigantisch groß und erstaunlich flink war. Während ich dalag, war ich zwischen zwei heftig widerstreitenden Empfindungen hin und her gerissen: Die Vernunft sagte mir, daß es so etwas nicht geben könne, meine Wahrnehmungen bezeugten das Gegenteil. Schließlich begann ich mir einzureden, das Erlebnis sei nichts als ein böser Traum gewesen, eine Sinnestäuschung während eines Schwächeanfalls. Doch alsbald sollte ich eine entscheidende Entdeckung machen, die alle Zweifel beseitigte.

Ich hatte die Streichhölzer aus meiner Achselhöhle genommen und betastet. Sie fühlten sich nunmehr hart und völlig trocken an. Ich beugte mich über einen Spalt im Boden und versuchte ein Streichholz anzuzünden. Zu meiner Freude brannte es sofort. Ich zündete eine Kerze an, und nach einem ängstlichen Blick in die dunkle Tiefe der Kaverne machte ich mich eilends auf den Rückweg zum römischen Stollen. Dabei passierte ich wieder die Schlammfläche, in der ich den großen Abdruck gesehen hatte. Ich stutzte, blieb stehen. Nun waren dort drei solche Spuren, jede riesig und unregelmäßig im Umriß und vom gewaltigen Gewicht tief eingedrückt. Panik erfaßte mich. Unwillkürlich duckte ich mich, schirmte die Flamme mit einer Hand ab und rannte los, rannte angstschlotternd durch den felsigen Tunnel, rannte ohne anzuhalten, bis ich endlich keuchend und erschöpft das steile steinige Stück am Ausgang erklomm, mich durch das Gebüsch zwängte und ermattet ins weiche Gras fallen ließ. Über mir blinkten friedlich die Sterne. Es war drei Uhr morgens, als ich bei der Farm ankam. Heute fühle ich mich ganz schlapp und zittrig. Ich habe bisher niemandem etwas von meinem schrecklichen Abenteuer erzählt. In dieser heiklen Angelegenheit ist Vorsicht geboten. Wie würden die armen einsamen Frauen oder die ungebildeten Bauern hier reagieren, wenn ich ihnen von meinem Erlebnis berichtete? Ich darf mich nur jemandem anvertrauen, der etwas von der Sache versteht und mir einen Rat geben kann.

25. April. Nach meinem unglaublichen Abenteuer in der Höhle mußte ich zwei Tage das Bett hüten. ›Unglaublich‹ –

das Adjektiv paßt auch zu meinem anschließenden Erlebnis, das mich nicht minder erschütterte. Ich erwähnte bereits meine Absicht, jemanden zu suchen, den ich um Rat fragen konnte. Ein paar Meilen von hier praktiziert ein Dr. Mark Johnson, den mir Professor Saunderson empfohlen hat. Als ich wieder bei Kräften war, suchte ich ihn auf und erzählte ihm die ganze merkwürdige Geschichte. Er hörte aufmerksam zu, dann untersuchte er mich gründlich, besonders interessierten ihn meine Reflexe und meine Pupillen. Als er fertig war, ging er auf meinen Bericht nicht näher ein, sondern sagte nur, er verstehe nichts von solchen Dingen. Er gab mir die Karte eines gewissen Mr. Picton in Castleton, den ich umgehend konsultieren sollte. Ich solle ihm meine Geschichte in allen Einzelheiten erzählen, genau wie ihm. Dieser Mann sei hervorragend geeignet, mir zu helfen. Ich ging gleich zum Bahnhof und fuhr in die nur zehn Meilen entfernte Kleinstadt. Mr. Picton schien ein bedeutender Mann zu sein. Sein Haus, am Stadtrand gelegen, war ziemlich groß; an der Tür hing ein blinkendes Namensschild aus Messing. Ich wollte gerade läuten, als mir plötzlich ein Verdacht kam. Ich ging über die Straße, betrat den nächsten Laden und fragte den Verkäufer, ob er Mr. Picton kenne. »Natürlich«, war die Antwort, »der beste Irrenarzt von ganz Derbyshire. Dort drüben steht seine Anstalt.« Man kann sich denken, daß ich schleunigst den Staub von Castleton von meinen Füßen schüttelte und mich auf den Rückweg zur Farm machte, dabei all die stumpfsinnigen Pedanten verfluchend, welche sich nicht einmal vorstellen können, daß es Dinge zwischen Himmel und Erde gibt, die sie aus ihrer Maulwurfsperspektive nicht wahrnehmen. Jetzt, wesentlich ruhiger geworden, kann ich auch zugeben, daß ich mich Armitage gegenüber in einer ähnlich ignoranten Weise verhalten habe. Er muß dasselbe von mir denken wie ich von Dr. Johnson.

27. April. In meiner Studentenzeit galt ich als ein beherzter und unternehmungslustiger Mann. Ich erinnere mich zum Beispiel an diese Geisterjagd damals in Coltbridge – ich wagte als einziger, eine Nacht in dem Spukhaus zu verbringen. Bin

ich mit zunehmendem Alter ängstlicher geworden (bin zwar erst fünfunddreißig), oder liegt es an meiner angegriffenen Gesundheit? Schon beim bloßen Gedanken an den unheimlichen Bewohner der Höhle im Berg rutscht mir das Herz in die Hose. Was soll ich tun? Es vergeht keine Stunde, ohne daß ich darüber nachgrüble. Wenn ich schweige, bleibt die mysteriöse Sache ungeklärt. Wende ich mich an die Öffentlichkeit, muß ich mit zwei Möglichkeiten rechnen: Entweder löse ich eine allgemeine Panik in der gesamten Umgebung aus, oder man glaubt mir nicht und steckt mich ins Irrenhaus. Alles in allem scheint es mir am klügsten, vorläufig den Mund zu halten und in aller Stille eine weitere Expedition vorzubereiten. Diesmal müßte ich aber überlegter handeln und besser ausgerüstet sein. Als erstes bin ich deshalb nach Castleton gefahren und habe ein paar wichtige Utensilien besorgt: eine große Azetylenlampe, eine gute doppelläufige Jagdflinte. Letztere habe ich nur geliehen, aber dazu habe ich ein Dutzend Patronen für Großwild gekauft, mit denen man Nashörner erlegen könnte. Damit fühle ich mich dem geheimnisvollen Troglodyten gewachsen. Ich brauche nur noch ein bißchen mehr Gesundheit und Kraft, dann nehme ich es mit ihm auf. Um was für ein Wesen handelt es sich überhaupt? Ja, das ist die Frage, die mir den Schlaf raubt. Wie viele Theorien habe ich schon aufgestellt und wieder verworfen! Das Ganze ist im wahrsten Sinne des Wortes undenkbar. Und doch, einige Fakten – das Gebrüll in der Höhle, die Fußspuren, die Schritte – lassen sich nicht in Abrede stellen. Was ist mit den alten Legenden von Drachen und anderen Ungeheuern? Sind es vielleicht doch keine puren Erfindungen, wie allgemein angenommen? Sollte etwas Wahres dran sein? Bin ich, von allen Sterblichen, dazu ausersehen, es herauszufinden?

3. Mai. Seit Tagen verschiebe ich mein Vorhaben immer wieder wegen des launischen englischen Frühlingswetters, und in dieser Zeit sind Dinge geschehen, deren schlimme Bedeutung nur ich ahne. Wir hatten wieder bedeckten Himmel und mondlose Nächte, also genau die Bedingungen, unter denen

schon öfter Schafe verschwunden sind. Nun fehlen wieder ein paar. Zwei von den Allertons, eins vom alten Pearson drüben am Cat Walk und eins von Mrs. Moulton. Insgesamt sind in den letzten drei Nächten vier Stück spurlos verschwunden. Gerüchte von Zigeunern und Schafdieben machen eifrig die Runde.

Aber es gibt noch etwas Schlimmeres. Der junge Armitage ist auch verschwunden. Er verließ am frühen Mittwochabend sein kleines Bauernhaus am Moor und wurde seitdem nicht mehr gesehen. Niemand hier regt sich sonderlich darüber auf, denn er lebte recht zurückgezogen. Allgemein vermutet man, er sei wegen seiner Schulden fortgegangen, habe irgendwo einen guten Posten gefunden und werde sich wohl bald mit der Bitte melden, man möge ihm seine Habseligkeiten nachschicken. Doch ich ahne Schreckliches. Ist es nicht wahrscheinlicher, daß ihn das Verschwinden der Schafe zu Nachforschungen veranlaßte, bei denen er selbst umkam? Er könnte beispielsweise, während er dem Ungeheuer nachstellte, von diesem überrascht und ins Erdinnere verschleppt worden sein. Ein bizarres Schicksal für einen zivilisierten Engländer des 20. Jahrhunderts! Aber durchaus möglich, wahrscheinlich sogar. Und wenn es zutrifft – inwieweit bin ich mitschuldig an seinem Tod und an jedem weiteren Unglück, das noch geschehen mag? Mein Wissen verpflichtet mich zu veranlassen, daß etwas getan wird, oder falls nötig, selbst etwas zu tun. Nur das letztere kommt in Frage, denn heute vormittag war ich beim Dorfpolizisten und habe ihm die ganze Geschichte erzählt. Der Inspektor schrieb alles in ein dickes Buch und dankte mir beim Abschied sehr ernst, doch als ich auf dem Gartenweg war, hörte ich ihn losprusten vor Lachen. Wahrscheinlich las er mein Abenteuer seiner Familie vor.

10. Juni. Ich sitze im Bett, während ich dies schreibe, sechs Wochen nach meiner letzten Eintragung in dieses Journal. Bei meinem Abenteuer – kaum jemand hat so etwas je erlebt – bin ich körperlich und nervlich ziemlich ramponiert worden. Aber mein Ziel ist erreicht. Von dem Ungeheuer unten in Blue John

Gap droht keine Gefahr mehr. So viel zumindest habe ich, ein schwacher Kranker, zum Wohle der Allgemeinheit geleistet. Aber ich will jetzt so genau wie möglich erzählen, was geschah.

Der Abend des 3. Mai, ein Freitag übrigens, war dunkel, der Himmel von Wolken verhangen – ideale Bedingungen für Ausflüge des Ungeheuers ins Freie. Gegen elf nahm ich Laterne und Gewehr und machte mich auf den Weg. Auf meinem Nachttisch hinterließ ich die Nachricht, man möge mich bei Blue John Gap suchen, falls ich am nächsten Tag nicht zurück wäre. Ich marschierte zu dem römischen Schacht, suchte mir unweit des Eingangs eine geeignete Deckung zwischen den Felsen, schloß die Blende der Laterne und wartete, das Gewehr schußbereit in den Händen.

Es war eine trostlose Wache. Unten im gewundenen Tal blinkten die Lichter vereinzelter Farmhäuser, das Schlagen der Kirchturmuhr von Chapel-le-Dale drang leise an mein Ohr. Diese Zeichen meiner Mitmenschen verstärkten mein Gefühl der Einsamkeit nur noch; mächtiger wurde die Angst, und dringlicher die Verlockung, die ganze Sache abzublasen und zur Farm zurückzugehen. Doch tief im Innersten eines jeden Mannes nistet die Selbstachtung, die es ihm schwermacht, eine einmal begonnene Unternehmung abzubrechen. Dieser eigenartige Stolz rettete mich also, ließ mich ausharren, während ich mich mit jeder Faser meines Wesens fortwünschte. Heute bin ich froh, daß ich blieb. Trotz allem, was mir geschah – zumindest meine Mannhaftigkeit wird man nicht bezweifeln können.

Zwölf schlug es vom fernen Kirchturm, dann ein Uhr, zwei – die finsterste Stunde der Nacht. Am Himmel niedrig ziehende Wolken und kein einziger Stern. Ein leichter Wind säuselte, manchmal schrie ein Käuzchen irgendwo zwischen den Felsen, sonst blieb es still. Und plötzlich vernahm ich das Geräusch! Von tief unten aus dem Tunnel kam das gedämpfte, weiche und doch so schwere Tappen. Ich hörte auch, wie Steine unter dem gigantischen Tritt knirschten. Die Schritte kamen näher, waren schon dicht vor mir. Es knackte im Gebüsch am Eingang. Ich nahm eine Bewegung in der Dunkelheit wahr – eine riesige schwarze Silhouette, eine monströse, unförmige Kreatur schob sich rasch und ganz geräuschlos aus dem Tunnel. Vor Schreck und Verblüffung war ich wie gelähmt. Obwohl ich lange auf meinen Gegner gewartet hatte, traf mich sein Auftauchen unvorbereitet. Reglos lag ich da, atmete nicht einmal, während die große dunkle Masse vorüberhuschte und von der Nacht verschluckt wurde.

Nun mußte ich seine Rückkehr abwarten. Kein Laut verriet, daß eine namenlose Bestie durch das friedlich schlafende Tal streifte. Nichts deutete darauf hin, wo sie war, was sie tat oder wann sie wiederkommen mochte. Noch einmal würde ich mich nicht überlisten lassen, diesmal sollte sie nicht ungehindert vorbeischlüpfen. Das schwor ich mir mit zusammengebissenen Zähnen, während ich das Gewehr mit gespannten Hähnen auf den Felsblock vor mir bereitlegte.

Und doch wäre es beinahe wieder passiert. Diesmal hörte ich die Kreatur nicht einmal kommen, denn sie bewegte sich auf der Wiese völlig lautlos. Unvermittelt ragte vor mir wieder dieser dunkle Umriß auf und glitt still wie ein Schatten auf den Höhleneingang zu. Erneut setzte die Willenslähmung ein, ich war unfähig, den Zeigefinger um den Abzug zu krümmen. Mit einer verzweifelten Anstrengung kämpfte ich dagegen an. Erst als es im Gebüsch raschelte und das ungeheuerliche Biest mit dem schwarzen Eingangsloch verschmolz, gelang es mir zu schießen. Im Schein des aufblitzenden Mündungsfeuers erkannte ich einige Einzelheiten: einen riesigen, massigen Körper mit rauhem, zotteligem grauem Fell, nach unten hin heller werdend, fast weiß, außerdem kurze, stämmige, gekrümmte Beine. Im nächsten Augenblick rappelten die Steine im Schacht – das Monster flüchtete hinab in seine Höhle. Ein Triumphgefühl überkam mich, weg war die Angst. Ich riß die Blende der starken Gaslaterne hoch, faßte das Gewehr, sprang aus meinem Versteck und eilte hinterher.

Der helle Lichtkegel der exzellenten Lampe drang weit in den Gang, ganz anders als der gelbe Kerzenschein bei meiner ersten Erkundung zwölf Tage zuvor. Ich sah, während ich rannte, die Bestie vor mir her trotten. Mit ihrem dicken Leib füllte sie den Stollen nahezu aus. Ihr Fell ähnelte grobem verblichenen Werg, hing lang und dicht herab und wogte in der Bewegung hin und her. Wie ein Riesenschaf vor der Schur, dachte ich, nur war dieses Tier weitaus größer als der größte Elefant und fast ebenso dick wie hoch. Heute staune ich über meine Tollkühnheit, solch einem Ungeheuer in die Tiefe der Erde zu folgen. Doch der Anblick der waidwund fliehenden Beute läßt nun einmal das Herz des Jägers höher schlagen, und wenn der uralte Jagdtrieb erwacht, ist es mit der Besonnenheit vorbei. Das Gewehr in der Hand, rannte ich dem Monster hinterher, so schnell ich nur konnte.

Über welche Schnelligkeit dieses Wesen verfügte, wußte ich bereits. Nun sollte ich zu meinem Nachteil erfahren, daß es auch sehr listig war. Ich hatte angenommen, es sei auf panischer Flucht und ich brauchte es nur zu verfolgen. In meinem Eifer kam mir nicht ein einziges Mal der Gedanke, es könnte mich angreifen. Wie bereits erwähnt, mündet der Stollen, den ich hinunterrannte, in eine riesige Kammer. Dort stürmte ich hinein, um nicht die Spur des Ungeheuers zu verlieren. Doch es hatte kehrtgemacht und erwartete mich.

Dieser Anblick im grellen weißen Lampenlicht hat sich für immer meinem Gedächtnis eingeprägt: Das Monster hatte sich auf die Hinterbeine erhoben wie ein Bär, gewaltig und drohend stand es da – ein Geschöpf, wie es mir nicht einmal in meinen schlimmsten Träumen begegnet ist. Nicht nur die aufrechte Angriffshaltung erinnerte an einen Bären – den man sich etwa zehnmal so massig wie das größte heute lebende Exemplar vorstellen muß –, sondern auch die gekrümmten Pranken mit den elfenbeinweißen Krallen, das zottelige Fell und das weit aufgerissene rote Maul mit den langen Fangzähnen ließen mich an einen Bären denken. Nur in einem unterschied es sich vom Bären und von jedem anderen auf der Erde lebenden Tier – und selbst in diesem kritischen Moment durchlief mich ein Schauder, als ich es entdeckte: Die hervorquellenden, im

Licht der Lampe glitzernden Augenbälle waren riesengroß und vollkommen weiß und blind. Das Tier führte einige Prankenhiebe über meinen Kopf hinweg. Dann stürzte es sich auf mich, die Lampe polterte zu Boden, verlosch – und mehr weiß ich nicht.

Im Farmhaus der Allertons kam ich wieder zu mir. Zwei Tage waren seit meinem schrecklichen Erlebnis in Blue John Gap vergangen. Mit einer Gehirnerschütterung und schlimmen Brüchen des linken Arms und zweier Rippen muß ich die ganze Nacht ohnmächtig in der Höhle gelegen haben. Am nächsten Morgen fanden die Allertons meine Nachricht und riefen ein Dutzend Farmer zusammen; man suchte, fand mich und schaffte mich in mein Bett, wo ich dann in tiefer Bewußtlosigkeit lag. Offenbar hat man von dem Monster keine Spur entdeckt, auch kein Blut – mein Schuß muß wohl danebengegangen sein. Außer meinen Verletzungen und den Fußspuren im Schlamm gab es keinen Beweis für die Wahrheit meines Berichts.

Inzwischen sind sechs Wochen verstrichen, und ich kann bereits wieder draußen in der Sonne sitzen. Direkt vor mir sehe ich den steilen schiefergrauen Felshang mit dem dunklen Spalt an der unteren Flanke, wo sich der Mineneingang befindet. Blue John Gap ist jedoch kein Quell des Schreckens mehr. Nie wieder wird über diesen unseligen Stollen eine unbekannte Bestie an die Oberfläche gelangen. Mögen die Gebildeten und Wissenschaftler, die Dr. Johnsons und Konsorten, meinen Bericht auch belächeln – die einfachen Landleute haben ihn nie auch nur im geringsten angezweifelt. Einen Tag nachdem ich das Bewußtsein wiedererlangt hatte, fanden sie sich zu Hunderten vor Blue John Gap ein. Das hiesige Blatt, der ›Castleton Courier‹, berichtete darüber:

> »Vergebens erboten sich unser Korrespondent und einige abenteuerlustige Herren aus Matlock, Buxton und weiteren Orten, die Höhle bis in den letzten Winkel

zu erforschen und die seltsamen Behauptungen des Dr. James Hardcastle zu überprüfen. Die Landbevölkerung hatte die Sache selbst in die Hand genommen und war seit den frühen Morgenstunden eifrig dabei, den Mineneingang zu verschließen. Der Stollen beginnt mit einem stark abschüssigen Teil. In diesen wurden riesige Felsblöcke, die man mit vereinten Kräften herbeiwälzte, geworfen, bis der Gang völlig verrammelt war. Damit wurde praktisch der Schlußstrich unter eine Angelegenheit gezogen, die in weitem Umkreis viel Aufregung hervorgerufen hatte. Der Meinungsstreit geht indes mit unverminderter Heftigkeit weiter. Die eine Partei weist auf Dr. Hardcastles Gesundheitszustand hin. Sie meint, die Tuberkulose habe sein Gehirn angegriffen und so zu seltsamen Halluzinationen geführt. Diese hätten sich zu einer fixen Idee verdichtet und den Doktor veranlaßt, in dem alten Schacht herumzuklettern, wo er bei einem Sturz seine Verletzungen erlitten habe. Die ortsansässigen Farmer hingegen verweisen auf das schon seit Monaten kursierende Gerücht von einem Untier in Blue John Gap und betrachten Dr. Hardcastles Aussagen und seine körperlichen Blessuren als endgültige Bestätigung lange gehegter Vermutungen. Wie es aussieht, wird der Streit anhalten, denn eine definitive Beweisführung ist nun für beide Seiten unmöglich geworden. Im übrigen dürfte eine wissenschaftliche Erklärung der angeblichen Tatsachen die Fähigkeiten des menschlichen Geistes übersteigen.«

Der Reporter des ›Courier‹ wäre gut beraten gewesen, wenn er zu mir gekommen wäre, bevor er seinen Artikel in Druck gab. Schließlich habe ich diese Sache intensiver durchdacht als jeder andere Mensch, daher hätte ich vielleicht manche der offenkundigen Schwierigkeiten lösen und das Ganze einer wissenschaftlichen Interpretation ein wenig näherrücken können. So will ich denn an dieser Stelle die einzig vernünftige Erklärung darlegen, die ich zu dieser Reihe von – für mich schmerzhaften – Vorkommnissen gefunden habe. Meine Theorie mag ziemlich unwahrscheinlich anmuten, man wird jedoch zugeben müssen, daß sie nicht unmöglich ist.

Ich gehe davon aus – und wie meine Tagebuchaufzeichnungen beweisen, war ich schon vor meinem Abenteuer dieser Ansicht –, daß in diesem Teil Englands ein riesiger unterirdischer See existiert, der von unzähligen im karstigen Kalkstein versickernden Wasserläufen gespeist wird. Wo sich derartig enorme Wassermassen ansammeln, gibt es Verdunstung, Niederschlag als Tau oder Regen und sehr wahrscheinlich eine Vegetation. Diese wiederum ermöglicht tierisches Leben, dessen Keimformen, ebenso wie die der Pflanzen, in einer frühen erdgeschichtlichen Phase nach unten gelangt sind, als noch eine Verbindung mit der Außenwelt bestand. Der unterirdische Lebensraum führte zur Entwicklung einer eigenen Flora und Fauna, darunter auch solcher Monster, wie das von mir entdeckte. Vielleicht handelt es sich um den urzeitlichen Höhlenbären, der sich den neuen Umweltbedingungen durch Riesenwuchs und andere Veränderungen angepaßt hat. Jahrmillionen lang existierten die Lebensformen auf und unter der Erde getrennt voneinander, entwickelten sich in unterschiedliche Richtungen. Dann entstand ein Riß im Gebirge, der einem Tier über den Schacht der Römer den Weg an die Oberfläche ermöglichte. Wie alle unterirdisch lebenden Tiere war es blind; dafür hatte es die Natur mit anderen Möglichkeiten der Sinneswahrnehmung ausgestattet. Auf jeden Fall wußte es sich bestens zu orientieren und hat die Schafe auf den Bergwiesen mühelos erbeutet. Die dunklen Nächte wählte es aus, auch das gehört zu meiner Theorie, weil das Licht seinen großen weißen Augäpfeln weh tat. Es ertrug nur eine pechschwarze Welt. Höchstwahrscheinlich hat mir der Schein der Lampe das Leben gerettet, als wir uns gegenüberstanden. So erkläre ich mir das Geschehen. Ich überlasse die Fakten der Nachwelt. Wer will, mag sie sich anders zusammenreimen oder insgesamt in Frage stellen. Weder Zustimmung noch Skepsis ändern etwas an den Tatsachen oder kümmern jemanden wie mich, der mit einem Bein schon im Grab steht.

So enden die seltsamen Aufzeichnungen des Dr. James Hardcastle.

DER FALL LADY SANNOX

Das Verhältnis zwischen Douglas Stone und der bekannten Lady Sannox war ein offenes Geheimnis – sowohl in den modebewußten Kreisen der feinen Gesellschaft, in denen sie den Ton angab, als auch in den naturwissenschaftlichen Vereinigungen, die ihn zu einem ihrer prominenten Mitglieder zählten. So staunte man natürlich allenthalben, als es eines Tages hieß, die Dame habe den weltlichen Dingen für immer entsagt und sei ins Kloster gegangen. Und als unmittelbar darauf die Nachricht folgte, der gefeierte Chirurg, der Mann mit den stählernen Nerven, sei des Morgens von seinem Diener auf dem Bettrand sitzend vorgefunden worden – vergnügt die Welt belächelnd, mit beiden Füßen im selben Hosenbein und mit einem Verstand, der noch soviel wert war wie ein Hut voller Hafergrütze –, da versetzte die Angelegenheit selbst jene Leute in helle Aufregung, die sonst als abgebrüht oder phlegmatisch galten.

Douglas Stone war auf dem Höhepunkt seiner Karriere einer der bemerkenswertesten Männer Englands. Vielleicht hatte er den Höhepunkt noch nicht einmal erreicht, denn er zählte erst neununddreißig Jahre, als sich dieser kleine Zwischenfall ereignete. Seine engeren Bekannten wußten, daß er das Zeug besaß, in einem guten Dutzend anderer Laufbahnen Ruhm zu ernten, wahrscheinlich sogar noch mehr als in der medizinischen. Er hätte beim Militär ebenso Karriere gemacht wie am Gericht, seinen Namen als Entdecker verewigt oder sich als Ingenieur Denkmäler aus Stein und Stahl gesetzt. Zur Größe geboren, plante er, was andere nicht zu tun wagten, und tat, was andere nicht einmal zu planen wagten. In der Chirurgie vermochte es niemand, ihm das Wasser zu reichen. Seine Sicherheit, sein Urteil, seine Intuition waren einzigartig. Wieder und wieder schnitt er tollkühn den Tod von den Lebensnerven, bis die Assistenten, die seine Skalpellführung verfolgten, so bleich waren wie der Patient auf dem Operationstisch. Erinnert man sich nicht noch heute zwischen Marylebone Road und Oxford Street an die Energie, den Mut und die ausgeprägte Selbstsicherheit des brillanten Arztes?

Seine Laster standen seinen Tugenden in nichts nach, sie waren eher noch ausgeprägter und nahmen zuweilen skurrile Formen an. Obschon er damals das dritthöchste Einkommen unter Londons Freiberuflern erzielte, brauchte er wesentlich mehr, um seinen luxuriösen Neigungen nachzugehen. Im Innersten seines vielschichtigen Wesens pulste eine sensualistische Ader; der Befriedigung seiner Genußsucht galt sein gesamtes Streben. Er war der Sklave seiner Sinne, ganz ergeben dem Sehen, Hören, Fühlen und Schmecken. Er gab sein Geld mit vollen Händen aus, wenn ihn das Bukett eines alten Weines, der Duft exotischer Gewürze oder die Anmut seltenen Porzellans aus europäischen Manufakturen entzückte. Und dann kam seine jähe, verrückte Leidenschaft für Lady Sannox. Eine einzige Begegnung, zwei herausfordernde Blicke und kaum mehr als ein gehauchtes Wort genügten, um die Glut zu entfachen. Sie war die schönste Frau Londons, und für ihn die einzige. Er war einer der stattlichsten Männer Londons, für sie aber keineswegs der einzige. Sie liebte die Abwechslung und ermutigte fast alle Männer, die ihr den Hof machten. Daß Lord Sannox wie ein Fünfzigjähriger aussah, obwohl er erst sechsunddreißig war, konnte man als Ursache oder Folge ihres Verhaltens werten.

Er war ein stiller, blasser, nichtssagender Mann mit schmalen Lippen und schweren Lidern, dieser Lord. Am liebsten blieb er zu Hause und werkelte in seinem Blumengarten. Früher hatte er sich für die Schauspielerei interessiert, einmal sogar eine Londoner Bühne gemietet, auf deren Brettern ihm dann Miss Marion Dawson begegnete. Ihr bot er seine Hand, seinen Titel und ein Drittel seiner Grafschaft an. Nach der Hochzeit kühlte seine Begeisterung für das Theater zusehends ab. Er, der sein Talent als Mime oft und gern bewiesen hatte, ließ sich bald nicht einmal mehr zur Mitwirkung bei kleinen

Liebhaberaufführungen im privaten Kreis bewegen. Mit Spaten und Gießkanne zwischen seinen Orchideen und Chrysanthemen fühlte er sich wohler.

Ringsum fragte man sich, ob er denn keine Augen im Kopf oder keine Courage im Leib habe. Wußte er von den Affären seiner Frau und verzieh er sie ihr? Oder war er einfach der mit Blindheit geschlagene, gehörnte Ehemann? Solche Fragen diskutierte man beim Tee in den behaglichen Salons oder bei einer Zigarre in den Fensternischen der Klubs. Die Herren verurteilten sein Verhalten entschieden und heftig. Nur einer im Rauchzimmer, der sich sonst selten zu Wort meldete, verteidigte ihn. Er hatte Sannox einmal an der Universität beim Zureiten eines Pferdes beobachtet und dieses beeindruckende Erlebnis nie vergessen können.

Doch als die Affäre mit Douglas Stone begann, stellte niemand mehr die Frage, ob der Lord Bescheid wisse oder nicht. Stone machte keinerlei Anstalten, etwas zu bemänteln. Selbstgefällig und ungestüm wie er war, verzichtete er auf jede Vorsicht oder Diskretion. Der Skandal zog Kreise. Eine medizinische Gesellschaft gab bekannt, sie habe Dr. Stone von der Liste ihrer Vizepräsidenten gestrichen. Zwei seiner Freunde beschworen ihn, an seinen Ruf zu denken. Er schickte sie zum Teufel und seiner Angebeteten einen Armreif, der vierzig Guineen gekostet hatte. Er suchte sie jeden Abend auf, sie fuhr nachmittags in seiner Kutsche spazieren. Beide unternahmen nicht den leisesten Versuch, ihr Verhältnis geheimzuhalten. Doch dann geschah dieser kleine Zwischenfall, der diesem Treiben jäh ein Ende setzte.

Es war ein naßkalter, trostloser Winterabend; böiger Wind heulte in den Kaminen und rüttelte an den Fenstern. Jeder neue Windstoß warf einen Schwall feiner Regentropfen gegen die Scheiben und übertönte einen Augenblick lang das dumpfe Gurgeln und Plätschern in den Fallrohren. Douglas Stone hatte soeben zu Abend gegessen und saß nun am Feuer in seinem Arbeitszimmer. Neben sich, auf einem Malachittischchen, stand ein Glas schweren Portweines. Bevor er es an die

Lippen setzte, hielt er es gegen das Licht und beobachtete mit Kenneraugen die Fetzen des dünnen Häutchens, die im satten Rubinrot schwebten. Das flackernde Kaminfeuer warf einen zuckenden Schein auf sein kühnes, scharfgeschnittenes Gesicht, das mit den weit geöffneten grauen Augen, den vollen, kräftigen Lippen und dem kantigen Kinn an die Kraft und Vitalität eines alten Römers erinnerte. Er lächelte ab und zu, während er sich behaglich in seinem prunkvollen Sessel räkelte. Und er hatte allen Grund zur Zufriedenheit, nachdem er an jenem Tag eine Operation durchgeführt hatte, welche – gegen den Rat von sechs Kollegen unternommen – erfolgreicher verlaufen war als erwartet. Bisher hatte es erst zwei derartige Fälle gegeben, und kein anderer Chirurg in London hätte den Mut und die Kunstfertigkeit für solch einen Eingriff aufbringen können.

Er hatte sich für den Abend mit Lady Sannox verabredet, und jetzt war es schon halb neun. Er streckte die Hand nach dem Klingelzug aus, um seine Kutsche vorfahren zu lassen, als er den dumpfen Anschlag des Türklopfers hörte. Kurz darauf drang von der Halle her das Geräusch schneller Schritte, dann wurde eine Tür zugeschlagen.

»Ein Herr ist im Sprechzimmer, Sir«, meldete sein Butler.

»Ein Patient?«

»Nein, Sir. Er möchte Sie zu einem Patienten rufen.«

»Zu spät«, knurrte Douglas Stone. »Heute mache ich keine Hausbesuche mehr.«

»Seine Karte, Sir.«

Der Butler überreichte sie auf einem goldenen Präsentierteller, der seinem Herrn von der Gattin eines Regierungschefs geschenkt worden war.

»›Hamil Ali, Smyrna.‹ Hm! Ein Türke?«

»Jawohl, Sir, er sieht sehr fremdländisch aus. Und er ist äußerst aufgeregt.«

»Ach was! Ich habe eine wichtige Verabredung. Sagen Sie ihm, ich müßte zu einem dringenden Fall. Aber ich kann ihn mir zumindest anhören. Bringen Sie ihn zu mir, Pim.«

Kurz darauf öffnete der Butler schwungvoll die Tür und führte einen kleinen altersschwachen Mann herein, der beim Gehen den Kopf vorschob und heftig blinzelte, wie es extrem Kurzsichtige tun. Seine Gesichtsfarbe war dunkel, Haar und Bart pechschwarz. In der einen Hand hielt er einen Turban aus weißem Musselin mit roten Streifen, in der anderen einen kleinen Beutel aus Sämischleder.

»Guten Abend, mein Herr«, sagte Douglas Stone, nachdem der Butler die Tür geschlossen hatte. »Ich hoffe, Sie sprechen englisch?«

»Ja, Sir. Aber nur sehr langsam. Ich komme aus Kleinasien.«

»Sie möchten, daß ich einen Hausbesuch mache?«

»Ja, Sir. Es geht um meine Frau.«

»Augenblicklich bin ich leider wegen einer Verabredung verhindert. Ich könnte morgen früh nach ihr sehen.«

Die Reaktion des Türken war außergewöhnlich. Er löste das Band, das den Lederbeutel verschloß, und schüttete einen Schwall von Goldmünzen auf das Tischchen.

»Hier sind einhundert Pfund«, sagte er, »und ich verspreche, daß es kaum eine Stunde dauern wird. Meine Kutsche wartet draußen.«

Douglas Stone schaute zur Uhr. Eine Stunde, das wäre noch nicht zu spät für das Rendezvous mit Lady Sannox. Er hatte sich schließlich schon länger verspätet. Und das außergewöhnlich hohe Honorar! Seine Gläubiger bedrängten ihn gerade in letzter Zeit sehr, er konnte es sich nicht leisten, solch eine Chance auszuschlagen. Er mußte mitgehen.

»Was hat Ihre Frau?« fragte er.

»Oh, etwas Trauriges! Etwas sehr Trauriges! Haben Sie schon einmal etwas von den Degen der Almohades gehört?«

»Nein.«

»Ah, das sind sehr alte orientalische Waffen von seltsamer Form, mit einem Griff wie ein Steigbügel. Ich bin Raritätenhändler, müssen Sie wissen, auf Geschäftsreise in England. Nächste Woche fahre ich zurück nach Smyrna. Ich habe viel verkauft. Nur ein paar Artikel blieben übrig. Leider auch so ein Degen.«

»Ich darf Sie daran erinnern, daß ich nicht viel Zeit habe, mein Herr«, unterbrach ihn der Chirurg leicht unwillig. »Bitte beschränken Sie sich auf das Nötigste.«

»Ich bin dabei, Sir. Vorhin fiel meine Frau im Zimmer, in dem meine Waren lagern, in Ohnmacht. Dabei verletzte sie sich die Unterlippe an diesem verfluchten Degen der Almohades.«

»Ich verstehe«, sagte Douglas Stone und erhob sich. »Sie möchten, daß ich die Wunde versorge.«

»Nein, es ist schlimmer.«

»Wieso?«

»Diese Degen sind vergiftet.«

»Vergiftet!«

»Ja, und kein Mensch, ob in Asien oder Europa, kennt das Gift oder ein Gegenmittel. Alles, was es darüber zu wissen gibt, weiß ich, denn vor mir betrieb mein Vater dieses Geschäft, und wir hatten oft mit diesen vergifteten Waffen zu tun.«

»Welches sind die Symptome?«

»Tiefer Schlaf, und nach dreißig Stunden der Tod.«

»Sie sagen, es gebe kein Heilmittel. Wofür wollen Sie mir dann soviel Geld bezahlen?«

»Wo die Arznei fehlt, kann das Messer heilen.«

»Wie meinen Sie das?«

»Das Gift geht sehr langsam in den Körper über. Es bleibt stundenlang in der Wunde.«

»Dann muß man die Wunde auswaschen.«

»Hilft sowenig wie bei einem Schlangenbiß. Es ist schon in kleinsten Mengen tödlich.«

»Also muß man die Wunde ausschneiden?«

»Jawohl, Sir. Mein Vater sagte immer: Hast du dir den Finger verletzt, schneid ihn ab. Doch bedenken Sie, wo die Wunde ist, und hier geht es um meine Frau! Es ist furchtbar!«

Aber ständiger Umgang mit furchtbaren Angelegenheiten kann das Mitgefühl eines Menschen abstumpfen. Für Douglas

Stone zeichnete sich hier lediglich ein neuer, interessanter Fall ab; die schwachen Bedenken des Ehemanns schob er als irrelevant beiseite.

»Also dies oder nichts«, sagte er brüsk. »Immer noch besser, eine Lippe zu verlieren, als das Leben.«

»Natürlich, Sir. Sie haben recht. Nun ja, das ist Kismet, und ich muß es annehmen. Kommen Sie mit und tun Sie es. Meine Kutsche wartet.«

Douglas Stone nahm sein chirurgisches Besteck aus dem Schrank und steckte es, zusammen mit einer Rolle Verbandszeug und einer Leinenkompresse, in seine Jackentaschen. Er durfte keine Zeit mehr verlieren, wenn er Lady Sannox noch aufsuchen wollte.

»Ich bin soweit«, sagte er und warf seinen Mantel über. »Darf ich Ihnen noch ein Glas Wein anbieten, bevor wir uns hinaus in die Kälte wagen?«

Sein Besucher wehrte mit protestierend erhobenen Händen ab.

»Sie vergessen, daß ich Muselman bin, Sir, ein treuer Anhänger des Propheten«, sagte er. »Was enthält das grüne Fläschchen, das Sie soeben einsteckten?«

»Chloroform.«

»Das ist uns auch nicht erlaubt. Es ist eine Spirituose, und wir dürfen so etwas nicht verwenden.«

»Was denn – wollen Sie Ihrer Frau eine Operation ohne Betäubung zumuten?«

»Sie wird nichts spüren, die Ärmste. Sie befindet sich in dem Tiefschlaf, den das Gift als erstes hervorruft. Außerdem habe ich ihr etwas von unserem Smyrna-Opium gegeben. Kommen Sie, Sir, eine Stunde ist bereits vergangen!«

Als sie in die Dunkelheit hinausgingen, warf ihnen eine Sturmbö Regen ins Gesicht und ließ die Gaslampe in der Halle, die am Arm einer marmornen Karyatide baumelte, mit blaffendem Geräusch verlöschen. Pim, der Butler, stemmte sich gegen die schwere Tür und schob sie gegen den Widerstand des Windes ins Schloß, während die beiden anderen

Männer auf den gelben Laternenschein der wartenden Kutsche zuhielten. Wenig später waren sie in dem ratternden Gefährt unterwegs.

»Ist es weit?« fragte Douglas Stone.

»O nein. Wir haben ein sehr kleines, ruhiges Häuschen etwas abseits der Euston Road gemietet.«

Der Chirurg drückte auf ein Knöpfchen seiner Repetieruhr und lauschte auf die feinen Schläge, die ihm die Uhrzeit verkündeten. Es war Viertel nach neun. Er überschlug, wie lange die Fahrt und die einfache Operation dauern würden. So gegen zehn müßte er bei Lady Sannox sein. Durch die beschlagenen Scheiben sah er die verschwommenen Lichter der Gaslaternen vorbeihuschen, manchmal unterbrochen vom helleren Schein eines Schaufensters. Der Regen prasselte und klopfte auf das Lederverdeck der Kutsche, zischend rollten die Räder durch Pfützen und Schlamm. Die weiße Kopfbedeckung seines Gegenübers schimmerte schwach in der Dunkelheit. Der Chirurg betastete den Inhalt seiner Taschen und ordnete die Nadeln, Klemmen und Pinzetten, um damit nachher keine Zeit zu verlieren. Er hielt es kaum aus vor Ungeduld und trommelte mit den Fußspitzen auf den Boden.

Endlich wurde die Kutsche langsamer und hielt an. Sofort sprang Douglas Stone hinaus; der Händler aus Smyrna folgte ihm auf den Fersen.

»Sie können warten!« rief er dem Kutscher zu.

Es war ein schäbig aussehendes Haus in einer engen, schmutzigen Gasse. Der Chirurg, der sich in seinem London gut auskannte, warf einen prüfenden Blick in das Dunkel. Aber da war nichts Markantes – kein Laden, kein Leben, nichts außer zwei düsteren, eintönigen Häuserzeilen, davor zwei Streifen nasser Steinplatten, die im Laternenlicht glänzten, und zwei Wasserläufen in den Rinnsteinen, die gurgelnd und glucksend den Gullys entgegenliefen. Die Haustür vor ihnen wirkte mit ihrem abblätternden Anstrich wie bekleckst, und das schwache Licht im fächerförmigen Fenster darüber erhellte den abgelagerten Staub und Schmutz. In einem der Schlafzimmerfenster des ersten Stocks schimmerte ein blaßgelber Lichtschein. Der Kaufmann klopfte heftig. Als er sein dunkelhäutiges Gesicht dem Licht zuwandte, sah Douglas Stone, daß es vor Besorgnis ganz verzerrt war. Ein Riegel wurde zurückgeschoben, und eine ältere Frau mit einem Leuchter erschien in der Tür, die Kerzenflamme mit gekrümmter Hand schützend.

»Ist alles in Ordnung?« stieß der Kaufmann hervor.

»Unverändert – wie bei Ihrem Weggang, Sir.«

»Hat sie gesprochen?«

»Nein. Sie schläft ganz fest.«

Der Kaufmann schloß die Tür, und Douglas Stone betrat einen engen Korridor, in dem er sich verwundert umsah. Hier gab es keinen Wachstuchvorhang, keine Fußmatte, keine Hutablage. Dicker grauer Staub und schwere, wie Girlanden herabhängende Spinnweben überall. Als sie der alten Frau die Wendeltreppe hinauf folgten, hallten seine festen Schritte durch das stille Haus. Teppichläufer gab es hier auch nicht.

Das Schlafzimmer lag auf dem zweiten Treppenabsatz. Stone betrat es nach der alten Krankenschwester, der Raritätenhändler folgte dicht hinter ihm. Hier endlich gab es Mobiliar, mehr als genug sogar. Überall auf dem Boden und in den Zimmerecken lagen und standen türkische Truhen, intarsienverzierte Tische, Kettenhemden, seltsam geformte Pfeifen und merkwürdige Waffen. Einzig auf einem Wandsims brannte eine kleine Lampe. Douglas Stone nahm sie herunter und bahnte sich einen Weg durch das Gerümpel zu der Ecke, wo eine Frau in traditioneller türkischer Kleidung, mit Yashmak und Schleier, auf einer Couch lag. Der untere Teil ihres Gesichtes war entblößt. Der Chirurg bemerkte einen gezackten, ausgefransten Schnitt am Rand der Unterlippe.

»Verzeihen Sie den Yashmak«, sagte der Türke. »Sie wissen, unsere Vorschriften für die Frau sind sehr streng.«

Doch der Arzt beachtete den Yashmak nicht einmal. Vor ihm lag keine Frau, sondern ein Fall. Er beugte sich nieder und untersuchte die Wunde eingehend.

»Noch keine Anzeichen von Reizung«, sagte er. »Wir sollten den Eingriff aufschieben, bis sich lokale Symptome zeigen.«

Der Kaufmann wrang verzweifelt die Hände.

»O Sir, Sir!« rief er. »Zögern Sie nicht! Sie ahnen ja nicht, wie heimtückisch dieses Gift wirkt. Ich weiß es, und ich versichere Ihnen, daß eine sofortige Operation nötig ist. Nur das Skalpell kann sie retten.«

»Dennoch scheint es mir sinnvoller, noch etwas zu warten«, beharrte Douglas Stone.

»Genug!« brauste der Türke auf. »Es kommt auf jede Minute an. Ich kann nicht hier stehen und zusehen, wie meine Frau stirbt. Besten Dank für Ihre Mühe, Doktor. Ich hole lieber einen anderen Arzt, bevor es zu spät ist.«

Douglas Stone zögerte. Auf die hundert Pfund zu verzichten, fiel ihm nicht leicht. Natürlich mußte er das Geld zurückgeben, wenn er den Fall nicht behandelte. Außerdem, falls der Türke recht hatte und die Frau starb, würde es ihm schwerfallen, sich vor dem Coroner zu verantworten.

»Sie besitzen also persönliche Erfahrung mit diesem Gift?« fragte er.

»Allerdings.«

»Und Sie versichern mir, daß eine Operation unbedingt erforderlich ist?«

»Ich schwöre es bei allem, was mir heilig ist.«

»Das Gesicht würde dadurch beträchtlich entstellt werden.«

»Ich verstehe. Ihr Mund würde nicht mehr zum Küssen reizen.«

Douglas Stone wandte sich heftig dem Mann zu. Die Antwort war brutal. Aber der Türke mochte seine eigene Art zu reden und zu denken haben, und überhaupt fehlte zum Streiten die Zeit. Er nahm ein Skalpell aus der Tasche, klappte es auf und befühlte die gerade scharfe Schneide mit einem Zeigefinger. Dann hielt er die Lampe näher an das Bett. Dunkle Augen blickten ihn durch den Schlitz des Yashmaks an. Sie schienen nur aus Iris zu bestehen, die Pupillen waren kaum zu erkennen.

»Sie haben ihr eine sehr starke Dosis Opium gegeben.«

»Ja, sie brauchte eine starke Dosis.«

Er betrachtete erneut die dunklen Augen, die ihn unverwandt anstarrten. Sie waren stumpf und glanzlos, doch plötzlich kam etwas Leben in sie; sie begannen zu glitzern, die Lippen zitterten.

»Sie ist nicht völlig ohnmächtig«, sagte er.

»Sie sollten das Messer benutzen, solange sie noch nichts spürt.«

Derselbe Gedanke war dem Chirurgen auch durch den Kopf gegangen. Er faßte die Unterlippe mit einer Pinzette und schnitt mit zwei raschen Bewegungen ein breites v-förmiges Stück heraus. Mit einem furchtbaren, gurgelnden Schrei richtete sich die Frau auf der Couch auf. Sie riß die Hüllen von ihrem Gesicht. Es war ein Gesicht, das er kannte. Trotz der vorgewölbten Oberlippe und des herabrinnenden Blutes war es ein Gesicht, das er nur zu gut kannte. Sie bedeckte die Kerbe mit einer Hand und schrie anhaltend. Douglas Stone ließ sich auf das Fußende der Couch sinken, das Skalpell und die Pinzette immer noch in den Händen. Das Zimmer begann um ihn zu kreisen. Hinter sich hörte er ein Geräusch wie von einer aufreißenden Naht. Jedem zufälligen Augenzeugen wäre sein Gesicht schrecklicher vorgekommen als das der Frischoperierten. Was nun folgte, erlebte er wie ein Träumender oder wie ein gebannter Theaterzuschauer: Haare und Bart des Türken lagen plötzlich auf einem Tisch, und Lord Sannox lehnte an der Wand, hatte beide Hände in die Hüften gestützt und kicherte lautlos. Nach und nach erstarben die Schreie, und der blutüberströmte Kopf sank auf das Kissen zurück, doch Douglas Stone blieb reglos sitzen. Lord Sannox kicherte immer noch still vor sich hin.

»Für Marion war diese Operation dringend notwendig«, sagte er, »nicht physisch, sondern moralisch, verstehen Sie – moralisch.«

Douglas Stone beugte sich vor und begann mit dem Fransensaum der Bettdecke zu spielen. Klirrend fiel sein Skalpell zu

Boden, doch die Pinzette mit dem Stückchen Fleisch hielt er fest.

»Ich wollte schon längst ein kleines Exempel statuieren«, sagte Lord Sannox sanft. »Ihr Brief vom Mittwoch verirrte sich leider, mein Herr; ich trage ihn hier in meinem Notizbuch. Es war nicht ganz einfach, meine Idee in die Tat umzusetzen. Die Wunde stammte übrigens von nichts Gefährlicherem als meinem Siegelring.«

Er blickte sein schweigendes Gegenüber herausfordernd an und entsicherte den kleinen Revolver, den er in seiner Manteltasche trug. Aber Douglas Stone zupfte unbeeindruckt an der Fransendecke.

»Sehen Sie, nun haben Sie Ihre Verabredung doch noch eingehalten«, sagte Lord Sannox.

Darauf begann Douglas Stone zu lachen. Er lachte laut und lange. Doch Lord Sannox lachte nun nicht mehr. Etwas wie Furcht beschlich ihn und verhärtete seine Züge. Auf Zehenspitzen stahl er sich aus dem Zimmer. Draußen wartete die alte Frau.

»Kümmere dich um deine Herrin, wenn sie aufwacht«, sagte Lord Sannox.

Dann ging er hinunter zur Straße. Die Kutsche wartete vor der Tür, und der Kutscher hob grüßend die Hand an den Hut.

»John«, sagte Lord Sannox, »als erstes fahren Sie den Doktor nach Hause. Er wird etwas Hilfe beim Treppensteigen brauchen, denke ich. Sagen Sie seinem Butler, daß ihm bei einem Fall schlecht geworden ist.«

»Sehr wohl, Sir.«

»Dann bringen Sie Lady Sannox nach Hause.«

»Und Sie, Sir?«

»Oh, meine Adresse wird für die nächsten Monate das Hotel di Roma in Venedig sein. Sorgen Sie dafür, daß mir meine Post nachgeschickt wird. Und sagen Sie Stevens, er soll nächsten Montag alle purpurroten Chrysanthemen auf die Ausstellung bringen und mir das Resultat telegraphieren.«

DER MEISTER VON CROXLEY

I

TRÜBSINNIG hockte Robert Montgomery an seinem Pult, den Kopf in die Hände gestützt. Vor ihm lag das aufgeschlagene Rezeptbuch mit der langen Liste von Dr. Oldacres Verschreibungen. Zu seiner Linken befand sich ein hölzernes Tablett, auf dem in verschiedenen Fächern Etiketten, die Schachtel mit den Korken und die verdrehten Siegelwachsstücke lagen; davor wartete eine Reihe leerer Flaschen darauf, gefüllt zu werden. Aber er war zu deprimiert zum Arbeiten. Schweigend hockte er am Pult, ließ seine stattlichen Schultern hängen und stützte den Kopf in beide Hände.

Draußen, durch das verrußte Fenster des Behandlungszimmers undeutlich zu erkennen, ragten hinter geschwärzten Ziegelwänden und Schieferdächern mächtige Schornsteine in die Höhe und stützten wie Zyklopensäulen die tiefhängende graubraune Wolkendecke. Sechs Tage in der Woche spien die Schlote Rauch, doch heute brannten die Feuer der Schmelzöfen nicht – es war Sonntag. Trotzdem hing übler, giftiger Dunst über dem Landstrich, den die Gier des Menschen verwüstet und zerstört hatte. Ringsum nichts, was eine verzagte Seele hätte aufrichten können; doch nicht die trostlose Umgebung bedrückte den Arzthelfer.

Sein Kummer saß tiefer und hatte einen persönlichen Grund. Das Wintersemester nahte. Es war höchste Zeit für ihn, an die Universität zurückzugehen, um das letzte Jahr und dann das Examen als Mediziner zu absolvieren. Doch leider hatte er nicht das nötige Geld für die Studiengebühren und wußte auch nicht, wie er es beschaffen sollte. Er brauchte sechzig Pfund, um seine berufliche Karriere zu starten, doch auch wenn es sechzigtausend gewesen wären, hätte das die Aussicht, sie aufzutreiben, nicht verschlechtert.

Seine düsteren Überlegungen wurden durch den Eintritt Dr. Oldacres unterbrochen, eines hochgewachsenen, glattrasierten, respekteinflößenden Mannes mit steifen Umgangsformen und strengem Gesicht. Dank der Unterstützung durch die örtliche Kirchengemeinde war er zu beträchtlichem Wohlstand gelangt, weswegen seine eiserne Lebensregel lautete, niemals, weder durch Wort noch Tat, etwas zu riskieren, das den Grundsätzen und Erwartungen derer, die ihn groß gemacht hatten, auch nur im geringsten widersprechen könnte. Er legte allergrößen Wert auf Ehrbarkeit und Würde und verlangte das gleiche von seinen Mitarbeitern. Durch sein Auftreten und seine salbungsvolle Redeweise wußte er stets einen unbestimmbaren Hauch von mildtätiger Güte um sich zu verbreiten. Ein plötzlicher Impuls überkam den verzweifelten Studenten. Er mußte jetzt wissen, was an dieser Philantropie wirklich dran war.

»Verzeihen Sie, Dr. Oldacre«, sagte er, sich vom Stuhl erhebend, »ich möchte Sie um einen großen Gefallen bitten.«

Die Miene des Arztes wirkte nicht ermutigend. Sein Mund war plötzlich verkniffen, sein Blick senkte sich.

»Ja, Mr. Montgomery?«

»Sie wissen sicherlich, Sir, daß mir nur noch ein Jahr fehlt, um mein Studium abzuschließen.«

»Das erwähnten Sie bereits.«

»Der Abschluß ist sehr wichtig für mich, Sir.«

»Natürlich.«

»Das Studiengeld, Dr. Oldacre, beträgt etwa sechzig Pfund.«

»Tut mir leid, die Pflicht ruft. Ich werde an anderer Stelle dringend gebraucht, Mr. Montgomery.«

»Einen Moment, Sir! Ich dachte mir, wenn ich ein Papier unterschreiben und mich zur Rückzahlung mit Zinsen verpflichten würde, könnten Sie mir das Geld doch als Darlehen vorschießen. Ich zahle es auch ganz sicher wieder zurück, Sir, wirklich. Oder wenn Sie wollen, arbeite ich es als qualifizierter Arzt ab.«

Dr. Oldacres Lippen bildeten jetzt einen schmalen Strich. Er hob den Blick. Seine Augen funkelten empört.

»Ihr Ansinnen ist unvernünftig, Mr. Montgomery. Ich bin erstaunt, daß Sie es vortragen. Bedenken Sie, Sir, wie viele tausend Medizinstudenten es in diesem Land gibt. Zweifellos sind nicht wenige darunter, die Schwierigkeiten haben, ihre Studiengebühren aufzubringen. Soll ich denen allen helfen? Oder weshalb sollte ich zu Ihren Gunsten eine Ausnahme machen? Ich bin bestürzt und enttäuscht, Mr. Montgomery, daß Sie mich in die unangenehme Lage bringen, Ihnen eine Absage erteilen zu müssen.« Er machte auf dem Absatz kehrt und marschierte aus dem Behandlungszimmer, jeder Zoll ein Bild verletzter Würde.

Der Student lächelte bitter und machte sich wieder an das Abfüllen der Arzneien für diesen Morgen. Es war eine stupide, anspruchslose Arbeit, die jeder Schwächling – ohne seine hervorragenden geistigen und körperlichen Qualitäten – ebensogut erledigt hätte. Aber sie garantierte ihm Unterkunft, Verpflegung und ein Pfund die Woche. Damit kam er über die Sommermonate und konnte sich einen Notgroschen für den Winter beiseite legen. Doch die Studiengebühren! Woher sollte er die nehmen? An Sparen war bei seinem kümmerlichen Lohn nicht zu denken. Dr. Oldacre lieh ihm die Summe nicht. Konnte er sie sich verdienen? Er sah keine Möglichkeit. Zwar besaß er Intelligenz, doch Intelligenz dieser Güte war schwer verkäuflich. Allein in seiner Körperkraft war er nicht zu übertreffen; aber wo sollte er dafür einen Kunden finden? Doch die Wege des Schicksals sind seltsam. Sein Kunde war schon da.

»Hör mal!« bellte eine Stimme von der Tür her.

Montgomery blickte sofort auf, denn die Stimme war laut und barsch. Ein junger Mann stand im Eingang – ein vierschrötiger, stiernackiger Bergmann in einem Sonntagsanzug aus Tweed und mit bunter Krawatte. Seine Haltung verhieß nichts Gutes; seine dunklen Augen fixierten den Studenten herausfordernd, sein Kinn war vorgereckt wie der Unterkiefer einer Bulldogge.

»Hör mal!« wiederholte er. »Wo bleibt die Medizin, die dein Chef verschrieben hat?«

Montgomery war bereits an die brutale Direktheit der Arbeiter im Norden gewöhnt. Anfangs hatte sie ihn empört, doch mit der Zeit wuchs ihm ein dickes Fell und er akzeptierte, daß sie nicht böse gemeint war. Aber hier verhielt es sich anders. Dies war Unverschämtheit – rohe, anmaßende Unverschämtheit, begleitet von physischer Drohung.

»Wie ist der Name?« fragte er kühl.

»Barton. Kann sein, ich bläue ihn dir ein, damit du dich daran erinnerst, junger Mann. Mach schleunigst die Medizin für die Frau fertig, sonst geht's dir schlecht.«

Montgomery lächelte. Ein wohliges Gefühl der Erleichterung durchrieselte ihn. Was für ein willkommenes Sicherheitsventil bot sich hier an, um seinen Mißmut abzureagieren! Die Provokation war so einseitig und unverschämt, daß ihm alle Skrupel, die seine Wut hätten dämpfen können, genommen wurden. Er versiegelte die Flasche, die er in der Hand hielt, beschriftete ihr Etikett und stellte sie vorsichtig ins Regal.

»Nun hören Sie mir einmal zu!« sagte er und wandte sich zu dem Bergmann. »Ihre Arznei wird zusammengestellt, wenn sie an der Reihe ist, und Ihnen dann überbracht. Außerdem dulde ich keine Unbefugten im Ordinationsraum. Draußen im Wartezimmer können Sie warten – wenn Sie überhaupt warten wollen.«

»Junger Mann«, sagte der Bergmann, »du machst jetzt gleich die Medizin für die Frau fertig, während ich hier stehe und zusehe. Aber schnell, sonst kannst du gleich 'ne Medizin für dich selbst zusammenrühren!«

»Ich rate Ihnen, keinen Streit mit mir anzufangen.« Montgomery sprach im harten Stakkato eines Mannes, der sich mühsam beherrscht. »Sie ersparen sich Ärger, wenn Sie in Ruhe gehen. Wenn nicht, werden Sie es bereuen. Ah, Sie wollen es nicht anders. Na gut!«

Die Schläge fielen fast gleichzeitig – ein wilder Schwinger, der an Montgomerys Ohr vorbeipfiff, und eine Gerade, die den Arbeiter am Kinn traf. Das Glück war auf der Seite des Assistenten. Der zischende Aufwärtshaken verfehlte ihn und verriet doch durch die Art, wie er geführt wurde, daß er einen gefährlichen Gegner vor sich hatte. Doch wenn er seinen Widersacher unterschätzt hatte, so hatte sein Widersacher auch ihn unterschätzt und sich als Ziel für einen vernichtenden Schlag dargeboten.

Der Bergmann schlug mit dem Kopf gegen die Kante eines Regals und sackte dann schwer zu Boden. Dort blieb er mit angezogenen Beinen und weit ausgebreiteten Armen liegen. Blut rann über den gefliesten Fußboden.

»Haben Sie genug?« fragte der Assistent und atmete heftig durch die Nase.

Doch die Antwort blieb aus. Der Mann war besinnungslos. Plötzlich erfaßte Montgomery die Gefährlichkeit der Situation, und er wurde so bleich wie sein Widersacher. Ein Sonntag, der ehrpusselige Dr. Oldacre mit seinen frommen Verbindungen, eine wüste Prügelei mit einem Patienten – er verlor unweigerlich die Stelle, wenn das bekannt wurde. Nicht daß es eine besondere Stelle war, aber er bekam keine andere ohne Empfehlung, und Dr. Oldacre könnte sie ihm verweigern. Ohne Studiengeld, ohne Stellung – was sollte aus ihm werden? Es wäre der absolute Ruin.

Doch vielleicht ließ sich die Aufdeckung noch verhindern. Er packte seinen ohnmächtigen Kontrahenten, schleifte ihn zur Mitte des Raumes, öffnete ihm den Kragen und drückte einen nassen Schwamm über seinem Gesicht aus. Endlich richtete sich Barton mit einem tiefen Atemzug und empörtem Gesicht auf.

»Verdammt, Sie versaun mir die Krawatte«, sagte er und wischte sich das Wasser von der Brust.

»Tut mir leid, daß ich so hart zugeschlagen habe«, meinte Montgomery bedauernd.

»Sie, hart zugeschlagen? Daß ich nicht lache. So eine Fliegengeklatsche halte ich den ganzen Tag aus. Nein, die Kante dort hat mir den Rest gegeben. Glück für Sie – jetzt können Sie angeben, daß Sie mich k. o. geschlagen haben. So, und nun geben Sie mir die Medizin für die Frau – bitte.«

Montgomery füllte rasch die Flasche ab und reichte sie dem Bergmann.

»Sie sind noch etwas schwach«, sagte er. »Bleiben Sie eine Weile, ruhen Sie sich aus.«

»Die Frau braucht ihre Medizin«, sagte Barton und schlurfte zur Tür hinaus.

Der Assistent schaute ihm hinterher und sah ihn mit unsicheren Schritten die Straße hinunterwanken, bis er auf einen Freund traf; die beiden gingen dann Arm in Arm weiter. Der Mann schien ihm in seiner nordländischen Rauheit nichts nachzutragen, und Montgomerys Befürchtungen schwanden. Es gab keinen Grund, wieso der Doktor überhaupt etwas davon erfahren sollte. Er wischte das Blut vom Boden auf, brachte das Zimmer wieder in Ordnung und machte sich erneut an seine Arbeit, inbrünstig hoffend, die gefährliche Sache sei glimpflich überstanden.

Trotzdem hatte er den ganzen Tag über ein vages Gefühl der Bekommenheit, das sich schließlich in Bestürzung verwandelte, als ihm am späten Nachmittag mitgeteilt wurde, drei Herren wollten ihn sprechen und warteten im Behandlungszimmer. Eine Abordnung zur Untersuchung der Todesursache, ein Aufmarsch von Kriminalbeamten, eine Invasion wütender Verwandter? Alle möglichen Vorstellungen peinigten ihn. Nervös, aber mit versteinertem Gesicht, ging er zu seinen Besuchern.

Es war ein erstaunliches Trio. Jeden einzelnen kannte er vom Sehen, doch was diese drei zusammenführte, und vor allem, was sie zu *ihm* führte, vermochte er sich beim besten Willen nicht zu erklären.

Beim ersten handelte es sich um Sorley Wilson, Sohn des Kohlengrubenbesitzers von Nonpareil – ein Zwanzigjähriger, Erbe eines Vermögens, leidenschaftlicher Sportler und gerade während der Osterferien vom Cambridger Magdalene College zurück. Er hockte nun auf der Kante des Operationstisches, musterte Montgomery nachdenklich schweigend und zwirbelte die Spitzen seines dünnen schwarzen, gewachsten Schnauzbärtchens.

Der zweite war Purvis, der Gastwirt, Inhaber der größten Bierkneipe, und nebenbei Geschäfte als Buchmacher tätigend, wie jeder wußte. Er war ein ungebildeter, glattrasierter Mann, dessen glühendes Gesicht einen merkwürdigen Kontrast zu seiner elfenbeinweißen Glatze bildete. Er hatte schlaue, hellblaue Augen mit langen Wimpern, und auch er saß schweigend vornübergebeugt auf seinem Stuhl, eine rote Pranke auf jedem Knie, und taxierte den jungen Assistenten kritisch.

Das tat auch der dritte Besucher, Fawcett, seines Zeichens Pferdezureiter, sich allerdings auf seinem Stuhl zurücklehnend, seine langen dünnen, in groben Reithosen steckenden Beine weit von sich gestreckt und mit einer Reitpeitsche gegen seine vorstehenden Schneidezähne tippend. Jede Linie in seinem gefurchten, knochigen Gesicht zeugte von sorgenvollen Gedanken. Wirt, Stutzer und Zureiter – alle drei verharrten gleichermaßen stumm, ernst und prüfend. Montgomery saß in ihrer Mitte und blickte von einem zum anderen.

»Nun, meine Herren?« sagte er, doch man würdigte ihn keiner Antwort.

Die Situation war ungemütlich.

»Nein«, sagte der Zureiter schließlich. »Nein. Zwecklos. Das ist nichts.«

»Stehn Sie mal auf, mein Junge, lassen Sie sich mal in voller Größe sehen.« Der Wirt hatte gesprochen.

Montgomery gehorchte. Er würde gewiß erfahren, worum es ging, wenn er geduldig blieb. Er stand auf und drehte sich langsam, wie vor einem Schneider.

»Zwecklos! Zwecklos!« rief der Zureiter. »Der Meister legt ihn glatt übers Knie.«

»Hören Sie auf mit Ihrem Geunke!« brauste der junge Cambridge-Student auf. »Sie können aussteigen, wenn Sie wollen,

Fawcett. Ich bleibe dabei, und wenn ich's allein durchziehen muß. Auf ein paar Pfennige mehr oder weniger kommt es mir nicht an. Mir gefällt er vom Typ her wesentlich besser als Ted Barton.«

»Aber bedenken Sie, was Barton für Schultern hat, Mr. Wilson.«

»Masse bedeutet nicht immer Stärke. Um zu gewinnen, braucht man Nerven, Feuer und Klasse.«

»Jawohl, Sir, und das haben Sie hier – genau das!« sagte der dicke, rotgesichtige Kneipenwirt mit belegter, öliger Stimme. »Bei den Kötern ist es dasselbe. Die kleinen, reinrassigen gehn auf die dicken los – und machen sie fertig.«

»Er ist gute zehn Pfund zu leicht«, knurrte der Zureiter.

»Immerhin Weltergewicht.«

»Hundertzwanzig.«

»Hundertfünfunddreißig, und kein Gramm weniger.«

»Jedenfalls bringt der Meister auch nicht viel mehr auf die Waage.«

»Hundertsechzig.«

»Ja, damals, als er fett war wie ein Mastschwein und nichts tat. Aber wenn er den Speck abarbeitet, besteht meiner Meinung nach kein großer Unterschied zwischen den beiden. Haben Sie sich in letzter Zeit gewogen, Mr. Montgomery?«

Es war die erste direkt an ihn gerichtete Frage. Er stand in ihrer Mitte, wie ein Pferd auf einer Auktion, und überlegte gerade, ob er eher belustigt oder verärgert war.

»Ich wiege knapp einhundertvierzig Pfund«, sagte er.

»Weltergewicht – sage ich doch!«

»Aber wenn Sie anfangen zu trainieren?« sagte der Wirt. »Was dann?«

»Ich bin immer im Training.«

»Auf seine Art ist er das sicher«, bemerkte der Zureiter. »Aber Training für den Alltag ist nicht dasselbe wie ernsthafte Arbeit mit einem Trainer. Und bei allem Respekt für Ihre Meinung möchte ich doch wetten, daß er in diesem Augenblick sechs bis sieben überflüssige Pfunde auf dem Körper hat.«

Der junge Cambridge-Student legte seine Finger auf den Oberarm des Assistenten. Dann packte er mit der anderen Hand dessen Handgelenk, drückte den Unterarm scharf nach oben und befühlte den Bizeps, der sich rund und hart wie ein Kricketball unter seinen Fingern erhob.

»Fühlen Sie mal!« sagte er.

Wirt und Zureiter taten es und waren beeindruckt.

»Prächtiger Junge! Er schafft es!« rief Purvis.

»Meine Herren«, sagte Montgomery, »Sie werden zugeben, daß ich Ihnen gegenüber außergewöhnliche Geduld bewiesen habe. Ich habe mir alle Ihre Kommentare zu meinem persönlichen Aussehen angehört, doch nun ersuche ich Sie in aller Freundlichkeit, mir zu verraten, worum es geht.«

Sie nahmen alle Platz und taten sehr ernst und geschäftsmäßig.

»Das ist schnell erklärt, Mr. Montgomery«, sagte der Wirt mit der öligen Stimme. »Wir konnten nichts sagen, sondern mußten sozusagen erst sehen, ob es überhaupt etwas zu sagen gibt. Mr. Wilson denkt: ja. Mr. Fawcett, der als unser Partner und Komiteemitglied das gleiche Recht auf eine eigene Meinung hat, neigt zur entgegengesetzten Ansicht.«

»Ich hielt ihn für zu leicht gebaut, und ich bleibe dabei«, sagte der Zureiter, der immer noch mit dem Metallknauf der Reitpeitsche gegen seine hervorspringenden Zähne klopfte. »Aber vorausgesetzt, er arbeitet an sich ... er ist ja ein junger Bursche mit ganz ordentlichen Anlagen ... also wenn Sie ihn unterstützen, Mr. Wilson – –«

»Was ich vorhabe.«

»Und Sie, Purvis?«

»Ich mache keinen Rückzieher.«

»Dann halte ich meinen Anteil aufrecht.«

»Das wußte ich«, sagte Purvis, »denn Isaac Fawcett, ein Drückeberger – das wäre mir neu. Gut, dann hätten wir also die Hundert für den Einsatz beisammen, und der Kampf steht – äh, wenn der junge Mann einwilligt.«

»Entschuldigen Sie das Durcheinander, Mr. Montgomery«,

sagte der Cambridge-Student mit liebenswürdiger Stimme. »Wir haben am falschen Ende angefangen, ich weiß, doch jetzt will ich Ihnen alles der Reihe nach erklären, und ich hoffe, Sie können unseren Ansichten beipflichten. Beginnen wir mit dem Mann, den Sie heute vormittag k.o. geschlagen haben. Das war Barton – der berüchtigte Ted Barton.«

»Darauf können Sie stolz sein, Sir, daß Sie ihn gleich in der ersten Runde schlafen geschickt haben«, sagte der Gastwirt. »Morris, der hundertzweiunddreißig Pfund schwere Champion im Weltergewicht, hatte eine Menge mehr zu tun, bis man Barton auszählte. Das war 'ne feine Leistung, Sir, und Sie können noch mehr, wenn Sie's darauf anlegen.«

»Der Name Ted Barton sagt mir gar nichts. Ich kenne ihn nur vom Etikett einer Arzneiflasche«, erklärte der Assistent.

»Ein übler Schläger, kann ich Ihnen sagen«, antwortete der Zureiter. »Sie haben ihm die Lektion erteilt, die er brauchte, denn für ihn hieß es immer: ein Wort – ein Schlag, und vor Gericht berechnen sie ihm immer gleich fünf Shilling pro Wort. Jetzt wird er sich vorsehen und nicht gleich jedem mit der Faust im Gesicht herumfuchteln, der ihm über den Weg läuft. Aber darum geht es gar nicht.«

Montgomery sah die drei verdattert an.

»Um Himmels willen, Gentlemen, verraten Sie mir endlich, was Sie von mir wollen«, rief er aus.

»Daß Sie gegen Silas Craggs kämpfen, besser bekannt als Meister von Croxley.«

»Warum ich?«

»Weil Ted Barton nächsten Samstag gegen ihn hätte antreten sollen. Er war der Champion der Wilsonschen Zeche, und der andere der Meister der Eisenhütte von Croxley. Wir haben unseren Mann für eine Börse von hundert Pfund gegen den Meister aufgestellt. Aber Sie haben unseren Mann verletzt. Er kann nicht mit einer zwei Zoll langen Platzwunde am Hinterkopf in den Ring steigen. Es gibt nur einen Ausweg, Sir: Sie müssen für ihn einspringen. Wenn Sie Ted Barton schaffen, werden Sie vielleicht auch mit dem Meister von Croxley fertig.

Treten Sie nicht an, sitzen wir in der Tinte, denn wir haben hier im Bezirk keinen anderen, den wir aufstellen könnten. Ausgemacht sind zwanzig Runden, Zwei-Unzen-Handschuhe, Queensberry-Reglement und Entscheidung nach Punkten, wenn der Kampf über die volle Distanz geht.«

Für einen Moment vertrieb die Absurdität des Vorschlags jeden anderen Gedanken aus Montgomerys Kopf. Aber dann schlug seine Ansicht plötzlich um. Einhundert Pfund! Mehr Geld, als er für seinen Studienabschluß brauchte, lag vor seiner Nase. Er mußte nur stark genug sein, es aufzuheben. Hatte er nicht heute früh noch heftig bedauert, daß es keinen Markt für seine Körperkraft gab? Hier eröffnete sich ihm die Chance, mit seinen Muskeln in einer Stunde mehr zu verdienen als mit seinem Hirn in einem Jahr. Doch dann beschlichen ihn Zweifel.

»Wie kann ich für die Grube kämpfen?« sagte er. »Ich habe nichts mit ihr zu tun.«

»O doch, mein Junge!« rief der alte Purvis. »Wir haben es sogar schriftlich, hier steht klar und deutlich: ›... jeder, dessen berufliche Tätigkeit mit der Kohlengrube verbunden ist.‹ Dr. Oldacre hat mit ihr einen Vertrag als Betriebsarzt, und Sie sind sein Assistent. Was kann man noch mehr verlangen?«

»Jawohl, alles hat seine Richtigkeit«, bestätigte der Cambridge-Student. »Es wäre sehr sportlich von Ihnen, Mr. Montgomery, wenn Sie einspringen würden. Wir brauchen Sie. Vielleicht wollen Sie nicht die hundert Pfund haben – kein Problem. Es läßt sich durchaus arrangieren, daß man Ihnen im Falle Ihres Sieges eine Uhr dieses Wertes überreicht, oder einen Pokal, oder was immer Sie wollen. Aber sehen Sie, Sie sind verantwortlich dafür, daß wir unseren Champion verloren haben. Das berechtigt uns, gewisse Ansprüche an Sie zu stellen.«

»Geben Sie mir etwas Zeit, meine Herren. Das kommt alles sehr unerwartet. Ich fürchte, der Doktor würde meine Teilnahme niemals billigen – in dieser Hinsicht bin ich mir sogar ziemlich sicher.«

»Er braucht es ja nicht zu erfahren – jedenfalls nicht vor dem Kampf. Wir sind nicht verpflichtet, den Namen unseres

Mannes anzugeben. Er muß bloß am Tage des Kampfes in den vorgegebenen Gewichtsgrenzen liegen; das ist, wofür wir zu sorgen haben.«

Das Abenteuer oder aber der Profit allein hätten schon ausgereicht, um Montgomery in Versuchung zu bringen. Kombiniert jedoch waren sie unwiderstehlich.

»Meine Herren«, sagte er, »ich mache es!«

Die drei sprangen auf. Der Wirt faßte ihn bei der rechten Hand, der Pferdehändler bei der linken, der Cambridge-Student klopfte ihm auf den Rücken.

»Guter Junge, guter Junge!« krächzte der Wirt. »Eh, Mann, wenn Sie ihn verdreschen, sind Sie über Nacht viel mehr als ein einfacher Arzt, nämlich der bekannteste Mann zwischen hier und Bradford. Sie haben den Schneid dazu, jawohl, das weiß ich. Schlagen Sie den Meister von Croxley, und Sie kriegen bei mir im ›Four Sacks‹ Freibier bis an Ihr Lebensende.«

»Das ist das Großzügigste, was ich je gehört habe«, sagte der junge Wilson. »Bei Gott, wenn Sie es schaffen, ist Ihr Patientenkreis gesichert; dafür sorge ich. Kennen Sie den Schuppen in meinem Garten?«

»Neben der Straße?«

»Genau. Ich habe ihn als Trainingshalle für Ted Barton herrichten lassen. Sie finden dort alles Nötige: Keulen, Punchingball, Barren, Hanteln, einfach alles. Dann werden Sie einen Sparringspartner brauchen. Für Barton hatten wir Ogilvy, aber der wäre wohl zu schwach für Sie. Barton trägt Ihnen nichts nach. Eigentlich ist er ein gutmütiger Kerl, nur zu Fremden etwas ruppig. Heute morgen hat er Sie als Fremden angesehen, aber inzwischen, sagt er, kennt er Sie. Er stellt sich Ihnen als Sparringspartner zur Verfügung und kann jederzeit zu Ihnen kommen.«

»Danke; die Uhrzeit teile ich Ihnen noch mit«, sagte Montgomery, und so machte sich das Komitee hocherfreut auf den Heimweg.

Der Assistent blieb eine Weile im Behandlungszimmer sitzen und überlegte. An der Universität trainierte ihn ein Mann, der in seiner aktiven Zeit Mittelgewichtchampion gewesen war. Natürlich lag diese Zeit lange hinter ihm, er war langsamer auf den Beinen und etwas steif in den Gelenken, aber immer noch ein starker Gegner. Erst in der letzten Zeit hatte sich Montgomery gegen ihn behaupten und manchmal sogar durchsetzen können. Er hatte bei den Universitätsmeisterschaften die Medaille gewonnen. Sein Lehrer, der schon viele Studenten trainiert hatte, hielt große Stücke auf ihn und bescheinigte ihm außergewöhnliches Talent. Man drängte ihn, an den Amateur-Meisterschaften teilzunehmen, doch seine Ambitionen gingen nicht in diese Richtung. Einmal war er auf einem Jahrmarkt gegen Hammer Tunstall in den Ring gestiegen, hatte unter dem Gejohle der Zuschauer drei lebhafte Runden durchgestanden, das meiste abgekriegt, dem Preisboxer aber schwer zu schaffen gemacht. Mehr hatte er nicht aufzuweisen. Reichte es aus, um gegen den Meister von Croxley anzutreten? Von dem Meister hatte er nie etwas gehört, was allerdings nichts besagte, da er in den letzten Jahren des Studiums den Kontakt zum Boxring verloren hatte. Und überhaupt, was machte es schon aus? Gewann er, bekam er das Geld, das er so dringend benötigte. Verlor er, so bedeutete es eine Tracht Prügel, mehr nicht. Er konnte Schmerzen aushalten, ohne zurückzuweichen, das wußte er. Auch wenn seine Siegchancen vielleicht nur eins zu hundert standen – er wollte den Versuch wagen.

Dr. Oldacre, der vom Kirchgang zurückkehrte, ein pompöses Gebetbuch in den glacebehandschuhten Händen, unterbrach seine Meditation.

»Sie sind der Messe ferngeblieben, wie ich sehe, Mr. Montgomery«, sagte er tadelnd.

»Ich hatte eine dringende Angelegenheit zu regeln, Sir.«

»Mir liegt sehr am Herzen, daß die Mitglieder meines Haushalts ein gutes Beispiel geben. Es leben in diesem Distrikt wenige gebildete Leute, wodurch uns eine große Verantwortung zufällt. Verhalten wir uns nicht vorbildlich – wie können wir es von den armen Arbeitern verlangen? Schlimm genug, daß die

Gemeinde anscheinend mehr Interesse für einen angekündigten Faustkampf aufbringt als für ihre religiösen Pflichten.«

»Ein Faustkampf, Sir?« brachte Montgomery schuldbewußt hervor.

»So heißt das wohl. Einer meiner Patienten erzählte mir, im ganzen Distrikt sei nur davon die Rede. Ein Grobian aus der Gegend hier, Patient bei uns, nebenbei bemerkt, ist gegen einen Pugilisten aus Croxley aufgestellt worden. Ich kann nicht verstehen, wieso nicht das Gesetz einschreitet und diese entwürdige Zurschaustellung unterbindet. Es handelt sich nämlich um einen Preiskampf.«

»Sie sprachen von einem Faustkampf.«

»Wie man mir sagt, werden Handschuhe von zwei Unzen Gewicht benutzt. Das dient aber nur als fadenscheiniger Vorwand, um das Gesetz zu umgehen und der Polizei das Eingreifen zu erschweren. Sie kämpfen um eine Summe Geldes. Furchtbar, nahezu unbegreiflich – finden Sie nicht auch? –, wenn man sich vorstellt, daß so etwas nur wenige Meilen von unserem friedlichen Heim entfernt stattfindet. Sie verstehen, Mr. Montgomery – solange wir solchen Einflüssen gegenzusteuern haben, ist es unbedingt notwendig, daß wir nach den höchsten moralischen Prinzipien leben.«

Der Sermon des Doktors hätte sicher mehr Wirkung gehabt, wäre der Assistent nicht bereits ein- oder zweimal gezwungen gewesen, die Höhe dieser Prinzipien zu testen und dabei auf ein unerwartet niedriges Niveau gestoßen. Es ist immer sehr leicht, die Sünden anderer zu verdammen, derer man selber nicht fähig ist, und damit die eigenen, fortwährend begangenen Sünden zu bemänteln. Wie auch immer – Montgomery fühlte, daß von allen Beteiligten einer Boxveranstaltung – Organisatoren, Sponsoren, Zuschauer – der Kämpfer die stärkste und ehrenhafteste Position innehatte. In diesem Punkt brauchte er sich nichts vorzuwerfen. Ausdauer und Mut sind Tugenden, keine Laster, und Härte ist immer noch besser als Verweichlichung.

An der Straßenecke gab es einen kleinen Tabakladen, wo

sich Montgomery gewöhnlich seinen Feinschnittabak sowie die neuesten Nachrichten holte, denn der Inhaber war eine schwatzhafte Seele, die über alles und jeden im Distrikt bestens Bescheid wußte. Der Assistent ging nach dem Tee hinunter und fragte beiläufig, ob der Tabakhändler jemals etwas vom Meister von Croxley gehört hätte.

»Gehört? Höre ich richtig?« Der kleine Mann wußte sein Erstaunen kaum in Worte zu fassen. »Sir, das ist der erste Mann hier im Distrikt. Sein Name ist den Leuten in West Riding genauso bekannt wie der Name des Derby-Gewinners. Also wirklich, Sir –« Hier brach er ab und begann in einem Stapel von Zeitungen zu wühlen. »Gerade jetzt gibt es wieder einen mächtigen Wirbel, weil er gegen Ted Barton kämpfen soll. Im ›Croxley Herald‹ steht sogar ein Artikel über ihn. Ah, hier ist er – lesen Sie selbst.«

Er hielt eine Zeitungsseite hoch, deren Text wie ein Meer die in der Mitte befindliche Insel mit einer Illustration umspülte. Letztere, ein grober Holzschnitt, zeigte den Kopf und den mit einem quergestreiften Trikot bekleideten Oberkörper des Boxers. Es war ein griesgrämiges, aber kräftiges Gesicht, das Gesicht eines saturierten Helden – glattrasiert, mit buschigen Brauen, stechendem Blick und aggressiv hervorspringendem Kinn, unter dem sich ein grobes Doppelkinn abzeichnete. Über der langen, starrsinnigen Wangenpartie saßen eng beieinanderliegende, finstere Augen. Das mächtige Genick begann sich bereits unterhalb der Ohren zu verbreitern und ging dann in Schultern über, die der hiesige Künstler gewiß nicht zu klein bemessen hatte. Über dem Holzschnitt stand »*Silas Craggs*«, darunter »*Der Meister von Croxley*«.

»Hier steht alles über ihn, Sir«, sagte der Tabakhändler. »Ein Draufgänger, dieser Mann, alles was recht ist. Wir sind stolz, daß er aus unserer Gegend stammt. Bestimmt wäre er englischer Meister geworden, wenn er sich nicht das Bein gebrochen hätte.«

»Ein Bein gebrochen?«

»Jawohl, und es ist schlecht zusammengewachsen. Hinter

seinem Rücken nennen sie ihn den ollen K, weil seine Beine so aussehen. Aber seine Arme – es heißt, wenn man die Kämpfe im Sitzen austrüge, jeder auf einen Stuhl geschnallt, verstehen Sie, hätte der jetzige Champion keine Chance.«

»Ich nehm das mal mit«, sagte Montgomery, steckte die Zeitungsseite in die Tasche und ging nach Hause.

Was er dort las, hob seine Stimmung nicht gerade. Der ausführliche Bericht über den Meister von Croxley bestand hauptsächlich aus einer Auflistung seiner zahlreichen Siege und seiner seltenen Niederlagen.

›Silas Cragg, in Sportlerkreisen besser als Meister von Croxley bekannt‹, begann der Provinzbiograph, ›wurde 1857 geboren und steht mittlerweile in seinem vierzigsten Lebensjahr.‹

»Ha! Und ich bin erst dreiundzwanzig«, murmelte Montgomery und las etwas zuversichtlicher weiter.

›Er bewies bereits in früher Jugend eine erstaunliche Begabung für den Boxsport, besiegte seine Klubkameraden, wurde zum anerkannten Champion unseres Distrikts gekürt und errang den stolzen Titel, den er noch heute trägt. Ehrgeizig über lokalen Ruhm hinausstrebend, begab er sich unter die Schirmherrschaft eines Patrons und bestritt 1880 im alten Loiterers' Club seinen ersten Kampf gegen den Birminghamer Jack Barton. Craggs, damals einhundertneunundzwanzig Pfund schwer, wurde nach fünfzehn dramatischen Runden Punktsieger gegen den Midlander und gewann einen Preis. Nachdem er James Dunn aus Rotherhithe, Cameron aus Glasgow und einen jungen Herausforderer namens Fernie geschlagen hatte, befand man ihn für würdig, gegen Ernest Willox, den damaligen Mittelgewichtchampion von Nordengland, anzutreten, den er nach einem harten, kräftezehrenden Gefecht durch k. o. in der zehnten Runde besiegte. In dieser Phase seiner Entwicklung schienen die höchsten Ehren des Ringes dem jungen Mann aus Yorkshire zum Greifen nah, doch ein bedauerlicher Unfall warf ihn wieder zurück. Ein ausschlagendes Pferd brach ihm einen Oberschenkelknochen, so daß er ein Jahr pausieren mußte. Als er die Handschuhe wieder anzog, war der Bruch schlecht verheilt, was seinen Aktionsradius erheblich einschränkte. Seine Niederlage in der siebenten Runde gegen Willox, den er früher besiegt hatte, und jene gegen den Londoner James Shaw, der aber anschließend erklärte, auf den härtesten Gegner seiner Laufbahn getroffen zu sein, lassen sich wohl diesem Umstand zuschreiben. Unverzagt paßte der Meister seinen Kampfstil seinen physischen Bedingungen an und konnte so seinen begonnenen Siegeszug fortsetzen. Es folgten Siege über Norton (den schwarzen Boxer), Bobby Wilson und den Schwergewichtler Levi Cohen. Nachdem er fünfundzwanzig Pfund zugelegt hatte, erzielte er ein Unentschieden gegen den berühmten Billy McQuire, anschließend bezwang er Sam Hare in einem Preiskampf um eine Börse von fünfzig Pfund im Pelican Club, London. 1891 wurde er bei einem Kampf gegen den australischen Mittelgewichtler Jim Taylor, in dem er nach Punkten führte, wegen eines Fouls disqualifiziert. Diese Entscheidung kränkte ihn derartig, daß er sich aus dem Ring zurückzog. Seitdem hat er kaum mehr Kämpfe bestritten, sondern sich nur hin und wieder einem lokalen Herausforderer gestellt, der den Unterschied zwischen einer Wirtshausschlägerei und einem sportlichen Wettkampf verdeutlicht haben wollte. Gegenwärtig hat sich wieder einer dieser ambitionierten jungen Männer gemeldet. Er kommt von der Wilson-Kohlengrube, die ein Preisgeld von 100 Pfund ausgesetzt hat und als Sponsor ihres einheimischen Champions auftritt. Es kursieren verschiedene Gerüchte darüber, wer ihr Mann sei, wobei der Name Ted Barton häufig erwähnt wird. Die Wetten stehen sieben zu eins für den Meister und reflektieren wohl recht deutlich die geringen Siegchancen, die man dem unerfahrenen Herausforderer allgemein einräumt.‹

Montgomery las den Artikel zweimal und machte ein sehr ernstes Gesicht. Keine leichte Sache, auf die er sich da eingelassen hatte; keine Balgerei mit einem ungeschlachten, wilden Raufbold, dessen Ruf nicht über seinen Heimatbezirk hinausreichte. Allein die Liste der Kämpfe zeigte, daß der Mann erstklassig war – oder doch fast. Allerdings sah Montgomery auch einige Punkte, die zu seinen Gunsten sprachen; diese galt es auszunutzen. Zum einen das Alter – dreiundzwanzig gegen vierzig. Es gab einen alten Spruch, wonach im Ring ›Jugend über Weisheit‹ geht, doch die Annalen des Boxsports wiesen eine Vielzahl von Ausnahmen von dieser Regel auf. Ein ausgebuffter, kaltblütiger Veteran konnte mit seiner Ringerfahrung leicht zehn oder fünfzehn Jahre ausgleichen und entsprechend jüngere Gegner das Fürchten lehren. Er durfte sich nicht zu sehr auf seinen Altersvorteil verlassen. Doch dann die Lahmheit des Meisters; daraus mußte etwas zu machen sein. Zudem bestand die Chance, daß der Meister seinen Gegner unterschätzte, nachlässig trainierte und seinen üblichen Lebensstil nicht umstellte, weil er eine leichte Aufgabe vor sich wähnte. Bei einem Mann dieses Alters und mit solchen Gewohnheiten schien das sogar wahrscheinlich. Montgomery hoffte inständig, daß er sich nicht irrte. Indes, selbst wenn sein Gegner der beste Mann wäre, der jemals in ein Seilgeviert geklettert ist, so war für ihn die Aufgabe völlig klar. Er durfte keine Gelegenheit zur sorgfältigen Vorbereitung auslassen und mußte sein Allerbestes geben. Er kannte allerdings den Unterschied, der im Boxen – wie in jeder anderen Sportart – zwischen dem Amateur und dem Profi besteht. Die Abgeklärtheit, die Schlagkraft und vor allem das Vermögen, Schläge einzustecken, spielen hier eine besondere Rolle. Zum Beispiel kann ein abgehärteter Profi mit seiner speziell entwickelten, wie Guttapercha zähen Bauchmuskulatur einen Hieb abfangen, der jeden anderen Mann zu Boden schicken und in ein sich windendes Häufchen Elend verwandeln würde. Solche Fähigkeiten ließen sich nicht in einer Woche erlangen; doch alles, was innerhalb einer Woche möglich war, sollte getan werden.

Der Assistent besaß eine gute körperliche Ausgangsbasis. Er war einsachtzig groß – groß genug, um, wie es unter den Kennern des Boxrings heißt, gegen alles auf zwei Beinen anzutreten –, geschmeidig und schlank, verfügte über die Behendigkeit eines Panthers und Kräfte, deren Grenzen er noch nie ernsthaft erprobt hatte. Seine Muskulatur war straff und gut ausgebildet, aber seine wahre Stärke bezog er aus jener höheren Nervenenergie, die man mit keinem Bandmaß erfassen kann. Er hatte eine wohlgeformte Nase und die weit geöffneten Augen, die man kaum bei einem Feigling antrifft. Und vor allem trieb ihn der Gedanke, daß seine gesamte Karriere bei dem angesetzten Kampf auf dem Spiel stand. Die drei Sponsoren rieben sich die Hände, als sie ihn am nächsten Morgen in der Sporthalle am Sandsack arbeiten sahen; und Fawcett, der Pferdezureiter, der nach Leeds geschrieben hatte, um seine Wette zu sichern, schickte ein Telegramm hinterher, mit dem er den Brief annullierte und seinen zum Marktkurs eins zu sieben auf den Herausforderer gesetzten Betrag um fünfzig Pfund erhöhte.

Montgomerys größte Schwierigkeit bestand darin, sich Zeit für das Training zu verschaffen, ohne daß Dr. Oldacre etwas merkte. Tagsüber beanspruchte ihn seine Arbeit, doch Hausbesuche absolvierte er auch bei größeren Entfernungen zu Fuß und nutzte sie so zu einem speziellen Lauftraining. In der Sporthalle bearbeitete er den pendelnden Punchingball, schuftete morgens und abends eine Stunde an den Hanteln, boxte zweimal täglich gegen Ted Barton und sammelte alle Erfahrungen, die sich gegen einen ständig vorwärtsstürmenden, beidhändig zuschlagenden Gegner sammeln ließen. Barton war voller Bewunderung für die Geschicklichkeit und die Schnelligkeit seines Sparringspartners, bezweifelte jedoch dessen Kraft. Da er seinen eigenen Stil ganz auf dem wuchtigen Schlag aufbaute, erwartete er dasselbe von anderen.

»Mein Gott, Sir, das war ein mächtig schlapper Klaps mit Ihren hundertvierzig Pfund!« rief er dann. »Sie müssen schon härter hinlangen, sonst merkt der Meister nicht mal, daß Sie da sind. Ah, schon besser, Mann, einwandfrei!« krächzte er, wenn Montgomery ihn mit einem rechten Konter zum Stehen brachte. »Genau so woll'n wir es haben. Vielleicht schaffen Sie's doch.« Trieb Montgomery ihn in die Ecke, kicherte er vor Vergnügen: »Eh, Mann, Sie machen sich großartig. Jetzt haben Sie mich prima erwischt, hätte mich fast hingesetzt. Noch mal, Junge, mach's noch mal!«

Das einzige, was Montgomery nicht vor dem Doktor verheimlichen konnte, war seine Diät – sie irritierte diesen beträchtlich.

»Verzeihen Sie meine Bemerkung, Mr. Montgomery, aber Sie scheinen recht anspruchsvoll in Ihren Eßgewohnheiten zu werden. Solche Grillen sollte man bei Jugendlichen wie Ihnen nicht unterstützen. Warum essen Sie Toast zu jeder Mahlzeit?«

»Ich glaube, es bekommt mir besser als Brot, Sir.«

»Und bereitet der Köchin unnötige Arbeit. Ich bemerke, Sie haben neuerdings auch etwas gegen Kartoffeln.«

»Ja, Sir; ich denke, ich komme ganz gut ohne aus.«

»Und Sie trinken auch kein Bier mehr?«

»Nein, Sir.«

»Launen und grundlose Mäkeligkeit verurteile ich auf das schärfste, Mr. Montgomery. Haben Sie bedacht, wie viele Menschen über diese Kartoffeln und dieses Bier glücklich wären?«

»Gewiß, Sir. Doch im Augenblick möchte ich darauf verzichten.«

Sie saßen allein beim Mittagessen, und der Assistent glaubte, die Gelegenheit sei günstig, um für den Tag des Kampfes Urlaub zu erbitten.

»Wenn Sie nichts dagegen haben, würde ich gern am Samstag frei nehmen, Dr. Oldacre.«

»Das paßt schlecht, samstags ist so viel zu tun ...«

»Ich würde am Freitag vorarbeiten, so daß alles bereitliegt. Und abends wäre ich schon wieder zurück.«

»Tut mir leid, ich kann Sie nicht entbehren, Mr. Montgomery.«

Das war ein Schlag ins Gesicht. Doch er mußte den Urlaub haben, wenn nicht mit Zustimmung seines Chefs, dann eben ohne.

»Sie werden sich erinnern, Dr. Oldacre, daß Sie mir bei meiner Einstellung einen freien Tag pro Monat zusicherten. Ich habe nie einen in Anspruch genommen. Doch jetzt habe ich Gründe, dies am Samstag zu tun.«

Dr. Oldacre spielte den Gekränkten, gab aber nach.

»Natürlich, wenn Sie auf Ihre formalen Rechte pochen, brauchen wir kein Wort mehr darüber zu verlieren, Mr. Montgomery. Ich müßte es allerdings als Ausdruck einer gewissen Gleichgültigkeit mir und den Belangen meiner Praxis gegenüber werten. Bestehen Sie immer noch darauf?«

»Ja, Sir.«

»Na schön. Wie Sie meinen.«

Der Doktor kochte vor Wut, doch Montgomery war ein wertvoller Assistent – zuverlässig, fähig, arbeitsam. Ihn zu verlieren, konnte er sich nicht leisten. Selbst wenn er sich dazu hätte bewegen lassen, seinem Assistenten die erforderlichen Studiengebühren vorzuschießen, wäre das nicht in seinem eigenen Interesse gewesen. Er wollte gar nicht, daß der Student sich qualifizierte und die untergeordnete Stellung aufgab, in der er so fleißig für ein so geringes Entgelt arbeitete. Nun machte ihn die kühle, ruhige Entschlossenheit, mit der der junge Mann auf seinem freien Tag beharrte, neugierig.

»Ich will mich nicht ungebührend in Ihre Angelegenheiten mischen, Mr. Montgomery, aber beabsichtigen Sie am Samstag nach Leeds zu fahren?«

»Nein, Sir.«

»Aufs Land?«

»Ja, Sir.«

»Sehr vernünftig. Sie werden die ungemein erholsame Wirkung eines beschaulich zwischen Wildblumen verbrachten Tages schätzen lernen. Hatten Sie eine bestimmte Richtung im Sinn?«

»Ja. Croxley.«

»Nun, Sie finden dort die herrlichste Landschaft, sobald Sie die Eisenhütte hinter sich gelassen haben. Gibt es etwas Schöneres, als auf einem Hügel zu liegen, ein lehrreiches oder erbauliches Buch in der Hand, und sich von der Sonne bescheinen zu lassen? Ich empfehle Ihnen einen Besuch der Ruine von St. Bridget – ein sehr interessantes Zeugnis aus der frühnormannischen Zeit. Übrigens muß ich doch gewisse Bedenken gegen Ihren Ausflug nach Croxley anmelden. Man hat mir gesagt, dort werde just am Samstag jener rüpelhafte Faustkampf stattfinden, den ich bereits erwähnte. Sie könnten vom Pöbel belästigt werden, den es dort zweifellos hinzieht.«

»Das riskiere ich, Sir«, sagte der Assistent.

Am Freitagabend, dem letzten Abend vor dem Kampf, versammelten sich die drei Sponsoren in der Sporthalle und begutachteten ihren Mann, der ein paar leichte Übungen zur Auflockerung der Muskeln absolvierte. Er war unverkennbar in blendender Verfassung, seine Haut strahlte vor Gesundheit, seine Augen blitzten vor Energie und Selbstvertrauen. Die drei gingen um ihn herum und freuten sich.

»Einfach toll!« sagte der Cambridge-Student. »Bei Gott, er ist ja kaum wiederzuerkennen. Hart wie ein Kiesel und motiviert, als müßte er um sein Leben kämpfen.«

»Vielleicht eine Idee zu leicht«, sagte der Wirt. »Kommt mir ein bißchen schmal um die Hüfte herum vor.«

»Wie ist Ihr Gewicht heute?«

»Einhundertundsiebenunddreißig Pfund«, antwortete der Assistent.

»Nur drei Pfund abgenommen in einer Woche Training«, sagte der Zureiter. »Er hat nicht übertrieben, als er sagte, daß er sich fit hält. Erstklassiges Material, soweit ich sehe. Ich weiß bloß nicht, ob es reicht.« Er stippte mit einem Finger in Montgomerys Muskeln, als habe er eines seiner Pferde vor sich. »Ich hörte, der Meister wird mit über hundertfünfundvierzig Pfund in den Ring steigen.«

»Aber ein paar davon würde er am liebsten ausziehen und draußen lassen wie sein Hemd«, sagte Purvis. »Soviel ich hörte, konnten sie ihn nur mit Mühe vom Bier fernhalten, und wenn seine großartige rothaarige Hure nicht gewesen wäre, hätten sie nicht mal das geschafft. Sie hat dem Boten, der ihm eine Gallone aus dem Wirtshaus brachte, fast die Augen ausgekratzt. Es heißt, das Luder ist nicht bloß seine Geliebte, sondern auch seine Sparringspartnerin. Seine Frau soll sich die Augen ausheulen. He, Junge, was suchst du hier?«

Die Tür des Schuppens hatte sich geöffnet, und ein Bursche von etwa sechzehn Jahren, mit schmutzigem, rußverschmierten Gesicht, schob sich in den gelben Lichtkegel der Öllampe. Ted Barton packte ihn am Kragen.

»Früchtchen, hier ist Privatbesitz, und Spione können wir nicht brauchen!«

»Ich muß mit Mr. Wilson sprechen.«

Der junge Cambridge-Student trat vor.

»Nun, mein Junge, was gibt es?«

»Es geht um den Kampf, Mr. Wilson, Sir. Ich wollte Ihrem Mann was über den Meister sagen.«

»Für Geschwätz haben wir keine Zeit, Junge. Wir wissen alles über den Meister.«

»Aber das nicht, Sir. Keiner weiß es, außer Mutter und mir, und wir dachten, wir sagen's Ihrem Boxer, damit er ihn richtig verdrischt.«

»Oh, du möchtest, daß der Meister ordentlich verdroschen wird? Wir auch. Also heraus mit der Sprache!«

»Ist das Ihr Mann, Sir?«

»Nehmen wir es einmal an.«

»Dann sage ich's ihm: Der Meister ist blind auf seinem linken Auge.«

»Unsinn!«

»Wirklich wahr, Sir. Nicht ganz blind, aber er sieht alles wie durch einen Nebel. Er hält es geheim, Mutter und ich sind die einzigen, die es wissen. Wenn Sie immer auf seiner linken Seite bleiben, erwischt er Sie nicht. Versuchen Sie's, dann merken Sie's gleich. Und passen Sie auf, wenn er die Rechte senkt. Dann folgt sein bester Schlag, der Aufwärtshaken. Sein Hammer, sagen sie bei uns in der Hütte. Wenn der trifft, sind Sie erledigt!«

»Danke, mein Junge. Die Information über sein Auge könnte uns nützen«, sagte Wilson. »Aber woher weißt du das alles? Wer bist du überhaupt?«

»Sein Sohn, Sir.«

Wilson pfiff durch die Zähne.

»Und wer hat dich hergeschickt?«

»Mutter. Ich muß wieder zurück zu ihr.«

»Hier, nimm das Halbkronenstück.«

»Nein, Sir, ich hab's nicht für Geld getan, sondern –«

»Aus Liebe?« vermutete der Wirt.

»Aus Haß!« stieß der Junge hervor und rannte hinaus in die Dunkelheit.

»Mir scheint, die rothaarige Schlampe bringt ihm eher Unglück als sonstwas«, bemerkte der Gastwirt. »Und nun Schluß für heute, Mr. Montgomery. Neun Stunden Schlaf sind das beste Training vor dem Kampf. Morgen abend um diese Zeit sind Sie fröhlich wieder zurück – mit einhundert Pfund in der Tasche!«

II

Um ein Uhr war in den Kohlengruben und Eisenhütten Arbeitsschluß. Der Kampf sollte um drei stattfinden. Von den Hochöfen Croxleys, der Wilsonschen Zeche, dem Schacht in Heartsease, der Fabrik in Dodd und der Stahlschmelze in Leverworth kamen die Arbeiter in Grüppchen marschiert, jeder mit seinem Foxterrier oder einem anderen kleinen Spürhund bei sich. Sie strömten herbei, müde und zerschlagen von der Knochenarbeit, gebeugt von der wochenlangen Schinderei im niedrigen Streb oder halb geblendet vom jahrelangen Umgang mit dem weißglühenden, flüssigen Metall, um ihren harten, hoffnungslosen Alltag für eine Weile mit dem unbeschwerten Dasein von Sportbegeisterten zu verschönern. Das war ihr Trost, das einzige Mittel, um ihre Gedanken von der bedrückenden Umgebung abzulenken und ihre Interessen über den engen Horizont ihrer rußgeschwärzten Heimatdörfer hinausgehen zu lassen. Um Literatur, Kunst und Wissenschaft scherten sie sich wenig, doch Rennen, Fußball, Kricket, Boxen – das waren die Sachen, die sie verstanden, über die sie vorher spekulieren und nachher debattieren konnten. Die Liebe zum

Sport, obwohl manchmal brutal, manchmal gar grotesk, ist noch immer eine der großen Antriebskräfte, die unser Volk zu seinem Wohlbefinden braucht. Sie steckt tief in den Wurzeln unseres Wesens, und wenn man sie kultivierte und verfeinerte, würde dies vielleicht zu einer edleren Natur als der des robusten Briten führen, der sich überall in der Welt so nachhaltig verewigt hat. Jeder dieser ungebildeten Arbeiter, die mit ihren Hunden auf den Fersen herbeigeschlurft kamen, um den Boxkampf zu erleben, war ein echter Vertreter seiner Nation.

Es war ein böiger Maitag; schönster Sonnenschein und wandernde Regenschauer wechselten einander launisch ab. Montgomery arbeitete noch den ganzen Vormittag in der Praxis und füllte Medikamente in die Fläschchen.

»Das Wetter scheint so unbeständig, Mr. Montgomery«, sagte der Doktor, »daß ich Ihnen fast raten möchte, Ihren kleinen Landausflug auf einen späteren Zeitpunkt zu verschieben.«

»Das geht leider nicht, Sir.«

»Übrigens muß ich heute einen Hausbesuch bei Mrs. Potter drüben in Angleton machen. Dafür werde ich wahrscheinlich den ganzen Nachmittag brauchen. Es wäre sehr mißlich, wenn die Praxis so lange unbesetzt bliebe.«

»Tut mir sehr leid, Sir, aber ich muß heute gehen«, erwiderte der Assistent störrisch.

Dr. Oldacre sah ein, daß Argumente nichts fruchteten, und verließ äußerst übellaunig das Haus. Als er fort war, fühlte sich Montgomery erleichtert. Er rannte hinauf in sein Zimmer und packte Sportschuhe, Turnhose und seine Kricketschärpe in eine Tasche. Als er wieder hinunterging, wartete Mr. Wilson bereits im Sprechzimmer.

»Man sagte mir, der Doktor sei weggegangen.«

»Ja. Er bleibt wahrscheinlich den ganzen Tag fort.«

»Das spielt keine große Rolle, denke ich. Heute abend wird er es so oder so erfahren.«

»Ja, aber für mich ist die Sache ernst, Mr. Wilson. Gewinne ich, ist alles in Ordnung. Die hundert Pfund würden meine Zukunft sichern, soviel will ich Ihnen verraten. Aber wenn ich verliere, bin ich auch meine Stelle los, denn – wie Sie schon sagten – verheimlichen läßt sich die Sache nicht.«

»Machen Sie sich keine Sorgen. Wir lassen Sie nicht im Stich. Ich wundere mich nur, daß ihm noch nichts zu Ohren gekommen ist. Überall redet man davon, daß Sie gegen den Champion von Croxley antreten. Armitage war schon bei mir deswegen – der Sponsor des Meisters, wissen Sie. Wollte feststellen, ob man Sie überhaupt nominieren darf. Der Meister, sagte er, wolle Sie, ob qualifiziert oder nicht, sei ihm einerlei. Armitage hat eine ziemliche Summe investiert und hätte uns gerne Schwierigkeiten bereitet. Ich konnte ihn davon überzeugen, daß Sie alle Bedingungen eines Herausforderers erfüllen. Schließlich war er zufrieden. Er glaubt, sein Mann hätte leichtes Spiel mit Ihnen.«

»Ich kann nur mein Bestes geben«, sagte Montgomery.

Gemeinsam aßen sie zu Mittag. Dabei herrschte nervöses Schweigen, denn Montgomery war in Gedanken bereits bei dem, was ihn erwartete, und Wilson hatte mehr Geld gesetzt, als er leichten Herzens verlieren konnte.

Wilsons zweispännige Kutsche wartete vor der Tür. Die Köpfe der Pferde waren mit blau-weißen Rosetten geschmückt, den Farben der Wilsonschen Zeche, die man auf vielen Fußballplätzen gut kannte. Am Tor zur Straße standen einige hundert Bergleute mit ihren Frauen und jubelten ihnen zu, als die Kutsche vorbeifuhr. Dem Assistenten erschien alles unwirklich, wie ein Traum – das seltsamste Ereignis seines Lebens, begleitet von einer prickelnden Welle der Begeisterung und Zuneigung, die ihn heftig erregte. Er lehnte sich in der offenen Kutsche zurück und schaute auf die flatternden Taschentücher, die in den Türen und Fenstern der Bergarbeiterkaten geschwenkt wurden. Wilson hatte ihm eine blauweiße Rosette an den Aufschlag des Mantels geheftet, was ihn für jedermann sichtbar als den Herausforderer kennzeichnete. »Viel Glück, Sir! Wir drücken Ihnen die Daumen!« rief man ihm von den Straßenseiten zu. Er fühlte sich wie ein unromantischer Ritter auf dem

Weg zum freilich ganz und gar nicht prunkvollen Turnierplatz; doch genaugenommen hatte die Sache ja wirklich etwas Ritterliches an sich. Er kämpfte nicht nur für sich, sondern auch für andere. Er mochte unterliegen, weil seine Geschicklichkeit oder seine Kraft nicht ausreichten, doch niemals, das schwor er sich feierlich, aus Mangel an Mut.

Mr. Fawcett bestieg gerade seinen großrädrigen leichten Dogcart, zwischen dessen Doppeldeichsel ein zierliches Pferd stand. Er schwang die Peitsche und reihte sich hinter der Kutsche ein. Sie überholten Purvis, den tomatengesichtigen Wirt und seine Frau, die ihre Sonntagshaube trug. Auch diese beiden schlossen sich dem Zug an. Während sie über die sieben Meilen lange Landstraße nach Croxley rollten, wurde die zweispännige, rosettengeschmückte Kutsche zum Kometen, der einen lockeren, bunten Schweif nach sich zog. Aus jeder Seitenstraße stießen die schwarzen Wagen der Bergarbeiter dazu, einfache klapprige Vehikel, die unter der Last von fröhlich lärmenden und witzelnden Schlachtenbummlern zu bersten drohten. Der Zug war bereits mehr als eine Viertelmeile lang. Man hörte Peitschen knallen und klatschen, Geschrei, Flüche, Hufgeklapper. Reiter und Fußgänger mischten sich zwischen die Fahrzeuge. Plötzlich drängte eine berittene Abteilung der Sheffielder Yeomanry, die gerade ihre jährliche Manöverübung abhielt, mit Gerassel und Geklirr vom Feld auf die Straße und eskortierte die Kutsche. Durch die Staubwolken ringsum sah Montgomery die blitzenden Messinghelme, die schmucken Uniformen, die musternd hin und her gewendeten Köpfe der Anführer, die eifrigen braunen Gesichter der Soldaten. Es war traumhafter als je zuvor.

Als sie dann die riesige, unregelmäßige Reihe der flaschenförmigen Gebäude mit den Hochöfen von Croxley erreichten, wurde die lange staubaufwirbelnde Kolonne von einem noch längeren Zug aufgehalten. An der Einmündung zur Hauptstraße stoppten die Wilson-Anhänger, um einen Strom von Kaleschen vorbeizulassen. Die Eisenwerker grüßten oder grölten, je nach Temperament, als sie an der haltenden Gegenpartei vorüberfuhren. Derbe Ausrufe flogen hinüber und herüber wie Kohlebrocken oder Wurfgeschosse aus Eisen. »Ihr mußtet ihn wohl mit Gewalt herschaffen?« »Habt ihr die Bahre für den Rücktransport dabei?« »Wo ist denn das alte K-Bein?« »Mensch, laß dich noch mal photographieren, damit du dich nachher wiedererkennst!« »Kämpfen soll der? Ist ja nicht einmal als Doktor trocken hinter den Ohren!« »Euren Croxley Master verarztet er allemal!«

So wogte der Spott hin und her, während die eine Partei wartete und die andere vorbeiparadierte. Dann erhob sich dumpfes Gemurmel, das zum Geschrei aufbrandete. Ein großer vierspänniger Kremser, ganz mit flatternden lachsfarbenen Wimpeln geschmückt, ratterte heran. Der Kutscher trug einen weißen Hut mit einer rosafarbenen Rosette. Neben ihm saßen ein Mann und eine Frau – sie mit ihrem Arm um seine Hüfte. Montgomery erhaschte nur einen kurzen Blick auf die beiden im vorüberbrausenden Gefährt. Er trug eine Pelzmütze, bis zu den Brauen in die Stirn gedrückt, einen weiten Friesmantel und ein rosa Halstuch, sie, frech, rothaarig, in bunter Kleidung, lachte schrill. Der Meister, denn er war es, drehte sich im Vorbeifahren herüber, starrte unverwandt auf Montgomery und schenkte ihm ein drohendes, zahnlückiges Lächeln. Es war ein hartes, zerfurchtes und boshaftes Gesicht, mit langen, sturen Wangenpartien, die bläulich schimmerten, und mit unerbittlich blickenden Augen. Im darauffolgenden Wagen saßen die Mäzene des Meisters – beleibte Vorarbeiter, Abteilungsleiter und Geschäftsführer der Eisenhütte. Einer trank aus einer Metallflasche und hob sie grüßend in die Höhe, als er an Montgomery vorbeifuhr. Dann wurde der Zug lichter; das Gefolge des Wilsonschen Herausforderers samt Kavallerieeskorte setzte sich in Bewegung.

Die Straße führte von Croxley weg, zwischen sanft geschwungenen grünen Hügeln hindurch, in denen schmutzige Krater klafften und von der Suche nach Kohle und Eisen zeugten. Das gesamte Gebiet war wie ein Stück Wild ausgeweidet worden. Riesige Abraum- und Schlackehalden ließen ahnen, in welchem Ausmaß der Mensch den Untergrund ausgehöhlt hatte. Nach einer Linksbiegung schlängelte sich die Straße hinauf zu einem langgestreckten Gebäude, einer Ruine, wie man bald sah. Das Dach fehlte, die nackten Mauern standen verloren da, durch die rechteckigen fensterlosen Öffnungen fiel Sonnenlicht.

»Arrowsmiths alte Fabrik. Dort soll der Kampf stattfinden«, erklärte Wilson. »Wie fühlen Sie sich?«

»Danke, großartig. Wie nie zuvor in meinem Leben«, antwortete Montgomery.

»Bei Gott, Ihre Nerven möchte ich haben!« seufzte Wilson, der hochrot im Gesicht und nervös war. »Was auch immer kommen mag – Sie werden einen anständigen Kampf für unser Geld liefern. Der Anbau da drüben ist das ehemalige Kontor. Dort hat man Umkleidekabinen und den Wiegeraum eingerichtet.«

Die Kutsche fuhr unter dem Geschrei der überholten Fußgänger den Hügel hinauf und hielt. Lange Reihen abgestellter Gespanne säumten die gewundene Straße. Vor dem Tor der baufälligen Fabrik drängte sich eine schwarze Menschenmenge. Auf einem großen Plakat standen die Eintrittspreise. Es gab Sitzplätze zu fünf, drei und einem Shilling, für Hunde wurde die Hälfte verlangt. Die Einnahmen, abzüglich der Veranstaltungskosten, sollten an den Gewinner gehen. Bereits jetzt mußte diese Summe mehr als hundert Pfund betragen. Ein Gewirr erregter Stimmen entstand am Einlaß. Die Arbeiter wollten ihre Hunde mit hineinnehmen, ohne für sie zu bezahlen. Es gab ein Handgemenge. Die Hunde kläfften. Die Menge wogte tosend wie eine brodelnde, strudelnde Flut, die sich vor einem viel zu schmalen Abfluß staut.

Der Kremser mit den lachsfarbenen Wimpeln und vier dampfenden Pferden stand leer vor der Tür des Kontors. Wilson, Purvis, Fawcett und Montgomery gingen hinein.

Sie betraten einen großen, kahlen Raum. Helle Vierecke an den verstaubten Wänden verrieten, wo einst Bilder und Kalender gehangen hatten. Verschlissenes Linoleum bedeckte den

Fußboden. Außer einigen Bänken und einem rohen Holztisch mit Schüssel und Wasserkrug gab es kein Mobiliar. Zwei Ecken hatte man durch Vorhänge abgeteilt. In der Mitte des Raumes stand die Waage. Ein ungemein dicker Mann mit lachsfarbenem Schlips und blauer, gepunkteter Weste kam geschäftig auf sie zu. Es war Armitage, der Schlächter und Viehzüchter, im Umkreis von vielen Meilen als gutmütiger Mann und großzügiger Förderer des Sports im Riding-Bezirk bekannt.

»Na also«, stieß er mit belegter, aufgeregter Stimme hervor, »da seid ihr ja endlich. Wo habt ihr euren Mann? Wo ist er?«

»Vor Ihnen steht er, gesund und munter. Mr. Montgomery, darf ich Sie Mr. Armitage vorstellen?«

»Angenehm, Sir. Sehr erfreut, Sie kennenzulernen. Ich darf sagen, wir Leute von Croxley bewundern Ihren Mut, Mr. Montgomery. Wir erwarten einen offenen, fairen Kampf, ohne Vorteil für irgendeine Seite. Möge der beste Mann gewinnen! Das ist unser Wahlspruch in Croxley.«

»Der gilt auch für mich«, sagte der Assistent.

»Gut gesagt, Mr. Montgomery. Sie haben sich allerhand vorgenommen, Sir, aber auch riskante Sachen können durchgezogen werden, wie jeder bestätigen wird, der mein Unternehmen kennt. Der Meister ist bereit zum Wiegen.«

»Ich auch.«

»Es wird netto gewogen.«

Montgomery warf einen Seitenblick auf die hochgewachsene rothaarige Frau, die am Fenster stand und nach draußen schaute.

»Schon gut«, sagte Wilson. »Gehn Sie zum Umziehen hinter den Vorhang.«

Montgomery gehorchte und erschien wieder in einer weißen, weiten Hose und Segeltuchschuhen, die Schärpe eines bekannten Londoner Kricketklubs um die Hüfte geschlungen – ein Bild von einem Athleten. Er war in blendender Verfassung. Seine Haut schimmerte wie Seide. Jede Faser seiner durchtrainierten Muskeln spielte und zeichnete sich ab, wenn er seine breiten Schultern bewegte. Beim Heben und Senken seiner kräftigen Arme zogen sich die Muskelstränge zu harten Ballen zusammen und entspannten sich wieder zu langen Sinuskurven.

»Na, was sagen Sie nun?« fragte Ted Barton, der als sein Sekundant fungierte, die Frau am Fenster.

Sie musterte den jungen Athleten geringschätzig.

»Ihr tut dem grünen Jungen keinen Gefallen, ihn gegen einen richtigen Mann aufzustellen. Mein Silas macht ihn mit einer Hand fertig, die andere auf den Rücken gebunden.«

»Vielleicht – vielleicht auch nicht«, sagte Barton. »Ich besitze nur zwei Pfund, aber die habe ich auf ihn gewettet, jeden einzelnen Penny, ohne mit der Wimper zu zucken. Ah, da kommt der Meister. Sieht auch nicht schlecht aus.«

Der Preisboxer war hinter dem anderen Vorhang hervorgetreten – eine vierschrötige Gestalt mit enormem Brustkasten und furchterregenden Armen. Er hinkte leicht auf seinem verkrüppelten Bein. Seine Haut hatte nicht die Frische und Reinheit wie die von Montgomery, sondern war stumpf und gesprenkelt, mit einem großen Leberfleck mitten auf der von dichten schwarzen Borsten bedeckten mächtigen Brust. Sein Gewicht stand in keinem Verhältnis zu seiner Kraft, denn die ausladenden Schultern und muskelbepackten Arme mit den braunen Hammerfäusten hätten durchaus zu einem Superschwergewicht gepaßt. Seine Hüften und Beine hingegen wirkten schmächtig. Montgomery seinerseits war wohlproportioniert wie eine griechische Statue. Hier traf ein eigens für seine Disziplin gebauter Boxer auf einen Widersacher, der es in jeder Sportart weit bringen konnte. Sie musterten einander neugierig: eine Bulldogge und ein reinrassiger, wohlproportionierter Terrier – beide bereit zum Zubeißen.

»Guten Tag.«

»Tag auch.« Der Meister grinste erneut und ließ drei einzeln stehende Vorderzähne aufblitzen. Die übrigen hatte man ihm in den zwanzig Jahren seiner Laufbahn ausgeschlagen. »Schönes Wetter heute.«

»Ausgezeichnet!« sagte Montgomery.

»Das ist die Stimmung, die mir gefällt«, schnaufte der fette Fleischer. »Prima Jungs, alle beide! Erstklassige Jungs! Festes Fleisch und harte Knochen. Und kein böses Wort!«

»Gott segne ihn, wenn er mich besiegt!« sagte der Meister.

»Gott helfe ihm, wenn wir ihn besiegen!« warf die Frau ein.

»Halt's Maul, Schlampe!« fuhr der Meister sie an. »Wer hat dich gefragt? Ich haue dir gleich eine runter!«

Die Frau ließ sich nicht einschüchtern.

»Du kriegst gleich genug zu tun, mein Lieber«, sagte sie. »Verhau erst mal das Doktorchen, bevor du dich mit mir anlegst.«

Der Streit des Paares wurde durch den Eintritt eines Neuankömmlings unterbrochen. Es war ein Herr in einem feinen Mantel mit Pelzkragen. Er trug einen stark glänzenden Zylinder, wie man ihn selten weiter als fünf Meilen vom Hyde Park entfernt antrifft. Diesen Hut hatte er extrem weit nach hinten geschoben, so daß die Unterseite der Krempe einen heiligenscheinähnlichen Ring um seine hohe Stirnglatze, die scharfen Augen und sein rauhes, aber freundliches Gesicht bildete. Er durchquerte den Raum in der hoheitsvollen Haltung eines Zirkusdirektors, der die Manege betritt.

»Mr. Stapleton, der Schiedsrichter aus London«, murmelte Wilson. »Guten Tag, Mr. Stapleton. Wir kennen uns. Ich wurde Ihnen damals bei dem großen Kampf im Korinther-Klub von Piccadilly vorgestellt.«

»Ach, wissen Sie«, meinte der Angesprochene, während er die ihm dargebotene Hand schüttelte, »man stellt mir so viele Leute vor, daß ich mir unmöglich alle Namen merken kann. Wilson, sagten Sie? Gut, Mr. Wilson, freut mich, Sie zu sehen. Ich bekam keine Droschke am Bahnhof, deshalb komme ich so spät.«

»Wir sind sehr stolz darauf, Sir«, sagte Armitage, »daß ein in der Boxwelt so berühmter Mann den Weg zu uns gefunden hat und den Wettkampf leiten wird.«

»Schon gut, schon gut. Alles im Interesse des Sportes. Alles bereit? Die Männer schon gewogen?«

»Wir wollten gerade damit beginnen, Sir.«

»Um so besser, dann übernehme ich das gleich. Wir kennen uns, Craggs. Sah Sie in Ihrem zweiten Kampf gegen Willox. Das erstemal hatten Sie ihn geschlagen, aber dann revanchierte er sich. Was sagte der Zeiger? Hundertsiebenundvierzig Pfund – zwei ab für die Sachen – einhundertfünfundvierzig. Jetzt Sie, mein Junge. Meine Güte, wessen Farben tragen Sie denn?«

»Des Klubs der Anonymen Kricketer.«

»Welches Recht haben Sie, diese zu tragen? Ich gehöre selbst diesem Klub an.«

»Ich auch.«

»Sind Sie Amateur?«

»Ja, Sir.«

»Und Sie kämpfen um ein Preisgeld?«

»Ja.«

»Ich hoffe, Sie wissen, was Sie tun? Sie gelten danach nämlich automatisch als Profi, und wenn Sie noch einmal kämpfen –«

»Ich werde nicht noch einmal kämpfen.«

»Bestimmt nicht«, sagte die Frau, und der Meister warf ihr einen fürchterlichen Blick zu.

»Nun, das ist Ihre Sache, und ich will Ihnen nicht dreinreden. Springen Sie rauf. Hundertsiebenunddreißig minus zwo, einhundertfünfunddreißig – macht zehn Pfund Differenz, aber Sie sind der Jüngere und haben mehr Kondition. Je eher wir anfangen, desto besser. Ich möchte den Expreß um sieben Uhr ab Hellifield noch erwischen. Zwanzig Runden zu drei Minuten, jeweils eine Minute Pause, Queensberry-Reglement. So lauten die Bedingungen, nicht wahr?«

»Ja, Sir.«

»Gut, dann gehen wir hinüber.«

Den beiden Kombattanten wurden Mäntel übergeworfen, und die gesamte Gesellschaft von Sponsoren, Trainern, Betreuern, Sekundanten, allen voran der Schiedsrichter, verließ den Raum. Draußen wartete ein Polizeibeamter auf sie. Er hatte sein Notizbuch in der Hand – jene schreckliche Waffe, die selbst der Londoner Taxifahrer fürchtet.

»Ich muß Ihre Namen notieren, meine Herren. Für den Fall, daß es zu einer Anzeige wegen Störung der öffentlichen Ordnung kommt.«

»Sie wollen doch nicht etwa den Kampf verbieten?« rief Armitage in leidenschaftlicher Entrüstung. »Ich bin Mr. Armitage aus Croxley, und neben mir steht Mr. Wilson. Wir übernehmen die Verantwortung dafür, daß die Veranstaltung ordnungsgemäß abläuft.«

»Ich notiere mir die Namen – nur für den Fall, daß ein Einschreiten nötig wäre«, sagte der Inspektor ungerührt.

»Aber Sie kennen mich doch gut.«

»Das spielt keine Rolle, selbst wenn Sie der Richter oder der Herzog persönlich wären«, entgegnete der Inspektor. »Hier geht es um das Gesetz und Schluß. Ich stelle fest, daß Handschuhe getragen werden, und sehe deshalb keine Notwendigkeit, den Kampf zu verbieten. Trotzdem notiere ich mir die Namen aller Beteiligten. Silas Craggs, Robert Montgomery, Edward Barton, James Stapleton aus London. Wer ist der Sekundant von Silas Craggs?«

»Ich«, sagte die Frau. »Da staunen Sie, was? Es ist mein Job, und ich überlasse ihn keinem anderen. Anastasia heiße ich – mit vier As.«

»Craggs?«

»Johnson. Anastasia Johnson. Wenn Sie ihn einsperren wollen, sperren Sie mich gleich mit ein.«

»Wer redet hier von einsperren, dumme Ziege!« grollte der Meister. »Kommen Sie, Mr. Armitage, dieses Gewäsch geht mir auf die Nerven.«

Der Inspektor schloß sich der Prozession an und erklärte auf dem Weg zur Werkhalle, er benötige zur Wahrnehmung der Interessen des Gesetzes einen Sitz in der Vorderreihe. Darauf müsse er in seiner offiziellen Eigenschaft bestehen. Gleichzeitig schloß er in seiner Eigenschaft als Privatmann mit Armitage eine Wette eins zu sieben um dreißig Shilling ab. Sie passierten das Tor, gingen dann eine enge Gasse zwischen dicht gedrängten Menschen hinunter, erklommen eine

Holzleiter, die zu einer Plattform führte, und stiegen über ein in Hüfthöhe um vier Eckpfosten gespanntes Seil. Erst jetzt begriff Montgomery, daß er in dem Boxring stand, in dem sich sein unmittelbares Schicksal entscheiden sollte. An einem Pfosten hing ein blau-weiß gestreifter Wimpel. Barton führte ihn in diese Ecke. Sein locker umgehängter Mantel rutschte ihm halb von den Schultern, als er sich auf einen Holzschemel setzte. Barton und ein anderer Mann – beide trugen weiße Sweater – standen neben ihm. Der sogenannte Ring war ein Quadrat, sechs mal sechs Meter groß. In der gegenüberliegenden Ecke sah er die finstere Gestalt des Meisters, die rothaarige Frau und einen grobgesichtigen Betreuer. In beiden Ecken standen eine Blechschüssel mit einem Schwamm und ein Wasserkrug.

Der Lärm und Tumult beim Einzug hatten Montgomery so beeindruckt, daß er bisher nichts richtig wahrgenommen hatte. Doch nun entstand eine Verzögerung, weil der Schiedsrichter auf sich warten ließ, und er sah sich in aller Ruhe um. Es war ein Anblick, der ihn sein Leben lang verfolgen würde. Man hatte ringsum an den Wänden Holzbänke in aufsteigenden Reihen aufgebaut. Oben, wo die Decke hätte sein sollen, zog eine Schar Krähen schwerfällig über ein graubewölktes rechteckiges Stück Himmel. Bis zu den obersten Bänken hockten die Zuschauer Schulter an Schulter, vorn im feinen schwarzen Tuch, hinten in Kord und Barchent; alle Augen waren auf ihn gerichtet. Grauer Rauch aus den Pfeifen füllte den Raum, beißender Geruch von billigem, starkem Tabak lag in der Luft. Überall zwischen den Gesichtern lugten Hundeköpfe hervor. Von den hinteren Bänken tönte anhaltendes Knurren und Bellen. In der dichten Menschenmenge konnte man einzelne Personen kaum ausmachen, dennoch erkannte Montgomery zehn Männer seiner berittenen Bürgerwehreskorte am metallenen Glanz der Helme, die sie nun auf den Knien hielten. Direkt am Rand der Plattform saßen die Journalisten, fünf an der Zahl: drei von der Lokalpresse und zwei eigens aus London angereiste Sportreporter. Doch wo blieb der so wichtige Schiedsrichter? Er war nirgends zu sehen.

Steckte er vielleicht in dem Strudel wütender Menschen am Eingang der Fabrikhalle?

Mr. Stapleton war einen Augenblick stehengeblieben, um die beiden Handschuhpaare zu inspizieren, die benutzt werden sollten. Als der die Halle nach den Kämpfern betrat und in die enge Gasse aus Menschenleibern geriet, die zum Ring führte, hatte sich bereits die Kunde verbreitet, der Wilsonsche Champion sei ein feiner Pinkel, genau wie der Schiedsrichter aus London. Die Croxley-Anhänger witterten Unrat. Sie wollten einen von ihren eigenen Leuten als Schiedsrichter haben. Sie lehnten den Fremden ab. Man hielt ihn fest, als er dem Ring zustrebte. Aufgebrachte Männer stellten sich ihm in den Weg, sie fuchtelten mit ihren Fäusten vor seinem Gesicht herum und fluchten. Eine Frau kreischte ihm wüste Beschimpfungen ins Ohr. Jemand schlug mit einem Regenschirm nach ihm. »Scher dich zurück nach London. Wir brauchen dich nicht. Hau ab!« schrien sie.

Stapleton, den glänzenden Zylinder auf dem Hinterkopf, was seine mächtige Stirn besonders hervortreten ließ, warf unter seinen buschigen Brauen einige flinke Blicke in die Runde. Er befand sich im Zentrum eines gefährlichen, aggressiven Mobs. Er zog seine Taschenuhr hervor und legte sie mit dem Zifferblatt nach oben auf die Handfläche.

»In drei Minuten«, sagte er, »erkläre ich den Kampf für abgesetzt.«

Sie tobten rings um ihn. Sein kühles Gesicht und der verwegene Zylinder irritierten sie. Rissige Hände wurden erhoben. Doch irgendwie war es schwierig, einen Mann zu schlagen, der so absolut gleichgültig blieb.

»In zwei Minuten erkläre ich den Kampf für abgesetzt.«

Die Wut entlud sich in Beschimpfungen. Tabakatem erboster Menschen schlug ihm ins gleichmütige Gesicht. Eine geballte, schmutzige Faust vibrierte unter seiner Nasenspitze. »Du hörst doch, wir brauchen dich nicht. Scher dich dahin, von wo du hergekommen bist.«

»In einer Minute erkläre ich den Kampf für abgesetzt.«

Dann gewann die ruhige Beharrlichkeit des Schiedsrichters die Oberhand über die leidenschaftlich erregte, dabei jedoch wankelmütige und beeinflußbare Menge.

»Laßt ihn durch, Leute. Sonst gibt's überhaupt keinen Kampf.«

»Ja, laßt ihn durch.«

»Bill, hast du nicht gehört? Willst du, daß er den Kampf absetzt?«

»Macht Platz, Leute – Platz für den Schiedsrichter aus London!«

Und ehe er sich's versah, hatte ihn die ziehende und schiebende Menge zum Ring befördert. An einer Seite standen zwei Stühle, einer für ihn, der andere für den Zeitnehmer. Er nahm gemessen Platz und legte beide Hände auf die Knie. Obwohl sein Zylinder in einem noch komischeren Winkel als zuvor auf seinem Kopf saß, wirkte er feierlich, ganz wie jemand, der sich seiner Verantwortung wohl bewußt ist.

Mr. Armitage, der dickbäuchige Fleischer, kletterte über das Seil und hob seine fetten, reichlich beringten Hände als Zeichen für Ruhe.

»Meine Herren!« rief er. Dann noch einmal, eine Tonlage höher, kreischend: »Meine Herren!«

»Und Damen!« rief jemand, und in der Tat befand sich eine beträchtliche Anzahl von Frauen in der Menge. »Lauter, Mann!« brüllte ein anderer. »Metzger, wieviel kostet das Schweinskotelett heute?« witzelte jemand auf den hinteren Bankreihen. Alles lachte, die Hunde begannen zu kläffen. Armitage ruderte mit den Armen inmitten des Chaos, wie wenn er ein Orchester dirigierte. Endlich legte sich das Stimmengewirr, Ruhe trat ein.

»Meine Herren!« rief er. »Ich darf Ihnen den Kampf zwischen Silas Craggs, den wir Meister von Croxley nennen, und dem Herausforderer von der Wilsonschen Zeche, Robert Montgomery, ankündigen. Vereinbart war ein Kampfgewicht unter einhundertsiebenundvierzig Pfund. Die eben vorgenommene Kontrolle ergab, daß Craggs hundertfünfundvierzig und Montgomery hundertfünfunddreißig Pfund wiegt. Die Wettkampfbedingungen lauten: Sieger ist der Beste über zwanzig Runden zu je drei Minuten. Es wird mit Zweiunzenhandschuhen gekämpft. Sollte der Kampf über die volle Distanz gehen, gibt es natürlich einen Punktentscheid. Mr. Stapleton, der renommierte Schiedsrichter aus London, hat sich freundlicherweise bereit erklärt, den Wettkampf zu leiten und für die Einhaltung der Regeln des Fair play zu sorgen. Ich möchte hinzufügen, daß Mr. Wilson und ich, als die Hauptsponsoren der Kontrahenten, vollstes Vertrauen zu Mr. Stapleton haben. Wir ersuchen alle Anwesenden, seine Entscheidungen ohne Widerspruch anzuerkennen.«

Dann deutete er mit einer schwungvollen Armbewegung von einem Kämpfer zum anderen.

III

»Montgomery – Craggs!« sagte er.

Große Stille senkte sich über das Publikum, selbst die Hunde hörten auf zu kläffen. Man hätte meinen können, der riesige Zuschauerraum sei leer. Die Kämpfer standen auf, gingen aus ihren Ecken zur Ringmitte und begrüßten einander, indem sie ihre Fäuste, die in kleinen weißen Boxhandschuhen steckten, leicht gegeneinanderstießen: Montgomery ernst, Craggs mit einem Lächeln. Dann gingen sie in Position. Ein zischender Gemeinschaftslaut entfuhr der Menge, ein tausendfaches erregtes Einziehen von Luft. Der Kampfrichter balancierte auf den Hinterbeinen seines Stuhls und schaute streng und kritisch von einem Boxer zum anderen.

Hier hatte sich Kraft gegen Gewandtheit zu behaupten, soviel war von Anfang an klar. Der Meister stand unerschütterlich auf seinem K-Bein, das ihm immense Standfestigkeit verlieh; es erschien kaum vorstellbar, daß er zu Boden gehen könnte. Er konnte sich auf diesem Standbein ungemein flink drehen, nur sein Angriff und seine Ausweichmanöver wirkten etwas plump. Vom Körperbau her war er dem Studenten allerdings weit überlegen, außerdem sah sein dunkles, massiges Gesicht so resolut und bedrohend aus, daß die Zuversicht der Wilson-Anhänger beträchtlich schwand. Nur ein Herz verzagte nicht: das von Robert Montgomery.

Nun, da er seine Aufgabe vor sich sah, war alle noch vorhandene Nervosität völlig von ihm gewichen. Hier gab es etwas klar Umrissenes zu tun – er mußte diesen grobgesichtigen, verunstalteten Herkules besiegen, und als Preis winkte der Eintritt in die berufliche Laufbahn. Er glühte vor Kampfeslust; eine freudige Erregung schoß durch seine Nervenbahnen. Leicht vor und zurück tänzelnd, fixierte er seinen Gegner, wich nach links aus, wich nach rechts aus, tastete sich heran, während Craggs ihn feindselig anstarrte, sich langsam auf seinem schwachen Bein drehte, seinen linken Arm halb ausgestreckt, seine Rechte tief unter der Magengrube haltend. Montgomery stieß mit seiner linken Führungshand vor, und noch einmal, traf jedesmal leicht. Er versuchte es ein weiteres Mal, doch der Meister hatte einen Konter parat, und Montgomery taumelte zurück, von einem härteren Schlag getroffen, als er ausgeteilt hatte. Anastasia rief etwas Schrilles, Anfeuerndes, und ihr Schützling ließ seine Rechte fliegen. Montgomery tauchte darunter weg; im nächsten Augenblick lagen sich die Gegner in den Armen.

»Break!« sagte der Schiedsrichter. »Break!«

Während sie sich trennten, schlug der Meister aufwärts. Die Wucht des Hiebes schüttelte Montgomery durch. Dann hieß es: »Zeit!« Eine lebhafte Eröffnungsrunde lag hinter ihnen. Die Zuschauer applaudierten, ein geschäftiger Austausch von Kommentaren begann. Montgomery fühlte sich frisch, doch die haarige Brust des Meisters hob und senkte sich schwer. Der Betreuer des Meisters fuhr seinem Schützling mit dem Schwamm über den Kopf, während Anastasia ihm mit dem Handtuch Luft zufächelte. »Bravo! Gutes Mädchen!« rief die Menge und jubelte ihr zu.

Wieder gingen die Männer aufeinander los, der Meister grimmig lauernd, Montgomery aufmerksam wie eine Katze. Der Meister startete plötzlich einen Vorstoß, der wegen seiner hinkenden Schritte unbeholfen aussah, aber flinker war als erwartet. Der Student glitt zur Seite und ließ ihn ins Leere laufen. Der Meister hielt inne, griente und schüttelte den Kopf. Dann winkte er Montgomery mit einer einladenden Armbewegung zu sich. Montgomery nahm die Herausforderung an, kam auch mit seiner linken Führungshand ein paarmal durch, erhielt aber zum Ausgleich einen Schwinger in die Rippen. Der wuchtige Schlag machte ihn für einen Moment unsicher auf den Beinen. Der Meister sah es und setzte sofort nach, um den Vorteil auszunutzen, aber Montgomery konnte mit geschmeidigen Bewegungen der Gefahr entgehen, bis der Ruf »Zeit!« ertönte. Eine wenig spektakuläre Runde, mit klaren Vorteilen für den Meister.

»Der Meister ist zu stark für ihn«, sagte ein Schmelzer zu seinem Nachbarn.

»Freilich, aber der andere hält sich gar nicht schlecht. Mir scheint, er hat technisch noch einiges auf Lager. Und er hopst wie ein Gummiball.«

»Schon, aber wenn ihn der Meister stoppt und einmal richtig hinlangt, hopst er aus dem Ring.«

Sie waren wieder auf den Beinen. Das Wasser glitzerte auf ihren Gesichtern. Montgomery ging sofort in die Offensive und konnte eine Rechte mit hörbarem Klatschen auf der Stirn des Meisters landen. Beifällige Rufe von den Bergleuten und »Ruhe! Ruhe!« vom Schiedsrichter. Montgomery wich dem Konter aus und punktete mit der Linken. Erneuter Applaus, der Schiedsrichter sprang unwillig auf. »Keine Kommentare während der Runde bitte, meine Herren!«

»Na warte!« knurrte der Meister.

»Nicht reden – kämpfen!« sagte der Schiedsrichter scharf.

Montgomery holte einen weiteren Punkt mit einer Geraden auf den Mund des Gegners, und der Meister trottete wie ein wütender Bär in seine Ecke; er hatte in dieser Runde denkbar schlecht ausgesehen.

»Wo sind die sieben zu eins geblieben?« brüllte Purvis, der Wirt. »Ich nehme noch sechs zu eins an!«

Keine Antwort.

»Fünf zu eins!« Hier meldeten sich einige Wettlustige. Purvis schrieb sie in ein abgewetztes Notizbuch.

Montgomery begann sich wohl zu fühlen. Er lehnte mit dem Rücken gegen den Eckpfosten, streckte die Beine aus und ließ die behandschuhten Fäuste auf dem Seil ruhen. Was für eine köstliche Minute zwischen den Runden! Wenn er auf der Hut blieb und schwere Treffer vermied, mußte dem Meister noch vor Ablauf der zwanzigsten Runde die Luft ausgehen. Er war schon jetzt so langsam, daß ihm all seine Kraft nichts nützte. »Prima! Sie sind auf der Siegerstraße«, flüsterte ihm Ted Barton ins Ohr. »Schön die Übersicht behalten und kein Risiko eingehen, dann haben Sie ihn!«

Doch der Meister war geschickt. In vielen Kämpfen hatte er gelernt, sein blessiertes Bein zweckmäßig einzusetzen. Langsam und bedächtig manövrierte er um Montgomery herum, schob sich Schritt für Schritt vor und dirigierte ihn unmerklich in eine Ecke. Der Student sah ein plötzliches, triumphierendes Lächeln auf dem grimmigen Gesicht und ein Aufleuchten der ausdruckslosen, verkniffenen Augen. Dann griff der Meister an. Montgomery sprang zur Seite und stand am Seil. Der Meister verpaßte ihm einen seiner fürchterlichen Aufwärtshaken, und Montgomery fing ihn knapp ab. Der Student versuchte zur anderen Seite auszuweichen und stand erneut am Seil. Er war in der Ecke gefangen. Der Meister ließ seine Rechte fliegen, und das tierische Grunzen, das er dabei von sich gab, zeugte von der Wucht, die er in den Schlag legte. Montgomery duckte sich, bekam aber eine linke Gerade gegen die Rippen. Er ließ sich nach vorn fallen und umklammerte seinen Gegner. »Break! Break!« rief der Schiedsrichter. Montgomery löste sich und kassierte dabei einen Schwinger aufs Ohr. Eine nachteilige Runde für ihn ging zu Ende, die Leute von Croxley brüllten vor Freude.

»Herrschaften, ich dulde diesen Lärm nicht!« rief Stapleton.

»Ich bin es gewohnt, einem Klub mit Benimm vorzustehen und nicht einem Tollhaus.« Der kleine Mann mit dem schräg sitzenden Zylinder und der gewölbten Stirne beherrschte das gesamte Publikum. Er benahm sich wie ein Schulmeister vor seinen Zöglingen. Streng schaute er in die Runde, und niemand wagte, seinen Blick zu erwidern.

Anastasia küßte den Meister, als er Platz nahm. »Noch einen, Mädchen! Noch einen!« jubelten seine ausgelassenen Anhänger, und der ärgerliche Meister winkte ihr drohend mit dem Handschuh, während sie für ihn das Handtuch wedelte. Montgomery fühlte sich matt und ein wenig benommen, war aber keineswegs entmutigt. Er hatte etwas gelernt. Noch einmal würde er sich nicht in solch eine gefährliche Situation locken lassen.

Drei Runden verliefen ziemlich ausgeglichen. Die Schläge des Studenten waren schneller, die des Meisters härter. Montgomery beherzigte die erhaltene Lektion, er blieb im Freien und ließ sich nicht mehr in eine Ecke manövrieren. Manchmal gelang es dem Meister, ihn mit einem plötzlichen Ausfall gegen das Seil zu drängen, doch dann wich der Jüngere seitlich aus oder ging in die Umklammerung. Das monotone »Break! Break!« des Schiedsrichters vermischte sich mit dem schnellen Stampfen und Quietschen der gummibesohlten Schuhe, dem dumpfen Klatschen der Schläge und dem scharf zischenden Atem zweier ermüdeter Männer.

Die neunte Runde absolvierten beide in recht guter Verfassung. Montgomerys Kopf summte noch immer von dem Schlag, den er in der Ecke erhalten hatte, ein Daumen tat ihm weh und schien verrenkt zu sein. Dem Meister sah man keine Schlagwirkung an, aber er atmete angestrengter. Eine lange Strichliste auf dem Block des Schiedsrichters zeigte, daß der Student nach Punkten nicht schlecht stand. Doch wenn Craggs einmal traf, glich er drei erhaltene Treffer aus. Ohne Handschuhe, das wußte Montgomery, würde er sich gegen diesen eisenharten Mann keine drei Runden halten können. Alle seine amateurhaften Attacken waren reines Getupfe, verglichen mit den gräßlichen Rammstößen der im Umgang mit Schaufel und Brechstange gehärteten Arme.

Die zehnte Runde, und damit die zweite Hälfte des Kampfes, begann. Die Wetten standen jetzt nur noch drei zu eins, denn der Wilsonsche Herausforderer schlug sich besser als erwartet. Doch wer die Ringerfahrung und das Stehvermögen des alten Preisboxers kannte, wußte natürlich, daß die weitaus größeren Siegeschancen beim Meister lagen.

»Aufpassen!« flüsterte Barton, als er seinen Schützling in die nächste Runde schickte. »Gut aufpassen! Er wird versuchen, in die Trickkiste zu greifen.«

Aber Montgomery sah, oder glaubte zu sehen, daß sein Widersacher müde wurde. Er wirkte träge und matt und ließ manchmal seine Hände zu tief sinken. Der Moment schien gekommen, da Montgomerys Jugend und Kondition sich auszahlten. Er sprang vor und erzielte mit der linken Führungshand einen herrlichen Treffer. Der Gegenwehr des Meisters fehlte das gewohnte Feuer. Wieder ging er in die Offensive, und wieder landete er einen Treffer. Dann zielte er mit einer rechten Geraden auf den Solarplexus, doch der Meister lenkte den Stoß nach unten.

»Tiefschlag! Tiefschlag! Foul! Foul!« gellte es aus tausend Kehlen.

Der Schiedsrichter schickte seinen sardonischen Blick langsam in die Runde. »Offensichtlich haben wir heute ein Publikum, das nur aus Schiedsrichtern besteht«, sagte er.

Die Zuschauer lachten und applaudierten, doch ihr Wohlwollen beeindruckte ihn ebensowenig wie ihr Zorn.

»Keinen Beifall bitte! Wir sind hier nicht im Theater!« rief er schneidend.

Montgomery war sehr zufrieden mit sich. Sein Gegner hatte offenbar erhebliche Probleme, während er selbst Punkte anhäufte und eine stabile Führungsposition ausbaute. Warum sollte er das Eisen nicht schmieden, solange es heiß war? Der Meister sah unsicher und verwirrt aus. Montgomery schlug einen raschen Haken gegen die bläuliche Wange seines Antagonisten und konnte sich in Sicherheit bringen, ohne einen Gegentreffer einzustecken. Und dann ließ der Meister auf einmal seine Arme sinken und begann sich den Oberschenkel zu reiben. Ah – das also war es: Er hatte einen Muskelkrampf!

»Ran! Ran!« schrie Teddy Barton.

Montgomery sprang wild vor und lag im nächsten Augenblick halb besinnungslos und mit fast gebrochenem Genick in der Mitte des Rings.

Die ganze Runde über hatte der Meister sorgfältig Köder ausgelegt, um ihn in die Reichweite seines berüchtigten rechten Aufwärtshakens zu locken. Deshalb die gespielte Mattigkeit, deshalb der vorgetäuschte Krampf im Oberschenkel. Als Montgomery so hitzig vorsprang, öffnete er seine Deckung und empfing einen Schlag, den kein Mensch aushalten konnte. Die starre Rechte des Meisters, in die er die Wucht von fast drei Zentnern legte, zuckte nach oben und traf den Studenten unter dem Kinn: Montgomery vollführte eine halbe Drehung und brach hilflos und halb gelähmt zusammen. Ein dumpfes Stöhnen durchlief die Zuschauermenge, unartikuliert und zu erregt, um in Worte gefaßt zu werden. Offenen Mundes starrte man auf die zuckende und bebende Gestalt.

»Zurück! Sofort zurück!« herrschte der Schiedsrichter den Meister an, der sich über seinen Gegner beugte und ihm beim Aufstehen den *coup-de-grâce* geben wollte.

»Zurück, Craggs! Sofort!« wiederholte Stapleton.

Der Meister gehorchte widerwillig, ließ seinen gefällten Gegner aber nicht aus seinen wilden Augen, während er sich in seine Ecke trollte. Der Zeitnehmer zählte. Wenn Montgomery nicht innerhalb von zehn Sekunden auf den Beinen stand, war der Kampf zu Ende. Ted Barton rang die Hände und hüpfte verzweifelt in der gegenüberliegenden Ringecke umher.

Wie in einem Traum, einem fürchterlichen Albtraum, hörte der Student die Stimme des Zeitnehmers – drei-vier-fünf – er stützte sich auf die Hände – sechs-sieben – er zog ein Knie an, ihm war übel, alles drehte sich, er fühlte sich schlapp, aber er war zum Aufstehen entschlossen. Acht – er stand, und schon war der Meister bei ihm, flink wie ein Tiger, und hieb ungestüm beidhändig auf ihn ein. Das Publikum hielt den Atem an bei dem furchtbaren Hagel von Schlägen und erwartete das traurige Ende, das um so trauriger war, als ein mutiger, aber hilfloser Mann seine Niederlage nicht wahrhaben wollte.

Das menschliche Gehirn scheint eine wundersame Automatik zu besitzen. Der benommene, wankende, halb betäubte Mann war zu keiner klaren Überlegung mehr fähig, nicht einmal ansatzweise, und doch, gleichsam ohne sein Zutun, gab ihm sein Gedächtnis den Gedanken ein, der ihn retten sollte: Er ist auf einem Auge blind! Beide Augen sahen völlig gleich aus, doch nun erinnerte sich Montgomery, daß Craggs' Sohn vom linken gesprochen hatte. Er taumelte nach links, wobei ihn eine Gerade an der Schulter traf und fast umriß. Der Meister wirbelte auf seinem Standbein herum und ging sofort wieder auf ihn los.

»Mach ihn fertig, Silas, mach ihn fertig!« kreischte die Frau.

»Halten Sie den Mund!« sagte der Schiedsrichter.

Montgomery schlüpfte immer wieder nach links, doch der Meister war zu schnell und zu schlau für ihn. Er schlug einen kreisenden Schwinger und traf den ausweichenden Studenten voll im Gesicht. Montgomerys Knie gaben nach, er sackte mit einem Stöhnen zu Boden. Diesmal, das wußte er, war es das Ende. Voller Bitterkeit stellte er fest, während er ziellos mit den Händen um sich tastete, daß er sich nicht mehr aufrichten konnte. Er hörte das Raunen des Publikums und die schicksalhafte Stimme des Zeitnehmers, die von sehr weit her zu kommen schien.

»Eins-zwei-drei-vier-fünf-sechs – –«

»Zeit!« rief der Schiedsrichter.

Die mühsam gezügelten Emotionen der Menge brachen sich Bahn. Den Leuten von Croxley entrang sich ein tiefer Seufzer der Enttäuschung. Die Wilson-Anhänger sprangen auf und brüllten vor Freude. Für sie bestand immer noch Hoffnung. Noch vier Sekunden, und ihr Champion wäre ausgezählt worden. Doch jetzt hatte er eine Minute, um sich zu erholen. Der Schiedsrichter schaute mit entspannten Zügen und lachenden Augen in die Runde. Er liebte diesen rauhen Sport, diese Schule für einfache Helden, und er genoß es, in einem so dramatischen Augenblick als Deus ex machina einzugreifen. Sein Stuhl und sein Hut waren gleichermaßen extrem schräggestellt; er und der Zeitnehmer lächelten einander zu. Ted Barton und der andere Betreuer eilten zu Montgomery, faßten ihn an den Knien und unter den Achseln und trugen ihn zurück zu seinem Schemel. Sein Kopf baumelte hilflos von den Schultern. Ein Guß kalten Wassers ließ einen Schauer durch seinen Körper laufen, er zuckte zusammen und schaute um sich.

»Er ist in Ordnung!« rief man aus dem Publikum. »Ein selten tapferer Junge! Bravo! Bravo!« Barton flößte ihm etwas Brandy ein. Der Nebel lichtete sich ein wenig, und er begriff, wo er war und was er zu tun hatte. Aber er fühlte sich sehr schwach und wagte kaum zu hoffen, daß er die nächste Runde überstand.

»Sekundanten aus dem Ring!« rief der Schiedsrichter. »Zeit!«

Der Meister sprang sofort vom Schemel auf.

»Auf Distanz bleiben! Lassen Sie's langsam angehen«, sagte Barton, und Montgomery schlurfte zur Ringmitte, um sich erneut seinem Gegner zu stellen.

Er hatte zwei Lektionen erteilt bekommen – eine, als ihn der Meister in eine Ecke drängte, die andere, als er sich von seinem starken Widersacher zum Leichtsinn verleiten ließ. Jetzt wollte er auf der Hut sein. Noch so ein Schlag, und er wäre erledigt. Er durfte kein Risiko eingehen. Der Meister wollte seinen Vorteil ausnutzen und griff ihn sofort wieder heftig und beidhändig schlagend an. Doch Montgomery war zu jung und zu behende, um sich treffen zu lassen. Er vermochte bereits wieder leichtfüßig zu tänzeln, und auch seine geistige Beweglichkeit kehrte zurück. Sie boten ein herrliches Schauspiel – das schwerfällige Schlachtschiff versuchte ständig beizudrehen und eine vernichtende Breitseite auf die kleine Fregatte abzufeuern, doch die Fregatte entkam stets mit flinken Manövern.

Der Meister setzte alle seine Listen ein. Er provozierte den Studenten mit aufreizender Inaktivität oder drängte ihn mit furiosen Ausfällen gegen das Seil. Drei Runden lang versuchte er mit allen möglichen Finten, ihn in seine Reichweite zu bekommen. Und Montgomery spürte die ganze Zeit über, wie seine Kraft von Minute zu Minute zurückkehrte. Der Schmerz, der nach dem Aufwärtshaken übermächtig in seiner Wirbelsäule gewütet hatte, ließ nach und verlor sich schließlich ganz; zurück blieb lediglich eine unangenehme Steifheit im Genick. In der ersten Runde nach seinen beiden Niederschlägen hatte er sich völlig defensiv verhalten müssen und war froh gewesen, wenn er den ungestümen Angriffen des Meisters durch Ausweichmanöver entgehen konnte. In der zweiten wagte er gelegentlich einen leichten Konter. In der dritten schlug er vergnügt zu, wenn er eine Öffnung in der Deckung seines Gegners sah. Seine Anhänger jubelten ihm nach jeder Runde zu. Auch die Hüttenwerker, selbstlos in echter Sportbegeisterung, zollten ihm Beifall. Für die meisten dieser ungeistigen, phantasiearmen Menschen war der Anblick dieses wohlproportionierten jungen Apolls, der sich aus der Bedrängnis befreite und erneut verbissen zum Kampf stellte, das beeindruckendste, mitreißendste Erlebnis ihres Lebens.

Die von Natur aus griesgrämige Laune des Meisters verfinsterte sich zunehmend, als er seine Hoffnungen hinausgezögert fand. Noch vor drei Runden hatte er die Entscheidung in der Hand gehabt, nun mußte er wieder von vorn anfangen. Runde für Runde wurde sein Gegner stärker. In der fünfzehnten Runde hatte Montgomery wieder genügend Luft und Schlagkraft. Doch die aufmerksame Anastasia sah etwas, was sie frohlocken ließ.

»Der Schwinger in die Rippen macht ihm zu schaffen, Silas«, flüsterte sie. »Warum sonst säuft er denn Brandy, he? Geh in ihn rein, dann hast du ihn.«

Montgomery hatte plötzlich die Taschenflasche aus Bartons Hand gerissen und einen tiefen Schluck genommen. Dann, mit leicht gerötetem Gesicht und einer sonderbar starren, entschlossenen Miene, die den Schiedsrichter zu einem kritisch prüfenden Blick veranlaßte, erhob er sich zur sechzehnten Runde.

»Nicht unterzukriegen, der Junge!« rief der Gastwirt fröhlich, als er das resolute Gesicht sah.

»Gib's ihm, mach ihn fertig!« feuerten die Hüttenarbeiter ihren Meister an.

Und dann lief ein freudiges Raunen durch ihre Reihen, als sie sahen, daß ihr zäher, harter, starker Mann doch die Oberhand behielt.

Keiner der beiden Männer war besonders gezeichnet. Kleine Handschuhe rufen Schwellungen und Blutergüsse, aber keine Platzwunden hervor. Eine Augenhöhle des Meisters ging glatter als von der Natur vorgesehen in die Wange über. Montgomery hatte zwei oder drei blaue Flecken am Oberkörper, und sein Gesicht wirkte abgespannt, bis auf die beiden roten Punkte auf den Jochbögen, die vom Brandy herrührten. Er wankte leicht, während er vor seinem Gegner stand. Seine Fäuste rutschten immer wieder ein wenig nach unten, als wären seine Handschuhe zu einem immensen Gewicht geworden. Ganz offensichtlich war er ausgepumpt und todmüde. Ein nächster Treffer hätte für ihn unweigerlich fatale Auswirkungen. Auch wenn ihm selbst noch ein Schlag gelang, so würde dieser kraftlos ausfallen und ohne Wirkung bleiben. Konnte er dem Koloß, der vor ihm stand, überhaupt noch gefährlich werden? Der Kampf näherte sich seinem kritischen Punkt. Diese Runde mußte die Entscheidung bringen. »Misch ihn auf! Hau ihn um!« brüllten die Croxleyer. Selbst die wütenden Augen des Schiedsrichters vermochten die erregte Menge nicht mehr zu bändigen.

Jetzt, endlich, war Montgomerys Chance gekommen. Er hatte von seinem trickreichen Rivalen gelernt. Warum sollte er das Gelernte nicht selbst anwenden? Er war erschöpft, doch nicht so erschöpft, wie er vorgab. Der Brandy sollte seine Reserven mobilisieren und ihm Kraft für die entscheidende Attacke verleihen, wenn sich in der Deckung des Meisters eine

Lücke bot. Und bereits jetzt, während er sich schlurfend und taumelnd wie ein geschlagener Mann bewegte, spürte Montgomery die prickelnde, aufputschende Wirkung des Alkohols in seinen Adern. Er spielte seine Rolle großartig. Der Meister glaubte nun leichtes Spiel zu haben und stürmte plump vorwärts, um es nun ein für allemal zu entscheiden. Er griff mit stetigen Links-Rechts-Kombinationen an, drängte Montgomery an das Seil und deckte ihn mit schwingenden Schlägen ein, wobei sein viehisches Grunzen die furchtbare Wucht verriet, die in ihnen steckte.

Doch Montgomery blieb ruhig und wich den mörderischen Aufwärtshaken aus. Mit aufmerksamer Deckung, aktiver Beinarbeit und flinkem Ducken des Kopfes entging er der Gefahr und verstand es gleichzeitig, seine Bewegungen wie das willenlose Taumeln eines hoffnungslos erledigten Mannes aussehen zu lassen. Erschöpft vom ununterbrochenen Zuschlagen und seinen schwachen Gegner nicht fürchtend, hielt der Meister inne und ließ seine obere Deckungshand für einen Augenblick sinken – und in diesem Augenblick traf ihn Montgomerys Rechte.

Es war ein herrlicher Schlag: gerade, kurz und trocken, mit kräftigem Nachdruck aus Hüfte und Rücken. Und er landete genau dort, wo er sollte – auf der Spitze des bläulichen, glattrasierten Kinns. Niemand vermag solch einen Schlag auf solch einen Punkt wegzustecken. Den so Getroffenen retten weder Willenskraft noch Abhärtung. Der Meister schlug mit einem dumpf klatschenden Geräusch, das an eine herabfallende Jalousie erinnerte, rücklings der Länge nach zu Boden. Gebrüll, das kein Schiedsrichter eindämmen konnte, brach auf den überfüllten Bänken los, als der Riese umfiel. Er lag auf dem Rücken, die Knie etwas angezogen, sein mächtiger Brustkorb hob und senkte sich heftig. Er zuckte und bebte, aber er konnte sich nicht aufrichten. Seine Füße scharrten ein paarmal krampfhaft. Zwecklos, er war am Ende. »Acht-neun-zehn!« sagte der Zeitnehmer, und Jubel aus tausend Kehlen und ohrenbetäubend prasselnder Beifall, dem Abfeuern einer Schiffsbreitseite gleich, sagten dem Meister von Croxley, daß er nicht mehr der Meister war.

Montgomery stand halb betäubt da und blickte auf die am Boden ausgestreckte, riesige Gestalt. Er begriff noch nicht recht, daß wirklich alles vorbei sein sollte. Er sah, wie der Schiedsrichter ihn zu sich winkte. Er hörte die Menge ringsum immer wieder triumphierend seinen Namen rufen. Dann war ihm, als komme jemand sehr rasch auf ihn zu, er erhaschte den Anblick eines erregten Gesichts in einer Aureole roter fliegender Haare, eine unbehandschuhte Faust traf ihn zwischen den Augen, und im nächsten Moment lag er rücklings im Ring, neben seinem Gegner, während Dutzende seiner Anhänger die Furie Anastasia zu bändigen suchten. Er hörte die befehlenden Rufe des aufgebrachten Schiedsrichters und das Toben der Zuschauer. Dann schien etwas zu reißen wie eine überdehnte Banjosaite, und er sank in den tiefen, tiefen, nebelumwaberten Abgrund der Besinnungslosigkeit.

Das Umziehen geschah wie im Traum, und genauso tauchte plötzlich der entthronte Meister vor ihm auf – sein breites Bulldoggengesicht war von einem breiten Grienen verzogen, und die drei einsamen Schneidezähne standen liebenswürdig hervor. Er schüttelte Montgomery herzlich die Hand.

»Noch vor kurzem hätte ich Ihnen nicht einmal die Pfote gegeben«, sagte er. »Aber ich hege keinen Groll gegen Sie. Das war ein prima Schlag, mit dem Sie mich erwischt haben – so was habe ich seit meinem zweiten Kampf gegen Billy Edwards damals im Jahre 1889 nicht mehr erlebt. Sie können es in diesem Geschäft zu was bringen. Falls Sie einen Trainer brauchen sollten – es gibt nicht viel zwischen den Seilen, was ich nicht kenne. Oder wenn Sie mal im alten Stil ohne Handschuhe gegen mich antreten wollen – schreiben Sie einfach an die Eisenhütte.«

Doch Montgomery verneinte solche Absichten. Man überreichte ihm einen Stoffbeutel mit seiner Siegesprämie – einhundertneunzig Sovereign, wovon er zehn Craggs gab, der außerdem einen Anteil vom Eintrittsgeld erhielt. Dann wurde er im Triumphzug, links eskortiert vom jungen Wilson, rechts von Purvis, während Fawcett mit dem Beutel folgte, zum Wagen geleitet und fuhr unter dem Jubel seiner Anhänger, die beidseitig die Landstraße säumten, den sieben Meilen langen Weg zurück nach Hause.

»Das war das Großartigste, was ich jemals in meinem Leben gesehen habe! Bei Gott, es war famos!« rief Wilson, der sich wegen des Ereignisses des Tages in einem ekstatischen Zustand befand. »Ich kenne einen Boxer drüben in Barnsley, der sich für den kommenden Mann hält. Ich werde ihn zu einem Vergleich mit Ihnen herausfordern, dann kann er seine Grenzen kennenlernen. Wir setzen eine Siegesprämie aus, nicht wahr, Purvis? Um Sponsoren brauchen Sie sich nicht mehr zu kümmern.«

»In dieser Gewichtsklasse stehe ich hinter ihm«, sagte der Wirt. »Ich gehe sogar noch weiter: Zwanzig Runden, ohne Begrenzung des Alters, des Landes oder der Hautfarbe.«

»Ganz meine Meinung!« rief Fawcett aus. »Der neue Mittelgewichtchampion der Welt – hier sitzt er, in unserer Kutsche!«

Doch Montgomery ließ sich von den Schmeicheleien nicht beirren.

»Nein, ich habe mir ein eigenes Ziel gesteckt.«

»So? Welches denn?«

»Meinen Abschluß als Mediziner. Mit dem Geld kann ich ihn endlich machen.«

»Hören Sie, Ärzte gibt's genug in dieser Gegend, aber nur einen Mann, der den Meister von Croxley auf die Bretter schicken kann – und der sind Sie! Na schön, Sie müssen selber wissen, was Sie tun. Aber wenn Sie Ihren Doktortitel in der Tasche haben, kommen Sie hierher zurück. Für Sie wird immer eine Stelle auf der Wilsonschen Zeche frei sein.«

Montgomery stahl sich auf Umwegen zum Haus des Arztes. Vor der Tür stand das dampfende Gespann; Dr. Oldacre war gerade von seiner langen Fahrt zurück und übelster Laune, weil sich einige Patienten während seiner Abwesenheit eingestellt hatten.

»Wahrscheinlich sollte ich auch noch froh sein, daß Sie überhaupt zurückgekommen sind, Mr. Montgomery!« schnarrte er. »Sollten Sie das nächstemal einen freien Tag nehmen, dann gefälligst nicht an einem Wochenende, wenn einem die Arbeit über den Kopf wächst.«

»Tut mir leid, Sir, wenn Sie dadurch Ungelegenheiten hatten.«

»Ich hatte Ungelegenheiten, junger Mann, und nicht wenige!« Hierbei schaute er seinen Assistenten zum erstenmal genauer an. »Gütiger Himmel, was ist mit Ihrem linken Auge passiert, Mr. Montgomery?«

Er meinte das Veilchen, das Anastasia als Zeichen ihres Protests dort hinterlassen hatte.

Montgomery lachte. »Halb so schlimm, Sir«, sagte er.

»Und unterm Kinn haben Sie ebenfalls einen Bluterguß. Wie können Sie als mein Angestellter mit einem derart schandbaren Äußeren auftreten? Wie haben Sie sich überhaupt diese Verletzungen zugezogen?«

»Nun, wie Sie ja wissen, fand heute in der Nähe von Croxley ein Boxkampf statt.«

»Und Sie haben sich unter dieses rohe Volk gemischt?«

»Es ließ sich nicht vermeiden, Sir.«

»Und wer hat Sie angegriffen?«

»Einer der Boxer.«

»Welcher?«

»Der Meister von Croxley.«

»Gütiger Himmel! Mit diesem Rohling haben Sie sich angelegt?«

»Nun, ein wenig schon. Das muß ich zugeben, Sir.«

»Mr. Montgomery, in einer Praxis wie der meinen, die die honorigsten und angesehensten Gemeindemitglieder zu ihren Patienten zählt, ist es einfach unmöglich, daß –«

Doch hier schlug der probeweise angestimmte Ton eines Horns an ihr Ohr, und im nächsten Augenblick begann die Wilsonsche Grubenblaskapelle draußen unter dem Fenster des Behandlungszimmers die Hymne »Seht, der siegreiche Held kommt« zu schmettern. Ein Banner wurde geschwenkt, Bergleute jubelten und klatschten.

»Was ist das? Was soll das bedeuten?« rief der Arzt ärgerlich.

»Es bedeutet, Sir, daß ich auf die einzige mir mögliche Weise das Geld aufgetrieben habe, das ich für die Beendigung meines Studiums brauche. Hiermit setze ich Sie pflichtgemäß davon in Kenntnis, daß ich die Absicht habe, demnächst zur Universität zurückzukehren. Sie sollten sich unverzüglich nach einem Nachfolger für mich umsehen.«

DAS VERBRECHEN DES BRIGADIERS

Im gesamten, riesigen Heer Frankreichs gab es nur einen einzigen Offizier, gegen den die Engländer von Wellingtons Armee einen tiefen, anhaltenden und unversöhnlichen Haß hegten. Es gab Plünderer unter den Franzosen, Gewalttätige, Spieler, Duellanten und Galgenvögel. All das mochte angehen, denn Leute dieses Schlages fanden sich auch in den Reihen der Engländer. Doch ein Offizier von Massenas Streitmacht hatte ein Verbrechen begangen, das unaussprechlich, beispiellos, verabscheuungswürdig war; man erwähnte es nicht anders als unter Flüchen, und auch erst zu vorgerückter Stunde, wenn die zweite Flasche die Zungen der Männer gelöst hatte. Die Kunde gelangte bis nach England, wo Landedelleute, die sich sonst wenig um Einzelheiten des Krieges scherten, vor Zorn rot anliefen, sobald sie davon hörten, und Junker aller Grafschaften sommersprossige Fäuste gen Himmel reckten und Verwünschungen ausstießen. Und doch war der Verüber dieser furchtbaren Untat niemand anderes als unser Freund, der Brigadier Etienne Gerard von den Conflansschen Husaren, der stolze, schneidige Reiter, der stets gutgelaunt seinen Federhut schwenkte, der Liebling der Damen und der sechs Brigaden der leichten Kavallerie.

Aber das Seltsame an der Angelegenheit war, daß dieser wackere Herr jenes hassenswerte Werk vollbrachte und sich zum unpopulärsten Mann der iberischen Halbinsel machte, ohne selbst jemals zu begreifen, daß er ein Verbrechen beging, für das nicht einmal der Reichtum unseres Wortschatzes einen passenden Ausdruck kennt. Er starb hochbetagt, doch in seinem unerschütterlichen Selbstvertrauen, das seinen Charakter zierte oder verunzierte, nahm er überhaupt nicht wahr, daß ihn viele tausend Engländer mit Freuden eigenhändig aufgeknüpft hätten. Im Gegenteil, er zählte dieses Abenteuer zu den gelungensten Husarenstücken, die er der Welt beschert hatte, und kicherte und schlug sich vielmals auf die Schenkel, wenn er es im Kreise begierig lauschender Zuhörer in jenem billigen Café erzählte, wo er zwischen Abendessen und Dominopartie lachend und Tränen vergießend von jener unvorstellbaren napoleonischen Vergangenheit schwärmte, da Frankreich sich großartig und schrecklich wie ein zorniger Engel über einen zitternden Kontinent erhob. Hören wir ihm zu, wie er die Geschichte auf seine Weise und aus seiner Sicht erzählt.

Ihr müßt wissen, meine Freunde, sagte er, es war gegen Ende des Jahres 1810, als ich und Massena und die anderen Wellington zurückgeschlagen hatten und hofften, ihn mitsamt seiner Armee in den Tejo zu werfen. Aber noch fünfundzwanzig Meilen vor Lissabon merkten wir, daß wir uns irrten, denn der Engländer hatte bei Torres Vedras eine stark befestigte Verteidigung aufgebaut, die selbst wir nicht durchbrechen konnten! Sie ging quer über die gesamte Halbinsel. Unsere eigene Armee, so weit von der Heimat entfernt, durfte keine Schlappe riskieren; immerhin hatten wir schon bei Busaco lernen müssen, daß es kein Kinderspiel war, gegen diese Leute zu kämpfen. Was blieb uns also anderes übrig, als uns vor ihren Linien festzusetzen und sie so weit wie möglich zu blockieren? Das Ganze dauerte sechs Monate und kostete so viel Nerven, daß Massena später sagte, jedes einzelne Haar an seinem Körper sei dabei weiß geworden. Mich hingegen bekümmerte die Situation wenig, eher schon machte ich mir um unsere Pferde Sorgen, die dringend Ruhe und Grünfutter brauchten. Ansonsten tranken wir den Wein des Landes und vertrieben uns die Zeit, so gut es ging. Es gab da eine Dame in Santarem – aber meine Lippen sind versiegelt. Ein echter Kavalier schweigt, er deutet höchstens an, daß es eine Menge zu sagen gäbe.

Eines Tages ließ Massena mich zu sich rufen. Ich fand ihn in seinem Zelt, über einen großen, auf der Tischplatte festgezweckten Lageplan gebeugt. Er musterte mich wortlos mit einem durchdringenden Blick seines einzigen Auges, und ich merkte bereits an seinem Gesichtsausdruck, daß es um eine ernste Sache ging. Er wirkte nervös und beunruhigt, doch mein Anblick schien ihn aufzumuntern. Es ist immer gut, tapfere Männer um sich zu haben.

»Oberst Etienne Gerard«, sagte er, »mir wurde stets berichtet, daß Sie ein sehr mutiger und verwegener Offizier sind.«

Es stand mir nicht zu, diese Berichte zu bestätigen, andererseits aber wäre es unsinnig gewesen, ihnen zu widersprechen. Also schlug ich meine Sporen zusammen und salutierte.

»Außerdem sind Sie ein exzellenter Reiter.«

Das gab ich zu.

»Und der beste Säbelfechter meiner sechs leichten Kavalleriebrigaden.«

Massena war berühmt für seine akkuraten Informationen.

»Nun«, sagte er, »wenn Sie einen Blick auf diesen Plan werfen, werden Sie sogleich verstehen, was ich von Ihnen will. Hier sehen Sie die Linien von Torres Vedras. Da sie sich über ein ausgedehntes Gebiet erstrecken, können die Engländer nur hier und da eine Stellung unterhalten. Jenseits dieser Linien beginnt das Hinterland des Gegners – fünfundzwanzig Meilen offenes Gelände bis Lissabon. Ich muß unbedingt wissen, wie Wellington seine Truppen in diesem Gebiet verteilt hat. Ich wünsche, daß Sie sich aufmachen und die Lage erkunden.«

Bei seinen Worten wurde mir eiskalt.

»Sir«, entgegnete ich, »Sie verlangen Unmögliches! Ein Oberst der leichten Kavallerie wird sich niemals so tief erniedrigen und als gemeiner Spion agieren!«

Er lachte und klopfte mir auf die Schulter.

»Ein Hitzkopf! Daran erkenne ich meinen Husaren«, meinte er. »Hören Sie weiter! Sie werden sogleich begreifen, daß ich Sie nicht als Spion losschicken wollte. Was halten Sie von dem Pferd da?«

Er winkte mich zum Eingang des Zeltes, vor dem ein Chasseur ein ungemein stattliches Roß auf und ab führte. Es war ein grauer Apfelschimmel, nicht sehr groß – etwas höher als fünfzehn Handbreit vielleicht – aber mit dem kurzen Kopf und dem herrlich gebogenen Hals, die arabisches Blut verraten. Schultern und Hinterhand waren muskelbepackt, die Fesseln jedoch so fein, daß mich beim Betrachten ein freudiger Schauer durchlief. Ein herrliches Pferd oder eine schöne Frau, beides vermag ich nie ohne innere Bewegung anzuschauen, nicht einmal jetzt, nachdem siebzig Winter mein Blut abgekühlt haben. Da könnt ihr euch vorstellen, wie ich im Jahre 1810 reagierte!

»Das ist Voltigeur«, sagte Massena, »das schnellste Pferd unserer Armee. Damit umgehen Sie heute abend die Linien an einer Flanke, durchreiten das feindliche Hinterland und kehren über die andere Flanke mit einem Lagebericht zurück. Sie werden eine Uniform tragen und deshalb im Falle Ihrer Gefangennahme nicht den schmachvollen Tod eines Spions erleiden. Höchstwahrscheinlich gelangen Sie sogar ganz unbehelligt durch die Linien, denn die Posten sind sehr vereinzelt angeordnet. Sind Sie erst einmal durch, können Sie bei Tageslicht jedem davonreiten, dem Sie begegnen. Meiden Sie die Straßen, so bemerkt man Sie vielleicht nicht einmal. Wenn Sie sich bis morgen abend nicht zurückmelden, nehme ich an, daß Sie in Gefangenschaft geraten sind, und biete der Gegenseite Oberst Petrie zum Austausch für Sie.«

Ah, wie schwoll mir das Herz vor Freude und Stolz, als ich in den Sattel sprang und mit dem großartigen Roß ein paarmal auf und ab sprengte, um dem Marschall zu zeigen, wie ich es beherrschte! Es war wundervoll – wir beide waren wundervoll, denn Massena stieß einen begeisterten Ruf aus und klatschte in die Hände. Nicht ich, sondern er sagte, auf ein stattliches Pferd gehöre ein stattlicher Reiter. Dann, als ich zum drittenmal mit wehendem Helmbusch und fliegendem Dolman an ihm vorüberdonnerte, sah ich an seinem harten, alten Gesicht, daß er nicht mehr daran zweifelte, den richtigen Mann für die Aufgabe gewählt zu haben. Ich zog den Säbel, führte den Knauf grüßend an meine Lippen und galoppierte zu meinem Quartier. Die Kunde von meiner Mission hatte sich bereits verbreitet, denn meine kleinen Teufel kamen aus ihren Zelten geschwärmt, um mir zuzujubeln. Ah, mir kommen die Tränen, wenn ich daran denke, wie stolz sie auf mich waren. Und ich war ebenso stolz auf sie. Sie verdienten einen schneidigen Anführer.

Die Nacht versprach stürmisch zu werden, und das war ganz nach meinem Geschmack. Ich gedachte meinen Aufbruch geheimzuhalten, denn wenn die Engländer gemerkt hätten, daß ich mich von der Truppe entfernte, hätten sie geahnt, daß etwas Wichtiges im Gange war. Ich ließ das Pferd also hinter die Postenlinie bringen, wie zum Tränken, folgte ihm und bestieg es dort. Ich besaß eine Karte, einen Kompaß und einen Zettel mit Instruktionen vom Marschall. Mit diesen Dingen in der Innentasche meines Waffenrocks und meinem Säbel an der Seite brach ich auf zu meinem Abenteuer.

Ein dünner Regen fiel, kein Mond schien – eine recht trostlose Szenerie, wie ihr euch vorstellen könnt. Doch mein Herz war leicht, denn ich dachte an die mir erwiesene Ehre und an den Ruhm, den ich erwerben würde. Diese Unternehmung sollte die Reihe meiner glänzenden Heldentaten verlängern und dazu beitragen, meinen Säbel in einen Marschallsstab zu verwandeln. Ah, wie wir träumten, wir närrischen jungen Kerle, trunken vor Erfolg! Hätte ich mir an jenem Abend, als ich losritt, vorstellen können, daß ich, der auserwählte Mann von sechzigtausend, mein Leben mit dem Anbau von Kohl für einhundert Franc im Monat zubringen würde? Oh, meine Jugend, meine Hoffnungen, meine Kameraden! Aber das Rad des Schicksals dreht sich unerbittlich weiter und bleibt nie stehen. Verzeiht, meine Freunde, ein alter Mann hat so seine Schwächen.

Meine Route führte durch die Hochebene von Torres Vedras, zuerst über ein Flüßchen, vorbei an einem Bauerngehöft, das niedergebrannt worden war und nur noch als Orientierungspunkt diente, dann durch einen Wald junger Korkeichen und weiter bis zum Kloster von San Antonio, das die linke Flanke der Engländer markierte. Dort wandte ich mich nach Süden und ritt still über das Hügelland. In diesem Abschnitt würde es mir leicht gelingen, die feindlichen Linien unbemerkt zu passieren, hatte Massena gesagt. Ich bewegte mich sehr langsam, weil es so dunkel war, daß man die Hand vor den Augen nicht sah. In solchen Fällen gebe ich gewöhnlich die Zügel frei und überlasse es dem Pferd, den Weg zu finden. Voltigeur ging sicher vorwärts, und ich begnügte mich damit, auf seinem Rücken zu sitzen und auf die Lichter zu achten, die wir umgehen mußten. Etwa drei Stunden lang stahlen wir uns auf diese vorsichtige Weise vorwärts, dann glaubte ich, die Gefahrenzone überwunden zu haben. Ich spornte also das Pferd an, damit ich bei Tagesanbruch im Rücken der Armee wäre. In diesem Gebiet gibt es viele Weingärten, die im Winter zu offenen Flächen werden, so daß ein Reiter wenig Hindernisse vorfindet.

Doch Massena hatte die List der Engländer unterschätzt, denn diese hatten offensichtlich nicht nur eine Verteidigungslinie angelegt, sondern drei, und in diese dritte, die am stärksten befestigte, ritt ich geradewegs hinein. Während ich, frohlockend über meinen Erfolg, dahintrabte, blitzte plötzlich vor mir eine Laterne auf, und ich sah eine rote Uniformjacke und das Schimmern polierter Flintenläufe.

»Wer da?« rief eine Stimme – ein gewaltiges Organ! Ich schwenkte nach rechts und preschte wie ein Besessener davon, doch Dutzende von Mündungsfeuern blitzten auf in der Dunkelheit, und Kugeln surrten mir um die Ohren. Das war kein neuer Klang für mich, meine Freunde, obwohl ich nicht wie ein närrischer Grünschnabel behaupten werde, daß er mir jemals gefiel. Doch zumindest hat er mich nie davon abgehalten, klar zu denken. Ich wußte, mir blieb nichts anderes übrig, als scharf zu galoppieren und mein Glück an einer anderen Stelle zu versuchen. Ich umritt die englischen Wachtposten, und als ich nichts mehr von ihnen hörte, schloß ich völlig richtig, nunmehr endgültig durch die Verteidigung hindurchgeschlüpft zu sein. Ich ritt fünf Meilen nach Süden, von Zeit zu Zeit ein Schwefelholz anreibend, um auf meinen Taschenkompaß zu sehen. Und dann auf einmal – ich spüre den Stich immer noch, wenn ich daran zurückdenke – brach mein Pferd ohne vorheriges Röcheln oder Stolpern mausetot unter mir zusammen!

Ich hatte es nicht bemerkt, aber eine Kugel dieser verdammten Posten war ihm durch den Leib gefahren. Das brave Tier hatte nicht einmal gezuckt, sondern war mit voller Kraft gelaufen, solange Leben in ihm war. Eben noch war ich auf dem Rücken des schnellsten Pferdes von Massenas Armee – und damit in Sicherheit – gewesen. Doch nun lag es auf der Seite, nur noch den Preis seiner Haut wert, und ich stand da als das hilfloseste und plumpste Geschöpf, das es gibt: ein Husar zu Fuß. Was nützten mir nun meine Reitstiefel, meine Sporen, mein Schleppsäbel? Ich befand mich weit hinter den feindlichen Linien. Wie konnte ich hoffen, wieder auf unsere Seite zurückzugelangen? Ich schäme mich nicht, es einzugestehen: Ich, Etienne Gerard, ließ mich auf das tote Pferd sinken und schlug verzweifelt meine Hände vors Gesicht. Im Osten begann es bereits zu dämmern. In einer halben Stunde würde es hell sein. Da hatte ich nun trotz aller Gefahren die Front glücklich passiert, um im letzten Moment hilflos meinen Feinden ausgeliefert zu sein, meinen Auftrag nicht erfüllen zu können, ja in Gefangenschaft zu geraten – war dies nicht genug, das Herz eines Soldaten zu brechen?

Doch Mut, meine Freunde! Wir alle kennen solche Momente der Schwäche, selbst die Tapfersten unter uns; aber meine Willenskraft ist wie eine Stahlfeder: Je mehr man sie niederdrückt, desto höher springt sie. Zunächst ein Verzweiflungsanfall, doch dann ein kühler Kopf und ein feuriges Herz. Noch war nicht alles verloren. Ich hatte so viele Gefahren überstanden, warum diese nicht auch? Ich sprang von meinem Pferd auf und überlegte, was wohl am besten zu tun sei.

Zunächst einmal war klar, daß ich nicht mehr zurück konnte. Lange bevor ich die Linien erreichte, würde es heller Tag sein. Also mußte ich mich bis zur nächsten Nacht verstecken und dann die Flucht versuchen. Ich nahm meinem armen Voltigeur Sattel, Halfter und Zaumzeug ab und verbarg alles im Gebüsch, damit niemand, der ihn fand, erkennen konnte, daß es sich um ein französisches Pferd handelte. So ließ ich ihn liegen und machte mich auf die Suche nach einem sicheren Versteck für den Tag. Überall an den Hängen der Hügel sah ich Lagerfeuer, und schon regten sich dort die ersten Gestalten. Ich mußte mich rasch verbergen, sonst war ich verloren.

Verbergen – gut, aber wo? Ich befand mich in einem Weinberg, die Stangen für die Ranken standen noch, doch die Pflanzen fehlten. Dort bot sich keine Deckung. Außerdem mußte ich an Nahrung und Wasser denken, bevor die nächste Nacht kam. Ich eilte in der nachlassenden Dunkelheit einfach drauflos und vertraute auf mein Glück. Und wurde nicht enttäuscht. Das Glück ist eine Frau, meine Freunde, und hat immer ein Auge auf einen tapferen Husaren.

Nun, während ich also durch den Weinberg stolperte, ragte plötzlich etwas Dunkles vor mir auf, und ich gelangte zu einem großen würfelförmigen Haus mit einem langen, niedrigen Gebäude daneben. An dieser Stelle liefen drei Straßen zusammen. Ich begriff natürlich sofort, daß ich eine Posada, eine Weinschenke, vor mir hatte. In den Fenstern sah ich kein Licht, alles war dunkel und still, aber natürlich ahnte ich, daß solch ein bequemes Quartier belegt sein mußte – wahrscheinlich mit jemandem von Bedeutung. Da man jedoch nach meiner Erfahrung in der Nähe der Gefahr sicherer ist als weiter weg, beschloß ich, hierzubleiben und nicht länger zu suchen. Der flache Bau erwies sich als Tierstall. Dort kroch ich hinein, denn die Tür war nicht verriegelt. Innen hatte man eine Menge Ochsen und Schafe zusammengepfercht, wohl um sie vor Marodeuren in Sicherheit zu bringen. Eine Leiter führte zum Heuboden. Ich kletterte hinauf und wühlte mich in das Heu. Ich konnte von meinem Versteck aus durch eine offene Luke sogar die Frontseite des Wirtshauses und die Straße überblicken. Ich lag also ganz gemütlich da und wartete ab, was geschehen würde.

Bald bestätigte sich meine Annahme, daß eine wichtige Person in der Weinschenke Quartier genommen hatte. Kurz nach Tagesanbruch kam ein leichter Dragoner der Engländer mit einer Meldung angesprengt, und von da an herrschte reges Treiben, Offiziere trafen ein und ritten wieder davon. Sie führten immer nur einen Namen auf den Lippen: »Sir Stapleton! Sir Stapleton!« Es war hart für mich, mit trockenem Schnurrbart dazuliegen und zuzusehen, wie der Wirt den englischen Offizieren dickbäuchige Flaschen herausbrachte. Ich beobachtete ihre ausgeruhten, glattrasierten, arglosen Gesichter und stellte mir amüsiert vor, was für Mienen sie machen würden, wenn sie wüßten, daß eine so prominente Persönlichkeit sich in ihrer unmittelbaren Nähe befand. Und dann sah ich etwas, das mich mit Verwunderung erfüllte.

Die Frechheit dieser Engländer war unglaublich! Was meint ihr, hatte Mylord Wellington getan, als er feststellen mußte, daß Massena ihn blockierte, und er seine Armee nicht bewegen konnte? Ratet sooft ihr wollt, ihr kommt nicht darauf. Ihr werdet vielleicht sagen, er hatte getobt, sich seiner Verzweiflung ergeben oder die Truppen zusammengerufen und von Vaterland und Ehre gesprochen, bevor es sie in die letzte Schlacht führte. Alles falsch, Mylord hatte nichts dergleichen getan, sondern ein Schiff seiner Flotte nach England geschickt und sich eine Meute Jagdhunde kommen lassen, damit er und seine Offiziere Fuchsjagden veranstalten konnten. Ich spreche die reine Wahrheit. Hinter den Linien von Torres Vedras veranstalteten diese verrückten Engländer dreimal in der Woche eine Fuchsjagd. Wir hatten davon in unserem Lager gehört und es nicht geglaubt, doch nun sah ich mit eigenen Augen, daß es stimmte.

Denn auf dieser Straße, die ich erwähnte, kamen genau diese Hunde gelaufen, dreißig oder vierzig Stück, weiß und braun gefleckt, jeder den Schwanz im selben Winkel emporreckend wie die Alte Garde ihre Bajonette. Bei meiner Seele, es war ein hübscher Anblick! Und hinter und zwischen ihnen ritten drei Männer mit Schirmmützen und roten Mänteln, die ich für die Jäger hielt. Nach ihnen kamen viele unterschiedlich uniformierte Reiter, die sich der Straße entlang zu zweit oder dritt nebeneinanderhielten, lachten und schwatzten. Sie ritten gemächlich, kaum mehr als leichten Trab, und ich dachte bei mir: Das muß ein ziemlich lahmer Fuchs sein, den ihr da fangen wollt! Aber es war ihre Sache, nicht meine. Bald waren alle an meiner Luke vorbeiparadiert und außer Sicht. Ich wartete und beobachtete weiter, bereit, die geringste Gelegenheit zu nutzen, die sich bieten würde.

Nicht lange danach kam ein Offizier in einer blauen Uniform, ganz ähnlich der von unserer leichten Artillerie, angesprengt. Es war ein schon älterer, beleibter Mann mit grauem Backenbart. Er hielt und sprach einen Ordonnanzoffizier der Dragoner an, der vor der Schenke wartete. Bei der Gelegenheit zahlte es sich aus, daß ich Englisch gelernt hatte, denn ich konnte jedes einzelne Wort hören und verstehen.

»Where is the meet?« fragte der ältere Offizier. Zuerst glaubte ich, er sei hungrig und wolle ein Beefsteak essen, doch als der andere sagte, er liege in der Nähe von Altara, begriff ich, daß nach einem Treffpunkt gefragt worden war.

»Sie kommen spät, Sir George«, sagte die Ordonnanz.

»Ja. Hatte noch Kriegsgericht zu halten. Ist Sir Stapleton Cotton schon weg?«

In diesem Augenblick wurde ein Fenster geöffnet, und ein stattlicher junger Mann in einer sehr prächtigen Uniform schaute heraus.

»Hallo, Murray!« sagte er. »Ich muß diesen verdammten Papierkram noch erledigen, komme dann aber sofort nach.«

»Na gut, Cotton. Ich reite gleich weiter, bin ohnehin schon spät dran.«

»Rufen Sie meinen Burschen! Er soll mein Pferd bringen!« befahl der junge General am Fenster der unten wartenden Ordonnanz, während der andere Offizier die Straße hinabritt.

Die Ordonnanz ritt davon, zu einem offenbar weiter weg liegenden Stall, und nach einigen Minuten kam ein schmucker junger Bursche mit einer Kokarde am Hut, der ein Bild von einem Pferd am Zügel führte. – Oh, meine Freunde, ihr ahnt nicht die Vollkommenheit, die so ein Tier erlangen kann, wenn ihr noch kein erstklassiges englisches Jagdpferd gesehen habt! Es war ein superber Hengst: hoch, breit, kräftig, dabei aber anmutig und agil wie ein Hirsch. Kohlrabenschwarz war er, und sein Hals, seine Schultern, seine Kruppe, seine Fesseln – wie soll ich ihn euch bloß beschreiben? Er glänzte wie poliertes Ebenholz in der Sonne. Zierlich hob er seine Hufe und tänzelte leicht und verspielt, wähend er seine Mähne zurückwarf und ungeduldig wieherte. Nie zuvor hatte ich solch eine Mischung aus Kraft, Schönheit und Grazie gesehen. Ich hatte mich immer schon gewundert, wie die englischen Husaren damals bei Astorga unsere Gardechasseurs niederreiten konnten, doch als ich die englischen Pferde sah, wunderte ich mich nicht mehr.

Neben der Tür der Schenke befand sich ein Ring zum Anbinden von Pferden, und der Bursche machte die Zügel dort fest, bevor er ins Haus ging. Augenblicklich begriff ich, was für eine Gelegenheit mir das Schicksal bot. Wenn ich in jenem Sattel saß, war ich besser beritten als bei meinem Aufbruch. Selbst Voltigeur konnte sich nicht mit diesem herrlichen Roß messen. Gesagt – getan! Blitzschnell glitt ich die Leiter hinunter und huschte zur Stalltür. Dann rannte ich los, packte die Zügel, sprang in den Sattel. Jemand schrie empört hinter mir, entweder der General oder sein Bursche. Was kümmerte mich Geschrei! Ich berührte den Hengst mit den Sporen, und er sprang mit einem derart gewaltigen Satz vorwärts, daß sich nur ein guter Reiter wie ich nicht abwerfen ließ. Ich gab die Zügel frei und ließ ihn laufen – es spielte keine Rolle, wohin; Hauptsache, fort von der Schenke, so weit wie möglich. Er donnerte durch die Weingärten, und binnen weniger Minuten hatte ich Meilen zwischen mich und meine Verfolger gebracht. In dem unübersichtlichen Gelände konnten sie unmöglich feststellen, welche Richtung ich eingeschlagen hatte. Ich wußte mich vor ihnen in Sicherheit, und so ritt ich eine kleine Anhöhe hinauf, zog Bleistift und Notizbuch hervor und begann, die gut sichtbaren Feldlager und markante Orientierungspunkte in einer Kartenskizze festzuhalten.

Der Hengst, auf dem ich saß, war ein braves Tier, doch es erwies sich als gar nicht so einfach, auf seinem Rücken zu zeichnen. Denn immer wieder spitzte er die Ohren, zuckte zusammen und begann vor Ungeduld zu zittern. Zuerst begriff ich dieses merkwürdige Verhalten nicht, doch alsbald merkte ich, daß es immer dann einsetzte, wenn ein langgezogener Ruf aus dem Eichenwald unter uns ertönte – etwa so: »Joi-joi-joi!« Und auf einmal wurde dieser merkwürdige Ruf von gräßlichem Geschrei und aufgeregtem Hörnertuten abgelöst. Sofort spielte mein Hengst verrückt. Seine Augen funkelten. Seine Mähne sträubte sich. Er machte einen Luftsprung und noch einen und stieg und drehte sich erregt im Kreis. Mein Bleistift flog nach einer Seite, mein Notizbuch nach der anderen davon. Und dann gewahrte ich den seltsamen Anblick, der sich unten im Tal bot: Die Jagd strömte dort entlang. Den Fuchs sah ich nicht, aber die Hunde waren ihm wütend kläffend auf der Spur. Die Nase am Boden, den Schwanz in der Luft, rannten sie so dicht nebeneinander, daß man die Meute für einen wandernden braun-weißen Teppich halten konnte. Und hinter ihnen die Reiter – mein Gott, was für ein Bild! Man muß sich all die möglichen Typen vorstellen, die eine große Armee zu bieten hat: einige trugen Jagdkleidung, die meisten jedoch Uniform. Da waren blaue Dragoner, rote Dragoner, rothosige Husaren, grüne Schützen, Artilleristen, goldbetreßte Lanzenreiter, und immer wieder Rot, Rot, Rot, denn im Sattel standen die Infanterieoffiziere der Kavallerie in nichts nach. Was für eine Truppe! Manche saßen auf guten Pferden, manche auf Kleppern, aber alle jagten sie dahin, so gut sie konnten, der Rangniedrige ebenso wie der General, schiebend und drängelnd, Peitsche und Sporen gebrauchend, keinen anderen Gedanken im Kopf, als diesem lächerlichen kleinen Fuchs den Garaus zu machen! Wirklich, es sind schon komische Leute, diese Engländer!

Aber ich hatte keine Zeit, das Schauspiel zu verfolgen oder mich über die Inselbewohner zu wundern, denn von allen verrückten Kreaturen war das Pferd, auf dem ich saß, das verrückteste. Ihr versteht, es war ein Jagdpferd, und das Gekläff der Hunde bedeutete ihm soviel wie mir ein Hornsignal der Kavallerie. Es erregte den Hengst. Es machte ihn wild. Wieder und wieder bäumte er sich auf. Und dann nahm er die Trense zwischen die Zähne und galoppierte los – den Hügel hinunter, den Hunden hinterher! Ich fluchte und zerrte und riß an den Zügeln, doch ich war machtlos. Der englische General ritt sein Pferd nur mit einer einfachen Trense, und das Biest hatte ein Maul wie aus Eisen. Es war zwecklos, es zurückhalten zu wollen. Ebensogut hätte man versuchen können, einen Grenadier von einer Weinflasche fernzuhalten. Ich gab es verzweifelt auf, ließ mich in den Sattel fallen und machte mich auf das Schlimmste gefaßt.

Was für ein wundervolles Tier! Nie zuvor hatte ich solch ein Pferd zwischen meinen Knien gehabt. Seine herrlichen Flanken bebten unter mir bei jedem Satz. Schneller und schneller schoß es vorwärts, langgestreckt wie ein Windhund, während der Wind mir ins Gesicht schlug und um die Ohren pfiff. Ich trug meine Interimsjacke, eine schlichte, dunkle Uniform – gleichwohl natürlich wie jede Uniform an bestimmten Einzelheiten zu erkennen –, und ich hatte zur Vorsicht den langen Federbusch von meiner Bärenmütze entfernt. Das Ergebnis war, daß ich inmitten der vielen verschiedenen Uniformen überhaupt nicht auffiel. Die Männer hatten nur ihre Jagd im Kopf und dachten nicht daran, auf mich zu achten. Der Gedanke, ein französischer Offizier könnte neben ihnen reiten, war so absurd, daß er ihnen nicht einmal als Möglichkeit einfiel. Ich lachte, während wir dahingaloppierten, denn trotz aller Gefahr hatte die Situation etwas Komisches.

Wie ich bereits sagte, waren die Jäger recht unterschiedlich beritten, und so zog sich das Feld der Reiter, das geschlossen wie ein angreifendes Regiment gestartet war, schon nach wenigen Meilen ziemlich weit auseinander; die Schnelleren lagen vorn, unmittelbar hinter den Hunden, die Langsameren fielen allmählich zurück. Nun, ich ritt so gut wie irgendeiner, und mein Pferd war das beste von allen, und so kam es, meine Freunde, daß ich bald an die Spitze gelangte. Und als ich die Hunde über die offene Ebene strömen sah, einen Jäger im roten Mantel dicht hinter ihnen und nur sieben oder acht Reiter zwischen mir und der Meute, da passierte das Seltsamste der ganzen Geschichte, denn auch mich packte es – mich, Etienne Gerard! Urplötzlich überkam mich dieses Sportfieber, das Verlangen zu siegen, dieser Haß auf den Fuchs. Ah, es ist ein überwältigendes Gefühl, meine Freunde, dieses Wettkampffieber, dieser Wunsch, den Fuchs unter den Hufen des eigenen Pferdes zu zertrampeln! Ich habe diese Fuchsjagd der Engländer mitgemacht. Aber ich habe auch – vielleicht erzähle ich davon später einmal – einen Boxkampf mit dem berühmten Bustler aus Bristol ausgetragen. Und ich sage euch, dieser Sport ist eine wundervolle Sache – mindestens ebenso interessant wie verrückt.

Je weiter wir vorankamen, desto schneller galoppierte mein Pferd, und bald befanden sich nur noch drei Männer zwischen mir und den Hunden. Alle Furcht vor dem Entdecktwerden war verschwunden. Es hämmerte in meinen Schläfen, mein Blut wallte. Nur ein Gedanke beherrschte mich, nämlich diesen verflixten Fuchs zu erwischen. Ich überholte einen Reiter – er war ein Husar wie ich. Nun lagen nur noch zwei vor mir: einer in einem schwarzen Mantel, der andere jener blaue Artillerist, den ich an der Weinschenke gesehen hatte. Sein grauer Backenbart flatterte im Wind, aber er ritt hervorragend. Etwa eine Meile oder länger blieb diese Reihenfolge unverändert, doch als wir einen steilen Hang hinaufgaloppierten, brachte mich mein geringeres Gewicht nach vorn. Ich überholte die beiden und setzte mich an die Spitze. Genauer gesagt, ich ritt nun gleichauf mit dem kleinen englischen Jägersmann mit dem wettergegerbten, harten Gesicht. Vor uns rannten die Hunde, und etwa hundert Schritt vor ihnen flitzte ein bräunlicher Schatten dahin – der verzweifelt fliehende Fuchs. Als ich ihn erblickte, begann mein Blut zu kochen. »Aha, haben wir dich, du Räuber!« rief ich und machte eine ermutigende Geste zu dem Jäger. Er sollte sehen, daß er einen neben sich hatte, auf den er sich verlassen konnte.

Und nun waren nur noch die Hunde zwischen mir und meiner Beute. Diese Hunde, deren Aufgabe es ist, den Fuchs aufzustöbern und zu verfolgen, waren uns jetzt eher hinderlich als hilfreich, denn es war schwierig, an ihnen vorbeizukommen. Der Jäger muß diese Schwierigkeit genau wie ich gespürt haben, denn er ritt dicht hinter der Meute, ohne dem Fuchs näher zu kommen. Er war ein guter Reiter, aber es fehlte ihm an Wagemut. Ich jedoch fand, es wäre eines Conflansschen Husaren unwürdig, vor solch einer Schwierigkeit zu kapitulieren. Etienne Gerard sollte sich von einer Meute Jagdhunde zurückhalten lassen? Lächerlich! Ich stieß einen Schrei aus und gab meinem Hengst die Sporen.

»Vorsicht, Sir! Geben Sie acht!« rief der Jäger.

Er sorgte sich um mich, der gute alte Mann, aber ich beruhigte ihn mit einem Winken und einem Lächeln. Die Meute öffnete sich vor mir. Zwei oder drei Hunde mögen verletzt worden sein, aber was machte das schon! Schließlich muß man Eier zerbrechen, wenn man ein Omelett haben will, nicht wahr? Ich hörte die anfeuernden Rufe des Jägers in meinem Rücken. Eine letzte Anstrengung, und die Hunde lagen hinter mir. Jetzt befand sich vor mir nur noch der Fuchs.

Ah, die Freude und der Stolz, die ich in jenem Augenblick empfand! Zu wissen, daß ich die Engländer in ihrer ureigensten Sportart schlug! Dreihundert Mann dürsteten nach dem Blut dieses Fuchses, aber ich und kein anderer würde ihn erlegen! Ich dachte an meine Kameraden von der leichten Kavallerie, an meine Mutter, an den Kaiser, an Frankreich. Für sie alle wollte ich Ruhm erwerben. Unaufhaltsam rückte ich dem Fuchs näher. Der entscheidende Moment war gekommen. Ich zog den Säbel aus der Scheide und schwang ihn in der Luft. Alle die braven Engländer hinter mir jauchzten auf.

Doch erst dann begriff ich, wie schwierig diese Fuchsjagd ist, denn wie man auch auf dieses kleine Tier einhaut, man trifft es einfach nicht. Es ist sehr flink und wendig und weicht jedesmal aus. Bei jedem Hieb brandete hinter mir das anfeuernde Geschrei der Engländer auf und sporte mich zu immer energischeren Bemühungen an. Und dann endlich kam der Augenblick meines höchsten Triumphes. Gerade als er wieder einen Haken schlug, erwischte ich ihn mit einem Rückhandschlag wie jenem, mit dem ich damals den Adjutanten des russischen Zaren tötete. Ich hieb ihn glatt mittendurch; sein Kopf flog nach einer Seite, sein Schwanz nach der anderen. Ich wandte mich um und schwang den blutigen Säbel in der Luft. In dem Moment fühlte ich mich wie verzückt – einfach großartig!

Ah, und wie gerne hätte ich auf diese großmütigen Gegner gewartet, um ihre Glückwünsche entgegenzunehmen. An die fünfzig waren in Sichtweite, und alle schwenkten die Arme und schrien. Sie sind eigentlich gar nicht so eine phlegmatische Rasse, diese Engländer. Eine tapfere Tat im Krieg oder im Sport bringt sie immer in Begeisterung. An dem alten Jäger, der mir am nächsten war, konnte ich mit eigenen Augen sehen, welchen überwältigenden Eindruck das Gesehene auf ihn machte. Er wirkte wie gelähmt – sein Mund stand offen, seine freie Hand hielt er unbeweglich mit gespreizten Fingern in die Luft gereckt. Einen Moment lang fühlte ich mich versucht, umzukehren und ihn zu umarmen. Doch nun erinnerte ich mich meiner Pflicht, und außerdem hätten mich diese Engländer trotz aller Ritterlichkeit, die zwischen Sportsleuten herrscht, sicherlich gefangengenommen. An die Erfüllung meiner Mission war nun freilich nicht mehr zu denken. Ich hatte alles getan, was in meiner Macht stand. Ich sah die Linien von Massenas Lager in nicht allzu großer Entfernung vor mir, denn durch einen glücklichen Zufall hatte uns die Jagd in diese Richtung geführt. Ich wandte mich von dem toten Fuchs ab, salutierte mit dem Säbel und galoppierte davon.

Doch sie wollten mich nicht so einfach entkommen lassen, diese wackeren Jäger. Nun war ich der Fuchs, und die wilde Jagd ging quer über die Ebene. Erst als ich auf unser Lager zutritt, merkten sie wohl, daß sie einen Franzosen vor sich hatten, und ich hatte nun den ganzen Schwarm auf den Fersen. Wir waren bereits in Schußweite unserer Posten gekommen, als sie schließlich innehielten. Sie kehrten aber nicht um, sondern blieben dort in Gruppen stehen und brüllten und winkten mit den Armen und wollten lange nicht fortgehen. Feindselig? Nein, das glaube ich nicht. Ich denke eher, daß echte Begeisterung sie erfüllte; sie hätten wohl gern den Fremden ans Herz gedrückt, der sich so tapfer und großartig geschlagen hatte.

DER PARASIT

24. MÄRZ. Nun ist der Frühling wirklich da. Der große Kastanienbaum vor meinem Laborfenster hängt voller dicker, klebriger Knospen, ein paar davon sind schon aufgeplatzt und ähneln kleinen grünen Federbällen. Geht man durch die Straßen, spürt man das Wirken der stillen, üppigen Kräfte der Natur allenthalben. Die nasse, fruchtbare Erde duftet süßlich. Überall lugen grüne Triebe hervor. Die Zweige stehen steif vor lauter Saft, ein schwacher Harzgeruch liegt in der feuchten, schweren englischen Luft. Knospen an den Hecken, Lämmer darunter – überall nimmt das Werk der Reproduktion seinen Lauf!

Ich sehe es um mich herum, und ich fühle es in mir. Auch wir haben unseren Frühling, wenn die kleinen Arteriolen sich weiten, die Lymphe rascher strömt, die Drüsen intensiver arbeiten und mehr Sekrete ausschütten. Jedes Jahr stellt die Natur die gesamte Maschine neu ein. Gerade jetzt spüre ich die belebende Wirkung der Fermente in meinem Blut und hätte nicht übel Lust, in dem kühlen, durch das Fenster hereinfallenden Sonnenlicht zu tanzen wie eine Mücke. Eigentlich sollte ich es tun, nur käme dann gleich Charles Sadler die Treppe herauf, um nachzusehen, was los sei. Nebenbei gesagt, darf ich nicht vergessen, daß ich Professor Gilroy bin. Einem alten Professor verzeiht man, wenn er sich natürlich gibt, doch ein Vierunddreißigjähriger, Inhaber eines der begehrtesten Lehrstühle dieser Universität, darf nicht gegen die Konventionen verstoßen.

Dieser Wilson ist schon ein eigenartiger Kauz! Wenn ich bloß den gleichen Enthusiasmus für die Physiologie aufbrächte wie er für seine Psychologie, würde aus mir ein zweiter Claude Bernard werden – mindestens! Er hat sich mit Leib und Seele seinem Fachgebiet verschrieben und widmet ihm seine gesamte Energie. Er überprüft die Ergebnisse des beendeten Arbeitstages, bis ihn die Müdigkeit übermannt, und wacht er auf, so gilt sein erster Gedanke dem Forschungspensum, das er sich für den neuen Tag vorgenommen hat. Und dabei findet er, außer in einem kleinen Kreis von Gleichgesinnten, so wenig Anerkennung! Die Physiologie hingegen ist eine etablierte Wissenschaft. Trage ich auch nur den kleinsten Baustein zu ihrem Werk bei, so wird dies vermerkt und honoriert. Doch Wilson versucht, das Fundament für eine zukünftige Wissenschaft zu legen. Seine Arbeit verläuft sozusagen unterirdisch und fällt nicht ins Auge. Trotzdem macht er unverdrossen weiter: korrespondiert mit hundert Halbverrückten in der vagen Hoffnung, einen verläßlichen Zeugen zu finden, überprüft hundert Lügengeschichten, um vielleicht ein Körnchen Wahrheit herauszusieben, sieht alte Bücher durch, verschlingt neue, experimentiert, hält Vorträge, versucht in anderen die feurige Wißbegier zu entflammen, die in ihm brennt. Staunen und Bewunderung erfüllen mich, wenn ich an ihn denke; aber jedesmal, wenn er mir seine Forschungen schmackhaft machen will, muß ich ihm entgegenhalten, daß sie in ihrem gegenwärtigen Stadium für einen Mann der exakten Wissenschaften wenig Anziehungskraft besitzen. Böte er mir etwas Konkretes, Objektives an, würde es mich durchaus reizen, den Sachverhalt aus physiologischer Sicht zu untersuchen. Doch solange sein Forschungsgegenstand je zur Hälfte mit Scharlatanerie und Hysterie verquickt ist, müssen wir Physiologen uns auf den Körper beschränken und den Geist unseren Nachfolgern überlassen.

Ich bin halt ein Materialist. Agatha meinte sogar, ein verbohrter. Worauf ich erwiderte, das sei ein vortrefflicher Grund, unsere Verlobungszeit zu verkürzen, da ich so dringend ihrer Spiritualität bedürfe. Allerdings muß ich mich als merkwürdiges Beispiel für den Einfluß der Bildung auf die Veranlagung bezeichnen, denn wenn mich nicht alles täuscht, bin ich von Natur aus ein psychisch sehr empfänglicher Mensch. Schon als Kind war ich nervös und empfindsam, ein Träumer, Schlafwandler, voller Vorahnungen und Eingebungen. Mein schwarzes Haar, die dunklen Augen, das schmale, olivfarbene Gesicht, die schlanken Finger – all das sind Merkmale meines wahren Temperaments und veranlassen Experten wie Wilson, mich für einen der ihren zu halten. Doch mein Geist ist vollgesogen mit exaktem Wissen. Ich bin darauf trainiert, ausschließlich mit Fakten und Beweisen zu operieren. Vermutungen und wilde Spekulationen haben in meinem Denken keinen Platz. Man gebe mir etwas, was ich unter dem Mikroskop betrachten, mit dem Skalpell zerteilen, auf die Waage legen kann, und ich werde weder Zeit noch Mühe scheuen, es zu analysieren. Doch wenn man von mir eine Untersuchung von Gefühlen, Eindrücken, Intuitionen verlangte, so würde ich das als etwas Widerwärtiges, ja Demoralisierendes empfinden. Eine Abweichung von der reinen Vernunft stößt mich ebenso ab wie übler Geruch oder eine Disharmonie in der Musik.

Darin liegt der eigentliche Grund, weshalb ich heute abend so ungern zu Professor Wilson gehe. Ich könnte die Einladung ohnehin kaum ausschlagen, ohne unhöflich zu erscheinen – doch nun, da auch Mrs. Marden und Agatha da sein werden, kommt ein Fernbleiben für mich erst recht nicht in Betracht. Trotzdem träfe ich sie lieber irgendwo anders. Sicher wird Wilson versuchen, mich für seine nebulöse Halbwissenschaft zu gewinnen. In seinem Enthusiasmus nimmt er skeptische oder mißbilligende Bemerkungen einfach nicht zur Kenntnis. Nichts Geringeres als ein echter Streit kann ihm jeweils meine Abneigung gegenüber dem gesamten Gebiet begreiflich machen. Zweifellos hat er auch heute abend einen neuen Hypnotiseur, einen Hellseher, ein Medium oder einen sonstigen Trickbetrüger, den er uns vorführen wird. Selbst die Unterhaltung seiner Gäste steht in Zusammenhang mit seinem Steckenpferd. Nun, zumindest dürfte Agatha auf ihre Kosten kommen. Sie interessiert sich für solche Dinge, wie Frauen überhaupt eine Vorliebe für alles Vage, Mystische und Undefinierbare hegen.

22.50. Das Führen meines Tagebuchs resultiert vermutlich aus meiner wissenschaftlichen Einstellung, die ich heute morgen erwähnte. Ich halte Beobachtungen gern fest, solange sie noch frisch sind. Und mindestens einmal am Tag versuche ich, meine mentale Verfassung zu bestimmen. Es ist dies eine nützliche Zeit der Selbstanalyse, die sich, wie ich finde, stabilisierend auf mein seelisches Gleichgewicht auswirkt. Offen gestanden, benötige ich jeglichen stabilisierenden Effekt dringend. Denn leider hat ein Großteil meines neurotischen Temperaments noch immer Bestand, und ich bin meilenweit entfernt von der kühlen, ruhigen Präzision eines Murdoch oder Pratt-Haldane. Weshalb sonst hat mich der Hokuspokus, der uns heute abend geboten wurde, so mitgenommen, daß ich jetzt noch ganz entnervt bin? Mein einziger Trost: Weder Wilson noch Miss Penelosa oder gar Agatha bemerkten meine Schwäche.

Und was in aller Welt hat mich dort derart erregt? Nichts, oder doch so wenig, daß es lächerlich erscheint, wenn ich es niederschreibe.

Die Mardens waren vor mir bei den Wilsons. Genauer gesagt, ich traf als einer der letzten Gäste ein, im Salon herrschte bereits Gedränge. Kaum hatte ich ein paar Worte mit Mrs. Marden und Agatha gewechselt – letztere sah ganz reizend aus in Weiß und Rosa und mit glitzernden Vögelchen im Haar –, als Wilson kam und mich am Ärmel zupfte.

»Sie verlangten doch immer etwas Konkretes, Gilroy«, sagte er und zog mich in eine Ecke. »Mein Lieber, diesmal führe ich Ihnen ein Phänomen vor – ein Phänomen!«

Ich wäre beeindruckter gewesen, wenn ich zuvor nicht schon ähnliches gehört hätte. Sein sanguinisches Temperament macht aus jeder Mücke einen Elefanten.

»Diesmal besteht an der Glaubwürdigkeit kein Zweifel«, setzte er hinzu, wohl weil er ein kleines belustigtes Funkeln in meinen Augen sah.

»Meine Frau kennt sie seit Jahren. Sie kommen beide aus Trinidad, müssen Sie wissen. Miss Penelosa ist erst seit etwa einem Monat in England und kennt hier außer einem kleinen Kreis von Universitätsleuten niemanden. Aber ich versichere

Ihnen, was sie uns bisher erzählt hat, reicht aus, das Hellsehen auf eine absolut wissenschaftliche Basis zu stellen. Sie ist einfach einmalig; weder unter den Profis noch den Amateuren finden Sie etwas Ähnliches. Kommen Sie, ich mache Sie miteinander bekannt.«

Ich mag diese Geheimniskrämer nicht, und die Amateure darunter schon gar nicht. Einen bezahlten Zauberkünstler kann man bedenkenlos unterbrechen und bloßstellen, sobald man seinen Trick durchschaut hat. Er ist da, um einen zu täuschen, und man ist da, um ihn zu entlarven. Aber was, wenn es sich um eine Freundin der Gastgeberin handelt? Kann man plötzlich das Licht einschalten, um zu beweisen, daß sie insgeheim an einem Banjo zupft? Oder ihr Abendkleid mit roter Farbe bespritzen, wenn sie im Dunkeln mit ihrer Phosphorflasche herumschleicht und übernatürliche Platitüden zum besten gibt? Es würde eine Szene geben, und man wäre unweigerlich als Grobian verschrien. Eigentlich bleibt einem nur die Wahl, entweder ein Grobian oder ein Betrogener zu sein. Mißmutig folgte ich Wilson zu der Dame.

Sie entsprach meiner Vorstellung von einer gebürtigen Westinderin nicht im geringsten, sondern war ein kleines, zerbrechliches Geschöpf, gut über die Vierzig hinaus, würde ich sagen, mit einem blassen, spitzen Gesicht und ganz leicht kastanienbraun schimmerndem Haar. Sie wirkte unscheinbar, und auch ihr Auftreten war recht zurückhaltend. In einer Gruppe von zehn Frauen hätte man sie sicherlich als letzte wahrgenommen. Die Augen waren vielleicht das Bemerkenswerteste an ihr und zugleich, wie ich hinzufügen muß, ihr unangenehmstes Charakteristikum. Sie waren von grauer Farbe – einem Grau mit einem Anflug von Grün –, und ihr Ausdruck kam mir höchst hinterhältig vor. Ich bin mir nicht sicher, ob ›hinterhältig‹ das richtige Wort dafür ist, vielleicht sollte ich lieber ›grimmig‹ sagen. Oder, wenn ich es recht bedenke, scheint mir ›katzenhaft‹ der treffendere Ausdruck zu sein. Eine an der Wand lehnende Krücke ließ mich bereits vermuten, was dann schmerzlich klar wurde, als sie sich erhob: Eines ihrer Beine war verkrüppelt.

Man stellte mich also Miss Penelosa vor, und mir entging nicht, daß sie bei der Nennung meines Namens einen raschen Blick zu Agatha warf. Offensichtlich hatte ihr Wilson von uns erzählt. Und gleich wird sie mir verkünden, sie spüre auf übersinnliche Weise, daß ich mit einer jungen Dame verlobt sei, die gerade Vögelchen im Haar trägt. Ich hätte zu gern gewußt, was Wilson noch alles über mich ausgeplaudert hatte.

»Professor Gilroy ist ein unverbesserlicher Skeptiker«, sagte er. »Hoffentlich gelingt es Ihnen, ihn zu bekehren, Miss Penelosa.«

Sie musterte mich eingehend.

»Professor Gilroy ist zu Recht skeptisch, wenn er noch nichts Überzeugendes zu Gesicht bekommen hat«, sagte sie. »Dabei sollte man meinen«, fügte sie an mich gewandt hinzu, »daß Sie selbst ein ausgezeichnetes Demonstrationsobjekt abgeben würden.«

»Wofür, wenn ich fragen darf?«

»Für Hypnose, zum Beispiel.«

»Nach meinen Beobachtungen bevorzugen Hypnotiseure Versuchspersonen, die geistig unausgeglichen sind. Alle Ergebnisse sind entsprechend widerlegbar, so scheint mir, weil sie am abnormen Organismus gewonnen wurden.«

»Welche von den Damen besitzt Ihrer Meinung nach einen normalen Organismus?« fragte sie. »Ich möchte, daß Sie diejenige auswählen, die Sie für geistig am ausgeglichensten halten. Sagen wir die Dame in Rosa und Weiß – Agatha Marden heißt sie, nicht wahr?«

»Ja, Resultaten aus einem Versuch mit ihr würde ich ein gewisses Gewicht zubilligen.«

»Ich habe allerdings noch nicht getestet, wie empfänglich sie ist. Manche Menschen reagieren natürlich schneller als andere. Darf ich fragen, wie weit Ihre Skepsis geht? Ich hoffe, Sie erkennen zumindest den Hypnoseschlaf und die Wirksamkeit von Suggestionen an?«

»Ich erkenne überhaupt nichts an, Miss Penelosa.«

»O je, und ich dachte, die Wissenschaft wäre schon erheblich weiter. Natürlich verstehe ich nichts von der wissenschaftlichen Seite der Sache. Ich weiß nur, was ich bewirken kann. Sehen Sie zum Beispiel die Dame in Rot dort drüben neben der japanischen Vase. Ich werd ihr befehlen, zu uns zu kommen.«

Sie beugte sich vor, murmelte etwas, und dabei fiel ihr Fächer zu Boden. Die Frau fuhr herum und kam geradewegs auf uns zu. Auf ihrem Gesicht lag ein fragender Ausdruck, als hätte sie jemand gerufen.

»Na, was sagen Sie nun, Gilroy?« rief Wilson verzückt.

Ich hütete mich zu sagen, was ich dachte. Für mich war das der offensichtlichste, dreisteste Fall von Betrug, den ich je erlebt hatte. Eine abgekartete Sache, die mit einem plumpen Signal funktionierte.

»Professor Gilroy ist nicht zufrieden«, sagte sie, und ein kurzer Blick ihrer seltsamen kleinen Augen streifte mich von unten her. »Er schreibt die Wirkung des Experiments meinem armen Fächer zu. Nun, dann müssen wir etwas anderes probieren. Miss Marden, hätten Sie etwas dagegen, sich von mir hypnotisieren zu lassen?«

»O nein, ganz im Gegenteil!« rief Agatha.

Mittlerweile hatte sich die gesamte Gesellschaft im Kreis um uns versammelt – die Herren in gestärkten Frackhemden, die weißhalsigen Damen, manche ehrfürchtig, andere skeptisch, als erwartete man ein Mittelding zwischen einer religiösen Zeremonie und einem Schaubudenzauber. Ein roter Plüschsessel wurde in die Mitte geschoben, Agatha nahm darin Platz. Sie errötete und zitterte ein wenig vor Aufregung. Ich erkannte es am Vibrieren der Vögelchen in ihrem Haar. Miss Penelosa stand auf und beugte sich, auf ihre Krücke gestützt, über die Sitzende.

Und eine Veränderung ging mit der Frau vor sich. Sie wirkte überhaupt nicht mehr klein und unscheinbar. Mit einem Male erschien sie um zwanzig Jahre verjüngt. Ihre Augen blitzten, ihre blassen Wangen bekamen Farbe, ihre gesamte Gestalt reckte sich. Solch ein urplötzliches Erwachen zu Frische und Leben habe ich einmal an einem abgestumpften, lustlosen jungen Mann gesehen, als ihm eine Aufgabe gestellt wurde, der er sich gewachsen fühlte. Sie schaute mit einem Gesichtsausdruck auf Agatha herab, den ich aus tiefstem Herzen verabscheute – ein Ausdruck, mit dem eine römische Kaiserin eine kniende Sklavin gemustert haben mochte. Dann warf sie mit einer flinken, befehlenden Geste ihre Arme in die Höhe und ließ sie langsam vor sich niedersinken.

Ich beobachtete Agatha genau. Dreimal verfolgte sie die Bewegung und schien einfach nur amüsiert zu sein. Beim viertenmal wurden ihre Augen leicht glasig, ihre Pupillen weiteten sich. Beim sechstenmal erstarrte ihr Körper kurzzeitig. Beim siebentenmal begannen ihre Lider herabzusinken. Beim zehntenmal waren ihre Augen geschlossen; sie atmete langsamer und tiefer als normal. Ich suchte eine ruhige wissenschaftliche Haltung beim Zusehen zu wahren, doch eine dumme, grundlose Erregung bemächtigte sich meiner. Ich habe es mir, so glaube ich, nicht anmerken lassen, aber ich fühlte mich wie ein Kind in der Dunkelheit. Nie hätte ich vermutet, immer noch für diese Art von Schwäche anfällig zu sein.

»Sie ist in Trance«, sagte Miss Penelosa.

»Sie schläft!« rief ich.

»Dann wecken Sie sie!«

Ich rüttelte Agatha am Arm, schrie ihr ins Ohr. Eine Tote hätte auf all meine Bemühungen nicht anders reagiert als sie. Ihr Körper ruhte im Plüschsessel. Ihre Organe funktionierten, das Herz, die Lunge. Aber ihre Seele! Sie war verschwunden! Wohin? Welche Kraft hatte sie entfernt? Ich war verwirrt und fassungslos.

»Soviel zum Hypnoseschlaf«, sagte Miss Penelosa. »Nun zur Suggestion. Ich kann Miss Marden jetzt einen Befehl erteilen und es so einrichten, daß sie ihn entweder gleich oder erst nach dem Erwachen aus der Trance ausführt. Verlangen Sie einen Beweis dafür?«

»Gewiß«, sagte ich.

»Sie sollen ihn haben.«

Ich sah ein Lächeln über ihr Gesicht huschen, als sei ihr ein amüsanter Einfall gekommen. Sie hielt inne und flüsterte ihrem Demonstrationsobjekt eindringlich etwas ins Ohr. Agatha, die mir gegenüber so taub gewesen war, nickte.

»Aufwachen!« rief Miss Penelosa, wobei sie ihre Krücke kräftig auf den Boden stieß. Die Augen öffneten sich, der glasige Schimmer schwand allmählich, die Seele stellte sich nach ihrer unheimlichen Abwesenheit wieder ein.

Wir gingen früh weg. Agatha spürte keinerlei Beschwerden nach ihrem seltsamen Erlebnis, doch ich war nervös und aufgewühlt, ganz und gar unfähig, dem Strom erläuternder Kommentare zu folgen, mit dem Wilson mich überschüttete. Als ich mich von Miss Penelosa verabschiedete, schob sie mir einen Zettel in die Hand.

»Bitte vergeben Sie mir, wenn ich zu besonderen Mitteln greife, um Ihre Skepsis zu überwinden«, sagte sie. »Lesen Sie das morgen früh um zehn. Es ist ein kleiner privater Test.«

Ich weiß nicht, was sie damit meint, aber der Zettel liegt hier, und ich werde ihn gemäß ihren Anweisungen öffnen. Mir brummt der Schädel, genug geschrieben für heute abend. Wahrscheinlich werde ich das, was mir heute unerklärlich erscheint, morgen in einem ganz anderen Licht sehen. Meine Überzeugungen gedenke ich nicht kampflos preiszugeben.

25. März. Ich bin verblüfft – verwirrt! Auf jeden Fall werde ich meine Ansichten zu diesem Thema wohl in gewissem Umfang revidieren müssen. Doch zunächst will ich festhalten, was sich ereignet hat.

Ich hatte mein Frühstück beendet und betrachtete einige Diagramme, die meine Vorlesung illustrieren sollten, als meine Haushälterin eintrat und meldete, Agatha warte in meinem Arbeitszimmer und wolle mich unverzüglich sprechen. Ich schaute überrascht zur Uhr: Es war erst halb zehn.

Als ich den Raum betrat, stand sie auf dem Kaminvorleger und schaute mir entgegen. Etwas an ihrer Pose ließ mich erschauern und unterdrückte die Worte, die mir auf der Zunge lagen. Sie hatte ihren Schleier halb herabgezogen, dennoch erkannte ich, daß ihr Gesicht blaß und angespannt aussah.

»Austin«, sagte sie, »ich bin gekommen, um dir mitzuteilen, daß unsere Verlobung gelöst ist.«

Ich taumelte. Ich glaube, daß ich wirklich taumelte. Ich mußte mich an das Bücherregal lehnen.

»Aber – aber – das kommt so plötzlich, Agatha.«

»Ja, Austin, ich bin hergekommen, um dir mitzuteilen, daß unsere Verlobung gelöst ist.«

»Aber du wirst mir doch wenigstens einen Grund nennen!« rief ich. »Das paßt überhaupt nicht zu dir, Agatha. Sage mir, womit ich Unglückseliger dich gekränkt habe!«

»Es ist aus, Austin.«

»Warum denn bloß? Du mußt nicht ganz bei dir sein, Agatha. Hat dir jemand etwas Schlechtes über mich erzählt? Oder vielleicht hast du eine Äußerung von mir falsch verstanden? Nun rede schon – ein Wort, und die Sache klärt sich auf!«

»Wir müssen unsere Verlobung als gelöst betrachten.«

»Aber wir haben uns doch gestern abend ohne die Spur einer Verstimmung getrennt. Was könnte in der Zwischenzeit geschehen sein, das dich so verändert hat? Es muß etwas mit den Ereignissen des gestrigen Abends zu tun haben. Du hast nachgedacht und bist über mein Verhalten böse. Ist es wegen der Hypnosevorführung? Weil ich zuließ, daß diese Frau ihre Kräfte an dir demonstrierte? Du weißt, beim kleinsten Zeichen von dir wäre ich eingeschritten.«

»Es hat keinen Zweck, Austin. Es ist aus.«

Ihre Stimme war kalt und gemessen, ihr Auftreten seltsam förmlich und unerbittlich. Mir schien, daß sie sich um keinen Preis auf eine Diskussion oder Erklärung einlassen wollte. Ich hingegen bebte vor Erregung, ich wandte mein Gesicht ab, damit sie nicht sah, wie wenig ich mich in der Gewalt hatte.

»Du mußt doch wissen, was das für mich bedeutet!« rief ich. »Du zerstörst alle meine Hoffnungen, mein Leben ist ruiniert! Wie kannst du mich so bestrafen, ohne mich anzuhören! Du mußt mir sagen, was los ist. Bedenke, daß ich dich unter keinen Umständen so behandeln könnte. Um Gottes willen, Agatha, erkläre mir, was ich verbrochen habe!«

Sie ging wortlos an mir vorbei und öffnete die Tür.

»Es hat gar keinen Zweck, Austin«, sagte sie. »Betrachte unsere Verlobung als gelöst.« Damit verließ sie das Zimmer, und bevor ich mich so weit gefaßt hatte, ihr nachzueilen, hörte ich die Wohnungstür ins Schloß fallen.

Ich rannte in mein Zimmer, um mich umzukleiden. Ich wollte Mrs. Marden aufsuchen und sie nach dem Grund meines Unglücks fragen. Ich war so durcheinander, daß ich kaum meine Schnürsenkel zubinden konnte. Nie werde ich diese schrecklichen zehn Minuten vergessen.

Gerade als ich den Mantel übergezogen hatte, schlug die Uhr auf dem Kaminsims zehn.

Zehn! Mir fiel Miss Penelosas Zettel ein. Er lag vor mir auf dem Tisch, und ich riß ihn auf. Er war mit Bleistift in einer seltsam eckigen Handschrift beschrieben.

> »Mein lieber Professor Gilroy!« stand da. »Bitte verzeihen Sie den privaten Charakter des Tests, den ich mit Ihnen angestellt habe. Professor Wilson erwähnte die Beziehung zwischen Ihnen und meiner Versuchsperson von heute abend, und deshalb fand ich, daß es für Sie am überzeugendsten sei, wenn ich Miss Marden mittels einer Suggestion veranlaßte, Sie morgen früh um halb zehn aufzusuchen und Ihre Verlobung für etwa dreißig Minuten zu lösen. Die Wissenschaft stellt derart hohe Anforderungen, daß es recht schwierig ist, eine zufriedenstellende Demonstration zu finden, doch bin ich überzeugt, diesmal etwas getroffen zu haben, was die Versuchsperson wohl kaum aus freien Stücken getan hätte. Vergessen Sie alles, was sie zu Ihnen sagte, denn sie selbst hat damit wirklich nicht das geringste zu tun und wird sich auch nicht daran erinnern. Ich schreibe dies, um Ihre Besorgnis abzukürzen, und bitte um Vergebung wegen des Ungemachs, das Ihnen meine Demonstration vorübergehend bereitet haben mag. In treuer Ergebung, Ihre Helen Penelosa.«

Als ich den Text gelesen hatte, fühlte ich mich zu erleichtert, um verärgert zu sein. Es war eine Frechheit. Es war eine große Unverschämtheit von seiten der Dame, wenn man bedenkt, daß wir uns erst einmal begegnet sind. Doch schließlich hatte ich sie mit meiner Skepsis herausgefordert. Es mochte durchaus sein, daß es, wie sie sagte, ziemlich schwierig war, einen überzeugenden Test für mich zu finden.

Aber sie hatte es geschafft; daran bestand kein Zweifel. Ich war endlich von der Existenz hypnotischer Suggestionen überzeugt. Das Phänomen stellte für mich von Stund an eine unumstößliche Lebenstatsache dar. Daß Agatha, die von allen Frauen meiner Bekanntschaft die geistig ausgeglichenste ist, zu einem willenlosen Automaten degradiert worden war, stand fest. Eine Person hatte ihr aus der Ferne Befehle erteilt, etwa so wie jemand einen Brennanschen Torpedo vom Ufer aus lenkt. Eine zweite Seele war in Agathas Körper gedrungen, hatte ihre eigene Seele beiseite geschoben, sich des Nervenapparats bemächtigt und gesagt: »Jetzt steuere ich mal eine halbe Stunde!« Agatha mußte demnach nicht bei Bewußtsein gewesen sein, als sie kam und ging. Hoffentlich stieß ihr nichts zu, wenn sie in diesem Zustand durch die Straßen lief! Ich schnappte meinen Hut und eilte ihr hinterher, um mich zu vergewissern, daß alles in Ordnung war.

Ja. Sie war zu Hause. Man führte mich in den Salon, und da saß sie, mit einem Buch auf dem Schoß.

»Du bist ein früher Besucher, Austin«, sagte sie lächelnd.

»Ein später, im Vergleich zu dir«, antwortete ich.

Sie schaute mich verwirrt an. »Was meinst du damit?« fragte sie.

»Warst du denn heute noch nicht unterwegs?«

»Nein, gewiß nicht.«

»Agatha«, sagte ich beschwörend, »würdest du mir bitte ganz genau schildern, was du heute morgen getan hast?«

Sie lachte über meine Ernsthaftigkeit.

»Jetzt hast du diesen professoralen Blick, Austin. Das hat man davon, wenn man sich mit einem Wissenschaftler verlobt.

Na schön, ich will es dir verraten, obwohl ich mir nicht vorstellen kann, wozu du das wissen mußt. Ich bin um acht aufgestanden, habe gegen halb neun gefrühstückt, kam zehn nach neun in diesen Raum und begann *Die Memoiren der Madame de Rémusat* zu lesen. Nach wenigen Minuten machte ich der französischen Dame das zweifelhafte Kompliment, über ihrem Buch einzunicken, Ihnen aber, mein Herr, ein sehr schmeichelhaftes, denn ich träumte von Ihnen. Erst vor wenigen Minuten bin ich aufgewacht.«

»Dort wo du einschliefst?«

»Natürlich. Wo denn sonst?«

»Bitte, Agatha, erzähl mir alles, was du von mir geträumt hast. Glaube mir, ich frage nicht aus bloßer Neugier.«

»Ich weiß nur, daß du darin vorkamst. An Einzelheiten erinnere ich mich nicht.«

»Wenn du noch nicht außer Haus warst, Agatha – wie kommt es, daß deine Schuhe staubig sind?«

Ein gequälter Ausdruck erschien auf ihrem Gesicht.

»Also wirklich. Austin, ich frage mich, was heute morgen mit dir los ist. Man könnte fast glauben, du bezweifelst meine Worte. Wenn meine Schuhe staubig sind, dann habe ich eben versehentlich ein Paar angezogen, das das Mädchen gestern zu reinigen vergaß.« Es war ganz offensichtlich: Sie wußte nicht das geringste von der Sache, und ich überlegte, ob es vielleicht besser wäre, sie gar nicht darüber aufzuklären. Es könnte sie erschrecken, und ich vermochte darin keinen Sinn zu erkennen. Also verlor ich kein Wort darüber und verließ sie wenig später, um meine Vorlesung zu halten.

Aber ich bin zutiefst beeindruckt. Der Horizont wissenschaftlicher Möglichkeiten hat sich für mich plötzlich enorm erweitert. Jetzt wundern mich Wilsons dämonische Energie und sein Enthusiasmus nicht mehr. Wer würde nicht arbeiten wie ein Besessener, wenn er auf einmal ein riesiges, noch unerschlossenes Forschungsfeld vor sich sieht? Ich weiß noch, wie ich beim ersten Anblick eines entstehenden Nukleolus oder eines Stückchens quergestreifter Muskulatur unter einem Mikroskop mit dreihundertfacher Vergrößerung in Verzückung geriet! Doch wie läppisch erscheinen solche Beobachtungen im Vergleich zu einer, die die Wurzeln des Lebens und das Wesen der Seele berührt! Ich habe die Seele immer als ein Produkt der Materie angesehen. Das Gehirn, dachte ich, erzeugt den Geist, wie die Leber die Gallenflüssigkeit hervorbringt. Aber wie kann das sein, wenn ich miterlebe, wie ein Geist von fern agiert und auf der Materie spielt wie ein Musiker auf einer Violine? Der Körper erzeugt also nicht die Seele, sondern ist vielmehr das grobe Instrument, mit dessen Hilfe sich Geistig-Seelisches manifestiert. Ähnlich wie die Windmühle, die den Wind nicht erzeugt, aber sein Wirken sichtbar macht. Das alles widerspricht völlig meiner Art zu denken, ist jedoch unbestreitbar möglich und einer Untersuchung wert.

Und weshalb sollte ich der Sache nicht nachgehen? Erst in meiner gestrigen Eintragung schrieb ich: »Könnte ich darin etwas Konkretes und Objektives sehen, würde es mich durchaus reizen, den Sachverhalt aus physiologischer Sicht zu untersuchen.« Nun, man hat es mir vorgeführt. Und ich stehe zu meinem Wort. Die Untersuchung wäre, dessen bin ich mir sicher, von immenser Bedeutung. Ein paar Kollegen werden mich schief ansehen, denn die Wissenschaft steckt voller unsinniger Vorurteile, doch wenn Wilson die Courage aufbringt, sich zu seinen Überzeugungen zu bekennen, schaffe ich es auch. Ich werde morgen vormittag zu ihm gehen – zu ihm und zu Miss Penelosa. Der Kostprobe nach zu urteilen, die sie uns gegeben hat, kann sie uns noch mehr zeigen.

26. März. Wilson war, wie ich erwartet hatte, hellauf begeistert über meine Konversion, und auch Miss Penelosa zeigte sich, auf ihre zurückhaltende Art, erfreut über das Resultat ihres Experiments. Sonderbar, was für ein stilles, farbloses Geschöpf sie ist, wenn sie ihre Kräfte nicht spielen läßt. Doch schon das Reden darüber verleiht ihr Farbe und Lebhaftigkeit. Sie scheint sich in besonderem Maße für mich zu interessieren. Ich bemerke, daß ihr Blick mir folgt, wenn ich im Zimmer umhergehe.

Wir hatten ein höchst interessantes Gespräch über ihre eigenen Fähigkeiten. Ihre Ansichten verdienen es, festgehalten zu werden, obwohl sie natürlich keinen Anspruch auf Wissenschaftlichkeit erheben können.

»Das war nur eine Randerscheinung der eigentlichen Sache«, meinte sie, als ich meine Bewunderung über ihre bemerkenswerte Demonstration der hypnotischen Suggestion zum Ausdruck brachte. »Ich übte keinen direkten Einfluß auf Miss Marden aus, als sie zu Ihnen kam. An diesem Morgen dachte ich nicht einmal an sie. Es war vielmehr so, daß ich ihren Geist einstellte, wie man einen Wecker einstellt, damit er von selbst zur gewünschten Zeit klingelt. Wenn ich ihr sechs Monate statt zwölf Stunden befohlen hätte, wäre es dasselbe gewesen.«

»Und wenn Sie ihr suggeriert hätten, mich umzubringen?«

»Sie hätte es wohl unweigerlich getan.«

»Aber das gibt Ihnen ja eine schreckliche Macht!« rief ich.

»Ganz recht, eine schreckliche Macht«, antwortete sie ernst. »Und je mehr Sie davon kennenlernen, desto schrecklicher wird sie Ihnen vorkommen.«

»Darf ich fragen, was Sie meinten, als Sie die Suggestion als eine Randerscheinung bezeichneten? Was ist der Kern der Sache?«

»Das sage ich Ihnen lieber nicht.«

Die Bestimmtheit ihrer Antwort erstaunte mich.

»Sie verstehen«, sagte ich, »ich frage nicht aus Neugier, sondern weil ich eine wissenschaftliche Erklärung zu finden hoffte zu den Fakten, die Sie mir geliefert haben.«

»Offen gestanden, Professor Gilroy, bin ich nicht im geringsten an der Wissenschaft interessiert, und mir ist es auch gleichgültig, ob Sie diese Kräfte klassifizieren können oder nicht.«

»Aber ich hoffte –«

»Ah, das ist etwas anderes. Wenn Sie die Sache persönlich interessiert«, sagte sie mit liebenswürdigstem Lächeln, »gebe ich Ihnen mit Freuden Auskunft über alles, was Sie zu wissen wünschen. Also schön. Wonach haben Sie gefragt? O ja, nach den weitergehenden Möglichkeiten. Professor Wilson erkennt sie zwar nicht an, aber sie sind dennoch vorhanden. Zum Beispiel ist es für einen Hypnotiseur möglich, die totale Kontrolle über seine Versuchsperson zu erlangen, vorausgesetzt, letztere ist gut dafür geeignet. Ohne vorherige Suggestionen kann er sie dann jederzeit zu allem veranlassen, was er will.«

»Ohne daß die Versuchsperson etwas davon weiß?«

»Das ist unterschiedlich. Wenn eine große Kraft eingesetzt wird, weiß sie von ihren Handlungen ebensowenig wie Miss Marden, als sie zu Ihnen kam und Ihnen diesen Schreck einjagte. Ist der Einfluß weniger stark, wird sie wissen, was sie tut, aber unfähig sein, es zu unterlassen.«

»Sie verliert also ihren eigenen Willen?«

»Nein, dieser wird nur von einem stärkeren überlagert.«

»Haben Sie diese Kraft schon einmal erprobt?«

»Mehr als einmal.«

»Demnach ist Ihre Willenskraft sehr stark?«

»Es kommt nicht allein darauf an. Viele Menschen haben einen starken Willen, den sie aber nicht von sich ablösen können. Es geht darum, die Gabe zu besitzen, ihn auf andere zu projizieren und deren Willen zu verdrängen. Übrigens habe ich festgestellt, daß dieses Vermögen von meiner körperlichen Stärke und Gesundheit abhängig ist und entsprechend schwankt.«

»Sie senden also praktisch Ihre Seele in den Körper einer anderen Person.«

»Nun ja, man könnte es so bezeichnen.«

»Und was geschieht mit Ihrem Körper unterdessen?«

»Er verharrt in einer Art Lethargie.«

»Besteht dann nicht Gefahr für Ihre eigene Gesundheit?« fragte ich.

»Eine kleine Gefahr könnte vorhanden sein. Man muß sehr genau darauf achten, daß man sein Bewußtsein nicht ganz von sich ablöst, sonst könnte es schwierig werden, wieder zurückzufinden. Man muß gleichsam eine Verbindung aufrechterhalten. Ich fürchte, ich drücke mich nicht sehr verständlich aus, Professor Gilroy. Ich kann diese Dinge natürlich nicht wissenschaftlich formulieren. Ich gebe nur meine individuellen Erfahrungen und Erklärungen wieder.«

So. Ich habe das bisher Geschriebene noch einmal in aller Ruhe durchgelesen und wundere mich über mich selbst! Ist das noch Austin Gilroy, der Mann, der sich durch unbestechliche Logik und strikte Konzentration auf Fakten einen Namen als Wissenschaftler gemacht hat? Jetzt kolportiere ich schon allen Ernstes das Geschwätz einer ältlichen Jungfer, die mir weismachen will, sie projiziere ihren Geist aus ihrem Körper heraus und kontrolliere, während sie selbst lethargisch daliege, das Verhalten von räumlich entfernten Personen! Akzeptiere ich das? Natürlich nicht. Sie muß es beweisen und wieder beweisen, bevor ich es anerkenne. Ich bin immer noch ein Skeptiker, wenn auch kein Spötter mehr. Wir haben für heute abend eine Sitzung vereinbart, in der sie versuchen soll, mich zu hypnotisieren. Wenn es ihr gelingt, wird das ein ausgezeichneter Ausgangspunkt für unsere Untersuchungen sein. Jedenfalls soll mich niemand der Komplizenschaft mit ihr verdächtigen können. Gelingt es nicht, so werden wir eine andere Versuchsperson finden müssen, die über alle Zweifel erhaben sein soll. Wilson ist leider gänzlich unempfänglich.

22 Uhr. Ich glaube, ich stehe am Beginn einer epochemachenden Forschungsarbeit. Daß sich mir die Möglichkeit bietet, diese Phänomene von innen zu studieren – mein Organismus reagiert auf sie, und zugleich verfüge ich über einen Intellekt, der sie analysieren und bewerten kann –, ist ein einzigartiger Vorteil. Wilson würde wahrscheinlich fünf Jahre seines Lebens dafür hergeben, so sensitiv veranlagt zu sein, wie ich mich erwiesen habe.

Nur Wilson und seine Frau waren zugegen. Ich saß mit zurückgelehntem Kopf im Sessel, und Miss Penelosa, die vor mir, aber etwas mehr auf der linken Seite, stand, machte dieselben weitausholenden Armbewegungen wie bei Agatha. Dabei schien mich jedesmal ein Luftstrom zu treffen, der in mich eindrang und ein kribbelndes Glühen vom Kopf bis zu den Füßen hervorrief. Mein Blick war auf Miss Penelosas Gesicht gerichtet, doch allmählich verschwammen ihre Züge. Ich sah nur noch die Augen, die auf mich niederblickten: grau, tief, unergründlich. Sie wurden größer und größer, bis sie sich plötzlich in zwei Bergseen verwandelten, auf die ich mit furchtbarer Geschwindigkeit zustürzte. Ich schauderte, und dabei sagte mir eine innere Stimme, daß dieses Schaudern der kurzzeitigen Erstarrung entsprechen müsse, die ich an Agatha beobachtet hatte. Unmittelbar danach schlug ich auf der Wasserfläche der nun miteinander verschmolzenen Seen auf und tauchte unter, wobei ich einen Druck im Kopf und ein Summen in den Ohren verspürte. Ich sank tiefer und tiefer, doch dann stieß ich in einem Bogen wieder nach oben, bis ich über mir das helle Licht durch das grüne Wasser schimmern sah. Ich war fast an der Oberfläche, als das Wort »Aufwachen!« in meinem Kopf dröhnte. Ich zuckte zusammen und fand mich im Sessel sitzend wieder, vor mir Miss Penelosa, die sich auf ihre Krücke lehnte, während Wilson, ein Notizbuch in der Hand, ihr über die Schulter schaute. Weder Benommenheit noch Müdigkeit blieben zurück. Im Gegenteil, ich fühlte mich erfrischt, und auch jetzt noch, etwa eine Stunde nach dem Experiment, bin ich so munter, daß ich anschließend wohl eher ins Arbeits- denn ins Schlafzimmer gehen werde. Ich sehe eine äußerst interessante Versuchsreihe vor mir und brenne darauf, damit zu beginnen.

27. März. Ein freier Tag, da Miss Penelosa mit Wilson und seiner Frau zu den Suttons geht. Habe den *Animalischen Magnetismus* von Binet und Ferré zu lesen begonnen. Was für eine sonderbare, geheimnisvolle Materie! Resultate noch und noch – doch die Ursachen bleiben absolute Mysterien. Das alles regt die Phantasie an, aber ich muß dabei auf der Hut sein. Schließlich wollen wir ja keine Folgerungen oder Schlüsse ziehen, sondern nur solide Fakten haben. Ich weiß, daß die hypnotische Trance eine Tatsache ist, ich weiß, daß die hypnotische Suggestion eine Tatsache ist, und ich kenne meine eigene Empfänglichkeit für derartige Einwirkungen. Das ist mein gegenwärtiger Standpunkt. Ich habe ein neues dickes

Notizbuch angelegt, in dem ich all die wissenschaftlichen Einzelheiten festhalten will.

Abends ein langes Gespräch mit Agatha und Mrs. Marden über unsere Verheiratung. Wir erachten den Beginn der Sommerferien als die beste Zeit für die Hochzeit. Wozu noch länger warten? Mir sind schon die paar Monate zuviel. Allerdings muß, wie Mrs. Marden sagte, noch mancherlei geregelt werden.

28. März. Habe mich erneut von Miss Penelosa hypnotisieren lassen. Fast das gleiche Erlebnis wie beim vorigen Mal, nur trat der Verlust des Bewußtseins schneller ein. Professor Wilson hielt Raumtemperatur, Luftdruck, Puls und Atmung fest – siehe Notizbuch A.

29. März. Wieder hypnotisiert worden. Einzelheiten siehe Notizbuch A.

30. März. Sonntag – und wieder ein freier Tag. Ich bedauere jede Unterbrechung unserer Versuche. Gegenwärtig gelten sie lediglich den physischen Symptomen, die beim partiellen, weitgehenden und extremen Wahrnehmungsverlust auftreten. Anschließend wollen wir uns den Phänomenen der Suggestion und der Luzidität zuwenden. Professoren haben solche Erscheinungen an Frauen in Nancy und Salpetrière demonstriert. Die Demonstration dürfte überzeugender ausfallen, wenn eine Frau sie an einem Professor vorführt und ein zweiter Professor dabei als Zeuge fungiert. Und ich als Versuchsperson – ich, der Skeptiker, der Materialist! Zumindest stelle ich damit unter Beweis, daß mir der Dienst an der Wissenschaft mehr bedeutet als mein persönliches Fortkommen. Die schonungslose Korrektur eigener Irrtümer ist das größte Opfer, das uns die Suche nach der Wahrheit je abverlangen kann.

Mein Nachbar Charles Sadler, der stattliche junge Prosektor der Anatomie, kam heute abend herauf, um mir einen Band von *Virchows Archiv* zurückzubringen, den ich ihm geliehen hatte. Ich nenne ihn zwar jung, aber in Wirklichkeit ist er ein Jahr älter als ich.

»Wie ich höre, Gilroy«, sagte er, »experimentiert Miss Penelosa mit Ihnen.«

»Nun«, fuhr er fort, als ich es bestätigte, »wenn ich Sie wäre, würde ich damit auf der Stelle Schluß machen. Sie halten mich sicher für sehr impertinent, aber ich denke, es ist meine Pflicht, Ihnen zu raten, den Umgang mit ihr abzubrechen.«

Natürlich fragte ich, warum.

»Leider bin ich nicht in der Lage, so auf Einzelheiten einzugehen, wie ich es wünschte«, sagte er. »Miss Penelosa ist die Freundin eines Freundes, deshalb bin ich in einer heiklen Situation. Ich darf Ihnen nur soviel verraten: Ich war selbst Versuchsperson bei Experimenten dieser Frau und habe dabei einen höchst unerfreulichen Eindruck gewonnen.«

Er konnte natürlich nicht erwarten, daß mich diese Auskunft befriedigt, und ich versuchte ihn zu konkreten Aussagen zu bewegen, doch vergebens. Es wäre vorstellbar, daß er auf mich eifersüchtig ist, weil ich ihn verdrängt habe! Oder gehört er einfach zu der Sorte von Wissenschaftlern, die sich persönlich beleidigt fühlen, wenn die Tatsachen sich anders entwickeln als erwartet? Meint er wirklich, ich unterbreche eine so erfolgversprechende Serie von Experimenten, nur weil er irgendeinen undefinierbaren Groll hegt? Er schien verärgert, als ich seine düstere Warnung leichthin abtat, und wir trennten uns ziemlich kühl.

31. März. Hypnotisiert von Miss P.

1. April. Hypnotisiert von Miss. P. (Notizbuch A).

2. April. Hypnotisiert von Miss P. (Professor Wilson machte dabei eine Aufzeichnung mit dem Pulsschreiber.)

3. April. Wahrscheinlich stellen diese ständigen Hypnosesitzungen eine gewisse Belastung für meine allgemeine Konstitution dar. Agatha meint, ich sei magerer geworden und hätte dunkle Ringe um die Augen. Ich selbst bemerke an mir eine leichte nervöse Reizbarkeit, die ich früher nicht kannte. Zum Beispiel zucke ich beim geringsten Geräusch zusammen, und die Begriffsstutzigkeit eines Studenten erzürnt mich, anstatt mich zu amüsieren. Agatha möchte, daß ich aufhöre; ich habe ihr jedoch erklärt, daß jede Forschungsarbeit anstrengend ist und man unmöglich ein Ergebnis erreichen kann, ohne einen

bestimmten Preis dafür zu zahlen. Wenn sie erlebt, welche Sensation mein geplanter Aufsatz »*Zur Beziehung zwischen Geist und Materie*« hervorruft, wird sie einsehen, daß sich das bißchen Nervenverschleiß gelohnt hat. Würde mich gar nicht wundern, wenn man mich dafür zum Mitglied der Royal Society machte.

Am Abend erneut hypnotisiert worden. Der Effekt tritt nun wesentlich schneller ein und wird von weniger deutlichen subjektiven Visionen begleitet. Ich mache mir von jeder Sitzung ausführliche Notizen. Wilson fährt für die nächsten sieben bis zehn Tage in die Stadt, aber wir werden die Experimente deswegen nicht unterbrechen. Ihr Wert hängt ja genauso von meinen Wahrnehmungen wie von seinen Beobachtungen ab.

4. April. Jetzt heißt es unbedingt auf der Hut sein. Eine Komplikation, mit der ich nicht gerechnet habe, ist bei unseren Experimenten entstanden. In meinem Bemühen um wissenschaftliche Fakten habe ich dummerweise die menschlichen Beziehungen zwischen mir und Miss Penelosa außer acht gelassen. Ich schreibe nieder, was ich keiner Menschenseele verraten würde: Die unglückliche Frau scheint sich in mich verliebt zu haben.

Ich würde die Sache nicht einmal der Verschwiegenheit meines privaten Tagebuchs anvertrauen, wäre das Ganze nicht inzwischen so weit gediehen, daß ein weiteres Ignorieren unmöglich ist. Seit geraumer Zeit – seit einer Woche, um genau zu sein – gab es gewisse Anzeichen, die ich jedoch beiseite geschoben und nicht weiter beachtet habe: ihre Freude, wenn ich kam, ihr Bedauern, wenn ich ging, ihr Drängen, ich möge sie öfter besuchen, der Ausdruck ihrer Augen, der Tonfall ihrer Stimme. Ich versuchte mir einzureden, sie bedeuteten nichts, sie seien vielleicht lediglich Äußerungen ihres feurigen westindischen Temperaments. Aber gestern abend, während des Erwachens aus der Hypnose, streckte ich unbewußt und unwillkürlich meine Hand aus und ergriff die ihre. Als ich wieder bei klarem Bewußtsein war, saßen wir uns händehaltend gegenüber, und sie lächelte mich erwartungsvoll an. Und das furchtbarste: Ich fühlte den Drang, ihr das zu sagen, was sie von mir erwartete. Was für ein Lump wäre ich um ein Haar geworden! Wie hätte ich mich heute verachtet, wenn ich diesem momentanen Verlangen nachgegeben hätte! Doch gottlob war ich stark genug, aufzuspringen und aus dem Zimmer zu eilen. Ich fürchte, ich benahm mich schroff ihr gegenüber, hätte mich aber – nein, wirklich, keinen Moment länger beherrschen können. Ich, ein Gentleman, ein Mann von Ehre, verlobt mit einem der süßesten Mädchen von ganz England – und doch drauf und dran, in einem Moment grundloser Gefühlsaufwallung einer Frau, die ich kaum kenne, eine Liebeserklärung zu machen! Sie ist viel älter als ich und hat ein verkrüppeltes Bein. Es ist monströs, abscheulich, aber der Impuls war so stark, daß ich es getan hätte, wenn ich auch nur eine Minute länger in ihrer Nähe geblieben wäre. Was war das? Ich lehre andere, wie unser Organismus funktioniert, aber was weiß ich von mir selbst? War es das plötzliche Auftauchen einer tiefen, verborgenen Schicht meines Wesens – das Hervorbrechen eines brutalen, primitiven Instinkts? Ich bin fast geneigt, an die Wundergeschichten von Besessenheit durch böse Geister zu glauben, so überwältigend war das Gefühl.

Nun, der Zwischenfall bringt mich in eine äußerst bedauerliche Lage. Einerseits würde ich nur höchst ungern die Versuchsreihe einstellen, die bereits so weit gediehen ist und derartig brillante Ergebnisse verspricht. Andererseits, wenn diese arme Frau eine leidenschaftliche Zuneigung zu mir gefaßt hat – aber nein, sicher bin ich einem schrecklichen Irrtum aufgesessen. Eine Frau ihres Alters, und mit diesem Gebrechen! Es ist unmöglich. Außerdem wußte sie über Agatha Bescheid. Ihr war von Anfang an bekannt, wie ich zu Agatha stehe. Wahrscheinlich hat sie nur amüsiert gelächelt, als ich, noch etwas benommen, ihre Hand ergriff. Es war wohl mein noch halb hypnotisiertes Hirn, das der Situation eine Bedeutung verlieh und sich mit teuflischer Geschwindigkeit darauf einstellte. Ich wünschte, ich könnte mich überzeugen, daß es sich wirklich so verhielt. Alles in allem wäre es vielleicht am klügsten, unsere

Experimente bis zu Wilsons Rückkehr auszusetzen. Ich habe Miss Penelosa eine Nachricht geschickt, in der ich den Zwischenfall von gestern abend nicht erwähnte, sondern nur erklärte, eine dringende Arbeit zwinge mich, die Sitzungen für einige Tage zu unterbrechen. Sie antwortete recht förmlich, falls ich meine Meinung änderte, träfe ich sie um die gewohnte Zeit zu Hause an.

22 Uhr. Meine Güte, was bin ich bloß für ein schwankender Halm! Ich lerne mich in letzter Zeit immer besser kennen, und je mehr ich über mich erfahre, desto tiefer sinke ich in meiner Selbstachtung. Ich war gewiß nicht immer so schwach. Um vier Uhr nachmittags hätte ich bloß gelächelt, wenn mir jemand prophezeit hätte, ich würde heute zu Miss Penelosa gehen; dennoch stand ich wie jeden Abend um acht vor Wilsons Tür. Ich weiß selbst nicht, wie es dazu kam. Durch die Macht der Gewohnheit, nehme ich an. Vielleicht gibt es eine Hypnosesucht, ähnlich der Morphiumsucht, und ich bin ihr Opfer. Ich weiß nur, daß ich am Schreibtisch saß und arbeitete und dabei immer unruhiger wurde. Ich rutschte hin und her. Ich quälte mich. Aber ich konnte mich einfach nicht auf die Papiere vor mir konzentrieren. Und ehe ich wußte, was ich tat, ergriff ich meinen Hut und eilte zu unserer üblichen Sitzung.

Wir verbrachten einen interessanten Abend. Mrs. Wilson war die meiste Zeit zugegen, was die Verlegenheit milderte, die zumindest einer von uns verspürte. Miss Penelosas Verhalten erschien mir ganz wie immer. Sie äußerte kein Erstaunen darüber, daß ich trotz meiner Absage gekommen war. Nichts an ihrem Auftreten deutete darauf hin, daß der gestrige Vorfall irgendeinen Eindruck bei ihr hinterlassen hatte; deshalb neige ich zu der Hoffnung, die Sache überbewertet zu haben.

6. April (abends). Nein, nein, ich habe sie keineswegs überbewertet. Ich kann nicht länger die Augen davor verschließen, daß diese Frau mir leidenschaftlich zugetan ist. Es ist unerhört, aber wahr. Auch heute abend wieder, als ich aus der Trance erwachte, fand ich meine Hand in der ihren und verspürte den widerwärtigen Drang, meine Ehre, meine Karriere – einfach

alles – fortzuwerfen für dieses Geschöpf, das, wie ich wohl sehe, sobald ich ihrem Einfluß entronnen bin, nicht die Spur eines Reizes besitzt. Doch in ihrer Nähe merke ich dies nicht. Sie weckt etwas in mir – etwas Böses –, über das ich kaum nachzudenken wage. Sie lähmt auch gleichzeitig meine guten Anlagen, während sie die schlechten stimuliert. Der Umgang mit ihr ist entschieden schädlich für mich.

Diesmal kam es noch schlimmer. Anstatt zu fliehen, blieb ich doch tatsächlich eine Weile Hand in Hand mit ihr sitzen und plauderte mit ihr über ganz intime Dinge. Wir sprachen unter anderem über Agatha. Was war bloß in mich gefahren? Miss Penelosa sagte, Agatha sei konventionell, und ich pflichtete ihr bei! Sie sprach noch zwei- oder dreimal geringschätzig von ihr, und ich protestierte nicht. Was bin ich nur für ein Schuft!

Wenn ich mich auch als Schwächling erwiesen habe, so bringe ich doch immerhin noch die Kraft auf, der Sache ein Ende zu setzen. Es soll nicht noch einmal geschehen. Ich habe Verstand genug, um mich zurückzuziehen, wenn ich nicht dagegen ankämpfen kann. Vom heutigen Sonntag an werde ich an keiner Sitzung mit Miss Penelosa mehr teilnehmen. Nie mehr! Ich verzichte auf die Experimente, pfeife auf die Forschung, nichts rechtfertigt diesen monströsen Drang, der mich so erniedrigt. Ich werde Miss Penelosa nichts sagen, sondern ihr einfach fernbleiben. Sie wird sich den Grund selbst denken können.

7. April. Bin nicht hingegangen, wie beabsichtigt. Natürlich ist es schade, solch eine interessante Versuchsreihe abzubrechen, aber noch schlimmer wäre es, wenn ich mein Leben ruinierte, und ich weiß genau, daß ich mir in bezug auf diese Frau nicht trauen kann.

23 Uhr. Gott stehe mir bei! Was ist bloß mit mir los! Werde ich allmählich wahnsinnig? Ich muß versuchen, mich zu beruhigen, und alles durchdenken. Doch zunächst sei genau festgehalten, was geschah.

Es war kurz vor acht Uhr abends, als ich die ersten Zeilen der heutigen Eintragung schrieb. Da ich mich sonderbar unruhig und unzufrieden fühlte, verließ ich die Wohnung, um den Abend mit Agatha und ihrer Mutter zu verbringen. Beide meinten, ich sähe blaß und abgemagert aus. Gegen neun kam Professor Pratt-Haldane, und wir begannen eine Partie Whist. Ich gab mir große Mühe, mich auf die Karten zu konzentrieren, doch das Gefühl der Rastlosigkeit wuchs und wuchs – bis es unmöglich wurde, dagegen anzukämpfen. Ich konnte einfach nicht ruhig am Tisch sitzen. Schließlich warf ich mitten in einem Handspiel die Karten nieder, stammelte eine unzusammenhängende Entschuldigung über eine vergessene Verabredung und stürzte aus dem Zimmer. Wie in einem Traum, so erinnere ich mich vage, hastete ich durch die Halle, riß meinen Hut vom Garderobenständer und knallte die Tür hinter mir zu. Ebenfalls undeutlich wie eine Traumerinnerung sind mir zwei Gaslaternenreihen im Gedächtnis haftengeblieben, und meine schlammbespritzten Schuhe bestätigen mir, daß ich mitten auf der Straße gerannt sein muß. Alles war nebelhaft und sonderbar und unwirklich. Ich erreichte Wilsons Haus, sah Mrs. Wilson und traf Miss Penelosa. Ich weiß kaum mehr, worüber wir uns unterhielten, doch ich erinnere mich, daß sie mir scherzhaft mit der Krücke drohte und mir vorwarf, ich komme zu spät und ich verlöre das Interesse an unseren Experimenten. Wir verzichteten auf das Hypnotisieren, trotzdem blieb ich eine gewisse Zeit und bin eben erst zurückgekehrt.

Mein Verstand ist jetzt wieder ganz klar, und ich kann analysieren, was mir widerfuhr. Es wäre absurd, immer noch alles mit bloßer Schwäche oder Macht der Gewohnheit erklären zu wollen. Das habe ich gestern versucht, aber es trifft die Sache nicht. Etwas viel Tiefgründigeres und Gefährlicheres steckt dahinter. Als ich also bei Mardens am Whisttisch saß, zog es mich fort, als hätte mir jemand eine Schlinge übergeworfen. Ich muß es mir endlich eingestehen: Die Frau hat mich in ihrer Gewalt. Ich zappele in ihrem Netz. Jetzt kommt es darauf an, kühlen Kopf zu bewahren und gründlich zu überlegen, was ich am besten dagegen tun kann.

Was war ich nur für ein blinder Idiot! In meinem Enthusiasmus für meine Forschung bin ich geradewegs in die Fallgrube hineingetappt, obwohl sie ganz offen vor mir lag. Hat die Frau mich nicht selbst gewarnt? Hat sie mir nicht gesagt – so steht es ja auch in meinen Eintragungen –, sie könne Macht über jemanden gewinnen und ihn ihrem Willen unterwerfen? In meinem Fall hat sie es tatsächlich geschafft. Ich bin dieser Kreatur mit der Krücke gegenwärtig vollständig ausgeliefert. Ich muß zu ihr eilen, wenn sie es will. Ich muß tun, was sie will. Und das Schlimmste: Ich muß so fühlen, wie sie will. Ich hasse und verachte sie, doch sobald sie mich verhext, bringt sie mich zweifelsohne dazu, sie zu lieben.

Eine gewisse Beruhigung ist mir der Gedanke, daß all diese niedrigen Begierden, wegen derer ich mich gescholten habe, gar nicht wirklich aus mir kommen. Sie werden mir, was ich damals noch nicht ahnen konnte, von ihr übermittelt. Der Gedanke erleichtert mich, und ich fühle mich sauberer.

8. April. Jawohl, jetzt im hellen Tageslicht, da ich ganz ruhig bin und mir Zeit zum Überlegen nehme, muß ich alles bestätigen, was ich gestern abend in mein Journal schrieb. Ich bin wirklich in einer furchtbaren Situation, aber das wichtigste ist jetzt, nicht den Kopf zu verlieren. Ich muß mich mit meiner Intelligenz gegen ihre Kräfte wehren. Schließlich bin ich keine leblose Marionette, die an Fäden tanzt. Ich besitze Energie, Verstand, Courage. Trotz ihrer teuflischen Tricks kann ich sie schlagen. Kann? Ich muß, was soll sonst aus mir werden?

Die Sache will überlegt sein. Diese Frau kann, wie sie selbst erklärt, mein Nervensystem beherrschen. Sie vermag sich selbst in meinen Körper zu projizieren und ihm Befehle zu erteilen. Sie hat eine parasitäre Seele, ja sie ist ein Parasit, ein monströser Schmarotzer. Sie kriecht in meinen Körper, wie der Einsiedlerkrebs in das Gehäuse der Wellhornschnecke kriecht. Ich bin machtlos! Was kann ich nur tun? Ich muß mich gegen Kräfte wehren, von denen ich nichts weiß. Und ich kann niemandem von meiner Bedrängnis erzählen. Man würde mich für verrückt erklären. Wenn sich das herumspricht, teilt mir die Universität sicherlich noch mit, daß sie keinen Bedarf an einem übergeschnappten Professor hat. Und Agatha! Nein, nein, ich muß allein damit fertigwerden.

Ich las in meinen Notizen noch einmal nach, was die Frau über ihre Kräfte gesagt hat. Besonders eine Stelle erfüllt mich mit Sorge. Sie erklärt dort, daß die Versuchsperson bei schwacher Beeinflussung weiß, was sie tut, aber nicht anders handeln kann, während sie unter starkem Einfluß absolut bewußtlos ist. Ich wußte immer, was ich tat, obgleich gestern abend weniger als bei der Gelegenheit davor. Das scheint zu bedeuten, daß sie noch nie ihre gesamten Kräfte bei mir eingesetzt hat. War je schon ein Mensch in solch einer Lage? Ja, möglicherweise, und zwar jemand ganz in meiner Nähe. Charles Sadler muß darüber Bescheid wissen! Seine nebulösen Worte bekommen auf einmal Bedeutung. O hätte ich damals nur auf ihn gehört, anstatt mit diesen Sitzungen dazu beizutragen, Glied um Glied der Kette zu schmieden, die mich jetzt fesselt. Doch ich will ihn heute noch aufsuchen. Ich werde mich dafür entschuldigen, daß ich seine Warnung auf die leichte Schulter nahm. Es wird sich zeigen, ob er mir raten kann.

16 Uhr. Nein, das kann er nicht. Ich habe mit ihm gesprochen, aber schon bei den ersten Worten, mit denen ich mein unerhörtes Geheimnis andeutete, blickte er so erstaunt, daß ich sofort abbrach. Wenn ich ihn recht verstanden habe (ich muß mir alles aus Andeutungen und Folgerungen zusammenreimen, denn er drückte sich nicht klar aus), beschränkt sich sein Erlebnis auf ein paar Worte und Blicke, wie sie auch mich anfänglich irritierten. Allein schon der Umstand, daß er selbst den Umgang mit Miss Penelosa beendete, zeigt, daß er nie wirklich in ihren Fängen war. O wenn er wüßte, wem er da entronnen ist! Das hat er seinem phlegmatischen saxonischen Temperament zu verdanken. Ich jedoch bin schwarzhaarig, ein keltischer Typ, und die Hexe hat ihre Krallen tief in mich geschlagen. Lassen sie sich überhaupt noch lösen? Werde ich jemals wieder derselbe Mann sein, der ich noch vor knapp zwei Wochen war?

Welche Möglichkeiten bleiben mir? Ich kann die Universität

nicht mitten im Trimester verlassen. Wenn ich keine Lehrverpflichtungen hätte, wüßte ich, was ich täte. Ich packte schleunigst meine Koffer und verreiste nach Persien. Aber würde sie mich fortlassen? Und könnte sie mich mit ihrem Einfluß nicht auch in Persien erreichen und zurück in die Reichweite ihrer Krücke holen? Was sie mit ihren höllischen Kräften vermag, werde ich wohl nur durch eigene, bittere Erfahrungen kennenlernen. Aber ich will kämpfen, kämpfen und nochmals kämpfen – was bleibt mir anderes übrig?

Ich weiß sehr wohl, daß heute abend gegen acht Uhr das Verlangen nach ihrer Gesellschaft – jene unbezähmbare Unruhe – über mich kommen wird. Wie soll ich mich dagegen wehren? Was kann ich tun? Ich muß es mir unmöglich machen, die Wohnung zu verlassen. Ich schließe einfach die Tür ab und werfe den Schlüssel aus dem Fenster. Aber was wird dann morgen früh? Ach was, ich pfeife auf morgen. Ich muß um jeden Preis die Kette sprengen, die mich hält.

9. April. Sieg! Der Plan hat wunderbar funktioniert! Gestern abend um sieben aß ich schnell noch etwas, dann schloß ich mich im Schlafzimmer ein und ließ den Schlüssel in den Garten fallen. Ich nahm mir einen unterhaltsamen Roman, lag drei Stunden wach im Bett und versuchte zu lesen, war jedoch schrecklich nervös, weil ich jeden Augenblick das Einsetzen des Impulses erwartete. Es geschah aber nichts dergleichen, und ich erwachte heute früh mit dem Gefühl, einen schwarzen Alb abgeschüttelt zu haben. Vielleicht hat die Kreatur begriffen, welche Vorkehrungen ich getroffen habe, und eingesehen, daß es aussichtslos wäre, mich beeinflussen zu wollen. Wie dem auch sei, ich habe sie geschlagen, und was mir einmal gelang, sollte mir jederzeit wieder gelingen.

Das mit dem Schlüssel war ziemlich unangenehm am Morgen. Glücklicherweise entdeckte ich unten einen Gärtnergehilfen und bat ihn, mir den Schlüssel heraufzuwerfen. Er dachte sicher, er sei mir gerade aus der Hand geglitten. Wenn es sein muß, lasse ich Fenster und Türen vernageln und engagiere sechs kräftige Männer, die mich im Bett festhalten, aber diese

Hexe soll mich nicht mehr herumkommandieren! Am Nachmittag erhielt ich eine Nachricht von Mrs. Marden, in der sie um meinen Besuch bat. Ich hatte ohnehin vor hinzugehen, freilich ohne zu ahnen, daß es schlechte Neuigkeiten geben würde. Die Armstrongs, von denen Agatha ein Erbteil zu erwarten hat, kehren mit der *Aurora* von Adelaide zurück. Sie haben geschrieben und die Mardens nach London eingeladen. Die beiden Frauen werden etwa vier bis sechs Wochen bleiben und, da die *Aurora* am Mittwoch anlegt, unverzüglich aufbrechen – morgen schon, falls sie bis dahin mit ihren Vorbereitungen fertig sind. Mein einziger Trost ist, daß es nach unserem Wiedersehen keine Trennung mehr zwischen mir und Agatha geben wird.

»Um eines muß ich dich bitten, Agatha«, sagte ich, als wir beide allein waren. »Solltest du Miss Penelosa treffen, in der Stadt oder hier, laß dich nie wieder von ihr hypnotisieren. Versprich mir das.«

Agatha riß die Augen auf.

»Aber du sagtest doch erst neulich, alles sei ungemein interessant und du seist entschlossen, die Experimente bis zum Schluß durchzuführen!«

»Ich weiß, aber inzwischen habe ich meine Meinung geändert.«

»Du hörst also auf damit?«

»Ja.«

»Ich bin ja so froh darüber, Austin. Du weißt gar nicht, wie blaß und überarbeitet du in letzter Zeit aussiehst. Dies war wirklich unser Hauptbedenken bezüglich unserer Reise nach London, weil wir dich in diesem Zustand nicht allein lassen wollten. Auch dein Verhalten war manchmal so seltsam – denk bloß an den Abend, als du den armen Professor Pratt-Haldane mitten im Kartenspiel sitzenließest. Ich bin überzeugt, diese Experimente sind sehr schädlich für deine Nerven.«

»Das denke ich auch, Liebes.«

»Und für Miss Penelosas Nerven ebenso. Hast du gehört, daß sie krank ist?«

»Nein.«

»Mrs. Wilson erzählte es uns gestern abend. Ein Nervenfieber, meinte sie. Professor Wilson kommt diese Woche zurück, und Mrs. Wilson ist sehr darum besorgt, daß es Miss Penelosa bis dann wieder bessergeht, denn ihr Mann hat ein ziemlich umfangreiches Programm von Experimenten vor, das er unbedingt durchziehen will.«

Ich war froh, Agathas Versprechen zu haben, denn es reichte, wenn jenes Weib einen von uns beiden in ihren Krallen hielt. Andererseits irritierte mich die Nachricht von Miss Penelosas Krankheit. Denn sie entwertet den Sieg, den ich gestern abend errungen zu haben glaubte. Ich erinnere mich, wie sie sagte, gesundheitliche Beeinträchtigungen schwächten auch ihre hypnotischen Kräfte. Das muß der Grund sein, weshalb ich mich so leicht behaupten konnte. Na schön, dann werde ich also dieselben Vorsichtsmaßnahmen auch heute abend treffen müssen und abwarten, was passiert. Ich verspüre eine kindische Furcht, wenn ich an sie denke.

10. April. Auch gestern abend ging alles glatt. Das Gesicht des Gärtners amüsierte mich, als ich ihn heute früh erneut rufen und bitten mußte, mir den Schlüssel heraufzuwerfen. Die Hausangestellten werden mir einen Spottnamen anhängen, wenn das so weitergeht. Aber das wichtigste ist, daß ich in der Wohnung blieb und nicht den geringsten Versuch machte, sie zu verlassen. Ich glaube wirklich, ich schüttele meine Fesseln allmählich ab – oder liegt es vielleicht nur daran, daß dieser Frau die hypnotischen Kräfte fehlen, solange sie krank ist? Ich kann nur beten und das Beste hoffen.

Die Mardens sind heute vormittag abgereist, und mir ist, als hätte die Frühlingssonne ihren Glanz eingebüßt. Freilich ist es auch so noch wunderschön, wenn sie auf die grünen Kastanien vor meinem Fenster scheint und dem dicken, flechtenbewachsenen Gemäuer des alten Colleges einen Hauch von Heiterkeit verleiht. Wie anmutig, sanft und wohltuend die Natur sein kann! Wer würde glauben, daß sie aber auch dunkle Mächte und tückische Möglichkeiten in sich birgt! Denn selbstverständlich halte ich diese böse Sache, in die ich da hineingeraten bin, weder für übersinnlich noch für übernatürlich. Nein, es ist eine Naturkraft, die von dieser Frau genutzt, von der Öffentlichkeit jedoch ignoriert wird. Schon die Tatsache, daß diese Kräfte entsprechend Miss Penelosas gesundheitlicher Verfassung nachlassen, zeigt, daß sie physiologischen Gesetzmäßigkeiten unterworfen sind. Hätte ich genügend Zeit, würde ich sie gründlich erforschen und gewiß auch ein Gegenmittel finden. Aber den Tiger, der einen in den Klauen hält, kann man nicht mehr zähmen. Man kann höchstens versuchen, sich ihm zu entwinden. Manchmal, wenn ich in den Spiegel schaue und meine dunklen Augen und meine fein gezeichneten, spanisch wirkenden Gesichtszüge betrachte, wünschte ich, mein Gesicht wäre von einem Spritzer Vitriol oder von Blattern verunstaltet. Das eine oder das andere hätte mich vor dieser Kalamität bewahrt.

Ich nehme an, daß ich heute abend mit ernsten Schwierigkeiten rechnen muß. Ich befürchte es aus zwei Gründen. Zum einen, weil ich Mrs. Wilson auf der Straße traf und sie mir sagte, es gehe Miss Penelosa schon besser, wenngleich sie noch etwas schwach sei. Ich ertappe mich dabei, wie ich in meinem Herzen wünsche, dies möge ihre letzte Krankheit gewesen sein. Zum anderen kommt Professor Wilson in ein oder zwei Tagen zurück und wird durch seine Anwesenheit ihre Möglichkeiten einengen. Wenn wieder eine dritte Person bei unseren Sitzungen zugegen ist, habe ich nichts von ihr zu befürchten. Aus diesen beiden Gründen also ahne ich heute abend Unannehmlichkeiten und treffe dieselben Vorsichtsmaßnahmen wie zuvor.

11. April. Nein, Gott sei Dank ist gestern abend alles gut gegangen! Ich hatte nicht den Mut, noch einmal den Gärtner zu bemühen. Deshalb schob ich den Schlüssel unter der abgeschlossenen Wohnungstür hindurch, so daß ich am Morgen das Dienstmädchen bitten mußte aufzusperren. Freilich wäre diese Vorkehrung gar nicht nötig gewesen, denn ich spürte überhaupt kein Verlangen auszugehen. Drei Abende hinter-

einander zu Hause geblieben! Sicher wird die Gefahr in Kürze vorüber sein, denn Wilson kommt heute oder morgen zurück. Ob ich ihm erzähle, was ich durchgemacht habe? Ich bin sicher, daß ich von ihm nicht das geringste Mitgefühl erwarten darf. Er wird mich lediglich als einen interessanten Fall betrachten und bei der nächsten Sitzung der Psychischen Gesellschaft einen Vortrag über mich halten, in dem er lang und breit die Frage erörtert, ob ich ein vorsätzlicher Lügner sei oder im ersten Stadium des Wahnsinns befindlich. Nein, Wilson wäre wahrhaftig keine Hilfe für mich.

Ich fühle mich wundervoll frisch und ausgeruht. Meine Vorlesung habe ich mit einem Feuer gehalten wie selten zuvor. Ach, wenn es mir doch gelänge, diesen Schatten aus meinem Leben zu verbannen – wie glücklich könnte ich sein! Ich bin jung, einigermaßen wohlhabend, beruflich in einer guten Position, verlobt mit einem wunderschönen, reizenden Mädchen – habe ich nicht alles, was ein Mann sich wünschen kann? Nur eine einzige Sache bedrückt mich, aber die hat es in sich!

Mitternacht. Ich werde verrückt. Jawohl, so wird es enden. Ich werde verrückt. Weit bin ich nicht mehr davon entfernt. Es pocht in meinem Kopf, während ich ihn auf meine heiße Hand stütze. Ich zittere am ganzen Körper, wie ein verängstigtes Pferd. Oh, was für eine Nacht! Trotzdem habe ich auch einigen Grund, mit mir zufrieden zu sein.

Das Risiko in Kauf nehmend, zum Gespött meiner Angestellten zu werden, sperrte ich mich wieder ein für die Nacht und schob den Schlüssel unter der Tür hindurch. Dann – ich fand es noch zu früh zum Zubettgehen – legte ich mich angekleidet hin und begann einen Roman von Dumas zu lesen. Plötzlich wurde ich gepackt – gepackt und von der Couch gezerrt. Nur so kann ich den überwältigenden Sog beschreiben, der mich erfaßte. Ich krallte mich im Polster fest, ich umklammerte die hölzerne Lehne. Ich glaube, ich schrie in meiner Not. Alles war zwecklos – hoffnungslos. Ich mußte gehen. Mir blieb keine Wahl. Nur am Anfang vermochte ich noch Widerstand zu leisten. Bald wurde die Kraft zu stark dafür. Ich danke Gott, daß ich keine Wärter engagiert habe, denn ich weiß nicht, was ich denen angetan hätte. Und mit dem Drang auszubrechen stellte sich auch die kühlste und schärfste Überlegung zur Wahl der geeigneten Mittel ein. Ich zündete eine Kerze an, kniete mich vor der Tür nieder und versuchte den Schlüssel mit dem gefiederten Ende eines Schreibfederkiels zurückzuholen. Die Feder war etwas zu kurz und schob den Schlüssel weiter weg. Ruhig und beharrlich durchsuchte ich das Zimmer, fand in einem Schubfach einen Brieföffner, und damit gelang es mir, den Schlüssel hereinzuziehen. Ich schloß die Tür auf, ging hinüber ins Arbeitszimmer, nahm eine Photographie von mir aus dem Schreibtisch, kritzelte etwas darauf, steckte sie in die Innentasche meines Mantels und machte mich auf den Weg zu den Wilsons.

Ich erlebte alles mit wundervoller Klarheit, doch das Ganze wirkte abgehoben von meinem normalen Leben, etwa wie der Inhalt eines äußerst lebendigen Traums. Ein eigentümliches doppeltes Bewußtsein beherrschte mich. Da war der übermächtige fremde Wille, der mich an die Seite seiner Urheberin zog. Dagegen sträubte sich eine schwächere Persönlichkeit, in der ich mich selbst erkannte. Sie stemmte sich hilflos gegen die bezwingende Gewalt, wie ein kleiner Terrier, der an seiner Leine zerrt. Ich entsinne mich, daß ich diese beiden widerstreitenden Bestrebungen wahrnahm, doch wie ich den Weg zurücklegte oder wer mich in das Haus einließ, weiß ich nicht. Sehr lebhaft erinnere ich mich allerdings daran, wie ich Miss Penelosa antraf. Sie saß zurückgelehnt auf dem Sofa in ihrem kleinen Boudoir, in dem wir unsere Experimente durchzuführen pflegten. Den Kopf hatte sie auf eine Hand gestützt und eine tigerfellartig gemusterte Decke halb über sich gezogen. Als ich eintrat, blickte sie erwartungsvoll auf. Dabei fiel das Lampenlicht auf ihr Gesicht, und ich sah, daß es blaß und mager war, mit dunklen Vertiefungen unter den Augen. Sie lächelte und wies auf einen Schemel neben sich. Sie streckte dabei ihre linke Hand aus, und ich stürzte eifrig vor, ergriff sie und – es widert mich an, wenn ich daran zurückdenke – preßte sie leidenschaftlich an meine Lippen. Dann hockte ich mich auf den Schemel, gab ihr, immer noch ihre Hand haltend, das Photo, das ich mitgebracht hatte, und dabei redete ich, redete und redete – von meiner Liebe zu ihr, von meiner Trauer über ihre Krankheit, von meiner Freude über ihre Genesung, von meinem Bedauern über jeden Abend, den ich nicht bei ihr war. Sie lag ruhig da und blickte mit gebieterischen Augen und ihrem selbstgefälligen Lächeln auf mich herab. Wenn ich mich recht erinnere, fuhr sie mir einmal mit der Hand übers Haar – etwa so, wie man einen braven Hund streichelt. Und die Liebkosung gefiel mir! Sie ließ mich erbeben. Ich war mit Leib und Seele ihr Sklave und suhlte mich in jenem Moment wollüstig in dieser Rolle.

Und dann kam der Umschwung, den ich segne. Man sage ja nie, es gebe keine göttliche Vorsehung. Ich war drauf und dran, mich ins Verderben zu stürzen. Ich stand am Rande des Abgrunds. War es ein Zufall, der mir just in diesem Augenblick zur Hilfe kam? Nein, nein, nein, es gibt eine Vorsehung. Die Hand Gottes hat mich zurückgehalten. Es existiert etwas im Universum, das mächtiger ist als diese Frau mit ihren Listen. Ah, dieser Gedanke ist Balsam für meine Seele!

Während ich unverwandt zu ihr aufschaute, bemerkte ich, wie eine Veränderung mit ihr vorging. Ihr Gesicht, das ohnehin schon blaß aussah, wirkte auf einmal totenbleich. Ihre Augen wurden stumpf, die Lider sanken ihr schwer herab. Vor allem war der Ausdruck unerschütterlichen Selbstvertrauens aus ihren Zügen gewichen. Ihr Mund entspannte sich. Ihre Stirn kräuselte sich. Sie wirkte erschreckt und unschlüssig. Und während ich die Veränderung verfolgte, regte und sträubte sich meine eigene Seele und versuchte sich mit aller Macht aus dem Griff zu befreien, der sie umfaßte – einem Griff, der nun von Sekunde zu Sekunde lockerer wurde.

»Austin«, flüsterte sie, »ich habe mir zuviel zugemutet. Ich war nicht stark genug. Meine Krankheit ist noch nicht überwunden. Aber ich hielt es nicht länger aus ohne dich. Verlaß mich nicht, Austin. Es ist nur eine vorübergehende Schwäche.

In fünf Minuten bin ich wieder ich selbst. Reich mir die kleine Karaffe vom Tisch am Fenster.«

Doch ich hatte die Kontrolle über mich zurückgewonnen. Mit ihrer schwindenden Kraft hatte auch ihr Einfluß nachgelassen und mich freigegeben. Und ich fühlte mich aggressiv – erbittert, extrem angriffslustig. Einmal wenigstens wollte ich dieser Frau klarmachen, was ich wirklich für sie empfand. Meine Seele loderte vor Haß – so lichterloh wie die Liebe, gegen die sie sich wehrte. Es war die wilde, mörderische Leidenschaft des aufbegehrenden Leibeigenen. Ich hätte die Krücke neben ihr nehmen und ihr das Gesicht zerschmettern mögen. Sie hob die Hände, wie um einen Schlag abzuwehren und wich vor mir bis in die Ecke des Sofas zurück.

»Den Brandy!« keuchte sie. »Den Brandy!«

Ich nahm die Karaffe und goß den Inhalt in den Topf einer Palme am Fenster. Dann riß ich ihr das Photo aus der Hand und zerfetzte es in hundert Stücke.

»Sie unverschämtes Weib!« rief ich. »Wenn ich meine Pflicht gegenüber der Allgemeinheit ernst nähme, dürften Sie dieses Zimmer nicht lebend verlassen!«

»Ich liebe dich, Austin. Ich liebe dich«, wimmerte sie.

»Ja«, brüllte ich, »und davor Charles Sadler! Und wie viele andere vor ihm?«

»Charles Sadler!« keuchte sie. »Er hat also geredet. Aha, Charles Sadler, Charles Sadler!« Ihre Stimme kam zwischen den bleichen Lippen hervor wie das Zischen einer Schlange.

»Jawohl, ich weiß Bescheid über Sie und werde dafür sorgen, daß andere Sie ebenfalls durchschauen. Sie schamlose Kreatur! Sie wußten von meiner Verlobung. Dennoch benutzten Sie Ihre schändlichen Kräfte, um mich an Ihre Seite zu locken. Vielleicht gelingt es Ihnen wieder, doch sollen Sie wenigstens daran denken, was ich Ihnen gesagt habe: Ich liebe Miss Marden von ganzem Herzen, und ebenso aufrichtig verabscheue und hasse ich Sie. Ihr Anblick und der Klang Ihrer Stimme erfüllen mich mit Ekel und Widerwillen. Der bloße Gedanke an Sie ist mir widerwärtig. Das sind meine Empfindungen für Sie. Und wenn es Ihnen gefällt, mich wieder nach Ihrer Pfeife tanzen zu lassen, so wie heute abend, dann dürften Sie zumindest keinen Spaß daran haben, einen Mann zu Ihrem Liebhaber zu machen, der Ihnen offen die Meinung über Sie gesagt hat. Sie mögen mir schöne Worte in den Mund legen, soviel Sie wollen, aber Sie werden sich immer erinnern müssen –«

Ich hielt inne, denn der Kopf der Frau sank nach hinten, und sie wurde ohnmächtig. Sie vertrug die Wahrheit nicht, die ich ihr zu sagen hatte. Komme was da wolle – jedenfalls weiß sie jetzt, woran sie ist. Dieser Gedanke erfüllt mich mit Befriedigung. Aber wie geht es weiter? Was wird sie als nächstes tun? Ich wage nicht daran zu denken. Oh, wenn sie mich doch nur in Ruhe ließe! Aber wenn ich bedenke, was ich zu ihr gesagt habe – ach was, einmal zumindest war ich stärker als sie.

12. April. Ich konnte letzte Nacht kaum schlafen und fühlte mich am Morgen so zerschlagen und fiebrig, daß ich Pratt-Haldane bitten mußte, die Vorlesung für mich zu übernehmen. Es ist die erste, die ich je ausfallen ließ. Ich stand gegen Mittag auf, habe aber immer noch Kopfschmerzen und zittrige Hände; und meine Nerven sind in einem erbärmlichen Zustand.

Und wer besucht mich heute abend? Ausgerechnet Wilson! Er ist eben von London zurück, wo er Vorträge und Lesungen gehalten, Versammlungen einberufen, ein falsches Medium entlarvt, eine Reihe von Gedankenübertragungsexperimenten unternommen, Professor Richet aus Paris kennengelernt, stundenlang in eine Kristallkugel gestarrt und angeblich einige Anhaltspunkte für den Transfer von Materie durch Materie hindurch gewonnen hat. All dies sprudelte er mir in einem einzigen Redeschwall ins Ohr.

»Aber Sie«, rief er schließlich, »sehen gar nicht gut aus. Und auch Miss Penelosa ist heute recht leidend. Was machen denn Ihre Experimente?«

»Ich habe sie eingestellt.«

»Was Sie nicht sagen! Und warum?«

»Die Sache wurde mir zu gefährlich.«

Sofort zückte er sein dickes braunes Notizbuch.

»Äußerst interessant!« rief er. »Was veranlaßt Sie dazu, sie als gefährlich zu bezeichnen? Nennen Sie mir die Fakten in chronologischer Reihenfolge, mit ungefähren Daten sowie Namen und Adressen vertrauenswürdiger Zeugen!«

»Zunächst einmal möchte ich Sie fragen«, entgegnete ich, »ob Ihnen Fälle bekannt sind, in denen ein Hypnotiseur seine Versuchsperson soweit in seine Gewalt bekam, daß er sie zu abscheulichen Dingen veranlassen konnte?«

»Dutzende!« rief er überschwenglich. »Verbrechen unter Suggestion –«

»Ich meine nicht Suggestion, sondern den Fall, daß einem Menschen ein plötzlicher Impuls von jemandem aus der Ferne übermittelt wird – ein unkontrollierbarer Impuls.«

»Die Obsession!« kreischte er in ekstatischer Verzückung. »Das ist die seltenste Variante. Wir haben acht Fälle, fünf davon ausreichend belegt. Sie wollen doch nicht etwa andeuten –« Seine Stimme versagte vor Aufregung.

»Nein, nein«, wehrte ich ab. »Doch nun entschuldigen Sie mich bitte. Ich fühle mich heute nicht wohl. Guten Abend!« Und so wurde ich ihn, der immer noch Bleistift und Notizbuch in den Händen hielt, endlich los. Mag meine Not noch so groß sein – ich will sie lieber schweigend ertragen, als mich von Wilson wie eine Mißgeburt auf dem Jahrmarkt vorführen zu lassen. Er hat den Blick für den Menschen verloren. Für ihn ist alles ein Fall, ein Phänomen. Eher sterbe ich, als daß ich ihm gegenüber noch einmal die Sache erwähne.

13. April. Gestern war gottlob ein ruhiger Tag, und auch die Nacht verlief ohne Zwischenfall. Daß Wilson wieder da ist, beruhigt mich ungemein. Was kann die Frau jetzt tun? Gewiß wird sie, nachdem sie weiß, was ich von ihr halte, den gleichen Widerwillen gegen mich empfinden, wie ich gegen sie. Sie kann nicht – nein, sie kann doch nicht immer noch einen Liebhaber begehren, der sie so beleidigt hat. Nein, ich glaube, ihre Liebe bin ich los – aber wie steht es mit ihrem Haß? Könnte sie

nicht ihre Kräfte einsetzen, um sich zu rächen? Ach was, weshalb ängstige ich mich mit vagen Vermutungen? Sie wird mich vergessen, und ich werde sie vergessen, und damit wird alles erledigt sein.

14. April. Mein Nerventonus ist fast wieder normal. Ich glaube, ich habe die Kreatur wirklich besiegt. Aber ich muß zugeben, daß ich in einer gewissen Spannung lebe. Sie ist wieder gesund, denn sie soll am Nachmittag mit Mrs. Wilson durch die High Street gefahren sein.

15. April. Ich wünschte so, ich könnte diesen Ort ganz verlassen. Sobald das Trimester zu Ende ist, flüchte ich noch am selben Tag zu Agatha. Dies ist vermutlich erbärmliche Schwäche meinerseits, aber die Frau geht mir schrecklich auf die Nerven. Ich habe sie wiedergesehen und auch mit ihr gesprochen.

Es war kurz nach dem Mittagessen, ich rauchte gerade im Arbeitszimmer eine Zigarette, als ich meinen Diener Murray über den Flur kommen hörte. Ich unterschied zwar an den Schritten, daß ihn jemand begleitete, war jedoch zu träge zu raten, wer das sein mochte. Plötzlich aber ließ mich ein schwaches Geräusch aus dem Sessel auffahren, die Haare sträubten sich mir. Ich hatte nie zuvor darauf geachtet, wie das Aufsetzen einer Krücke klingt, doch meine alarmierten Nerven sagten mir, daß ich es nun hörte – ein scharfes hölzernes Tacken, im Wechsel mit gedämpften Schritten. Im nächsten Augenblick führte mein Diener sie herein.

Ich versuchte erst gar nicht, zu den üblichen Förmlichkeiten Zuflucht zu nehmen, sie auch nicht. Ich blieb einfach mit der qualmenden Zigarette in der Hand stehen und starrte sie an. Auch sie schaute mich schweigend an, und ihr Blick erinnerte mich, daß ich irgendwo auf diesen Seiten schon einmal überlegt habe, ob der Ausdruck ihrer Augen hinterhältig oder grimmig sei. Heute war er grimmig – kalt und unerbittlich.

»Nun«, sagte sie schließlich, »sind Sie immer noch derselben Meinung wie bei unserer letzten Begegnung?«

»Das war immer schon meine Meinung.«

»Damit wir uns recht verstehen, Professor Gilroy«, sagte sie langsam, »es ist gefährlich, mich zu reizen, das sollten Sie eigentlich wissen. Sie waren es doch, der um meine Mitwirkung an der Versuchsreihe bat; Sie bemühten sich um meine Zuneigung; Sie erklärten mir Ihre Liebe; Sie schenkten mir Ihre Photographie mit einer leidenschaftlichen Widmung; und schließlich fiel es Ihnen ein, mich am selben Abend auf unerhörte Weise zu beleidigen. Niemals zuvor hat es ein Mann gewagt, so mit mir zu reden. Wenn Sie mir erklären, daß Sie sich in einem Moment der Erregung zu diesen Worten hinreißen ließen, bin ich bereit, alles zu vergeben und zu vergessen. Du meintest das doch nicht, was du sagtest, Austin? Du haßt mich nicht wirklich, nicht wahr?«

In mir hätte sich Mitleid mit der verkrüppelten Frau regen können, deren drohender Blick urplötzlich dem Ausdruck sehnsüchtigen Verlangens nach Liebe gewichen war. Aber dann dachte ich daran, was ich durchgemacht hatte, und mein Herz wurde hart wie Feuerstein.

»Wenn Sie mich jemals von Liebe reden hörten«, erwiderte ich, »so war es in Wirklichkeit Ihre Stimme, die da sprach. Das wissen Sie sehr gut. Meine einzigen wahren Äußerungen Ihnen gegenüber waren die bei unserer letzten Begegnung.«

»Ich weiß Bescheid. Jemand hat Sie gegen mich aufgehetzt. Das war dieser Schuft!« Sie stieß ihre Krücke auf den Fußboden. »Nun, Sie sollten mittlerweile wissen, daß ich Sie sogar in diesem Augenblick dazu bringen könnte, mir wie ein Spaniel zu Füßen zu liegen. Ich werde Ihnen keine Gelegenheit mehr bieten, mich in Augenblicken der Schwäche ungestraft zu beleidigen. Geben Sie acht, was Sie tun, Professor Gilroy. Sie befinden sich in einer schrecklichen Lage. Sie haben noch nicht begriffen, wie groß meine Macht über Sie ist.«

Ich zuckte mit den Schultern und wandte mich ab.

»Nun gut«, begann sie nach einer Pause, »wenn Ihnen meine Liebe zuwider ist, will ich sehen, was sich mit Furcht tun läßt. Sie lächeln, doch der Tag wird kommen, da Sie um Vergebung winseln werden. Jawohl, wie stolz Sie auch sein mögen,

Sie werden sich vor mir auf dem Boden wälzen und den Tag verfluchen, da Sie sich Ihre beste Freundin zur ärgsten Feindin machten. Nehmen Sie sich in acht, Professor Gilroy!« Ich sah eine weiße Hand in der Luft herumfuchteln und ein derart wutverzerrtes Gesicht, daß es kaum noch menschlich wirkte. Gleich darauf war meine Besucherin fort, und ihr rascher, hinkender Schritt und das Tacken der Krücke verklangen im Flur.

Aber sie hat eine Last auf meinem Herzen zurückgelassen. Düstere Vorahnungen kommenden Unheils bedrücken mich. Vergeblich versuche ich mir einzureden, daß es nur leere Drohungen waren. Aber zu deutlich sehe ich diese gnadenlosen Augen noch vor mir, um so etwas anzunehmen. Was soll ich tun – ach, was soll ich tun? Ich bin ja nicht mehr Herr meiner eigenen Seele. Jeden Moment kann dieser scheußliche Parasit in mich hineinkriechen, und dann –? Ich muß mit jemandem über mein grauenhaftes Geheimnis sprechen – ich muß darüber reden, sonst werde ich verrückt. Ich brauche jemanden, der mich versteht und Rat weiß! Wilson kommt nicht in Frage. Charles Sadlers Verständnis reicht kaum über seine eigenen Erfahrungen hinaus. Pratt-Haldane! Er ist ein ausgeglichener Kollege, ein Mann mit gesundem Menschenverstand und Weitblick. Zu ihm gehe ich. Ihm erzähle ich alles. Gebe Gott, daß er mir raten kann!

18.45 Uhr. Nein, es ist zwecklos. Von meinen Mitmenschen gibt es keine Hilfe für mich. Ich muß die Sache mit mir selbst ausmachen. Zwei Möglichkeiten habe ich: entweder der Geliebte dieser Frau zu werden oder aber die Strafe zu ertragen, die sie über mich verhängt. Selbst wenn nichts Schlimmes passiert, wird mir die ständige Angst davor das Leben zur Hölle machen. Doch mag sie mich quälen, zum Wahnsinn treiben oder töten – ich werde nie, nie, nie nachgeben. Kann sie denn Ärgeres bewirken als den Verlust von Agatha und das Gefühl, ein meineidiger Lügner zu sein, der das Recht verwirkt hat, sich einen Gentleman zu nennen?

Pratt-Haldane war äußerst liebenswürdig und hörte sich meine Geschichte sehr höflich an. Doch als ich sein massiges, unerschütterliches Gesicht sah, seinen trägen Blick, und dann das gewichtige Mobiliar seines Arbeitszimmers musterte, das uns umgab, brachte ich kaum über die Lippen, weswegen ich ihn aufgesucht hatte. Alles war so greifbar, so materiell. Übrigens frage ich mich, was ich selbst wohl vor einem knappen Monat gesagt hätte, wenn ein Kollege mit einer Geschichte von dämonischer Besessenheit zu mir gekommen wäre. Vielleicht hätte ich nicht einmal soviel Geduld aufgebracht wie er. Er machte sich bei meinem Bericht Notizen, dann fragte er, wieviel Tee ich tränke, wieviel Schlaf ich mir gönnte, ob ich mich stark überarbeitet hätte, unter plötzlich auftretenden Kopfschmerzen, Albträumen, Summen in den Ohren oder Blitzen vor den Augen litte – alles Fragen, die zeigten, daß er einen Blutandrang zum Gehirn als die Ursache meiner Schwierigkeiten ansah. Schließlich entließ er mich mit zahlreichen Platitüden über körperliche Betätigung an der frischen Luft und Vermeidung von Aufregungen. Sein Rezept für ein beruhigendes Chlor-Brom-Präparat knüllte ich zusammen und warf es in den Rinnstein.

Nein, Hilfe kann ich von keinem Menschen erwarten. Je mehr Personen ich ins Vertrauen ziehe, desto eher wird man die Köpfe zusammenstecken und mich ins Irrenhaus schaffen. Ich kann nur all meinen Mut zusammennehmen und beten, daß ein ehrlicher Mann nicht fallengelassen wird.

16. April. Wir haben hier den herrlichsten Frühling seit Menschengedenken. So grün, so mild, so schön! Ach, was für ein Kontrast zwischen der Harmonie der Natur ringsum und meiner von Zweifeln und Ängsten zerrissenen Seele! Der heutige Tag verlief ohne besondere Vorkommnisse, doch weiß ich, daß ich am Rande eines Abgrundes stehe. Ich weiß es, und doch setze ich mein Alltagsleben unverändert fort. Der einzige Lichtblick ist, daß Agatha glücklich und gesund ist, und außer jeglicher Gefahr. Wenn diese Kreatur uns beide in der Hand hätte – nicht auszudenken, was sie anrichten könnte!

17. April. Die Frau ist erfinderisch beim Quälen. Sie weiß, wie sehr ich meine Arbeit liebe und wie hoch meine Vorlesun-

gen geschätzt werden. Deshalb greift sie mich nun von dieser Seite an. Ihr Zerstörungswerk wird, wie ich deutlich sehe, dazu führen, daß ich meine Professur verliere. Dennoch werde ich bis zum Schluß kämpfen. Ich lasse mich nicht von meinem Lehrstuhl vertreiben, ohne Widerstand zu leisten.

Während meiner Vorlesung heute vormittag bemerkte ich nichts Ungewöhnliches, außer einem zwei- oder dreiminütigen Schwindelgefühl, einer Taumeligkeit, die aber rasch wieder verschwand. Im Gegenteil, ich gratulierte mir selbst zu der Anschaulichkeit und Klarheit, mit der ich mein Thema (es ging um die Funktionen der roten Blutkörperchen) vorgetragen hatte. Um so erstaunter war ich, als ein Student unmittelbar nach der Vorlesung in mein Labor kam und über verwirrende Diskrepanzen zwischen meinen Darlegungen und denen des Lehrbuchs klagte. Er zeigte mir seine Mitschrift und meinte, daß ich in einem Teil meiner Vorlesung die himmelschreiendsten, unwissenschaftlichsten Irrlehren vertreten hätte. Natürlich stellte ich alles in Abrede und erklärte, er habe mich mißverstanden. Doch als ich seine Notizen mit denen seiner Kommilitonen verglich, wurde klar, daß es stimmte: Ich hatte mich wirklich zu den widersinnigsten Theorien verstiegen. Natürlich werde ich dies korrigieren und als Ausdruck momentaner Zerstreutheit hinstellen, doch ich spüre nur zu genau, daß dieser Vorfall der erste einer ganzen Serie ist. Das Trimester dauert kaum mehr einen Monat, und ich bete um Kraft, damit ich mich wenigstens so lange noch behaupten kann.

27. April. Zehn Tage sind verstrichen, in denen ich einfach nicht das Herz hatte, etwas in mein Diarium einzutragen. Wozu meine eigene Schande und Entwürdigung auch noch dokumentieren! Ich hatte mir vorgenommen, mein Tagebuch nie wieder aufzuschlagen. Und doch ist die Macht der Gewohnheit so stark, daß ich nun wieder hier sitze und meine schrecklichen Erlebnisse festhalte – etwa in der Gemütsverfassung, in der ein Selbstmörder die einsetzende Wirkung des Giftes beschreibt, das ihn umbringt.

Nun, die Katastrophe, die ich vorausgesehen habe, ist eingetreten – und zwar gestern erst. Die Universitätsleitung hat mir die Vorlesung weggenommen. Man ging äußerst taktvoll vor und sprach von einer zeitweiligen Maßnahme, um mich von den Auswirkungen meiner Überarbeitung zu entlasten und mir Gelegenheit zur Wiederherstellung meiner Gesundheit zu geben. Trotzdem, es ist passiert, und ich bin nicht mehr Professor Gilroy. Das Labor leite ich noch, aber ich hege wenig Zweifel daran, daß damit auch bald Schluß sein wird.

Tatsache ist, daß ich mit meinen Vorlesungen zuletzt zum Gespött der gesamten Universität wurde. Im Hörsaal drängten sich die Studenten, die eigens gekommen waren, um mitzuerleben, welche Verrücktheiten der exzentrische Professor als nächstes verkünden oder anstellen würde. Ich bringe es nicht über mich, die Einzelheiten meiner Erniedrigung zu schildern. Oh, diese teuflische Frau! Es gibt keine Clownerie und keinen Schwachsinn, zu denen sie mich nicht gezwungen hätte. Ich begann meine Vorlesung jeweils ganz klar und vernünftig – doch immer schon mit dem Vorgefühl auf den nahenden Bewußtseinsverlust. Dann, sobald ich die einsetzende Beeinflussung spürte, kämpfte ich dagegen an, ballte die Fäuste, um nicht nachzugeben, bis mir Schweißperlen auf der Stirn standen. Unterdessen ergötzten sich die Studenten an meinen komischen Verrenkungen und amüsierten sich über mein unzusammenhängendes Gestammel; sie brüllten vor Lachen über die Eskapaden ihres Professors. Und wenn sie meinen Widerstand gebrochen hatte, ging es mit dem schimpflichen Betragen erst richtig los! Ich riß dumme Witze, lallte Trinksprüche, intonierte Gassenhauer, erging mich in Schmähreden, wobei ich sogar Anwesende im Hörsaal aufs Korn nahm. Und von einem Moment zum anderen lichtete sich mein Verstand wieder, und ich führte die Vorlesung ganz schicklich zu Ende. Kein Wunder, daß man an den Colleges über mein Verhalten klatschte. Kein Wunder, daß der Senat der Universität auf so einen Skandal offiziell reagieren mußte. Oh, dieses teuflische Weib!

Aber das schlimmste an all dem ist meine Einsamkeit. Hier

sitze ich, an einem ganz normalen englischen Bogenfenster, schaue hinaus auf eine ganz normale englische Straße, auf der grell angestrichene Busse fahren und Polizisten entlangschlendern, aber über mir hängt ein Schatten, der weder zu dieser Zeit noch zu diesem Ort paßt. An einer Heimstatt des Wissens werde ich von einer Kraft heimgesucht und gepeinigt, von der die Wissenschaft nichts weiß. Keine Polizeibehörde würde mir Gehör schenken, keine Zeitung meinen Fall aufgreifen, kein Arzt die Symptome meines Leidens ernst nehmen. Selbst meine engsten Freunde würden alles bloß als eine Hirnstörung betrachten. Ich bin von meinen Mitmenschen total abgeschnitten. Oh, diese teuflische Frau! Aber sie möge sich vorsehen! Sie treibt mich zum äußersten. Ein Mensch, dem kein Gesetz hilft, muß sich mit einem eigenen Gesetz behelfen.

Gestern abend lauerte sie mir in der High Street auf und sprach mich an. Wahrscheinlich bedeutete es Glück für sie, daß wir uns nicht zwischen den Hecken einer einsamen Landstraße begegneten! Sie fragte mich kalt lächelnd, ob ich zur Vernunft gekommen sei. Ich würdigte sie keiner Antwort. »Dann müssen wir die Schraube eine Umdrehung weiter anziehen«, sagte sie. Nimm dich in acht, Weib, nimm dich in acht! Ich hatte dich schon einmal in der Hand. Vielleicht ergibt sich die Gelegenheit ein zweites Mal.

29. April. Die Entbindung von meinen Lehrverpflichtungen hatte auch die Auswirkung, daß ihr das Mittel genommen wurde, mir zu schaden, und so verlebte ich zwei von Frieden gesegnete Tage. Eigentlich besteht kein Grund zum Verzweifeln. Von allen Seiten wird mir Sympathie zuteil, und jeder ist der Meinung, daß meine bedingungslose Hingabe an die Wissenschaft und der Eifer für meine Studien mein Nervensystem angegriffen hätten. Ich erhielt ein sehr freundliches Schreiben von der Universitätsleitung, in dem man mir eine Auslandsreise empfiehlt und die zuversichtliche Erwartung ausdrückt, ich könne zum Beginn des Sommertrimesters alle meine Aufgaben wieder übernehmen. Nichts hätte mir mehr schmeicheln können als die Erwähnung meiner Karriere und meiner Verdienste

um die Universität. Erst im Unglück bekommt man die Chance, seine eigene Popularität zu testen. Vielleicht wird diese Kreatur bald müde, mich zu quälen, dann renkt sich alles wieder ein. Gebe es Gott!

30. April. Unsere verschlafene kleine Stadt hat ihre kleine Sensation. Die schwersten Verbrechen, die man hier bisher kannte, bestanden darin, daß ein randalierender Student ein paar Straßenlaternen zertrümmerte oder sich mit einem Polizisten raufte. In der letzten Nacht jedoch wurde ein Einbruchsversuch bei der hiesigen Filiale der Bank von England unternommen. Wir sind alle in hellster Aufregung deswegen.

Der Geschäftsführer Parkinson ist ein enger Freund von mir. Ich traf ihn sehr erregt an, als ich nach dem Frühstück hinüberging. Wären die Diebe in den Schalterraum eingedrungen, hätten sie aber noch die Safes knacken müssen. Die Verteidigung war also wesentlich stärker als der Angriff. Letzterer scheint in der Tat recht dilettantisch geführt worden zu sein. An zweien der unteren Fenster befinden sich Spuren, als sei ein Meißel oder ein ähnliches Werkzeug daruntergeschoben worden, um sie hochzuhebeln. Die Polizei besitzt einen guten Fingerzeig, denn die Fenster wurden erst gestern frisch gestrichen, und den Schmierspuren nach zu urteilen, dürfte grüne Farbe an die Hände oder Kleider des Täters gelangt sein.

16.30 Uhr. Verfluchtes Weib! Dreimal verfluchtes Weib! Ganz ruhig bleiben! Sie soll mich nicht unterkriegen! Nein, auf keinen Fall! Aber was für eine Teufelin! Sie hat mich um meine Professur gebracht, jetzt versucht sie, meine Ehre zu zerstören. Gibt es denn nichts, was ich gegen sie tun kann, nichts außer – nein, daran will ich nicht denken, wie sehr sie mich auch beutelt.

Vor etwa einer Stunde ging ich ins Schlafzimmer. Während ich vor dem Spiegel mein Haar kämmte, fiel mein Blick auf etwas, das mich so erschreckte und erschütterte, daß ich mich auf die Bettkante setzte und in Tränen ausbrach. Es ist schon viele Jahre her, seit ich das letztemal geweint habe, doch gegenwärtig sind meine Nerven völlig zerrüttet. Vor ohnmächtigem

Gram und Ärger schluchze ich vor mich hin. Da hing meine Hausjacke, die ich gewöhnlich nach dem Abendessen anziehe, am Garderobenhaken, und ihr rechter Ärmel vom Ellbogen abwärts war dick verkrustet mit grünen Farbflecken.

Das also meinte sie mit dem Anziehen der Schraube. Zum Narren hat sie mich bereits in der Öffentlichkeit gemacht. Jetzt will sie mich als Verbrecher abstempeln. Diesmal ist es fehlgeschlagen. Aber das nächstemal? Ich wage nicht, daran zu denken – und schon gar nicht an Agatha oder meine arme alte Mutter! Ich wünschte, ich wäre tot.

Jawohl, das ist die nächste Umdrehung der Schraube. Und das meinte sie auch zweifellos, als sie sagte, ich hätte noch nicht ganz begriffen, welche Macht sie über mich besitzt. Beim nochmaligen Lesen der Notizen meiner Gespräche mit ihr bin ich wieder auf die Stelle gestoßen, wo sie erklärt, mit einer leichten Ausübung ihres Willens veranlasse sie ihr Objekt zu bewußt wahrnehmbaren Aktionen, mit einer stärkeren jedoch zu unbewußten. Von der letzten Nacht weiß ich nichts. Ich hätte geschworen, daß ich im Bett gelegen und fest und traumlos geschlafen habe. Aber wie die Farbflecke beweisen, zog ich mich an, verließ das Haus, versuchte die Fenster der Bank aufzubrechen und kehrte dann zurück. Ob man mich gesehen hat? Vielleicht hat mich jemand beobachtet und ist mir bis vor die Haustür gefolgt! Ah, mein Leben ist die reinste Hölle! Ich finde keinen Frieden, keine Ruhe. Aber meine Geduld geht zu Ende.

22 Uhr. Habe den Jackenärmel mit Terpentin gereinigt. Inzwischen glaube ich nicht mehr, daß man mich gesehen hat. Die Hebelspuren an den Fenstern stammen von meinem Schraubenzieher. Ich fand ihn ganz verkrustet von Farbe und habe ihn ebenfalls gesäubert. Mein Kopf schmerzt, als wolle er platzen. Habe fünf Gran Antipyrin genommen. Wenn Agatha nicht wäre, hätte ich fünfzig geschluckt und ein Ende gemacht.

4. Mai. Drei ruhige Tage. Diese Dämonin aus der Hölle spielt mit mir wie eine Katze mit der Maus. Sie läßt mich los, nur um sich erneut auf mich zu stürzen. Am meisten Angst habe ich, wenn alles still bleibt. Meine körperliche Verfassung

ist bedenklich – ständiger Schluckauf und Ptosis des linken Augenlids. Habe von den Mardens die Nachricht erhalten, daß sie übermorgen heimkehren werden. Ich weiß nicht, ob ich darüber froh oder traurig sein soll. In London waren sie sicher. Hier könnten sie in das häßliche Netz verstrickt werden, in dem ich zappele. Natürlich muß ich sie informieren. Solange ich nicht voll verantwortlich bin für mein Verhalten, kann ich Agatha nicht heiraten. Jawohl, ich muß ihnen alles erzählen, auch auf die Gefahr hin, daß alles aus ist zwischen uns.

Heute abend findet der Universitätsball statt, da muß ich hingehen. Ich bin weiß Gott nicht in der Stimmung für Festivitäten, muß jedoch dem Eindruck vorbeugen, ich sei nicht in der Lage, mich in der Öffentlichkeit zu zeigen. Lasse ich mich aber dort sehen und spreche mit ein paar Würdenträgern der Universität, so wird dies eher dafür sprechen, daß es ungerecht wäre, mir den Lehrstuhl zu entziehen.

23.30 Uhr. War auf dem Ball. Charles Sadler und ich gingen gemeinsam hin, aber ich bin früher wieder gegangen als er. Ich werde noch auf ihn warten, denn ich fürchte mich neuerdings vor dem Schlafengehen. Er ist ein lustiger, praktisch denkender Bursche; ein Gespräch mit ihm wird meinen Nerven guttun. Insgesamt war der Abend ein großer Erfolg für mich. Ich habe mit allen einflußreichen Leuten gesprochen und denke, es wird ihnen klargeworden sein, daß mein Lehrstuhl noch nicht vakant ist. Auch diese Kreatur war auf dem Ball – zum Tanzen natürlich unfähig, hockte sie mit Mrs. Wilson zusammen. Wieder und wieder ruhte ihr Blick auf mir. Ihre Augen waren gewissermaßen das letzte, was ich beim Verlassen des Saales sah. Einmal, als ich seitlich von ihr saß, beobachtete ich sie und stellte fest, daß ihr Blick jemand anderem folgte. Es war Sadler, der mit der jüngeren Miss Thurston tanzte. Ihrer Miene nach zu urteilen, kann er heilfroh sein, daß sie ihn nicht so fest im Griff hat wie mich. Er scheint nicht einmal zu ahnen, was ihm erspart geblieben ist. Ich glaube, ich höre jetzt seine Schritte auf der Straße. Ich werde hinuntergehen und ihn einlassen. Wenn er –

5. Mai. Warum habe ich gestern so abrupt abgebrochen? Ich bin ja gar nicht nach unten gegangen – zumindest habe ich keinerlei Erinnerung daran. Doch andererseits weiß ich auch nicht mehr, wann ich mich zu Bett legte. Meine eine Hand ist heute morgen stark geschwollen, ich kann mich aber überhaupt nicht entsinnen, bei welcher Gelegenheit ich mich gestern verletzt habe. Abgesehen davon bin ich stolz auf mein Auftreten auf dem Ball am Vorabend. Nur begreife ich nicht, wieso ich nicht mehr mit Charles Sadler gesprochen habe; ich hatte es mir doch fest vorgenommen. Wäre es denn möglich – mein Gott, ja, es ist nur zu wahrscheinlich! Bestimmt hat sie wieder ihr teuflisches Spiel mit mir getrieben. Ich gehe sofort hinunter zu Sadler und frage ihn.

Mittag. Jetzt wird die Sache prekär. Mein Leben bedeutet mir nichts mehr. Aber wenn ich mich umbringe, nehme ich sie mit. Ich lasse nicht zu, daß sie noch einen Mann so zugrunde richtet wie mich. Nein, die Grenze meiner Leidensfähigkeit ist erreicht. Sie hat mich zum verzweifeltsten und gefährlichsten Menschen gemacht, den man sich vorstellen kann. Gott ist mein Zeuge, daß ich unfähig war, auch nur einer Fliege etwas zuleide zu tun, doch bekäme ich diese Frau jetzt in die Finger, würde sie das Zimmer niemals lebend verlassen. Ich werde ihr noch heute einen Besuch abstatten und ihr klarmachen, was sie erwartet. War heute vormittag bei Sadler und fand ihn zu meiner Überraschung im Bett vor. Als ich das Zimmer betrat, setzte er sich auf und schaute mich an. Der Anblick seines Gesichtes versetzte mir einen Stich.

»Um Gottes willen, Sadler, was ist mit Ihnen passiert?« rief ich, doch mir wurde bange ums Herz bei der Frage.

»Gilroy«, stieß er zwischen seinen geschwollenen Lippen hervor, »ich hatte schon seit Wochen den Verdacht, daß Sie verrückt sind. Jetzt weiß ich es, und auch, daß Sie gemeingefährlich sind. Wollte ich nicht einen Skandal im College vermeiden, so wären Sie jetzt in den Händen der Polizei.«

»Sie meinen –?« begann ich.

»Ich meine, daß Sie gestern nacht, als ich die Haustür öffnete, herausgestürzt kamen, mir mit beiden Fäusten ins Gesicht schlugen, mich zu Boden warfen, mir wie ein Rasender in die Seite traten und mich halb ohnmächtig auf der Straße liegen ließen. Sehen Sie sich Ihre Hand an, sie legt Zeugnis davon ab.«

Ja, die wie nach einem heftigen Schlag schwammartig aufgequollenen Knöchel waren Beweis genug. Was blieb mir übrig? Obwohl er mich für einen Wahnsinnigen hielt, mußte ich ihm alles erklären. Ich setzte mich zu ihm ans Bett und schilderte ihm mein Dilemma in allen Einzelheiten. Ich schüttete alles aus, mit zitternden Händen und flammenden Worten, die den schlimmsten Zweifler überzeugt hätten!

»Sie haßt Sie, und sie haßt mich!« rief ich. »Gestern abend hat sie sich an uns beiden gerächt. Sie sah, wie ich den Ball verließ. Sie sah Sie ebenfalls. Sie wußte, wie lange Ihr Heimweg dauert. Also brauchte sie nur ihren bösen Willen einzusetzen. Ach, Ihr verletztes Gesicht ist eine Kleinigkeit im Vergleich zu meiner verletzten Seele.«

Meine Geschichte machte ihn betroffen. Das war offensichtlich. »Ja, ja, sie hat mir nachgesehen, als ich den Saal verließ«, murmelte er. »Sie versteht sich auf so etwas. Aber ist es möglich, daß sie Sie dermaßen erniedrigt hat? Was gedenken Sie zu tun?«

»Der Sache ein Ende zu machen!« rief ich. »Ich bin vollkommen verzweifelt. Ich gebe ihr heute eine letzte Warnung, dann ist Schluß!«

»Lassen Sie sich zu keiner Unbesonnenheit hinreißen«, sagte er.

»Unbesonnenheit!« rief ich aus. »Die einzige Unbesonnenheit wäre, auch nur eine Stunde länger zu zögern!« Damit eilte ich in meine Wohnung. Hier bin ich, und vor mir liegt der wahrscheinlich alles entscheidende Wendepunkt meines Lebens. Ich mache mich jetzt gleich auf den Weg. Einen kleinen Sieg habe ich heute ja schon errungen: Ich konnte wenigstens einen Menschen von der Wahrheit meiner ungeheuerlichen Erlebnisse überzeugen. Und sollte das Schlimmste passieren, so bleibt dieses Tagebuch zurück als Beweis für das, was mich dazu gezwungen hat.

Abend. Als ich zu Wilson kam, führte man mich ins Wohnzimmer, wo er mit Miss Penelosa zusammensaß. Eine geschlagene halbe Stunde lang mußte ich mir sein wichtigtuerisches Geschwätz über seine jüngsten Untersuchungen zur genauen Beschaffenheit spiritistischer Klopfzeichen anhören, während diese Kreatur und ich schwiegen und einander Blicke durch das große Zimmer zuwarfen. Ich las eine böse Freude in ihren Augen, und sie dürfte den Haß und die Drohung in meinen wahrgenommen haben. Ich hatte schon fast die Hoffnung aufgegeben, mit ihr sprechen zu können, als er nach draußen gerufen wurde und uns ein paar Minuten allein ließ.

»Nun, Professor Gilroy – oder sollte ich besser Herr Gilroy sagen?« begann sie höhnisch lächelnd. »Wie geht es Ihrem Freund Charles Sadler nach dem Ball?«

»Sie Scheusal!« rief ich. »Jetzt ist Schluß mit Ihren Tricks! Ich lasse mir nichts mehr gefallen. Hören Sie mir gut zu.« Ich ging hinüber zu ihr und rüttelte sie derb an der Schulter. »So wahr ein Gott im Himmel ist, ich schwöre, daß ich Sie umbringen werde, falls Sie noch eine Ihrer Teufeleien gegen mich inszenieren sollten. Komme, was da wolle, ich bringe Sie um. Die Grenze des Erträglichen ist erreicht.«

»Wir sind noch nicht ganz fertig miteinander«, antwortete sie, mindestens ebenso leidenschaftlich. »Ich kann lieben, und ich kann hassen. Sie hatten die Wahl. Es gefiel Ihnen, das eine zu verschmähen, nun bekommen Sie eben das andere zu spüren. Es bedarf nur noch einer Kleinigkeit, um Ihren Stolz zu brechen, und ich werde ihn brechen. Wie ich höre, kommt Miss Marden morgen zurück?«

»Was geht Sie das an?« donnerte ich. »Es ist schon eine Beleidigung, wenn Sie es wagen, bloß an sie zu denken. Und falls Sie ihr etwas antun sollten –«

Sie erschrak. Ich sah es, obwohl sie es zu verbergen suchte. Sie las den schwarzen Gedanken hinter meiner Stirn und wich vor mir zurück.

»Was für ein Glück für sie, solch einen Helden zu haben«, sagte sie. »Er wagt es tatsächlich, eine schutzlose Frau zu bedrohen. Zu solch einem Beschützer kann man Miss Marden wirklich nur gratulieren.«

Ihr Tonfall und ihre Haltung waren noch provozierender als ihre bitteren Worte.

»Ich diskutiere nicht mit Ihnen«, erwiderte ich. »Ich bin lediglich hergekommen, um Sie zu warnen – dringend zu warnen: Der nächste Streich, den Sie mir spielen, wird Ihr letzter sein.« Ich brach ab, weil ich Wilsons Schritte auf der Treppe hörte, und verließ das Zimmer. Jawohl, mag sie noch so giftig und tückisch dreinschauen, sie weiß jetzt, daß sie ebensoviel von mir befürchten muß wie ich von ihr. Mord! Das Wort hat einen häßlichen Klang. Aber man spricht ja auch nicht vom Ermorden einer Schlange oder eines Tigers. Soll sie sich nur in acht nehmen!

6. Mai. Habe Agatha und ihre Mutter um elf vom Bahnhof abgeholt. Sie sieht so strahlend aus, so glücklich, so schön. Und sie war außer sich vor Freude, mich wiederzusehen. Womit verdiene ich diese Liebe! Ich fuhr mit ihnen nach Hause, wo wir gemeinsam den Lunch einnahmen. Alle meine Sorgen scheinen sich auf einen Schlag aus meinem Leben verzogen zu haben. Sie meint, ich sähe blaß, bekümmert und gar nicht gesund aus. Die liebe Seele schreibt es meiner Einsamkeit und der mangelnden Fürsorge meiner Haushälterin zu. Ich bete, daß sie nie die Wahrheit erfährt! Möge der schwarze Schatten, wenn er denn sein muß, nur mein Leben verdüstern, ihrem jedoch den hellen Sonnenschein lassen. Ich bin eben zurückgekommen und fühle mich wie ein neuer Mensch. Mit ihr an meiner Seite könnte ich wohl allem die Stirn bieten, was uns das Leben bringen mag.

17 Uhr. Ich will versuchen, ganz genau und vollständig zu beschreiben, wie es geschah. Das Erlebnis ist noch frisch in meinem Gedächtnis und deshalb leicht wiederzugeben, obschon ich mir nicht vorstellen kann, daß die Zeit die Vorkommnisse dieses Nachmittags jemals auszulöschen vermag.

Ich war vom Lunch bei den Mardens zurück und gerade dabei, einige mikroskopische Präparate im Tiefkühlmikrotom zu schneiden, als sich mein Bewußtsein in der jähen, verhaßten Weise trübte, die mir neuerdings nur zu vertraut ist.

Als ich wieder zu mir kam, saß ich in einem kleinen Raum, der ganz anders aussah als mein Laboratorium. Er war gemütlich und hell, mit chintzbezogenen Sesseln, farbenfrohen Gardinen und allerlei hübschen kleinen Dingen an den Wänden. Eine niedliche, mit Ornamenten verzierte Uhr tickte vor mir, ihre Zeiger standen auf halb vier. Alles kam mir sehr bekannt vor, und doch schaute ich mich eine Weile halb benommen um, bis mein Blick auf ein eingerahmtes Foto von mir fiel, das auf dem Piano stand. Daneben ein Foto von Mrs. Marden. Da begriff ich natürlich, wo ich mich befand: in Agathas Boudoir. Doch wie war ich dorthin gekommen, und warum? Mir wurde bange ums Herz. War ich mit einem teuflischen Auftrag hergeschickt worden? Womöglich hatte ich diesen bereits ausgeführt? Natürlich, es mußte geschehen sein – hätte sie sonst zugelassen, daß ich mein Bewußtsein wiedererlangte? Oh, die Verzweiflung in diesem Moment! Was hatte ich getan! Ich sprang auf, dabei fiel ein kleines Glasfläschchen von meinem Schoß auf den Teppich.

Es zerbrach nicht, ich hob es auf. Es trug die Aufschrift »Konz. Schwefelsäure«. Als ich den konischen Glasstopfen herauszog, stieg dichter Dunst empor, und ein stechender, atembeklemmender Geruch verpestete den Raum. Es war eine der Chemikalien, die ich im Labor für Versuche brauchte. Doch wozu hatte ich das Vitriol in Agathas Zimmer gebracht? War dies nicht die dicke übelriechende Flüssigkeit, mit der eifersüchtige Frauen die Schönheit ihrer Rivalinnen zu zerstören pflegten? Mir wollte das Herz stehenbleiben, als ich das Fläschchen gegen das Licht hielt. Gott sei Dank, es war voll! Also hatte ich noch kein Unheil angerichtet. Doch wäre Agatha nur eine Minute früher hereingekommen, hätte der höllische Parasit in mir sicherlich die Säure über sie geschüttet. Der bloße Gedanke daran war kaum zu ertragen! Aber so mußte es geplant gewesen sein. Wozu sonst trug ich das Fläschchen bei mir? Bei der Vorstellung, was hätte geschehen können, ließen mich meine strapazierten Nerven im Stich. Zitternd und zuckend saß ich im Sessel, ein erbärmliches Wrack von einem Mann. Erst der Klang von Agathas Stimme und das Rascheln ihres Kleides brachten mich wieder zu mir. Ich schaute auf und sah ihre blauen Augen, die voller Zärtlichkeit und Mitgefühl auf mir ruhten.

»Wir müssen dich aufs Land bringen, Austin«, sagte sie, »du brauchst Ruhe und Erholung. Du siehst wirklich krank aus.«

»Oh, es ist nichts«, wehrte ich ab und versuchte zu lächeln. »Nur eine momentane Schwäche. Schon vorbei.«

»Tut mir leid, daß ich dich so lange warten ließ. Mein Armer, du sitzt ja schon fast eine halbe Stunde hier. Der Vikar war im Salon, und da ich weiß, wie wenig du ihn ausstehen kannst, sagte ich Jane, sie möge dich gleich nach hier oben führen. Ich dachte, der Mensch wollte nie gehen.«

»Gott sei Dank, daß er so lange blieb! Gott sei Dank!« rief ich hysterisch.

»Aber was hast du denn, Austin?« fragte sie und stützte meinen Arm, als ich mich mühsam aus dem Sessel erhob. »Weshalb bist du froh, daß er länger blieb? Und was ist das für ein Fläschchen in deiner Hand?«

»Ach, nichts weiter«, murmelte ich und stopfte es in meine Jackentasche. »Ich muß jetzt gehen. Ich habe etwas Wichtiges zu erledigen.«

»Wie finster du dreinschaust, Austin. So ein Gesicht habe ich bei dir überhaupt noch nie gesehen. Bist du wütend?«

»Ja, ich bin wütend.«

»Doch nicht auf mich?«

»Aber nein, mein Liebling. Ich kann es dir jetzt nicht erklären.«

»Du hast mir nicht einmal gesagt, weshalb du gekommen bist.«

»Nur um dich zu fragen, ob du mich immer lieben wirst – egal was geschieht oder was für ein Schatten sich über meinen

Namen legt. Würdest du zu mir halten und an mich glauben, auch wenn alles ganz offensichtlich gegen mich spräche?«

»Natürlich, das weißt du doch, Austin.«

»Ja, das weiß ich. Was ich auch tue, ich tue es für dich. Ich sehe mich dazu gezwungen. Es gibt keinen anderen Ausweg, mein Liebling!« Ich küßte sie und eilte davon.

Die Zeit der Unentschlossenheit war vorbei. Solange die Kreatur nur mein eigenes Wohlbefinden und Ansehen bedrohte, hatte ich noch die Wahl zwischen verschiedenen Verhaltensweisen. Doch nun, da Agatha – meine unschuldige Agatha – in Gefahr war, lag meine Pflicht, mein Weg klar und deutlich vor mir. Ich besaß keine Waffe, doch das kümmerte mich nicht. Wozu brauchte ich eine Waffe, wenn ich in jedem Muskel die Kraft eines Verzweifelten spürte? Ich rannte durch die Straßen, mit allen Sinnen auf mein Vorhaben konzentriert, so daß ich nur undeutlich die Gesichter von Bekannten wahrnahm, die ich unterwegs traf. Dunkel erinnere ich mich auch, daß ich Professor Wilson begegnete, der mit ebensolcher Eile in die entgegengesetzte Richtung lief. Schwer atmend, doch innerlich entschlossen, erreichte ich das Haus und läutete. Eine bleichwangige Dienerin öffnete die Tür und wurde noch bleicher, als sie mein Gesicht sah.

»Führen Sie mich unverzüglich zu Miss Penelosa!« verlangte ich

»Sir«, hauchte sie, »Miss Penelosa ist heute nachmittag um halb vier gestorben.«

NACHWORT
Ein anderer Conan Doyle?

Arthur Conan Doyle erlebte als erster moderner Kriminalautor der Literaturgeschichte die Vor- und Nachteile großer Popularität ganz unmittelbar. Den finanziellen Vorteilen stand der Zwang gegenüber, die drängende Nachfrage der Verleger und Leser nach Sherlock-Holmes-Geschichten laufend zu befriedigen. Gegen diese ständige Einengung seines Schaffens wehrte er sich – manchmal nicht ganz ohne Koketterie, dann wieder sehr ernsthaft – zu Beginn seiner literarischen Laufbahn jedenfalls ausgesprochen heftig. Er schreckte nicht einmal davor zurück, seine überaus populäre Detektivfigur umzubringen, um sich ungestört als »besserer« Autor betätigen zu können. »Ich denke daran, Holmes in der sechsten (Geschichte) zu erschlagen (...) Er hält meinen Geist von besseren Dingen ab«, schrieb er bereits 1891 in einem Brief an seine Mutter. Die Untat, ausgeführt 1893 mit Sherlock Holmes' Sturz in die Wasserfälle oberhalb Meiringens, war freilich kein perfekter Mord, und so konnte der in der Versenkung Verschwundene Jahre später zur Freude seiner Anhänger wieder auftauchen.

Die von Conan Doyle beklagte und bekämpfte Dominanz der Holmes-Figur über sein literarisches Werk wurde nach seinem Tode erdrückend. Während die Detektivgeschichten ungezählte Neuauflagen erlebten, gerieten seine anderen Bücher zunehmend in Vergessenheit. Erst etwa seit dem fünfzigsten Todestag Conan Doyles (1980) gibt es Bestrebungen einzelner Verlage, den deutschsprachigen Lesern zu zeigen, daß sich die literarische Leistung und Originalität dieses Autors keineswegs darin erschöpfen, der Erfinder des Sherlock Holmes zu sein.

Ursprünglich war mein Motiv für diese Auswahl Doylescher Abenteuergeschichten ein vergleichbares. Ich wollte jene Seiten aufzeigen, die der ausschließliche Sherlock-Holmes-Leser bei Conan Doyle nicht vermutet: Fabulierfreude, Witz, Ironie und einen ziemlich grimmigen schwarzen Humor; erzählerische Qualitäten, die ihn in die Nähe von Stevenson, Kipling und Poe rücken. Doch dann wurde mir klar, daß es hier keine wasserdichten Trennungen gab. Denn neben den Unterschieden wurden auch die Übergänge sichtbar, die zwischen dem »Kanon« (wie die Holmes-Saga von den Fans genannt wird; deutsch: *Sämtliche Romane und Erzählungen um Sherlock Holmes in neun Bänden*, Zürich: Haffmans 1985) und dem Gesamtspektrum der Doyleschen Kurzprosa bestehen.

Gleich bei der ersten Geschichte stieß ich förmlich mit der Nase darauf. »Es ist ja schon alles da!« notierte ich mir, als ich *Das Geheimnis des Sasassatals* gelesen hatte. Erstaunlich, daß dieser frühe Text bereits alle wesentlichen erzählerischen Grundmomente der Holmes-Stories enthält: Es ist die Geschichte einer Detektion, die von einem scharfsinnigen Menschen vollbracht und von seinem wesentlich langsamer begreifenden, verblüfften Freund berichtet wird. Unwesentlich, daß hier kein Verbrechen vorliegt, sondern ein rätselhaftes, scheinbar dämonisches Geschehen, das, rational entschlüsselt, schließlich zu einem Diamantenfund führt. Die Kombination von Rätsel, logischer Rekonstruktion und Bericht des erstaunten Gefährten ist bereits vorhanden, sieben Jahre vor der *Studie in Scharlachrot*, dem Debüt des Sherlock Holmes. Und was ich ebenfalls nicht vermutet hatte vor der Sichtung der Texte: daß Doyle während seiner gesamten literarischen Laufbahn Geschichten schrieb, in denen er sich dieser Momente, wenn auch in unterschiedlicher Gewichtung, bediente. Die Sherlock-Holmes-Saga ist sozusagen eingebunden in eine ganze Reihe strukturell verwandter Erzählstücke. Besonders bekannt geworden sind davon *Der verschwundene Sonderzug* und *Der Mann mit den Uhren*. Ich habe mit *J. Habakuk Jephsons Bericht* und *Die gestreifte Truhe* zwei weniger bekannte aufgenommen. Ähnlich wie *Das Geheimnis des Sasassatals* ließe sich *Die gestreifte Truhe* ohne weiteres in eine Sherlock-Holmes-Geschichte verwandeln; man brauchte nur den irischen Maat durch den consulting detective und den Kapitän durch Dr. Watson zu ersetzen.

Freilich zeigt das Gedankenexperiment auch, daß Holmes & Watson auf den Planken eines Seglers fehl am Platz wären. Sie sind urbane Ermittler mit großstädtischem Aktionsraum (trotz gelegentlicher Ausflüge in die ländliche Umgebung Londons) und insofern ungeeignet, ein Doylesches Faszinosum zu gestalten: die Seefahrt. Einschlägige Erfahrungen sammelte er auf zwei längeren Seereisen, die er während seines Medizinstudiums, beziehungsweise unmittelbar danach, als Schiffsarzt unternahm: 1880 ging es mit einem Walfänger für sieben Monate in arktische Gewässer, 1881 mit einem Handelsschiff an die Westküste Afrikas. Besonders die erste Reise beeindruckte ihn tief und inspirierte ihn zu der romantischen Seegeschichte *The Captain of the Pole Star* (1885), die er später als Titelerzählung für seinen ersten Erzählungsband verwendete. Darüber hinaus schrieb Doyle noch mehrere maritime Abenteuergeschichten, unter denen zwei längere Erzählungen über den Piratenkapitän Sharkey besonders herausragen. Eine ähnliche Faszination wie das Meer gewann für ihn die Weite der Wüste, die er bei seiner Ägyptenreise 1895/96 kennenlernte. Einen Begriff davon vermittelt die Erzählung *Drei Korrespondenten*. Umfassender und mit suggestiver Eindringlichkeit inszenierte er diesen Topos in dem philosophisch hintergründigen Roman-Thriller *The Tragedy of the Korosko* (1898), der ein Drama von Entführung und Mord in der sudanesischen Wüste schildert.

Conan Doyle war der geborene Geschichtenerzähler, aber er achtete sein Talent zunächst nicht. Das Geschichtenerzählen, ganz wörtlich gemeint: das freie Imaginieren, das Fabulieren vor Zuhörern, fiel ihm leicht. Schon der jugendliche Vielleser erlangte unter seinen Schulkameraden eine gewisse Popularität, indem er abends im Schlafsaal des Internats endlose Geschichten von Räubern, Piraten und Skalpjägern erzählte. Kurz nach dem Erscheinen seiner ersten Geschichte lieferte der Medizinstudent weitere Proben seines Fabuliertalents, nämlich mehr als zehn zum Teil längere Abhandlungen über Freilandphotographie, die zwischen 1881 und 1883 in angesehenen Fachjournalen veröffentlicht wurden. Damals steckte die Photographie noch in den Kinderschuhen; die Apparate waren riesig, die Aufnahmen wurden hauptsächlich im Studio gemacht. Aber Doyle berichtete von erstaunlichen Exkursionen unter Überschriften wie »Auf Kamerajagd nach Kormoranen«, »Mit der Kamera an der Sklavenküste« oder »Trockene Platten auf nassem Moor«, meist in der Form eines Erlebnisberichts zweier oder dreier Freunde, mit eingestreuten Dialogen. Übrigens taucht hier erstmals der Name Holmes auf. Allerdings wird Doyle heute kein Platz als Pionier der Photographie eingeräumt, denn Experten bezweifeln, daß er damals überhaupt eine Kamera besaß. Er hatte jedoch einen Freund, der sich intensiv mit Photographie beschäftigte und sogar ein eigenes Emulsierverfahren für die Platten entwickelte (William K. Burton). Die Artikel zeugen also in erster Linie von Doyles Phantasie und seinem sicheren Gespür für die amüsante, teils sogar spannende erzählerische Darbietung einer ansonsten eher trockenen Materie. Es wurden immer neue Beiträge von ihm verlangt. Und man hätte auch gern sein erstaunliches einbeiniges Kamerastativ gesehen, das er angeblich erfunden und so erfolgreich im Moor verwendet hatte, aber da zeigte sich der Verfasser auf einmal recht zugeknöpft.

Schließlich sei darauf hingewiesen, daß Doyle für viele seiner Geschichten eine Lektüresituation des Vorlesens bzw. gemeinschaftlichen Zuhörens vorschwebte (wie sie sowohl in seinem Elternhaus als auch in seiner eigenen Familie gepflegt wurde). Im Vorwort zu *Round the Fire Stories* (1908) erklärt er fast im Stil einer Gebrauchsanweisung, er habe in diesem Band Erzählungen zusammengestellt, »die man an einem Winterabend am Kaminfeuer lesen kann. Dies wäre die ideale Atmosphäre für solche Geschichten, wenn ein Autor den Ort und die Zeit bestimmen könnte, wie ein Künstler das Licht und den Platz für sein Bild wählt. Sollte Ihnen jedoch die glückliche Gabe zu eigen sein, jedermann an anderen Orten und zu beliebigen Zeiten zu erfreuen, so ist Ihr Autor auch sehr zufrieden.«

Conan Doyle stellte seine Kurzprosa stark in die Traditionen des mündlichen Erzählens. Das erklärt die Ökonomie seines Gestaltens (die knappe, aber doch plastische Charakterisierung von Figuren und Situationen), die formal schlichte, antimodernistische Darbietungsweise und vor allem die frappierend häufig benutzte personale (Ich-)Erzählperspektive. Diese Geschichten fielen ihm leicht, er schrieb sie schnell, ohne große Vorbereitung und, wie seine Manuskripte belegen, oft auch ohne wesentliche Änderungen nieder. Und deshalb hielt er anfangs auch nicht viel von ihnen, sondern betrachtete sie als Mittel des Gelderwerbs, um sein Studium und später dann seine ehrgeizigeren literarischen Pläne zu finanzieren: seine historischen Romane – er schrieb vier davon zwischen 1886 und 1906. In diese allerdings investierte er viel Mühe, sowohl bei der Recherche als auch bei der Ausarbeitung. Für *The White Company* (1891) zum Beispiel las er, wie seine Witwe später erwähnte, sechzig Bücher: über Heraldik, Rüstungen, Waffen, Falknerei, mittelalterliche Sitten und Gebräuche der Bauern, Umgangsformen des Landadels usw. In seiner Autobiographie *Memories and Adventures* (1924) erinnert er sich, wie er nach dem Abschluß des rund fünfhundertseitigen Opus stolz ausrief: »Das werde ich niemals übertreffen!« und die tintenbekleckste Feder an die »enteneiergrüne Tapete« der gegenüberliegenden Wand schleuderte. Conan Doyle hing ursprünglich der Vorstellung an, nur was Schweiß und Mühe gekostet habe, könne etwas taugen. Diese quasi leistungssportliche Kunstauffassung, die in seinen Literaturbetrachtungen aus dem Jahre 1894 (erst 1907 unter dem Titel *Through the Magic Door* in Buchform veröffentlicht) noch anklingt, hat er erst allmählich revidiert. Der Grund oder die Folge dessen war, daß er auch mit seiner Kurzprosa zunehmend die ihm besonders wichtigen historischen Stoffe behandelte. Die für ihn naheliegende Synthese von historischem Sujet und kurzer Form verwirklichte er in den Abenteuergeschichten um den Brigadier Gerard und konsequenter noch in den »Impressionen« des Bandes *The Last Galley* (1911), welche, nach dem Prinzip der Historienmalerei verfahrend, dramatische Wendepunkte der Weltgeschichte in Szene setzen.

Die zeitweilige Abkehr von der Sherlock-Holmes-Figur öffnete Arthur Conan Doyle neue Räume für sein Fabuliertalent. Interessanterweise griff er jedoch immer wieder auf das erprobte Serienprinzip der Detektivgeschichten zurück, sicherlich nicht nur wegen der günstigen Vermarktungs-Chancen der Texte als Zeitungsserien. Offenbar lag es ihm, eine Gestalt von kauziger Eigenart zu ersinnen und ihr Verhalten in wechselnden Situationen zu schildern. Zu Unrecht vergessen sind heute die Geschichten um den napoleonischen Husarenoffizier Etienne Gerard, die, nach den Memoiren von Kriegsveteranen entstanden, manchmal freilich wie Münchhausiaden anmuten. Gerard gehört zu den interessantesten und amüsantesten Figuren Conan Doyles. Für mich kommt sie gleich nach Holmes und Watson. Es handelt sich um eine seltsame Mischung aus Aufschneider und wirklichem Draufgänger, aus raffiniertem und naivem, selbstverliebtem Menschen. Die Geschichten, die Gerard selbst im Café vor Zuhörern zum besten gibt (auch hier die Wahl einer oralen Erzählsituation), sind ganz unterschiedlich: anekdotisch, weitausgreifend, unfreiwillig komisch, pathetisch, anrührend, manchmal auch tragisch. 1906 lief eine Dramatisierung der Taten des Brigadier Gerard auf der Bühne des Londoner Imperial Theatre mit großem Erfolg (obwohl die Rezensionen in der Presse nicht alle gut ausfielen): Man liebte diese Gestalt, die ihr Herz auf der Zunge trägt. Ich habe die Geschichte *Das Verbrechen des Brigadiers* aufgenommen, in der Gerard bei einem Erkundungsritt hinter die englischen Linien in eine Fuchsjagd gerät, vom Jagdfieber angesteckt wird und den Fuchs im Lauf zersäbelt. – Ein Sakrileg in Unkenntnis der Regeln, denn natürlich gehört der gestellte Fuchs den Hunden überlassen. Die Komik der Situation besteht darin, daß Gerard das Wutgeschrei der Engländer mißversteht und glaubt, sie jubelten ihm während seines Husarenstückchens begeistert zu. In einer anderen Geschichte vollbringt er ähnliche (un)sportliche Großtaten, unwissentlich immer genau das Infame, Verpönte tuend: statt Fasanen im Flug zu schießen, erkundet er ihre Schlafplätze und erbeutet sie nachts auf den Bäumen; beim Kricket zielt er als Werfer direkt auf den Schlagmann und ruht nicht eher, bis dieser am Boden liegt; im Boxkampf packt er den Gegner bei den Ohren, reißt ihn um und beißt ihn.

Bekannter blieb die in drei Romanen auftretende Figur des poltrigen Professors Challenger. Diese für die Geschichte der Science-fiction-Literatur bedeutsame Serie Doyles endete schließlich 1926 mit dem spiritistischen Agitationsroman *The Land of Mist*. Die Erzählung *Das Ungeheuer von Blue John Gap* spielte eine Vorläuferrolle für den ersten Challenger-Roman (*The Lost World*, 1912; deutsch: *Die vergessene Welt*, Zürich: Haffmans 1992), denn in ihr hat Doyle die gemeinsame Grundidee gleichsam ausprobiert: die Entdeckung einer prähistorischen Tierwelt in einem von der übrigen Entwicklung auf der Erde abgeschnittenen Lebensraum. Hier liegt dieser Raum im Erdinneren, im Roman dann auf einem Hochplateau im südamerikanischen Urwald.

Die Erzählung *Der Parasit* berührt die spiritistische Problematik, die auf recht komplizierte Weise mit Doyles Vita und Werk verknüpft war. Mir verschaffte der Text das Aha-Erlebnis, daß die von einem Jubiläumsartikel zum anderen kolportierte Erklärung, Conan Doyle habe sich nach dem Erlebnis des Ersten Weltkriegs und nach schweren persönlichen Schicksalschlägen (Tod von Sohn, Bruder und Schwager) dem Spiritismus ergeben, am Kern der Angelegenheit vorbeigeht. Diese Version klingt zwar verführerisch plausibel, zumal sie sich dazu eignet, den Autor der Sherlock-Holmes-Serie – einer Apotheose des wissenschaftlichen Denkens – von dem »Mystiker« Doyle zu trennen, der in den zwanziger Jahren als Vorsitzender des Weltspiritistenverbandes durch die Lande reiste und Vorträge über das Jenseits hielt. Tatsächlich aber gehörte Doyle nicht erst in seinen letzten vierzehn Lebensjahren zu den aktiven Spiritisten, sondern bereits zu der Zeit, als Sherlock Holmes die ersten Triumphe feierte. Schon ab 1886 nahm er an spiritistischen Seancen teil und trat 1891 der Psychical Research Society bei. Und er war auch später, als er sich öffentlich zum Spiritismus bekannte, kein Mystiker, sondern ein wissenschaftlicher Denker, zumindest seinem Selbstverständnis nach. (Was ihn nicht vor groben Irrtümern bewahrte. Zum Beispiel machte er sich mit einer Abhandlung über Elfen lächerlich: *The Coming of the Fairies*, 1922. Den Ausgangspunkt bildeten Photos, die zwei halbwüchsige englische Mädchen 1917 angeblich von den Geistwesen gemacht hatten. Blamabel für den Photographie-Experten Doyle, die Fälschung nicht zu erkennen!) Er argumentierte stets damit, daß die Grenze der wissenschaftlichen Erkenntnis eine historische sei, die ständig weiter hinausgeschoben werde und eines Tages auch die psychischen Phänomene erreiche, die man vorläufig, in Ermangelung befriedigender Erklärungen, für übernatürlich halte. Zu diesen Phänomenen gehörte damals die Hypnose, die vor der Jahrhundertwende noch undifferenziert dem »Mesmerismus« oder »Animalischer Magnetismus« genannten Gemisch von Psychotechniken und okkulten Verfahren (Wahrsagerei, Gedankenübertragung und Telekinese) zugeschlagen wurde. *Der Parasit* schildert die hypnotische Vereinnahmung eines Physiologieprofessors durch eine häßliche Frau, die ihn zu ihrem Liebhaber machen will. Da er sich dagegen wehrt, setzt sie ihren hypnotischen Einfluß ein, um ihn beruflich zu diskreditieren (er redet in den Vorlesungen, ohne es zu merken, haarsträubenden Unsinn), seine Ehre zu zerstören (er verübt in Trance einen Bankeinbruch) und schließlich, um ihn zu veranlassen, seine Verlobte mit Säure zu verunstalten.

Eine merkwürdige Geschichte, hinter deren parapsychologischer Verbrämung zwei wichtige, in Doyles Werken häufig wiederkehrende Motive stehen: das Motiv der starken Frau und das Motiv des Verlusts der Selbstkontrolle, der zur sozialen Ächtung führt. Die Wurzeln beider Motive liegen sicherlich im Elternhaus Conan Doyles, wo die Mutter die Fäden in der Hand hielt, weil der Vater, schwer alkoholabhängig, wiederholt in Heilanstalten untergebracht werden mußte. Dieser biographische Hintergrund bietet nicht nur Aufschlüsse für manche literarisch-stoffliche Präferenz Conan Doyles, sondern auch für seine strikte Alkoholabstinenz, wahrscheinlich sogar für die Wahl des Themas seiner medizinischen Dissertation: Er schrieb über »Vasomotorische Veränderungen bei Tabes Dorsalis« (Veränderungen der Gefäßwandmuskulatur bei syphilitischer Rückenmarkschädigung), die mit Beeinträchtigung der Sinneswahrnehmung und mit Wahnsinn einhergehen.

Allerdings ist es charakteristisch für Conan Doyle, daß er mit einem biographisch schwergewichtigen Motiv wie dem des drohenden geistigen Verfalls auch spielerisch souverän umzugehen wußte. Er nutzte es als erzählerisches Mittel (etwa in *J. Habakuk Jephsons Bericht* und *Der Schrecken von Blue John Gap*), um die Glaubwürdigkeit der berichtenden Figur zu erhöhen, gleichzeitig aber zu unterminieren. Listig Authentizität und Fiktivität des Erzählten gegeneinander ausspielend, trat er gleichsam mit einem ironischen Augenzwinkern vor seine Leserschaft.

Was Conan Doyle aus eigenem Erleben oder purer Phantasierlust zum Erzählen reizte, war nach Stoff und Behandlungsart ungemein breit gefächert und paßte nur zu einem kleinen Teil in den Sherlock-Holmes-Rahmen: Geschichten von Krieg, Sport, Bewährung und Vergeltung; Nervenzerrendes nach authentischen Vorfällen; Phantastisches, entweder in Science-fiction-Manier in den Bahnen des wissenschaftlich Vorstellbaren bleibend oder als entwaffnend naive Fantasy-Träumerei ohne intellektuelles Kalkül, ganz aus dem Gefühl kommend und zum Märchenhaft-Wundersamen tendierend. Diverse Facetten seines Schaffens dokumentieren *Das Abenteuer vor dem Außenministerium, Der Meister von Croxley, Die neue Katakombe, Das Fiasko von Los Amigos* und *Katalognr. 249*.

Die Vielseitigkeit des Schriftstellers Arthur Conan Doyle entzieht sich pauschalen Urteilen. Als Kurzprosa-Autor charakterisiert ihn jedoch treffend ein Satz, den ich vor Jahren in einem Jubiläumsartikel fand: »Überhaupt war er, trotz einer gewissen Pedanterie, unfähig, etwas wirklich Langweiliges zu schreiben.« (Tom Appleton, *Der Doktor, der Detektiv ist der rätselhafte Mr. D.*, 1990)

Reinhard Hillich

Anmerkungen

Das Geheimnis des Sasassatals
The Mystery of Sasassa-Valley
Erschien anonym im ›Chambers' Journal‹ vom 6. September 1879. Es war Conan Doyles erste literarische Veröffentlichung, wenngleich er, zu der Zeit Medizinstudent an der Universität von Edinburgh und ständig in finanziellen Nöten, noch nicht an eine schriftstellerische Laufbahn dachte, sondern die Literatur lediglich als seine »Milchkuh« ansah. 1889 erschien die Geschichte nochmals in einem von James Hogg zusammengestellten Band mit Texten, die mitsamt den Rechten an Zeitschriften verkauft worden waren. Doyle bezeichnete diesen Band (*Mysteries and Adventures,* ab 1891 unter dem Titel *The Gully of Bluemansdyke*) nicht ganz zu Recht als eine »Piratenausgabe« von Geschichten, die er noch als »halber Junge« geschrieben habe: »Es ist hart für mich, daß man diese jugendlichen Ergüsse in dieser Dreigroschenaufmachung herausgebracht hat (...) Je weniger man sie bespricht oder liest, desto besser.« Er reagierte wohl vor allem deshalb so brüsk, weil der Band einer von ihm selbst zeitgleich herausgegebenen Sammlung mit frühen Erzählungen (*The Captain of the Pole Star,* 1890) Konkurrenz machte.

Schrecken in der Landeinsamkeit
A Pastoral Horror
Erstmals 1890 veröffentlicht in der englischen Zeitschrift ›People‹. Die Story ist mit Mary Shelleys *Frankenstein* (1818) verglichen worden; ebensogut könnte auf Ähnlichkeiten mit Stevensons *Strange Case of Dr. Jekyll and Mr. Hyde* (1886) hingewiesen werden. Die Wahl des Schauplatzes geht auf den Aufenthalt des sechzehnjährigen Conan Doyle an der von Jesuiten geführten Internatsschule von Feldkirch in der österreichischen Region Vorarlberg zurück. Nach der Reifeprüfung 1875 wurde er dorthin geschickt, um seine Deutschkenntnisse aufzubessern und sich auf sein Medizinstudium vorzubereiten. Das Jahr in Feldkirch (bis zum Sommer 1876) blieb Doyle stets als das glücklichste seiner Schulzeit in Erinnerung, da die Zöglinge recht human behandelt und ordentlich verpflegt wurden. In der deutschen Sprache machte er indessen keine großen Fortschritte, denn die Gruppe der etwa zwanzig englischen und irischen Schüler blieb in der Freizeit unter sich. Dies rächte sich später, als er 1891 zu einer augenärztlichen Spezialausbildung für ein halbes Jahr nach Wien ging: Er war kaum imstande, den Vorlesungen zu folgen, und gab es nach zwei Monaten ganz auf. Die meiste Zeit hatte er sich ohnehin mit dem Manuskript des phantastischen Romans *The Doings of Raffles Haw* (1892) beschäftigt.

Los Nr. 249
Lot No. 249
Erstveröffentlichung 1892 im amerikanischen ›Harper's Monthly Magazine‹, wurde in den Sammelband *Round the Red Lamp* (1894) aufgenommen, der abenteuerliche Begebenheiten aus dem Arztmilieu beinhaltet. (Eine rote Lampe am Hauseingang war damals das Zeichen für einen allgemein praktizierenden Arzt.) Der medizinische Aspekt ist in diesem Text allerdings eher marginal. Ursprünglich sollte der Band den Titel *Dream and Drama* tragen.

Plantagenets: Mittelalterliche Aristokratenfamilie, gegründet von Geoffrey of Anjou, aus der mehrere englische Könige hervorgingen, angefangen von Henry II. bis Richard III. Doyles Mutter, die sich intensiv mit Heraldik und Genealogie beschäftigte, verfolgte die Ahnenreihe ihrer Familie zurück und entdeckte eine Verbindung zu den Plantagenets – ein Umstand, der die Erziehung des jungen Conan Doyle (zu ritterlichen Tugenden) bestimmte und so den Grundstein für einige seiner historischen Romane und Erzählungen legte.

J. Habakuk Jephsons Bericht
J. Habakuk Jephson's Statement
Doyles erste Erzählung, die von einem angesehenen Magazin, dem ›Cornhill Magazine‹, angenommen und abgedruckt wurde (1884), allerdings ohne Verfasserangabe. Der rätselhafte Fall der *Marie Céleste* ist historisch verbürgt: Im Dezember 1872 wurde die Brigantine unter vollen Segeln, aber ohne Besatzung, zwischen Lissabon und den Azoren entdeckt. Conan Doyle spann sein abenteuerliches Seemannsgarn so geschickt um die Fakten, daß die Geschichte als tatsächlicher Bericht bzw. als ernsthafte Rekonstruktion des unerklärlichen Geschehens aufgefaßt wurde. Noch 1913 brandete im ›Strand Magazine‹ eine Leserdiskussion um die Schiffstragödie und die Wahrscheinlichkeit von Conan Doyles Darstellung auf. Einige Züge der Erzählung erinnern an Robert Louis Stevensons *Schatzinsel.* Der noch völlig unbekannte Autor durfte sich zu Recht geschmeichelt fühlen, als ein Kritiker den ungezeichneten Text Stevenson zusprach und ihm Poesche Qualitäten bescheinigte. Wahrscheinlich ließ sich Doyle zu seiner Version von dem Fall des britischen Schiffs *Flowery Land* inspirieren, unter dessen bunt zusammengewürfelter Besatzung 1863 eine Meuterei ausbrach und zu einem Massaker führte. Der Fall wurde vor dem Londoner Kriminalgericht Old Bailey verhandelt; Doyle griff ihn 1899 in seinem Bericht *A True Story of the Tragedy of the ›Flowery Land‹* auf, der den Auftakt für eine Serie nacherzählter authentischer Verbrechen bilden sollte. Das Motiv des rätselhaften Verschwindens von Schiff und Besatzung behandelte Doyle noch einmal in der romantischen Abenteuergeschichte *The Fate of the Evangeline* (1885).

Laudanum: eine schwache Opiumlösung, die als Schmerzmittel verwandt wurde.

Drei Korrespondenten
The Three Correspondents
Erstveröffentlichung 1896 im ›Windsor Magazine‹. Auf ärztliches Anraten verbrachte Conan Doyle mit seiner an Tuberkulose erkrankten Frau Luise die Winter- und Frühjahrsmonate 1885/86 in Ägypten. Dort erreichte ihn die Nachricht von einem drohenden Krieg zwischen den vorrückenden Truppen der britisch-ägyptischen Kolonialarmee unter dem Kommando Lord Kitcheners und arabischen Aufständischen, die von Kalif Mahdi geführt wurden. (Es ging um ein Wüstengebiet, »Ägyptischer Sudan« genannt, aus dem die Briten 1885 ihre Truppen zurückgezogen hatten, und das nun erneut besetzt werden sollte.) Doyle bot sich telegraphisch der ›Westminster Gazette‹ als Sonderkorrespondent (ohne Bezahlung) an und reiste nach Assuan. Dort sollte er sich mit einer Gruppe von vier britischen Journalisten einem Kavallerieregiment anschließen, das zur Frontlinie verlegt wurde. Die Journalisten brachen jedoch nachs heimlich auf, um Wadi Halfa eher zu erreichen. Die Geschichte verdankt ihre Entstehung diesem Kamelritt, bei dem eigentlich nichts Spektakuläres geschah, außer daß ihnen bei einer Rast ein martialisch wirkender arabischer Krieger begegnete (der sie ignorierte). Die Figuren des Mortimer und des Scott sind den mitreisenden Sonderkorrespondenten der ›Times‹ (Knight) und der ›Daily News‹

(Scudamore) nachgestaltet. An der Front fiel, solange sich Doyle dort aufhielt, kein einziger Schuß.

Bei dem als Autor eines militärischen Handbuches erwähnten Wolseley handelt es sich um Field-Marshal Lord Garnet Joseph Wolseley (1833–1913), den damaligen obersten Armeeführer; Doyle lernte ihn 1898 bei einer Feldübung der Armee persönlich kennen.

Die neue Katakombe

The New Catacomb

Erschien zuerst unter dem Titel *Burger's secret* in *The ›Sunlight‹ yearbook 1898*, dann in *The Green Flag*, einer Sammlung von Kriegs- und Sportgeschichten (1900).

Es existiert eine deutsche Übersetzung dieser Geschichte, in der anstatt des Deutschen Julius Burger ein Däne namens Peter Jansen auftaucht. Da es sich um eine autorisierte Übersetzung handelt, dürfte diese Änderung im Einvernehmen mit Conan Doyle vorgenommen worden sein. Eine entsprechend variierte englische Textfassung konnte nicht ermittelt werden. Vgl. Conan Doyle: *Die neue Katakombe und andere Geschichten.* Rechtmäßige Übersetzung von R. Lauterbach und A. Gleiner. Berlin: Neufeld & Henius 1930. S. 53–82 (= Lutz Kriminalromane 2).

Das Abenteuer vor dem Außenministerium

A Foreign Office Romance

1894 in acht Zeitschriften veröffentlicht, erschien dann 1900 in *The Green Flag.*

Lacours Beschäftigung mit dem Koran signalisiert etwas von der intensiven weltanschaulichen Suche, die Conan Doyles Abwendung vom Katholizismus (seit 1882) und sein Interesse für spiritistische Phänomene begleitete. Okkulte Aspekte des Buddhismus spielen im Roman *The Mystery of Cloomber* (1888) eine zentrale Rolle.

Kléber, Jean-Baptiste (1753–1800): Architekt und Offizier. Segelte 1798 unter Napoleon Bonapartes Kommando nach Ägypten, war dort ab August 1799 der militärische Oberbefehlshaber. Ein junger Syrer erdolchte ihn am 14.6.1800 in Kairo. Der Attentäter wurde in einer öffentlichen Hinrichtung vier Stunden lang gepfählt.

Pitt, William »der Jüngere«, Earl of Chatham (1759–1806): Britischer Premierminister und Führer der Tories. Betrieb eine restriktive Innenpolitik, die sich gegen die nach französischem Vorbild entstandenen politischen Clubs in England richtete. Zu seinen außenpolitischen Aktivitäten, auf die hier angespielt wird, gehört seine militärische Unterstützung der französischen innenpolitischen Opposition (Vendée usw.), mit der er die Truppen Frankreichs im Land binden und die militärische und ideologische Expansion des revolutionären Frankreichs erschweren wollte.

Talleyrand-Périgord, Charles Maurice de (1754–1838): Geistlicher, später äußerst wendiger Staatsmann unter Bonaparte. War 1797–1807 und 1815–1830 Frankreichs Außenminister, zwischenzeitlich auch Chef der Provisorischen Regierung (1814–1815).

Bow Street Runners: eine vom Londoner Friedensrichter und Schriftsteller Henry Fielding um 1750 gebildete Polizeitruppe, benannt nach dem Gerichtssitz in der Bow Street.

Die gestreifte Truhe

The Striped Chest

Erstveröffentlichung 1897 im ›Pearson's Magazine‹, erschien dann in ›The Green Flag‹ (1900).

Das Fiasko von Los Amigos
The Los Amigos Fiasco
1892 erstmals in der englischen Zeitschrift ›Idler‹ veröffentlicht, gehört die Geschichte zur 1894 erschienenen Storysammlung *Round the Red Lamp*. Manche dieser medizinischen Schauergeschichten – siehe auch *Der Fall Lady Sannox* – waren mit ihrer Drastik oder Melodramatik etwas zu stark für den zeitgenössischen Lesergeschmack; einige mußten für die Buchausgabe überarbeitet werden. Mit dem *Fiasko* stellte Doyle seine schwarzhumorigen Potenzen unter Beweis: Er bewältigte ein makabres Thema mit Witz und verteilte dabei ironische Seitenhiebe gegen die Gigantomanie der US-Westküstenbewohner.

Der elektrische Stuhl wurde 1890 erstmals in den USA benutzt.

Das Ungeheuer von Blue John Gap
The Terror of Blue John Gap
Veröffentlichung 1910 im ›Strand Magazine‹, dann im Band *The Last Galley* (1911). Eine Anregung zu der Erzählung (wie auch zum Roman *The Lost World*, 1912) bildete ein Erlebnis während Doyles Mittelmeerreise (1907): Vom Dampfer aus sah er ein merkwürdiges, an einen Fischsaurier erinnerndes Tier. Vermutlich handelte es sich um einen Quastenflosser, der damals als ausgestorben galt. Die Beobachtung kommentierte er mit der Bemerkung: »Diese alte Welt hält noch einige Überraschungen für uns bereit.« Doyle lebte zu dieser Zeit in Crowborough und interessierte sich stark für Archäologie. In seinem Arbeitszimmer hingen u. a. ein mit Gips ausgegossener Fußabdruck eines Sauriers und eine Pfeilspitze aus der Steinzeit, die er selbst auf den umliegenden Hügeln gefunden hatte.

Dr. Hardcastles Eintragung vom 27. April, in der von seiner »Geisterjagd damals in Coltbridge«, jener »Nacht in dem Spukhaus«, die Rede ist, hat einen biographischen Hintergrund. Conan Doyle war um 1891/92 einer von drei Delegierten der Society für Psychical Research, die zwei Nächte in einem sogenannten »Geisterhaus« wachten, um angebliche Manifestationen eines »Poltergeistes« zu überprüfen.

Der Fall Lady Sannox
The Case of Lady Sannox
Die Geschichte erschien im britischen Magazin ›The Idler‹ vom November 1893, nachdem sie aber offenbar schon ein paar Tage zuvor, nämlich am 29. Oktober 1893, von mehreren amerikanischen Zeitungen gleichzeitig abgedruckt worden war. Sie gehört zu der bereits erwähnten Sammlung *Round the Red Lamp*. In dieser Geschichte konnte Doyle die Idee seiner Sammlung, einen medizinischen Aspekt in das Zentrum eines dramatischen Geschehens zu rücken (ein Verfahren, das uns heute von TV-Notarztserien täglich bis zum Überdruß vorgeführt wird), am überzeugendsten umsetzen. Hier sind es medizinisch-ethische Fragen – etwa inwieweit ein lebensrettender Eingriff Verstümmelungen des Patienten rechtfertigt, oder ob eine lebensbedrohliche Situation bei unklarer Diagnose überhaupt vorausgesetzt werden kann –, die die Entscheidung des Dr. Stone bestimmen. Die Vorstellung, trotz bester Absichten Kunstfehler mit desaströsen Folgen für den Patienten zu begehen, gehört wohl zu den Albträumen eines jeden Arztes.

Der Name Sannox kann als versteckter Hinweis Doyles auf seine schottische Herkunft gelten, auf die er stolz war; es gibt auf der kleinen, südwestlich vor der schottischen Küste gelegenen Insel Arran einen Ort gleichen Namens. Conan Doyle hatte seine Geburtsstadt Edinburgh nach dem Medizinstudium 1881 verlassen und lebte seitdem in England. Viele Leser hielten ihn wegen der Sherlock-Holmes-Geschichten natürlich für einen Ur-Londoner. Um so mehr Verwunderung rief er bei seinen Vorträgen und Lesungen mit seinem starken schottischen Akzent hervor, den er zeitlebens nicht ablegte. Im Jahre 1900, zu dieser Zeit bereits ein gefeierter Schriftsteller, ließ er sich vom Wahlbezirk Zentral-Edinburgh als Kandidat für die Wahlen zum Unterhaus aufstellen.

Der Meister von Croxley
The Croxley Master
Wurde 1899 geschrieben und erstveröffentlicht und bietet zwei autobiographische Bezüge. Zum einen war Doyle die geschilderte Situation des mittellosen Medizinstudenten, der seine Ferien nutzt, um als Praxishelfer Geld zu verdienen, gut vertraut. Zwischen 1878 und 1879 absolvierte er fünf solcher Einsätze von dreiwöchiger bis viermonatiger Dauer: in einem Arbeiterviertel von Sheffield, in Birmingham (hier begann er Geschichten zu schreiben) und in der Landarztpraxis eines Städtchens mit dem kuriosen Namen Ruyton-of-the-eleven-towns in der Grafschaft Shropshire. Sein Chef in Ruyton, ein ebenso knausriger wie wichtigtuerischer Dr. Elliot, wurde zum Modell für die satirische Zeichnung der Figur des Dr. Oldacre. Zum anderen spielte der Sport in Doyles Leben eine große Rolle und fand auch einen entsprechend nachhaltigen Niederschlag in seinen literarischen Werken. Doyle boxte nicht nur seit seinen Studententagen, sondern betrieb auch andere Sportarten (Rugby, Skilaufen, Golf, Kricket, Billard – die letzteren beiden deutlich über dem Niveau eines Amateurs). Seine im *Meister von Croxley* angedeuteten großen Erwartungen in die persönlichkeitsbildende und volkserzieherische Wirkung des Sports standen als wichtiger Schaffensantrieb auch hinter dem historischen Roman *Rodney Stone* (1896) und dessen Bühnenfassung, dem 1909 uraufgeführten Drama *The House of Temperley*, in denen es ebenfalls ums Boxen geht. 1908 berichtete der sportbegeisterte Conan Doyle für die ›Daily Mail‹ über den Marathonlauf der Olympiade von Rom.

Das Verbrechen des Brigadiers
The Crime of the Brigadier
Erschien zuerst 1899 im New Yorker ›Cosmopolitan‹, dann in dem Band *The Green Flag* (1900) und wurde unter dem Titel *How the Brigadier Slew the Fox* in die Sammlung *The Adventures of Gerard* (1903) übernommen. Es war von allen Abenteuern des Brigadiers Doyles Lieblingsgeschichte. Er soll versucht haben, die Geschichte in seine öffentlichen Lesungen einzubeziehen, was wegen eigener Lachanfälle während des Vortrags aber unmöglich gewesen sei. Die stoffliche Vorlage für die meisten Brigadier-Geschichten bildeten Memoiren napoleonischer Offiziere, u. a. des Generals Marbot (dessen Buch 1892 in englischer Übersetzung erschienen war). Doyle schrieb die erste Geschichte dieser Serie (*The Medal of the Brigadier*) 1894.

Der Parasit
The Parasite
Wurde Anfang 1894 während eines Aufenthaltes in der Schweiz (Davos) geschrieben und stellt eine der ersten literarischen Arbeiten Conan Doyles dar, die von seinem erwachenden Interesse für parapsychologische Phänomene inspiriert waren. Bereits in der Geschichte *The Winning Shot* (1883) hatte er ein mit hypnotischen und telekinetischen Kräften ausgetragenes Eifersuchtsdrama geschildert. In der Erzählung *John Barrington Cowles* (etwa um 1885 entstanden) hatte er eine (schöne) Frau geschildert, eine Art Werwölfin, die mit telepathischen Kräften ihre Verehrer zum Selbstmord treibt. *Der Parasit* kann als eine Neubearbeitung des zuvor nur ungenügend ausgeschöpften Sujets angesehen werden. Konsequenter das Motiv der starken Frau erfassend (Miss Penelosa bezieht ihre Kraft nicht aus

körperlichen Reizen) und thematisch die Grenzen des wissenschaftlich Erkannten in den Vordergrund rückend, entwirft Doyle ein Bild des gesellschaftlichen und wissenschaftlichen Lebens in Edinburgh.

Doyle war seit 1891 Mitglied der 1884 in London gegründeten Society for Psychical Research, die es sich zur Aufgabe gemacht hatte, paranormale Phänomene mit wissenschaftlichen Methoden zu untersuchen. Bereits im Februar 1889 hatte er selbst als Versuchsperson an einer privaten Hypnosedemonstration in Southsea teilgenommen, die in seinem Falle jedoch nicht gelungen war. Stärker beeindruckten ihn Berichte von den Experimenten zweier Pariser Medizinprofessoren (auf die er im Text anspielt): des Pathologen Jean Martin Charcot und des Psychologen Pierre Janet, die Parallelen zwischen Hypnose und Hysterie aufzuzeigen suchten.

Eine weitere direkte Anregung zu der Erzählung dürfte ein Vortrag zum Thema »Hexen und Hexerei« gewesen sein, den Doyle am 1. April (!) 1890 in Portsmouth hörte. Darin wurde u. a. von einem Experiment berichtet, bei dem einer hypnotisierten Versuchsperson ein Papierbeutelchen mit Zucker gegeben worden sei, mit der Erklärung, es handele sich um Arsen. Zugleich sei ihr der Befehl erteilt worden, das Gift nach Ablauf von drei Monaten ihrem besten Freund zu verabreichen, was sie auch tatsächlich getan habe.

In der Erzählung folgt das (nur durch einen Zufall vereitelte) Säureattentat des Professors Gilroy auf seine Verlobte genau diesem Muster. Wenn der – manchmal als Kurzroman bezeichnete – Text nach 1897 nicht mehr abgedruckt wurde und bald in Vergessenheit geriet, so lag das nicht zuletzt an seinem ungünstigen Umfang: Er war eigentlich zu klein für eine selbständige Publikation als Buch und zu groß für die Aufnahme in Magazine und Anthologien.

Das erwähnte Buch *Animal Magnetism* von Binet und Féré gehörte zu Conan Doyles Lektüre um 1887.

Richet, Charles (1850–1935): französischer Physiologe, Nobelpreis 1913, erforschte auch parapsychologische Phänomene, 1875 Arbeit über Hypnose, später über Telepathie und Hellsehen, 1930–35 Präsident des Institut Métapsychique International.

Zum Spiritisten Doyle darf der Hinweis nicht fehlen, daß es ein umfangreiches, mehrfach neu aufgelegtes Buch gibt, das sich mit Manifestationen seines Lebens nach seinem Tode beschäftigt. Vgl. Ivan Cooke (Hg.): *The return of Arthur Conan Doyle.* Liss, Hampshire: White Eagle Publication Trust 1956, X, 203 S.

Seinem sonderbaren Treiben zu Lebzeiten widmet sich der Roman *Eskapaden* von Walter Satterthwait, erschienen 1997 im Haffmans Verlag.